Collection : PASSIONS

Titre original :
BLACK TIE BACHELOR BID

RPERCOLLINS FRANCE
, boulevard Vincent-Auriol, 75646 PARIS CEDEX 13
ce Lectrices — Tél. : 01 45 82 47 47 - www.harlequin.fr
978-2-2804-8063-5 — ISSN 1950-2761

Composé et édité par HarperCollins France.
Imprimé en janvier 2023 par CPI Black Print (Barcelone)
en utilisant 100% d'électricité renouvelable.
Dépôt légal : février 2023.

FSC www.fsc.org MIXTE Papier issu de sources responsables FSC® C159065

l'empreinte environnementale de ses livres, HarperCollins France s'engage à n'utiliser que riqué à partir de bois provenant de forêts gérées durablement et de manière responsable.

Un séduisant célibataire

En souvenir de nous

Le manège du désir

KAREN BOOTH

Un séduisant célibata

Traduction française de
MARIE PASCAL

PASSIO

HARLEQU

- 1 -

— Hors de question, cette robe est beaucoup trop sexy !

D'un signe de tête, Taylor Klein rejeta le choix de son amie Alexandra Gold.

— Et pourquoi est-ce que tu ne veux pas être sexy ? demanda Chloe Burnett, le troisième membre du trio d'inséparables amies que formaient les jeunes femmes.

— Parce qu'il faut que j'aie l'air sérieuse. Professionnelle.

Découragée, Taylor passa en revue toutes les tenues que contenait l'immense dressing de son luxueux appartement new-yorkais, situé en plein cœur de Manhattan. La soirée pour laquelle elle se préparait – une vente aux enchères d'un type un peu particulier – était très importante pour elle, et il fallait qu'elle soit parfaite.

— Tu es sur le point de débourser des sommes folles pour décrocher un rendez-vous avec un beau milliardaire, dit Chloe. J'aimerais bien que tu m'expliques où vont se nicher le sérieux et le professionnalisme dans cette histoire.

Le beau milliardaire en question, Roman Scott, était l'un des hôteliers les plus novateurs et talentueux au monde. Il était spécialisé dans la réhabilitation de bâtiments déjà existants, qu'il transformait en lieux de villégiature aussi élégants que tendance. Aux quatre coins du monde, il avait créé des hôtels à taille humaine, possédant une vraie âme, qui affichaient complets la plupart du temps.

— Quand j'ai essayé de prendre contact avec lui de façon

plus « conventionnelle », ça n'a pas fonctionné, donc je suis obligée d'en passer par là.

Taylor était un peu dubitative elle-même, mais elle était bien décidée à faire tout ce qui était en son pouvoir pour parvenir à ses fins. Après une série d'échecs professionnels, elle avait l'intention de se lancer dans un nouveau projet, dont elle venait d'avoir l'idée. Elle voulait transformer la résidence secondaire que sa famille possédait dans le Connecticut en petit hôtel de charme. Pour mettre toutes les chances de son côté, elle comptait miser sur une préparation irréprochable, car elle avait bien conscience qu'aimer la décoration et adorer être aux petits soins pour les autres ne suffisait pas pour un projet d'une telle ampleur. Elle voulait être bien entourée et bien conseillée et, d'après elle, les meilleurs conseils ne pourraient venir que Roman Scott en personne. Alors, quand elle avait appris qu'il allait participer à cette grande soirée de bienfaisance, et qu'en mettant le prix pour remporter les enchères, il serait possible de décrocher un tête-à-tête avec lui, elle avait vu là la chance de sa vie et n'avait pas hésité un seul instant.

— C'est incroyable qu'il ne t'ait pas rappelée. Je n'en reviens toujours pas, dit Alex. À ta place, j'aurais été furieuse.

— Dans les messages que tu lui as laissés, j'espère que tu as bien précisé qui tu étais, renchérit Chloe. Les Klein font partie des familles les plus influentes de la région et il le sait forcément.

— Je lui ai laissé plus d'une dizaine de messages téléphoniques, et envoyé plusieurs e-mails. J'ai même essayé de lui envoyer un fax, si vous voulez tout savoir. Rien n'a fonctionné. Roman Scott se moque éperdument de moi, c'est tout.

— C'est peut-être un sale type, dit Chloe. C'est la réputation qu'il a, d'ailleurs. Non ?

En effet, dans certains cercles, Roman Scott passait

pour être quelqu'un de maussade et lunatique, en bref, pour quelqu'un de pas très agréable à fréquenter. Mais Taylor savait que les gens les plus désagréables étaient souvent les plus talentueux. Forcément, cela ne la mettait pas en confiance, mais elle devait à tout prix surmonter son appréhension.

— Tant pis. Je veux que ça marche. Je veux me prouver que je suis bonne à quelque chose. Il le faut. Et je pense que Roman Scott peut m'aider. Même si c'est un type peu fréquentable.

Alex posa la main sur le bras de Taylor.

— Tu veux mon avis sincère ?

— Bien sûr.

Les trois amies étaient inséparables depuis qu'elles s'étaient rencontrées sur les bancs de l'École privée Baldwell pour Filles, un établissement d'élite située dans le Connecticut. Elles étaient toutes les trois issues de familles très riches et influentes, mais mener une vie de privilèges ne les avait pas préservées des chaos de l'existence. L'amitié qui les liait les avait aidées à surmonter les moments difficiles. Les trois amies pouvaient donc tout se dire. *Tout*.

— Tu essaies d'impressionner un homme très puissant mais aussi énigmatique qu'insaisissable. Il a fait cent fois le tour du monde et ses conquêtes féminines se comptent sans doute par dizaines. Il faut donc que tu te démarques. Et cela veut dire que tu dois t'habiller sexy.

Taylor soupira. Elle savait qu'Alex et Chloe avaient raison. Elles n'avaient juste pas pris en compte son plus gros problème. Les hommes, ou plutôt ses rapports avec les hommes. Elle avait en effet eu si souvent le cœur brisé qu'elle avait pris comme bonne résolution au dernier nouvel an de ne plus séduire ni se laisser séduire. En bref de ne plus approcher un seul homme. On était en mai, et pour l'instant elle avait tenu bon. Elle ne voulait pas craquer maintenant. Idéalement, elle aurait voulu que Roman Scott ne la voie pas comme une femme ou un objet sexuel, mais elle était aussi prête à tout pour que ce projet d'hôtel aboutisse.

— Très bien. Dites-moi ce que vous porteriez à ma place.

Chloe ressortit du placard la robe noire moulante qu'elle venait de proposer.

— Celle-ci. Effet imparable.

— Je portais cette robe quand Ian m'a annoncé qu'il me quittait. J'aurais dû la brûler.

Alex prit la robe des mains de Chloe et alla la suspendre près de la porte.

— Alors, oublie-la. Il faut t'en débarrasser, et sans tarder.

Elle fouilla un instant dans la penderie.

— Et celle-ci, qu'en penses-tu ? Elle est magnifique, non ?

Alex exhiba sa trouvaille. Une robe bustier couleur or, avec un haut très près du corps et un bas large et vaporeux brodé de fines perles métalliques.

— Honnêtement, j'avais oublié son existence. Je ne l'ai jamais portée, elle a encore ses étiquettes. C'est vrai qu'elle est jolie.

Elle se souvenait aussi qu'elle mettait en valeur sa poitrine plutôt menue.

Chloe dénicha même une paire de sandales à talons dorées.

— Très bien, je crois que j'ai ma tenue, dit Taylor.

— Merveilleux, répondit Chloe. Maintenant tu n'as plus qu'à t'habiller.

Chloe et Alex l'aidèrent à choisir accessoires et bijoux pour agrémenter l'ensemble. Elles optèrent pour un classique intemporel : la parure en or et diamants qui avait appartenu à sa grand-mère bien-aimée. Quand Taylor se regarda dans le miroir, elle se sentit sûre d'elle. Elle se méfia néanmoins : par le passé, se sentir sûre d'elle ne l'avait pas protégée des échecs professionnels et sentimentaux.

— J'ai un bon pressentiment pour ce soir, dit Alex. Roman Scott va être époustouflé par ta beauté.

— *Et* par ton projet, ajouta Chloe.

— Ça, ça me fait un peu plus peur, dit Taylor.

— Tu es certaine que tu ne veux pas que l'une de nous deux t'accompagne ? demanda Alex.

— Désolée, ce soir, je suis prise, dit Chloe. J'ai quelque chose de prévu avec Parker.

Parker était le fiancé de Chloe. Ils se fréquentaient depuis un certain temps à présent, et ils commençaient à parler sérieusement de se marier.

— Une petite soirée romantique à deux ? demanda Taylor.

— Non, répondit Chloe. Nous avons invité à la maison Jessica, l'enquêtrice engagée par Parker. Il est déterminé à trouver qui tire les ficelles du Petit Carnet Noir.

Le Petit Carnet Noir était une plate-forme Internet comptant des millions d'abonnés. Sa spécialité : dévoiler les secrets scandaleux des riches et des puissants. Au départ, le site semblait choisir ses cibles au hasard, mais depuis peu, les choses prenaient une direction qui devenait inquiétante pour les trois amies. En effet, toutes les personnes visées avaient un lien soit avec l'école Baldwell, soit avec son pendant réservé aux garçons, la Sedgefield Academy.

— Parker a bien raison, dit Alex. Il faudrait que l'auteur du Petit Carnet Noir, quel qu'il soit, se calme un peu.

— Oui, et d'ailleurs, moi, il faut que je file, dit Chloe. Parker m'en voudrait si j'étais en retard.

— Pas de problème, dit Taylor, et Alex, merci d'avoir proposé de m'accompagner, mais c'est important pour moi de me débrouiller toute seule.

— Très bien, dit Alex avant de rejoindre Chloe à la porte. Bonne chance. On croit très fort en toi.

— Merci. Je vous tiens au courant, évidemment.

Taylor vérifia une dernière fois sa tenue, choisit un sac à main et quitta son appartement.

Pendant que son chauffeur la conduisait vers l'hôtel où se

tenait la soirée de bienfaisance, elle essaya de surmonter son trac. Roman Scott était un homme comme les autres, elle remporterait cette enchère quoi qu'il lui en coûte et ensuite il lui apprendrait tout ce qu'il savait. Rien de bien sorcier.

Une fois arrivée, elle se dépêcha d'aller prendre place dans la grande salle de bal où auraient lieu les enchères. Elle alla s'asseoir au premier rang et observa les gens s'installer les uns après les autres. Du très beau monde. Des femmes surtout.

Lorsque les lumières s'éteignirent, Taylor regarda avec attention la maîtresse de cérémonie, Fiona Scott, s'avancer sur la scène. Taylor, qui s'était renseignée, avait appris qu'il s'agissait de la belle-sœur de Roman Scott, puisqu'elle était l'épouse de son frère Derrick. De toute évidence, le couple attendait un heureux événement.

— Mesdames, je suis très heureuse que vous soyez venues si nombreuses pour soutenir ma fondation, dont le but est de lever des fonds pour les maladies rares et orphelines, dit Fiona. Je vous promets que vous ne serez pas déçues : ont répondu présents les hommes les plus généreux et les plus beaux de ce pays. Et maintenant, avant que nous ne commencions les enchères, j'aimerais vous mettre en appétit. Messiers, auriez-vous l'obligeance de vous montrer ?

Au fond de la scène, le rideau de velours s'écarta et des hommes en smoking se mirent à défiler un par un. Le public se leva et se mit à applaudir sous les crépitements des flashs des nombreux photographes présents pour couvrir la soirée. Les célibataires répondaient aux vivats par des sourires enjôleurs ou par des saluts amicaux. Le public eut même droit à quelques clins d'œil. Taylor connaissait tous ces hommes, il s'agissait d'acteurs hollywoodiens, de grands noms de la finance ou de magnats de l'immobilier. Il y avait même quelques mannequins, ce qui n'était pas surprenant étant donné que, pour chacun d'entre eux, les enchères débuteraient à 25 000 dollars. Fiona Scott avait l'intention de lever beaucoup d'argent.

Le cœur de Taylor s'emballa lorsqu'elle aperçut sa cible, Roman. Elle se leva quand il traversa la scène. Il paraissait encore plus grand que ce qu'elle s'était représenté, même si elle savait qu'il mesurait 1,90 mètre. Et il était encore plus beau qu'en photo, comme si aucun appareil n'était capable de capturer la magie de sa mâchoire carrée, de son nez droit et de ses sourcils expressifs. Il avait d'épais cheveux noirs, rehaussés de quelques fils argentés. Même de loin, Taylor fut frappée par le bleu de ses yeux. Il émanait de lui un mélange de virilité et de mystère. Taylor tressaillit. Roman risquait de susciter bien des convoitises, et les enchères seraient sans doute âprement disputées.

Aussi vite qu'il était apparu, il disparut derrière le rideau noir. Quand Taylor se rassit, elle remarqua à quel point sa respiration s'était accélérée. D'un côté, elle avait hâte de remporter l'enchère et se retrouver en tête à tête avec Roman Scott. De l'autre, elle était absolument terrifiée. Roman Scott, en chair et en os, était beaucoup plus séduisant qu'elle ne l'aurait cru possible.

Il n'y avait pas de mot assez fort pour décrire l'humiliation ressentie par Roman Scott lorsqu'il regagna les coulisses. Il se dirigea vers son frère.

— Rappelle-moi de ne plus jamais te rendre service.

Roman desserra le nœud papillon qui était en train de l'étrangler. Il était habitué à porter le smoking, mais ce soir il avait l'impression d'étouffer.

— Prends sur toi. C'est pour une bonne cause.

Derrick but une gorgée de bourbon. C'était facile pour lui d'être détendu, il n'allait pas se retrouver sous le feu des projecteurs dans quelques instants.

— Donne-moi ça.

Roman arracha le verre des mains de son frère et le finit d'un trait.

Derrick passa le bras autour de l'épaule de Roman.

— Ça va aller. C'est presque terminé. Encore un petit passage sur scène, des femmes enchérissent, tu souris poliment, tu dis deux trois mots, vous convenez d'une date pour un dîner, et voilà. Il y a pire dans la vie.

Roman prit une grande inspiration. Bien sûr, il savait que son frère disait la vérité. Mais cela ne changeait rien.

— Je n'aime pas être au centre de l'attention. Tu le sais bien. Et il y a beaucoup trop de journalistes. Ça me rend dingue.

— Je sais, et je comprends. Mais les photographes vont se concentrer sur les acteurs et les mannequins. Je ne pense pas que tu les intéresses vraiment.

Roman entretenait une relation de longue date avec les médias. Longue et douloureuse. Il avait découvert que le meilleur moyen de se protéger de leurs attaques était de rester dans l'ombre et de protéger férocement sa vie privée. S'il avait accepté de participer à cette soirée de charité, c'était uniquement par amour et dévouement envers son frère et sa belle-sœur.

— J'espère vraiment que tu as raison.

— Mais oui, j'en suis sûr… Allez, je vais m'installer dans le public. Bonne chance.

Derrick s'en alla et Roman fit les cent pas en coulisse en attendant son tour. Les sons provenant des enchères qui avaient démarré n'étaient qu'un bruit de fond, noyé sous le tumulte de ses pensées. Il pourrait être en train de travailler à l'heure qu'il était. Il avait fort à faire. Son dernier projet hôtelier en date, qu'il menait ici à Manhattan avec son frère, lui prenait tout son temps. Mais c'était très gratifiant de travailler avec son frère, avec qui il s'entendait merveilleusement bien. Ils étaient très proches. Derrick avait été d'un grand soutien quand Roman avait traversé cette période très noire de son existence, alors qu'il avait à peine dépassé les vingt ans. Il avait perdu la seule femme qu'il ait jamais aimée dans un accident tragique pour découvrir après sa mort qu'elle l'avait trahi. Quand un journaliste peu scrupuleux avait découvert l'affaire et en avait révélé publiquement tous les détails sordides, la vie de Roman était devenue un enfer. Sans son frère, qui ne l'avait jamais laissé tomber, il ne savait pas comment il s'en serait sorti.

Une jeune femme avec un presse-papiers à la main s'approcha de lui.

— Mr Scott, vous êtes le prochain.

Bon, autant en finir le plus vite possible. Il alla se placer derrière le rideau, et lorsque son nom fut annoncé, il avança à grandes enjambées jusqu'au centre de la scène. La présence de sa belle-sœur Fiona l'aida à surmonter son trac.

— Et maintenant, mesdames, je vous demande de réserver un accueil triomphal à mon très beau, très talentueux et très célibataire beau-frère, Roman Scott.

Roman salua le public en souriant. Il aurait donné n'importe quoi pour que le temps s'écoule deux fois plus vite que normalement.

— Comme pour tous les autres messieurs qui se sont présentés devant vous, la mise à prix est fixée à 25 000 dollars.

Une femme blonde, au premier rang leva la main.

— 25 000, lança-t-elle.

— 26 000, renchérit une femme brune, assise quelques rangs derrière.

La femme blonde croisa les jambes et leva plus haut la main. La fente de sa robe s'écarta, révélant ses cuisses galbées.

— 30 000.

Pour la première fois de la soirée, Roman apprécia de se retrouver au centre de l'attention. La femme assise au premier rang, qui avait des cheveux couleur miel lui arrivant aux épaules et portait une robe dorée, était d'une beauté à couper le souffle. Et une détermination féroce se lisait sur son visage. Cela lui plaisait. Beaucoup.

— 35 000, poursuivit la deuxième femme.

— 50 000, dit aussitôt la jolie blonde.

Un murmure parcourut l'assemblée.

— 55 000, lança une troisième femme, depuis les derniers rangs.

Elle fut suivie par une quatrième femme.

— 60 000.

Roman avait la tête qui tournait. Il avait l'impression d'assister à une véritable guerre. Une guerre dont il était l'enjeu.

La deuxième femme renchérit, pour une somme de 75 000 dollars. Un nouveau murmure parcourut l'assemblée.

— J'ai 75 000 dollars là, en face de moi, ce qui, je me permets de le souligner, est le record absolu jamais atteint dans une de nos ventes. Ai-je d'autres offres ? demanda Fiona. Non ? 75 000 dollars une fois… 75 000 dollars deux fois…

— 200 000 dollars, lança la femme blonde.

Le public retint son souffle. Fiona poussa une petite exclamation. Le cœur de Roman bondit dans sa poitrine. Apparemment, la femme à la robe dorée avait vraiment envie de dîner avec lui. Il y avait pire comme situation, si ce n'était qu'il sentait un certain émoi chez les photographes situés à l'autre extrémité de la scène. Ces enchères historiques allaient forcément attirer l'attention sur lui, et il était donc assuré de passer une fin de soirée difficile.

— C'est absolument fabuleux, dit Fiona. Quelqu'un souhaite-t-il renchérir ? Non ? Une fois… deux fois… Adjugé pour 200 000 dollars.

Étourdi, Roman descendit de la scène et se dirigea vers la femme qui venait de dépenser une somme faramineuse pour lui. À chaque pas, à mesure que sa beauté devenait plus frappante, son trouble grandissait. Pourquoi une femme comme elle voudrait dépenser autant d'argent pour une soirée en sa compagnie ? Malheureusement, il n'eut pas le temps de réfléchir aux réponses possibles car une nuée de photographes fondirent sur eux en faisant crépiter leurs flashs.

— Venez, dit-il.

Dans un réflexe, il prit sa main et se dirigea vers le fond de la salle de bal.

— Où allons-nous ?

Elle faisait de son mieux pour réussir à le suivre, mais elle avait aussi l'air passablement contrariée.

Roman n'avait pas le temps à perdre en discussions inutiles. Tout ce qu'il voulait, c'était échapper à la presse.

— Il faut que nous fuyions ces vautours. D'accord ?

— Vous savez, si vous les laissez prendre quelques photos, ils s'en iront d'eux-mêmes.

— Non. Il faut partir d'ici.

Paniqué, il se dirigea vers la sortie située sur un côté de la salle. Il courait presque.

— Ça ne vous ferait rien de ralentir un peu ? demanda-t-elle, alors qu'il dévalait déjà l'escalier.

— Pas le temps. Il faut leur échapper à tout prix.

Il reprit sa main et traversa le hall de l'hôtel au pas de course. Ils furent bientôt dehors.

— Ce sont juste des paparazzis. J'y suis habituée depuis longtemps, dit-elle, hors d'haleine.

Il tourna au coin de la rue, en se demandant qui était cette femme. Dès qu'il en aurait le temps, il lui poserait la question.

Heureusement, un peu plus loin, il aperçut son chauffeur, debout à côté de sa limousine. Il se retourna rapidement et constata qu'ils étaient toujours suivis.

— Ça ne vous dérange pas si je vous dépose quelque

part ? Parce que mon chauffeur est au bout de la rue et que filer d'ici au plus vite me paraît la meilleure solution.

— J'ai comme l'impression de ne pas avoir vraiment le choix. J'ai peur de ne jamais vous revoir si je vous laisse partir seul.

Roman fut pris de remords.

— Je vous promets que vous ne le regretterez pas.

La tenant toujours par la main, il courut jusqu'à la limousine. Son chauffeur avait déjà ouvert la porte et, dans la précipitation, Roman aida la jeune femme à monter à bord en posant les mains sur ses fesses pour la pousser vigoureusement à l'intérieur.

— Est-ce cela que vous vouliez dire par « vous ne le regretterez pas » ? demanda-t-elle, une fois assise.

Il se sentit rougir.

— Non, je suis désolé. C'était involontaire.

— Je n'arrive pas à croire que j'ai déboursé presque un quart de million de dollars pour courir en talons sur un trottoir et me faire mettre la main aux fesses.

— Pourquoi exactement avez-vous fait une enchère aussi folle ? Sans cela, les photographes ne se seraient jamais mis à nous suivre.

— Certains hommes auraient été flattés à votre place.

Elle lui adressa un regard qui le fit se sentir très confus.

— Je m'excuse. Je suis flatté. Vraiment. Mais je suis aussi perplexe. Je ne sais pas qui vous êtes, mais j'imagine que vous n'avez pas de mal à faire des rencontres.

— Comment pouvez-vous dire une chose pareille ? Vous ne me connaissez même pas.

— Regardez-vous. Vous êtes magnifique.

Ils se regardèrent brièvement dans les yeux, puis elle pinça légèrement les lèvres. Elle semblait cependant réprimer une grimace plutôt qu'un sourire.

— Merci, mais j'aimerais mieux que vous évitiez de me dire ce genre de choses à l'avenir, d'accord ?

— D'accord.

— J'ajoute que ce n'est pas parce qu'une femme est belle, jolie ou même simplement mignonne qu'elle est forcément heureuse en amour.

— Vous avez raison.

— Et puisque vous voulez savoir qui je suis, dit-elle en lui tendant la main, je m'appelle Taylor Klein et j'essaye de vous joindre depuis plusieurs semaines.

— De me joindre. Pourquoi ?

— J'ai besoin de votre cerveau. Et de votre créativité.

— Donc vous ne voulez pas dîner avec moi ?

— Pas spécialement. Surtout si ce que vous avez en tête, c'est un dîner en tête à tête, avec bougies et champagne.

Même en essayant de toutes ses forces, Roman n'aurait pas pu être plus désorienté ni plus intrigué. Cette femme superbe ne s'intéressait qu'à son esprit.

— D'accord. Dites-m'en un peu plus.

- 2 -

— Je vous conduis chez vous, Mr Scott ? demanda le chauffeur.

— Oui, répondit-il distraitement.

Il défit son nœud papillon, puis déboutonna le haut de sa chemise, dévoilant ainsi quelques affolants centimètres carrés de peau.

Taylor s'efforça de regarder par la vitre. Les hommes causeraient sa perte. C'était pire qu'une faiblesse. Ils étaient la source de tous les malheurs qu'elle avait connus dans la vie.

— J'espère que ça vous va, dit-il à Taylor. Si vous êtes d'accord, je vous offrirai un verre et vous me raconterez pourquoi vous avez besoin de mon esprit et de ma créativité.

Si Taylor avait reçu un dollar à chaque fois qu'elle avait accepté de monter prendre un verre chez un homme, elle aurait presque eu de quoi financer cette folle enchère qu'elle venait de faire. Cela ne s'était jamais bien terminé. Mais sa dernière rupture avait été la plus douloureuse. Ian. Et avec ce dernier, tout avait aussi commencé par une invitation à « monter prendre un verre chez lui ». Mais cette fois elle ne tomberait pas dans le piège. Elle savait ce qu'elle devait à tout prix éviter : se jeter au cou de son hôte, retirer sa robe, et finir dans son lit.

— Ça me va. Du moment que vous gardez présent à l'esprit que cette rencontre est purement professionnelle.

— C'est la première fois que je participe à ce genre de

ventes aux enchères mais j'ai cru comprendre que, d'habitude, les participantes ont d'autres buts que les vôtres.

— C'est la première fois que j'y participe moi aussi, donc je ne suis sans doute pas très au fait du protocole.

— Ces enchères, c'est un peu ridicule comme procédé, vous ne trouvez pas ?

— Si, d'ailleurs je me suis sentie mal à l'aise toute la soirée. J'imagine que c'était pire pour vous, sur scène.

— J'étais *horriblement* mal à l'aise. D'autant plus que je déteste me retrouver sous le feu des projecteurs. Moi, ce que j'aime, c'est rester dans l'ombre et faire mon travail sans rien demander à personne.

Elle le regarda se masser les tempes. Roman Scott était un mystère. Un très beau mystère. Sa mâchoire carrée soulignait son caractère viril et déterminé. Son regard était intense, mais aussi prudent, réservé. Elle avait remarqué qu'il ne la regardait jamais plus que quelques secondes dans les yeux. S'il n'avait pas fait carrière dans l'hôtellerie, il aurait sans doute pu être mannequin. Mais il était clair qu'il n'aurait jamais pu exercer un métier consistant à se retrouver au centre de l'attention.

— Intéressant, répondit-elle.

— Ah oui, et dans quel sens ?

Elle hésitait à lui révéler le fond de sa pensée. Elle ne voulait pas risquer de le braquer ni de le contrarier. Mais il correspondait si peu à l'idée qu'elle se faisait des hommes riches et puissants qu'elle fut incapable de refréner sa curiosité. Elle se tourna vers lui, ce qui signifia que ses genoux touchèrent presque ses longues jambes. Malgré sa robe longue et volumineuse, elle trouva cette proximité un peu trop troublante.

— Je trouve intéressant qu'un homme parti de rien pour devenir le propriétaire de dix-sept hôtels situés dans les plus beaux endroits de la planète ne veuille pas se retrouver sous le feu des projecteurs. Beaucoup de gens ne vivent que pour cela.

— Pas moi.

Il s'éclaircit la gorge et l'observa d'un œil inquisiteur.

— C'est cela que vous voulez obtenir de moi ? Un travail ? Quelque chose en lien avec mes hôtels ?

— Je ne veux pas un travail. J'en ai assez d'avoir un patron. Je veux être maîtresse de mon destin. À cet effet, j'ai l'intention de transformer la résidence secondaire que ma famille possède dans le Connecticut en hôtel de charme. Mais je n'aime pas faire les choses à moitié, et c'est là que vous entrez en scène. J'ai besoin de vos conseils et de vos idées. En termes de marketing et de positionnement, j'ai aussi beaucoup à apprendre de vous.

— À moi de trouver cela intéressant.

— Ah oui ?

— Tout à fait : personne ne m'a jamais demandé ce genre de conseils auparavant. Jamais.

— Comment est-ce possible ?

— Je ne sais pas.

— Les gens sont peut-être trop intimidés par vous. Ou bien vous êtes trop brillant. Ils sont jaloux.

Il lui adressa un petit regard en coin qui la fit frissonner.

— Pas la peine de me passer de la pommade.

— Ce n'est pas de la flatterie, c'est la vérité.

Avant de pouvoir argumenter, elle se rendit compte que le chauffeur ralentissait. Ils se trouvaient dans le quartier le plus cher de Manhattan, au beau milieu de Park Avenue, l'avenue des milliardaires.

— Bon sang, murmura Roman en regardant par la vitre. Ils sont là.

— Qui ?

— Les journalistes. Tout cela à cause de votre enchère indécente.

Taylor n'était pas du genre à se laisser rabrouer de la sorte.

— Si vous aviez répondu à mes coups de téléphone, vous n'auriez pas les paparazzis aux trousses en ce moment. Si vous n'aviez pas ignoré les dizaines de messages que je vous ai laissés, je n'aurais pas été obligée de prélever cette somme considérable sur le budget que j'avais réservé pour mon projet d'hôtel.

Le chauffeur baissa la vitre qui le séparait des passagers.

— Monsieur ? Je viens de voir avec la sécurité et l'entrée du parking est dégagée. Personne pour l'instant.

— Très bien, allez-y. Vite.

Roman semblait agacé.

— Pourquoi aurais-je rappelé une inconnue ? Je suis quelqu'un de très occupé. Je croule sous le travail.

— Je pensais que le nom de Klein suffirait à vous donner envie de me rappeler. La société d'investissement de mon père a organisé beaucoup de séminaires d'entreprise dans vos hôtels. Elle a dépensé plusieurs centaines de milliers de dollars chez vous. Peut-être même plus.

Il se tourna et posa la main sur son bras.

— Attendez un instant. Vous êtes la fille de Walter Klein ?

Taylor se raidit. Par ses mots, Roman Scott venait de lui prouver qu'elle avait échoué dans sa tentative d'être connue pour elle-même et de ne pas simplement être une « fille de ».

— Oui, c'est mon père.

— Pourquoi ne pas l'avoir dit dans vos messages ?

— Honnêtement, je pensais que vous feriez le rapprochement vous-même. Mais vous ne devez pas être quelqu'un de très curieux.

Il lui adressa un regard contrarié.

— Au contraire, je suis quelqu'un d'extrêmement curieux. Je cherche toujours à en savoir plus sur tout. C'est mon assistante qui manque de curiosité. En même temps, elle doit traiter des centaines de demandes par jour. Si un nom ne lui dit rien ou la personne qui me sollicite n'est pas recommandée par une de mes connaissances, elle ne donne pas suite.

— Vous êtes en train de me dire qu'aucun de mes messages n'est parvenu jusqu'à vous.

— Non, en effet.

Taylor s'en voulut aussitôt de sa naïveté. Une erreur de plus…

— J'avoue que je me sens un peu bête, confessa-t-elle.

— Mr Scott ? fit le chauffeur.

Roman regarda par la vitre.

— Ça m'a l'air bon.

— À moi aussi, monsieur. Je vais entrer, alors.

À peine quelques secondes plus tard, le chauffeur ouvrit la portière de Roman, qui sortit de la voiture, avant de tendre la main à Taylor.

— Venez.

Le chauffeur les précéda vers l'ascenseur, qui ne se trouvait qu'à quelques mètres. Il l'ouvrit avec son passe et maintint les portes ouvertes en attendant Taylor et Roman, qui était en train d'inspecter le parking, sans doute pour vérifier qu'aucun journaliste ne s'y était engouffré.

Une fois qu'ils furent dans l'ascenseur, il secoua la tête en fronçant le nez d'un air dédaigneux.

Taylor ne comprenait vraiment pas sa réaction. Certes, les paparazzis et les journalistes pouvaient être irritants, mais elle les trouvait surtout inoffensifs.

— Puis-je vous poser une question ? demanda-t-elle. Avez-vous des soucis particuliers en ce moment ? Un scandale vous concernant risque-t-il d'éclater ? Parce que sinon, quelque chose m'échappe…

— Cela fait des années et des années que je fais tout pour protéger ma vie privée et pour que les journaux ne parlent jamais de moi. Je ne veux pas que cela change aujourd'hui.

Son ton était redevenu sévère et tranchant. Sans doute fallait-il s'habituer à ce que son côté ours prenne parfois le dessus. Elle retiendrait la leçon, néanmoins : étant donné la façon dont il prenait la chose, elle éviterait désormais de lui poser des questions susceptibles de le fâcher. Mais au moins, elle avait compris pourquoi, même en cherchant bien, elle n'avait jamais trouvé la moindre information le concernant dans la presse.

L'ascenseur s'arrêta et les portes s'ouvrirent.

— C'est chez vous ?

— Oui.

Taylor entra. Elle avait déjà vu des dizaines d'appartements penthouses dans sa vie. Mais celui-ci était de loin le plus luxueux. L'ascenseur les avait déposés dans un hall d'entrée circulaire tout en marbre blanc qui distribuait plusieurs pièces. La plus grande porte, au fond, semblait ouvrir sur un salon offrant une vue panoramique sur la ville. De loin, à travers les immenses baies vitrées, Taylor aperçut les lumières multicolores qui scintillaient dans le ciel bleu nuit. C'était magique et époustouflant. Et terriblement romantique.

— À quel étage sommes-nous ?

— Au quatre-vingt-troisième.

Roman retira sa veste de smoking et posa son nœud papillon sur une table.

— Waouh, fit Taylor qui, par réflexe, alla chercher appui contre le mur le plus proche.

Roman se tourna vers elle. Ses yeux semblaient encore plus sombres dans la lumière tamisée.

— Est-ce que ça va ?

Elle eut honte et retira précipitamment sa main.

— Désolée, mais j'ai vraiment le vertige.

— C'est peut-être le moment de vous offrir un verre, alors ?

D'un geste, il l'invita à passer au salon.

— V… volontiers.

Elle hocha la tête, mais l'idée de se rapprocher des baies vitrées, et donc du vide, ne la transportait pas de joie, malgré la beauté de la vue.

Son appréhension sembla amuser Roman.

— Ne vous inquiétez pas, il ne va rien vous arriver. Vous ne tomberez pas, c'est promis.

Elle prit une grande inspiration et se força à sourire. Elle savait que c'était absurde, mais c'était le principe même des peurs : elles défiaient la raison.

— J'ai juste besoin de quelques secondes, et ça va aller.

Roman lui tendit la main.

— Venez, je vous emmène. Vous allez vous asseoir le plus loin possible des fenêtres et après quelques gorgées d'un délicieux cocktail, vous verrez que vous vous sentirez bien mieux.

Elle hocha la tête et accepta la main qu'il lui tendit. Au bout de quelques pas, grâce à ce contact chaud et ferme, elle se sentait déjà plus calme.

Il ne montra aucun signe d'impatience, malgré son train d'octogénaire. Dès qu'ils pénétrèrent dans la pièce, Roman alluma les lampes autour du bar et la conduisit jusqu'à un fauteuil moelleux en cuir blanc.

— Que puis-je vous servir ?

— Qu'avez-vous à me proposer ?

— À peu près tout et n'importe quoi.

Il sourit pour la première fois depuis qu'il avait quitté la scène. Son air était aussi beaucoup plus chaleureux et naturel.

— Dans ce cas, un gin tonic, s'il vous plaît.

Alors qu'elle était confortablement installée, elle réussit à respirer et à prendre conscience qu'enfin, elle allait pouvoir poser des dizaines et des dizaines de questions à Roman Scott.

— Je vois que vos goûts sont plutôt classiques, dit-il. Ce n'est pas le cas de tout le monde, loin de là.

Taylor se demanda si ce « tout le monde » se référait à des femmes. Même si elle n'avait trouvé aucune information concernant sa vie personnelle, un homme aussi beau et riche que lui devait être courtisé par les femmes du monde entier. Alors qu'il lui tournait le dos pour se diriger vers le bar, il lui offrit une vue de lui qu'elle n'avait pas encore eu l'occasion d'admirer : son dos. Elle réprima un hochement de tête approbateur mais laissa ses yeux se régaler. Des épaules larges. Un long buste. Des fesses incroyables.

Malheureusement, elle ne pouvait pas toucher.

— Voilà.

Il se tourna et se dirigea vers elle, deux verres à la main. Leurs doigts s'effleurèrent quand il lui tendit le sien. Il proposa un toast :

— À la vente aux enchères ?

Taylor rit. Elle était heureuse que l'ambiance soit plus détendue que dans la voiture.

— Oui. Elle m'a bien profité. Et à la fondation de votre belle-sœur aussi.

Roman prit place en face d'elle et but une gorgée de ce qui, vu la couleur, semblait être du bourbon ou du whisky.

— Alors, miss Klein, que voulez-vous savoir exactement ? Et comment envisagez-vous cette… collaboration ?

— Idéalement, j'aimerais que nous nous voyions plusieurs fois, au fur et à mesure que mon projet avancera. Si vous avez du mal à débloquer du temps, nous pourrions dîner ensemble de temps en temps.

Elle s'éclaircit la gorge pour formuler la suite, plus délicate.

— Et j'avoue que j'espérais pouvoir vous convaincre de vous déplacer dans le Connecticut.

Cela faisait longtemps que personne ne lui avait demandé une chose aussi osée. Et si Taylor Klein n'avait pas été aussi magnifique, et intéressante, il lui aurait sans doute ri au nez.

— Je vous écoute.

— La propriété est aux mains de ma famille depuis le début du XXe siècle, depuis 1902 exactement.

— Merci pour cette précision, mais cela ne me dit pas pourquoi je devrais aller dans le Connecticut.

Il ne voulait pas en rajouter sur sa masse de travail, mais son emploi du temps était surchargé. Il se rendit d'ailleurs compte que cela faisait un temps fou qu'il ne s'était pas accordé un moment de détente comme il était en train de le faire. Certes, il était toujours question de travail, mais cet entretien informel ne le soumettait à aucune pression. Ce n'était pas désagréable, surtout quand on était assis en face d'une femme d'une beauté à couper le souffle.

— La situation du terrain est magnifique, mais la maison en elle-même est un peu vieillotte. J'espérais pouvoir conserver la structure générale et la façade du bâtiment, tout en modernisant l'intérieur. Un peu plus tard, quand l'hôtel sera bien lancé, j'envisage de faire construire des bungalows individuels ou des petits cottages.

— Et vous avez l'intention de superviser tout cela toute seule ? Et de quitter votre vie new-yorkaise pour aller vous installer dans le Connecticut ? À supposer, bien sûr, que vous viviez à New York, car je ne sais rien de vous, Taylor Klein.

— Je vis en effet à New York, mais je suis prête pour un grand changement. Il y a trop de fantômes dans cette ville. Et la propriété est vraiment magnifique, empreinte de calme et de sérénité. Je ne sais pas, vous, mais cette ville m'épuise parfois.

— Moi aussi, parfois, acquiesça-t-il.

C'était d'ailleurs pour cela qu'il avait choisi de vivre si près des nuages : pour la tranquillité que l'altitude lui garantissait. À chaque fois qu'il rentrait chez lui, il avait l'impression de s'élever au-dessus des tumultes de la ville.

— Vos parents sont d'accord pour que vous transformiez la propriété familiale en hôtel ?

— Absolument. Ils ont beaucoup de résidences secondaires. Et mon père me pousse vraiment à me lancer. Il veut que je sois heureuse. Et que je réussisse dans la vie.

Elle le regarda d'un air anxieux.

— Est-ce que cela veut dire que vous accepteriez de vous déplacer ? C'est si important pour moi. Vous savez, je suis tombée sous le charme de vos hôtels dès mon premier séjour dans l'un d'eux. À la fin de ce voyage, j'ai pris la décision solennelle de tous les visiter.

Roman trouvait un peu incongru, voire inquiétant, d'avoir une admiratrice. Il n'était pas une rock star ni un acteur célèbre. Mais Taylor donnait l'impression de vraiment connaître et apprécier son travail. C'était agréable d'entendre des mots si gentils et généreux dans la bouche d'une femme aussi vive et énergique.

— Faites attention, vous allez me faire rougir.

— Les gens ne rougissent que lorsqu'ils savent que le compliment qui leur a été adressé est mérité, dit-elle en ponctuant sa phrase par un battement de cils enjôleur.

Roman eut tout à coup très chaud. Il vida son verre d'un trait, en étudiant sa proposition et en étudiant son auteure. Taylor Klein était drôle et intelligente. Irrésistible, sans doute. Lui sentait en tout cas qu'il aurait beaucoup de mal à lui résister. Cela faisait longtemps qu'une femme ne l'avait pas captivé à ce point. Il avait l'impression de se sentir revivre.

— Combien de temps ? se contenta-t-il de demander.

— Je me satisferais de vingt-quatre heures.

Satisferais. Il trouva le mot intéressant. Il l'observa passer la langue sur ses lèvres. En ce qui le concernait, il se satisferait d'un baiser de Taylor. Un baiser long et passionné, de ceux que l'on aimerait ne jamais voir finir.

— Et si, au lieu de vous satisfaire, je cherchais à vous combler ? Combien de temps cela demanderait-il ?

Son sourire illumina la pièce tout entière.

— Trois jours ?

Il faillit s'étrangler. Son assistante allait le tuer quand elle apprendrait cela. En même temps, cela faisait une éternité qu'il n'avait pas levé le pied. Et on était vendredi, ce qui signifiait que seul son lundi devrait être reprogrammé. C'était un petit prix à payer pour aider quelqu'un d'aussi enthousiaste que Taylor.

— Faut-il prévenir à l'avance quelqu'un de notre arrivée ?

— Non. Nous avons sur place un gardien qui veille à ce que tout soit prêt à n'importe quel moment. Cela ne fait pas longtemps qu'il travaille pour nous, mais toute la famille l'adore.

— Génial.

— Est-ce que ça veut dire que vous acceptez ?

Il reposa son verre sur la table basse qui les séparait.

— Oui. À condition que nous partions ce soir.

Taylor écarquilla les yeux.

— Maintenant ?

— Oui, Taylor. C'est maintenant ou jamais.

À ce moment précis, le téléphone de Taylor émit un petit son.

— On dirait que vous venez de recevoir un message. Allez-y, regardez, je vous en prie, dit-il. Mais je vous préviens, vous n'avez que quelques minutes pour me donner une réponse. Après cela, je vais me coucher.

Taylor extirpa son téléphone de son sac à main.

— Oh non, dit-elle en regardant l'écran, le visage horrifié.

— Que se passe-t-il ? demanda-t-il, inquiet.

— Je n'ose pas vous le dire.

— C'est trop tard, vous n'avez pas le choix.

Il alla se placer à ses côtés et se pencha au-dessus d'elle, en essayant d'ignorer son décolleté profond et sa peau miroitante.

— Ce sont les tabloïds. Ils ont publié quelque chose sur nous. Il y a même une photo de nous deux en train de quitter précipitamment la vente aux enchères.

Il tendit la main et elle lui donna son téléphone. Il ne prit pas la peine de lire l'article en entier. La photo et le titre lui suffirent. Il n'eut pas de mal à imaginer ce qui allait se passer. Les journalistes allaient le traquer. Cela durerait peut-être quarante-huit heures. Plus si quelqu'un se mettait à fouiller dans son passé et en exhumait ce que lui et Derrick s'étaient donné tant de mal à ensevelir. Alors ce serait l'enfer. Les photographes ne le lâcheraient pas. Ils seraient partout. Partout. Son seul réconfort, c'était de se dire qu'il pouvait les prendre de vitesse. Il pouvait s'enfuir. Il en avait les moyens et, grâce à Taylor, il avait un endroit où aller. Et là, personne ne viendrait le chercher.

— Ça ne me surprend pas vraiment, dit-il en lui rendant son téléphone.

— Je suis désolée. Je ne sais pas quoi dire…

Lorsqu'elle se leva, et qu'elle se retrouva tout près de lui, il n'eut qu'une envie : la prendre dans ses bras et l'embrasser.

— Ne vous excusez pas. Vous n'y êtes pour rien. Faire du sensationnel avec rien du tout, c'est leur spécialité. Tenez, grâce à eux, je suis sûr qu'en ce moment tout le monde pense que nous sommes déjà en pleins ébats.

L'expression horrifiée qui se lisait sur son beau visage laissa la place à de la gêne. Elle rougit et plaqua la main sur ses lèvres pulpeuses.

— Vous croyez vraiment que les gens sont en train de penser ça ?

— Sans doute. Les gens ont toujours envie de croire ce qu'il y a de plus salace.

Lui-même, à ce moment précis, aurait bien aimé que ces élucubrations soient la réalité.

— Et que faisons-nous maintenant, alors ? Êtes-vous toujours prêt à aller dans le Connecticut ?

— Plus que jamais. Je crois même que c'est ce que nous avons de mieux à faire.

— Votre chauffeur peut-il nous y conduire ? Et si oui, peut-il faire un crochet par chez moi afin que je puisse emporter quelques affaires ?

Roman prit le verre de Taylor qu'elle avait posé sur la table basse et le lui tendit.

— Tenez, finissez ça.

Elle obéit et ensuite lui rendit le verre.

— Alors ?

— Non, mon chauffeur ne va pas nous y conduire. Et non, il ne va pas faire un crochet par chez vous.

Il sortit son téléphone de sa poche et envoya un bref message. Une réponse positive arriva aussitôt, ce qui était normal étant donné le prix qu'il payait pour ce service… exceptionnel.

— Je ne comprends pas.

— Nous allons voyager par les airs. En hélicoptère pour être précis. Un appareil va se poser sur l'héliport de l'immeuble d'ici quinze minutes.

— Oh ! non. Non, je ne pense pas que je vais pouvoir faire ça, dit-elle d'une voix suraiguë et paniquée.

Roman avait oublié qu'elle avait le vertige.

— Ne vous inquiétez pas. Mon pilote est quelqu'un de très expérimenté. Vous ne risquerez absolument rien.

— Et mes affaires alors ? Je ne peux quand même pas porter cette robe pendant trois jours.

— Et pourquoi pas ? Elle vous va magnifiquement bien, et je serais ravi de vous voir la porter pendant trois jours.

Ceci dit, cela ne le dérangerait pas non plus de la voir sans…

— Tout ceci est un peu trop inattendu et précipité pour moi, dit-elle en regardant autour d'elle avec agitation. Alors, oui, j'ai peut-être quelques vêtements là-bas, mais je ne suis pas sûre qu'ils m'aillent encore… J'avoue que je n'avais pas du tout imaginé que la soirée prendrait ce tour.

Elle lui adressa un regard si perçant et intense qu'il faillit brûler vif.

— Moi non plus, Taylor. Moi non plus.

- 3 -

Non ce n'est pas possible. C'est complètement absurde.

Telles étaient les seules pensées que Taylor était capable de formuler en ce moment.

— Ça va, bien installée ? Votre ceinture ne vous serre pas trop ? demanda Roman.

Malgré les pales qui tournaient à une vitesse folle au-dessus de leurs têtes, elle entendait son cœur battre frénétiquement dans sa poitrine. Elle était pétrifiée. Jamais elle n'avait eu aussi peur de sa vie. Sans savoir pourquoi, elle acquiesça.

— Oui, ça a l'air d'aller.

Quand il se pencha vers elle, les effluves de son eau de toilette parvinrent jusqu'à ses narines. C'était un parfum chaud comme du bourbon qui, en plus, dégageait d'agréables notes boisées évoquant le cèdre.

— Tout va bien se passer. Je vous le jure sur ce que j'ai de plus cher.

Les pales se mirent à tourner plus vite, et l'hélicoptère décolla de quelques mètres. Il piqua légèrement du nez, puis esquissa un mouvement vers l'avant et s'envola dans le ciel au-dessus de Manhattan. Taylor ferma les yeux et croisa les bras autour de sa taille comme pour maintenir son estomac en place. *Tout va bien. Tout va bien,* se répéta-t-elle. Elle essaya de ne pas penser à l'endroit où elle se trouvait, c'est-à-dire dans une boîte de conserve volante suspendue au-dessus de New York. La panique lui nouait la gorge. Son cœur battait trop vite. Une crise de migraine couvait. Puis elle sentit quelque chose de chaud.

Une main. Sur la sienne.

Elle se tourna et se risqua à ouvrir un œil. Elle se concentra sur le visage de Roman, trop terrifiée pour regarder par la vitre.

— Je ne veux pas que vous ayez peur. Pas avec moi.

Seigneur, il était irrésistible. Le fait qu'il ne craigne pas de se montrer protecteur la faisait complètement fondre. Quelle bêtise était-elle en train de commettre ? Pendant trois jours, ils allaient être tout seuls. *Tout. Seuls.* Elle avait perdu la tête. Elle se connaissait. Vingt minutes après l'atterrissage, elle serait en train de l'embrasser et sur le point de se déshabiller. Trente minutes maximum. *Pense à ton avenir !* s'ordonna-t-elle. Mais rien n'y fit : elle avait une conscience aiguë de leur proximité et de leurs mains jointes. Elle essaya de se convaincre qu'il s'agissait d'un geste chaste, même si ce n'était pas du tout l'impression qu'elle en avait.

— Merci. Je m'excuse d'être si nerveuse. J'ai le vertige depuis toute petite.

— Mais vous êtes déjà montée en hélicoptère, j'imagine.

— Quelques rares fois. Pas souvent. Ma famille me connaît, elle sait à quel point je déteste ça.

— Vous avez une grande famille ?

— Non, je n'ai qu'un frère, aîné. Il s'appelle Jeremy.

— Vos parents sont toujours ensemble ? Dans notre milieu, j'ai l'impression que ce n'est pas si fréquent.

Il essayait de la distraire et elle appréciait l'intention.

— Vous avez raison, c'est assez rare. Par chance, mes parents sont toujours très heureux ensemble. Et très amoureux, même après trente-cinq ans de mariage.

— Trente-cinq ans ? Impressionnant.

— Oui. Ils se sont mariés il y a trente-cinq ans. Mon

frère a trente-trois ans, moi j'en ai trente et un. Un événement tous les deux ans : c'est facile à retenir.

Roman sembla marquer un temps d'arrêt.

— J'ai presque dix ans de plus que vous.

Était-ce une mise en garde ? Elle en eut l'impression, même si, depuis tout à l'heure, il ne cessait de se rapprocher d'elle.

— Dix ans, ce n'est rien.

Alors qu'elle se disait qu'elle aurait pu s'abstenir de cette remarque, elle sentit l'hélicoptère amorcer sa descente.

— Monsieur ? demanda le pilote. Y a-t-il une piste d'atterrissage quelque part ?

Roman regarda Taylor d'un œil interrogateur.

— Derrière la maison. Il y a une grande surface dégagée, sans aucun arbre et complètement plate. C'est toujours là que mon père se pose quand il arrive de New York.

— Vous avez entendu ? demanda Roman au pilote.

— Affirmatif, répondit-il. Nous serons posés d'ici quelques minutes.

— Vous voyez ? Je vous avais dit que tout se passerait bien.

La nervosité de Taylor était en train de laisser la place à l'excitation. Les paramètres avaient changé. Elle allait devenir l'hôtesse, la maîtresse de maison, et ce serait à elle de faire en sorte que son invité se sente à l'aise et soit satisfait. Cela signifiait aussi qu'elle allait pouvoir bénéficier des conseils éclairés de Roman. Grâce à lui, sa vie professionnelle allait enfin pouvoir prendre un nouveau départ.

Une lumière vive éclaira l'herbe. L'hélicoptère s'approcha du sol avec lenteur et douceur. Quand, enfin, ils atterrirent, Taylor laissa échapper un long et lourd soupir. *Elle était saine et sauve. Comme il le lui avait promis.*

Quelques secondes plus tard, les pales ralentirent et le pilote vint leur ouvrir la porte. Roman tendit la main Taylor et elle fit de son mieux pour descendre de l'engin avec sa robe volumineuse et ses talons hauts.

Roman échangea quelques mots avec le pilote. Taylor entendit le mot « lundi » et sut alors qu'elle avait les journées de samedi et de dimanche pour obtenir ce qu'elle voulait de Roman Scott. Dans ce cas, mieux valait qu'elle ne perde pas de temps.

Ils traversèrent la pelouse jusqu'à la maison. Ils contournèrent la piscine et Taylor alla désactiver l'alarme dans la chaufferie, avant de faire entrer Roman et de le conduire jusqu'à la cuisine.

— On dirait que quelqu'un attendait notre arrivée, dit-il en désignant la bouteille de vin rouge posée sur l'îlot central en marbre.

À côté de la bouteille se trouvait un mot :

« Prévenez-moi si vous avez besoin de quoi que ce soit. Bruce. »

— C'est le gardien. Je lui ai envoyé un message depuis chez vous pour l'avertir que j'arriverais plus tôt que prévu.

Elle alla inspecter le frigo. Il était plein. Une miche de pain frais trônait sur le plan de travail. Bruce était une perle. Il pensait toujours à tout.

— Est-ce que je peux vous servir quelque chose à boire ?

— Je veux bien goûter le vin.

— Excellente idée.

Taylor sortit deux verres qu'elle remplit en s'appliquant. Ils trinquèrent, puis elle retira ses chaussures.

— Venez. Passons au bureau. Nous serons bien plus à l'aise.

— Je vous suis.

Elle le guida à travers la demeure. Ils traversèrent le grand hall d'entrée, avec ses quatre mètres de hauteur sous plafond et ses lustres en cristal, avec ses banquettes en velours noir adossées aux murs et son parquet d'époque en acajou. Il y avait beaucoup de choses que Taylor adorait dans cette maison, son ancrage historique, la qualité des matériaux, la beauté des finitions. Néanmoins, elle avait hâte de lui donner un petit coup de jeune et de la transformer selon sa propre vision.

— Nous y voilà, dit-elle en pénétrant dans l'un des nombreux bureaux. À l'origine, il s'agissait du fumoir, je crois. Mais ma grand-mère détestait l'odeur des cigares et n'a jamais laissé fumer personne à l'intérieur.

Roman observa la pièce avec attention.

— Il y a un énorme potentiel. Mais beaucoup de travail en perspective également.

Roman s'assit en croisant ses longues jambes. Quand Taylor s'installa sur le siège juste à côté de lui, elle se rendit compte à quel point elle était fatiguée, et elle se sentit aussi très ridicule dans sa robe de soirée. Elle espérait vraiment trouver quelque chose de mettable dans sa chambre. Mais elle verrait plus tard. Pour l'instant, l'heure était à la discussion.

— Tout à l'heure, vous avez dit avoir averti le gardien que vous alliez arriver plus tôt que prévu, dit Roman. Vous aviez déjà tout organisé à l'avance ?

— Oui. Mon plan était le suivant : enchérir sur vous, remporter les enchères, ensuite organiser une rencontre, afin de parler travail, si possible dans la foulée des enchères, pour que je puisse venir ici la semaine prochaine et m'atteler tout de suite à mon projet.

Il rit.

— C'était un plan très optimiste. Tout aurait très bien pu aller de travers.

— Je savais que je pouvais me permettre de miser gros pour obtenir ce que je voulais.

En prononçant cette phrase, elle se rendit compte que ce n'était pas seulement son argent qu'elle mettait en jeu dans l'histoire. Elle-même risquait gros. Elle et son cœur. L'attirance qu'elle ressentait pour Roman était indéniable, et elle savait très bien qu'à chaque minute passée ensemble, elle le trouverait de plus en plus irrésistible. Elle allait devoir faire de son mieux pour demeurer vigilante et pour maintenir une distance prudente entre eux. Pour rester professionnelle.

— En parlant d'argent, vous auriez pu m'avoir pour beaucoup moins cher.

Taylor se sentit rougir.

— Je crois que je me suis un peu emballée.

— Ah oui, vous croyez ?

— C'est plus fort que moi. Je suis hyper compétitive. Quand j'ai vu ces femmes s'accrocher, ça m'a rendue folle et je n'ai eu qu'une envie : leur faire comprendre qu'on ne jouait pas dans la même catégorie.

Elle marqua un temps d'arrêt.

— Évidemment, si j'avais pu prévoir les conséquences de mes actes, j'aurais fait un effort pour me refréner…

Malgré l'allusion aux journalistes, Roman esquissa un petit sourire en coin.

— Je dois quand même avouer que je m'amuse assez. Vous m'intriguez, Taylor, vous et votre ambition. Je suis très heureux de consacrer ce week-end à travailler sur votre futur hôtel.

— Oh ! génial. Je suis très heureuse moi aussi.

— Mais il faut absolument que je sois à New York lundi.

— Un gros projet vous attend ?

— Oui, nous préparons quelque chose avec mon frère. Mais pour l'instant, je ne peux pas en parler.

— Bien sûr, je comprends.

Elle avait réussi à convaincre Roman de l'aider, mais cela ne signifiait pas qu'ils étaient devenus intimes, loin de là. Quelque chose lui disait qu'il n'était pas du genre à se livrer facilement. Pourtant, elle adorerait qu'il lui fasse suffisamment confiance pour partager quelques-uns de ses secrets avec elle. Si elle manœuvrait avec habileté, si elle respectait les limites qu'il semblait vouloir poser et si ce week-end se passait bien, peut-être accepterait-il au moins de continuer à l'épauler et à la conseiller pendant longtemps. C'était son souhait le plus cher en tout cas.

La grosse horloge qui occupait un angle de la pièce se mit à sonner.

— Oh ! non, je n'y crois pas, il est 1 heure du matin !

— Le plus sage serait d'aller au lit, me semble-t-il.

Taylor eut aussitôt une pensée qui lui déplut, mais ce fut plus fort qu'elle. Elle se mit à imaginer Roman dans *son* lit.

Arrête ça tout de suite !

— Oui, je vais vous conduire à votre chambre.

Roman récupéra son sac et Taylor le conduisit à l'étage en empruntant le grand escalier hélicoïdal. Il était entièrement vitré et de jour il offrait une vue magnifique sur l'entrée de la propriété, avec sa fontaine et ses haies soigneusement taillées. Taylor adorait vraiment cette maison familiale, et elle espérait que ses futurs hôtes partageraient son enthousiasme.

L'escalier ouvrait sur trois espaces. En face, une grande pièce, qui avait été jadis une salle de jeu. À gauche, un couloir qui menait aux chambres des membres de la famille. À droite, les appartements des invités. Évidemment, quand Taylor ouvrirait l'hôtel, tout aurait été repensé et cette répartition n'aurait plus lieu d'être. En attendant, elle conduisit Roman à la première des chambres d'amis, où elle alluma la lumière.

— Voilà, j'espère que cela vous conviendra.

Il entra et posa son sac, avant d'observer la pièce avec attention.

— Cela ira très bien.

— Vous ne trouvez pas la décoration un peu… désuète ?

Cela faisait dix ans que cette chambre n'avait pas été rafraîchie, et d'après Taylor, elle en aurait eu grand besoin.

Il lui adressa un petit sourire.

— Si, mais je ne voulais pas paraître impoli.

— C'est très gentil de votre part, mais ce week-end, j'ai besoin que vous soyez d'une sincérité absolue, sans avoir peur de vous montrer trop brutal.

Appuyée contre le cadre de la porte, elle le regarda s'asseoir sur le lit. Elle ne put s'empêcher de ressentir un léger émoi. Pourquoi est-ce que les hommes comme Roman Scott la troublaient autant ?

— Dites-moi tout ce qu'il faut changer. Tout ce qui ne va pas. Je veux tout entendre.

Il tâta le matelas à travers l'épaisse couette en duvet.

— En tout cas, la literie a l'air excellente. Je vais filer sous la douche d'ici une minute, donc je vous dirai demain ce que je pense de la salle de bains.

C'était le moment de s'enfuir. En courant. Et d'aller s'enfermer dans sa propre chambre. L'image de Roman nu sous la douche, avec l'eau ruisselant sur son long corps musclé allait la hanter toute la nuit. Elle recula dans le couloir.

— Super. Je vous dis à demain alors.

— Bonne nuit, dit-il en s'approchant de la porte.

L'espace d'un instant, elle se demanda s'il allait l'embrasser. Mais, non, il ne fit que saisir la poignée de la porte.

— Dormez bien, dit-elle alors qu'il fermait la porte, la laissant, penaude et seule, dans le couloir.

Il fallait qu'elle se calme. Il n'y aurait pas de baiser ce week-end. Pas de flirt. Pas de romance. Pas de douche à deux. Et surtout pas de sexe.

Qu'elle en meure d'envie n'avait aucune importance.

- 4 -

Au réveil, Roman perçut plusieurs sensations, agréables ou moins agréables. D'abord, le soleil qui filtrait à travers les rideaux, ensuite l'odeur du café qui flottait dans l'air et, pour finir, une lame de couteau qui s'enfonçait dans son dos. C'était l'impression qu'il avait en tout cas. À cause de la douleur, ses muscles étaient si contractés qu'ils formaient comme une boule entre ses omoplates. Il parvint à rouler sur un côté, ce qui lui fit horriblement mal.

— Bon sang, jura-t-il.

Ce n'était vraiment pas le moment. Il voulait être en pleine forme pour aider Taylor dans son projet.

Malgré la souffrance, il se força à s'asseoir dans son lit. Il tendit la main pour attraper son téléphone. Sur l'écran s'affichait encore la conversation qu'il avait eue avec son frère avant de s'endormir.

— Fiona m'a montré l'article sur toi et Taylor Klein. Y aurait-il de l'amour dans l'air ?

— Non. Et occupe-toi de tes affaires.

— Tu es avec elle en ce moment ?

— Occupe-toi de tes affaires : tu sais ce que ça veut dire ?

— J'en conclus que oui. Un conseil : sois gentil avec elle.

En prenant appui sur la table de nuit, il se redressa lentement, puis se traîna jusqu'à la salle de bains. Là, après avoir fouillé dans sa trousse de toilette, il avala deux comprimés d'antalgiques avec un grand verre d'eau, en espérant qu'ils feraient effet, et rapidement. Cela lui était déjà arrivé une fois d'avoir le dos complètement bloqué, et ce n'était pas un très bon souvenir.

De retour dans la chambre, il s'allongea sur le tapis, sur le dos, et comprima ses genoux contre son torse tout en respirant profondément. Peu à peu, ses muscles commencèrent à se détendre.

Ce fut alors qu'on frappa à la porte.

— Roman ? Vous êtes réveillé ?

— Oui, répondit-il d'une voix sans doute très peu audible.

Avec précaution, il roula sur le côté et se leva. Tout bien considéré, il se sentait déjà beaucoup mieux. Dès que les antalgiques auraient fait effet, il serait d'attaque pour un week-end studieux.

— Roman ?

— Oui, Taylor, je suis réveillé.

— Oh ! parfait. Bonjour, dit-elle à travers la porte. Je voulais juste vous dire que… était prêt.

C'était ridicule. Il l'entendait à peine. Il alla ouvrir la porte.

— Pardon, vous avez dit ?

Dès que son regard se posa sur elle, il eut le souffle coupé. Ses cheveux blonds si sexy n'étaient pas attachés, mais juste plaqués derrière ses oreilles, ce qui dégageait son visage et mettait en valeur ses jolis yeux marron. Elle portait une courte robe bain de soleil noire à fines bretelles qui dévoilait ses gracieuses épaules et la naissance de son décolleté.

— Le café est prêt.

— Génial. Je constate que vous avez trouvé des vêtements.

— Je constate que ce n'est pas votre cas.

Il se figea. Il n'avait pas pensé à enfiler son haut de pyjama avant d'aller ouvrir.

— Désolé…

En réalité, il ne l'était pas. Taylor remuait et faisait monter en lui quelque chose qui n'avait pas fait surface depuis bien longtemps. L'attirance qu'il ressentait pour elle était vive et indéniable. À tel point qu'elle le faisait en ce moment même frissonner.

Elle regarda sa robe.

— Je veux que vous sachiez que ce n'est pas une tenue que je porterais normalement pour un rendez-vous professionnel.

Il ouvrit un peu plus la porte.

— Moi, si.

— Ah, je comprends un peu mieux votre succès en affaires, dit-elle avec un sourire coquin et un sourcil levé.

Après les frissons, il eut tout à coup très chaud.

— Bref, enchaîna-t-elle, sentant peut-être son trouble, le café est prêt et je suis allée en ville chercher des croissants frais à la boulangerie. J'en ai profité pour faire mon footing.

— Mais à quelle heure vous êtes-vous levée ?

— À 6 heures. Je ne dors jamais beaucoup, vous savez.

Il était impressionné.

— Pouvoir se contenter de cinq heures de sommeil, cela aussi c'est la clé du succès.

— Très bien, alors dépêchons-nous de commencer notre journée de travail, répondit-elle, le menton levé. J'ai un million de choses à vous montrer.

Son énergie et son enthousiasme étaient contagieux. Et il adorait aussi sa franchise et son caractère direct. À part son frère, personne ne se montrait jamais vraiment franc avec lui, ce qu'il déplorait.

— J'arrive.

— Je vous attends en bas.

Il ne se priva pas de la regarder s'éloigner. Ses cheveux se balançaient sur ses épaules à chaque pas, se calant sur le mouvement de ses hanches. Il résista à l'envie de la retenir et de l'attirer à lui. Il était fasciné par sa beauté naturelle, mais également par sa personnalité. Une étincelle crépitait en elle, une flamme à laquelle, s'il n'y prenait pas garde, il pourrait bien se brûler.

Il passa un T-shirt, un jean et chaussa ses sneakers en essayant d'ignorer la douleur qu'il ressentit en se penchant pour attacher ses lacets. En chemin, il prit bien le temps de regarder chaque détail de la maison. Les moulures, les plafonds à caissons, les vastes couloirs, tout respirait le luxe, l'opulence. La demeure était en effet superbe et très prometteuse, mais Taylor voyait juste lorsqu'elle disait qu'il y aurait du travail. Il y en aurait même beaucoup. Avait-elle conscience de tout ce qu'elle allait devoir sacrifier pour que son projet aboutisse ?

À la cuisine, Taylor était assise devant l'îlot central. Elle fredonnait tout en tapant sur le clavier de son ordinateur portable.

— Une urgence ? demanda-t-il en remplissant de café la tasse que Taylor lui avait sortie.

— Je prends enfin le temps de répondre à tous les messages que j'ai reçus suite à l'article paru hier soir.

— Beaucoup de gens l'ont vu ? demanda-t-il en sentant son estomac se contracter.

— Un peu trop à mon goût, répondit-elle avant de boire une gorgée de café. Et vous, vous avez eu des retours ?

— J'ai reçu un SMS de mon frère cette nuit.

— Ah… moi aussi, mon frère et mon père ont essayé de me contacter.

— Oh ! non. Votre père ?

Roman était terriblement gêné. Voilà pourquoi, entre autres, il détestait à ce point les tabloïds.

— Est-il furieux ?

— Au contraire. Il connaissait mon plan, donc il est très heureux pour moi que nous puissions passer du temps ensemble. Il vous tient en très haute estime.

Roman sentit ses épaules se détendre. Malheureusement son dos, lui, était toujours aussi contracté.

— En plus, mon père répète toujours que toute publicité gratuite est bonne à prendre. D'après lui, cette histoire ne peut que contribuer au lancement de mon hôtel.

Tout à coup, l'ordinateur de Taylor émit un petit bruit, et elle jeta un œil à son écran. Avec surprise, il la vit pâlir, puis taper furieusement quelque chose sur son clavier. Ensuite elle rabattit l'écran et soupira.

— Un souci ?

— Un courrier tout ce qu'il y a de plus indésirable. Mais j'ai dit à son auteur d'aller voir ailleurs si j'y étais.

Elle se forçait à sourire, de toute évidence, mais il ne fut pas dupe.

— Quelqu'un vous importune ?

— Mon ex… Il adore quand j'ai des petits soucis. Il vient aux nouvelles, il fait semblant de s'inquiéter pour moi, mais c'est de la pure comédie. En réalité, tout ce qu'il veut, c'est appuyer là où ça fait mal.

— Pas très sympa de sa part.

— À qui le dites-vous ? Il a été absolument infect quand je me suis fait renvoyer de mon dernier travail.

— Vous ? Renvoyer ? Comment est-ce possible ?

Taylor lui semblait extrêmement compétente et dynamique, en plus sa famille était si influente qu'avant de la renvoyer, tout employeur avait intérêt à y réfléchir à deux fois.

— J'ai perdu mon sang-froid et j'ai dit à mon patron ce que je pensais vraiment de lui.

— À savoir ?

— Je lui ai dit qu'il était arrogant et paresseux et qu'il s'appropriait le travail des autres. Et aussi qu'il avait une haleine abominable et qu'il fallait qu'il voie un docteur.

Il dut réprimer un sourire. Il était certain qu'il n'aurait

pas très bien réagi si l'un de ses employés lui avait tenu de tels propos, mais au moins il admirait sa fougue et son culot.

— Je commence à comprendre pourquoi vous voulez être votre propre patronne.

— Sérieusement, ce n'est plus possible pour moi de travailler pour quelqu'un d'autre. Je pense que c'est la raison pour laquelle j'ai eu tant de mal à trouver ma voie. Je ne suis pas faite pour ça.

— Avec un peu de chance, nous allons réussir à vous sortir de cette mauvaise passe.

— Je l'espère, et j'ai hâte que l'on se mette à travailler. À ce propos, quand voulez-vous que je vous fasse faire le tour du propriétaire ?

Il prit un croissant dans le panier rempli de viennoiseries.

— J'ai mon petit déjeuner, donc je suis prêt quand vous voulez.

Elle but une dernière gorgée de café et se leva de son tabouret.

— Génial. Faisons la visite maintenant, alors. Je vais chercher des chaussures dans le vestiaire et j'arrive tout de suite.

— Je vous attends ici.

Il mordit dans son croissant, délicieusement léger et croustillant, tout en regardant, par la fenêtre, la pelouse où l'hélicoptère avait atterri la veille au soir. Ne s'était-il écoulé que douze heures depuis ce moment ? Il avait l'impression d'avoir voyagé très loin, jusqu'à une autre dimension, où les matins étaient synonymes d'agréable conversation, de charmante compagnie et de divin petit déjeuner.

— J'ai peur de ne pas être un modèle de sophistication.

En entendant la voix de Taylor, il se retourna. Elle portait une paire de bottes en caoutchouc rouge vif avec sa petite robe. Il avait rarement vu quelque chose d'aussi sexy. Le spectacle de ses jambes nues, entre le bas de sa robe et le haut de ses bottes, le troublait au plus haut point. Son regard ne parvenait pas à s'en détacher et sa main mourait d'envie de s'y poser et de remonter sous sa robe.

— Vous avez l'intention de sauter dans des flaques d'eau ? réussit-il à demander.

— C'est bien ma chance, je crois qu'il n'a pas plu depuis des semaines, mais pour l'instant, c'est la seule paire de chaussures que j'aie trouvée. Et comme il est hors de question que je promène en hauts talons…

— Les bottes me semblent parfaites.

— Bon, très bien, commençons par l'extérieur et ensuite nous visiterons l'intérieur.

Ils sortirent par la porte principale. Devant la maison s'élevait une grande fontaine en pierre, qu'entourait une allée circulaire délimitée par des haies taillées au cordeau. Elle débouchait sur une route droite qui menait à un imposant portail en fer : l'entrée de la propriété.

— Qu'avez-vous l'intention de faire dans cette zone ?

— Pas grand-chose, à part lui donner un petit coup de neuf. J'aime beaucoup l'accès à la maison tel que vous le voyez. Le bureau où nous avons bu un verre hier soir se trouve juste après l'entrée, donc je pense que l'accueil et l'enregistrement des hôtes pourra se faire là.

— Très bien.

Il voulait commencer par comprendre quelle était la vision d'ensemble de Taylor. Ensuite il se forgerait sa propre opinion et ne la lui donnerait que quand elle la lui demanderait.

Ils descendirent les marches du perron et s'éloignèrent suffisamment de la maison pour pouvoir en étudier la façade. L'influence des manoirs français et anglais était évidente. Les tourelles, les fenêtres à meneaux, la pierre de taille recouverte de lierre.

— Des remarques sur la façade ? demanda Taylor.

— Elle est très belle.

— Voyez-vous déjà des changements à apporter ?

— Il faut d'abord que je voie la propriété dans son entier. Mais n'hésitez pas, si vous avez des idées que vous voulez partager dès maintenant.

Elle pinça les lèvres tout en scrutant la maison.

— J'espérais que vous pourriez me dire quoi faire. Je ne parviens pas à déterminer dans quelle direction je dois partir. J'hésite. Est-ce que je me contente de rénover ce qui est existant, ou bien est-ce que j'opte pour un style moins classique et plus éclectique, en mélangeant passé et présent, ancien et moderne ?

— C'est la grande question, n'est-ce pas ?

En réalité, Roman savait ce qu'il ferait de cette maison. Dans son esprit, tout était déjà très clair. Mais il voulait savoir ce qu'allait proposer Taylor. Sans qu'il n'intervienne.

Elle fit une légère moue, qu'il trouva charmante.

— Vous ne m'aidez pas beaucoup.

— Allons, ne vous découragez pas. Et montrez-moi plutôt le reste.

Ils contournèrent la maison.

— Voici la roseraie. Elle est belle, mais un peu classique à mon goût. Un peu plus loin, au pied de la colline, il y a un jardin japonais, avec un bassin à carpes koi. C'est un endroit très relaxant. Je pense qu'il plaira beaucoup.

— Je n'en doute pas.

En suivant une allée pavée, ils se retrouvèrent derrière la maison.

— Voici la piscine que vous avez aperçue hier soir à notre arrivée. Il y en a une autre derrière le cottage des invités, qui possède deux chambres et deux salles de bains.

Elle désigna une zone boisée, à quelques centaines de mètres.

— Nous avons quatre courts de tennis couverts, et un terrain de pétanque.

Avec cela, les futurs clients ne risqueraient pas de s'ennuyer.

— Y a-t-il quelque chose de particulier, un plus qui permette à la propriété de se démarquer ? demanda-t-il.

— Eh bien, la vue depuis le sommet de la colline, au-dessus de la roseraie, est vraiment spectaculaire.

— Montez-moi.

Ils commencèrent par gravir une pente herbeuse, puis s'enfoncèrent dans un petit bois, parfaitement bien entretenu. Ils suivirent un sentier et émergèrent à l'autre extrémité du bosquet, dans une clairière. Là, ce fut comme si le monde s'offrait à eux. Ils se trouvaient bien plus haut que Roman ne l'aurait cru et le panorama était grandiose et comme infini.

— Par temps clair, on peut même voir Manhattan.

— C'est vraiment extraordinaire, Taylor. On ne voit pas cela partout, loin de là.

— Je suis heureuse que vous le pensiez. Je commençais à me dire que vous vous ennuyiez.

De toute évidence, elle ne comprenait pas sa façon de procéder.

— Je ne m'ennuie pas. J'assimile les informations au fur et à mesure. Vous auriez préféré que je vous donne d'emblée mon opinion sur tout, sans vraiment vous écouter ? Ce n'est pas comme ça que je fonctionne.

Taylor semblait perplexe, mais Roman n'allait pas changer ses méthodes ni ses principes. Il croyait dur comme fer qu'il fallait laisser éclore le talent, et surtout pas l'influencer.

À l'intérieur, Taylor lui montra les parties communes. Une salle à manger qui pouvait accueillir facilement vingt convives, une bibliothèque, un salon de réception avec un grand piano, plusieurs bureaux, une salle de billard, un espace pour le petit déjeuner, très lumineux, qui donnait sur la piscine, et même une petite salle de spectacle, comptant une dizaine de sièges.

— À part la cave à vin au sous-sol et la buanderie, vous avez à peu près tout vu, dit Taylor.

Ils étaient de retour dans la cuisine. Taylor s'assit sur un tabouret de bar et retira ses bottes. Elle remua les orteils et étendit les jambes.

— Ah quel bonheur ! J'avais si chaud là-dedans, vous ne pouvez pas savoir !

En tout cas, il savait une chose : la voir agiter ses jambes nues devant lui lui donnait très chaud.

— Alors ? poursuivit-elle, avec un regard interrogateur. Allez-vous enfin me dire ce que vous pensez de la maison ?

— Vous tenez quelque chose, c'est certain. La question, c'est de savoir ce que vous voulez faire de ce quelque chose.

— C'est exactement pour cette raison que j'ai tout fait pour remporter ces enchères.

Il alla s'asseoir à côté d'elle. Cette proximité lui rappela le moment qu'ils avaient passé l'un contre l'autre dans l'hélicoptère, quand la peur de Taylor rendait l'atmosphère particulièrement électrique.

— J'en ai bien conscience. Mais je ne veux pas influencer votre vision en commençant par vous faire part de mes idées. Ce n'est pas dans ce sens que les choses doivent fonctionner.

— Oh non, la vision, c'est votre partie, pas la mienne. Je suis loin d'atteindre vos talents créatifs, bien loin. Pourtant, je veux qu'il y ait une vraie vision d'ensemble, quelque chose qui lie entre eux tous les éléments du décor, qui leur donne sens. Exactement comme dans vos hôtels.

— On dirait que vous les connaissez tous par cœur.

— Je vous l'ai déjà dit. J'ai séjourné dans chacun d'entre eux. Au moins une fois. Ils sont tous fabuleux.

Cette admiration pour son travail semblait toujours aussi incongrue à Roman.

— Je suis allée à Boston, bien sûr, poursuivit-elle. Votre premier hôtel.

À chaque fois que quelqu'un mentionnait son hôtel de Boston, il avait un petit pincement au cœur. Bien sûr, c'était celui qui avait lancé sa carrière, mais une histoire si triste y était associée que ce ne pouvait être pour lui un bon souvenir.

Taylor se mit à faire la liste de ses hôtels, en commençant par San Francisco et Chicago, et en finissant par Paris et Madrid.

— Ça fait seize. J'en ai oublié un…

— Hong Kong ?

— Oui, c'est ça. Je les adore tous. Et tous pour différentes raisons. Ils ont chacun leur style, leur personnalité. Néanmoins, quand on y séjourne, on sait tout de suite qu'on se trouve dans un de vos hôtels. On y trouve votre griffe, votre coup de patte. Comment réussissez-vous ce tour de force ?

— Cela, je ne peux pas vraiment vous l'expliquer, Taylor. Cela se fait assez simplement, et naturellement, je dirais. Plus je fréquente un lieu, plus j'ai l'impression qu'il se révèle à moi.

— Vous êtes un génie.

Il se figea.

— Oh ! non, je ne suis pas un génie. S'il vous plaît ne prononcez plus ce mot.

— Mais je ne comprends pas. C'est ce que vous êtes, pourtant. Vous êtes beaucoup trop modeste, vraiment.

Si elle savait que le génie en question s'était laissé abuser par son seul amour, par sa propre femme. Si elle savait qu'il avait cru à tous ses mensonges sans jamais se poser la moindre question, alors elle changerait d'avis à son sujet.

— Je m'excuse, j'ai besoin de faire une petite pause. Quelques minutes, pas plus. Je monte dans ma chambre et je redescends très vite.

— Je suis désolée. Est-ce que je vous ai vexé ?

Il pivota sur le tabouret pour se lever, et d'horribles spasmes parcoururent son dos.

— Argh…

Il ne parvint pas à étouffer le gémissement de douleur qui, spontanément, avait voulu s'exprimer. Par réflexe, il porta la main à l'endroit où il avait mal et cambra la colonne, mais ses muscles protestèrent en se contractant davantage. Sentant ses jambes faiblir dangereusement, il dut se rasseoir.

— Roman, est-ce que ça va ?

Taylor se leva d'un bond et posa les mains sur ses épaules en le regardant avec des yeux paniqués.

Il maudit son propre corps, qui, de toute évidence, était capable de faire deux choses à la fois. Souffrir et réagir à ce contact. Par conséquent, il avait presque l'impression que c'était la beauté de Taylor qui le torturait. Il ferma les yeux et essaya de faire le vide dans son esprit.

— Oui, ça va. C'est seulement…

Même parler était douloureux. Il détestait se sentir faible. Il détestait avoir le sentiment qu'elle avait pitié de lui.

— Non, ça ne va pas. C'est votre dos ? Vous vous êtes fait mal récemment ? Ou bien est-ce que c'est une ancienne blessure ? Est-ce que ça vous arrive souvent ?

Roman ouvrit les yeux.

— Vous posez beaucoup trop de questions.

— Je m'y connais un peu. En ce moment précis, c'est moins douloureux quand vous êtes assis ou bien quand vous êtes debout ?

— Assis ou debout, la douleur est supportable. Ce qui pose problème, c'est la position intermédiaire.

— Je vois. Dans ce cas, je vais vous aider à vous lever.

— C'est bon, je peux y arriver seul.

Il ne voulait pas faire preuve de fierté mal placée, mais il n'avait pas non plus envie de se sentir comme un vieillard impotent. Au prix d'un gros effort, il parvint à poser les pieds par terre et à se redresser.

Taylor saisit son bras d'une main, tandis qu'elle posait l'autre dans le bas de son dos.

— Est-ce que ça vous fait mal ?

Il frémit à son contact, cruel mélange de souffrance et de plaisir.

— Ce n'est pas génial.

Il mentait. Certes, il avait mal, mais sa main faisait se propager des ondes de plaisir dans tout son corps. De la magie pure et simple.

Elle baissa sa main de quelques centimètres, l'approchant dangereusement de ses fesses.

— Et là ?

— C'est très doux.

Et merveilleux.

— Voici ce qu'on va faire. Dans une vie antérieure, j'ai été masseuse. Et nous avons une table de massage dans la salle de sport. Si vous me laissez faire, je pense pouvoir vous soulager.

— Notre accord ne parlait pas de massages.

— Roman. Vous avez accepté de me donner des conseils précieux et vous m'avez emmenée ici dans *votre* hélicoptère. C'est le moins que je puisse faire, non ?

— Vous êtes sûre ?

— Absolument. En plus, vous ne me serez pas très utile si vous êtes bloqué sur une chaise, ou pire encore, au lit. Je vous ai déjà vu sans votre chemise, donc pas la peine de faire le timide.

En fait, c'est juste que je ne sais pas trop ce qui va se passer si vous continuez à me toucher.

— D'accord.

— Très bien, vous allez voir, après ça, vous vous sentirez bien mieux.

Taylor prit sa main et le guida dans le couloir. Roman marchait derrière elle, avec l'impression de n'avoir aucune emprise sur rien. Les cheveux soyeux de Taylor se balançaient de droite et de gauche, un appel aux caresses. Quant à ses épaules nues, elles étaient un appel au baiser. Elle l'électrisait.

Et il n'avait qu'une envie : l'électriser, elle.

- 5 -

Taylor était un peu inquiète. N'était-elle pas en train de retomber dans ses travers ? Roman était-il si mal en point ? N'était-ce pas elle qui avait inventé de toutes pièces une raison pour le toucher ?

Il souffre et tu peux l'aider. Calme-toi. Tout va bien, lui souffla une voix.

Comme il faisait très beau, elle décida d'installer la table de massage dehors, à l'ombre. Elle choisit l'extrémité de la piscine, à l'endroit où le jet d'eau chaude retombait en cascade dans le bassin. C'était un cadre apaisant et Taylor essaya de se concentrer sur les aspects thérapeutiques du bruit de l'eau plutôt que sur ses qualités évocatrices. Roman avait besoin de se détendre. Et elle avait l'intention de l'y aider. Elle alla chercher un flacon d'huile de massage, et une serviette, afin de le couvrir.

— Je vais vous aider à enlever votre T-shirt, dit-elle. Ce n'est pas évident de lever les bras quand on a mal au dos.

— Oh ! d'accord. Merci.

Elle l'avait déjà vu torse nu. Elle était préparée. Mais quand sa main effleura son torse et quand, avec son avant-bras, il frôla sa poitrine à travers le tissu fin de sa robe, ce fut comme s'il se produisait un court-circuit. Elle eut tout à coup très chaud, elle tressaillit, et ressentit un élancement douloureux dans la totalité de son corps. Elle désirait Roman, ce qui était totalement déraisonnable, étant donné qu'ils ne se connaissaient que depuis vingt-quatre heures et qu'il représentait son plus grand espoir de réussite professionnelle. Si elle n'y prenait pas garde, elle allait torpiller son futur.

Elle recula pour limiter les risques de contacts, mais cela lui permit aussi de mieux le voir. Elle put se rendre compte qu'il était tout à fait son type. Grand et élancé, il possédait ce qu'il fallait d'épaules et de biceps pour montrer qu'il prenait soin de lui. Une raison de plus pour se méfier et rester sur ses gardes. Mais dès qu'elle le regardait, toutes ses craintes s'évanouissaient et elle se sentait prête à toutes les audaces. Qu'est-ce qui le fascinait autant chez lui, en plus de sa beauté ? Son esprit brillant ? Sa réussite ? Elle mourait d'envie de le savoir, en tout cas, et pour le découvrir, il fallait qu'elle se dépêche, car lundi, Roman ne serait plus là. Il sortirait de sa vie aussi vite qu'il y était entré. Cette prise de conscience était loin de la désoler. Au contraire, cela offrait de nouvelles perspectives…

— Je ne vais pas pouvoir vous masser le bas du dos si vous gardez votre jean, dit-elle, avant de s'éclaircir la gorge. Ni même vos sous-vêtements, d'ailleurs.

— Oh ! vraiment ? répondit-il d'un air mi-méfiant mi-amusé.

— Si vous avez peur que je glisse la main dans votre pantalon, ça ne risque pas de se produire, puisque vous n'en porterez plus.

Il rit et, en secouant la tête, déboutonna son jean. Taylor sentit sa gorge devenir tout à coup très sèche.

— Je vous promets de ne pas regarder.

Elle lui tendit une serviette et tourna la tête, alors qu'une veine palpitait à la base de son cou.

— Vous savez tenir vos promesses ?

— Pas toujours.

Elle entendit un bruit de fermeture Éclair, puis perçut un vague mouvement. Le jean atterrissant sur le sol, sans doute.

— C'est bon, je suis prêt.

— Il faudrait que vous vous allongiez sur la table, sur le ventre. Vous pouvez y arriver seul ?

— Je pense.

La table grinça pendant que Roman émettait un gémissement. Taylor se retourna par réflexe, mais elle n'eut pas besoin de l'aider, car il était déjà installé, lui offrant une vue superbe sur la face postérieure de son anatomie. Nue. Elle prit son temps pour l'admirer. Il s'agissait de Roman Scott, après tout, c'est-à-dire pas tout à fait le premier homme venu. Ses fesses étaient magnifiques. À la fois rondes et musclées, avec deux creux bien dessinés sur les côtés. Sa respiration se bloqua et elle hésita un peu trop longtemps avant de draper la serviette autour de ses hanches. Savait-il qu'elle le regardait ? Et qu'en pensait-il ?

Son cerveau lui ordonna de rester professionnelle. C'était ridicule et sans espoir, néanmoins. Moins de vingt-quatre heures après avoir fait la connaissance de l'homme susceptible de l'aider à lancer sa carrière, elle le découvrait nu devant lui. Il n'y avait qu'elle pour se mettre dans des situations pareilles.

— Je vais commencer par le haut du dos et les épaules. Cela vous aidera à vous détendre avant que je m'occupe de l'endroit qui vous fait vraiment mal.

— Ça me paraît parfait.

Les mains ointes d'huile, elle massa ses omoplates, puis le haut de sa colonne vertébrale, par simple pression de ses pouces. Ce contact léger suffit pour qu'elle sente la chaleur du corps de Roman se propager en elle, dans un délicieux picotement. Quand elle commença à dénouer ses muscles, elle s'émerveilla devant leur force et leur fermeté, bien que sa peau soit d'une douceur incroyable. Elle prit une grande inspiration et se mit à pétrir son dos de façon plus intense et profonde.

Il poussa un gémissement sourd mais satisfait. L'apaisement et le soulagement y étaient perceptibles. Cela lui rappela pourquoi elle avait voulu devenir masseuse : il était gratifiant d'aider les gens à se sentir mieux.

— Je n'appuie pas trop fort ? C'est bon pour vous ? Supportable ? demanda-t-elle.

— C'est mieux que bon. Vous avez des mains magiques.

Elle sourit pour elle-même. Cela faisait longtemps qu'elle n'avait pas ressenti une telle fierté. Elle avait connu tant d'échecs récemment.

— Merci.

— Je suis sérieux. Si je ne savais pas que vous avez de tout autres projets, je vous engagerais comme masseuse à plein temps.

— En tout cas, si jamais mon projet est un fiasco, vous venez de me fournir un plan B.

Ses mains descendirent davantage le long de son dos, pour se rapprocher de ses reins. À chaque minute qui passait, il y avait davantage de familiarité entre eux, et leurs deux corps étaient tellement en symbiose que cela en devenait fascinant et hypnotisant.

Elle sentait qu'il était à présent assez décontracté pour qu'elle s'attaque à la zone douloureuse, mais elle préféra procéder avec prudence, en se contentant d'abord d'effleurements.

— Dites-moi si je vous fais mal, surtout.

Elle enserra sa taille, puis, avec ses pouces, entreprit de dénouer ses muscles.

— Est-ce que ça va ?

— Oui, c'est parfait.

Ses mains descendaient et baissaient peu à peu la serviette, afin de masser une zone la plus vaste possible. Elle sentait qu'elle lui faisait du bien, et cela l'encouragea à poursuivre. Quand elle s'attaqua aux muscles de ses hanches, les pans de la serviette s'écartèrent sans qu'elle l'ait voulu. Il se crispa, ce qui la fit sortir de l'état de transe dans lequel elle se trouvait. Elle s'immobilisa, les mains à plat sur les hanches de Roman.

— C'est trop ?

Il marqua un temps d'hésitation.

— Trop bon, je dirais.

Elle frémit en comprenant ce qu'il voulait dire.

— On peut arrêter si vous voulez.

Il ne répondit pas tout de suite. Et dans le silence, Taylor perçut avec acuité le contact de ses paumes sur sa peau, le murmure de la chute d'eau et le doux parfum de l'été.

— Je serais stupide de vous dire d'arrêter.

Ce fut quand elle soupira qu'elle se rendit compte qu'elle retenait son souffle.

— Tant mieux, parce que j'avais l'impression d'avoir réussi à faire sauter un verrou.

Elle se rendit compte trop tard du double sens de ses propos, mais elle ne les regretta pas. Elle aimait flirter avec les limites. Le danger de l'inconnu était une drogue pour elle, tout comme Roman.

— C'est drôle, j'avais la même impression…

Elle déglutit et se sentit au bord d'un très beau et très vertigineux précipice.

Il tendit la main et effleura ses doigts, qu'il caressa doucement. Ce n'était pas un geste de remerciement. C'était un geste qui parlait de sexe et de désir. Lorsqu'elle en prit conscience, Taylor retint son souffle. Elle avait envie de Roman. Même si elle savait que c'était une mauvaise idée. Même si elle savait qu'elle n'aurait pas dû. Elle avait eu envie de lui dès que ses yeux s'étaient posés sur lui. Et la chance d'assouvir ce désir ne se représenterait sans doute pas une deuxième fois.

Quelque chose surgi des profondeurs de son être lui fit agripper la serviette, tirer dessus et la jeter à terre. Elle fut surprise par sa propre audace et la regretta peut-être un quart de seconde, jusqu'à ce que Roman se tourne et s'assoie. Malgré elle, son regard fut attiré par son sexe en érection. Il se pencha vers elle et enfouit ses doigts dans ses cheveux. Il la saisit par le menton et approcha ses lèvres des siennes. Elle répondit à son élan par la même intensité brute, la même fougue et le même enthousiasme. Elle se hissa sur la pointe des pieds et prit appui sur la table pour s'accrocher à ses hanches.

Sans cesser de l'embrasser, il se leva et se plaqua contre elle. Alors que Taylor se demandait ce qu'il lui réservait, il répondit à sa question en la saisissant par la taille et en la soulevant pour l'installer sur la table, assise face à lui. Il fit glisser les bretelles de sa robe sur ses épaules et, dans sa tête, elle le supplia de continuer, de retirer tous ses vêtements, de couvrir sa peau nue de baisers et, ensuite, de disparaître en elle. Comme s'il avait entendu sa prière, il ouvrit la fermeture de sa robe et la dénuda jusqu'à la taille, exposant sa poitrine à la caresse de l'air estival. Il prit un de ses seins dans sa bouche et sa langue s'amusa avec son mamelon, jusqu'à lui faire perdre la tête. Elle n'avait pas fait l'amour depuis des mois et Roman venait de libérer quelque chose qui était resté trop longtemps enfoui.

— Tu es tellement sexy, murmura-t-il en passant à l'autre sein.

— Je me disais la même chose à ton propos.

Elle enfouit une main dans ses cheveux épais et soyeux, tandis que l'autre était fermement appuyée contre la table, pour lui permettre de se cambrer le plus possible. Elle se consumait de désir. Elle le voulait tout entier.

Il glissa une main dans son dos et caressa sa peau nue, tandis que son autre main pétrissait sa cuisse et remontait le long de sa jambe. Elle se contorsionna et s'allongea sur la table pour l'aider à retirer sa culotte. Elle en avait assez de se sentir contrainte par ses vêtements.

— Touchez-moi, Roman, dit-elle, offerte.

Il la regarda dans les yeux.

— Comme ça ? demanda-t-il en faisant remonter un doigt le long de sa cuisse.

Taylor cambra le dos et écarta les genoux.

— Continuez.

Il l'embrassa avec douceur, alors que sa main remontait en direction de son entrejambe. En même temps que leur baiser devenait plus intense, il se mit à caresser son sexe. Il glissa un doigt en elle, puis deux, et posa le pouce sur son clitoris autour duquel il dessina des cercles de plus en plus appuyés.

Taylor haletait. Le plaisir était déjà tout proche. Roman enfouit sa tête dans son cou tandis que ses doigts continuaient de la propulser loin, très loin. Elle saisit son sexe ferme et brûlant, autour duquel elle enroula la main. Alors qu'il allait en venait en elle avec ses doigts, elle le caressa de haut en bas, en insistant sur les endroits qu'elle savait les plus sensibles.

Il gémit au creux de son oreille, mordilla son lobe et l'embrassa de nouveau, mais avec plus de passion. Dans un effort désespéré pour garder le contrôle, elle tenta de se détacher de lui, mais il était trop tard. Le plaisir déferlait en elle. La tête renversée en arrière, elle jouit sans tenter de retenir ses cris. Malgré l'intensité de l'orgasme, elle ne lâcha pas Roman, qui jouit à son tour, juste après elle.

Dès qu'elle retrouva son souffle et ses esprits, elle sut qu'elle venait de commettre une erreur. Le plaisir qu'elle venait de connaître et qui ne s'était pas encore tout à fait dissipé avait beau être ce qu'elle avait vécu de plus fort depuis très longtemps, elle avait eu une mauvaise idée. Qu'allaient-ils faire maintenant ? Se remettre au travail ? Cela semblait impossible, alors que tout ce qu'elle voulait, c'était recommencer encore et encore. Et encore. Et encore.

— Je m'excuse, dit-elle en descendant de la table et en remettant correctement sa robe. Je ne sais pas ce qui s'est passé.

— Non, non, non, c'est moi qui devrais m'excuser.

Il alla chercher une serviette au bord de la piscine et en ceignit sa taille, puis il ramassa ses vêtements et les plaqua contre lui. Il paraissait si gêné qu'il n'osait même pas la regarder.

Taylor voulait à tout prix lui épargner cette humiliation et essayer de rattraper ce qu'il y avait de rattrapable.

— Faisons comme s'il ne s'était rien passé.

— Oui, je crois que c'est la meilleure solution.

Il refusait toujours de la regarder dans les yeux. À la place, il regardait partout ailleurs, les plantes, le sol, les arbres dans le lointain.

— Je vais monter. Dans ma chambre, ajouta-t-il au bout d'un moment.

Taylor avait envie de mourir, ou tout du moins de disparaître. Avait-elle à ce point tout gâché ? Une fois de plus ? Sans doute.

— Je vous en prie, faites.

Taylor avait besoin de temps pour réfléchir. Et pour retrouver un semblant de dignité. Ce qu'elle redoutait tant s'était produit. Était-ce Roman qui était particulièrement irrésistible ou elle qui était particulièrement faible ? Les deux, probablement.

Elle aussi avait besoin de se retirer dans sa chambre. Lorsqu'elle poussa la porte, elle eut comme à chaque fois l'impression de faire un bond en arrière dans le temps. La décoration de la pièce n'avait pas changé depuis ses vingt ans, l'année où elle avait laissé tomber ses études.

Après deux années catastrophiques, la première à Princeton, où elle s'était davantage intéressée aux garçons qu'à ses livres de cours, et la seconde à Bry Mawr, une université réservée aux filles, qu'elle avait désertée après les examens du premier semestre, elle était venue se réfugier durant les vacances d'été dans la propriété familiale du Connecticut, afin de panser ses blessures.

Après cela, elle avait enchaîné les petits boulots – assistante virtuelle, masseuse… – qui s'étaient tous soldés par des échecs.

Ces expériences malheureuses avaient semé le doute dans son esprit. Pourquoi avait-elle toujours eu autant de mal à suivre une trajectoire linéaire alors que cela ne posait aucun problème à ses amies Chloe et Alex ? Elles se ressemblaient beaucoup toutes les trois, mais Taylor avait toujours besoin du soutien et des conseils de ses meilleures amies, sans qui elle se sentait perdue. D'ailleurs, en ce moment précis, elle leur aurait volontiers parlé de Roman.

Après quelques minutes d'hésitation, elle se décida à appeler Alex.

— Oh ! Taylor, c'est incroyable, nous allions justement t'appeler, dit Alex en décrochant.

— Nous ?

— Oui. Chloe et Parker sont avec moi. Nous avions besoin de faire le point ensemble sur Le Petit Carnet Noir. Attends un instant, je vais mettre le haut-parleur.

— Hello, Taylor, dirent Chloe et Parker à l'unisson.

Super. Avec Parker en ligne, Taylor n'allait pas pouvoir parler de Roman à ses amies. Tant pis, cela attendrait.

— Hello, je vois que l'affaire du Petit Carnet Noir prend de l'ampleur. Je suppose que c'est pour parler de ça que vous vouliez m'appeler, mais en quoi est-ce que ça me concerne ?

— Tu es bien dans le Connecticut en ce moment ? demanda Parker.

— Oui.

— Est-ce que tu sais que la maison de Simone Astley

ne se trouve qu'à quelques dizaines de kilomètres de la propriété de tes parents ? demanda Alex.

— Et alors ? Je ne vois pas bien le rapport.

— Je sais que ça va te paraître un peu bizarre, mais je vais t'expliquer, enchaîna Chloe. Il semblerait que le Petit Carnet Noir ait appartenu à Simone Astley. Avant qu'il ne s'agisse d'un site en ligne, c'était une espèce de gazette. Or, cette fille, Simone Astley, est allée à Baldwell, comme nous. Elle n'a jamais terminé sa scolarité : ses parents l'ont retirée de l'école et l'ont enfermée chez eux.

— Personne ne sait pourquoi, continua Parker. Simone Astley n'est pas sortie de sa maison jusqu'à sa mort, il y a quelques années. Il semblerait qu'elle ait légué sa propriété à une société d'histoire locale, qui n'en a encore rien fait et donc, depuis, les lieux sont un peu à l'abandon. On se demandait si tu ne pouvais pas aller y faire un tour. Chercher d'éventuels indices.

Taylor n'en croyait pas ses oreilles. Elle n'était pas une espionne.

— Parker, je croyais que tu avais confié l'affaire à une enquêtrice professionnelle.

— Oui, mais elle vient de partir en déplacement à l'étranger pour deux semaines, répondit-il. Je l'aurais volontiers fait moi-même, mais comme Chloe et moi avons déjà été la cible du Petit Carnet Noir, on s'est dit qu'il ne fallait prendre aucun risque.

Taylor marmonna tout bas.

— Je vous rappelle que je suis ici pour travailler avec Roman Scott. Je n'ai pas vraiment le temps de jouer les détectives.

— Comment ça se passe, d'ailleurs, avec Roman ? demanda Alex. Je n'arrive pas à croire que tu l'aies convaincu de t'accompagner dans le Connecticut.

— Tout se passe bien, mentit Taylor.

— Alors, est-il vraiment l'ours mal léché qu'il a la réputation d'être ?

— En fait, il est plutôt sympa. Le dialogue n'est pas toujours facile quand il est question de mes projets pour l'hôtel, mais dans l'ensemble ça va.

— Mais est-ce que vous parlez aussi d'autre chose ? demanda Chloe, qui, tout à coup, semblait bien curieuse.

Taylor eut aussitôt envie de changer de sujet, et même de mettre fin à cette conversation. Cet interrogatoire lui pesait, d'autant plus qu'elle savait qu'en présence de Parker, elle ne pouvait pas parler ouvertement.

— Écoutez, est-ce que vous voulez que j'aille faire un tour chez Simone Astley, oui ou non ?

— Oui, répondirent-ils tous à l'unisson.

— Est-ce que tu pourrais y aller aujourd'hui ? demanda Parker. C'est assez pressé.

Taylor regarda sa montre. Il était 13 heures passées de quelques minutes.

— Je ne vous promets rien, mais je vais essayer.

— Merci, Taylor, tu es la meilleure, dit Chloe.

— Mais qu'est-ce que je dois chercher au juste ?

— Alex est persuadée que Simone Astley est tombée enceinte, et que c'est pour cette raison que ses parents l'ont retirée du lycée, dit Chloe. Donc si tu trouvais des preuves de la présence d'un bébé, ce serait l'idéal.

Taylor déglutit. Cette histoire lui paraissait vraiment surréaliste, mais en même temps, étant donné que Roman risquait de rentrer à New York plus tôt que prévu, il fallait bien qu'elle occupe son temps.

— Je vais voir ce que je peux faire.

— Appelle-nous dès que tu as du nouveau, conclut Parker.

— Je vais essayer.

Elle raccrocha et se laissa tomber à la renverse sur son lit. Si Roman décidait de rester, comment allait-elle lui expliquer cette histoire rocambolesque sans qu'il la prenne pour une folle ?

Elle allait bientôt le savoir, car, comme par hasard, il choisit ce moment pour frapper à sa porte.

— Taylor ? Est-ce que je peux entrer ? Il faudrait que nous parlions.

Elle se releva, prête à affronter son destin.

— Bien sûr.

Quand il ouvrit la porte, elle fut frappée par sa beauté et son charisme. Il la troublait autant qu'il la fascinait, et elle se rendit compte qu'elle le désirait encore, même si elle avait honte d'avoir ainsi perdu le contrôle d'elle-même au bord de la piscine.

— Je suis désolé pour tout à l'heure, dit-il. Les choses m'ont échappé, et c'est mal.

— Ce n'est pas votre faute. Le massage, c'était mon idée, et je tiens à m'excuser. Ce n'était pas professionnel de ma part.

— Mais vous vouliez bien faire, et j'apprécie vraiment. Vous m'avez vu en détresse et vous avez voulu m'aider. Ce n'est pas si fréquent, ce genre de réactions. Vraiment, je suis désolé. Ce n'est pas dans mes habitudes de me laisser emporter comme ça.

— Ne vous en faites pas. C'est moi qui devrais m'en vouloir : j'ai trahi une promesse que je m'étais faite, et je le regrette.

— Une promesse ? Quelle promesse ?

— J'avais pris comme bonne résolution le 1er janvier de ne plus m'approcher des hommes. Ça se finit toujours mal pour moi, et ensuite c'est toute ma vie qui en pâtit.

Il s'appuya contre le chambranle de la porte, et croisa les bras.

— Cette bonne résolution avait-elle un quelconque rapport avec votre ex, celui qui vous a envoyé un message ce matin ?

— Disons qu'il a en quelque sorte été la goutte d'eau qui

a fait déborder le vase. Et, oui, c'est la conséquence directe de notre rupture, qui date de décembre.

Juste avant Noël, Ian l'avait quittée pour se remettre avec sa précédente petite amie, soi-disant parce qu'il avait l'impression que Taylor ne lui accordait pas suffisamment d'attention à lui.

— Donc, avant lui, il y a eu d'autres ex ?

— Si vous saviez… Il y en a eu beaucoup trop.

— Si vous avez envie d'en parler, je suis là.

Quelle gentillesse. Plus Taylor apprenait à connaître Roman, plus elle avait de mal à comprendre pourquoi sa réputation était à ce point éloignée de sa vraie personnalité.

— Je vous remercie, mais je préfère vous faire grâce de toutes ces histoires. Elles sont vraiment pathétiques, vous savez.

Elle prit une grande inspiration, et se lança.

— J'espère que nous allons pouvoir tirer un trait sur ce qui s'est passé au bord de la piscine tout à l'heure. Ce serait bien de pouvoir se remettre au travail : nous étions dans une bonne dynamique.

— Bien sûr, dit-il avec un petit sourire. Nous pouvons nous y remettre quand vous voulez. Je peux vous aider à élaborer votre business plan, et nous en profiterons pour aborder les questions financières.

— Ce serait fabuleux, mais avant que nous nous remettions au travail, mes amis viennent de me charger d'une petite… mission.

— Quel genre de mission ? demanda-t-il en entrant dans la chambre.

Le voir approcher du lit donna des idées à Taylor. Elle s'imagina allongée sur les coussins, avec Roman tout contre elle, en train de l'embrasser jusqu'à lui en faire perdre la raison. Ce qu'ils avaient fait au bord de la piscine, bien que torride, n'avait pas assouvi toutes ses envies. *Ça suffit,*

Taylor ! Elle se ressaisit et se leva pour s'éloigner du lit. C'était plus sûr ainsi.

— C'est idiot. Vous allez trouver ça ridicule.

— Comment pouvez-vous le savoir ?

Étant donné la piètre opinion qu'il devait avoir d'elle, elle n'avait rien à perdre.

— C'est une longue histoire, mais il faudrait que j'aille jeter un œil à une maison qui a appartenu à une certaine Simone Astley. C'est tout près d'ici.

Taylor répéta à Roman ce que ses amis lui avaient dit au téléphone, et revint sur les liens présumés entre Le Petit Carnet Noir et Simone Astley.

— Avez-vous entendu parler du Petit Carnet Noir ?

— Oui. Je connais et je trouve ça horrible. Ragots et scandales à la pelle. Tout ce que je déteste.

Son visage s'était fermé et sa voix était devenue dure. Décidément, il avait un problème avec les médias, comme elle avait pu s'en rendre compte la veille.

— J'ai promis à mes amis d'aller y faire un tour si je pouvais.

— Vous n'irez pas seule. Je vais vous accompagner.

— Vous n'êtes pas obligé.

— Je le sais, mais j'y tiens. Tout ce qui peut mettre à mal Le Petit Carnet Noir m'intéresse. Par ailleurs, on ne sait jamais ce que vous allez trouver là-bas : il est hors de question que je vous laisse y aller seule. C'est contre mes principes.

— C'est vraiment très gentil de votre part, je vous remercie.

— Très bien. On se retrouve en bas ?

— Oui, je me change et j'arrive.

Dans son placard, Taylor trouva un jean et un T-shirt noir, qui iraient parfaitement pour l'occasion. Lorsqu'elle descendit, Roman l'attendait dans la cuisine. Depuis la grande baie vitrée, elle aperçut la piscine et, malgré elle, elle repensa à ce qui s'était passé entre eux. Troublée, elle s'efforça de chasser les images qui s'immisçaient dans son esprit.

Dans le vestiaire, elle prit les clés de la voiture – une Porsche noire – dont elle se servait toujours quand elle était dans le Connecticut et en profita pour s'équiper de lampes torches, au cas où. Une fois dans le garage, elle se rendit compte que la Porsche brillait davantage que la dernière fois où elle l'avait utilisée.

— Oh ! génial, on dirait que Bruce a fait nettoyer ma voiture. Il pense vraiment à tout. Je ne suis même pas sûre qu'elle ait été vraiment sale, mais comme ça, elle est superbe.

Elle alla s'installer au volant.

— C'est vraiment idiot, ce que nous nous apprêtons à faire, vous ne trouvez pas ? demanda-t-elle en riant, alors qu'ils attachaient leur ceinture.

— Vous voulez savoir quelque chose ? Ça fait bien longtemps que je ne me suis pas à ce point amusé, et pourtant, nous ne sommes pas encore partis.

Taylor sourit. Roman faisait tout pour la mettre à l'aise et la détendre, et elle lui en était reconnaissante. Elle n'était pas habituée à de tels égards de la part des hommes qu'elle fréquentait. Décidément, Roman Scott était un être plein de surprises.

— Prêt ? demanda-t-elle en mettant le contact.

— Et comment !

- 6 -

Roman était très content de cette petite excursion. Cela lui permettait d'être avec Taylor tout en ayant autre chose à faire que repenser à ce qui s'était passé au bord de la piscine.

— D'après le GPS, la maison devrait se trouver quelque part sur la droite, dit Taylor. Encore quelques centaines de mètres et nous sommes arrivés.

— C'est la première fois que vous venez ici ?

— Oui. J'ai grandi en entendant parler de Simone Astley, mais ce que j'entendais ressemblait à des histoires de fantômes, donc j'aurais eu trop peur de venir jusqu'ici. Quand j'étais enfant, Simone était vieille et vivait murée chez elle.

— Que pouvez-vous me dire à son sujet ?

— Tout ce que je sais, c'est qu'elle était fille unique, qu'elle ne s'est jamais mariée et qu'elle n'a pas eu d'enfant. Quand sa mère était encore en vie, elle vivait comme séquestrée dans cette maison. Après la mort de ses parents, elle est restée ici, seule. Personne ne l'a jamais vraiment vue.

— C'est assez curieux que je n'aie jamais entendu parler d'elle, dit Roman. J'ai grandi près de Boston, mais j'ai fait une partie de ma scolarité ici, dans le Connecticut.

— Vraiment ? Je l'ignorais.

— Oui, j'ai été élève à la Sedgefield Academy. Vous devez connaître.

— Roman, vous plaisantez ? Je suis allée à Baldwell.

Roman n'en croyait pas ses oreilles.

— C'est fou ! Nous avons fréquenté deux écoles si proches. Certes, j'ai neuf ans de plus que vous, mais c'est une coïncidence inouïe.

— Oui, je n'en reviens pas. Quoi qu'il en soit, tout ce que je sais au sujet de Simone, je le tiens de la mère de mon amie Chloe. La grand-mère de Chloe connaissait bien la mère de Simone Astley.

— Intéressant.

— Oui, c'est aussi mon avis.

Taylor se pencha au-dessus du volant pour regarder à travers le pare-brise. Devant eux s'élevaient de hauts murs qui délimitaient la propriété. Dans le lointain, au-delà du portail en fer forgé envahi par le lierre, l'on devinait à peine la maison elle-même, une bâtisse en pierre grise dissimulée derrière de grands arbres.

— Vous avez une idée de la façon dont nous allons pouvoir entrer ? demanda Roman. Je nous vois mal escalader cette grille.

— Nous allons peut-être trouver une ouverture ou une brèche quelque part.

Alors que Taylor ralentissait pour faire le tour de la propriété, Roman eut une idée :

— Continuez de rouler. Il y a forcément une entrée de service, et elle doit être moins infranchissable que le grand portail de l'entrée principale. Nous allons essayer de la trouver.

Au bout de quelques minutes, il l'aperçut.

— Garez-vous là, juste en face. Il y a l'air d'avoir un départ de sentier, comme ça si quelqu'un voit la voiture, il pensera que nous sommes des randonneurs.

— Malin !

— Je suis plutôt doué pour anticiper et désamorcer les problèmes, je l'avoue.

Pas tous, néanmoins. Il aurait dû avoir la présence d'esprit de décliner la proposition de massage de Taylor. Il était déjà en train de lutter contre l'attirance qu'il éprouvait pour elle, alors se laisser toucher par elle alors qu'il était entièrement nu n'avait pas été la meilleure des idées.

Une fois qu'ils eurent traversé la route, ils se rendirent compte avec dépit que le portail de l'entrée de service était encore plus haut que celui de l'accès principal. Néanmoins, à quelques pas de la grille, Roman remarqua une petite porte en bois dont la serrure avait déjà été forcée.

— On dirait que nous ne sommes pas les premiers à faire ça, déclara-t-il.

Il tenta d'ouvrir la porte d'un coup d'épaule, mais elle résista.

— Il y a quelque chose qui la bloque, de l'autre côté.

En y mettant davantage de force, il parvint à entrouvrir la porte d'une vingtaine de centimètres.

— Pas le choix, il va falloir se faire tout petit pour entrer, dit Taylor en se glissant déjà à travers la mince ouverture.

Roman l'imita, même s'il eut plus de mal qu'elle. Une fois la porte franchie, il vit ce qui la bloquait. De gros sacs remplis de sable.

— Quelqu'un ne voulait vraiment pas qu'on entre, on dirait.

Malgré lui, Roman frissonna. Il se passait quelque chose de bizarre dans cette maison, et il n'était pas certain de vouloir savoir ce dont il s'agissait.

— Dépêchons-nous, dit-il, il ne faudrait pas se laisser surprendre par la nuit.

Ils approchèrent de la maison, grande bâtisse en pierre de taille construite dans un style néoclassique, dont l'accès extérieur se faisait par un grand perron central. Roman imaginait très bien, à l'intérieur, l'entrée monumentale destinée à impressionner les invités, avec ses colonnes et son importante hauteur sous plafond. Il parut néanmoins plus judicieux à Taylor et Roman d'emprunter l'entrée de service, située à l'arrière.

Cette fois, la porte s'ouvrit sans peine.

— Facile, dit Taylor.

— C'est ce qui m'inquiète.

Roman referma la porte derrière eux. Ils se trouvaient dans un vestiaire. Des manteaux étaient encore suspendus aux patères.

— On dirait que le temps s'est figé, ici.

Taylor observa autour d'elle, puis se retourna vers Roman.

— Franchement, je ne suis pas rassurée. Cet endroit est sinistre. Et ce silence… Et cette obscurité…

Roman était assez d'accord. Mais sa curiosité était piquée. À présent, il voulait en savoir davantage.

— On fait un tour rapide et on rentre. D'accord ?

— D'accord, mais donnez-moi la main. Je ne veux pas vous perdre.

— Si vous voulez.

Il s'approcha d'elle et saisit fermement sa main. Comme en hélicoptère, il aimait être source de réconfort pour elle.

— Ne vous inquiétez pas, tout va bien se passer.

Ils traversèrent une cuisine qui n'avait rien à envier à celle d'un restaurant et se retrouvèrent dans un couloir. Dans les pièces adjacentes – une remise, une salle de petit déjeuner, plusieurs petits salons – les meubles étaient cachés sous des draps couverts de poussière. C'était comme si quelqu'un avait appuyé sur « pause », avec l'intention de revenir en ces lieux dans les plus brefs délais.

Ils arrivèrent dans le grand hall d'entrée. Le sol était en marbre noir et blanc, la hauteur sous plafond était vertigineuse et Roman n'avait jamais vu de lustre aussi gigantesque. Face à la porte, l'escalier monumental menait à l'étage.

— Si nous cherchons les preuves de la présence d'un bébé, c'est en haut qu'on peut les trouver, dit Roman.

— Ça paraît logique, en effet, répondit Taylor en serrant un peu plus fort sa main.

Ils commencèrent par explorer les pièces situées à gauche de l'escalier. Les chambres à coucher étaient encore meublées elles aussi. De lourds rideaux pendaient aux fenêtres, et des tableaux représentant des paysages ou des natures mortes ornaient les murs. Le décor était très froid et impersonnel. Rien ne laissait supposer qu'une famille ait pu vivre là, et encore moins un enfant.

Au bout du couloir, ils trouvèrent une bibliothèque dont les étagères étaient remplies de livres. Taylor lâcha la main de Roman pour examiner les titres de plus près. Il fut quant à lui inexplicablement attiré par un siège placé dans un coin de la pièce, le seul de toute la maison à ne pas être recouvert par un drap. Il s'agissait d'une bergère avec des pieds et des accoudoirs en chêne, à côté laquelle se trouvait une petite table occupée par une lampe et une pile de livres. Certains ouvrages étaient tombés par terre, et Roman eut le réflexe de se pencher pour les ramasser. Lorsqu'il les souleva, tout un lot de photographies s'échappa de l'un d'eux. Elles représentaient des gens et avaient été prises dans cette maison.

— Taylor, j'ai trouvé des photos.

— Oh ! Montrez-moi.

Elle s'agenouilla à côté de lui et regarda rapidement les clichés.

— C'est elle, c'est Simone Astley, dit-elle.

Elle montra la photo à Roman. Une jeune femme aux cheveux sombres se tenait dans l'entrée monumentale, elle affichait un sourire malicieux, comme si elle cachait quelque chose.

Simone était présente sur presque toutes les photographies. Elle avait été une très belle jeune femme, à la silhouette svelte et aux yeux perçants. Sur quelques-uns, on voyait également une femme plus âgée à l'air austère, sans doute sa mère. Sur un des clichés, pris à Noël, Simone se tenait près du sapin et tenait un énorme paquet-cadeau devant elle.

— Oh ! mon Dieu, elle cache son ventre, fit remarquer Taylor en pointant du doigt la taille de Simone, légèrement arrondie, en effet. Et son visage est aussi plus rebondi que sur les autres photos. Je pense qu'elle est enceinte.

— C'est possible.

— En même temps, pour l'instant, dans cette maison, nous n'avons rien trouvé qui puisse suggérer qu'un enfant y ait vécu.

— Nous sommes encore loin d'avoir tout vu. Nous devrions poursuivre notre exploration.

Taylor hocha la tête.

— Mais avant de continuer, laissez-moi prendre tout ça en photo. Je pense qu'il est utile de garder une trace de nos découvertes.

Roman l'aida, avant qu'ils ne visitent le reste de l'étage. Malheureusement, ils ne trouvèrent rien d'intéressant.

— Attendez, dit Roman alors qu'un léger découragement s'emparait d'eux. Nous n'avons pas encore visité les pièces réservées au personnel de maison.

— Oui, c'est vrai. J'ai hâte de partir d'ici, mais par acquit de conscience, mieux vaut ne rien négliger.

Ils redescendirent au rez-de-chaussée, et empruntèrent le long couloir par lequel ils étaient arrivés. Dans la cuisine, ils trouvèrent l'escalier de service.

— Passez devant, s'il vous plaît, Roman. Moi je n'ose pas.

Il ne sentait pas beaucoup plus téméraire qu'elle, mais il céda de nouveau au besoin de la protéger.

Au fur et à mesure qu'ils descendaient, l'odeur de moisi et de renfermé se fit plus forte. Roman n'y prêta guère attention pourtant : ce qui accaparait ses sens, c'était la proximité immédiate avec Taylor, qui était accrochée à ses épaules et qui plaquait son buste contre son dos.

L'escalier débouchait sur un couloir étroit et sombre desservant une enfilade de pièces. Roman ouvrit toutes les portes les unes après les autres. Si un enfant avait vécu là, il n'y en avait aucune trace.

— Ça ne sert à rien, dit Taylor en toussotant. À part de la poussière et de la saleté, il n'y a rien ici.

— Encore deux pièces et nous avons terminé.

Il ouvrit la porte suivante. Quelque chose se faufila entre ses jambes. Il fit un bond en arrière.

— Oh mon Dieu, un rat ! s'écria Taylor en sautant presque dans ses bras. Où est-il ? Où est-il ?

Ce fut plus fort que Roman. Il se mit à rire et la serra plus fort dans ses bras. Elle le regarda avec surprise. Leurs visages n'étaient qu'à quelques centimètres l'un de l'autre. La respiration de Taylor était rapide. Lui-même ressentait le même émoi que quand elle avait commencé son massage. Mais il ne tenta pas de résister cette fois, il en avait assez de lutter contre son corps et d'ignorer ses désirs.

— Je ne sais pas, mais vous avez dû lui faire si peur qu'il doit être loin maintenant.

Elle lui donna une petite tape sur l'épaule.

— Ce n'est pas drôle, dit-elle.

Pourtant, sa voix était amusée.

— Entre ça et l'hélicoptère, vous devez penser que je suis une vraie poule mouillée.

— Nous avons tous nos moments de faiblesse, Taylor. C'est humain. Un peu comme moi tout à l'heure…

— Vous savez, nous ne sommes pas obligés d'en parler.

Taylor avait raison, mais il l'appréciait beaucoup et il ne voulait pas que des non-dits ne s'installent durablement entre eux. Et puis surtout, il voulait qu'elle sache qu'il se sentait irrésistiblement attiré par elle. Il allait se lancer dans de grandes explications lorsqu'elle l'interrompit par un cri.

— Roman ! Regardez !

Elle se libéra de son étreinte et entra dans la pièce d'où venait de s'échapper le rat. Au mur était accroché un abécédaire. Dans un angle était installé un petit lit. Trop grand pour un bébé, trop exigu pour un adolescent.

— Hum, fit-il, pensif. Nous avons trouvé, même si je ne sais pas exactement ce que tout cela veut dire.

Taylor soupira.

— Moi non plus.

Elle prit quelques photos avec son téléphone.

— Et maintenant, est-ce qu'on peut filer d'ici, s'il vous plaît ? demanda-t-elle.

Roman en avait autant envie qu'elle.

— Oui. Allons-nous-en.

Il commença à pleuvoir sur le chemin du retour. Alors que des rafales de vent balayaient la chaussée et que le ciel s'assombrissait, Taylor essaya de rester concentrée sur la route. C'était difficile, après cette visite qui soulevait tant de questions.

Ce n'étaient pas les seules interrogations qui agitaient son esprit. Pourquoi Roman l'attirait-il à ce point ? Après qu'ils avaient décidé d'un commun accord d'oublier ce qui s'était passé au bord de la piscine, elle avait été à deux doigts de l'embrasser dans ce couloir sombre. Roman lui faisait l'effet d'un aimant, et elle sentait qu'elle ne pouvait rien faire contre cette force qui, irrésistiblement, la poussait vers lui.

Une fois la voiture dans le garage, le soulagement d'être arrivé sains et saufs à bon port fut immense. Ils eurent néanmoins un moment d'hésitation quand il fallut sortir pour rejoindre l'entrée de la maison et qu'ils virent les rideaux de pluie qui s'abattaient sur le jardin.

— Il va falloir courir, je le crains, dit-elle.

Il haussa les épaules.

— Ce n'est que de l'eau. On fait la course ?

Avant qu'elle puisse répondre, Roman était déjà parti.

Malheureusement pour lui, il s'était spontanément dirigé vers l'entrée principale, alors que Taylor n'avait pas la clé.

— Roman ! Par-là ! cria-t-elle en désignant l'arrière de la maison.

— Oh ! D'accord !

Il fit demi-tour et Taylor se joignit à lui. Ils coururent jusqu'à la porte du vestiaire, qui était protégée par un petit auvent, sous lequel ils s'abritèrent tous les deux. Les mains mouillées, Taylor composa le digicode. L'eau ruisselait sur son visage et la proximité de Roman l'étourdissait. Elle sentait son torse contre son dos et sa main sur son bras.

— Je suis trempé, dit Roman une fois qu'ils furent à l'intérieur et qu'ils eurent refermé la porte derrière eux.

Il se pencha pour retirer ses chaussures et Taylor ne put s'empêcher d'admirer ses fesses bien mises en évidence par son jean mouillé.

— Autant ne pas inonder la maison, n'est-ce pas ? continua-t-il en se mettant à déboutonner sa chemise.

Taylor n'était pas dupe : elle voyait très bien où Roman voulait en venir, d'autant plus qu'elle avait les mêmes idées que lui. Évidemment, le plus sage aurait été de faire comme si elle n'avait pas compris, mais…

— En effet, ce serait dommage de faire des saletés.

Elle commença par ôter ses chaussures, puis, obéissant à une impulsion, retira son T-shirt.

Lorsque les yeux de Roman se posèrent sur son soutien-gorge en dentelle noire, elle vit y crépiter une étincelle. Il entrouvrit légèrement les lèvres. L'ambiance déjà moite devint torride.

— C'est mieux ? demanda-t-il en faisant un pas vers elle.

Il agrippa son coude et un courant électrique parcourut son corps. Enfin ils se touchaient. Enfin quelqu'un avait pris l'initiative d'abolir les barrières entre eux.

Alors qu'elle sentait son cœur cogner dans sa poitrine,

elle se mit à vaciller légèrement devant lui. C'était sa propre audace qui lui donnait le vertige.

— Mon pantalon est trempé. Je crois que je vais devoir l'enlever, dit-elle.

— Je peux vous aider si vous voulez.

Il lui adressa un sourire entendu qui la fit chavirer au point qu'elle se demanda comment elle avait fait pour vivre sans lui jusqu'ici.

— D'accord.

Il se pencha pour déboutonner son jean. Ses mains mouillées sur la peau chaude de son ventre lui parurent froides. Alors qu'il baissait la fermeture et l'aidait à quitter son pantalon, elle plaça les mains sur ses épaules, ce qu'il prit comme une invitation à l'embrasser dans le cou. Ce contact, beaucoup trop bref à son goût, l'incita à prendre à son tour l'initiative de le débarrasser de son pantalon. Il la laissa faire, pendant qu'il passait les doigts dans ses longs cheveux mouillés.

Elle ferma les yeux et l'embrassa avec un élan qui lui donna l'impression de flotter dans les airs. Il répondit avec la même passion, sans qu'elle ne perçoive la moindre hésitation ni la moindre retenue en lui. Elle appuya ses avant-bras contre ses épaules solides et enfouit ses doigts dans ses cheveux épais. Il délaissa un instant ses lèvres pour l'embrasser dans le cou puis derrière l'oreille, déchaînant en elle des sensations d'une violence inouïe. Elle était si étourdie qu'elle aurait presque pu tomber s'il ne l'avait pas serrée aussi fort.

— Dis-moi que tu n'en as pas envie, dit Roman, le souffle court, alors que son visage était enfoui dans son cou.

Entendre Roman passer à un « tu » beaucoup plus intime ne fit qu'accroître le désir de Taylor.

— Je ne vais pas mentir. J'en ai envie. Plus que n'importe quoi d'autre au monde.

— Tant mieux, parce que moi aussi.

Il dégrafa son soutien-gorge et libéra sa poitrine.

— Tu es magnifique, Taylor. Tu mérites que tous tes désirs soient assouvis.

Il posa les deux mains sur son buste et se mit à caresser ses seins. Aussitôt, elle frissonna et ses mamelons se durcirent. Il en prit un dans sa bouche et l'aspira.

Elle ne put retenir un petit gémissement et rejeta la tête en arrière quand il passa à son autre sein.

— J'ai envie de toi, Roman, dit-elle, folle de désir.

— Montons, murmura-t-il en la soulevant de terre.

— Dans ma chambre, dit-elle, en bas de l'escalier.

Pendant qu'il montait les marches, elle s'accrocha à son cou et blottit son visage contre son torse, s'enivrant de son odeur chaude et masculine.

Quand ils arrivèrent enfin à destination, elle était plus que prête à s'abandonner à lui. Il la déposa sur le grand lit en souriant. La douce lumière du soir mettait en valeur les contours parfaits de ses épaules et de ses abdominaux. Elle s'agenouilla et posa les mains à plat sur son torse, réchauffant ses paumes à sa peau brûlante. Mais le toucher n'était pas suffisant. Elle mourait d'envie de sentir de nouveau sa bouche sur la sienne. Et quand elle l'embrassa, il répondit avec une telle vigueur qu'elle en fut déséquilibrée. Elle se cramponna alors à ses biceps et ils basculèrent ensemble sur le lit. Elle glissa les doigts sous la ceinture de son boxer et le fit glisser sur ses hanches. Il l'embrassa de nouveau alors qu'elle enroulait la main autour de son sexe. Leur baiser étouffa le gémissement qu'il poussa. Il l'invita à s'allonger sur le lit puis il embrassa son ventre nu avant de s'agenouiller devant elle. Tout en la regardant dans les yeux, il la débarrassa de sa culotte. Sans lâcher son regard, il posa la main à plat sur son sexe et le caressa d'avant en arrière. Elle sentait déjà le plaisir monter en elle, mais elle résista, car elle voulait tout ce qu'elle n'avait pas eu au bord de la piscine.

— Je te veux en moi.

En guise de réponse, il sourit, puis l'embrassa à pleine bouche sur le bas-ventre.

— Tu as des préservatifs ? demanda-t-il.

— Oui.

Elle roula sur le ventre et ouvrit le tiroir de la table de chevet. Pendant ce temps, Roman couvrait son dos de baiser.

— Tu veux que je te le mette ? demanda-t-elle en se retournant.

— Avec plaisir, souffla-t-il.

Il s'allongea à côté d'elle et elle se dit qu'elle était la plus chanceuse des femmes. Il n'y avait pas de mots pour décrire la beauté de Roman Scott. À son tour, elle l'embrassa sur le ventre, puis déroula le préservatif sur son sexe. Quand elle leva la tête et que leurs regards se croisèrent, on aurait dit qu'il était sur le point de s'embraser. Taylor frémit. Se sentir à ce point désirée était un sentiment grisant.

Il posa les mains sur ses épaules et, par une légère pression, la fit s'allonger sur le dos. Elle se cambra lorsqu'il se positionna entre ses jambes et la pénétra, puis elle inclina le bassin pour l'accueillir le plus profondément possible en elle. Les pensées se bousculaient dans son esprit, fragmentaires pour la plupart d'entre elles. Mais l'une d'elles s'imposa nettement : jamais elle n'aurait imaginé que cela puisse être aussi bon.

Il dosait ses effets en expert. Elle sentait le plaisir inonder son ventre, ses membres. Elle haletait de plus en plus. Elle enfonça ses ongles dans son dos et noua ses jambes autour de son bassin pendant qu'il l'embrassait avec passion. Elle s'agrippait à lui, elle ne voulait surtout pas qu'il la lâche, ni qu'il cesse de l'embrasser.

Elle était tout près de l'orgasme et c'était de toute évidence son cas à lui aussi. Chaque coup de reins qu'il donnait était plus intense, mais elle sentait aussi une tension chez lui, comme s'il devait lutter pour ne pas se laisser emporter par le plaisir. Les gémissements qu'il poussait étaient de plus en plus sourds et désespérés. Le temps de la délivrance était proche et Taylor était partagée entre l'envie de s'y abandonner et celle de résister pour faire durer ce moment le plus longtemps possible. Tout à coup, sans qu'elle ne puisse rien y faire, l'orgasme la saisit, la propulsant dans une dimension parallèle, un monde de délices. Roman la rejoignit à peine quelques secondes plus tard. Alors qu'elle pressait davantage son bassin contre le sien, il se figea puis se laissa retomber sur elle en gémissant. Elle sourit, puis il s'allongea tout contre elle. Être avec Roman, c'était le bonheur à l'état pur. Si elle ne s'était pas juré de rester loin des hommes, elle aurait trouvé son idéal.

- 7 -

Cette fois, quand Roman se réveilla, il n'avait pas atrocement mal au dos, mais une femme superbe blottie entre ses bras. La nuit qu'il avait passée avec Taylor avait été absolument fabuleuse. Ils avaient pris le temps de faire connaissance. Ce qui s'était passé au bord de la piscine avait été torride, mais la nuit l'avait laissé avec un sentiment de plénitude insurpassable.

Elle dormait dans le creux de son bras, et ses cheveux soyeux caressaient sa peau. Comme il ne voulait pas la réveiller, il attrapa avec précaution son téléphone qui se trouvait sur la table de nuit. Il se contenterait de vérifier ses e-mails et de répondre d'une main à ceux qui étaient urgents. Ensuite il voulait profiter de son dimanche avec Taylor.

Malheureusement, dès que ses yeux se posèrent sur l'écran, il découvrit un SMS de son frère qui lui fit aussitôt regretter de ne pas avoir laissé son téléphone là où il était posé.

L'ingénieur structures a besoin de plus de temps. Le début des travaux pourrait être repoussé d'un mois. J'essaye de ne pas flipper.

Roman ne put faire autrement que de répondre.

— Désolé. Qu'est-ce que je peux faire ?

— Je ne sais pas. Fiona n'est pas ravie.

C'était la crainte de Roman. Derrick et Fiona, qui attendaient un deuxième enfant, venaient de déménager dans un appartement beaucoup plus grand et plus cher. Après des travaux qui avaient largement dépassé leur budget de départ, Derrick avait eu du mal à réunir les sommes nécessaires pour payer sa part dans leur projet d'hôtel. Il était tout à fait compréhensible que ces difficultés financières inquiètent Fiona.

— Je peux te prêter de l'argent en attendant si tu veux.

— On en a déjà parlé. Non.

Derrick avait toujours refusé le moindre sou de la part de son frère. Il était beaucoup trop fier pour cela.

— Tu veux que je parle à Fiona ?

— Tu pourrais passer aujourd'hui à la maison ? Pour la rassurer et lui dire que tout va bien se passer ?

Roman était incapable de dire non à son frère, mais il ne voulait pas non plus écourter son séjour en compagnie de Taylor.

— Je vais voir. Ce soir, pour dîner, éventuellement.

— Ce serait génial.

— OK. Je te tiens au courant.

Roman reposa son téléphone, et Taylor s'étira entre ses bras. Elle poussa un petit gémissement et se blottit contre lui en passant son bras autour de sa taille. Roman trouva cela adorable, mais en même temps, cela le rendit légèrement nerveux. Cela faisait très longtemps qu'il n'avait pas passé une nuit entière dans le même lit qu'une femme. Il se sentait gauche et n'avait plus l'habitude. Par ailleurs, il ignorait ce que Taylor attendait de lui désormais, puisque, au départ, elle lui avait clairement fait comprendre que ce n'était pas lui qu'elle voulait, mais son aide. Maintenant elle avait les deux, enfin pour quelques heures encore.

— Déjà réveillé ? demanda-t-elle.

— Plus ou moins. Je regardais mon téléphone.

— Oh ! oh, je n'aime pas ce ton.

— Il y a un risque que je doive partir plus tôt que prévu.

— Pas de problème. Il faut que tu respectes tes priorités.

La réponse de Taylor était arrivée un peu trop vite. Pensait-elle qu'il cherchait une excuse pour s'enfuir ?

— Mon frère a besoin de moi.

— Y a-t-il un problème ?

— Je crois t'avoir dit que nous étions associés dans un nouveau projet d'hôtel. Et nous avons un petit contretemps.

— Je comprends. C'est ton projet et ta famille. C'est plus important que tout le reste.

Il soupira.

— Ce n'est pas plus important, c'est juste différent. Et compliqué pour moi de dire non. Je suis vraiment désolé. Je ne veux pas te décevoir.

— Tu ne me dois rien.

Elle se leva et alla chercher son peignoir, qui était accroché à une patère fixée sur la porte de la salle de bains. Ce fut un bonheur de la voir traverser la pièce nue et il maudit le moment où elle se couvrit.

— Nous savions tous les deux que ta présence ici ce week-end allait bien au-delà des prestations auxquelles me donnait droit la vente aux enchères.

Il s'assit sur le bord du lit.

— Taylor, tu ne crois pas qu'entre nous les choses ont dépassé ce stade ?

— Ce n'était qu'une nuit.

Pourquoi cela lui fit-il si mal d'entendre Taylor asséner cette vérité ?

— Une nuit fabuleuse.

— Ce qui ne veut pas dire que tu me doives quoi que ce soit. Étant donné mon passif, j'espère que tu comprendras que je préfère qu'on ne se promette rien.

— Bien sûr.

C'était à son tour d'avoir répondu un peu trop vite.

— Ne t'inquiète pas, poursuivit-il, je ne suis pas du genre à te demander quelque chose que tu n'es pas prête à donner. D'autant plus que moi non plus je ne suis pas prêt.

Elle le fixa quelques secondes en clignant des yeux.

— Dans ce cas, tout est parfait.

Elle passa devant lui en le frôlant, ouvrit la porte et sortit dans le couloir.

Il fallait qu'il la suive, même s'il était nu.

— Taylor. Attends. Tu es fâchée ?

— Bien sûr que non. Il n'y a aucun problème. Je vais préparer le café. Trouve des vêtements et rejoins-moi en bas.

Il pesta intérieurement. C'était ce genre de moments qui le faisaient hésiter à s'engager auprès d'une femme, même si elle lui plaisait beaucoup. Les relations entre hommes et femmes étaient compliquées. Même quand il ne semblait pas y avoir d'attentes particulières, il y avait toujours, d'un côté ou de l'autre, des déceptions, des désillusions.

Il ramassa ses vêtements et alla dans sa chambre prendre une douche rapide et s'habiller. Quand il arriva à la cuisine, Taylor était installée face à son ordinateur portable et lui tournait le dos. Il eut très envie d'avancer sur la pointe des pieds jusqu'à elle, de poser les mains sur ses hanches et de l'embrasser dans le cou. Il se retint pourtant.

— Bruce est allé à la boulangerie pour nous, dit-elle sans se retourner.

— Pendant que nous dormions ?

Curieusement, il y avait quelque chose qui dérangeait Roman, peut-être parce que ce Bruce ne s'était pas montré une seule fois depuis leur arrivée, comme s'il agissait dans l'ombre.

— Ça ne te paraît pas bizarre ?

— Non. Il fait ça tout le temps. C'est aussi pour ça que mes parents l'adorent.

Il se servit une tasse de café et s'appuya contre le plan de travail, face à Taylor. Il n'avait pas faim. À vrai dire, il se sentait un peu déboussolé.

— Ça te contrarie si je pars plus tôt que prévu ?

Elle pinça les lèvres et referma son ordinateur.

— Bien sûr que non. Fais ce que tu as à faire, Roman. Mais avant que tu t'en ailles, j'aimerais que nous avancions un peu sur mon projet, si tu es toujours d'accord pour m'aider. Pour moi, c'est tout ce qui compte.

Bon, au moins, maintenant c'était clair. Entre eux, les choses étaient strictement professionnelles.

— Bien sûr. On peut s'y mettre dès que tu seras prête.

— Très bien. J'ai rendez-vous avec des entrepreneurs cette semaine, donc j'aimerais vraiment que nous ne perdions pas de temps.

— Cette semaine ? demanda-t-il, surpris. N'est-ce pas un peu prématuré ?

— J'ai le sentiment d'avoir suffisamment perdu de temps comme cela dans ma vie. Je suis pressée d'avancer.

— D'accord. Message reçu.

— Je vais enfiler un jean et m'attacher les cheveux et je reviens toute de suite.

Une fois qu'elle fut partie, Roman soupira. Il but quelques gorgées de café puis envoya un message à son frère.

— Finalement, je pense pouvoir être là pour le dîner. 18 heures, c'est bon ?

— Parfait. Merci.

C'était aussi bien ainsi, songea-t-il. Il pourrait à la fois honorer la promesse qu'il avait faite à Taylor et faire plaisir à son frère et à sa belle-sœur. Même si ce n'était pas ce qu'il avait espéré au départ, cela lui paraissait un bon compromis.

Après avoir réservé un hélicoptère pour la fin de l'après-midi, il rangea son téléphone dans sa poche.

Taylor revint quelques minutes plus tard et reprit sa place devant son ordinateur.

— J'aimerais parler marketing, et budget prévisionnel.

— Pour le marketing, c'est un peu tôt. Il faut d'abord trouver un nom et avoir une bonne vision d'ensemble du projet.

— C'est exactement pour cette raison que je t'ai demandé ton aide. C'est toi le génie, pas moi.

— S'il te plaît…

À chaque fois qu'il entendait ce mot, il frémissait. Il ne méritait pas ce qualificatif. Et à part Taylor, la seule personne qui l'avait appelé ainsi l'avait fait dans le but de le flatter et de le manipuler.

— S'il te plaît, insista-t-il, ne prononce plus ce mot.

— Je ne comprends pas ta réaction. Pour moi, c'est de la fausse modestie. Il n'y a pas de quoi en faire toute une histoire.

Au prix d'un effort surhumain, il parvint à maîtriser la colère qu'il sentait monter en lui.

— Si tu veux tout savoir, si je ne veux plus t'entendre prononcer ce mot, c'est parce que c'est ce que ma femme disait toujours de moi.

— Tu es *marié ?*

Les yeux écarquillés, elle se leva et agita les bras avec emphase.

— Oh ! merveilleux ! Je viens d'avoir une aventure avec un homme marié. Comment cela se fait-il que je l'apprenne seulement maintenant ? Depuis combien de temps es-tu marié ?

Roman soupira.

— J'ai été marié, et je ne le suis plus. Cela a duré deux semaines. C'était il y a quatorze ans. Et elle est morte.

Taylor blêmit.

— Oh mon Dieu, Roman, je suis désolée. Que s'est-il passé ?

Il détestait cette pitié qu'il lisait dans ses yeux. Il détestait ce sujet. Il détestait cette conversation.

— Je n'ai pas envie d'en parler.

— Je suis vraiment confuse. Et complètement perdue. Comment cela se fait-il que je n'aie trouvé aucune information à ce sujet sur le Net ?

Roman n'avait qu'une envie : s'enfuir. Il avait les mains moites et son pouls était erratique. Il but une gorgée de café et tourna le dos à Taylor. Il regarda par la fenêtre, là où l'hélicoptère se poserait quand il viendrait le chercher. Il aurait voulu partir tout de suite. Ils s'étaient bien amusés, Taylor et lui, mais ce qu'elle lui demandait là était au-dessus ses forces. Les confessions intimes autour d'une tasse de café, ce n'était pas pour lui.

— Si tu n'as rien trouvé sur mon histoire personnelle ou ma vie privée, c'est justement parce que j'ai fait en sorte de tout faire disparaître et d'effacer une partie de mon passé. Mon frère m'y a aidé. Ça nous a demandé du temps et beaucoup d'efforts, mais nous y sommes arrivés.

— C'est impossible.

— En y mettant le prix, on peut faire disparaître tout ce qu'on veut.

Comme un mariage. Une fausse identité. Des mensonges.

— Comment s'appelait-elle ? À quoi ressemblait-elle ? demanda Taylor en s'approchant, ce qui le tendit davantage.

C'était un supplice de se rendre compte que son passé le hantait toujours et que, malgré toutes ses tentatives, il ne parviendrait sans doute jamais à s'en débarrasser.

— Je pars dans quelques heures. Si tu veux mon aide, c'est maintenant ou jamais.

— Tu changes de sujet.

— Oui. Mais je suis tout à fait disposé à parler de ton projet.

Taylor semblait abasourdie, ce qu'il pouvait comprendre.

— Je veux vraiment que tu m'aides, Roman.

— Du moment que tu cesses de me mettre sur un piédestal, nous pourrons faire du bon travail ensemble.

Elle retourna s'asseoir devant son ordinateur.

— Très bien, je vais arrêter de penser du bien de toi.

— Ce n'est pas non plus ce que je demande, Taylor. Je pense juste que tu me surestimes. Certes, j'ai du succès dans mes affaires, mais il y a aussi une grande part de chance dans ma réussite. J'ai été là au bon moment et au bon endroit. Je ne possède pas de formule magique, et si tu veux réussir à ton tour, il ne sert à rien de copier ce que j'ai fait. Il faut que tu aies ta propre vision et tes propres idées. C'est le plus important.

— Et si je n'en suis pas capable ?

— Je suis persuadé du contraire. Il faut juste que tu te fasses confiance. Que tu suives ton instinct et ton cœur.

— Toutes les fois où je l'ai fait, ça s'est soldé par un échec retentissant.

— Tout le monde connaît des faux départs, Taylor. Des échecs. Si tu veux réussir, c'est sur toi que tu dois compter avant tout, et non attendre d'autrui une aide providentielle.

Alors que Taylor s'apprêtait à répondre, et sans doute avec véhémence, le téléphone de Roman émit un signal indiquant qu'il venait de recevoir un SMS. Quand il vit le message, son sang se glaça.

Les sacs de sable étaient là pour une bonne raison. Ne recommencez plus ou je révèle à tous votre terrible secret.

Aussitôt, il pensa à sa femme, Abby, et à tout ce que Derrick et lui s'étaient efforcés de cacher. Ces révélations ne le détruiraient peut-être pas, mais elles causeraient de sérieux dégâts, à lui comme à ses affaires. Il avait beaucoup trop à perdre.

— Nous avons commis une erreur en nous introduisant chez Simone Astley.

— Pardon ?

Avant qu'il puisse tendre son téléphone à Taylor, il vit l'écran de son ordinateur s'éclairer. Elle y jeta un œil.

— Les « sacs de sable » ? Qu'est-ce que c'est que cette histoire ? Est-ce que tu as reçu le même message ?

Ils comparèrent et virent qu'en effet, ils avaient reçu des messages identiques.

— Ça provient forcément du Petit Carnet Noir, non ? demanda-t-il.

— Je ne vois pas qui cela pourrait être d'autre. Il est arrivé la même chose à Chloe et à Parker quand ils ont commencé à s'y intéresser de près.

— Ça veut dire qu'on nous a espionnés hier. Et peut-être que quelqu'un est en train de nous espionner en ce moment même.

Il se leva et sortit sur le patio.

— Tes parents ont-ils déjà vérifié s'il y avait des caméras cachées dans la propriété ?

Il inspecta le toit avec attention. Il devait passer pour un fou aux yeux de Taylor, mais il avait de toute façon l'impression d'être en train de devenir fou. L'idée que son intimité puisse être violée lui était littéralement insupportable. Son cœur battait si vite et si fort qu'il commençait à transpirer. Dans quel traquenard s'était-il fourré ? Jamais il n'aurait dû participer à cette vente aux enchères, et jamais il n'aurait dû accepter de suivre Taylor jusque dans le Connecticut.

— Je n'en sais rien, Roman, ils ne m'en ont jamais parlé en tout cas. Mais pour espionner les gens, il suffit d'un drone. C'est à la portée de tout le monde.

— Tu as l'air de prendre les choses à la légère. On dirait

que tu ne comprends pas. Il y a des choses sur moi qui ne doivent surtout pas se savoir. Les banquiers, les investisseurs ne voudraient plus travailler avec moi. Les gens ne voudraient plus séjourner dans mes hôtels. Ce serait un désastre.

Il se tourna vers Taylor.

— Et pour toi aussi. Si certaines choses se savaient, tu devrais dire adieu à ton projet. Il faut mettre un terme à tout ça avant qu'il ne soit trop tard.

Il se dirigea vers elle et reprit son téléphone qu'elle tenait encore à la main. Il tapa une réponse, qu'il montra à Taylor.

Pas d'inquiétude. Nous n'avons rien vu.

— Mais c'est faux, protesta-t-elle. Nous avons vu quelque chose.

— Taylor, tu ne comprends pas. C'est potentiellement très grave.

Elle grimaça, l'air agacée.

— Je n'ai rien à cacher.

— Tout le monde a des secrets.

— Pas moi. Donc je n'ai aucune raison de m'inquiéter.

— Et ce qui s'est passé au bord de la piscine hier ? Ce n'est pas un secret, par hasard ?

Sa panique redoubla. Et si quelqu'un les avait observés ? Ou, pire, filmés ?

— Je ne peux pas défaire tout ce que nous avons fait ce week-end, mais je commence à le regretter, dit-elle.

Il n'avait pas besoin d'en entendre davantage. Tout ceci était une monumentale erreur.

— Il faut que j'aille préparer mes affaires. Je rentre. Je vais retrouver mon frère. Mon travail. Et je pense que tu devrais faire pareil. Ça me paraît risqué de rester ici. Surtout si tu es seule.

— Je ne vais pas te retenir, Roman. Mais moi je reste. Mon avenir est ici, et pas à New York.

Taylor était si en colère contre elle et contre la situation qu'elle fut incapable d'assister au départ de Roman. Elle avait vécu cela si souvent. Le moment où un homme la quittait. Cela finissait toujours par se produire. Elle aurait dû y être habituée. Et pourtant non…

Elle soupira, se servit un verre de vin rouge et alla s'enfermer dans l'un des bureaux.

Pourquoi a-t-il fallu que je couche avec Roman ? se demanda-t-elle tout en se pelotonnant contre un siège. Comme toujours les choses lui avaient échappé et avaient fini par dégénérer. Une succession d'échecs. C'était l'histoire de sa vie sentimentale comme de sa vie professionnelle. C'était la première fois, néanmoins, qu'elle réussissait à torpiller les deux simultanément.

Bravo, Taylor.

Elle savait depuis le début que c'était une très mauvaise idée de mêler travail et sentiments, même si on pourrait objecter qu'avec Roman il avait davantage été question de sexe que de sentiments. Certes, il y avait eu des moments où Taylor avait eu l'impression qu'entre eux, ce n'était pas seulement une histoire de désir et de passion, mais c'était son travers, elle se laissait toujours emporter. En revanche, elle n'avait aucun doute sur le fait que pour Roman les choses aient été bien claires. Entre eux, pas le moindre sentiment.

Inévitablement, Taylor se mit à penser à la femme de Roman, dont elle ne revenait toujours pas d'avoir seulement maintenant découvert l'existence. À quoi avait-elle pu ressembler ? Avait-elle été son grand amour ? Avaient-ils été incroyablement heureux ensemble ? Ils devaient avoir formé un couple parfait. Elle ne pouvait pas imaginer qu'il en ait été autrement. D'ailleurs, c'était sans doute pour cette raison que parler de celle qu'il avait perdue après seulement deux semaines de mariage semblait si douloureux et difficile pour Roman.

— Cesse de penser à lui. Tu te fais du mal pour rien, murmura-t-elle.

Bien entendu, elle connaissait le remède à ses problèmes : une bonne discussion avec Alex ou Chloe.

Elle choisit d'appeler Alex, car elle supposait que Chloe devait se trouver avec Parker.

Alex répondit dès la première sonnerie.

— Ah, Taylor, c'est toi ? Tu as pu y aller ?

— Bonjour à toi aussi.

— Excuse-moi, mais comme tu ne nous as pas appelés hier, j'étais inquiète.

— Si tu étais inquiète, pourquoi est-ce que tu ne m'as pas appelée ?

— Inquiète, c'est peut-être un mot trop fort, tu as raison. J'étais… préoccupée, plutôt. Est-ce que tout va bien ? Roman Scott est-il toujours avec toi ? Je n'arrive pas à croire que tu l'aies convaincu de t'accompagner dans le Connecticut. À quoi vous occupez-vous tous les deux ? Vous ne faites que parler affaires ?

En temps normal, Taylor n'aurait pas hésité à se confier à Alex, mais là, quelque chose lui soufflait de passer les détails personnels sous silence. C'était en partie parce qu'elle se sentait gênée. Elle s'en voulait d'avoir franchi la ligne rouge avec Roman, et elle savait qu'Alex lui reprocherait cet autosabotage.

— Nous avons beaucoup parlé de l'hôtel, mais je ne pense pas que je puisse obtenir de lui autre chose que des encouragements. Il pense que l'idée est bonne, mais il ne m'a pas vraiment donné de conseils concrets. Il m'a répété que rien ne pourrait se faire avant que j'aie une vision globale et personnelle du projet. Il m'a dit qu'il fallait que je développe mes propres idées. Que je ne peux pas toujours attendre de l'aide venant d'autrui.

— C'est la chose la plus stupide que j'aie jamais entendue,

répondit Alex. À quoi servent les architectes et les designers, alors ? Tout le monde n'est pas capable d'avoir des idées brillantes. Collaborer avec des professionnels peut t'aider à voir des possibilités que tu n'aurais jamais imaginées seule.

C'était exactement le genre de services qu'elle aurait espéré obtenir de Roman, mais les choses ne s'étaient pas passées ainsi.

— Tu sais quoi ? Tu as raison. Je commence à rencontrer des entrepreneurs dès demain. Je suis sûre que pour le gros œuvre, ils seront de bon conseil.

— Et si tu as besoin d'un architecte, je suis certaine que mon frère serait d'accord pour t'aider. Ryder aussi, d'ailleurs.

C'était étrange, Taylor n'avait jamais pensé à Daniel, le frère d'Alex, ni à son associé Ryder. Pourtant, leur agence d'architecture, basée à New York, avait le vent en poupe. Par ailleurs, elle les connaissait tous les deux depuis des années et leur faisait entièrement confiance, ce qui était primordial.

— Alex, pourquoi n'y ai-je pas pensé moi-même ? Tu es un génie.

Elle rit.

— Si tu le dis.

Apparemment, certaines personnes prenaient ce compliment plutôt bien. C'était bon à savoir.

— L'un ou l'autre me conviendrait parfaitement. Tu penses qu'ils seraient disponibles ?

— Je n'en sais rien, mais je peux toujours le leur demander si tu veux.

— Commence peut-être par Ryder. Comme ça, ça te donnera une occasion d'entrer en contact avec lui.

En effet, Alex se consumait pour l'associé et meilleur ami de son frère. Entre eux, malgré une tension sexuelle évidente, il ne s'était jamais rien passé, hormis quelques baisers volés.

— Pas la peine de te donner ce mal, Taylor. Ryder et moi ne serons jamais ensemble. Je ferais mieux de m'y résoudre.

À ce moment, Taylor reçut un signal de double appel.

— Chloe est en train d'essayer de me joindre, dit-elle après avoir regardé l'écran de son téléphone.

— On peut continuer cette conversation à trois, suggéra Alex. J'ai hâte de l'entendre, car elle devait parler mariage avec sa mère et Parker cet après-midi. J'aimerais savoir ce qu'ils ont décidé.

— OK. Attends une seconde.

Après une petite manipulation, Taylor réussit à fusionner les conversations.

— Vous êtes là toutes les deux ? demanda-t-elle.

— Je suis là, répondit Chloe.

— Moi aussi, dit Alex. Chloe, parle-nous de ton mariage. Avez-vous trouvé le lieu ? Et arrêté une date ?

— C'est drôle que tu poses la question, parce que c'est justement pour cette raison que j'appelais Taylor.

— Que puis-je faire ? demanda Taylor, légèrement surprise. Je t'ai déjà dit que je serais ravie de pouvoir t'aider.

— Eh bien, en fait je voulais te demander si le mariage pouvait avoir lieu chez toi. Dans ta propriété du Connecticut.

— Attends, tu es sérieuse ?

La première réaction de Taylor fut une légère panique. Et son projet d'hôtel, alors ? Organiser un mariage chez elle ne ferait que retarder ses plans.

— Oui. Et je suis sûre que tu es en train de penser que ce sera un cauchemar, mais attends d'entendre mes arguments.

— Je t'écoute.

— Parker et moi n'avons pas envie de passer plus d'un an à organiser notre mariage. Nous savons pertinemment que plus nous attendrons, plus les choses prendront des proportions énormes, et ce n'est pas du tout ce dont nous avons envie. Notre idée, c'est donc de nous marier à la fin de l'été. Et comme les plus beaux endroits sont réservés depuis très longtemps, on a pensé à ta propriété. Pour toi, ce sera l'occasion de faire voir la maison à de futurs clients potentiels et de promouvoir ton projet. Ça pourrait te faire une excellente publicité.

Taylor laissa l'idée faire son chemin dans son esprit. Cela pourrait en effet représenter une belle opportunité. Elle pourrait tester à la fois ses capacités d'hôtesse et le potentiel de la maison. Néanmoins, elle voyait quelques obstacles.

— Je ne suis pas certaine que d'ici là la maison sera prête à accueillir autant d'invités. Et il faudrait que j'engage du personnel.

— À part nos proches, personne ne logerait ici, donc pour cela, tu n'as pas à t'en faire. Quant au personnel nécessaire, c'est le traiteur qui le fournira.

— Il faut que je réfléchisse.

Elle se connaissait, si elle acceptait d'organiser l'événement chez elle, elle mettrait un point d'honneur à ce que tout soit parfait. Pour cela, il faudrait au minimum faire repeindre certaines chambres et acheter du nouveau linge de lit.

— De combien de personnes serait-il question, exactement ?

— Il y aura cent personnes à la cérémonie, mais seulement trente au dîner. Nous voulons vraiment un petit mariage, dit Chloe.

Le cerveau de Taylor enregistra ces informations. Elle aimait avoir un projet en tête. Et elle avait besoin de s'occuper l'esprit pour ne pas ressasser ces deux jours passés avec Roman et la façon calamiteuse dont ils s'étaient terminés. Et comme elle aimait Chloe de tout son cœur, lui dire non n'était pas réellement envisageable.

— Je vais avoir besoin de votre aide à toutes les deux.

— Est-ce que tu viens de dire oui ? demanda Alex. Chloe, je crois que Taylor vient de dire oui.

— Et sans que j'aie besoin de la supplier ! Comment est-ce possible, Taylor ?

— C'est tout simplement parce que je vous adore toutes les deux et que j'ai besoin de m'occuper l'esprit.

— Tu n'as pas suffisamment à penser avec ton projet d'hôtel ? Tu n'as pas peur que ce soit un peu trop, d'ailleurs ?

— C'est précisément pour ne pas me laisser déborder que j'ai sollicité votre aide.

— Est-ce qu'on pourrait venir cette semaine ? demanda Chloe. J'ai hâte de commencer les préparatifs.

— Oh ! oui, super idée, renchérit Alex. Ce serait comme au bon vieux temps : rien que nous trois et ta magnifique maison.

À cette idée, Taylor se sentit transportée de joie. Quelques jours avec ses meilleures amies ? Non seulement ce serait drôle, mais en plus ce serait le remède idéal pour ne plus penser à Roman Scott.

— Bien sûr. Quand pouvez-vous être là ?

— Demain matin ? C'est possible pour toi, Alex ? demanda Chloe.

— Pas de problème. Et pour toi, Taylor ?

— Pour moi, c'est parfait. Je vais mettre du rosé au frigo et faire préparer vos chambres. Et quand vous serez là, je vous raconterai ce que j'ai trouvé chez Simone Astley.

— Oh ! mon Dieu, dit Chloe, cette histoire m'était complètement sortie de l'esprit. Tu peux nous raconter en deux mots ?

— J'ai des photos à vous montrer. Sur l'une d'elles, je pense que Simone est enceinte, et vous me donnerez votre avis. Mais l'information la plus importante, c'est qu'en allant explorer cette maison, nous avons contrarié quelqu'un. Roman et moi avons tous les deux reçu des messages de menaces à notre retour.

— Attends un peu. Roman t'a accompagnée ? Et quelqu'un

vous a menacés ? Pourquoi est-ce que tu ne me l'as pas dit plus tôt ? demanda Chloe, qui semblait totalement paniquée.

— Calme-toi, d'accord ? répondit Taylor. Roman m'a accompagnée parce qu'il a jugé plus prudent de ne pas me laisser y aller seule. Ensuite, nous avons juste reçu un SMS. Ce n'est pas grand-chose. Et il ne s'est rien passé d'autre.

— Tu prends cette histoire beaucoup trop à la légère, dit Alex.

— Ce n'est pas que je m'en moque. C'est juste que je ne veux pas gaspiller mon énergie à me faire du souci pour des choses sur lesquelles je n'ai pas prise.

— Nous reparlerons de tout ça demain, fit Chloe, sur un ton préoccupé. Et puis je veux aussi que tu nous parles de ce que s'est passé avec Roman.

— Moi aussi, ajouta Alex.

— Ça, on verra, répondit Taylor, avant de saluer ses amies et de raccrocher.

Si elles voulaient vraiment tout savoir, songea-t-elle, il faudrait d'abord qu'elles la fassent boire.

- 8 -

À chaque fois que Roman prenait l'avion ou l'hélicoptère, il en profitait pour travailler. Mais là, il en était incapable. La tête appuyée contre la vitre, il regardait les kilomètres défiler en repensant à ce qui s'était passé avec Taylor.

Pourquoi se sentait-il si mal de l'avoir laissée ? C'était peut-être parce qu'ils ne s'étaient pas quittés en très bons termes. Leur dernière discussion avait révélé beaucoup d'incompréhensions entre eux et engendré quelques frustrations. Évidemment, les menaces dont ils avaient été l'objet avaient ajouté à la tension. Roman refusait de vivre avec une épée de Damoclès suspendue au-dessus de la tête. Taylor et ses amies pouvaient continuer à jouer avec le feu si elles le voulaient, mais ce serait sans lui.

La raison lui ordonnait donc de prendre ses distances. Malgré tout, quelque chose, au fond de lui, mourait d'envie de demander au pilote de faire demi-tour. Normalement il n'était pas comme cela. Il ne laissait pas ses émotions dicter son comportement. Il ne déviait pas de sa route. Il ne ressassait pas le passé et restait concentré sur l'avenir. Pourtant, comme il avait envie d'aller retrouver Taylor…

C'était inquiétant, et totalement irrationnel. Taylor et lui ne se connaissaient que depuis trois jours. Ce n'était pas de l'amour. Ce n'était même pas une amourette. C'était… un coup de cœur. Un simple coup de cœur. Ce n'était de toute façon pas à presque quarante ans qu'il allait retomber amoureux. Cela lui était arrivé une fois, il avait été trahi et avait horriblement souffert. Il était vacciné…

Une fois chez lui, il tourna comme un lion en cage dans son appartement pendant près d'une heure. C'était la première fois qu'il éprouvait cette sensation d'enfermement et d'isolement. Il avait l'impression d'être bloqué sur une île déserte, dont il ne pourrait jamais s'échapper et où il vivrait seul jusqu'à la fin de sa vie. Jusqu'ici, il s'était très bien accommodé de sa vie solitaire. Il appréciait de se sentir libre, de ne dépendre de personne d'autre. Il aimait pouvoir faire ce qu'il voulait quand il le voulait. Sauf qu'en ce moment précis, tout ceci lui semblait un peu triste et pathétique.

Vers 17 h 45, Roman retrouva son chauffeur dans le parking de son immeuble. Il ne leur fallut pas beaucoup de temps pour rejoindre les abords de Central Park, le quartier où vivaient Derrick et Fiona. Ils avaient acheté les deux derniers étages d'un immeuble datant des années 1900 et leur appartement luxueux comportait quatre chambres, une immense cuisine tout équipée et une impressionnante terrasse avec vue sur le parc. L'endroit idéal pour une famille sur le point de s'agrandir.

— Merci d'être venu, dit Derrick en ouvrant la porte.

— C'est normal.

— Fiona finit de préparer le dîner. Polly joue sur la terrasse.

Ils allèrent s'installer à la salle à manger sur laquelle donnait la cuisine ouverte.

— Hello, Roman, dit Fiona, en remuant le contenu d'une grosse casserole. Le dîner devrait être prêt d'ici un quart d'heure.

Roman alla embrasser sa belle-sœur.

— Ça sent divinement bon.

— Rien de bien sophistiqué. J'ai fait des pâtes, et une

petite sauce qui, j'espère, te plaira. Au cas où votre projet nous mettrait sur la paille, je serais toujours capable de nourrir ma famille.

— Fiona, est-ce que tu penses vraiment que je laisserais une chose pareille se produire ? demanda Roman.

— Et moi, tu m'en crois capable ? ajouta Derrick.

Fiona leur adressa à tous les deux un regard sévère.

— Je veux juste que vous régliez le problème qui vient de surgir.

Tout à coup, elle grimaça et porta la main à son ventre.

— Encore une contraction ? demanda Derrick d'une voix vraiment inquiète.

Il avait de quoi être préoccupé. Polly, la nièce de Roman, était née avec plusieurs semaines d'avance, et au terme d'un travail qui n'avait duré qu'une vingtaine de minutes. Comme Fiona en était à huit mois de grossesse, l'on pouvait craindre que l'accouchement se déclenche à n'importe quel moment.

— Ce n'est rien. C'est ce qu'on appelle le faux travail. Croyez-moi quand les « vraies » contractions arriveront, je saurai les reconnaître. Et ce n'est pas pour tout de suite.

— Est-ce que tu veux que Derrick et moi finissions de préparer le repas à ta place ? demanda Roman.

— Non, mais si vous pouviez aller voir ce que fait Polly, ce serait gentil.

Derrick embrassa sa femme sur la joue.

— On y va. De toute façon, elle va être furieuse si elle se rend compte que son oncle Roman est là et qu'il n'est pas encore allé lui dire bonjour.

Roman suivit son frère sur la terrasse. La soirée était tiède et très agréable. Polly faisait du toboggan sur la structure que ses parents avaient fait aménager pour elle.

— Oncle Roman, regarde-moi ! cria-t-elle en grimpant à l'échelle.

— Je te regarde. Tu te débrouilles comme une grande,

bravo ! répondit-il avant de se tourner vers Derrick. Fiona n'a pas l'air transportée de joie par notre projet, mais ça pourrait être pire, non ?

Derrick enfila ses mains dans ses poches.

— Elle a surtout peur que les travaux tardent à commencer, que les coûts soient majorés et qu'on doive faire un autre emprunt. Mais je crois surtout que c'est la proximité du terme de sa grossesse qui la rend aussi nerveuse.

— Je comprends tout à fait. Je ferai de mon mieux au dîner pour la rassurer. Et dès demain, j'appellerai l'ingénieur structures pour comprendre exactement ce qui le freine.

— Parfait. Je te remercie.

Derrick haussa les épaules.

— Je suis désolé de t'avoir fait écourter ton séjour dans le Connecticut. Comment les choses se sont-elles passées avec Taylor Klein ? Tu as pu la conseiller ?

Bien malgré lui, Roman se sentit rougir.

— C'était… intéressant. Je ne peux pas dire le contraire.

Derrick lui adressa un regard interrogateur.

— Je me trompe ou tu as une drôle de voix ?

— Tu te trompes, s'empressa de répondre Roman, sur la défensive. Elle a un très bon projet. Elle veut transformer la résidence secondaire de sa famille en hôtel de charme. La propriété est magnifique et son potentiel est énorme. Si elle se débrouille bien, elle pourra faire quelque chose de fabuleux. Voilà de quoi nous avons parlé.

— Intéressant, en effet. Elle semble marcher dans tes pas.

— En effet, elle m'a confié avoir été très inspirée par mes hôtels. Mais je l'ai encouragée à suivre son propre chemin. Nous avons beaucoup parlé de cela.

Derrick haussa un sourcil.

— Je connais Taylor Klein de vue. Elle est très belle. Et célibataire… À part parler, avez-vous fait autre chose ?

Roman s'éclaircit la gorge. Il n'avait pas envie de mentir à son frère.

— Il se peut que nous ayons fait quelques petites autres choses.

Derrick lui administra une tape amicale sur l'épaule.

— Ça, c'est la meilleure nouvelle que j'aie entendue depuis des siècles.

— Tu ne sais même pas ce qui s'est passé.

— Tu veux me raconter ?

— Non.

— D'accord, c'est ton droit. Mais sache que ça me fait très plaisir.

Il se tourna vers la maison.

— Fiona sera transportée de joie. Il faut le lui dire. Ça lui rendra sa bonne humeur.

— J'aimerais mieux que tu t'abstiennes de lui en parler. Et, surtout que tu ne dises rien ce soir.

— Pourquoi ?

— Parce que ce qui s'est passé entre Taylor et moi appartient déjà… au passé. C'est terminé. Fini.

— Tu as tout torpillé ? demanda Derrick.

— C'est possible… On a fini par avoir une discussion un peu animée au sujet de sa propriété. Elle me demandait des conseils, mais ce qu'elle voulait vraiment, c'était que je lui dise précisément quoi faire. Et ce n'est pas ainsi que j'aime procéder. Son projet n'appartient qu'à elle. Il faut qu'elle développe sa propre vision, sinon ça ne marchera jamais.

Derrick fixa Roman sans rien dire pendant trente bonnes secondes.

— Tu te rends compte que tout le monde n'est pas toi, n'est-ce pas ?

— Qu'est-ce que tu veux dire par là ?

— Tout le monde ne possède pas ton talent, ta vision.

— Sache que je n'ai pas dit tout cela à la légère. Taylor est quelqu'un de brillant, c'est évident. C'est aussi une personne très créative. Elle a beaucoup d'imagination, beaucoup d'idées, en plus d'être d'un enthousiasme contagieux. Je sais qu'elle est capable de faire quelque chose de formidable si elle apprend à se faire confiance. Dans ce cas, elle sera d'autant plus fière de ce qu'elle a accompli.

— Eh bien !

— Quoi ?

— Tu m'as l'air conquis. Et tu as tout fichu en l'air ? Je te savais capable d'autosabotage, mais pas à ce point. Je pensais que tu saurais y réfléchir à deux fois si tu rencontrais une femme qui t'intéressait vraiment.

— Ce n'est pas de l'autosabotage. Les choses se sont faites comme ça, et c'est tout. Je n'allais pas lui mentir ou lui dire des choses auxquelles je ne crois pas.

Derrick prit une grande inspiration et expira lentement l'air par les narines, d'un air consterné, voire exaspéré.

— Quelles ont été tes dernières paroles ?

— Je lui ai souhaité bonne chance et je suis parti. Elle a mon numéro. Elle sait où me joindre en cas de besoin.

— Il faut que tu l'appelles pour t'excuser.

— Je suis désolé, Derrick, mais tu n'étais pas présent. Je ne vois pas pourquoi je t'écouterais.

Roman reconnaissait néanmoins qu'il ne serait pas un luxe d'aplanir un peu les choses avec Taylor. Au moins, il dormirait mieux s'il savait qu'elle ne le détestait pas. Il aimerait bien lui parler, à l'occasion, s'ils étaient amenés à se recroiser. Non. Il aimerait lui parler. Point.

— Je connais les femmes. Excuse-toi. Une femme ne t'en voudra jamais si tu lui dis que tu es désolé.

— OK.

— Je suis sérieux.

— Très bien.

— Et si tes yeux sont le miroir de ce que tu ressens pour

elle, alors il faut que tu trouves un moyen de la revoir. Aussi vite qu'il est humainement possible de le faire.

— Je suis très occupé. Mon emploi du temps est un vrai cauchemar.

— Hé, les garçons, lança Fiona depuis l'intérieur. Le dîner est prêt. Est-ce que vous pouvez prévenir Polly et l'emmener se laver les mains ?

— D'accord, chérie, répondit Derrick.

Avant de s'occuper de sa fille, il adressa un dernier regard à Roman.

— Si elle te plaît vraiment, tu trouveras un moyen d'être un peu moins occupé. Et je pense qu'elle te plaît vraiment.

Roman suivit Derrick des yeux en soupirant. Il savait que son frère avait raison. Il avait toujours raison. Il avait eu raison au sujet d'Abby et il avait complètement raison sur tout en ce moment même. Le problème, c'était que Roman n'était pas certain d'être prêt à faire le grand saut. S'il n'offrait ne serait-ce qu'un petit bout de son cœur à Taylor et qu'entre eux, les choses se passaient mal, pourrait-il compter sur son frère pour ramasser les morceaux comme il l'avait fait par le passé ? Derrick s'apprêtait à devenir père pour la deuxième fois, il avait une femme inquiète et une petite fille. Il avait suffisamment à faire. Roman devait apprendre à ne compter que sur lui-même. Alors, pour l'instant, la chose la plus sage qu'il avait à faire, c'était d'essayer de ne plus penser à Taylor Klein.

Avoir ses amies autour d'elle était la meilleure chose qui aurait pu arriver à Taylor. À la fin de la première journée passée ensemble, elle se sentait presque redevenue elle-même. Elle avait réussi à se concentrer suffisamment pour avancer dans ses deux projets en cours : son hôtel et le mariage de Chloe. Et elle avait retrouvé énergie et enthousiasme.

— Est-ce que vous trouvez vous aussi que nous avons bien travaillé ? demanda-t-elle à ses amies.

Elles étaient installées près de la piscine et sirotaient une bouteille de rosé tout en grignotant du fromage et des crackers.

Chloe jeta un œil aux notes qu'elle avait prises.

— Oui. Bien sûr, il nous reste un million de détails à régler, mais je trouve que c'est un bon début.

Taylor avait commencé à dresser la liste de tout ce qu'elle devrait faire dans la propriété avant le mariage de son amie. Cela ne l'inquiétait pas, néanmoins, car elle s'était rendu compte que si elle réfléchissait bien, cela lui permettrait d'anticiper certains travaux qu'elle avait l'intention d'entreprendre pour transformer la maison en hôtel. Notamment, elle était très satisfaite des idées qu'elle avait eues pour faire de la grande salle à manger une salle de restaurant intimiste. Tables bien séparées les unes des autres, éclairage tamisé, bar à cocktails dans un angle. Elle avait pris plus d'une page de notes à propos de l'aménagement, du mobilier, des couleurs, des tissus. Évidemment, elle ne pourrait pas tout mettre en place pour la date du mariage, mais ce serait une esquisse, les prémices d'un grand projet qu'elle avait hâte de mener à bien. Finalement, commençait-elle à se dire, Roman avait peut-être eu raison de se montrer si entêté. Peut-être était-elle capable de développer sa propre vision.

— L'idée d'échanger nos vœux dans la clairière qui se trouve à la sortie du petit bois me plaît énormément, dit Chloe. C'est un endroit magnifique.

— Oh ! tant mieux. Je suis heureuse que ça te plaise.

Elle avait pensé à cela quand elles s'étaient promenées toutes les trois dans le parc et qu'elle s'était souvenue de la réaction de Roman quand elle lui avait montré la vue. Il avait dit que l'endroit était unique et il avait raison.

Roman…

Elle se rendait compte qu'il aurait été illusoire de croire qu'elle serait capable de ne plus penser à Roman Scott et à ce qui s'était passé entre eux. Dès qu'une idée lui venait pour l'hôtel, c'était à lui qu'elle avait envie d'en parler en premier. Malheureusement, il la prenait pour une idiote et il était rentré à New York vivre sa vie passionnante et trépidante. Peut-être que si elle laissait les choses se décanter pendant quelques semaines, elle trouverait le courage de l'appeler. Si elle se débrouillait bien, ils pourraient peut-être même devenir amis. Même si c'était la seule chose qu'elle réussissait à obtenir de lui, elle en serait heureuse.

— En fait tu ne nous as pas encore parlé de Roman, dit Alex en remplissant leurs trois verres à vin qui étaient vides.

— Je t'ai déjà presque tout dit, Alex. Il s'est montré coopératif, mais jusqu'à un certain point. Je crois qu'il voulait vraiment me forcer à développer mon propre projet, sans qu'il n'intervienne dans quoi que ce soit.

— Je maintiens que je trouve ça stupide, dit Alex.

— En es-tu si sûre ? demanda Chloe en croisant les jambes. Peut-être a-t-il raison. Peut-être a-t-il compris que si ce projet n'est pas entièrement le tien, Taylor, il risque de ne pas rencontrer le succès que tu espères tant, et que tu mérites amplement, parce que, d'une certaine façon, tu te sentiras moins concernée et moins impliquée.

— Je ne sais pas, répondit Taylor. C'est possible. En attendant, ça m'a plus donné l'impression de ne pas savoir ce que je faisais ni où j'allais. Et comme c'est un peu ce que j'ai ressenti toute ma vie, ce n'était pas très agréable.

Bon, évidemment, certaines choses, avec Roman, avaient été beaucoup plus agréables…

— Comment était-il ? demanda Alex.

Taylor but une gorgée de vin, et se rendit compte qu'elle avait la tête qui tournait légèrement. Elle se connaissait, quand elle était dans cet état, il y avait toujours un risque pour qu'elle parle trop.

— Il est fabuleux. Extrêmement intelligent. Spirituel. Drôle. Terriblement beau. Il possède tout ce qu'une femme recherche chez un homme, en fait.

— Et ? demanda Chloe. As-tu pu goûter à cette perle rare ?

Taylor ne savait quoi répondre. Elle n'était toujours pas certaine de vouloir entrer dans ce genre de détails.

Alex lui adressa un regard pénétrant.

— Raconte-nous, Taylor. On sait très bien que tu en meurs d'envie.

— Oui, finit-elle par avouer après une longue hésitation. Il se peut qu'il se soit passé quelques petites choses entre nous.

— Raconte-nous tout ! dit Alex, tout excitée.

— Hors de question.

— Tu peux au moins nous dire si c'était bien, insista Chloe, le sourcil levé.

— Fabuleux. Merveilleux. Incroyable.

— Mais ? demanda Chloe. Car je sens qu'il y a un « mais ».

— En effet, il y en a un. C'était fantastique, *mais* je me suis juré de rester loin des hommes.

— Ça aussi, je trouve ça stupide, dit Alex, en attrapant le bras de Taylor. Mais ne le prends pas mal, surtout.

— C'est peut-être stupide, mais c'est vraiment très important pour moi.

— Tu as l'air quand même d'avoir vécu la meilleure expérience de ta vie, insista Alex. Ça n'est pas rien.

— Le sexe ne fait pas tout, répondit Taylor. J'en ai assez d'avoir le cœur brisé. J'en ai assez de me sentir nulle. Et en plus, je n'arrive pas à séparer sexe et sentiments. Pour moï, le sexe mène toujours aux sentiments. C'est inévitable chez moi.

— Personne n'aime ne pas se sentir à la hauteur, mais c'est peut-être juste que tu n'as pas encore rencontré la bonne personne, continua Alex. Jusqu'ici tu n'as pas eu de chance, ce qui ne veut pas nécessairement dire que tu es condamnée à souffrir en amour toute ta vie.

— Je te reconnais bien là, toi, l'éternelle optimiste, répondit Taylor. Le problème avec Roman, c'est que je ne l'imagine pas du tout en train de penser à moi. Je suis sûre qu'il m'a oubliée dès que son hélicoptère a décollé.

— Si c'est le cas, il ne sait pas ce qu'il perd, dit Alex. Cependant, je pense que tu ne devrais pas fermer la porte à certaines possibilités.

— Est-ce qu'on pourrait changer de sujet, s'il vous plaît ? demanda Taylor, en picorant un morceau de fromage.

— Je n'arrête pas de penser aux photos de Simone Astley, dit Alex, et surtout à celle où elle se tient devant le sapin de Noël. Elle est enceinte, c'est certain. Et je suis sûre que c'est pour cette raison que sa mère l'a retirée de Baldwell.

— C'est fort possible, ajouta Chloe. Ça cadrerait avec ce que ma grand-mère m'a dit de la mère de Simone. Elle était très rigide, et très soucieuse des apparences.

— Il faudrait peut-être que Parker demande à l'enquêtrice qu'il a engagée d'éplucher l'état civil. Si Simone a eu un enfant, il doit bien se trouver quelque part.

— À ce propos, ajouta Chloe, ce qui me choque, c'est la chambre que vous avez trouvée au sous-sol. Si Simone a bien eu un enfant, pourquoi aurait-il vécu à l'étage réservé aux employés de maison ?

— Tu as raison, dit Alex. La chambre que vous avez trouvée, Taylor, a peut-être été occupée par l'enfant qu'aurait eu l'un des domestiques…

— Ça semblerait plus logique, acquiesça Taylor, avant de finir son verre.

Tout ceci était bien mystérieux, songea-t-elle. Même si les découvertes qu'elle avait faites dans la maison des Astley avec Roman avaient permis de faire avancer les choses, les pièces du puzzle étaient loin de se mettre en place pour l'instant.

Les trois amies ouvrirent une autre bouteille et discutèrent jusqu'à la nuit tombée et au-delà. Alex, qui dormait toujours beaucoup, fut la première à bâiller.

— Je sais que je ne suis pas drôle, mais je meurs de fatigue.

— De toute façon, il faut que j'aille travailler un peu, dit Chloe en se levant. Je n'ai rien fait aujourd'hui, et je suis sûre que ma boîte mail est pleine à craquer.

— Moi aussi, j'ai un peu de travail, enchaîna Taylor. Je veux reprendre les idées qui me sont venues aujourd'hui. Et puis j'ai rendez-vous avec un entrepreneur demain.

Elles débarrassèrent les restes de leur dînette et montèrent à leurs chambres.

Épuisée, Taylor s'allongea sur son lit tout habillée. Elle était en train de se motiver pour aller se démaquiller à la salle de bains lorsqu'elle reçut un SMS. Quand elle vit qu'il était de Roman, son cœur s'emballa.

— Juste un petit message pour savoir comment tu vas.

Elle sourit à son téléphone, en imaginant la voix de Roman, son visage, ses lèvres en train de bouger.

— Je vais bien. Et toi ?

— Ça va mieux depuis que je sais que tu vas bien. Est-ce qu'on peut s'appeler ?

Elle lut la question plusieurs fois. Était-ce une bonne idée ? Sans doute que non. Avait-elle envie de lui parler ? Oui.

— Bien sûr.

Son téléphone se mit à sonner au bout de quelques secondes.

— Hello, répondit-elle. Comment vas-tu ? Qu'est-ce que tu fais en ce moment ?

— Je viens de rentrer chez moi. J'ai passé toute la journée au bureau.

Taylor vérifia l'heure : il était 22 heures passées.

— Quelle longue journée ! Tu dois être épuisé.

— Oui. Mais j'ai retrouvé un peu d'énergie depuis que je te parle.

Il s'éclaircit la gorge.

— Tu es sûre que tout va bien ? Aucune nouvelle du Petit Carnet Noir ? Je me sens un peu mal de t'avoir laissée toute seule dans le Connecticut.

— Aucune nouvelle. Et je ne suis pas seule. Mes amies Chloe et Alex m'ont rejointe pour quelques jours. Chloe a décidé de se marier ici même le premier week-end de septembre.

— Est-ce que ça veut dire que tu mets tes projets d'hôtel en stand-by ?

— Pas vraiment. En réalité, en faisant le tour de la propriété avec mes amies, j'ai beaucoup d'idées pour l'hôtel qui me sont venues. Je vais donc m'accorder deux mois de réflexion, et je pense entamer les rénovations à partir de cet automne.

— Ça doit te faire plaisir, non ?

— Oui, c'est vrai. Et tu avais raison. Il faut que ce soit mon projet et celui de personne d'autre. C'est le seul moyen de réussir à faire quelque chose de vraiment bien.

— Je suis heureux de te l'entendre dire. En plus je trouve que ce mariage est une très bonne idée. Le temps d'un week-end, ça te donnera un petit aperçu de ce que diriger un hôtel peut être.

Tout à coup, Roman se tut.

— Il faut que je te dise quelque chose, reprit-il au bout de quelques secondes d'un silence qui parut très long à Taylor.

— OK…

— Je sais que ça va te paraître absurde et sans doute déplacé.

— Dis ce que tu as à dire, Roman.

— Tu me manques.

Autour d'elle, l'air sembla se figer. La terre avait-elle aussi cessé de tourner ? Elle était sortie avec des dizaines et des dizaines d'hommes, mais pas un seul ne lui avait jamais dit une chose pareille. C'était un constat aussi simple qu'adorable. Ce n'était pas un « je t'aime », mais c'était déjà beaucoup.

— Vraiment ?

— Je ne t'en voudrais pas si tu m'envoyais promener. Je sais bien qu'on ne s'est pas quittés en très bons termes. Et ça doit te paraître très puéril. Seigneur, je suis content qu'on soit au téléphone, parce que si je voyais ton visage…

— Tais-toi, Roman. S'il te plaît, arrête de parler.

— D'accord.

Elle prit une grande inspiration. Ce « tu me manques » voulait dire beaucoup pour elle. En réalité, cela représentait tout ce qu'elle avait toujours cherché sans jamais le trouver : des sentiments vrais et sincères.

— Tu me manques aussi, Roman. Tu me manques depuis la seconde où tu es parti.

— Même avec tes amies chez toi ?

— C'est une agréable distraction, c'est sûr, mais tu me manques quand même.

Elle s'allongea sur son lit, rêveuse.

— J'ai beaucoup pensé à toi en me mettant au lit hier soir, poursuivit-elle.

— Oh ! vraiment ?

— Oui, vraiment.

— Et quel genre de pensées as-tu eues ?

Elle sourit en entendant sa voix, qui était devenue séductrice.

— J'ai pensé à nos baisers. J'ai pensé à toi dans ton beau pyjama. J'ai pensé à toi sans ton beau pyjama. J'ai pensé à mes mains sur ton corps. À tes mains sur le mien…

Il émit un petit grognement.

— Si tu veux tout savoir, Taylor, je pense à toi sans

arrêt. Même en essayant, je n'arrive pas à te faire sortir de mon esprit.

— Tu as vraiment essayé de me faire sortir de ton esprit ?

— Pas vraiment.

Entendre cela la rendit si heureuse qu'elle eut l'impression de se mettre à flotter au-dessus de son lit.

— Et alors, que fait-on ?

— Je veux te revoir. J'ai besoin de te revoir. Est-ce que tu peux venir à New York ?

L'invitation était tentante. Néanmoins elle s'était trop souvent empressée d'obéir aux moindres désirs des hommes dont elle était amoureuse sans que cela ne lui réussisse jamais. Elle ne voulait pas répéter ses erreurs.

— J'adorerais te revoir, mais je ne peux pas quitter la propriété, surtout pas avec ce mariage qui se prépare. Par ailleurs, j'ai rendez-vous avec des entrepreneurs toute la semaine.

— Malheureusement, j'ai moi aussi un emploi du temps surchargé.

Le cœur de Taylor se serra. Elle avait joué avec le feu.

— Je comprends.

— Mais je suis aussi le patron. Et il faut bien que cela s'accompagne de quelques prérogatives. Comme celle de faire ce que je veux quand je veux. Quand est-ce que tes amies s'en vont ?

— Vendredi matin.

— Je peux être chez toi vendredi midi.

— Sérieusement ?

— Je n'ai jamais été aussi sérieux de toute ma vie.

- 9 -

Roman n'avait jamais été aussi pressé que son hélicoptère se pose. Il ne cessait de penser à ce qui l'attendait à terre.

Ses retrouvailles avec Taylor.

Cela faisait trois jours qu'il rongeait son frein, et il avait vécu cette attente comme un véritable martyre. Les heures s'étaient écoulées à une vitesse d'escargot.

Alors que l'hélicoptère survolait la propriété des Klein et se rapprochait du sol, il aperçut enfin celle qui occupait ses pensées jour et nuit. Son cœur s'emballa. Elle était vêtue d'une robe bleue, et se tenait près de la piscine, les mains en visière pour protéger ses yeux des rayons du soleil. Aussitôt lui revinrent en mémoire les souvenirs des brefs moments passés ensemble. L'odeur de Taylor, son sourire, sa saveur piquante. Il sut aussitôt que, malgré ses appréhensions, il avait pris la bonne décision en venant la voir.

En foulant la pelouse pour venir la rejoindre, il se sentit dans la peau d'un soldat victorieux après la bataille. Taylor le regardait approcher en souriant. Il avait trouvé un moyen de lui revenir et elle semblait partager sa joie.

— Hello, dit-il en posant son sac à terre pour prendre sa main.

— Hello, répondit-elle en s'approchant de lui, les yeux mi-clos, mais sans l'embrasser.

Il prit alors l'initiative de la serrer dans ses bras, puis de l'embrasser le plus sensuellement qu'il le put. Elle s'abandonna à son étreinte et lui rendit son baiser avec passion.

Lui qui était obsédé par cela depuis plusieurs jours, il se sentait comblé.

— As-tu faim ? J'avais l'intention de te proposer à déjeuner. Du poulet rôti et une salade, est-ce que ça t'irait ?

Est-ce qu'elle plaisantait ? Si Roman avait des appétits en ce moment précis, ils ne concernaient en aucun cas la nourriture. Il posa les mains sur les épaules de Taylor et caressa ses bras à la peau si soyeuse. Lui qui était d'habitude si patient et maître de lui, il bouillait intérieurement depuis plusieurs jours à l'idée de la revoir. Et maintenant qu'ils étaient ensemble et seuls, il avait atteint le point de non-retour.

— Je n'ai pas vraiment faim. Mais entrons.

— D'accord.

Il reprit son sac et la suivit dans la maison.

Taylor s'arrêta dans la cuisine.

— Quelque chose à boire ?

Cela non plus, il n'en avait pas envie. Il reprit Taylor dans ses bras et l'embrassa dans le cou, tout en baissant lentement la fermeture Éclair de sa robe. Puis il l'incita à se tourner, ce que sembla approuver Taylor, puisqu'elle poussa un petit soupir satisfait.

Il ouvrit la fermeture jusqu'en bas et écarta les pans de sa robe pour couvrir son dos de baisers.

— Je n'ai pas vraiment faim de toute façon, susurra-t-elle d'une voix langoureuse.

Elle creusa le dos et appuya ses fesses voluptueuses contre son pubis, ce qui lui arracha un grognement déterminé. Son sexe était en érection depuis la seconde où il avait aperçu Taylor, et cet état prolongé commençait à devenir douloureux. Il se frotta à elle, néanmoins, pendant qu'il faisait glisser les bretelles de sa robe sur ses épaules. Il enfouit son visage dans sa nuque, qu'il couvrit de baisers ardents, pendant que sa robe tombait à terre.

Il l'enlaça et plaça une main sur son ventre pour la serrer davantage contre lui. Elle tourna la tête pour l'embrasser, en plaçant les mains à l'arrière de sa tête. Elle avait les lèvres d'une douceur incroyable, à tel point qu'elles semblaient avoir été créées pour s'échapper de la dure réalité de l'existence. Il voulait se perdre sur ses lèvres et qu'elles s'égarent sur lui. D'une main, il dégrafa son soutien-gorge dont elle se débarrassa aussitôt en secouant les épaules.

La savoir et la sentir presque nue contre lui ne fit qu'attiser son désir. Pourtant, il avait aussi envie de faire durer cette douloureuse et exquise attente le plus longtemps possible. Il voulait profiter de tous les plaisirs que ses sens pourraient lui offrir. Sans la déshabiller complètement, il caressa son entrejambe à travers le satin noir de sa culotte.

— Roman, haleta-t-elle.

— Oui ? murmura-t-il à son oreille.

— Tout ce que tu me fais est si bon.

— J'ai eu plusieurs jours pour y réfléchir. Pour imaginer tout ce que j'avais envie de te faire.

Il adorait sentir l'emprise qu'il avait sur elle et le plaisir qu'il lui donnait. Il prit ses deux mains et leva ses bras en l'air, afin qu'elle les passe autour de sa nuque. De la main droite, il caressa son ventre, à l'aide de mouvements circulaires et appuyés. Elle avait la peau extrêmement fine et douce. Il l'embrassa tendrement dans le cou, mordilla son oreille, pendant que les lèvres de Taylor laissaient échapper un petit gémissement assourdi. Roman prit un instant pour la contempler : offerte entre ses bras, dans la lumière chaude et scintillante de ce début d'après-midi, elle était sublime.

Il glissa la main entre ses seins, du bout des doigts, d'abord, puis ensuite avec le dos de sa main, et descendit jusqu'à son nombril. Il vit qu'il lui donnait la chair de poule.

— Tu veux que je touche tes seins, n'est-ce pas ? souffla-t-il à son oreille.

Il mourait d'envie de les avoir en mains, mais il voulait aussi l'entendre prononcer les mots qu'il attendait.

— Oui, Roman. Oui, je le veux.

— Mon seul but, c'est de te faire plaisir.

Il entendait sa respiration impatiente, percevait son attente. Incapable de la faire languir davantage, il plaça les mains sous ses seins et sourit en les sentant frémir contre sa peau. Du pouce, il caressa ses mamelons durcis.

Elle s'appuya sur lui, et se frotta contre son pubis, ce qui lui arracha un gémissement venu des profondeurs de sa gorge. Elle se tourna pour se placer face à lui, et se suspendit à ses lèvres avec l'avidité de quelqu'un dont les désirs ne pourraient jamais être assouvis.

Il allait essayer, pourtant.

Pendant que les doigts fiévreux de Taylor se battaient avec les boutons de sa chemise, il eut la présence d'esprit de se débarrasser de son pantalon et de son boxer.

Il caressa longuement ses fesses, puis attrapa une de ses cuisses pour l'inciter à la lever et la passer autour de ses hanches. Leurs deux corps avaient entamé une danse qui était presque un combat, et Roman commença à se dire qu'il ne tiendrait pas jusqu'à l'affrontement final si son sexe continuait à frotter ainsi contre le satin de sa culotte.

Il la lâcha un instant pour aller fouiller dans son sac et extraire tant bien que mal un préservatif de sa trousse de toilette. Puis il la prit dans ses bras et la porta jusqu'au bureau. Dès qu'ils eurent franchi le seuil et qu'il l'eut reposée à terre, elle marcha à reculons en lui faisant signe, du doigt, de la suivre.

— Viens par ici, toi.

Malgré la luminosité plus faible que dans la cuisine, il vit son sourire aussi radieux que coquin et cela l'emplit de joie.

— Qu'est-ce que tu as à me proposer ?

Taylor s'arrêta lorsqu'elle heurta le grand canapé ottoman circulaire placé au centre de la pièce.

— Ça, peut-être…

Elle retira sa culotte, puis s'assit sur le canapé en s'appuyant sur ses coudes dans une pose provocante et impudique qui était une vraie fête pour les sens.

Consumé par un désir insoutenable, il déchira l'emballage du préservatif et le mit en place rapidement. Elle avança le bassin tout au bord du canapé lorsqu'il s'agenouilla entre ses jambes. Il saisit l'une de ses chevilles et la plaça sur son épaule. Quand il glissa deux doigts en elle, il put se rendre compte qu'elle était plus que prête à l'accueillir.

Elle rejeta la tête en arrière alors qu'il remuait ses doigts, mais elle la redressa et le regarda dans les yeux quand il se mit à caresser son clitoris.

— Je te veux, Roman.

Il ne lui en fallut pas plus. Il retira ses doigts et la pénétra. Sa tête retomba en arrière, et elle poussa un petit cri, à mi-chemin entre le gémissement et le halètement.

— C'est si bon de te sentir.

Il lui aurait volontiers retourné le compliment si « bon » n'avait pas été un mot trop faible pour exprimer ce qu'il éprouvait. Ils étaient soudés l'un à l'autre, et il aurait voulu que cette fusion parfaite dure l'éternité. Il n'avait envie d'être avec personne d'autre. Il avait envie qu'ils ne soient plus que seuls au monde.

D'une main, il agrippait fermement son bassin. De l'autre, il tenait sa cheville, qu'il embrassa doucement. Il allait et venait en elle en profondeur, en prenant son temps.

Elle se redressa et reprit appui sur ses coudes, comme pour mieux recevoir ses coups de reins. Ses yeux étaient sombres et intenses. Elle entrouvrit la bouche pour laisser échapper ses expirations haletantes. Elle le regardait dans les yeux sans aucune crainte. Il eut l'impression à ce moment précis d'entrevoir vraiment qui elle était. Telle était Taylor, la femme à laquelle il pensait jour et nuit.

Il mit davantage d'intensité dans ses va-et-vient. Il avait mal aux jambes, aux genoux, et la tension commençait à devenir insupportable. Il ferma les yeux car la vue de Taylor était beaucoup trop excitante, mais cela ne fit qu'accroître les sensations qui se déchaînaient en lui.

Comme si elle percevait les efforts surhumains qu'il faisait pour se retenir, Taylor se mit à haleter de plus en plus fort. Son menton retomba sur son torse et elle se mit à frémir, comme agitée de spasmes. Il se laissa aller, et fut emporté par un torrent de plaisir et de sensations. Un torrent déchaîné dans lequel il se noya avec bonheur. Ni l'un ni l'autre ne prononcèrent la moindre parole. Parler semblait impossible et inconcevable tant leurs corps étaient accaparés par le plaisir.

Ils restèrent un moment, frémissants et essoufflés, jusqu'à ce qu'il s'allonge et la prenne dans ses bras. D'une main, il caressa son dos, et de l'autre, ses cheveux. Ils s'offrirent un baiser profond et intense, comme s'ils se connaissaient depuis toujours. Ils avaient établi un lien profond. Il s'était noué quelque chose de très fort entre eux, et pour la première fois depuis une éternité, Roman n'avait pas peur de ce dont il pouvait s'agir.

Quelques heures après l'arrivée de Roman, Taylor était obligée de se rappeler régulièrement de se calmer et d'aller moins vite, mais ce n'était pas facile. Elle essayait de comprendre comment elle avait fait jusque-là pour vivre sans lui. La scène dans la cuisine ? Torride. Le bureau ? Plus torride encore. Et ensuite ils avaient fini dans la salle de bains de Taylor, en prenant une douche ensemble et en se donnant du plaisir d'une façon qu'ils n'avaient pas encore explorée jusque-là. Elle avait déjà eu de bons amants, mais avec Roman, les choses avaient acquis une tout autre dimension. C'était une révélation. Cela signifiait que son vœu de ne plus approcher les hommes ne tenait plus. Elle savait désormais qu'elle aurait dû se promettre de ne pas approcher les hommes qui n'étaient pas Roman. Il s'agissait de sagesse rétrospective.

Elle réussit tout de même à préparer un petit repas et ils mangèrent à la cuisine, en buvant du vin et en s'embrassant entre chaque bouchée. Elle n'était pas affamée, mais elle sentait qu'ils avaient besoin de carburant pour la nuit qui les attendait. Elle ne pensait pas qu'au sexe, cependant. Elle avait aussi très envie d'en apprendre davantage sur Roman, qu'elle trouvait plus mystérieux et fascinant à chaque seconde.

— Roman, est-ce que je peux te poser une question ? demanda-t-elle alors qu'ils venaient de finir de débarrasser.

— Tu viens de le faire, me semble-t-il.

— Je suis sérieuse, répondit-elle en s'essuyant les mains. J'ai le pressentiment que tu n'as pas vraiment envie d'en parler, mais j'aimerais savoir ce qui s'est passé avec ta femme. C'est juste parce que je m'intéresse à toi et que j'aimerais en apprendre davantage sur toi. D'après mon expérience, en effet, pour connaître vraiment quelqu'un, il faut découvrir les choses qui l'ont blessé.

Il acquiesça en lui adressant un léger sourire.

— Tu es quelqu'un de très intuitif, Taylor. C'est d'ailleurs pour cette raison que je t'ai encouragée à suivre ton instinct pour ce qui concerne ton projet d'hôtel.

— Nous aurons tout le temps de parler de mon projet plus tard, répliqua-t-elle. Je veux vraiment savoir ce qui s'est passé, Roman. Ou, au moins, je veux savoir que tu ne veux pas me raconter. Car cela en dira long sur notre relation.

Il inclina la tête.

— C'est une façon de présenter les choses.

Elle haussa les épaules.

— Je dis juste qu'entre nous, il me semble que ce n'est pas juste une petite histoire sans lendemain.

— Je ne pense pas non plus.

— Alors apprenons à nous connaître davantage.

Il prit une grande inspiration.

— Prenons une bouteille, deux verres, et trouvons un endroit confortable où nous installer.

— Bonne idée.

Elle alla chercher une bouteille et ils optèrent pour le bureau, où ils s'assirent côte à côte sur le canapé.

— Ce sera bien plus facile de me confier à toi si tu me parles d'abord de ces hommes qui ont été assez stupides pour te briser le cœur, dit Roman.

— La liste est longue, répondit-elle. Trop longue. Ceux qui m'ont le plus fait souffrir sont Ian, Malik et Bradley. Bradley, c'était à l'université, quand j'étais à Princeton. Il m'a trompée avec ma colocataire. Ensuite, j'ai rencontré Malik quand je travaillais en tant qu'organisatrice d'événements. Il était un de mes clients, et j'étais très amoureuse de lui. Ça a duré plusieurs mois, jusqu'à ce que je me rende compte qu'il voyait toujours celle qui était supposée être son ex. Quant à Ian, c'était il y a un peu moins d'un an. On s'est rencontrés dans un bar. C'était une erreur, mais j'ai du mal à résister aux charmeurs. Il avait une copine à Los Angeles. Ils sont fiancés à présent, et sur le point de se marier.

— Ah oui, quand même…

— Et il y en a d'autres. Beaucoup d'autres. Mais la plupart ne méritent même pas que je cite leur nom. Ce n'est pas tant cette longue liste qui me dérange. Ce qui me gêne, c'est le message que ces échecs répétés véhiculent, et qui est toujours le même : pour ces hommes, je n'étais ni assez bien ni suffisante.

Il acquiesça, comme s'il comprenait parfaitement.

— Et on dirait que tu as tiré la même conclusion de tes

expériences professionnelles. J'ai l'impression que c'est ça qui t'inhibe et qui t'a bloquée jusqu'ici.

— Exactement, répondit-elle. Et maintenant, j'espère que tu comprends pourquoi j'étais réticente à l'idée de suivre mon instinct et de m'affirmer, surtout à tes côtés, alors que j'étais déjà très intimidée. Ce n'était pas facile.

— Oui, maintenant je comprends parfaitement.

— Mais être avec mes amies ces derniers jours m'a vraiment aidée. Avec elles, je peux sans crainte baisser la garde, et c'est dans ces conditions que peut s'exprimer la créativité.

— J'ai l'impression que tu commences à baisser la garde avec moi aussi, répondit-il, un sourire malicieux aux lèvres.

Elle se pencha pour l'embrasser.

— C'est possible. Mais assez parlé de moi. Es-tu prêt, maintenant, à me parler de ta femme ?

— Elle s'appelait Abby Reynolds. J'avais vingt-quatre ans quand on s'est connus. J'étais en train de monter mon premier projet d'hôtel à Boston. Elle travaillait dans le restaurant juste à côté du chantier, et j'y passais souvent pendant la construction.

Il passa la main dans ses cheveux, son regard était un peu fiévreux. Cela se voyait qu'il hésitait encore à poursuivre.

— Elle m'a tout de suite séduit. Elle était intelligente et drôle. Et elle était seule au monde. Pas de famille. Pas de vrais amis. Cela ne faisait pas longtemps qu'elle vivait à Boston. Elle venait d'un milieu modeste, elle avait travaillé dur pour gagner sa vie depuis qu'elle était adolescente. Je suis vite tombé sous le charme.

Taylor changea de position, comme pour chasser cette curieuse jalousie qui s'était emparée d'elle. Abby n'était plus, mais elle avait eu le cœur de Roman, ce qui était une position très enviable.

— Elle a l'air fantastique.

— Elle *avait* l'air fantastique. Ce n'est pas la même chose.

Il se servit un autre verre de vin.

— Nous sommes tombés amoureux. Elle a emménagé avec moi. Elle disait qu'elle voulait son propre restaurant, alors j'ai convaincu mes parents de lui prêter de l'argent pour louer un local et acheter tout l'équipement nécessaire. Je l'ai aidée à se lancer. On avait toutes sortes de projets d'avenir. Et puis un jour, je rentre à la maison et elle m'annonce qu'elle est enceinte.

— Quel coup de théâtre !

— Ça, c'est sûr. Donc je suis allé trouver mes parents pour le leur annoncer, et ma mère m'a donné la bague de fiançailles de mon arrière-grand-mère pour que je fasse ma demande en mariage. Abby a dit oui, mais elle voulait une cérémonie très intime. Et elle ne voulait pas se marier dans le Massachusetts. J'ai trouvé ça un peu étrange sur le moment, mais je me suis dit qu'elle devait avoir ses raisons et je l'ai laissée décider de tout. Nous nous sommes mariés dans le Maine dans une petite chapelle, avec seulement mes parents, mon frère et Fiona.

Taylor comprit que la fin de l'histoire était proche et se tendit.

— Nous avons repoussé notre voyage de noces car mon hôtel était sur le point d'ouvrir. Deux semaines plus tard, j'étais sur le chantier quand la police est venue me prévenir qu'Abby avait eu un accident de voiture. Elle était tombée d'un pont. Elle était morte.

Instinctivement, Taylor saisit la main de Roman.

— Oh ! mon Dieu, comme ça a dû être dur pour toi.

— J'étais sous le choc. Mais le vrai choc est survenu quelques jours plus tard, quand j'ai découvert la vérité sur elle.

— Quelle vérité ?

— Elle n'était pas celle qu'elle avait prétendu être. Elle ne s'appelait pas Abby, mais Caroline Kupchek. Et elle avait été mariée à quatre autres reprises. Elle était toujours mariée, d'ailleurs. Son vrai métier, c'était l'escroquerie. Elle m'a menti sur tout. J'étais un pigeon et elle m'a plumé.

Taylor écarquilla les yeux et posa la main sur sa bouche.

— Roman. Non. Ce n'est pas possible !

— Pourtant si.

— Est-ce qu'elle était vraiment enceinte ?

— Je ne sais pas. On ne le saura jamais, soupira-t-il.

— Je suis désolée. Je comprends mieux maintenant pourquoi tu ne voulais pas en parler.

— Et malheureusement, ce n'est pas tout. Elle avait vidé l'un de mes comptes en banque. Elle a pris l'argent que mes parents lui avaient donné pour le restaurant. Et elle avait récupéré tout ce qui était à elle dans l'appartement. Le jour de l'accident, elle était en train de s'enfuir.

— Et la bague de ton arrière-grand-mère ?

— Je ne sais pas non plus ce qu'elle est devenue. Elle ne la portait pas quand elle est morte et elle n'a pas été retrouvée dans la voiture. Elle a dû la mettre en gage, mais je ne sais pas où.

— Donc ta femme a disparu comme ça, après avoir tout détruit sur son passage…

— Oui. Mes parents étaient horrifiés. Au début, je croyais qu'ils étaient désolés pour moi, mais ils avaient surtout honte. Et ils avaient peur des retombées si l'histoire devenait publique. Cela aurait pu détruire la carrière de mon père, qui venait de se lancer dans la politique à l'époque. Cela aurait pu traîner le nom de ma famille dans la boue, et bien entendu, cela aurait pu m'empêcher de lancer ma carrière. Tu comprends, un homme d'affaires si facilement berné et abusé par une femme, qui aurait pu avoir envie de lui faire confiance ou de s'associer à lui ?

— C'est pour cette raison que tu t'es efforcé de gommer ton passé.

— Oui. Notre mariage a été très discrètement annulé. Et ensuite mon frère et moi avons engagé un expert en cyber sécurité, afin qu'il fasse disparaître toute trace de mon histoire avec elle.

Tout commençait à se mettre en place dans la tête de Taylor, et plus elle comprenait, plus elle se sentait triste pour Roman.

— Malheureusement, poursuivit-il, un reporter a découvert quelque chose une semaine après le grand lancement de mon hôtel à Boston. Et il n'a pas lâché le morceau. Heureusement, la plupart des informations étaient déjà introuvables, mais il m'a suivi pendant des semaines et des semaines. Il m'espionnait. Il avait placé des photographes à mes trousses. Il me harcelait au téléphone. C'est pour cette raison que je déteste les médias. Ça m'a laissé un très mauvais goût dans la bouche. Je faisais tout mon possible pour prendre un nouveau départ, et il était bien décidé à se faire un nom dans le métier à grands coups de gros titres. J'ai fini par quitter Boston, avec l'intention de me consacrer à un nouveau projet d'hôtel, tout en croisant les doigts pour qu'il se lasse et finisse par laisser tomber. Et c'est sans doute ce qui s'est produit, puisque rien n'est jamais sorti dans la presse. Après ça, je me suis jeté à corps perdu dans le travail. Je voulais oublier Abby.

Taylor posa son verre de vin pour serrer Roman dans ses bras.

— Je suis vraiment désolée. Je ne peux même pas imaginer à quel point ça a dû être atroce.

— Tu sais, je ne suis pas loin de penser qu'enfouir un tel secret a rendu les choses plus difficiles encore. À part ma famille, personne ne sait. Pas même mes plus proches collaborateurs. Et aucune des femmes que j'ai fréquentées depuis.

— Je comprends que tu aies eu du mal à faire de nouveau confiance à une femme.

Il la regarda dans les yeux.

— C'est vrai. Mais avec toi, je sens que les choses sont différentes. Et je sens que j'ai bien fait d'obéir à mon instinct te concernant.

Du bout des doigts, il caressa sa joue, son menton.

— C'est très important pour moi.

Il se pencha pour déposer sur ses lèvres un baiser poignant d'intensité.

— Et c'est très important, aussi, que nous montions dans ta chambre.

— Pour aller dormir ?

Il secoua la tête en riant.

— Dans un deuxième temps. Peut-être.

Il se leva et lui tendit la main. Elle la prit et, ensemble, ils sortirent de la pièce. Chaque nouvelle étape avec Roman était notable et importante. Il avait vécu des choses extrêmement dures et pourtant il choisissait de passer du temps avec elle. Il lui avait téléphoné et dit qu'elle lui manquait. Il lui était revenu. Et c'était peut-être ce qui avait manqué à Taylor jusqu'alors. Les autres hommes n'avaient pas vraiment compté.

Pas comme Roman Scott.

- 10 -

Roman ne resta pas une seule nuit. Il en resta trois. Et ce fut la parenthèse la plus magique que Taylor ait jamais vécue. Elle ne voulait pas aller jusqu'à penser qu'il s'agissait d'amour, mais entre eux il y avait vraiment *quelque chose.* Elle ne regrettait pas un seul instant d'avoir rompu le serment fait à elle-même. Roman était l'homme le plus merveilleux qu'elle ait jamais rencontré. Intelligent, drôle et gentil. Sexy, fort, mais sensible et humain.

Quand ils n'étaient pas au lit – ce qui était rare – ils se promenaient dans la propriété, en évoquant les projets de Taylor. Roman semblait impressionné par les progrès qu'elle avait accomplis depuis sa première visite.

— Cet hôtel sera vraiment magnifique quand tout sera terminé, déclara-t-il le lundi matin, au petit déjeuner, alors qu'il s'apprêtait à rentrer à New York. J'ai hâte de voir le résultat.

— Merci. Je suis très excitée moi aussi. Bien sûr, j'ai aussi beaucoup à faire pour préparer le mariage.

— Je pense que c'est une bonne chose. Ça va te permettre de juger le travail de certains entrepreneurs. Tu verras avec qui c'est agréable de travailler et avec qui ça l'est moins. De cette façon, tu verras à qui tu peux vraiment faire confiance. C'est important pour aller de l'avant.

Aller de l'avant en toute confiance. C'était important pour ses projets professionnels, mais aussi dans sa vie privée. Et

Taylor venait de se rendre compte durant ces quelques jours passés avec Roman qu'elle lui faisait pleinement confiance.

— Tu ne peux pas savoir à quel point j'apprécie que tu m'accompagnes durant tout ce processus. Ça m'aide tant de me sentir soutenue.

— Il faut que tu saches qu'il y aura des moments très difficiles, des moments où tu t'arracheras les cheveux, où tu auras l'impression que tu n'y arriveras jamais. Ce sera très déstabilisant. Mais je serai là pour toi à chaque étape. J'ai déjà fait toutes les erreurs qu'un hôtelier peut commettre. C'est le meilleur des enseignements et je suis prêt à t'en faire bénéficier. Donc, dès que tu auras besoin de quoi que ce soit, dis-le moi.

Taylor n'en crut pas ses oreilles, même si Roman lui avait déjà prouvé à de nombreuses reprises à quel point il était généreux. Elle se sentait extrêmement chanceuse de l'avoir dans sa vie.

— Merci beaucoup, j'apprécie énormément. Je n'hésiterai pas à t'appeler dès que j'aurai besoin de conseils. Et bien sûr, j'espère que tu viendras souvent me rendre visite.

Il se pencha pour l'embrasser.

— En fait, je vais bientôt avoir une excuse supplémentaire pour venir dans le Connecticut. Tu te souviens quand je t'ai dit que j'avais fréquenté la Sedgefield Academy ?

— Oui.

— En tant qu'ancien élève, je leur donne déjà de l'argent tous les ans, mais je suis sur le point de mettre en place un plus gros partenariat avec eux. Je finance et coordonne la construction d'un nouveau bâtiment pour le département d'Histoire et de Lettres. Je viens d'avoir confirmation de la part de l'école que le projet est validé.

Taylor sourit, tout en réfléchissant. En apparence, tout ceci paraissait merveilleux. Roman prouvait de nouveau sa généreuse philanthropie. Mais ce lien profond et durable qui était en train de s'établir avec l'école l'inquiétait car l'ombre du Petit Carnet Noir planait sur cette institution.

— Le bâtiment portera ton nom ?

— Non. En réalité, il est construit en l'honneur d'un des anciens professeurs d'histoire de l'école, Charles Braker.

Taylor soupira de soulagement.

— Il est à la retraite depuis un moment, mais c'était un de mes professeurs préférés, poursuivit Roman. Il a exercé une grande influence sur ma vie, et je suis ravi car depuis que ce projet est à l'ordre du jour, nous avons repris contact tous les deux.

Dans l'esprit de Taylor, les pensées se télescopaient à une vitesse folle. Les liens entre l'école Baldwell, la Sedgefield Academy et toutes les cibles du Petit Carnet Noir étaient évidents et cela l'inquiétait au plus haut point. Elle n'était pas du genre paranoïaque, mais depuis que Roman et elle avaient reçu des menaces après avoir exploré la maison de Simone Astley, elle se méfiait.

— Quelqu'un d'autre est-il au courant de ce projet ? À part ton ancien professeur et la direction de l'école ?

— Mes collaborateurs, évidemment. D'ailleurs, un communiqué de presse est prévu pour aujourd'hui. Nous avons décidé de profiter de l'événement pour nous offrir un peu de publicité.

Taylor posa la main sur le bras de Roman.

— À mon avis, il faut renoncer à ce communiqué de presse. Voire à ta participation à ce projet.

— Mais pourquoi ça ?

Taylor regarda l'heure sur son téléphone. Il était 10 heures et le pilote de l'hélicoptère était censé venir chercher Roman à 10 h 30. Cela lui laissait peu de temps pour les explications. Alors, elle exposa brièvement ses idées sur les liens entre ces deux écoles et les cibles du Petit Carnet Noir. Après avoir terminé, elle avait bien conscience que cela pouvait sembler absurde et proche de la théorie du complot.

— La seule chose que je peux te dire, c'est que personnellement je n'accorde pas beaucoup de crédit à ce genre de choses. Mais Chloe, son fiancé Parker et sa mère ont mené une enquête minutieuse, et tous les trois ont été pris pour cibles. Ils ont reçu des menaces, comme nous, et la mère de Chloe a même fait l'objet de plusieurs publications contenant des révélations au sujet de sa relation avec son ex-mari.

Roman passa les mains sur son visage.

— Tu penses vraiment qu'il risque de se passer quelque chose ?

— Ça me désole de penser ça, mais oui.

— OK. Je vais appeler ma responsable de communication.

Il prit son téléphone, mais dès qu'il regarda l'écran, il se mit à secouer la tête.

— Trop tard. Je viens de recevoir une alerte. Le communiqué a été diffusé dans la presse.

La gorge de Taylor se serra, mais elle ne voulait pas que ce dernier rebondissement gâche le temps qu'il lui restait à passer avec Roman. Et peut-être s'inquiétait-elle à tort.

— Tu sais, avec un peu de chance, c'est moi qui m'en fais pour rien. Tu vas faire un travail formidable pour ton ancienne école, ce qui signifie que tu vas souvent venir dans le Connecticut, et ça, ça me rend très heureuse.

— J'ai pour principe d'essayer de ne pas me faire du souci pour les choses sur lesquelles je n'ai pas prise.

Il sourit et se pencha pour l'embrasser.

— Et j'aime te rendre heureuse, Taylor. J'aime savoir que j'en suis capable.

L'entendre prononcer ces mots lui fit un immense plaisir.

— J'espère pouvoir te rendre heureux aussi. Et fier.

— Fier ?

— Oui. Je veux que tu puisses regarder mon futur hôtel en te félicitant d'avoir pris part au projet.

— Je sais que nous ne nous connaissons pas depuis longtemps, mais je suis déjà incroyablement fier de toi. Tu as su prendre le taureau par les cornes, Taylor. Ce n'est pas quelque chose que tout le monde a le courage de faire.

Ces compliments, venant de quelqu'un comme Roman, étaient précieux. Elle saurait s'en souvenir longtemps.

— Je ne te laisserai pas tomber, ajouta-t-il.

— Je le sais bien.

Ce fut alors qu'elle entendit les pales de l'hélicoptère. Par la fenêtre, ils regardèrent tous les deux l'engin approcher et se poser doucement dans l'herbe.

— Mon taxi est arrivé, dit Roman en prenant son sac.

— Je t'accompagne.

Ils sortirent main dans la main. Taylor essaya de lutter contre la tristesse qui l'avait envahie. Roman partait, mais cela ne voulait pas dire qu'il la quittait. Ils se retrouveraient bientôt, même si rester ici sans lui et sans ses amies allait lui promettre des moments difficiles.

— Au revoir, Taylor, dit-il en caressant ses cheveux, puis en l'embrassant. À bientôt.

— Au revoir, Roman.

Elle courut se réfugier près de la piscine pour le regarder partir, en espérant que ce « bientôt » arrive le plus vite possible.

— Je suis heureux que nous ayons pu faire cette visite avant l'accouchement de Fiona, dit Roman à Derrick alors qu'ils déambulaient dans ce qui deviendrait le hall d'accueil de leur nouvel hôtel.

Les fenêtres étaient sales, le sol était poussiéreux, mais l'ossature était bonne. Et c'était tout ce qui comptait.

— Moi aussi, je suis content. Après la naissance du bébé,

il y aura un mois où je ne serai guère opérationnel, mais au moins je sais que les choses sont bien parties. Merci d'avoir débloqué la situation avec l'ingénieur structures.

— Je ne veux pas que le travail soit une source d'inquiétude pour toi. Je peux me débrouiller seul pendant un mois, j'ai l'habitude. Notre chef de projet est quelqu'un de formidable et si nous avons besoin de toi et que tu ne peux pas te déplacer, il y a toujours la visioconférence.

— Je sais. Mais je veux que ce soit une vraie collaboration, Roman. Je veux travailler avec toi, et non pas me contenter d'injecter des fonds et d'encaisser des profits.

— D'accord.

« Collaboration. » C'était un mot qu'utilisait souvent Taylor, un mot et une idée auxquels il avait eu tant de mal à se faire.

— Est-ce que tout va bien ? Tu as l'air distrait, dit Derrick, ce qui ne te ressemble pas du tout. Surtout quand on parle travail.

Roman se dirigea vers les fenêtres et tenta d'apercevoir la rue. Il adorait cette ville, mais il aurait tout donné pour être ailleurs. Dans le Connecticut par exemple. Avec Taylor. Certes, il y était encore trois heures plus tôt. Pourtant il mourait d'envie d'y retourner. Et de retrouver Taylor.

— Comment ? Non… Je pensais à autre chose, c'est tout.

Derrick posa une main sur l'épaule de Roman.

— Être distrait et penser à autre chose, c'est pareil… Que se passe-t-il ?

Roman se sentait vraiment très idiot. Il avait quarante ans, il n'était plus un adolescent en pleins tourments sentimentaux. Mais la vérité, c'était que Taylor occupait toutes ses pensées.

— C'est Taylor. Je suis retournée la voir ce week-end.

Derrick sourit et s'appuya contre le mur, les bras croisés sur la poitrine.

— Raconte.

Roman ferma les yeux et pinça les ailes de son nez.

—Je ne sais pas quoi te dire, à part qu'elle est fabuleuse. Elle est l'intelligence et la vie mêmes. Elle me fait voir le monde d'une façon complètement différente.

Il ouvrit les yeux et regarda son frère.

— As-tu idée du nombre de personnes sans inspiration ni imagination que je croise tous les jours ?

Derrick fronça les sourcils.

— Je travaille dans l'immobilier, donc oui, je pense que je peux me le représenter. En même temps, à mon avis, dans ton travail tu rencontres bien plus de personnalités créatives que moi dans le mien.

— Tu as raison. J'exagère sans doute. Il faut que j'arrête de la placer sur un piédestal. Je suis certain que ça ne lui ferait même pas plaisir.

Derrick posa la main sur le bras de Roman.

— Non, tu m'as mal compris. Ce que je veux dire, c'est que tu passes déjà beaucoup de temps entouré par des personnes extraordinaires. Le fait qu'elle se démarque tant à tes yeux ne fait que montrer à quel point elle sort du lot.

Roman s'assit sur le rebord de la fenêtre.

— J'ai peur d'imaginer des choses qui ne sont pas réelles, de m'emballer pour rien…

— Est-ce que tu es amoureux d'elle ?

— J'en ai peur. Ou plus précisément j'ai peur de m'être convaincu que je suis en train de tomber amoureux.

— Je ne suis pas certain de comprendre la nuance.

— J'ai toujours cru qu'il n'y avait qu'une seule personne au monde pour chacun. Un seul grand amour. Et quand j'étais avec Abby, j'ai pensé qu'elle était la seule personne pour qui je pourrais éprouver de tels sentiments.

Il se leva et se dirigea vers le centre de la pièce. Marcher l'aidait à clarifier ses pensées.

— Et quand on perd quelqu'un, cette idée s'impose

avec plus de force encore. Le chagrin est si profond qu'on se dit qu'on n'aimera plus jamais. Et même tout ce que j'ai découvert au sujet d'Abby n'efface pas le souvenir de ces moments où j'ai pensé que personne ne pourrait jamais compter autant qu'elle pour moi.

— Pour commencer, je ne pense pas qu'Abby était ton grand amour. Ensuite, je pense qu'on peut aimer vraiment plus d'une seule personne.

— Et ça ne te fait pas bizarre de te dire ça ? Pense à Fiona. Est-ce que tu peux imaginer qu'il existe une autre femme sur terre que tu pourrais aimer autant qu'elle ?

Derrick secoua la tête.

— Non, je ne peux pas imaginer une chose pareille. Mais c'est ça, l'amour. On ne voit qu'un seul être, et personne d'autre ne compte. Mais ça ne veut pas dire que la vie ne change pas. Ni l'amour. Ta vie a changé à la mort d'Abby. Et elle a de nouveau changé quand tu as rencontré Taylor. Ce sont deux personnes totalement différentes et indépendantes l'une de l'autre.

— Mais elles ont quand même un lien : le trait d'union entre elles deux, c'est moi.

— Donc, tout ce que je peux te dire, c'est d'écouter ton instinct, ce que tu fais tous les jours et avec beaucoup de réussite dans ton travail. Je t'incite alors à poursuivre dans cette voie. Ouvre ton cœur et ton esprit et écoute ton instinct.

Roman acquiesça. Après tout, ce n'était pas très différent des conseils qu'il avait donnés à Taylor.

— OK, je pense que c'est dans mes cordes.

Son téléphone se mit à vibrer et il le sortit de sa poche. Il vit le nom de Taylor, ce qui fit palpiter son cœur. Mais ensuite il vit le message.

Appelle-moi dès que tu peux. Le Petit Carnet Noir s'en est pris à toi. Je suis horriblement désolée.

— Qu'y a-t-il ? demanda Derrick. Il y a un souci. Je le vois à ton visage.

— C'est un SMS de Taylor. Apparemment les réseaux sociaux m'en veulent, mais pour l'instant je n'en sais pas plus.

Avant d'appeler Taylor, il voulait voir par lui-même. Il chargea la page sans paniquer, se sentant prêt à tout affronter. Il s'était surestimé. Son estomac se contracta douloureusement lorsqu'il lut l'histoire d'un homme qui était tombé amoureux, qui avait perdu sa femme dans un accident et qui s'était servi des moyens colossaux dont disposait sa famille pour étouffer l'affaire.

Derrick arracha le téléphone des mains de Roman et regarda par lui-même. Il fit défiler les photos, sur lesquelles apparaissaient Abby et Roman et qui étaient censées avoir toutes été détruites. Il y avait même une photo de la scène de l'accident que Roman n'avait jamais vue.

— Oh mon Dieu, Roman. Comment quelqu'un a-t-il pu savoir tout ça ?

La tête de Roman tournait si fort qu'il avait l'impression d'avoir reçu un coup sur le crâne. Des images de son passé surgissaient en flash devant ses yeux.

— Euh… je… je ne sais pas.

Mais bien sûr son cerveau était très vite arrivé à une conclusion. Taylor savait. Elle était même une des seules personnes à savoir. Et elle l'avait prévenu que ce qui venait de se produire était susceptible d'arriver.

Ce fut alors que son téléphone sonna. Derrick l'avait toujours en main.

— C'est Taylor, Roman.

— Je…

Il luttait pour réfléchir, pour penser, pour rester logique.

— Je ne pense pas être capable de lui parler.

Derrick posa une main ferme sur son épaule.

— Il le faut, Roman. Si tu penses qu'elle sait comment

une chose pareille a pu arriver, il faut que tu te renseignes, afin que nous puissions faire disparaître ces horreurs.

Il attira l'attention de Roman en lui adressant un regard pénétrant.

— Mais plus que tout, je pense que vous vous aimez. Et c'est ça, l'amour. Être là quand tout s'effondre. Laisse-la être là pour toi.

Cette notion lui semblait tout sauf intuitive. En ce moment précis, il était horrifié par l'idée que la femme dont il était en train de tomber amoureux puisse être impliquée dans cet événement cataclysmique. Et il aurait fallu qu'il lui parle ? Maintenant ?

Le téléphone continuait de sonner.

— Je réponds, dit Derrick. Tu vas tout gâcher si tu la laisses s'échouer sur ta messagerie.

Roman eut un sursaut de lucidité.

— Non, je vais répondre.

Il arracha le téléphone à son frère.

— Taylor ?

— Oh ! Roman. J'avais si peur que tu ne répondes pas.

La voix de Taylor l'aida à dissiper le brouillard qui avait envahi son esprit.

— Je suis vraiment désolée pour ce qui vient de se passer. Il faut que nous découvrions le responsable. Tu te souviens quand tu as demandé si quelqu'un nous espionnait à la maison ? J'ai peur que tu n'aies eu raison.

Tout à coup, il eut l'impression de suffoquer. Avec la même promptitude que celle dont son esprit avait fait preuve quand il avait soupçonné Taylor d'être à l'origine de ces horribles révélations, une angoisse terrible venait de s'emparer de lui. Taylor était innocente et en danger. Cette idée était insupportable.

— Tu ne peux pas rester ici, Taylor. Il faut que tu t'en ailles. Tout de suite.

— J'ai déjà préparé mes affaires et il ne me reste plus qu'à les mettre dans le coffre de ma voiture. Je vais repousser mes rendez-vous avec les entrepreneurs. Et je vais appeler Bruce pour le prévenir.

Un affreux pressentiment figea Roman sur place.

— Taylor, non. N'appelle pas Bruce.

— Comment ? Mais pourquoi ça ?

— Et si c'était lui qui était derrière tout ça ?

Taylor garda le silence un long moment.

— Oh ! mon Dieu, finit-elle par dire. Il faut que j'appelle mon père. Tout de suite.

— Je veux que tu l'appelles depuis la voiture, mais ne prends pas la Porsche. Tu te souviens ta surprise quand tu t'es rendu compte que Bruce l'avait lavée. Ça m'inquiète, je l'avoue.

— Oh… D'accord.

— Si tu veux, je peux envoyer l'hélicoptère te chercher.

— Non, Roman. Si tu es d'accord, je préférerais m'éclipser le plus discrètement possible.

— Oui, bien raisonné. Où vas-tu aller ?

— Je rentre à New York. Je vais aller déposer mes affaires chez moi, et ensuite j'aimerais te voir. Je veux m'assurer que tu vas bien. Je suis désolée qu'une chose pareille soit arrivée. Je suis sûre que tu es sous le choc.

C'était étrange, il l'était cinq minutes plus tôt. À présent, il était plutôt en mode « crise », et se sentait insubmersible.

— Appelle-moi dès ton arrivée. Je pourrais passer chez toi. Ou l'inverse.

— Oui, peu importe : les deux m'iraient très bien. Mes affaires sont presque prêtes, ensuite il faut que je ferme la maison. En fonction de la circulation, je pense être à New York d'ici deux heures environ.

Le téléphone de Derrick se mit à sonner et, du coin de l'œil, Roman le vit y répondre.

— Fais très attention à toi, Taylor.

Je t'en supplie. Retrouve-moi vite. J'ai des choses à te dire. Des choses très importantes.

— Promis. À très bientôt.

— Bye.

Roman raccrocha au moment précis où Derrick terminait son appel.

— Taylor est en route pour New York.

— D'accord. Au cas où tu te demandais si la situation pouvait être encore plus complexe, c'était Fiona. Le travail a commencé. Elle a des contractions de plus en plus régulières et rapprochées. Je lui ai dit de sauter dans un taxi et de se précipiter à la maternité. Je vais la rejoindre là-bas. Mais j'ai besoin que tu ailles à la maison pour t'occuper de Polly parce que la nounou est malade. En attendant, Fiona va la déposer chez les voisins du dessous.

— Oui. Bien sûr. Tout ce que tu voudras. Allons-nous-en d'ici.

- 11 -

Taylor laissa la Porsche à sa place et opta pour la Range Rover blanche dont sa mère avait l'habitude de se servir quand elle séjournait dans le Connecticut. Elle appela son père depuis la voiture avant même d'avoir quitté le garage.

— Hello ma chérie, comment vas-tu ?

Il était toujours enjoué avec elle, ce qui, en ce moment précis, rendait les choses encore plus compliquées pour Taylor. Elle prit une grande inspiration pour se donner force et courage.

— Je vais bien. Mais j'aurais aimé te parler, si tu as quelques minutes à me consacrer.

— Pour toi, toujours. Tu es au domaine ?

— Je suis en train d'en partir, en fait.

— Taylor. Tu t'en vas ? Tu n'es pas censée avoir rendez-vous avec des entrepreneurs cette semaine ? Tu n'es pas en train de fuir tes responsabilités, j'espère. Nous en avons déjà parlé. Le travail, c'est parfois compliqué, mais il ne faut pas avoir peur d'affronter les problèmes quand ils se présentent à nous. Tu sais très bien que cela finit inévitablement par se produire.

Elle n'avait pas pensé que son père pourrait réagir de la sorte.

— Je ne fuis pas. J'essaie juste de sauver mon avenir. Ma vie professionnelle et ma vie amoureuse.

— Oh ! à t'entendre, ça semble sérieux…

— Ça l'est.

Taylor raconta tout. Bruce. Le Petit Carnet Noir. Roman. Une fois son histoire finie, elle se doutait que son père devait la trouver absurde, mais elle n'avait fait que relater la réalité.

— Il s'agit d'une version abrégée, précisa-t-elle.

— J'ai l'impression que je vais devoir avoir une petite conversation avec Bruce, dit-il.

— J'ai peur qu'il ne disparaisse, papa. Ou bien qu'il ne te mente. S'il est impliqué dans cette affaire, il faut que nous sachions qui il est vraiment ou pour qui il travaille. Ma crainte, c'est que nous ne le sachions jamais si tu l'accuses sans aucune preuve.

— Il faut donc que j'envoie quelqu'un à la propriété pour vérifier que tout est en ordre. Mais sans éveiller ses soupçons.

— Exactement.

Soudain, une idée germa dans l'esprit de Taylor.

— Papa, est-ce que tu fais confiance à ce monsieur qui travaille pour Morton, l'entreprise de BTP ? Tu vois de qui je veux parler, n'est-ce pas ?

— Tout à fait. Je connais Billy depuis des années. Il a réalisé beaucoup de travaux à la maison.

— Parfait. J'étais censée le voir cet après-midi et j'avais l'intention de décaler le rendez-vous. Mais il peut peut-être nous servir de couverture. Ou simplement nous aider.

— Je l'appelle dès qu'on a raccroché. Je suis sûr qu'on va trouver un moyen.

Taylor eut l'impression de pouvoir enfin respirer.

— Merci, papa. Je te jure que je ne suis pas une nouvelle fois en train de paniquer et de perdre les pédales. Mon projet d'hôtel se concrétise et tout se passe très bien.

— Ne t'inquiète pas. J'ai le sentiment que tu gères très bien la situation.

— Merci. Nous verrons ce que ça va donner.

— Est-ce qu'on peut parler de Roman Scott, ou bien est-ce trop personnel ?

Taylor n'était pas surprise que son père aborde le sujet. C'était elle qui avait dit qu'elle essayait de sauver sa carrière et sa vie amoureuse.

— Roman Scott et moi sommes ensemble, papa. Je tiens beaucoup à lui. Vraiment beaucoup.

— Je vois. J'espère qu'il ne va pas te briser le cœur à son tour.

— Je n'en ai pas l'impression en tout cas, répondit-elle, en espérant ne pas être pathétiquement naïve.

— Est-ce que tu l'aimes ?

Le premier mot qui lui vint à l'esprit était « oui ». Mais quelque chose lui souffla que si les choses se précisaient, ce serait Roman qui devrait être le premier à en être informé.

— Je n'en suis pas encore tout à fait sûre, mais je n'en suis pas loin.

— Tout ce que nous voulons, avec ta mère, c'est que tu sois heureuse.

— Il me rend très heureuse.

— Dans ce cas, j'en suis ravi et je ne demande rien de plus.

— Tu me rappelleras pour me dire ce qu'il en est de la maison et de Bruce ?

— Bien sûr. Ne t'inquiète pas. Je prends les choses en mains de ce côté-là. Toi, rentre à New York, où je te sais en sécurité.

— Merci papa, c'est très gentil de ta part.

— C'est normal, ma chérie.

Elle raccrocha et se concentra sur sa respiration. Après sa discussion avec son père, il était difficile de ne pas penser à la façon dont elle aurait réagi si cet incident s'était produit un ou deux ans plus tôt. Ce n'était pas méchant de sa part d'avoir demandé si elle fuyait ses responsabilités. Elle l'avait fait plus d'une fois. Elle avait néanmoins l'impression d'avoir appris de ses erreurs.

Quelques minutes plus tard, un SMS de Roman s'afficha sur l'ordinateur de bord.

Changement de programme. Fiona est à la maternité, le travail a commencé. Est-ce que tu peux me retrouver chez mon frère ?

Oh… Une nouvelle complication. La journée était décidément chargée.

Elle dicta sa réponse à son téléphone.

Bien sûr. Envoie-moi l'adresse. Je t'y rejoindrai dès que possible.

Taylor prit une grande inspiration et tenta de se préparer pour ce qui l'attendait, quoi que ce puisse être. Et alors qu'elle se rapprochait de plus en plus de Roman, elle espérait que son instinct le concernant ne la trompait pas et qu'elle avait enfin trouvé l'homme qui allait conjurer le mauvais sort qui pesait sur elle depuis de si longues années.

— Oncle Roman, pourquoi tu ne colories pas avec moi ?

Sa nièce, Polly, avait étalé des dizaines de feuilles de papier sur la table de la cuisine. Elle y avait aussi aligné tous ses feutres et tous ses crayons de couleur. Elle en avait beaucoup.

— Excuse-moi, ma puce, j'ai la tête ailleurs.

Il avait de quoi. Entre la naissance à guetter, Polly à surveiller et Taylor à attendre, son esprit avait de quoi être occupé.

— C'est ce que dit toujours papa quand il pense à son travail.

Roman prit une grande inspiration et passa un bras autour des épaules de sa nièce, avant de l'embrasser sur le sommet du crâne.

— Je suis désolé. Que veux-tu qu'on dessine ?

— Des princesses, avec des châteaux, des chevaux et des licornes.

Roman jeta un œil aux dessins de Polly, qui contenaient en effet tous ces éléments. Il n'était pas certain d'être aussi doué qu'elle, mais il allait essayer.

— D'accord.

Il n'avait pas beaucoup avancé quand il reçut un message de Derrick.

Le bébé est né. C'est une fille. Elle et Fiona se portent bien. Je te donnerai plus de détails bientôt.

Roman s'empressa de répondre.

— Félicitations ! Est-ce que je dois le dire à Polly ?

— Attendons. Dis-lui que Fiona et moi l'appellerons en vidéo bientôt.

— Ça marche.

Roman reposa son téléphone. Il se sentait euphorique pour son frère et sa belle-sœur, et curieusement soulagé que cette journée ait été si remplie. Si Fiona n'était pas partie en catastrophe à la maternité, il serait en ce moment même assis dans son bureau, en train de ruminer sur la cruauté des réseaux sociaux. La naissance de sa nièce et ses inquiétudes concernant la sécurité de Taylor avaient eu le mérite de tout remettre en perspective et il s'était opéré comme un changement d'aiguillage. Il avait passé plus de dix ans à se bâtir une réputation, et il n'allait pas laisser un événement appartenant à son passé, pour tragique qu'il puisse être, le détruire. Il n'allait pas non plus se laisser submerger par la panique alors qu'il se passait des choses bien plus importantes dans sa vie au même moment.

— Je viens de recevoir un message de ton papa, dit-il à

Polly. Il dit que ta maman va très bien, et qu'ils vont t'appeler bientôt en vidéo.

— D'accord.

Polly ne semblait pas spécialement impatiente de savoir si son petit frère ou sa petite sœur était né/e.

Quelques minutes plus tard, Roman reçut un autre message. De Taylor, cette fois.

— Je suis en bas. Est-ce que tu veux bien m'ouvrir ?

— Oui, une seconde.

Il se leva et se précipita vers l'Interphone. Après avoir déverrouillé la porte d'entrée de l'immeuble, il sortit sur le palier pour attendre Taylor. Dès qu'il la vit, il ne parvint plus à contrôler son angoisse. Et si elle ne partageait pas ses sentiments ? Et si elle lui disait qu'il allait beaucoup trop vite ? Il s'agissait d'une possibilité bien réelle, et si elle l'éconduisait, il aurait du mal à s'en relever.

— Comment vas-tu ? demanda-t-elle une fois sur le palier.

— Je vais bien. Entre, je t'en prie.

Il la suivit à l'intérieur de l'appartement et referma la porte derrière eux. Il prit immédiatement sa main, mais apparemment, cela ne suffisait pas à Taylor. Elle l'enlaça. Alors qu'il la serrait dans ses bras, ses doutes commencèrent à se dissiper. Il ferma les yeux pour goûter pleinement à ce moment. Il ressentait une plénitude jamais éprouvée jusqu'alors. Sans qu'il ne comprenne bien comment, Taylor avait réussi à se frayer un chemin jusqu'à son cœur.

— Es-tu certain que ça va ? demanda-t-elle. Moi, je n'arrive pas à me remettre de ce qui s'est passé. Je ne sais pas trop si c'est mieux ou pire depuis que je t'ai averti.

— Bien sûr, j'ai été choqué d'apprendre la nouvelle, mais tu m'avais laissé entendre que cela risquait de se produire, donc sans doute que je m'y étais malgré moi un peu préparé.

Elle parvint à esquisser un demi-sourire et prit sa main.

— Tu sais, tu aurais eu toutes les raisons du monde de me soupçonner. Et tu ne l'as pas fait. Je ne sais pas si j'aurais été aussi charitable à ta place.

Il soupira.

— Je ne vais pas te mentir, l'idée m'a effleuré l'esprit un quart de seconde. Mais dès l'instant où j'ai entendu ta voix, j'ai su avec certitude que tu ne m'aurais jamais fait une chose pareille. Et puis aussitôt, j'ai eu très peur pour toi : ta sécurité est devenue ma priorité absolue.

Elle sourit plus franchement et s'approcha.

— Ça me fait très plaisir d'entendre ça.

— Tant mieux.

Il l'embrassa tendrement, en regrettant qu'ils ne soient pas seuls.

— Oncle Roman, fit la petite voix de Polly dans son dos.

Il se tourna brusquement, un peu gêné, comme un adolescent surpris en train de faire quelque chose qu'il n'aurait pas dû.

— Polly, excuse-moi. Je te présente mon amie, Taylor.

— Hello, Polly, dit Taylor en s'accroupissant devant elle.

Polly l'observa attentivement.

— Est-ce que tu es la nouvelle petite amie de mon oncle ? Je t'ai vue l'embrasser.

Taylor regarda Roman en souriant.

— Peut-être…

Roman voulait lever toute incertitude concernant ce sujet.

— Oui, Polly. Taylor est ma petite amie.

— D'accord. Moi, je vais dessiner, dit Polly avant de retourner à la cuisine.

— J'espère que tu aimes le coloriage. Polly prend ça très

au sérieux. Et, je te préviens, elle ne nous laisse pas une grande liberté artistique, dit Roman.

— Oh ! moi aussi j'étais une petite fille très directive. Je suis sûre que Polly et moi, on va s'entendre à merveille.

Taylor suivit Polly, et Roman ferma la marche.

Taylor s'assit à côté de Polly, qui lui donna ses consignes pendant que Roman lui servait un verre d'eau glacée. Il les rejoignit et prit place juste à côté de Taylor. Alors qu'ils discutaient tous les trois, de la crèche, de son futur rôle de grande sœur, Roman eut le sentiment qu'un avenir tout neuf s'ouvrait à lui. Son existence venait de faire un grand pas en avant. Il n'était plus nécessaire de regarder en arrière.

Au bout d'une demi-heure, Derrick passa l'appel vidéo qu'il avait promis. Roman répondit et prit Polly sur ses genoux afin qu'elle puisse voir sa petite sœur.

— Polly, regarde, dit Fiona, qui rayonnait malgré son évidente fatigue. C'est ta nouvelle petite sœur.

Polly s'approcha de l'écran jusqu'à y écraser son petit nez.

— Comment elle s'appelle ? demanda-t-elle.

— On n'a pas encore choisi, trésor. On hésite entre Avery et Charlotte. Qu'est-ce que tu préfères ?

— Avery, répondit sans hésiter Polly.

Derrick et Fiona se regardèrent en souriant, puis Fiona haussa les épaules.

— D'accord. Ce sera Avery, alors.

Polly frappa avec enthousiasme dans ses mains.

— Quand est-ce que vous rentrez à la maison ?

— Maman et Avery doivent passer la nuit à l'hôpital, mais je vais rentrer d'ici quelques heures, dit Derrick. Tout se passe bien à la maison ?

— Oui, répondit Polly. Taylor, la petite amie d'oncle Roman, est là. Elle est très gentille, et elle dessine bien mieux qu'oncle Roman.

Roman rit et regarda Taylor, qui semblait partagée entre la gêne et la joie.

Derrick sourit largement.

— D'accord, ma puce. Est-ce que je peux parler un peu avec ton oncle, maintenant ?

— D'accord, papa.

Polly sauta des genoux de Roman et monopolisa de nouveau l'attention de Taylor.

Roman se leva de table et alla sur la terrasse.

— Tout se passe toujours bien ? demanda-t-il.

— Oui, très bien. Le bébé tète déjà comme une championne. Fiona récupère bien. Et moi je me sens très chanceux aujourd'hui.

C'était drôle, mais Roman avait le même sentiment. Même si beaucoup de choses s'étaient mal passées. Plus rien ne semblait grave, ni même important.

— Félicitations. Je suis très heureux pour vous. J'ai hâte de faire la connaissance d'Avery.

Sa voix trahissait son émotion. Il adorait son frère, et il avait conscience que sans lui, il ne serait pas l'homme qu'il était aujourd'hui.

— Moi j'ai hâte de faire la connaissance de Taylor. Le soir de la vente aux enchères, je n'ai fait que l'apercevoir rapidement.

Roman tourna la tête. Lorsqu'il la vit avec Polly, son cœur s'emballa.

— Moi aussi, j'ai hâte de te la présenter.

Il salua son frère, raccrocha et retourna à la cuisine.

— Il va bientôt falloir songer à ce que nous allons manger. Je suggère qu'on commande des pizzas. Je ne pense pas que quelqu'un ici ait envie de faire la cuisine.

— Ça me paraît une excellente idée, répondit Taylor.

Roman s'occupa de passer la commande et d'aller la chercher. Lorsqu'il revint à l'appartement, Taylor et Polly avaient mis la table dehors sur la terrasse. Taylor avait pris l'initiative de déboucher une bouteille de vin rouge. Ils mangèrent tous les trois en riant comme des petits fous. Cela faisait longtemps que Roman ne s'était pas à ce point amusé. Et il voulait que cela se reproduise souvent désormais, ce qui ne serait possible qu'en compagnie de Taylor.

Après le repas, Polly et Taylor lurent sur le canapé jusqu'au retour de Derrick. Quand il arriva, Polly lui sauta dans les bras.

— Hello, mon bébé, dit Derrick en la soulevant de terre.

Taylor se leva.

— Derrick, je te présente Taylor, dit Roman.

— Enchanté de vous rencontrer, Taylor. J'ai beaucoup entendu parler de vous.

— Je suis moi aussi très contente de vous rencontrer. J'ai passé un super moment avec Polly. Et merci de m'avoir accueilli chez vous pendant que Roman surveillait sa nièce. Je me sens un peu gênée de m'être imposée un jour comme aujourd'hui. Je me sens un peu comme une intruse.

Derrick secoua la tête.

— Vous plaisantez ? Est-ce que vous savez depuis combien de temps j'attends que mon frère rencontre quelqu'un comme vous ?

Taylor baissa les yeux.

— Non ? Depuis longtemps ? demanda-t-elle d'une voix timide.

— Depuis trop longtemps, répondit Roman pour son frère.

— Je vais mettre Polly au lit. Ensuite je vais l'imiter. Je suis épuisé, dit Derrick. Mais, Taylor, je suis vraiment très très heureux d'avoir fait votre connaissance. La prochaine fois, quand Fiona sera sortie de la maternité, nous essayerons de faire les choses en bonne et due forme et de vous recevoir un peu plus dignement. En attendant, ne croyez pas que je vous jette dehors tous les deux. Vous pouvez rester ici aussi longtemps que vous le souhaitez.

— Nous avons une demi-bouteille de vin à finir, dit Roman. Je pense que nous allons rester un peu sur la terrasse, et ensuite nous filerons.

— N'oubliez pas de fermer à clé derrière vous quand vous partirez.

Roman et Taylor retournèrent sur la terrasse, main dans la main. Il soufflait une légère brise et la soirée était magnifique. Roman remplit leurs deux verres et ils restèrent dcbout, appuyés contre la rambarde, à contempler la magnifique vue sur Central Park qui s'offrait à eux.

— J'étais sincère quand j'ai dit à ton frère que je me sentais comme une intruse. Mais merci d'avoir bien voulu m'accueillir, dit Taylor. Je n'oublierai pas.

— C'est tout à fait normal, Taylor. Je ne vois pas comment il aurait pu en être autrement.

— Moi si, Roman. Par exemple, tu aurais très bien pu ne pas répondre à ce coup de téléphone, tout à l'heure. Tu aurais pu me reprocher ce qui s'est passé avec Le Petit Carnet Noir. Et je n'aurais pas pu t'en vouloir.

— Je ne vois pas pourquoi j'aurais réagi de cette façon. Cela n'aurait eu aucun sens.

— Es-tu en train de me dire que tu as suivi ton instinct ?

Il sourit.

— Ce conseil que je t'ai donné, je me suis dit qu'il fallait que je l'applique moi-même. Sinon, jamais je n'aurais la moindre chance d'être heureux un jour.

Il se tourna vers l'appartement un moment, en pensant à la vie que son frère s'était construite et qu'il lui avait si souvent enviée. Ce bonheur que connaissait Derrick, il le voulait aussi, pour lui et pour Taylor. Son cœur battait si fort qu'il en entendait les pulsations à ses oreilles. Il avait tant de choses à dire à Taylor qu'il ne savait pas par où commencer. Il choisit alors l'approche la plus directe, et se retourna pour prendre sa main.

— Je t'aime, Taylor. Je sais que ça doit te paraître impossible. Irréel. Irrationnel. J'ai tout à fait conscience qu'on ne se connaît que depuis très peu de temps, mais j'espère que tu voudras bien me faire une place dans ta vie. Parce que je t'ai déjà fait une place dans mon cœur.

Taylor resta immobile un moment, comme figée, et Roman suspendit son souffle. Elle était si belle et merveilleuse qu'il allait beaucoup souffrir si elle ne partageait pas ses sentiments.

— Je t'aime moi aussi, Roman.

Il se remit à respirer, et il se sentit empli d'amour, de lumière et d'espoir. Il prit Taylor dans ses bras, et l'embrassa rapidement, mais dans le seul but de s'assurer que tout ceci était bien réel.

— Vraiment ?

— Vraiment. J'ai commencé à ressentir quelque chose pour toi à la seconde où je suis entrée dans ta limousine.

— Je ne te crois pas… On se connaissait à peine.

— Tu as parlé d'instinct, mais tu as aussi parlé de suivre son cœur. Et mon cœur me disait depuis le début que tu étais celui que j'attendais. Je crois que c'est cela qui m'a poussée à rompre le serment que je m'étais fait, celui de renoncer aux hommes.

Roman sourit et l'embrassa de nouveau, en prenant davantage son temps cette fois.

— Tu me rends si heureux, Taylor. Je ne sais pas si tu t'en rends compte.

— Oui, je m'en rends compte. Parce que tu me fais exactement le même effet.

Elle sourit et ils se regardèrent dans les yeux.

— Je crois que je n'ai jamais été aussi heureuse qu'en ce moment précis.

Aussitôt, il la désira avec une violence qui surpassait tout ce qu'il avait connu jusque-là.

— Et maintenant, que fait-on ? demanda-t-il.

— On s'en va d'ici et on va chez toi ou chez moi, pour passer la nuit la plus torride de notre existence.

— De nous deux, lequel habite le plus près d'ici ?

— C'est toi, Roman.

— D'accord, alors allons chez moi. Tout de suite.

- 12 -

— Combien de mouchards ont-ils découverts ? demanda Roman lorsque lui et Taylor arrivèrent dans le Connecticut.

Cela faisait dix jours que Taylor avait quitté précipitamment la propriété familiale. Cela lui avait permis de passer un merveilleux laps de temps à New York en compagnie de Roman, pendant que son père chargeait une équipe de sécurité de passer la maison au crible. Une recherche qui avait payé, visiblement.

— Onze micros. Neuf dans la maison, dont un dans le bureau où je passe beaucoup de temps et qui est aussi celui où tu m'as raconté ton histoire. Et deux dans les voitures dont nous nous servons le plus, dont ma Porsche, comme tu l'avais soupçonné.

— Et il y avait aussi des caméras ?

— Seulement trois. Une ici, dans la cuisine, une dans l'entrée et une dehors, juste devant la porte principale. Je suppose que le but était de surveiller les allées et venues.

— Donc, rien autour de la piscine ?

Taylor rit, mais elle avait eu les mêmes inquiétudes que Roman.

— Non, rien autour de la piscine.

— Ouf, quel soulagement.

Il prit la main de Taylor et l'embrassa.

— C'est incroyable, j'ai déjà été confronté à des problèmes d'espionnage industriel, mais ça dépasse tout ce que j'ai pu connaître.

— Crois-moi, mon père était abasourdi quand il a reçu le rapport complet. La police a interrogé Bruce et il a tout avoué. Mais il n'a fait qu'obéir aux ordres de quelqu'un d'autre, et il ignore de qui il s'agissait. Il se contentait d'encaisser l'argent et d'obéir aveuglément.

— Certaines personnes sont prêtes à n'importe quoi pour de l'argent.

Taylor haussa les épaules. Elle avait du mal à le concevoir, mais Roman avait sans doute raison.

— Est-ce qu'on monte nos sacs tout de suite ? demanda Roman. Quand tes amis sont-ils censés arriver ?

Taylor vérifia l'heure sur son téléphone : 16 heures passées de quelques minutes.

— D'ici une demi-heure, normalement.

Chloe et Parker venaient en théorie pour parler préparatifs de mariage, mais Taylor avait le pressentiment que Le Petit Carnet Noir allait occuper une bonne partie des conversations. Parker voulait la mort du site qui avait déjà fait tant de dégâts et il espérait pouvoir convaincre Roman de mener le combat à ses côtés. C'était en tout cas ce qu'avait laissé entendre Chloe.

Taylor et Roman montèrent au premier étage, et, sans réfléchir, ils se dirigèrent vers la chambre à coucher de Taylor. Ils y avaient déjà dormi ensemble, mais, lors de ses deux premiers séjours, Roman avait eu sa chambre à lui. Là, la question ne semblait même pas se poser : ils allaient faire chambre commune. Le fait qu'ils forment un couple paraissait donc être une certitude. C'était une source d'émerveillement et de surprise pour Taylor. Comment était-il possible qu'elle se sente plus à l'aise avec Roman au bout de quelques petites semaines qu'avec tous les autres hommes qu'elle avait fréquentés, même après plusieurs mois ? *C'est parce que c'est l'Amour, le vrai, celui qui s'écrit avec un grand A,* avait répondu Alex quand Taylor lui avait posé la question. Elle espérait que son amie ne se trompait pas. Elle ne pouvait pas imaginer son futur sans Roman, et elle ne le voulait pas non plus. Il était tout pour elle.

— Je peux libérer cette partie du dressing pour toi, proposa Taylor quand ils furent arrivés dans sa chambre. Je sais que tu ne restes que pour le week-end, mais tu vas être appelé à revenir souvent. Si tu veux, tu pourrais laisser des affaires de façon permanente. Ce serait plus pratique pour toi.

— Oui, ce serait super, je te remercie.

Sans attendre, Taylor dégagea un rail de la penderie, ainsi qu'une étagère, puis elle vida un des tiroirs de la commode.

— Si ce n'est pas suffisant, dis-le-moi, je te ferai de la place ailleurs.

Il hocha la tête.

— Ce sera amplement suffisant.

Taylor ne put s'empêcher de remarquer qu'il ne commençait pas à sortir ses vêtements de son sac, comme si quelque chose le retenait.

— Est-ce que tout va bien ?

— Ça ne pourrait aller mieux.

Peut-être avait-il besoin d'un peu de temps pour prendre ses marques, ce qu'elle pouvait comprendre.

— OK. Je vais aller te faire un peu de place dans la salle de bains.

— Parfait, merci.

Quand Taylor revint de la salle de bains, elle vit que Roman rangeait ses affaires avec beaucoup de précaution.

— Tu es sûr que tout va bien ?

Il hocha la tête.

— Oui. Si tu veux descendre, je te rejoins en bas très bientôt.

Elle en conclut que Roman avait besoin d'être seul. Là encore, c'était son droit le plus strict.

— D'accord. Je descends. Je vais déboucher une bouteille.

Quelques minutes après son arrivée à la cuisine, la sonnette retentit. Elle se dépêcha d'aller ouvrir la porte, ravie à l'idée de voir Chloe et Parker. Elle fut encore plus heureuse de constater que Roman était en train de la rejoindre pour qu'ils accueillent ses amis ensemble. Avec un grand sourire, elle procéda aux présentations.

— Roman, j'avais vraiment hâte de te rencontrer, dit Chloe. Après tout ce qu'a dit Taylor, j'étais très curieuse de faire ta connaissance.

Roman adressa à Taylor un regard interrogateur, mais également torride.

— Il va falloir que je lui demande ce qu'elle a dit, répondit-il.

— Peut-être que je te le dirai, mais peut-être pas, dit Taylor. Allons nous asseoir près de la piscine. Notre nouveau gardien nous a préparé de quoi grignoter, et j'ai déjà ouvert une bouteille.

— Ça me paraît un très bon programme, dit Parker.

Ils s'installèrent tous les quatre sur la terrasse. Roman servit le vin, et Parker commença à picorer avec un plaisir évident.

— Taylor, je n'arrive pas à croire que votre gardien soit de mèche avec Le Petit Carnet Noir, dit Parker. C'est fou. Et flippant.

— Je te le dis, il y a vraiment quelque chose entre ce tissu d'horreurs et les deux écoles du coin, que sont l'école Baldwell et la Sedgefield Academy, dit Taylor. Roman a été pris pour cible le jour où sa société a annoncé qu'il allait participer à la construction d'un nouveau bâtiment sur le campus de Sedgefield.

— Pour l'instant, tout ça reste une énigme, dit Parker. Et j'espère vraiment pouvoir la résoudre un jour prochain.

— Il ne parle que de ça, dit Chloe. Il a constitué des dossiers et des dossiers sur le sujet.

— À l'occasion, dit Roman, j'aimerais y jeter un œil.

— Avec plaisir, répondit Parker, visiblement ravi.

— Au moins, j'espère qu'on n'abordera pas le sujet pendant le mariage, dit Chloe en levant les yeux au ciel.

— À ce propos, est-ce que vous êtes bien sûrs de toujours vouloir qu'il ait lieu ici ? demanda Taylor après avoir bu une gorgée de vin. Bien sûr, mon père a fait passer la propriété au peigne fin, mais si quelqu'un voulait faire voler un drone au-dessus de la maison pendant la fête, on ne pourrait rien fairc pour l'empêcher.

— Oui, nous en sommes sûrs et certains. Nous voulons vraiment nous marier en petit comité, et vite, et c'est la seule solution qui s'offre à nous. Parker et moi sommes vraiment pressés de commencer notre vie à deux.

Chloe se pencha vers Parker pour l'embrasser. Cela rendit Taylor immensément heureuse de voir son amie à ce point amoureuse, et c'était encore mieux de se dire qu'elle aussi connaissait le même bonheur. Comme si Roman avait deviné ses pensées, il prit sa main et la pressa légèrement.

— Parfait, dit-elle. Nous allons donc pouvoir profiter de votre présence ce week-end pour régler quelques détails.

— Je serais ravi de pouvoir me rendre utile pour les préparatifs, dit Roman. Je peux faire tout ce que vous voulez. De la peinture. Des petits travaux. N'importe quoi…

— Tu sais, maintenant que j'ai engagé une entreprise pour les travaux, ça devrait être bon. Et puis je doute que tu aies vraiment le temps…

— S'il faut du temps, j'en trouverai. J'espère être ici souvent. Si ça te convient, bien sûr.

Taylor fut stupéfaite d'entendre cela. Normalement, Roman était accaparé par son travail, et elle n'avait pas pensé un seul instant que cela puisse changer.

— Vraiment ?

Il acquiesça.

— Oui. Je peux travailler depuis ici, si tu veux bien de moi, et faire des allers et retours pour New York quand ce sera nécessaire.

Elle sourit. Qu'il ne lui ait pas demandé de renoncer à son projet de vivre et travailler dans le Connecticut tout en faisant, lui, l'effort de s'adapter à ses choix était quelque chose d'inespéré.

— Ça me paraît une idée merveilleuse, Roman.

Elle se serra contre lui et ne put s'empêcher de l'embrasser. L'amour qu'elle éprouvait pour lui était immense.

Parker s'éclaircit la gorge.

— Sinon, pour le dîner, il y a quelque chose à préparer ? demanda-t-il, visiblement gêné.

Chloe lui administra un petit coup de coude.

— Laisse-les s'aimer, tu veux bien ?

Elle se tourna vers Taylor en souriant.

— Ça me fait tellement plaisir de vous voir si heureux tous les deux.

— Merci, répondit Taylor, avant de se ressaisir. Allez, le dîner. Viens, Chloe, tu vas m'aider.

Elles se dirigèrent vers la cuisine, même s'il n'y avait pas grand-chose à faire. Le gardien avait acheté chez un traiteur italien un gratin d'aubergine qu'il suffisait de faire réchauffer au four. Il y avait aussi tous les ingrédients pour préparer une salade.

— Je pensais vraiment ce que j'ai dit tout à l'heure, dit Chloe. Ça me rend si heureuse de te voir heureuse.

— Je commençais à me demander si je retrouverais le bonheur un jour.

— Moi, ça ne m'inquiétait pas. J'ai toujours su qu'il fallait juste que tu rencontres un homme aussi fantastique que toi.

— Merci, Chloe. J'ai hâte que votre mariage soit célébré ici. On va passer un très bon moment, j'en suis sûre.

Une fois le repas prêt, ils dînèrent tous les quatre sur le

patio, en riant et bavardant pendant des heures. Le vin coula à flots, pour le plus grand bonheur de tous. Taylor aurait voulu que la soirée se prolonge indéfiniment si elle n'avait pas eu tant envie de se retrouver au lit avec Roman.

— Je ne sais pas si c'est d'avoir tant ri, mais je suis épuisée, dit Taylor après qu'ils eurent débarrassé.

— Nous aussi, répondit Chloe. D'ailleurs, nous montons nous coucher. À demain matin.

— À demain.

Taylor et Roman finirent de ranger la cuisine, puis montèrent ensemble vers sa chambre. Elle se sentait le cœur léger comme jamais. Recevoir ses amis chez elle était une grande joie. Avoir Roman à ses côtés était un bonheur insurpassable.

Roman s'immobilisa une fois qu'ils eurent franchi le seuil. Il referma la porte.

— Taylor, j'ai quelque chose à t'offrir.

— Qu'est-ce que c'est ? Est-ce que c'est toi ?

Elle tira sur sa chemise et l'embrassa avec fougue.

Il rit.

— Ce sera bientôt moi. En attendant, assieds-toi sur le lit.

Elle obéit, tout en faisant semblant de rechigner.

— Tu sais, à part toi, je ne veux rien.

— Tu es incroyable. Et très impatiente. Attends une minute.

Puis il disparut dans le dressing.

Taylor s'appuya sur un coude. Elle repensa à l'embarras de Roman au moment de ranger ses affaires. C'était peut-être parce qu'il avait un petit cadeau pour elle qu'il ne voulait pas qu'elle voie. C'était vrai qu'ils ne s'étaient encore rien offert, mais cela ne lui avait pas semblé nécessaire. Néanmoins, sa curiosité était piquée et elle se demandait vraiment ce que Roman pouvait avoir pour elle.

Lorsqu'il réapparut, il était franchement pâle. À tel point qu'elle crut qu'il ne se sentait pas bien.

— Roman, est-ce que ça va ? demanda-t-elle en se redressant.

Il hocha la tête avec vigueur, en cachant ses mains derrière son dos.

— Oui. Il faut juste que je t'offre ça et après je me sentirai bien mieux.

Il s'assit à côté d'elle. Il prit sa main, qu'il posa sur ses genoux, puis il la regarda dans les yeux avec une sincérité absolue. Taylor ne comprenait pas pourquoi les gens le jugeaient froid et distant, alors qu'elle avait rarement connu quelqu'un d'aussi expressif.

— Tu sais, pendant le dîner, ce soir, je n'ai pas arrêté de me dire que Le Petit Carnet Noir n'était pas une si mauvaise chose finalement. Parker veut le faire disparaître, et je suis d'accord avec lui, mais pour moi, curieusement, les révélations me concernant ont été une excellente chose, car elles m'ont fait comprendre à quel point je tenais à toi. Et à quel point j'avais passé les dix dernières années dans une espèce de tunnel, à m'abrutir de travail et sans vivre réellement.

— C'est tout à ton honneur de voir les choses sous cet angle positif. Et je suis tout à fait d'accord : il y a du bon dans toute situation.

— Tu ne crois pas si bien dire. À ce propos, il y a quelques jours, j'ai reçu un e-mail d'un homme qui, auparavant, était prêteur sur gage à Boston. Il a vu la publication au sujet d'Abby. Et il l'a reconnue comme une de ses anciennes clientes. Il m'a expliqué qu'il avait développé un sixième sens pour voir tout de suite les gens qui mettaient en gage des objets qu'ils n'auraient pas dû avoir en leur possession et que souvent il mettait ces objets de côté sans les vendre. Ainsi, il avait gardé un objet qu'Abby lui avait vendu. Une fois que je l'ai eu identifié, il me l'a envoyé. Je l'ai reçu par la poste hier, mais je voulais attendre aujourd'hui pour te l'offrir. Je voulais le faire dans cette maison.

— Pourquoi ici ?

— Parce que c'est ici que nous sommes tombés amoureux.

Taylor sentit ses yeux s'embuer. Cette maison comptait tellement pour elle, et à présent elle avait une raison supplémentaire de l'aimer.

— C'est vraiment adorable.

Il lui tendit l'objet en question. Il s'agissait d'une petite boîte en velours noir. Une boîte à bijou, mais pas très luxueuse.

— Ouvre.

La main de Taylor tremblait légèrement quand elle souleva le couvercle. Et quand elle vit l'intérieur, elle retint son souffle. C'était une bague en or très simple, avec une pierre bleue au centre, entourée de deux petits diamants.

— Est-ce que c'est la bague de ton arrière-grand-mère ? Celle que tu pensais perdue à jamais ?

— Oui.

Taylor en eut la chair de poule. Elle était bouleversée et ne savait que dire.

— Roman, es-tu en train de me demander en mariage ?

— Pas exactement, à moins que tu ne le veuilles. Auquel cas, je me ferais un plaisir de mettre tout de suite un genou à terre.

Elle rit. C'était si agréable de pouvoir plaisanter à ce sujet.

— J'adorerais t'épouser, Roman, mais j'aimerais aussi profiter quelque temps du plaisir d'être ta petite amie pendant que tu es mon petit ami.

— Je comprends tout à fait, et j'en ai envie moi aussi. Mais je veux néanmoins que tu aies cette bague pour le symbole qu'elle représente. Je pensais que jamais plus je ne tomberais amoureux. Et non seulement tu m'as montré que je me trompais, mais tu m'as aussi aimé en retour.

— Roman, comme c'est adorable…

— Attends, ce n'est pas tout, dit-il en levant un doigt. Tu avais toutes les raisons du monde de ne pas vouloir m'aimer.

Tous ces types, avant moi, qui t'ont fait souffrir… Mais comme moi, tu as décidé de trouver un moyen de surmonter les blessures du passé et d'aller de l'avant.

Il sortit la bague de son écrin et la lui passa au doigt.

— Donc c'est une bague de fiançailles, une promesse qui se concrétisera quand tu le souhaiteras. Et en attendant, elle nous rappellera chaque jour et chaque minute que toutes les mauvaises choses qui nous sont arrivées n'étaient là que pour préparer une excellente chose. Pour préparer notre rencontre.

Taylor admira la bague qui scintillait dans la lumière. Son cœur débordait de joie.

— Si tu savais ce que ça veut dire pour moi, Roman. J'aurais aimé pouvoir t'offrir quelque chose en retour.

— Eh bien, si tu y tiens, il y a des moyens de montrer ton contentement…

Taylor rit en le poussant. Une fois qu'il fut allongé, elle s'installa à califourchon sur lui.

— Attends un peu que je te montre à quel point je suis contente, alors. Et je te préviens, toute la nuit risque de ne pas suffire.

Vous avez aimé *Un séduisant célibataire* ?
Retrouvez sur Harlequin.fr le premier volet de votre série « Scandaleuses révélations » :

1. *Ce play-boy interdit*
2. *Un séduisant célibataire*

Et découvrez la suite et fin de votre série dès le mois prochain dans votre collection Passions !

JESSICA LEMMON

En souvenir de nous

Traduction française de
MARIE MOREAU

PASSIONS

HARLEQUIN

Titre original :
AN EX TO REMEMBER

- 1 -

Assis au bar du Silver Saddle, Vic Grandin porta à ses lèvres sa bouteille de bière fraîche et but une longue gorgée avant de la reposer en soupirant. Ce soir, il s'était encore disputé avec Chelsea, sa sœur aînée, au sujet de l'avenir du ranch familial. Cela faisait des années qu'ils revendiquaient tous les deux leur légitimité pour succéder à leur père à la tête du domaine, le jour où celui-ci prendrait sa retraite.

Le fait que Chelsea reproche à Vic d'être « l'élu » n'avait rien de nouveau. Ils avaient quatre ans d'écart et s'entendaient comme le feu et l'eau depuis toujours. Chelsea était une force avec laquelle il fallait compter, et justement, Vic possédait l'énergie et la volonté nécessaires pour lui faire face.

Leur père, Victor Jr. Grandin, avait désigné Vic comme son héritier. Cette décision avait été prise dès le jour où il avait appris que Bethany, sa femme, attendait un garçon. Il n'y en avait pas eu d'autres, ni avant ni après lui. Vic avait trois sœurs, mais Chelsea était la seule avec laquelle il entretenait des rapports aussi conflictuels.

Malheureusement, ce n'était pas maintenant qu'il allait régler ce problème, pas plus qu'il n'allait trouver un prétexte pour échapper à la réception du Texas Cattleman's Club prévue demain. Il n'était pas d'humeur à faire la fête en ce moment, mais il se rendrait malgré tout au gala de charité, car dans la ville texane de Royal, c'était une tradition à laquelle aucun membre du club ne pouvait déroger.

Ce ne serait peut-être pas si terrible que cela. Avec un

peu de chance, il profiterait de cette fête organisée au bord de la piscine du club pour convaincre une belle femme en maillot de bain de venir lui tenir compagnie le temps d'une nuit. C'était ce qu'il faisait depuis dix ans, alors pourquoi changer maintenant ?

Pourtant, une petite voix au fond de lui le mettait en garde contre une liaison sans lendemain, qui lui apporterait moins de satisfaction qu'il l'espérait. Sa vie sexuelle était entre parenthèses depuis quelque temps justement pour cette raison. Ses dernières aventures passagères lui avaient laissé une curieuse sensation de vide, sans qu'il parvienne à comprendre pourquoi.

Il s'enfonçait dans cette humeur sombre lorsqu'il entendit derrière lui une voix harmonieuse, aussi envoûtante que le chant d'une sirène. Sa bouteille de bière à la main, il se figea tandis que ce son si familier l'enveloppait et procurait à son corps un mélange de plaisir et de tension. Il connaissait cette voix. Son timbre doux et gentil quand elle se voulait polie, ou son tremblement qui arrivait en même temps que la colère.

Aubrey Collins n'avait jamais vraiment été capable de méchanceté. Des années plus tôt, lorsqu'ils avaient été en couple, c'était Vic qui avait eu l'exclusivité de la cruauté.

Après s'être préparé mentalement à la voir, il tourna la tête vers elle. Préparé ? Non. À chaque fois qu'il la voyait, c'était la même agitation intérieure, le même élan de désir. Son nez adorable, ses lèvres sensuelles et ses longs cheveux auburn avaient le don de lui rappeler tout ce qu'il avait perdu. Elle n'avait pas changé depuis le jour où elle l'avait envoyé promener en lui jetant au visage la bague de fiançailles qu'il lui avait offerte.

— Bonsoir, chère madame, dit-il d'une voix traînante.

Il ne voulait pas la laisser partir sans lui avoir signalé sa présence. Mais à quoi bon ? Elle n'avait sûrement aucune envie de le voir, et une fois qu'elle lui aurait lancé un regard noir et une remarque acerbe, il n'aurait plus qu'à rentrer chez lui en ressassant ses regrets d'avoir fait perdre son éclat et sa gaieté à cette femme éblouissante.

Mais comme Vic n'était jamais à court de mauvaises idées, il voulait à tout prix qu'Aubrey le voie et lui adresse la parole. Cela faisait des années qu'elle l'évitait ou l'ignorait, mais il n'avait pas oublié pour autant le timbre de sa voix. Dès qu'il l'avait entendue derrière lui commander un plat à emporter, il avait voulu mettre à profit les quelques minutes qu'il avait devant lui pour discuter avec son ex-fiancée.

Elle se tenait maintenant face à lui, droite et calme, ses longs cheveux flamboyants ramenés d'un côté et cascadant sur son épaule délicate. Elle portait une robe à fleurs qui correspondait à son apparence simple et sage. Vic savait cependant que, dans l'intimité, quand elle se laissait aller, elle était capable de se transformer en irrésistible séductrice. Elle l'avait si souvent rendu fou…

À présent, elle le fixait de ses yeux verts, aussi menaçante qu'un serpent à sonnette. Mais Vic n'avait pas peur. Elle ne pouvait plus lui faire de mal, après l'avoir si sévèrement rejeté dix ans plus tôt.

— Bonsoir, monsieur, répondit-elle en haussant les sourcils.

Même si le regard d'Aubrey n'exprimait pas d'agressivité, Vic était conscient de la rancune qu'elle nourrissait envers lui. Comment s'y prendre afin que, pour une fois, elle accepte d'échanger quelques mots avec lui ?

Le plus prudent était sans doute de commencer par des banalités.

— Qu'est-ce qui t'amène ? demanda-t-il.

— L'envie soudaine de manger un bon dessert. Tout le monde sait que les cannolis de Bo sont les meilleurs de Royal.

Les cannolis. Oui, Aubrey adorait ce dessert avec sa croûte parfumée de cannelle et sa farce douce et sucrée à la ricotta. Bo, le cuisinier du Silver Saddle, avait la particularité de les recouvrir de crème fouettée et de sauce au chocolat faite maison, en ajoutant une cerise fraîche sur le dessus. Voilà ce qui avait fait venir Aubrey jusqu'ici. À moins que ce soit l'heure tardive, car à près de 21 heures, les boulangeries étaient fermées.

— Alors comme ça, dit Vic, c'est toi qui seras chargée d'annoncer le nom du gagnant du concours de chili demain ?

Pour entamer la conversation, il préférait miser sur ce qu'ils connaissaient tous les deux. Qu'avaient-ils désormais en commun ? Rien, hélas, hormis le fait qu'ils allaient tous les deux participer demain à la fête du Texas Cattleman's Club.

Il ne put s'empêcher de remarquer combien sa robe mettait en valeur ses formes subtiles. En voyant les bottines en cuir qu'elle avait aux pieds, il se rappela l'époque où ils avaient chevauché ensemble, sur la même monture, quand Aubrey était venue le voir au ranch. Il revit ses cheveux dansant dans le vent et crut sentir de nouveau son parfum se mêlant à celui des fleurs sauvages. Elle se trouvait maintenant à deux mètres de lui, mais il y avait autant d'électricité dans l'air que s'il l'avait tenue dans ses bras. Cette tension, il l'avait ressentie dès la première fois qu'il avait posé les yeux sur elle. Elle venait d'arriver au lycée alors qu'il y était depuis un an, et l'attirance avait été immédiate. Sur le moment, il avait été loin d'imaginer le bonheur qu'il connaîtrait avec elle. Un bonheur qui s'était envolé trop vite.

— Cette annonce est toujours un honneur accordé au professeur de l'année, tu sais, répondit-elle avec un mouvement de la tête, en feignant avec humour de se vanter.

Dans son élan, elle rejeta ses cheveux en arrière. Ses cheveux qui avaient chatouillé la joue de Vic la première fois qu'il l'avait embrassée, puis, plus tard, avaient caressé son ventre, et pas seulement…

Elle l'avait rendu fou, et il était prêt à parier qu'elle en était encore capable.

Ces souvenirs le torturaient. Il aurait donné n'importe quoi pour pouvoir les effacer de sa mémoire. Les meilleurs ne faisaient que lui rappeler les plus douloureux, alors à quoi bon ?

— Il paraît, oui, dit-il. Toutes mes félicitations.

Il devait trouver un moyen de la retenir, et ce n'était pas cette conversation fade qui allait l'y aider. Le temps lui était compté. Une serveuse arrivait de la cuisine avec la commande d'Aubrey.

— Merci, dit Aubrey à Vic. Ma distinction me permet aussi de devenir membre honoraire du TCC jusqu'à la fin de l'année, donc nous serons sûrement amenés à nous croiser ces prochains mois.

Vic se crispa instinctivement. Allait-elle venir accompagnée aux événements organisés par le club ? Il n'était pas sûr de supporter de la voir au bras d'un autre homme.

Elle remercia la serveuse en prenant le sac en papier qui contenait son dessert. Puis elle se tourna vers Vic et lui adressa le même sourire poli.

— Bonne soirée, lui dit-elle comme si elle parlait à un livreur ou un réceptionniste et non à l'homme qu'elle avait aimé avec passion.

Il refusait de laisser passer cette occasion. Il devait tenter quelque chose. N'importe quoi.

— Si tu me permettais de t'offrir un verre ? proposa-t-il. Tu pourrais manger tes cannolis sur place.

Sans vraiment savoir pourquoi il l'invitait à se joindre à lui, il se contenta d'obéir à son instinct et lui montra le tabouret de bar qui se trouvait à côté du sien.

— Je serai gentil, promis.

Elle laissa échapper un rire ironique.

— « Gentil » n'est sûrement pas le premier mot qui vient à l'esprit des gens pour décrire Vic Grandin.

— Sans doute pas, concéda-t-il. Allez, viens t'asseoir. Juste un verre.

Elle hésitait. Il le devinait à sa façon d'incliner la tête et de pincer les lèvres. Ces lèvres pulpeuses, qu'il brûlait soudain d'embrasser comme si sa vie en dépendait. S'il arrivait à la convaincre de rester pour boire un verre avec lui, peut-être pouvait-il espérer davantage. Pourquoi pas un baiser ?

Elle regarda la porte du restaurant, comme si elle voulait estimer le temps qu'il lui faudrait pour courir jusqu'à la sortie. Puis elle se retourna vers Vic. En la voyant secouer la tête avec un demi-sourire, il sut qu'elle allait dire oui.

— Un seul, dit-elle en levant son index.

Le cœur de Vic fit un bond, comme s'il venait de marquer le but décisif d'une finale. Il ne put s'empêcher de sourire en demandant un verre de chardonnay au barman.

— Je vais plutôt prendre un martini, corrigea Aubrey. Avec des glaçons et deux olives. Comme quoi, ajouta-t-elle à l'intention de Vic, tu ne me connais pas aussi bien que tu le crois.

— Apparemment pas, admit-il tandis qu'elle posait son dessert devant elle.

Il rit silencieusement et regarda le barman préparer la boisson d'Aubrey. De toute sa vie, il ne l'avait jamais vue boire de martini. Puis il se pencha vers ses cannolis ô combien appétissants et lui demanda :

— Tu voudras bien les partager avec moi, j'espère ?

— L'espoir fait vivre, répondit Aubrey en affichant un sourire superficiel.

La semaine avait été longue. Ce soir, tout ce qu'elle avait prévu, c'était de s'asseoir devant son film préféré avec une bonne bouteille de vin. En rentrant chez elle, elle s'était préparé une délicieuse salade au saumon, mais tout en dînant, elle s'était mise à penser aux cannolis du Siver Saddle et cette idée n'avait plus voulu quitter son esprit.

Et voilà qu'elle était ici maintenant, avec un martini dont elle ne voulait pas et un homme pour qui elle n'éprouvait pas d'affection particulière. Oh ! elle l'avait aimé. Sans aucun doute. Mais c'était fini depuis bien longtemps.

Elle porta son verre à ses lèvres et prit une petite gorgée de la boisson qu'elle avait commandée en se retenant de grimacer. C'était uniquement par fierté qu'elle allait se forcer à la boire. De quel droit Vic se permettait-il de choisir pour elle sans lui demander son avis ? Comment osait-il croire qu'il la connaissait suffisamment pour cela ? Cette époque était révolue. Aubrey n'était plus la lycéenne de seize ans folle amoureuse de lui, ni la jeune femme de dix-huit ans qui l'avait presque supplié de faire enfin l'amour avec elle. Elle n'était plus non plus la fiancée de vingt ans qui avait jeté sa bague contre son torse à la suite d'une dispute terrible.

Elle était désormais une adulte de trente ans. Nommée enseignante de l'année. Membre honoraire du Texas Cattleman's Club. Célibataire, oui, mais assez expérimentée pour ne plus se faire d'illusions sur le monde qui l'entourait. Et s'il y avait un sujet dont elle était spécialiste, c'était bien Vic Grandin. Elle savait que derrière cette attitude charmante se cachait un homme qui aimait tout contrôler, et qui ignorait le sens du mot humilité.

Cependant, avec la maturité, Aubrey avait appris que chercher à le punir en le snobant ne l'aidait pas, elle, à évoluer en tant que personne. Elle le croisait souvent à Royal, ainsi que les autres membres de sa famille implantée ici depuis quatre générations. Elle le verrait demain à la fête du TCC, puis le mois prochain lors du bal masqué que le club organisait pour Halloween, et de nouveau en fin d'année, à l'occasion des festivités de Noël. À la réflexion, peut-être qu'elle aurait mieux fait de refuser cette carte de membre…

Non. Même si la perspective de fréquenter le même club que lui n'était pas très agréable, elle ne comptait pas régler sa vie en fonction de lui. Elle voulait être libre. Ces dernières années, elle avait fait son possible pour éviter Vic, mais c'était terminé. Et puisqu'ils allaient participer aux mêmes événements, l'heure était peut-être venue de sonner la trêve.

Elle but une autre gorgée en luttant pour masquer son dégoût.

— Depuis quand bois-tu du martini ? lui demanda Vic.

— Un certain temps, mentit-elle. Toi, en revanche, je vois que tu apprécies toujours la même bière qu'il y a dix ans.

— Pourquoi changer ce qui marche ? répliqua-t-il en prenant sa bouteille fraîche.

Pendant qu'il buvait, elle observa ses cheveux bruns ondulés dont elle se rappelait si bien la douceur, et ses yeux couleur de café dans lesquels elle avait autrefois cru lire son propre avenir. Son corps musclé s'était un peu épaissi avec les années, ce qui le rendait encore plus séduisant. Il portait toujours aussi bien le jean, la chemise en flanelle et les bottes en cuir qui constituaient sa tenue quotidienne. C'était l'uniforme de beaucoup d'hommes de Royal, mais Aubrey devait se rendre à l'évidence : les autres n'arrivaient pas à la cheville de Vic.

Ils burent en échangeant des nouvelles de leurs familles respectives et du ranch des Grandin. Vic posa à Aubrey des questions sur sa vie d'enseignante au lycée, ct c'était peut-être l'effet du martini, mais elle se rendit compte qu'elle se détendait à mesure que la conversation avançait. Un coude appuyé sur le bar, elle finit par faire glisser la fin de son dessert en direction de Vic.

— Sérieusement ? demanda-t-il avec un sourire qui donna des frissons à Aubrey.

Cela faisait une éternité qu'elle n'avait pas connu cette sensation d'excitation. Ces dernières années, elle s'était surtout concentrée sur son travail. Sa passion pour son métier dépassait largement le cadre des heures de cours. Elle passait de longues soirées à préparer ses leçons et à corriger des copies, mais ses élèves en valaient la peine. Elle se consacrait pleinement à sa carrière et se souciait peu de faire des rencontres. Elle avait eu quelques aventures depuis la fin de sa relation avec Vic, mais pas autant que lui. Loin de là !

— Dépêche-toi avant que je change d'avis, dit-elle en lui donnant sa cuillère.

— Je n'en ai pas mangé depuis des siècles.

Il avala goulûment les dernières bouchées de cannoli en finissant par une cuillérée de crème fouettée. Lorsqu'il se passa la langue sur les lèvres, Aubrey se rappela d'abord la douceur de ses baisers… puis la dureté de ses paroles.

Comme il restait au fond du récipient une cerise nappée de chocolat, Vic la mangea et tint la queue entre le pouce et l'index.

— Tu crois que je peux encore le faire ? demanda-t-il.

— Avec l'entraînement que tu as eu ces dix dernières années ?

Elle croisa les bras et feignit d'être indifférente au nombre d'aventures qu'il avait eues depuis leur séparation. Elle aurait *dû* y être indifférente.

— Je parie que tu y arriverais les yeux fermés, ajouta-t-elle.

— Je relève le défi.

Il ferma les yeux et mit la queue de cerise dans sa bouche. Aubrey en profita pour admirer son beau visage, la barbe naissante qu'il avait depuis quelque temps et qui lui allait à ravir, et sa petite fossette au milieu du menton qu'elle adorait.

Il souleva les paupières et la surprit en train de le regarder. Son sourire fut aussi malicieux que celui du lycéen qui l'avait attendue un jour après les cours et l'avait invitée pour la toute première fois. Puis il montra la queue de cerise qu'il tenait entre ses dents. Il avait réussi à faire un nœud avec, en se servant uniquement de sa langue.

Il ôta la queue de cerise de sa bouche et fixa les yeux sur ceux d'Aubrey.

— Tu veux faire quelque chose de fou ? demanda-t-il.

Trop tard.

— Comme quoi ?

Les mots étaient sortis de sa bouche sans qu'elle le veuille. Elle savait qu'elle devait résister à la tentation. C'était déjà une erreur d'avoir accepté de prendre ce verre avec Vic. Décidément, le martini ne lui réussissait pas !

— Comme revivre notre histoire. Les bons côtés. Les meilleurs côtés.

Elle faisait déjà non de la tête.

— Écoute-moi jusqu'au bout, Aubrey aux cheveux auburn.

Elle ne put s'empêcher de sourire avec lui en entendant le surnom qu'il avait clamé à chaque fois qu'il la croisait dans les couloirs du lycée.

— Accepte de passer la nuit avec moi, ajouta-t-il tout bas, d'une voix rauque et sensuelle. Nous ne parlerons ni du passé, ni de l'avenir. Nous ferons ce que nous avons toujours fait de mieux, nous nous donnerons du plaisir, et demain matin, tu pourras faire comme s'il ne s'était rien passé. Qu'est-ce que tu en dis ?

— J'en dis que tu es fou, chuchota-t-elle tout en imaginant qu'il l'embrassait en glissant les mains sous ses vêtements.

Elle aurait dû être scandalisée par sa proposition. Alors pourquoi restait-elle assise là au lieu de prendre ses affaires et de s'en aller ?

— Oui, je suis fou. Mais quelle importance ?

Était-elle vraiment en train d'hésiter avant de répondre ? Cela n'avait aucun sens ! Comment pouvait-elle seulement envisager de dire oui ?

Bien que le bar soit presque vide, Vic se pencha vers

Aubrey pour lui parler encore plus bas sans risquer d'être entendu. Le ton de sa voix se fit encore plus séducteur :

— Tu te rappelles comme nous étions bien ensemble, tous les deux ? Je te promets d'être à la hauteur de tes souvenirs et de tes attentes. Ce sera tellement bien que tu en oublieras ton propre nom.

Elle rit de son audace mais ne put s'empêcher de frissonner de désir. Cela faisait bien longtemps qu'un homme n'avait pas été à la hauteur de ses attentes dans ce domaine. Elle aurait voulu pouvoir accuser Vic de se vanter, mais elle savait d'expérience qu'avec lui, la déception n'existait pas. Il n'y avait pas de raison que cela ait changé. Et les dix ans qui s'étaient écoulés n'avaient pas effacé les souvenirs qu'Aubrey gardait de leurs nuits de passion.

— Et ensuite nous reviendrons à la normale, comme si de rien n'était ? demanda-t-elle.

Elle porta la main à sa gorge et joua nerveusement avec son collier, effarée par ses propres paroles.

— Je le jure, affirma-t-il en levant la main droite. Nous n'en reparlerons plus jamais.

- 2 -

Deux jours plus tard

Aubrey ouvrit les yeux et voulut aussitôt les refermer. Elle avait mal à la tête, mais pas comme lorsqu'elle était fatiguée où qu'elle avait passé trop de temps penchée sur son ordinateur portable. Elle avait plutôt l'impression qu'on était en train d'asséner des coups de marteau à l'intérieur de son crâne.

Elle mit instinctivement la main sur sa tempe et sentit un épais pansement. Sa douleur venait donc d'une blessure, apparemment.

Allongée sur le dos, elle s'efforça de regarder autour d'elle et se rendit compte qu'elle n'était pas dans son lit en train de se remettre d'une nuit de fièvre avec Vic. Elle se trouvait… dans une chambre d'hôpital ?

Sa mère, Mary, se pencha au-dessus d'elle, le visage marqué par l'inquiétude.

— Tu as bien dormi ?

Aubrey répondit par un murmure inarticulé. Puis elle regarda les murs ternes, les grosses fleurs peintes autour de la porte, les draps rêches et la couverture verdâtre étendue sur ses jambes. C'était une chambre individuelle, mais bel et bien celle d'un hôpital. Cela ne faisait aucun doute.

Aubrey referma les yeux et essaya de se rappeler ce qui l'avait conduite ici, mais sa mémoire n'était plus qu'un grand trou noir.

— Que s'est-il passé ? demanda-t-elle.

Sa mère regarda en direction de son mari, Eddie, dont le sourire exprimait autant d'anxiété que le front plissé de Mary. C'était un père doux et généreux et Aubrey s'était toujours sentie proche de lui ; toutefois, il la regardait avec tant de tendresse qu'elle commençait à avoir peur.

— Tu as fait une chute, mon petit pain d'épice, dit-il en l'appelant par le surnom de son enfance. C'est juste un petit coup à la tête, mais on n'est jamais trop prudent.

— Ah.

Elle n'avait pas de souvenir de cet accident. Aucune image, même vague, ne lui revenait à l'esprit.

— Où cela s'est-il passé ? demanda-t-elle.

— Peu importe, ma chérie, répondit sa mère.

C'était une curieuse remarque.

— Bien sûr que c'est important ! protesta Aubrey.

Comme elle prenait appui sur le matelas pour se redresser, un éclair de douleur lui foudroya l'arrière du crâne. Elle se prit la tête dans les mains et respira profondément, en fixant les yeux sur sa chemise de nuit vert pâle.

— Je n'arrive pas à me rappeler ce qui s'est passé, dit-elle. C'est un problème.

— Ce n'est pas aussi grave que vous pouvez le croire, répondit une voix féminine qu'elle n'avait pas encore entendue.

Comme Aubrey put le voir en relevant les yeux, c'était celle du médecin qui venait d'entrer dans la pièce : une femme grande, aux cheveux bruns, dont l'expression était sympathique et rassurante.

— Je suis le Dr Mitchell, dit-elle à Aubrey. Comment vous sentez-vous ?

— Je… J'ai un mal de tête atroce. Et je ne me souviens pas de ma chute. J'ai quelque chose de cassé ?

— Aucune fracture, répondit le médecin en consultant la tablette qu'elle avait à la main. Votre entaille à la tête est sans gravité. Vous pourrez sans doute retirer le pansement d'ici quelques jours. Je vois que vous avez eu cet accident lors d'une fête au bord d'une piscine ?

— Un gala de charité du TCC. Le concours de chili con carne, dit machinalement Aubrey.

Elle ne se souvenait pas de l'événement en lui-même, mais seulement qu'elle avait prévu d'y participer.

— Je devais annoncer le nom des gagnants, c'est ça ? ajouta-t-elle.

— La scène s'est effondrée alors que vous étiez dessus, expliqua calmement le médecin. Le choc que vous avez subi à la tête vous a fait perdre connaissance, ce qui peut être très sérieux. Dans l'ensemble, vous examens sont rassurants et votre blessure n'a pas enflé. Il est normal que vous ayez quelques trous de mémoire, cela ne devrait pas durer.

— Ah bon ? demanda Aubrey avec angoisse.

Elle sentit son cœur s'emballer. Elle était tombée, s'était cogné la tête et s'était évanouie ? Elle avait perdu la mémoire mais *devrait* la retrouver ? Quand ?

Rien de tout cela ne lui semblait très rassurant, contrairement à ce que prétendait le Dr Mitchell. Les parents d'Aubrey avaient l'air morts d'inquiétude, et tout le monde lui parlait comme si elle était plus jeune que les adolescents à qui elle enseignait l'anglais. Tiens, voilà qui était tout de même une bonne nouvelle. Elle se souvenait de sa profession.

— J'ai été élue enseignante de l'année, dit-elle en se rappelant ce détail.

— Eh bien, ce n'est pas rien, commenta le médecin. Toutes mes félicitations. Cependant, ajouta-t-elle en souriant, vous n'allez pas pouvoir retrouver vos élèves tout de suite. Il est important que vous preniez du repos, que vous vous accordiez le temps nécessaire pour vous remettre.

— L'année scolaire vient juste de commencer, dit Aubrey

en soupirant. J'ai un programme à suivre. Mes élèves comptent sur moi pour…

— Tu dois te reposer, ma chérie, interrompit sa mère. Ce sont les ordres du médecin.

Aubrey se tourna vers le Dr Mitchell et l'implora du regard.

— Je ne pourrai vous autoriser à reprendre le travail que lorsque je vous jugerai totalement remise de votre accident. Pour la durée de votre convalescence, je vous suggère de vous installer chez vos parents, puisqu'ils m'ont dit qu'ils avaient toute la place nécessaire pour vous accueillir.

— J'ai repeint la chambre d'amis ! dit gaiement Mary.

— Non, maman. Je préfère rentrer chez moi.

Chez elle ? songea Aubrey avec panique. Elle savait qu'elle habitait seule dans un appartement, mais où ?

— Je suis désolée, Aubrey, dit le Dr Mitchell. Vous ne pouvez pas rester seule pour l'instant.

— D'accord, dans ce cas j'irai chez Vic.

C'était ce qui lui paraissait le plus sensé. Elle n'allait pas retourner chez ses parents comme une petite fille.

— Où est-il, à propos ? ajouta-t-elle avec surprise.

Sa question laissa ses parents sans voix. Sa mère eut l'air stupéfaite, quant à son père, il serra la mâchoire en affichant une mine réprobatrice.

— Vic n'est pas le bienvenu ici, grommela Eddie.

Aubrey savait que son père ne portait pas Vic dans son cœur, mais il était grand temps qu'il mette son ressentiment de côté. Cela faisait près de quinze ans qu'elle était en couple avec Vic !

— Tu n'as aucun droit de nous tenir à l'écart l'un de l'autre, protesta-t-elle. C'est mon petit ami. Je l'aime. J'ai besoin de lui, surtout au moment où je ne me souviens plus de rien.

Submergée par l'émotion, elle ferma les yeux en serrant les paupières et se tapa du poing sur la cuisse. Elle sursauta lorsqu'un souvenir lui revint brusquement en mémoire.

— J'ai mangé des cannolis avec lui la veille de la fête du TCC !

— Avec Vic ? demanda sa mère.

— Oui, avec Vic ! répondit Aubrey en riant tant elle était heureuse de se rappeler un événement récent. Ensuite, nous…

Non, ce n'était pas ici qu'elle allait raconter ce qui s'était passé après. Le moment où Vic lui avait pris la main pour quitter le Silver Saddle et rejoindre le parking. Chacun avait pris sa propre voiture, pour une raison qu'elle ne se rappelait pas. Il l'avait suivie sur la route jusque chez elle, et dès qu'ils étaient entrés dans l'appartement, il l'avait enlacée et embrassée. Sur sa bouche, elle avait senti le goût de la vanille, du sucre et du paradis. Le reste de la nuit était très nettement imprimé dans la mémoire d'Aubrey. Vic l'avait déshabillée, lentement, avec une infinie sensualité, en déposant des baisers sur sa peau à mesure qu'il la découvrait. Une fois allongé avec elle dans son lit, il lui avait fait l'amour en lui susurrant à l'oreille tous les mots qu'elle aimait entendre. Il était resté dormir mais était parti tôt le lendemain matin, non sans l'avoir embrassée tendrement et lui avoir laissé une tasse de café chaud sur la table de chevet. Comblée, elle était restée couchée un moment en serrant son oreiller contre elle.

— Nous avons passé le reste de la soirée ensemble, ajouta-t-elle sans plus de précisions. En tout cas, j'ai besoin de le voir.

— Cela me paraît être une excellente idée ! s'exclama le Dr Mitchell. Pouvez-vous passer un coup de téléphone à Vic ? demanda-t-elle aux parents d'Aubrey. Demandez-lui de passer. Vous pouvez lui dire qu'Aubrey est réveillée, qu'elle le réclame et est en état de le voir.

— Il doit être mort d'inquiétude, dit Aubrey. Mais comment se fait-il qu'il ne soit pas là, auprès de moi ? Ça ne lui ressemble pas.

Elle secoua la tête en essayant de réveiller ses souvenirs,

mais en ce qui concernait sa relation avec Vic, il y avait comme un grand vide dans sa mémoire. Alors qu'elle se rappelait minute par minute la dernière nuit qu'ils avaient passée ensemble, le souvenir précédent qu'elle gardait de leur histoire remontait à l'époque du lycée. Mais c'était peut-être logique, après tout. C'est là qu'ils étaient tombés amoureux. Ces souvenirs, qui étaient à la fois les plus anciens et les plus forts, étaient sans doute aussi les mieux enracinés dans la mémoire d'Aubrey.

C'était tout de même étrange qu'elle n'ait plus à l'esprit la moindre image de leur quotidien, comme des petits mots d'amour envoyés par SMS ou des soirées au ranch des Grandin.

Elle regarda ses mains et vit qu'elles tremblaient.

— J'ai peur, dit-elle. J'ai l'impression d'avoir presque tout oublié. Et si je ne retrouvais jamais la mémoire ? Quel genre de vie pourrais-je mener en ignorant des pans entiers de mon passé ?

— Essayez de ne pas vous inquiéter, dit le Dr Mitchell en posant une main rassurante sur celle d'Aubrey. Pensez à ce que je vous ai dit. Ne vous torturez pas, les souvenirs reviendront d'eux-mêmes. J'ai eu de nombreux patients souffrant de traumatisme crânien. Votre cas n'est pas aussi rare que vous pouvez l'imaginer.

— Vraiment ?

— Je vous assure. Votre cerveau est brillant et sait ce qu'il a à faire. Reposez-vous, et pendant ce temps, nous allons appeler Vic pour le faire venir au plus vite.

Aubrey acquiesça. Elle avait beau savoir que la panique ne l'aiderait pas à se remettre rapidement, elle ne pouvait s'empêcher d'avoir peur. Elle voyait ses parents échanger des regards inquiets et se demandait pourquoi ils tenaient tant à la priver de Vic.

— Il a dû avoir une urgence au ranch, dit-elle en cherchant une explication à son absence. Il a énormément de choses à gérer.

Elle n'avait pas d'exemple précis en tête, mais cela lui apparaissait comme une évidence. En l'absence de souvenirs, elle n'avait d'autre choix que de se fier à son instinct.

— Je vais vous prescrire des médicaments contre le mal de tête, dit le Dr Mitchell en tapotant sur sa tablette.

Elle se tourna ensuite vers les parents d'Aubrey.

— Si vous avez un instant à m'accorder, leur dit-elle, je vais vous expliquer le traitement d'Aubrey et vous donner les consignes à suivre pour sa convalescence.

— Bien sûr, répondit Mary.

— Aubrey, demanda le médecin, vous voulez bien que je vous emprunte vos parents quelques minutes ? Une infirmière va venir vous voir pour soulager votre douleur.

— Je veux bien tout ce que vous voulez, du moment que vous m'envoyez Vic.

En prononçant ces mots, elle lança un regard appuyé à son père, qui hocha gravement la tête.

— D'accord, mon pain d'épice, répondit-il finalement.

Après avoir longuement fait les cent pas dans la salle d'attente, Vic avait fini par s'asseoir sur une chaise terriblement inconfortable. Cela faisait maintenant une heure qu'il s'agitait sur place, essayant en vain de s'occuper l'esprit en répondant à ses e-mails sur son téléphone.

Il fallait qu'il voie Aubrey. Il ne quitterait pas cet hôpital tant qu'il n'aurait pas constaté de ses propres yeux qu'elle allait bien.

La veille, quand elle était montée sur scène pour annoncer les résultats du concours de cuisine, elle lui avait paru encore plus belle que lorsqu'il l'avait tenue dans ses bras quelques heures plus tôt. Il lui avait promis qu'ils ne reparleraient jamais de cette nuit, mais à la seconde où il avait rencontré son regard couleur d'émeraude, il avait renoncé à tenir parole. C'était décidé : dès qu'elle descendrait de scène, il irait à sa rencontre pour la prendre dans ses bras, et tant pis si cela ne plaisait pas aux éventuels témoins – que ce soient ses sœurs, son ami Jayden ou les parents d'Aubrey.

Hélas, les choses ne s'étaient pas du tout passées comme prévu.

À peine avait-elle commencé son discours que l'estrade s'était effondrée d'un côté. En voyant Aubrey projetée à terre, Vic s'était précipité vers elle en se frayant un chemin au milieu des gens qui s'étaient approchés pour lui venir en aide. Quand il était enfin arrivé auprès d'elle, Mary, sa mère, était déjà au téléphone avec les secours et Eddie, son père, lui avait « interdit de toucher un seul cheveu de sa fille ».

Vic avait été sur le point de répondre à Eddie que sa fille l'avait justement accueilli dans son lit la nuit dernière, mais juste à ce moment-là, Jayden était arrivé et l'en avait empêché. L'intervention de son ami d'enfance avait sans doute évité une scène.

Vic s'était résigné à attendre à l'écart pendant qu'Aubrey recevait les premiers soins, puis il avait pris sa voiture pour suivre l'ambulance jusqu'à l'hôpital. Malgré l'insistance de Jayden, il avait refusé que son ami l'accompagne. L'accident avait anéanti d'un coup l'atmosphère de légèreté et de camaraderie de cette journée.

D'habitude, Jayden et Vic profitaient de ce genre d'occasions pour trouver chacun une femme avec qui se distraire le soir venu. Ce que Vic n'avait pas dit à Jayden, c'était que cette fois, il n'avait pas l'intention de séduire une nouvelle conquête. Pas après la nuit qu'il avait passée avec Aubrey. Faire l'amour avec elle pour la première fois depuis dix ans lui était apparu comme un miracle, or les miracles survenaient rarement dans sa vie. Les bras autour d'elle, le regard posé sur son visage endormi, il avait songé qu'il était temps pour lui de donner un sens à sa vie. Bien sûr, il était conscient de la chance qu'il avait. Beaucoup de gens pouvaient lui envier sa famille, ses amis, sa fortune et son statut social. Mais il lui manquait quelque chose. Quelque chose, ou plutôt quelqu'un.

Quand il était arrivé à l'hôpital, on lui avait enjoint de s'asseoir dans la salle d'attente. Au lieu d'obéir, il était resté dans le couloir et avait interpellé tous les membres du personnel soignant qui passaient, en leur disant qu'il devait absolument voir sa fiancée. Il avait espéré que ce mensonge lui permettrait d'être pris au sérieux et d'obtenir plus rapidement ce qu'il voulait.

Enfin, une infirmière l'avait informé qu'Aubrey allait bien, mais que le médecin limitait pour l'instant les visites. Furieux, Vic n'avait pu retenir un torrent de jurons, et c'est là qu'Eddie avait surgi d'un long couloir et l'avait menacé d'appeler la police. Vic avait ri en lui rappelant que sa famille était trop influente dans la région pour que la police fasse quoi que ce soit contre lui et qu'il ne laisserait personne l'empêcher de voir Aubrey. Alors que le ton montait et qu'Eddie et Vic étaient à deux doigts d'en venir aux mains, Mary était arrivée pour les séparer. D'un ton calme et maternel, elle avait expliqué que les instructions du médecin avaient pour seul motif de protéger Aubrey. Puis elle avait mis la main sur le bras de Vic en ajoutant :

— Si tu tiens à elle, je compte sur toi pour coopérer.

C'était un coup bas, mais comment aurait-il pu s'opposer à elle après cela ? Il avait promis de se tenir tranquille. Toutefois, il avait précisé qu'il retournait en salle d'attente et ne quitterait pas l'hôpital avant d'avoir vu Aubrey.

Cela faisait maintenant des heures qu'il patientait ici. Il n'en pouvait plus. Puisque personne ne venait lui donner de nouvelles, il irait les chercher lui-même.

Il sortit dans le couloir et se dirigea vers le bureau des infirmières. Alors qu'il s'en approchait, il aperçut Mary et Eddie qui se tenait quelques mètres plus loin, avec une femme qui était apparemment médecin. Sans hésiter, il marcha jusqu'à eux et remarqua tout de suite leur mine préoccupée.

— Que se passe-t-il ? demanda-t-il avec angoisse. Aubrey ne va pas bien ?

— Elle est réveillée et elle te réclame, dit Eddie, manifestement à contrecœur.

Vic pouvait comprendre son hostilité, mais ce n'était pas cela qui allait l'arrêter.

— Bien, répondit-il. Allons-y.

— Avant que vous entriez dans sa chambre, dit le médecin, j'aimerais vous parler. Je suis le Dr Mitchell, ajouta-t-elle en lui serrant la main.

Il l'écouta tandis qu'elle lui expliquait l'état de santé d'Aubrey. L'évocation de ses pertes de mémoire lui fit peur et il demanda des éclaircissements.

— Les examens ne montrent aucune lésion importante, dit le Dr Mitchell, mais le cerveau est complexe. Les souvenirs peuvent revenir progressivement, par bribes, ou tout d'un coup. Quoi qu'il en soit, il est préférable de laisser Aubrey aller à son propre rythme. Inutile de la submerger de faits pour forcer sa mémoire à se reconstituer plus rapidement.

— Mais si elle me réclame, c'est qu'elle se souvient de moi, dit Vic en regardant Mary.

La mère d'Aubrey lui sourit. Contrairement à Eddie, elle ne le détestait pas.

— Elle se souvient de toi, renchérit-t-elle. Et de nous. Elle sait aussi qu'elle est prof au lycée. En revanche, elle ne se rappelle ni son accident… ni d'autres choses.

D'autres choses ? Comme la dernière nuit qu'ils avaient passée ensemble ?

— Aubrey croit qu'elle est toujours en couple avec vous,

précisa le Dr Mitchell. Ses parents m'ont informée que vous étiez séparés depuis longtemps.

— Dix ans, dit Eddie.

— Ce n'est pas tout à fait vrai, marmonna Vic.

Le visage d'Eddie se durcit.

— Bon, ponctua le médecin en les regardant tous les trois avec autorité. Ce qui est important, c'est de faire ce qu'il y a de mieux pour Aubrey. Je vous recommande de la laisser retrouver seule le chemin de ses souvenirs, et en attendant, évitez de la contredire quand elle fait erreur.

— Sérieusement ? demanda Vic avec stupeur.

— Du moment que cela ne lui porte pas préjudice, évidemment.

— Vous ne le connaissez pas, glissa Eddie en lançant un regard noir en direction de Vic.

Mary réprimanda son mari avant de s'adresser à Vic :

— Si Aubrey est brusquement confrontée à un flot d'informations, son état risque d'empirer.

— Comment ça ? demanda Vic.

— Pour l'instant, expliqua le médecin, elle se souvient de la plupart des choses importantes de sa vie. Sa profession, son entourage. Elle a évoqué son programme scolaire et exprimé sa volonté de retourner travailler. Je ne peux pas l'y autoriser pour l'instant, mais si elle progresse, je lui donnerai le feu vert sans trop attendre. Le repos et la stabilité sont les deux éléments essentiels qui lui permettront de guérir. Certaines activités lui sont permises, toutefois je préfère qu'elle évite de passer trop de temps devant des écrans.

— Elle restera chez nous le temps d'aller mieux, dit Mary à Vic.

Il faillit éclater de rire. Aubrey adorait ses parents, mais le jour où elle était partie à l'université, elle lui avait confié à quel point elle était contente d'avoir enfin son indépendance.

— Il paraît que vous avez un ranch, Vic ? demanda le Dr Mitchell.

— Oui.

— Aubrey ne doit pas monter à cheval tant que je ne vous aurai pas donné mon accord.

— Elle n'ira pas chez lui de toute façon, grommela Eddie.

— Elle fera ce qu'elle voudra, riposta Vic entre ses dents.

— Écoutez, dit le Dr Mitchell en levant les mains. Je vous le répète, ce qui compte, ce n'est pas ce que *vous* voulez, mais uniquement l'intérêt d'Aubrey. C'est une femme adulte et intelligente dont la mémoire est temporairement abîmée. Plus vous ferez d'efforts pour vous entendre, plus elle aura de chances de se remettre rapidement. C'est bien ce que nous voulons tous, non ?

— Oui, acquiesça Eddie.

Puis il se tourna vers Vic et lui dit :

— Quand Aubrey aura retrouvé la mémoire, elle se rappellera le mal que tu lui as fait. Alors elle ne voudra plus rien avoir à faire avec toi. Le Dr Mitchell a raison. Ma fille est intelligente. Elle sait ce qui est bon pour elle. Elle le savait déjà il y a dix ans : ce qui est bon pour elle, c'est d'être loin de toi.

À son grand soulagement, Vic était seul quand il entra dans la chambre d'Aubrey. Il ne fut pas étonné en voyant son visage pâle et ses yeux cernés. Ce qui le surprit, ce fut sa réaction quand elle le vit. Elle se mit aussitôt à pleurer. Dès qu'il fut assis auprès d'elle, elle lui prit les mains et les embrassa en lui disant à quel point elle avait peur et en lui demandant pourquoi il n'était pas venu plus tôt. Elle avait même eu peur qu'il l'ait oubliée.

— J'étais là, répondit-il. Dans la salle d'attente. Mais ils ne voulaient pas me laisser entrer.

Il lui parut tout naturel de se pencher au-dessus d'elle pour la réconforter, et s'il se retint de l'embrasser, ce fut seulement de justesse. Elle fixa sur lui un regard intense, qui exprimait toute sa vulnérabilité. Cela le bouleversa. Même deux nuits plus tôt, quand il l'avait tenue dans ses bras, elle ne lui avait pas montré autant de confiance. Tout comme lui, elle était restée sur ses gardes. Ils s'étaient abandonnés au plaisir, mais avaient soigneusement évité de livrer l'un à l'autre.

Cette version plus tendre d'Aubrey, il en avait été privé pendant dix ans. Elle semblait sincèrement heureuse et soulagée de le voir.

— Je n'en reviens pas que mon père t'ait interdit de venir. Il est ridicule.

Vic garda son approbation pour lui.

— Je suis là, maintenant, dit-il en espérant l'apaiser.

— Tant mieux, murmura-t-elle en reniflant. Fais-moi sortir d'ici, d'accord ?

— Dès que ce sera possible, promit-il.

Ce n'était sûrement pas enfermée dans cette chambre qu'elle allait retrouver le moral et la santé.

— Ton médecin est une femme intelligente, ajouta-t-il. Elle sait ce dont tu as besoin.

— Elle dit que je vais mettre du temps à retrouver la mémoire. Une amnésie, Vic, tu te rends compte ? J'ai l'impression d'être dans un mauvais téléfilm.

C'était bon signe, songea-t-il, amusé. Elle n'avait pas perdu son sens de l'humour. Et il allait tout faire pour lui redonner le sourire et faire en sorte qu'elle se remette au plus vite.

Hélas, le père d'Aubrey avait sans doute raison sur un point. Elle risquait de le détester de nouveau, une fois qu'elle se souviendrait de tous les détails de leur histoire.

Mais pour l'instant, elle avait besoin de lui. Il allait donc suivre les conseils du Dr Mitchell et s'occuper d'elle au mieux, sans la brusquer. Il voulait profiter de chaque seconde passée avec elle dans cette atmosphère de paix retrouvée, en sachant que tout pouvait s'arrêter d'une minute à l'autre.

- 3 -

— Vous n'allez vraiment pas me laisser vous aider ? répéta Aubrey en regardant ses parents décharger la voiture pour emporter ses affaires dans la maison.

Elle tint la porte d'entrée ouverte pour son père, qui arrivait avec une grosse valise. Sa mère le suivit, chargée d'un vase rempli de fleurs fraîches et colorées, d'un gros ours en peluche qui avait un ruban autour du cou et d'une pile de romans. C'étaient les cadeaux que Vic lui avait apportés lors de ses nombreuses visites à l'hôpital, pendant le temps où elle avait dû rester en observation. La semaine la plus longue de sa vie. Surtout sans la distraction que pouvaient apporter le téléphone et la télévision. Elle n'avait pas non plus réussi à lire beaucoup, à cause de son mal de tête qui resurgissait au-delà d'un quart d'heure de concentration.

— Tu ne dois pas faire d'efforts, lui rappela sa mère d'un ton ferme. Ça ne sert à rien d'insister. Ce que tu peux être têtue, à la fin !

— Je ne suis pas têtue, grommela Aubrey en suivant ses parents à l'intérieur.

Elle détestait seulement être dans cet état. Elle n'avait pas retrouvé la mémoire au cours de cette semaine d'ennui abyssal, et on avait beau lui répéter qu'elle devait faire preuve de patience, elle n'arrivait pas à accepter sa condition.

D'un pas traînant, elle accompagna ses parents jusqu'à son ancienne chambre, aujourd'hui aménagée pour les invités. L'époque des murs couverts de posters et des étagères remplies de magazines et de fournitures scolaires était révolue. Pour la décoration, sa mère avait choisi des couleurs très sophistiquées : du bleu-gris pour la couette et l'un des murs, et un blanc coquille d'œuf dans lequel elle avait repeint le reste de la pièce, y compris les deux tables de chevet et la commode chinée sur une brocante.

— On se croirait dans un hôtel, dit Aubrey en passant la tête dans la salle de bains refaite à neuf. Tu m'avais dit que tu allais faire des changements, mais je ne m'attendais pas à une telle transformation. À moins que j'aie oublié ça aussi ?

— Non, non, lui assura Mary. Tu ne l'avais pas encore vue. Je viens juste de finir les travaux !

— J'aime bien, répondit Aubrey.

De toute façon, que cela lui plaise ou non, elle allait devoir y rester un moment, car elle n'était pas près de pouvoir retourner dans son appartement. Son appartement, dont les couleurs étaient…

La main posée sur l'interrupteur de la salle de bains, elle se figea en essayant de se rappeler l'endroit où elle habitait.

Rien.

— Ça va, ma chérie ? demanda Mary.

— Oui, très bien.

En fait, ça n'allait pas du tout. Dans l'esprit d'Aubrey, à la place de l'image de la chambre dans laquelle elle dormait toutes les nuits, il n'y avait plus qu'un trou noir. Sa mémoire était devenue un livre parsemé de pages blanches.

— Je vais préparer le dîner, dit sa mère. Viens, Eddie, il faut allumer le barbecue pour les steaks.

Restée seule, Aubrey se mit à genoux à côté de la valise que sa mère avait faite pour elle. Elle l'ouvrit et fut soulagée de reconnaître au moins ses vêtements. Les motifs et les coupes lui étaient familiers, et elle n'eut qu'à voir le sweat-shirt de son université pour se souvenir que c'était son préféré, le plus confortable de tous. Elle trouva plusieurs chemises sans manches et se rappela qu'elle les trouvait agréables à porter. Sa mère lui avait aussi pris quelques robes à fleurs, ainsi que des habits chauds. Avec ses robes, Aubrey mettait soit des bottines, soit des sandales en cuir. Mary avait bien pensé à prendre une paire de chaque.

Après avoir longuement contemplé ses affaires, Aubrey ferma les yeux et essaya de s'imaginer en train d'ouvrir son armoire. Mais là encore, ce fut le vide.

Elle soupira et se répéta qu'elle ne devait pas se précipiter. Le Dr Mitchell lui avait bien dit de ne pas essayer à tout prix de retrouver la mémoire. Elle avait toutes les raisons de suivre ses conseils, car c'était précisément quand elle essayait de forcer ses souvenirs à revenir qu'elle avait les plus violentes migraines.

Elle garda tout de même les yeux fermés pour tenter cette fois de se voir dans sa chambre. Une image lui apparut alors : celle de Vic posant une tasse à côté d'elle et se penchant pour l'embrasser. La suite lui revint tout naturellement, comme si elle revivait la scène.

— *J'y vais, dit-il tout bas. Je t'ai fait du café.*

Sa voix du matin était rauque, délicieusement érotique. Aubrey eut l'impression de l'entendre pour la première fois depuis une éternité.

— *D'accord, murmura-t-elle.*

Elle ouvrit les yeux pour le regarder une dernière fois. Il portait son jean et sa chemise de la veille et n'était pas rasé depuis deux ou trois jours, ce qui lui allait à merveille. Comme elle avait aimé sentir cette barbe naissante, cette nuit, entre ses cuisses…

Aubrey laissa échapper un murmure de délice et rouvrit les yeux en souriant tandis que les pièces du puzzle se rassemblaient dans son esprit. Vic était sorti de sa chambre et elle avait serré son oreiller contre elle en le regardant s'éloigner de dos. Elle revoyait très clairement ses belles fesses moulées dans son jean, mais aussi le décor qui les entourait : du blanc, du bleu marine et des photos de nature en noir et blanc.

Elle se *souvenait.*

Elle avait bu son café, assise dans son lit, en revivant mentalement la nuit sublime qu'elle venait de passer. Chaque seconde dans les bras de Vic avait été un pur régal, depuis l'instant où il s'était déshabillé, révélant un corps à la fois familier et différent de celui qu'elle avait connu autrefois. Il lui avait ôté ses vêtements et l'avait embrassée en la caressant, la faisant frissonner d'excitation. Quand il avait pris entre ses lèvres la pointe de ses seins, elle n'avait pu retenir un gémissement de plaisir.

Oui, elle se souvenait de cette nuit-là. Mais pas des précédentes, ce qui était étrange. Seuls lui revenaient des souvenirs datant de plus de dix ans. Il y avait un véritable gouffre dans sa mémoire !

— Il y a du progrès, c'est déjà ça, dit-elle tout haut.

C'était inutile de paniquer. Le Dr Mitchell l'avait prévenue que sa mémoire allait se reconstituer petit à petit. Elle devait savourer chaque évolution comme une victoire, et non s'en vouloir de ne pas retrouver tous ses souvenirs d'un coup.

Au moins, songea-t-elle en vidant sa valise, elle se rappelait cette merveilleuse nuit avec Vic. C'était déjà cela.

Après avoir rangé ses affaires, elle descendit dans la cuisine et trouva sa mère occupée à couper des crudités pour une salade. Elle prit un couteau pour l'aider et constata avec satisfaction qu'elle savait toujours trancher des rondelles de concombre. Elle rit intérieurement. Elle en était donc là ? À se réjouir de ne pas avoir oublié ces petites choses du quotidien ?

— Nous dînerons à quelle heure ? demanda-t-elle à sa mère.

— Dans trois quarts d'heure environ. J'ai mis un gratin de macaronis au four.

— J'adore ton gratin de macaronis. Je vais dire à Vic qu'il est au menu de ce soir.

Mary leva les yeux de sa planche à découper et regarda Aubrey avec circonspection.

— Je ne suis pas sûre que ce soit une bonne idée.

— Il est grand temps que papa se fasse à l'idée que je suis en couple avec Vic, rétorqua Aubrey. Il se trouve que je suis obligée d'habiter ici quelque temps, mais je ne vais pas bouleverser ma vie sous prétexte que nous sommes sous le même toit. À trente ans, je crois avoir passé l'âge d'obéir à mes parents.

— Aubrey…

— Ce n'est pas parce que vous m'hébergez que vous pourrez m'empêcher de voir Vic.

Si seulement elle avait pu rentrer chez elle en sortant de l'hôpital… Mais le Dr Mitchell avait été catégorique. Aubrey était encore fragile et pouvait faire un malaise ou même perdre connaissance. Elle risquait aussi de se réveiller désorientée un matin, ne sachant plus où elle était, ni ce qui lui était arrivé. Le médecin avait ajouté que dans un environnement trop familier, elle pourrait être submergée d'informations et souffrir de migraines, voire de nouvelles pertes de mémoire.

Aubrey avait donc dû se soumettre et faire une croix sur son indépendance au profit de sa santé. Objectivement, elle n'avait pas de raison de se plaindre. Ses parents étaient des enseignants à la retraite et allaient se rendre disponibles pour elle. Cette période de convalescence était l'occasion pour elle de passer du temps avec eux, ce qu'elle faisait rarement depuis qu'elle avait commencé à travailler, et elle était conscience de la chance qu'elle avait de les avoir. Compte tenu de la situation, cette solution était la meilleure.

Enfin, pas exactement la *meilleure*.

Aubrey avait eu envie de demander à Vic s'il avait de la place pour elle chez lui, mais son instinct l'en avait dissuadée. S'ils n'habitaient pas ensemble, il devait y avoir une raison. Et puis, il était très pris par son travail au ranch. Elle n'avait pas envie de passer ses journées toute seule dans sa maison en attendant qu'il rentre.

Cette maison, comment était-elle ? Ça aussi, elle l'avait oublié. Mais Vic allait sûrement l'inviter d'ici peu, et elle se ferait un plaisir de visiter sa chambre, songea-t-elle en souriant.

— J'ai l'impression d'être revenue à l'époque où tu vivais ici, dit Mary. Tu étais folle de ce garçon, et ton père essayait en vain de te faire changer d'avis.

— Pourquoi s'entendent-ils aussi mal ? demanda Aubrey avec incompréhension. Je sais que papa est protecteur, mais je ne suis plus une petite fille innocente et fragile. L'eau a coulé sous les ponts !

Cette hostilité entre son père et Vic lui paraissait absurde. Elle avait beau réfléchir, aucun motif valable ne lui venait à l'esprit.

Son portable se mit à sonner, et en le sortant de sa poche, elle eut la joie de voir le nom de Vic inscrit sur l'écran.

— Salut, mon chéri, dit-elle en décrochant.

Ces mots lui parurent à la fois naturels et étranges quand elle les prononça. Quelle curieuse sensation…

— Euh, salut, Aub, répondit-il avec une légère hésitation. Je voulais savoir si tu avais besoin de quelque chose. Tu es bien installée chez tes parents ?

— Très bien installée, merci.

Elle sortit sur la terrasse baignée de soleil. Au Texas, c'était encore l'été au mois de septembre, et Aubrey adorait se laisser envelopper par cette chaleur réconfortante.

— Veux-tu venir dîner ? proposa-t-elle à Vic. Maman a fait un gratin de macaronis.

— J'ai un faible pour le gratin de ta mère, répondit-il d'une voix grave.

— Après le repas, on pourrait sortir tous les deux.

— Sortir ? Toi et moi ?

— Oui. Je viens de passer une semaine à l'hôpital et je ne peux pas rester une minute de plus enfermée avec mes chers parents. Je serai polie le temps du dîner, mais dès que nous sortirons de table, il faudra que tu me kidnappes.

Le rire de Vic la fit frissonner de désir.

— Tu crois vraiment ?

— Qui d'autre que toi pourrait venir à mon secours ? demanda-t-elle.

Elle fit lentement le tour de la maison en admirant les arbustes et les fleurs qui ornaient le jardin.

— Tu pourrais m'emmener chez toi ce soir, suggéra-t-elle. Pour que nous ayons un moment tous les deux.

Vic laissa passer un silence avant de répondre :

— Je ne suis pas sûr que tu doives déjà venir au ranch.

Au ranch ? Il habitait toujours là-bas ? C'est vrai que la maison familiale des Grandin était tellement immense qu'ils pouvaient tous y vivre en même temps, et même inviter des amis. Et comme elle possédait plusieurs entrées, Aubrey n'était même pas sûre d'en connaître toutes les pièces.

— D'accord, répondit-elle. Je me contenterai de la soirée. Tu pourras au moins m'emmener manger une glace après le dîner ? Tu me manques.

— C'est vrai ?

— Oui.

C'était une évidence, non ?

— Bon, dit-il. Je finis ce que j'étais en train de faire et j'arrive. Je peux apporter quelque chose ?

— Juste toi et tes belles jambes serrées dans un jean. Ça te va ?

— Ça me va, chérie, répondit-il en riant.

Vic raccrocha et regarda son téléphone avec stupéfaction. S'il n'avait pas exactement saisi la réalité des faits lors de ses visites à l'hôpital ces derniers jours, c'était maintenant très clair : son ex-petite amie le réclamait et voulait passer la nuit avec lui.

— Que se passe-t-il ? demanda sa sœur en entrant dans son bureau.

Morgan avait deux ans de moins que lui. De ses trois sœurs, c'était la seule qui prenait presque toujours le parti de Vic. Notamment parce qu'elle ne se sentait aucunement concernée par l'héritage du ranch. Ce qui l'intéressait, c'était la mode, et elle s'était juste amusée à faire un clin d'œil à son histoire en appelant sa boutique The Rancher's Daughter. Elle savait ce qu'elle voulait faire de sa vie, et l'élevage de bovins n'en faisait pas partie.

— Aubrey m'a invité à dîner chez ses parents, répondit-il.

— Vous êtes ressortis ensemble la veille de la fête, et maintenant vous voilà complètement réconciliés ?

Vic n'avait pas raconté à Morgan sa soirée et sa nuit avec Aubrey, mais sa petite sœur lui avait demandé avec insistance pourquoi il avait passé autant de temps à l'hôpital au chevet de son ex-fiancée. Il lui avait répondu qu'ils avaient bu un verre ensemble la veille du concours de cuisine, et Morgan s'était aussitôt exclamée :

— Oh ! Ça alors, tu as recouché avec elle !

Il se leva et prit son stetson suspendu à une patère. Il ne le portait pas en permanence, mais c'était peut-être le moment de commencer. Les larges bords de son chapeau cacheraient peut-être son regard fuyant.

— Aubrey croit que nous sommes toujours en couple, expliqua-t-il. Depuis son accident, elle a des trous de mémoire. Elle me demande d'être là pour la soutenir. Qu'est-ce que je suis censé faire ?

Morgan fit une grimace.

— Je trouve que ce n'est pas bien, dit-elle.

Peut-être. Et pourtant, c'était la seule option possible. Rien n'était plus naturel pour Vic que d'être auprès d'Aubrey dans l'épreuve qu'elle traversait.

— Ne t'inquiète pas, dit-il. Je ne vais pas profiter d'elle.

Non, il n'allait pas l'emmener dans sa chambre, la déshabiller et lui faire l'amour. Même s'il en mourait d'envie. Il refusait de coucher avec elle tant qu'elle ne saurait pas la vérité sur leur histoire. L'autre soir, quand ils avaient repassé une nuit ensemble, elle avait été parfaitement consciente de la situation. À présent, tout était différent.

— Ça ne me plaît pas de lui mentir, dit Morgan en passant la main dans ses cheveux roux.

— Nous ne lui mentons pas, répliqua Vic. Nous lui laissons le temps dont elle a besoin pour se souvenir par elle-même. Ordre du médecin. Et pour information, ajouta-t-il en passant la porte, ça ne me plaît pas non plus.

Dans le couloir, Morgan et lui tombèrent sur Chelsea, leur sœur aînée. Il avait pris l'habitude de voir son air sévère à chaque fois qu'il la croisait.

— Dépêche-toi si tu as quelque chose à me dire, lui enjoignit-il. Je suis attendu pour dîner chez les parents d'Aubrey.

— Tu te sers d'elle, répondit Chelsea d'un ton accusateur.

— Pas du tout.

— Elle ne t'a pas adressé la parole depuis dix ans, et te voilà de retour dans sa vie comme si vous ne vous étiez jamais séparés.

— Ça ne fait pas dix ans, dit Morgan pour défendre son frère. Ils ont renoué récemment.

— C'est bon, Morgan, dit Vic. Je m'en charge. Aubrey se sent rassurée quand je suis auprès d'elle, ajouta-t-il à l'intention de Chelsea. Je ne fais que ce que son médecin et ses parents m'ont demandé de faire.

— Rassurée ? Avec toi ? s'exclama Chelsea en riant. Alors que tu as voulu lui rogner les ailes et faire d'elle une parfaite petite femme au foyer ? Si je me souviens bien, c'est pour ça qu'elle t'a quitté.

— Ton opinion sur ce sujet ne m'intéresse pas particulièrement, Chelsea.

— Je te signale que je ne t'avais pas non plus demandé ton avis sur Nolan, petit frère.

Vic contracta nerveusement la mâchoire. C'est vrai qu'il s'était mêlé de la relation de Chelsea avec Nolan Thurston, mais c'était différent. Il l'avait fait uniquement par souci de protéger le ranch, son héritage familial.

— J'ai une seconde chance avec elle et je vais la saisir, riposta-t-il.

— Tu n'arriveras pas à la reconquérir, prédit Chelsea.

— Ce n'est pas ce que j'essaie de faire.

Ce qu'il voulait, avant tout, c'était qu'Aubrey cesse de le haïr. S'il arrivait à obtenir plus que cela, ce serait un véritable miracle. Depuis leur nuit magique la semaine dernière, il avait pris conscience qu'il n'était qu'une version détériorée de lui-même quand elle ne faisait pas partie de sa vie. Il était désagréable avec ses proches, voire agressif, obsédé par sa volonté de préserver son territoire.

Il n'avait pas la prétention de croire que leur histoire pouvait reprendre comme avant, mais si Aubrey acceptait au moins d'entretenir avec lui des rapports cordiaux, s'il avait de nouveau le droit de la voir et de lui parler, il avait peut-être une chance de redevenir un homme fréquentable.

— Je trouve ça mignon, dit Morgan.

— Mignon ? répéta Chelsea d'un ton sarcastique. Vic,

tu es l'homme le plus arrogant et le plus égocentrique que j'aie jamais rencontré, en dehors de notre père. Ce que tu fais, tu le fais pour toi et pour personne d'autre.

Vic serra les poings en s'efforçant de contenir sa colère. Chelsea n'avait jamais su le comprendre. Depuis des années, elle l'accusait de se reposer sur ses lauriers pendant qu'elle assumait tout le travail au ranch. Elle ne voyait que ce qu'elle avait envie de voir : qu'elle perdait le ranch à cause de son égoïste de frère. Elle ne voyait pas combien il se démenait, lui aussi.

— Il y a longtemps que j'ai renoncé à trouver grâce à tes yeux, lui dit-il. Bonsoir, Chelsea.

Puis il se tourna vers Morgan pour ajouter :

— Ne m'attends pas, je risque de rentrer tard.

- 4 -

Vic prit la route en direction de chez les parents d'Aubrey, l'endroit où il s'était juré de ne plus retourner. Il avait beau savoir que Chelsea lui en voulait pour bien d'autres raisons que son attitude envers Aubrey, il ne pouvait s'empêcher de se sentir coupable en ruminant ses accusations.

Sa sœur aînée lui avait toujours reproché sa nature autoritaire. Oui, c'était peut-être un défaut, mais ce trait de caractère lui venait de son père et de son grand-père, qui avaient dû diriger avant lui ce ranch, l'un des plus importants de la région. N'était-ce pas indispensable de savoir commander quand on occupait cette place ?

Vic avait une responsabilité importante : celle de faire en sorte que le ranch reste rentable pour les générations à venir. Ce que Chelsea percevait comme de l'arrogance n'était que la volonté de Vic d'assumer correctement sa tâche.

Hélas, malgré tous ses efforts, il vivait actuellement dans l'incertitude. Une question essentielle demeurait pour l'instant sans réponse : y avait-il, oui ou non, du pétrole sous le sol du ranch des Grandin et de celui de leurs voisins, les Lattimore ? Depuis que Heath Thurston revendiquait son droit à exploiter le domaine, le ranch était menacé. Si Heath saisissait la propriété des Grandin, Chelsea, Layla et Vic se verraient privés de la terre à laquelle ils consacraient leur vie.

Cette idée le terrifiait.

Il se gara devant chez les Collins et coupa le moteur de son pick-up. Calé au fond de son siège, il soupira en songeant que la plupart des gens n'auraient jamais accepté de jouer au couple parfait avec leur ex. Mais Vic n'était pas comme la plupart des gens. Il avait été suffisamment marqué par sa dernière nuit avec Aubrey pour accourir dès qu'elle l'appellerait. Il n'était pas un homme faible, mais quand il s'agissait de son premier amour, il n'avait pas la force de dire non. Pas lorsque, dans l'état de vulnérabilité qui était le sien, elle le regardait comme s'il avait le pouvoir de décrocher la lune.

Rien ne lui faisait plus de bien que de la voir lui sourire avec le même émerveillement qu'aux premières heures de leur histoire. L'admiration qu'elle avait eue autrefois pour lui était tellement plus belle que l'acrimonie qui avait suivi…

Après leur séparation, Vic avait mis plusieurs mois à comprendre qu'il ne ferait pas revenir Aubrey. Finalement, il avait commencé à fréquenter d'autres femmes, et ses nombreuses aventures l'avaient amené à une conclusion simple : il ne retrouverait jamais ce qu'il avait perdu. Aubrey était unique au monde et aux yeux de Vic, personne n'était aussi bien qu'elle. Alors au diable les scrupules. Il allait profiter de cette occasion inattendue pour passer du temps avec elle, aussi longtemps qu'elle l'y autoriserait. Il savait qu'il ne la méritait toujours pas, mais au moins, ces moments lui feraient du bien. Ce serait toujours mieux que de rester seul à se faire du souci pour l'avenir du ranch.

Lorsqu'il sonna, Aubrey vint lui ouvrir et sourit en voyant le bouquet de marguerites qu'il avait à la main.

— Elles sont pour ta mère, dit-il. J'espère que tu n'es pas déçue.

— Puisque je séjourne ici, répondit-elle, j'en profiterai aussi.

Cela faisait si longtemps qu'elle ne lui avait pas parlé avec autant de douceur, qu'elle ne lui avait pas adressé son sourire lumineux… Ce sourire qui l'avait séduit dès la première fois qu'il l'avait vu.

Elle le prit par le poignet et l'attira à l'intérieur de la maison dont il n'avait pas franchi le seuil depuis le départ d'Aubrey à l'université. En fait, non. Il était revenu une fois après leur rupture. Quand Eddie lui avait ouvert, Vic lui avait dit qu'il était là pour « faire entendre raison » à Aubrey. Il n'en revenait pas qu'elle l'ait quitté comme ça, d'un coup. Eddie ne l'avait pas laissé entrer, et Vic était reparti en se disant qu'après tout, c'était peut-être mieux comme ça. Toutes ses autres tentatives d'entrer en contact avec elle avaient été soit ignorées, soit contrecarrées par ses parents.

Mais tout cela, Aubrey l'avait oublié.

— Maman, Vic est là ! chantonna-t-elle. Il t'a apporté des fleurs !

Elle le conduisit dans la cuisine et remplit un vase d'eau pour y mettre le bouquet. Puis elle le posa sur la table de la salle à manger, cette table à laquelle Vic s'était assis tant de fois pour partager le repas des Collins, lorsque tout allait encore bien. Et il revit le canapé dans lequel, profitant de l'absence de Mary et Eddie, il avait passé une délicieuse soirée avec Aubrey.

— Merci, Vic. C'est très gentil, dit Mary d'un ton neutre.

Elle n'avait jamais été aussi furieuse contre lui que son mari, mais il faut dire que le ressentiment d'Eddie était sans égal. Même Aubrey n'avait pas semblé en vouloir autant que son père à Vic après leur rupture.

— Tu veux une bière, mon chéri ?

Vic mit une seconde à se rendre compte qu'Aubrey s'adressait à lui.

— Volontiers, merci.

Elle sortit une bouteille du réfrigérateur, la décapsula et la lui donna en souriant. Puis elle lui tendit une assiette vide pour qu'il la prenne.

— Tu peux apporter ça à mon père ? demanda-t-elle. C'est pour mettre les steaks. Nous allons passer à table.

Même si elle l'envoyait dans l'antre du lion, c'était impossible de dire lui non. Sa voix était tellement douce…

Une fois dehors, Vic rejoignit Eddie, qui accepta le plat avec un air sévère. Tandis que les steaks finissaient de griller, ils burent leur bière en silence, les yeux fixés sur le barbecue.

— Merci de m'accueillir, dit finalement Vic pour tenter de briser la glace.

Eddie lui répondit sans le regarder :

— Nous savons tous les deux qu'elle mérite mieux que toi.

Le fauve n'avait pas mis longtemps à attaquer.

— Mais apparemment, ajouta Eddie, c'est toi dont elle a besoin maintenant. Pour une raison mystérieuse, tu lui apportes de la *joie*.

Vic avait été sur le point de se défendre en répondant sèchement qu'il ne faisait que suivre les instructions du médecin. Mais en entendant cette dernière remarque, il se radoucit d'un coup. Aubrey avait oublié leurs différends et leurs années de séparation. Vic était chargé de jouer le rôle de petit ami pour la préserver d'un choc trop violent. Mais de la *joie* ? Voilà une chose qu'il ne s'était pas cru capable d'apporter à qui que ce soit, et surtout pas à Aubrey. Cette idée lui apparaissait comme une pure merveille.

— Je ne lui mentirais pas si j'avais le choix, dit Eddie en retournant les steaks sur la grille. Il se trouve que j'y suis contraint, pour son bien, et parce qu'elle est ce que j'ai de plus précieux au monde.

— Je comprends, monsieur.

Oui, Vic le comprenait. Pour lui aussi, Aubrey avait été l'être le plus précieux. Jusqu'à ce qu'il gâche tout et la conduise à le détester. Il n'était pas fier de l'admettre, mais l'amertume qui s'était installée entre eux avait en partie nourri son mauvais caractère au fil des années. S'il savait aujourd'hui qu'elle n'était pas responsable, il n'avait pas toujours eu cette lucidité. Il avait mis du temps à prendre conscience du mal qu'il lui avait fait. À présent, s'il voulait se racheter, le minimum était d'être présent pour la soutenir.

— Si j'ai l'impression, ne serait-ce qu'une seconde, que ta présence lui fait du mal…, commença Eddie.

— J'ai compris, dit Vic en l'interrompant.

Il n'avait pas envie d'entendre ses menaces. Quand il avait été plus jeune, il s'était cru au-dessus de tout reproche, si bien que les attaques d'Eddie n'avaient pas eu le moindre effet sur lui. Maintenant qu'il était plus mûr, et peut-être aussi plus sage, il comprenait les préoccupations du père d'Aubrey.

Ce qu'Eddie ignorait, c'était que Vic était décidé à faire n'importe quoi pour aider Aubrey, y compris aller à l'encontre des souhaits de son père.

— Alors, ça y est ? demanda Mary en posant le plat chaud au milieu de la table. Ils se sont entre-tués ?

— Pas encore, répondit Aubrey.

Elle s'écarta de la fenêtre avant que l'un des deux hommes la surprenne en train de les observer. Elle avait eu le temps de remarquer qu'ils évitaient soigneusement de se regarder. Son père fixait les steaks comme s'il craignait qu'ils se sauvent, quant à Vic, il contemplait le coucher de soleil aussi intensément que si c'était le dernier qu'il voyait avant d'aller vivre enfermé dans un bunker.

— Ce que papa peut être rancunier, grommela Aubrey en rejoignant sa mère dans la salle à manger.

— Ton père a ses raisons, répliqua sa mère en lui lançant un regard appuyé.

Aubrey était sûrement censée savoir quelles étaient ces raisons, mais quand elle essayait de se rappeler ce que son père avait contre Vic, elle ne rencontrait qu'un grand trou noir. Elle était sa petite fille chérie et il avait toujours été très protecteur avec elle, mais de toute évidence, ce n'était pas la seule explication.

— Voilà les steaks, dit Vic en entrant dans la pièce.

Aubrey le dévora des yeux tandis qu'il posait le plat sur la table. Elle se revit en train de caresser son corps long et musclé, de glisser les doigts dans ses épais cheveux bruns tandis qu'il entrait en elle…

— Tu as faim ? demanda-t-il.

— Je suis affamée.

Mais ce n'était pas au dîner qu'elle pensait, et elle le regarda longuement dans les yeux pour qu'il saisisse le message. Il lui répondit par un sourire en coin, qui s'effaça à l'instant où Eddie arriva.

— À table, dit Eddie.

Par bonheur, le dîner se passa sans incident. Ils discutèrent de tout et de rien – ou plutôt, de tout sauf de Vic et Aubrey. Eddie parla de sport, Mary de son club de lecture. Quand Aubrey voulut évoquer la réception du Texas Cattleman's Club au cours de laquelle elle avait eu son accident, son père se hâta de changer de sujet. Le fait est qu'elle ne gardait pas le moindre souvenir du concours de cuisine.

— A-t-on eu le temps d'annoncer le nom du gagnant ? Ou est-ce que j'ai gâché toute la fête ?

À peine avait-elle posé la question qu'un lourd silence s'abattit.

— De toute façon, ajouta-t-elle, je ne vois pas comment on aurait pu désigner le meilleur chili de Royal.

Cette remarque ne suscita pas davantage de réactions.

Après le repas, elle attendit d'être seule dehors avec Vic pour dire ce qu'elle avait sur le cœur.

— C'est très énervant, dit-elle. Je ne comprends pas pourquoi personne ne veut me faire un résumé des événements.

— Tu es médecin maintenant ? demanda Vic en se mettant face à elle.

Dans la douce lumière du clair de lune, il lui parut encore plus beau que d'habitude.

— La patience était l'une de tes forces, avant, ajouta-t-il.

— Je veux me souvenir. J'ai *besoin* de me souvenir.

— Tu te souviendras, promit-il avec assez d'autorité pour qu'elle le croie.

Comme si son amnésie n'était qu'un petit obstacle de rien du tout à franchir. Comme si, bientôt, elle allait de nouveau conduire, reprendre le travail et même jouer sur son téléphone, tout naturellement. Sa vie lui manquait. L'enseignement surtout, mais aussi ses petites habitudes quotidiennes, même si elle les avait en partie oubliées.

Ils reprirent leur marche dans l'allée du jardin, accompagnés par le chant des grillons. Tout en savourant ce moment, Aubrey regrettait qu'ils n'aient pas plus d'intimité. Son père était sûrement en train de les surveiller par la fenêtre.

Vic lui prit la main et elle entremêla ses doigts aux siens.

— Profite de l'instant, lui dit-il. C'est tout ce que tu as à faire. Vis ta vie en attendant de retrouver la mémoire.

— Il me reste tout de même un souvenir très précis de nous deux, dit-elle en souriant. Notre dernière nuit ensemble.

— Ah oui ?

— Oui, oui. La veille de mon accident. Dans ma chambre. Tu m'as déshabillée et tu as passé ta langue partout sur mon corps. Tu étais fou de désir, comme si je t'avais terriblement manqué. C'était un pur délice.

Elle sentit le bras de Vic se raidir.

— Ne t'inquiète pas, murmura-t-elle, nous sommes assez loin de la maison pour ne pas être entendus. Mais je ne comprends pas pourquoi nous n'avons pas prétendu que nous allions manger une glace pour nous accorder un moment dans mon appartement.

Elle se sentait assez en forme physiquement pour faire l'amour. Cela ne pourrait lui faire que du bien !

— Le sexe n'est pas, euh…

En disant ces mots, il parut inhabituellement nerveux. Vic n'était pas un homme timide. Pas du tout. Il savait ce qu'elle aimait et ne manquait jamais de le lui donner – en tout cas, il l'avait fait toutes les fois dont elle se souvenait.

— Ta santé est plus importante, ajouta-t-il.

— Le sexe est très bon pour la santé.

Elle se serra contre lui et fut soulagée d'entendre son rire rauque résonner dans l'obscurité.

— Oui, ma chérie. C'est excellent. Mais je t'en supplie, arrête de me rappeler ce dont je me prive en m'efforçant de me comporter noblement.

— De la noblesse de la part de Vic Grandin, dit-elle en soupirant. Ça ne me plaît pas.

Son sourire la fit chanceler et elle dut serrer sa main dans la sienne pour garder l'équilibre. Vraiment, elle aurait tout donné pour passer la nuit avec lui.

— J'ai au moins droit à un baiser ? demanda-t-elle.

— Tu es aussi charmeuse qu'une sirène, dis-moi.

— Je n'ai pas souvenir que tu t'en sois plaint, par le passé.

— C'est justement le problème, non ?

Fier de sa plaisanterie, il lui fit un clin d'œil. Elle lui répondit en lui donnant un coup de poing dans l'épaule.

— D'accord, d'accord ! dit-il en riant. Un baiser. Mais ensuite, il faudra que tu me laisses rentrer chez moi. Ton père nous a à l'œil.

Elle eut envie de lui répondre qu'elle s'en moquait et qu'elle n'avait rien à cacher, mais finalement, elle se ravisa. Bien qu'elle soit convaincue de ne pas être aussi fragile que tout le monde semblait le croire, elle reconnaissait néanmoins qu'elle ne savait pas tout sur son propre état. Qui sait, peut-être qu'elle était en réalité une espionne russe, ou une tueuse à gages !

— Je ne suis pas une espionne russe, au moins ?

— Quoi ? dit-il en s'esclaffant.

— Non, rien.

Elle n'avait d'autre choix que de faire confiance aux gens qui l'aimaient. Au moins, elle avait la chance d'être bien entourée.

Vic se pencha vers elle et l'embrassa tendrement sur la bouche. Peu à peu, leur baiser se fit plus sensuel et Aubrey se trouva bientôt tremblante de désir. Elle ne put s'empêcher d'attraper sa chemise pour l'attirer tout contre elle. Elle sentit son érection à travers leurs vêtements et laissa échapper un murmure d'excitation. C'était si bon de sentir qu'il avait envie d'elle comme elle avait envie de lui…

Finalement, il abandonna ses lèvres et se redressa en souriant. Puis il prit un air décidé et recula en enfouissant les mains dans ses poches.

— Tu as toujours été douée pour me faire perdre mes moyens, dit-il en feignant de la réprimander.

— Alors c'est un talent que nous avons en commun, répliqua-t-elle.

Puis elle tourna les talons et se dirigea vers la maison, en se demandant si elle se sentait davantage déçue ou flattée.

- 5 -

Quand Vic entra dans son bureau le lendemain matin, il trouva ses deux grandes sœurs, Chelsea et Layla, qui l'attendaient, les bras croisés et les sourcils froncés.

— Qu'est-ce que j'ai encore fait ? demanda-t-il.

Il aperçut la cafetière remplie posée sur une table et alla s'en servir une tasse en remerciant intérieurement la personne qui avait pensé à le préparer. Il en avait bien besoin. Après le baiser échangé hier soir avec Aubrey, il avait été incapable de trouver le sommeil.

L'ancien Vic l'aurait mise dans sa voiture et aurait démarré en trombe pour l'emmener directement dans sa chambre. Au lieu de résister à ses suppliques ô combien tentantes, il lui aurait fait l'amour encore et encore. Mais depuis la nuit qu'il avait récemment passée avec elle, il avait pris conscience qu'il se comportait depuis trop longtemps comme un égoïste. S'il ajoutait à cela le fait qu'elle avait perdu la mémoire et qu'elle le prenait pour le prince charmant, il ne pouvait vraiment pas s'accorder le droit d'obéir à ses impulsions.

Voilà pourquoi il avait passé la nuit couché sur le dos, les yeux ouverts, torturé par l'excitation.

— Tu n'as rien fait, répondit Layla.

Son visage, encadré par ses longs cheveux blonds ondulés, affichait un air contrarié. C'était devenu inhabituel de la voir de mauvaise humeur. Son histoire d'amour avec Joshua Banks la rendait tellement heureuse !

— Nous sommes là pour la réunion trimestrielle, dit Chelsea. À la demande de papa.

Bon sang. Vic avait complètement oublié. Il avait eu la tête ailleurs. Il n'avait pensé qu'aux petites taches de rousseur sur le nez d'Aubrey, le goût de ses lèvres, le parfum de sa peau... Elle lui avait montré combien elle avait envie de lui, et il avait dit non. Quel imbécile...

— Bon, répondit Vic. Et où est-il ?

Sa tasse de café à la main, il alla jusqu'à la fenêtre pour regarder en direction de l'écurie. Son père n'était apparemment pas dans les parages.

— On pensait que tu le saurais, lança Chelsea, puisque vous êtes si proches tous les deux.

Vic se garda bien de mordre à l'hameçon. Il n'avait pas l'énergie de se disputer avec sa sœur aînée aujourd'hui.

— Je vais seller Titan et aller à sa recherche, dit-il.

Dans certaines parties du ranch, le réseau téléphonique était inexistant.

Une fois assis sur le dos de son percheron gris, Vic longea la barrière en prenant la direction de l'endroit où il pensait pouvoir trouver son père. Mais au lieu de tomber sur Victor Grandin père, il aperçut une femme à la limite de la propriété, là où commençait celle de leurs voisins, les Lattimore.

— Je peux vous aider ? demanda-t-il en s'approchant d'elle.

Elle tenait une roue de mesure.

— Vous êtes ingénieure topographique, ajouta-t-il.

— Comment le savez-vous ? C'est mon odomètre ou mon gilet orange qui vous a mis sur la voie ?

C'était une femme grande et mince. Hormis son gilet de sécurité, elle portait une chemise en flanelle, un jean et des bottes en cuir. L'assurance avec laquelle elle regardait Vic montrait qu'elle n'était pas intimidée le moins du monde.

— Vous êtes sur une propriété privée.

— Ne vous inquiétez pas, répondit-elle, j'ai fini.

— Qu'êtes-vous venue faire ici ?

Il ne s'attendait pas à obtenir une réponse, mais une fois encore, elle lui parla d'un ton direct.

— Quelqu'un m'a engagée.

— Qui ?

— Heath Thurston.

Heath. Évidemment. Ce sale type osait vraiment tout depuis qu'il s'était donné pour mission de mettre la main sur l'acte de propriété des deux ranchs, celui des Grandin et celui des Lattimore.

— Bonne journée, ajouta-t-elle. Vous avez un bien beau cheval.

Sur ces mots, elle s'éloigna avec son équipement. Vic attendit d'être sûr qu'elle était partie pour faire demi-tour et reprendre le chemin de la maison. Au bout de quelques minutes, il tomba sur Layla qui avait enfourché un mustang tout juste dressé. Comme son métier était d'élever des chevaux, elle savait ce qu'elle faisait. Elle serait même bientôt, avec Josh, à la tête de son propre ranch.

— Qui était-ce ? demanda-t-elle.

— Une ingénieure topographique engagée par Heath Thurston.

Layla marmonna un juron entre ses dents.

— Comme tu dis, approuva Vic.

— Comment sais-tu que c'est Heath qui l'a envoyée ?

— Elle me l'a dit. Apparemment, ces gens ne cherchent même pas à cacher leur projet de nous prendre nos terres.

— Nous possédons ce que tout le monde veut, Vic. Regarde autour de toi.

Il contempla le ciel bleu et les prés peuplés d'animaux. Une utopie, voilà ce qu'était ce ranch. Une utopie qu'ils risquaient de perdre si Heath Thurston persistait à faire jouer son droit à extraire le pétrole. Pour lui, ce n'était qu'un moyen de rééquilibrer la balance. Sa mère et sa demi-sœur n'étant plus là pour se battre afin de récupérer les terres qu'on leur avait apparemment promises, Heath avait décidé de le faire à leur place. Nolan, frère jumeau de Heath et fiancé de Chelsea, prétendait rester neutre dans cette affaire.

Vic n'y croyait pas.

Il n'avait jamais avoué à ses sœurs à quel point cette menace lui faisait peur, ni combien ce litige était proche de bouleverser leur vie, tout comme celle des Lattimore. Vic était attaché au ranch, et pas seulement parce qu'il était fier de le diriger. Cette propriété appartenait à sa famille depuis plusieurs générations. Il refusait de la perdre.

— Les Grandin et les Lattimore sont ici depuis si longtemps, dit-il. Tu imagines si…

— Non, interrompit Layla. Je ne veux pas imaginer.

Il devina la crainte qu'elle cachait derrière son regard dur. Mais quoi qu'il se passe, il ferait tout son possible pour protéger ses sœurs de la menace qui planait.

— Même si je construis mon avenir de mon côté, poursuivit-elle, je me sentirai toujours chez moi ici.

Arrivés à l'écurie, ils mirent pied à terre et confièrent leurs chevaux aux palefreniers avant de se diriger vers la maison.

— Je dois partir pour rejoindre Josh au ranch, dit Layla. Nous allons faire le point sur l'avancée des travaux. Si tu vois papa, dis-lui que je suis désolée d'avoir manqué la réunion.

Vic la regarda s'éloigner en direction de sa voiture. Il y avait des jours où le poids des responsabilités l'écrasait. Enfant, il avait rêvé du jour où il dirigerait le ranch avec autorité et esprit de justice, comme son père. Il s'enorgueillissait d'être ferme et de savoir prendre des décisions, mais les années passant, il apprenait que tout n'était pas noir ou blanc, et qu'il était souvent difficile de faire le meilleur choix.

Ce qui était vrai dans son travail l'était aussi avec Aubrey. La veille, en se rendant chez ses parents pour le dîner, il s'était promis de ne pas l'embrasser. Il avait changé d'avis quand elle l'avait raccompagné à sa voiture. Elle n'avait eu qu'à lever vers lui ses yeux vert jade pour qu'il perde toute volonté de résister. Il avait vu tellement d'amour dans son regard… Car, de toute évidence, elle croyait qu'elle l'aimait toujours.

Il soupira en songeant qu'il était déjà épuisé alors que la journée ne faisait que commencer.

Quand il entra dans son bureau, son café était froid et son père l'attendait, assis à sa place.

— Tu es en retard, dit Vic. Chelsea et Layla sont reparties.

— C'est toi le chef maintenant, rétorqua son père en haussant les épaules.

Et voilà, c'était reparti.

Le soir venu, Vic était à bout. Il avait besoin de dormir, ou au moins de se changer les idées. En temps normal, il aurait appelé Jayden pour lui proposer de sortir, mais la question était : sortir pour faire quoi ?

Boire de la bière ? Draguer des inconnues ? Non seulement Vic n'avait pas envie de flirter avec d'autres femmes, mais en plus, il devait se comporter comme un homme fiancé maintenant qu'il avait accepté de faire comme si Aubrey et lui ne s'étaient jamais séparés. Curieusement, cela ne le dérangeait pas tant que cela.

En fait, cette situation lui paraissait même naturelle. Il venait de passer dix ans à avoir des aventures sans lendemain, sans jamais envisager de s'engager dans une relation. Aubrey était la seule avec qui il avait un jour imaginé son avenir, et depuis quelques jours, c'était comme s'ils étaient montés tous les deux dans une machine à remonter le temps. Comme à l'époque du lycée, ils se tenaient la main, s'embrassaient dans le jardin de ses parents, se privaient de ce qu'ils désiraient tellement tous les deux…

Comment ne pas repenser à la première fois qu'ils avaient couché ensemble ? Leur première fois à tous les deux, après deux longues années d'attente. Vic n'était pas un grand sentimental, mais le souvenir de l'émotion qui l'avait envahi ce jour-là était encore bien présent. Ce qu'il avait perdu le jour où Aubrey était sortie de sa vie était inestimable.

Sans y réfléchir à deux fois, il prit son téléphone pour l'appeler. Il sourit en entendant sa voix douce et lui dit :

— À propos de cette glace dont tu avais envie…

Une demi-heure plus tard, ils étaient assis devant Dairy Prairie, le nouveau marchand de glaces de Royal. C'était à la fois un plaisir et une torture de la regarder lécher lentement sa glace au chocolat et aux éclats de noix de macadamia.

— Comment s'est passée ta journée au ranch ? demanda-t-elle.

— Très bien, merci.

— Et tes sœurs, comment vont-elles ?

— Eh bien, tu sais. Chelsea est fiancée à Nolan Thurston. Layla est mariée avec Joshua Banks. Morgan est célibataire et reste la chouchoute de tout le monde.

Il se contentait d'énumérer des faits, ne sachant pas ce dont Aubrey se souvenait.

— Un mariage ? s'étonna-t-elle. Et je ne me souviens même pas de la fête !

— C'est normal, répondit-il, nous n'y étions pas. Layla et Josh se sont mariés à Las Vegas.

Après un bref silence, elle le regarda en souriant.

— Tu attends peut-être que je te dise que c'est toi, mon chouchou ?

— Certainement pas ! plaisanta-t-il. Morgan est tellement adorable que je comprendrais que tu la préfères.

— Je sais que Chelsea et toi, vous avez toujours été

en conflit, mais au fond, elle ne veut que le meilleur pour votre famille.

Aubrey n'aurait sans doute pas pris la défense de Chelsea si elle avait su à quel point elle désapprouvait la présence de Vic auprès d'elle. La leçon de morale qu'il avait reçue hier de sa sœur aînée n'avait aucun sens. Quel mal y avait-il à s'asseoir sur un banc avec Aubrey pour discuter en mangeant une glace ?

Il lui raconta sa rencontre avec l'ingénieure topographique qui, d'après les informations de son père, s'appelait Ruby Rose Bennett. Elle avait été engagée pour chercher la présence de pétrole sous les terres des Grandin et des Lattimore.

— Heath défend les intérêts de sa famille sans se soucier des conséquences pour nous, dit-il tandis qu'ils finissaient leur glace.

Aubrey lui prit la main, et cela suffit pour que Vic se sente un peu moins anxieux.

— C'est terrible que ton ranch soit ainsi menacé, dit-elle. Je n'ose pas imaginer la tension que cela provoque chez vous et chez les Lattimore.

Il reconnaissait bien Aubrey, toujours prompte à se faire du souci pour les autres.

— Tu as raison à propos de Chelsea et moi, nous nous disputons beaucoup. Mais pas sur ce sujet. Elle et Nolan ont décidé de rester neutres et de laisser la justice trancher, sans s'engager dans la bataille.

— Tiens donc, s'étonna Aubrey.

— Mais je te rassure, ajouta Vic en riant. Pour le reste, elle est toujours aussi combative.

— Tu parles de la succession du ranch, dit Aubrey.

Elle se souvenait donc de cela aussi. C'était encourageant.

— Chelsea a toujours considéré que la direction aurait dû lui revenir en tant qu'aînée.

Aubrey émit un murmure pensif.

— Quoi ?

— Tu trouves ça juste ? demanda Aubrey.

— Que Chelsea me rende la vie dure alors que je ne fais qu'occuper la place que m'a confiée notre père ? Non, je ne trouve pas ça juste.

— Ce n'est pas ce que je voulais dire. Est-ce que tu trouves juste que ton père t'ait choisi comme successeur à la place de Chelsea, uniquement parce que tu es un homme ?

Il voulut se défendre en lui rappelant qu'il travaillait assez dur pour mériter son poste, mais il se tut en pensant à l'investissement quotidien de sa sœur aînée. Chelsea ne ménageait pas sa peine non plus, et ce depuis toujours. Le fait est que jusqu'à présent, Vic n'avait pas pris la peine de se mettre à la place de Chelsea. Il avait été trop occupé à se vanter d'avoir été choisi pour succéder à son père et son grand-père.

Bon sang. C'était ce Vic-là qui avait fait fuir Aubrey. Comment s'étonner qu'elle n'ait plus voulu entendre parler de lui ?

— Pourquoi vous ne dirigeriez pas le ranch ensemble, tes sœurs et toi ?

La question d'Aubrey le fit éclater de rire. Mais en la regardant, il se rendit compte qu'elle avait fait cette suggestion avec le plus grand sérieux.

— Partager les responsabilités, dit-elle, ce pourrait être un bon compromis. Tous les trois, vous êtes intelligents, compétents et très attachés au ranch de votre famille. Vous êtes les mieux placés pour en prendre soin, en attendant de le transmettre à votre tour à la génération suivante.

— Si nous n'arrêtons pas ces intrus, la prochaine génération ne connaîtra jamais le ranch. Ils en détruiront la moindre parcelle pour en extraire leur or noir.

— Raison de plus pour que tous les Grandin fassent équipe, répliqua Aubrey. L'union fait la force.

Vic avait toujours apprécié sa douceur, mais il n'avait sans doute pas su reconnaître son pragmatisme à sa juste valeur. Au fond, elle avait raison. L'idée d'un compromis avec ses sœurs, et notamment avec Chelsea, n'était pas synonyme de défaite. N'était-ce pas surtout par orgueil qu'il s'accrochait ainsi au pouvoir, alors qu'il était las de devoir tout assumer seul ? Le risque de perdre le ranch était réel. Il fallait agir pour éviter cela, et vite.

— Tu as raison, répondit-il finalement.

Aubrey poussa un cri de stupeur et porta la main à son cœur, comme si elle faisait un malaise. Son numéro ne manqua pas d'attirer l'attention des passants.

— J'ai bien entendu ? s'exclama-t-elle. Vic Grandin a dit que j'avais *raison* ?

— Arrête.

— Mesdames et messieurs, ce jour est à marquer d'une pierre blanche ! Si vous…

Il ne sut pas ce qu'elle voulait ajouter. Il se pencha vers elle et la fit taire en prenant possession de sa bouche restée entrouverte. Elle se laissa faire et émit même un murmure de plaisir. Ce que c'était bon…

Quand ils cessèrent de s'embrasser, elle croisa les bras et prit un air contrarié.

— D'accord, dit-elle, tu as remporté cette manche.

Mais elle n'était pas contrariée. Le rouge de ses joues montrait combien ce baiser lui avait plu.

- 6 -

— Je ne suis pas sûre que ce soit une bonne idée, répéta la mère d'Aubrey pour la dixième ou la centième fois.

— Oui, j'ai compris, répondit Aubrey en mettant du brillant à lèvres.

Elle se regarda une dernière fois dans le miroir avant de se retourner.

— Qu'en penses-tu ? demanda-t-elle à sa mère.

— Tu es tellement belle qu'il est difficile de croire que tu es ma fille.

— Tu es absolument sublime de la tête aux pieds, maman. Ne permets à personne de te faire croire autre chose.

Sur ces mots, Aubrey se tut et regarda ses mains.

— Aurais-tu pris quelques bijoux quand tu es allée chercher mes affaires chez moi ? demanda-t-elle à Mary. J'ai très envie de mettre un collier ou une bague.

Elle n'avait sur elle que les boucles d'oreilles sobres et élégantes qu'elle avait portées lors de la fête du TCC.

— Non, désolée, ma chérie. Je n'y ai pas pensé. Mais j'ai un cadeau de Noël qui t'attend dans un tiroir.

Aubrey applaudit cette nouvelle avec enthousiasme. La seule chose qu'elle aimait plus que Noël, c'étaient les cadeaux de Noël en avance.

— Oh ! maman, je t'en supplie. Je ne te demanderai plus jamais rien si tu acceptes de me le donner aujourd'hui.

— Il y a des choses qui ne changent jamais.

Mary s'approcha de sa commode et en sortit un écrin

bleu de chez Tiffany. Aubrey le contempla avec stupeur et émerveillement. Sa mère lui avait fait de beaux cadeaux par le passé, mais un bijou Tiffany ? Voilà une chose à laquelle elle n'aurait jamais osé s'attendre.

— Je n'ai jamais reçu quelque chose d'aussi exceptionnel, murmura-t-elle. À moins que j'aie oublié ?

— Non, répondit Mary en riant, c'est vrai que nous avons voulu te gâter cette année. Il se trouve que nous avons fait de bons placements, et que notre premier souhait était de t'en faire profiter.

Aubrey souleva le couvercle de la boîte et découvrit une délicate chaîne en or et un pendentif en forme de clé, au centre duquel se trouvait un diamant.

— C'est… C'est magnifique.

— Notre maison sera toujours la tienne, où que tu sois et quoi que tu fasses. J'ai acheté ce bijou avant ton accident, mais il a encore plus de sens maintenant, puisque tu es revenue vivre chez nous pour quelque temps.

Mary attacha la chaîne autour du cou d'Aubrey et la fit avancer face à la glace.

La veille, Vic avait appelé Aubrey pour lui proposer un dîner dans un grand restaurant. Elle avait failli sauter de joie. Un cornet de glace, c'était très sympathique, mais elle avait envie de passer avec lui une *vraie* soirée romantique. Une soirée qui, de préférence, se terminerait dans la chambre de Vic, ce dont elle espérait le convaincre le plus tôt possible.

En prévision de ce rendez-vous, elle avait commencé par aller chez le coiffeur ce matin. Une fois que ses cheveux furent parfaitement coupés et ondulés, elle s'était rendue au Rancher's Daughter, la boutique de Morgan, pour s'offrir une nouvelle tenue. La sœur de Vic l'avait aidée à choisir une robe rouge sans manches, ajustée, qui lui arrivait aux genoux, ainsi qu'une paire de ravissantes sandales à talons plats. Le cadeau de sa mère complétait l'ensemble à la perfection.

— Merci, maman, dit Aubrey en serrant sa mère dans ses bras.

En se redressant, elle remarqua tout de suite son expression soucieuse.

— Maman, s'il te plaît… Vic m'emmène danser, pas faire une course automobile.

— Au moins, tu as pris un taxi pour aller en ville ce matin au lieu de conduire toi-même.

— Tu vois ? J'écoute ce qu'on me dit parfois.

— Mais quand tu es tombée, tu n'étais pas en train de faire quelque chose de dangereux. Comment puis-je être sûre que tu seras en sécurité ?

— Je serai sur la terre ferme, avec Vic. Il ne pourra rien m'arriver.

Vingt minutes plus tard, Vic sonnait à la porte. En lui ouvrant, Aubrey prit une seconde pour le regarder. Il portait un jean foncé, des santiags, une veste, et une chemise dont le col ouvert découvrait son cou bronzé. Il était irrésistible.

— Aubrey, tu es sublime, dit-il avec une expression d'émerveillement qui la fit frissonner.

— Ça te plaît ? demanda-t-elle en tournant sur elle-même. C'est Morgan qui m'a aidée à choisir.

— Oh ! oui, ça me plaît.

En voyant son sourire charmeur, elle eut envie de sauter le dîner et d'arriver directement au moment où il lui enlèverait cette robe.

— Tu rentres à quelle heure, mon pain d'épices ?

Eddie, assis dans son fauteuil inclinable, n'avait pas pu s'empêcher de les interrompre.

— Je ne sais pas, répondit-elle à son père avec agacement. Ils me traitent comme si j'étais une adolescente, ajouta-t-elle à l'intention de Vic.

— Ce n'est pas vrai, protesta Mary en s'approchant.

Nous te traitons comme une personne blessée. Tu dois te ménager, c'est important.

— Je ne quitterai pas Aubrey des yeux, promit Vic.

Après un trajet de quelques minutes, ils arrivèrent au restaurant Sheen, construit presque entièrement en verre. Elle avait eu envie d'y aller dès qu'elle en avait entendu parler. Quand Vic lui avait proposé cette soirée, elle lui avait prudemment demandé s'il l'y avait déjà emmenée, mais il avait répondu que non avant d'ajouter :

— Ce sera la première fois pour toi comme pour moi.

Après avoir confié sa voiture au voiturier, il conduisit Aubrey jusqu'à la porte d'entrée. Une hôtesse les accompagna au fond de la salle, jusqu'à une table située à l'abri des regards et éclairée par des bougies. Fascinée, Aubrey regarda la cuisine, placée au centre du restaurant et visible de tous. Cela créait une atmosphère unique, à la fois moderne et chaleureuse.

Vic lui présenta sa chaise, puis s'assit à son tour et commanda une bouteille de vin dont Aubrey ne reconnut pas le nom.

— Tu as choisi quoi ? lui demanda-t-elle quand l'hôtesse se fut éloignée.

— Du chardonnay. À moins que tu préfères un martini ?

— Non, répondit-elle en grimaçant. Ça, on ne m'y reprendra pas.

— Je croyais que tu trouvais ça bon ?

— J'ignore ce qui m'a poussée à en commander un l'autre soir au Silver Saddle, mais je me souviens très bien que je ne l'ai pas aimé.

Son aveu sembla le laisser songeur, mais il ne fit pas de commentaire.

Elle se pencha sur la belle carte en cuir et la parcourut en prenant son temps. Tous les plats avaient l'air délicieux.

— Que pourrais-je bien choisir ?

— Ce que tu veux, répondit Vic. Nous sommes là pour faire la fête.

— Qu'est-ce que nous fêtons ?

— Toi. Moi. Ce n'est pas suffisant ?

— Il était question d'aller danser, non ? demanda-t-elle en promenant les yeux autour d'elle.

— Pas ici. De l'autre côté de la rue, au jardin botanique. Une tente sert de piste de danse, et nous pourrons aussi visiter le jardin aux papillons.

— J'adore cet endroit !

Du moins, c'était ce que lui disait son intuition. Et elle avait bien à l'esprit une image d'elle au milieu des fleurs et des papillons multicolores.

— Tu as dû m'y emmener par le passé.

Le sourire de Vic s'effaça.

— Pas moi, répondit-il. Tu y es allée avec des amies, je crois.

— Ah, d'accord.

C'était tellement étrange de ne pouvoir le replacer dans aucun des souvenirs récents qu'elle gardait…

— Ça va ? demanda Vic.

— Oui, oui. Ce sont mes trous de mémoire qui me perturbent. Je me rappelle certaines choses et d'autres pas. Pourquoi je n'arrive pas à me souvenir de toi ? Tu es la personne la plus importante de ma vie. Tu devrais être là.

Cela l'inquiétait et lui faisait peur.

— Aub, dit-il en lui prenant tendrement la main, ne pense pas à ça ce soir. Nous allons créer plein de nouveaux souvenirs en attendant que les anciens reviennent.

— S'ils reviennent, murmura-t-elle en contenant ses larmes.

— Ils reviendront.

— Mon appartement me manque, admit-elle avec un

léger sourire. Comment fais-tu pour vivre avec ta famille sans devenir fou ?

— Au ranch, nous ne sommes pas vraiment les uns sur les autres. Morgan et moi, nous avons chacun notre partie réservée de la maison. Layla et Josh habitent à l'hôtel pendant la construction de leur future maison. Chelsea s'est installée chez son fiancé. Je suis plus tranquille que jamais.

— Intéressant, commenta Aubrey en lui lançant un regard séducteur.

Elle vit les yeux de Vic briller de désir, mais il ne répondit rien.

Le sommelier apporta leur bouteille de chardonnay et proposa à Aubrey de goûter le vin en premier. Quand elle l'eut approuvé, il servit les deux verres et s'éloigna.

— Aux nouveaux souvenirs, dit Vic.

— Aux nouveaux souvenirs.

Vic buvait son vin en observant la femme superbe assise en face de lui. C'était un bonheur de passer cette soirée avec elle. Il était conscient de jouer avec le feu en lui offrant un dîner romantique, mais une idée lui était venue à l'esprit, et il était de plus en plus décidé à aller au bout de son plan.

S'il parvenait à passer suffisamment de bons moments avec Aubrey pendant sa convalescence, alors, le jour où elle retrouverait la mémoire, les bons souvenirs l'emporteraient sur les mauvais.

En théorie.

En fait, il n'était plus sûr de rien. Tout avait changé depuis qu'il avait accepté de se faire passer pour le petit ami d'Aubrey. Il commençait à se remettre en question. Il avait même reconnu, en discutant avec elle, qu'il avait manqué de clairvoyance concernant la succession du ranch ! Cela ne lui ressemblait pas du tout.

Beaucoup de gens le considéraient comme un homme arrogant, sûr de sa supériorité et des privilèges que lui offrait son nom de famille. Il faut dire qu'il jouait ce rôle à la perfection, et pour cause. Son père et son grand-père ne lui avaient jamais donné la moindre raison de douter de sa propre valeur. Il avait toujours considéré que les bonnes choses qui lui arrivaient lui étaient dues, y compris Aubrey. Il n'avait pas imaginé une seconde qu'elle pourrait avoir l'idée de le quitter. Que pouvait-elle rêver de mieux que d'être avec lui ? Voilà ce qu'il avait pensé à l'époque.

Après dix ans de rancœur, il allait avoir du mal à la convaincre qu'il avait changé. Sans cet accident, il n'aurait jamais eu la moindre chance de se rapprocher d'elle. Ils auraient repassé cette fameuse nuit ensemble, la veille de la fête du TCC, mais rien de plus. Aubrey n'aurait pas accepté de partager autre chose que du sexe avec lui.

Maintenant qu'il avait mûri, il comprenait pourquoi elle lui en avait tant voulu. Leur rupture avait été si violente… Cela avait commencé par une discussion anodine, au cours de laquelle Aubrey avait mentionné son souhait de poursuivre ses études supérieures. Elle avait voulu rester à l'université, loin de lui, pendant encore plusieurs années ! Cette idée l'avait rendu fou de rage. Il s'était suffisamment privé d'elle depuis la fin de leur scolarité. Pour lui, c'était inadmissible qu'elle donne la priorité à ses études plutôt qu'à leur couple.

— *Poursuivre tes études ? s'était-il exclamé. Mais pour quoi faire ? Tu vas devenir ma femme, Aub. Une épouse choyée, la mère de mes enfants. Qu'est-ce que tu pourrais bien désirer de plus ?*

Aujourd'hui, il avait honte d'avoir réagi comme cela. Il n'en revenait pas de s'être montré aussi égoïste. En voulant la garder auprès de lui, il avait fait exactement le contraire. Il l'avait fait fuir pour toujours.

Il finit son verre et prit la bouteille pour se resservir.

— Encore des soucis au ranch ? demanda Aubrey.

— Oui, mais rien d'insurmontable.

— Ça ne m'étonne pas. Tu as toujours été excellent dans ton travail.

— C'est à moi de te complimenter sur ta carrière. Professeur de l'année, rien que ça ! Je suis fier de toi.

— Merci, répondit-elle avec un sourire. Si tu savais combien les cours me manquent… Je commençais juste à faire connaissance avec mes élèves. Quand j'ai envoyé mes notes à ma remplaçante, c'était comme si je lui confiais mon bébé. J'ai hâte de reprendre ma place, et pourtant, juste après avoir tapé cet e-mail, j'ai eu terriblement mal à la tête. J'ai peur de ne jamais retrouver mon état normal.

Il lui prit la main pour la rassurer, en regrettant de ne pouvoir la serrer dans ses bras. Hélas, ce n'était pas l'endroit idéal pour cela.

— Écoute-moi, Aubrey. Tu vas te remettre et tu seras bientôt encore plus forte qu'avant. Tu as toujours su ce que tu voulais et tu n'as jamais eu peur de le dire.

— *Tu sais quoi, Vic ? Figure-toi que je ne vais pas me contenter d'être ta petite femme et de te faire des enfants. J'ai des rêves, moi aussi. Des projets qui n'ont pas de rapport avec toi. C'est sans doute difficile à imaginer pour toi, mais le ranch, ce n'est pas mon rêve. Le monde entier ne t'obéit pas au doigt et à l'œil, Vic, et moi non plus.*

— Vic, comment pourrais-je faire autrement que t'aimer ?

Le contraste entre ses paroles d'il y a dix ans et celles qu'elle venait de prononcer était saisissant. C'était bouleversant de voir dans ses yeux combien, à cet instant, ses sentiments pour lui étaient sincères. Mais bientôt, elle se souviendrait de leur rupture et de tout ce qu'ils s'étaient dit ce jour-là. Comment réagirait-elle alors ?

Mieux valait ne pas y penser. Ce qu'il fallait, c'était regagner sa confiance. Profiter de chaque instant passé avec elle, et faire tout son possible pour lui prouver qu'il n'était plus le même homme.

- 7 -

Le jardin botanique était une véritable oasis au cœur de la ville. En se dirigeant vers la tente blanche dressée entre les plantes, ils s'arrêtèrent près d'une grande fontaine ronde. La main serrée dans celle de Vic, Aubrey observa avec curiosité les pièces que les passants avaient jetées dedans. Quels vœux avaient-ils formulés ? Avaient-ils prié pour rencontrer l'amour ? La fortune ? Pour retrouver la mémoire ?

— À quoi penses-tu ? demanda Vic.

Elle hésita un instant avant de trouver le courage de répondre :

— J'ai une question gênante à te poser. Pourquoi nous n'habitons pas ensemble ? demanda-t-elle en levant les yeux vers lui. Je suis certaine qu'il y a une bonne raison, mais je n'arrive pas à m'en souvenir.

Elle ne comprenait pas pourquoi ils vivaient séparément. Ils étaient en couple depuis le lycée, ils étaient amoureux, et pourtant, Vic était toujours au ranch et elle avait son propre appartement. Les finances n'étaient pas un problème. Alors pourquoi n'avaient-ils pas acheté un bout de terrain pour s'y installer ?

— Aubrey…

— S'il te plaît, ne me dis pas que tu me caches la vérité pour me protéger.

— D'accord.

Il respira profondément et laissa passer un silence, comme s'il cherchait ses mots.

— Au moment où nous prenions des décisions pour notre avenir, dit-il, tu as décidé de prolonger tes études universitaires. Nous n'en avons pas reparlé depuis.

— Pas une seule fois ?

— Non.

Prolonger ses études. Cela lui rappelait quelque chose, mais plutôt un sentiment qu'un réel souvenir. Elle avait fait de ses études sa priorité absolue. Sa carrière avait-elle été plus importante pour elle que sa relation avec Vic ? Si c'était le cas, elle n'en était pas très fière.

— Tu as eu raison, assura-t-il. Mon avenir était tout tracé et nous ne manquions de rien, si bien que sur le moment, je n'ai pas compris que tu veuilles tracer ta propre route. C'est moi qui avais tort, ce que tu n'as pas manqué de me dire. Puis tu me l'as prouvé. Tu as accompli tout ce dont tu rêvais.

— Et finalement, cela n'a pas nui à notre relation.

Elle sentit la main de Vic se crisper sur la sienne. Quels que soient leurs désaccords passés, ils étaient là, tous les deux. Elle ne l'avait pas quitté pour un étudiant et n'avait pas renoncé à leur histoire. Elle avait su d'instinct que Vic était l'homme qu'il lui fallait.

— Veux-tu que nous entrions ? demanda-t-il en lui montrant la tente.

— Je n'ai pas mis mes chaussures de danse pour rien.

— Seulement des chansons lentes. Ordre du médecin.

La tente était éclairée par des lampes suspendues, et au centre par un grand lustre scintillant. La scène était occupée par quatre musiciens qui jouaient des standards de jazz. Des couples de tous âges les écoutaient, soit en buvant un cocktail, soit en dansant sur la piste aménagée au milieu des tables rondes. Des plantes en pot étaient disposées dans les coins, chacune portant une pancarte qui indiquait son nom et son origine géographique.

— C'est une soirée aussi instructive que divertissante, dit Aubrey en caressant les feuilles d'un grand monstera.

— Je me suis dit que ça te plairait. Tu veux boire quelque chose ?

— Non, merci.

— Tu veux danser, alors ?

— Ça, oui !

Rien ne lui parut plus naturel que de prendre la main de Vic et de tourner avec lui au rythme de la musique. Tandis qu'il l'attirait contre lui, elle sut que ce n'était pas la première fois qu'elle suivait ainsi ses pas, vêtue d'une jolie robe. Elle ne put s'empêcher de rire tout haut.

— Que se passe-t-il ? demanda-t-il en souriant avec elle.

— Un souvenir ! Il m'est revenu d'un coup, je m'y vois comme si j'y étais. Mon bal de promo. Je portais du rouge !

— Rien que du rouge, susurra Vic au creux de son oreille. De ta robe sans manches à tes sous-vêtements en dentelle.

— J'étais en mission.

Elle avait tout fait pour que cette nuit soit parfaite. C'était ce soir-là qu'elle avait prévu de faire l'amour avec Vic pour la première fois. Ils avaient tous les deux fait preuve de patience – même s'ils avaient souvent été proches de franchir la ligne rouge lorsqu'ils s'étaient trouvés seuls chez lui ou chez elle. Mais Aubrey avait pris une décision et s'y était tenue.

— Rien n'aurait pu nous arrêter, murmura-t-elle en se remémorant son excitation. Et nous voilà ici, maintenant.

— Parle-moi encore du bal, puisque tu t'en souviens si bien.

— Pourquoi ? Tu ne t'en souviens pas, toi ?

— Si, bien sûr.

Il posa les lèvres sur celles d'Aubrey et ajouta en chuchotant :

— Je me souviens de chaque parole échangée, de chaque baiser empli de désir… Mais je voudrais entendre ta version.

— C'était un peu comme ce soir, se rappela-t-elle en posant la main sur son épaule. Tu me promettais que tout allait bien se passer après notre dernière danse. J'étais très nerveuse, et toi très calme.

— Oh ! non, dit-il avec son sourire d'adolescent. J'étais mort de peur. Je me disais que si je m'y prenais mal, tu allais détester ça et ne plus jamais vouloir me toucher.

— C'est vrai ?

Comment se faisait-il qu'elle n'ait rien remarqué ?

— Toi, Vic Grandin ?

— Je ne voulais pas te décevoir.

Émue par sa sincérité, elle noua les bras autour de son cou et le serra fort.

— Tu ne m'as pas déçue, dit-elle.

— Non, par chance. Et après cette nuit-là, j'ai été à toi aussi souvent que tu l'as voulu.

Sur ces mots, il la fit tourner avant de l'attirer de nouveau contre lui.

— Et maintenant ? répliqua-t-elle. On dirait que tu es devenu plus difficile à convaincre.

Il sourit mais ne répondit pas. Allait-elle enfin obtenir quelque chose ?

— Je suis heureuse de te voir, poursuivit-elle, mais j'aimerais voir *plus* de toi.

Il inclina la tête et la regarda dans les yeux, avec une intensité qui la fit frissonner. Il avait donc compris ce qu'elle voulait dire. Elle s'amusa à lui caresser la nuque et les cheveux et sentit sa peau frémir sous ses doigts. Oui, il avait envie d'elle comme elle avait envie de lui.

— Cela fait deux semaines que nous n'avons pas fait l'amour, dit-elle. Il faut y remédier. Ne me dis pas que tu ne penses pas la même chose, je ne te croirai pas.

Comme pour confirmer qu'elle ne se trompait pas, il vint discrètement contre elle pour lui faire sentir son érection.

— Tu vois dans quelle situation tu me mets ? plaisanta-t-il tout bas. J'espère que tu es fière de toi.

Elle lui fit un grand sourire. Oui, elle était très fière !

— Reste ici avec moi pendant encore une chanson ou deux, lui enjoignit-il, pour me permettre de me calmer. Et je t'en supplie, parle de n'importe quoi d'autre.

— N'importe quoi ?

— Tout ce qui n'a pas de rapport avec le sexe.

— Tu es devenu sérieux avec l'âge. Je te revois en train de faire tomber la clé de la chambre d'hôtel tellement tu étais pressé de m'arracher ma robe, le soir du bal.

— Ce que tu ne sais pas, c'est combien c'était difficile pour moi de tenir davantage que le temps nécessaire pour te déshabiller.

Elle ne put s'empêcher de rire. Cela ne ressemblait pas à Vic de faire ce genre d'aveu. Mais son air modeste fut aussitôt remplacé par une expression de confiance absolue. Lors de leur première nuit ensemble, il avait tenu bien assez longtemps pour faire connaître à Aubrey plus de plaisir qu'elle l'avait espéré. Ils avaient fait l'amour à plusieurs reprises, et chaque fois lui avait paru meilleure que la précédente. Elle n'avait pas eu honte de mentir à ses parents en prétendant aller chez une amie qui organisait une autre fête après le bal, car elle avait eu une bonne raison de le faire : elle était amoureuse. Vic était le seul garçon qu'elle voulait. Comment aurait-elle pu passer cette nuit de rêve ailleurs que dans ses bras ?

Elle avait dépassé d'une heure et demie son couvre-feu fixé à 2 heures du matin, mais sa mère ne le lui avait pas reproché. Son père n'avait pas fait preuve de la même indulgence, mais Mary l'avait empêché de se mettre en colère en lui rappelant qu'ils avaient été jeunes, eux aussi.

— C'était le bon vieux temps, dit Vic d'un ton étonnamment solennel. Nous n'en étions pas conscients à l'époque.

— Eh ! Nous ne sommes pas encore morts. Nous avons de longues et belles années devant nous. Si tu t'autorisais à t'amuser un peu ?

Elle lui donna une petite tape sur le torse et s'attendit à ce qu'il rie avec elle, mais il n'en fit rien.

— Il y a des choses dont tu ne te souviens pas, Aubrey, dit-il avec un regard triste. Tous les couples se disputent. Tu ne te souviens pas des mauvais moments.

— Je me souviens de peu de moments, qu'ils soient bons ou mauvais, admit-elle. Mais je sais reconnaître ce qui a du sens. Être ici ensemble, ça a du sens. Je comprends que nous ayons décidé de nous installer séparément au début, mais maintenant, je ne vois pas pourquoi nous resterions séparés. Je me moque de savoir si nous nous sommes disputés pour le choix d'un restaurant ou pour savoir qui allait conduire. Même si je m'en souviens un jour, je ne vois pas en quoi cela pourrait m'empêcher de vouloir être avec toi.

Elle sentait le cœur de Vic battre contre sa paume.

— Je ne suis pas aussi fragile que le pensent mes parents et mon médecin, ajouta-t-elle. Je suis là, Vic. Tout entière. Mon accident ne m'a pas changée, au fond je suis toujours la même.

Il s'immobilisa au milieu de la piste de danse et plongea les yeux dans ceux d'Aubrey.

— J'espère de tout mon cœur que tu as raison, répondit-il cn approchant son visagc du sicn.

— J'ai raison.

Elle se hissa sur la pointe des pieds pour aller à la rencontre de sa bouche. Quand il l'embrassa, elle s'abandonna à lui en se promettant de ne jamais oublier ce baiser.

- 8 -

— Nous faisons la cuisine ce soir, annonça Layla en entrant dans l'écurie. Josh et moi. Nous aimerions que tu invites Aubrey.

Vic avait besoin de réfléchir, et c'était à cheval qu'il le faisait le mieux. Voilà pourquoi il était ici, prêt à monter sur le dos de Titan pour partir en promenade.

— Vous allez faire la cuisine ?

— Oui. Ici, au ranch, puisque nous n'avons pas encore de maison. Comme le personnel est de repos, c'est le jour idéal.

— Mais pourquoi ? demanda-t-il, surpris par cette initiative.

— Je veux profiter d'avoir cette superbe cuisine à ma disposition pour m'entraîner. Contrairement à nos parents, nous n'aurons pas de cuisinière, en tout cas pas tout de suite. Et tu manges trop de cheeseburgers.

— Pas du tout.

Il savait pourtant que c'était vrai.

Il emmena Titan à l'extérieur de l'écurie et ajouta :

— Ce n'est pas une bonne idée d'inviter Aubrey à dîner.

— Pourquoi ? demanda Layla en le suivant dehors. Tu as peur qu'elle se rappelle finalement ce qui s'est passé entre vous ?

Après le baiser qu'ils avaient échangé sur la piste de danse et les avances qu'elle lui avait faites, c'est vrai qu'il n'était pas pressé que les mauvais souvenirs remontent à la surface.

— Je suis tombée sur elle l'autre jour à la boutique de

Morgan, dit Layla. Elle m'a dit que nous ne voyions pas assez. Qu'est-ce que j'étais censée faire ? L'envoyer promener ?

— Tu aurais très bien pu lui proposer de prendre un café quelque part ce jour-là, plutôt que de l'inviter ici, sur le champ de bataille.

C'était dans cette allée, devant cette maison, qu'Aubrey lui avait jeté sa bague de fiançailles à la figure.

— Tu ne peux pas l'empêcher de retrouver la mémoire, dit Layla d'une voix douce. C'est le mieux pour elle.

— Je sais.

Mais était-ce si mal de vouloir faire durer cette période idyllique un peu plus longtemps ? Il n'était pas encore prêt à renoncer aux sourires rayonnants d'Aubrey, à ses gestes d'affection et ses mots tendres. La tentation de repousser l'inévitable était grande.

— Il n'y aura que toi et Josh ? demanda-t-il.

— Et Chelsea. Et Nolan, ajouta-t-elle en fuyant son regard.

— *Nolan* ?

— Son frère jumeau n'est pas exactement notre meilleur ami, mais Nolan n'est pas Heath. Et il est avec Chelsea, tu vas devoir t'y habituer.

— Dis-moi au moins que Morgan sera là.

— Non. Elle fait son inventaire ce soir. Quant à maman, papa et grand-mère, ils dînent chez les Lattimore. Barbara veut leur faire goûter des recettes de son prochain livre de cuisine.

— Ce n'était pas pour un dîner de famille que je prévoyais de faire revenir Aubrey au ranch, grommela-t-il.

— Allez, petit frère. Aubrey nous adore.

Layla donna un coup dans son chapeau et il le rattrapa juste à temps pour l'empêcher de tomber. Il détestait que sa sœur le traite comme un gamin.

— Il ne faudra rien dire pour pousser Aubrey à retrouver la mémoire, prévint-il. Elle croit que nous sommes toujours ensemble, et d'après son médecin, il vaut mieux éviter de la contredire et attendre qu'elle se souvienne d'elle-même.

— Nous ne dirons rien, promit Layla. Chelsea et moi, nous n'avons aucune envie de nuire au rétablissement d'Aubrey. J'espère que tu le sais, Vic.

Il n'en doutait pas, mais il ne répondit rien. Il était trop anxieux à l'idée qu'Aubrey revienne ici. Allait-elle se rappeler leur affreuse dispute en revoyant l'endroit où elle avait eu lieu ?

— Elle doit avoir envie de voir du monde, insista Layla. J'imagine qu'elle tourne en rond toute seule chez ses parents.

Cela faisait mal à Vic de l'admettre, mais sa sœur avait raison. En outre, ce dîner serait l'occasion de discuter de l'avenir du ranch en l'absence de leurs parents.

Victor Grandin père était un homme bon et fort. Il prenait soin de sa famille. Il avait beaucoup de qualités, mais on ne pouvait pas le considérer comme un progressiste. À l'image du Texas Cattleman's Club qui avait longtemps été réservé aux hommes, le père de Vic n'avait pas imaginé que l'une de ses filles pourrait lui succéder à la tête du ranch.

Pourtant, Layla était la meilleure dresseuse de chevaux de la région, quant à Chelsea, elle connaissait le ranch par cœur et aurait pu décrire chacune des bêtes présentes sur le domaine. Vic était capable de réparer une clôture, d'attraper au lasso un veau égaré ou de tirer de loin sur un coyote, mais c'était dans l'ombre qu'il se révélait le plus efficace. Il avait appris à analyser le fonctionnement du ranch dans son ensemble et à placer chaque personne au bon endroit, en fonction de ses compétences. Ses sœurs considéraient qu'il ne faisait que déléguer, mais ce n'était pas une tâche si aisée qu'elles semblaient le croire.

Néanmoins, il reconnaissait la valeur de leur travail à toutes les deux. En ce qui concernait le bétail et les chevaux, il s'en remettait entièrement à leur expertise. Il était sans doute temps de le leur dire. Comme Aubrey le lui avait fait remarquer, la menace qui pesait sur le ranch était une bonne raison d'assembler leurs forces.

Titan s'ébroua et tapa du pied pour exprimer son impatience.

— Rendez-vous à quelle heure pour le dîner ? demanda Vic.

Layla fit un grand sourire.

— 19 heures précises. J'espère que tu aimes la cuisine italienne.

— Tout le monde aime la cuisine italienne. Je ne suis pas obligé de manger des burgers tous les jours, tu sais, ajouta-t-il en roulant des yeux.

— Merci, Vic. Sincèrement.

— Je t'en prie. Dis donc, si tu te joignais à moi ? proposa-t-il en montant sur le dos de Titan. Il y a longtemps que nous n'avons pas fait la course.

— Donne-moi cinq minutes ! s'exclama-t-elle en se précipitant dans l'écurie.

Vic eut tout juste le temps d'échauffer son cheval avant de la voir revenir sur un hongre noir qui semblait aussi excité qu'elle à l'idée de faire la course.

— À vos marques, dit Vic.

— Partez !

Elle passa au galop à côté de lui.

Vic marmonna un juron. Titan ne se fit pas prier pour s'élancer à son tour et rattraper son retard sur le cheval de Layla.

Aubrey prit la main que Vic lui tendait pour l'aider à descendre de son pick-up. Comme ils avançaient vers la maison, elle s'attendit à ce que des souvenirs lui reviennent, mais rien. Tout juste un sentiment de déjà-vu. Elle avait l'impression de ne pas avoir mis les pieds ici depuis des années. Elle essaya de se représenter la chambre de Vic, mais les images qui lui vinrent à l'esprit auraient aussi bien pu sortir de l'un des magazines de décoration de sa mère.

Il s'arrêta au pied des marches qui menaient à la grande porte d'entrée et se tourna vers elle.

— Tout va bien ? demanda-t-il, le visage marqué par l'inquiétude.

Il se faisait beaucoup de souci pour elle en ce moment. Ce ne devait pas être facile pour lui de la voir comme cela, affaiblie, au moment où il avait besoin de se concentrer pleinement sur le ranch.

— Oui, très bien, répondit-elle en affichant un sourire.

Elle n'allait pas gâcher le dîner de Layla pour si peu. En tombant par hasard sur la sœur de Vic, Aubrey avait été folle de joie de la reconnaître instantanément. Elle l'avait saluée, et Layla, toujours aussi chaleureuse, lui avait répondu en l'embrassant affectueusement. Elles avaient échangé quelques mots, et quand Aubrey avait évoqué la solitude dont elle souffrait depuis son accident, Layla lui avait promis de l'inviter à dîner prochainement. Aubrey s'en était réjouie, sans penser que les choses se feraient aussi rapidement.

— Tu peux me rappeler le nom du fiancé de Chelsea ? demanda-t-elle à Vic au moment où il ouvrait la porte.

— Nolan Thurston. C'est le frère jumeau du salaud qui essaie de trouver du pétrole chez nous.

— Rassure-moi, tu ne vas pas être comme ça toute la soirée ? intervint Layla qui se tenait debout dans l'entrée, les bras croisés et les sourcils froncés. Heureusement pour toi, ils ne sont pas encore arrivés.

— Ils peuvent bien m'entendre, ça m'est égal.

Aubrey espérait que le dîner allait bien se passer. Elle n'avait aucune envie de se retrouver au milieu d'une dispute générale.

— Aubrey, quel plaisir de te revoir, dit Layla. Viens, je vais te présenter Josh, mon mari.

Ils entrèrent tous les trois dans la cuisine où se trouvait Josh, penché au-dessus des fourneaux. C'était un homme grand et musclé, blond, dont les yeux étaient aussi bleus que ceux de Layla. Une conversation aimable et naturelle était entamée depuis quelques minutes quand Chelsea et Nolan arrivèrent à leur tour.

— C'est nous ! lança Chelsea en ouvrant la porte.

Nolan avait un physique d'athlète, des cheveux et des yeux bruns, et des sourcils épais et expressifs. Il formait un couple superbe avec Chelsea, dont la silhouette élancée était mise en valeur par une élégante robe de cocktail.

— Que nous vaut cet honneur ? demanda Vic en embrassant sa sœur aînée sur la joue. Je ne t'ai jamais vue plus en beauté.

— Pourquoi tes compliments sont-ils toujours équivoques ? répliqua-t-elle. Aubrey Collins ! ajouta-t-elle sans attendre la réponse de son frère. Comment vas-tu ?

— Très bien, merci, répondit Aubrey. Je suis ravie de te revoir. Félicitations à vous deux pour vos fiançailles.

Nolan passa la main autour de la taille de Chelsea, dont les joues s'empourprèrent adorablement. C'était inattendu, venant d'une femme dotée d'autant de caractère !

— À table tout le monde ! C'est prêt ! dit Layla en apportant sur la table un plat tout juste sorti du four.

Josh la suivit avec le reste et tout le monde prit place autour du beau couvert qu'ils avaient mis. Le repas, composé de fettucinis Alfredo, de tranches de poulet grillé et d'un gratin de brocolis à l'ail, et accompagné de toasts au beurre et au parmesan, fut un vrai régal. Après s'être délectée jusqu'à la dernière bouchée, Aubrey but une gorgée de vin au moment où Vic prenait la parole. Le sérieux de sa voix contrasta avec le ton décontracté du début de soirée.

— Puisque nos parents dînent chez les voisins, dit-il, il me semble que le moment est bien choisi pour parler de l'avenir de ce ranch et de ce que nous allons en faire.

— Ce que nous avons décidé de laisser entre les mains des autorités, rétorqua Nolan.

— En disant *nous*, dit sèchement Vic, je parlais des Grandin, qui sont propriétaires du ranch, et non du frère jumeau de l'homme qui essaie de le détruire.

— Tu en es encore là ? demanda Nolan en jetant sa serviette sur son assiette vide.

— Évidemment, j'en suis encore là, puisque Heath n'a pas renoncé à nous voler notre domaine.

Aubrey toucha la jambe de Vic sous la table, mais il la rassura d'un discret signe de tête.

— Victor, lança Josh, au cas où tu n'aurais pas remarqué, nous faisons désormais partie de la vie de tes sœurs, et ce pour longtemps. Il va falloir d'y habituer.

— Je m'appelle Vic, et mes sœurs sont capables de s'exprimer par elles-mêmes. Elles le faisaient bien avant que vous entriez en jeu tous les deux.

Un silence s'ensuivit. Était-ce par politesse que les deux hommes se gardaient de répondre, ou Vic les avait-il fait taire grâce à sa seule autorité ? Aubrey n'aurait su le dire.

— Comme je le disais, reprit Vic, l'avenir de ce ranch a toujours été clair. Notre grand-père et notre père ont décidé, à ma naissance, que celui qui portait leur nom deviendrait leur successeur.

— Et voilà, c'est reparti, soupira Chelsea. Pitié, resservez-moi.

Elle tendit son verre, que Nolan remplit de vin rouge. Aubrey fut surprise de voir Vic esquisser un sourire amusé.

— Nous savons ce que tu vas dire, dit Layla. Inutile de gâcher la soirée de tout le monde en revendiquant tes droits pour la énième fois.

Vic fit un clin d'œil à Aubrey et joignit sa main à la sienne, sur la table. Quelle idée pouvait-il bien avoir en tête ?

— J'ai parlé à Aubrey de l'ingénieure topographique que j'ai vue l'autre jour et de nos problèmes actuels, dit-il.

Il lança un regard appuyé à Nolan, qui plissa les yeux en retour.

— Et elle a soulevé un point intéressant, ajouta Vic. Chelsea considère depuis longtemps que la direction du ranch devrait lui revenir.

— Oui, je te signale que je suis l'aînée, dit Chelsea avant de boire une longue gorgée de vin.

— Tu as raison, répondit Vic.

Tout le monde se figea, à commencer par Chelsea qui dévisagea son frère avec l'air de se demander si elle l'avait bien entendu.

— Qu'est-ce que tu as dit ? demanda-t-elle après un silence.

— Tu es une force avec laquelle il faut compter, Chels. Je l'ai toujours pensé. Personne ne travaille aussi dur que toi pour ce ranch – à part Layla, dit-il en regardant son autre sœur. Mais je t'assure que ce que je fais est plus compliqué qu'il y paraît. Assurer la logistique du ranch, ce n'est pas évident. Il faut maîtriser beaucoup de paramètres très différents les uns des autres. Vous êtes extrêmement compétentes toutes les deux, mais on m'a appris à voir les choses d'en haut pour faire fonctionner un tout.

— Tu veux dire regarder tes sœurs de haut, dit Josh.

— Je ne les ai jamais prises de haut, se défendit Vic. Je m'assurais simplement que nous faisions du profit, et tout ce que nous avons obtenu, c'est en grande partie grâce à mes sœurs. Je pourrais vous montrer les comptes, mais j'imagine que Layla et Chelsea les ont souvent consultés quand j'avais le dos tourné.

En disant ces mots, Vic regarda ses deux sœurs, qui ne se retinrent pas de sourire.

— Je pourrais aussi vous faire la liste de toutes les personnes ennuyeuses que je dois côtoyer au quotidien pour maintenir nos prix et notre réputation au plus haut. Mais je considère que vos talents sont plus utiles dans vos spécialités respectives. Pour citer le valeureux Sam du *Seigneur des anneaux*, je pense que ce que nous devons faire, c'est « partager le fardeau ». Aucune de vous n'a envie de gérer ce que je prends en charge, et je n'ai pas les compétences pour faire ce que vous faites.

— C'est Aubrey qui t'a fait comprendre tout ça ? demanda Chelsea avec circonspection.

Aubrey décida de prendre la parole, mais sans répondre à sa question par oui ou par non.

— Vous répartir les responsabilités, dit-elle, ce serait un moyen pour vous trois d'avoir ce que vous voulez. Layla, cela te laissera plus de temps à consacrer à Josh et à votre ranch. Idem pour Chelsea avec Nolan, et pour Vic avec moi. Tout le monde sera gagnant, conclut-elle en mettant contre son cœur la main de Vic entremêlée à la sienne.

Vic s'éclaircit la voix et bougea légèrement sur son siège. Cela faisait plaisir à Aubrey de le soutenir ouvertement. Même s'il ne s'était pas montré assez compréhensif envers ses sœurs, personne ne pouvait nier qu'il travaillait aussi très dur pour le ranch.

— Merci, Aub, dit-il d'une voix douce.

— Je t'en prie, Vic.

— À partir de maintenant, dit-il en levant son verre, les enfants Grandin ne laisseront plus leur père décider de leur avenir à leur place. Nous allons choisir notre propre voie – la même pour nous trois. C'est absurde que nous partions dans trois directions différentes alors que nous voulons la même chose. Même si, toutes les deux, vous prenez quelques distances avec le ranch, je continuerai à avoir besoin de votre contribution. J'ai davantage confiance en vous qu'en quiconque. Nous sommes plus forts ensemble.

Layla fut la première à lever son verre pour approuver les propos de Vic.

— Je suis d'accord, dit-elle. Bien que tu aies triché quand nous avons fait la course tout à l'heure, tu as raison à propos du ranch.

— Je n'ai pas triché. C'est *toi* qui as triché, affirma-t-il. Tu es sortie de l'écurie au galop, et toi et ton cheval, vous nous avez pris par surprise, Titan et moi.

— Mon cheval s'appelle Lester. Et je suis plus rapide que toi et tu le sais, ajouta Layla avec un petit sourire satisfait.

Chelsea leva aussi son verre.

— Je le reconnais, petit frère, je n'ai aucune envie de faire ce que tu fais, dit-elle. Nouer des relations avec l'élite du Texas requiert un diplôme en arrogance et en hypocrisie, ce que je n'ai pas. Contrairement à toi.

— Merci, grande sœur.

La réponse de Vic, formulée d'un ton sérieux, fit rire tout le monde. La tension de tout à l'heure s'était dissipée. Ce fut au tour de Nolan, Josh et Aubrey de lever leur verre de vin, et les six convives burent à la trêve qui venait d'être décrétée.

- 9 -

— Je suis impressionnée, dit Aubrey après le dîner, quand Vic se trouva seul dehors avec elle.

Il n'avait pas parlé ainsi dans le but de l'impressionner, mais sa remarque le rendit fier.

La nuit était tombée, mais la lumière de la pleine lune éclairait les prés et dessinait leur ombre sur le chemin.

— Alors ? demanda Aubrey. À propos de cette course, tu as triché, oui ou non ?

— Jamais de la vie ! s'exclama-t-il en riant. Layla est sortie de l'écurie en trombe, sans me prévenir que la course avait déjà commencé. Toutefois, comme Titan déteste perdre presque autant que moi, nous avons tout donné pour rattraper notre retard. Layla sait que j'ai gagné. Elle ne m'a pas vraiment contredit, d'ailleurs.

— C'est vrai. Tu sais, j'adore tes sœurs. Elles sont tellement fortes. Je les envie.

Il s'arrêta net et se tourna vers elle.

— Pourquoi tu les envies ? Tu es aussi forte qu'elles, si ce n'est plus.

— Je ne me sens pas forte. J'ai l'impression d'être le fantôme d'une personne qui a été forte par le passé.

— Crois-moi, Aub. Tu dis ce que tu penses, tu sais reconnaître ce qui est vraiment important. Tu ne laisses personne t'imposer sa loi. À mon grand dépit, parfois.

— Parce que je ne suis pas l'aimable femme au foyer dont tu as toujours rêvé ? demanda-t-elle en souriant.

Sa remarque ressemblait tant aux reproches qu'elle lui avait faits dix ans plus tôt, lors de leur rupture, que Vic sentit son cœur s'emballer. Si elle se rappelait leur dispute, le reste ne tarderait sans doute pas à lui revenir en mémoire, et elle se détournerait sûrement de lui. Alors qu'il commençait justement à la reconquérir !

Le temps pressait. Ses souvenirs pouvaient refaire surface à tout moment, et avant que cela arrive, il devait lui prouver à quel point elle comptait encore pour lui.

— Je peux voir Titan ? demanda-t-elle tandis qu'ils arrivaient à l'écurie.

— Bien sûr.

L'étalon gris de Vic sortit la tête de son box en les entendant arriver. Vic adorait son cheval. Tous les chevaux. Il était émerveillé par leur capacité à percevoir les émotions des autres êtres vivants, humains ou animaux, et à s'y adapter.

Comme Aubrey le caressait entre les naseaux, Titan ferma les yeux en signe de reconnaissance.

— Il t'aime bien, dit Vic.

— Il aime sûrement tous ceux qui le caressent. N'est-ce pas, Titan ?

Le cheval répondit en soufflant doucement dans les mains d'Aubrey. Elle rit et le gratta entre les oreilles, mais au bout de quelques instants, son sourire se dissipa.

— Et si je ne retrouve jamais la mémoire ? demanda-t-elle tristement.

— Cela n'arrivera pas.

— Mais si cela arrive ?

Ses yeux verts étaient emplis de peur et de doutes. Elle avait besoin qu'il lui réponde en toute sincérité.

— Eh bien, si tu ne retrouves pas la mémoire, tu pourras tout de même continuer à vivre. Ton médecin ne t'interdira pas éternellement de travailler. Et une fois que tu seras remise, au moins physiquement, tu ne seras plus obligée de vivre chez tes parents comme je le fais.

— Dans des conditions épouvantables, plaisanta-t-elle en faisant un geste en direction de la maison.

Cela faisait du bien de la voir sourire. Si seulement elle avait pu garder cette gaieté…

— Tu veux voir le grenier ? proposa Vic.

— Devrais-je me méfier de tes arrière-pensées ?

— Non. Enfin, peut-être.

Il lui prit la main pour la conduire au bout du couloir. Titan protesta en secouant la tête. Tout en se promettant de récompenser son cheval plus tard pour son bon comportement, Vic emmena Aubrey jusqu'au pied de l'escalier fraîchement installé. Il n'était pas encore verni et sentait le pin.

— Il n'y avait qu'une échelle ici avant, non ? demanda Aubrey.

— Tu vois ? Tes souvenirs te reviennent. Monte, je te suis.

Il prit une couverture propre sur une étagère, en espérant que les chevaux ne lui en voudraient pas de l'avoir empruntée. Puis il suivit Aubrey de près dans l'escalier, au cas où elle perdrait l'équilibre. Il jouait avec le feu en la faisant monter au-dessus des écuries, mais si des souvenirs de cet endroit lui revenaient, ils seraient forcément bons. Ils y avaient passé de si belles nuits, allongés nus sur la paille fraîche…

— Ça fait longtemps que je n'ai pas fait ça, confia-t-il quand ils furent arrivés en haut.

Il n'avait jamais emmené d'autres femmes ici, et ses soirées en amoureux avec Aubrey remontaient à plus de dix ans. Pour lui, c'était un lieu emblématique de leur histoire. Et comme s'il avait fait un voyage dans le passé, il avait l'envie irrépressible de la déshabiller, comme autrefois. De lui faire l'amour en lui parlant tout bas de son désir pour elle.

— Que se passe-t-il ? demanda-t-elle en le regardant fixement.

Il y avait tant de choses qu'il ne pouvait pas lui dire…

— Ce n'est peut-être pas une bonne idée, murmura-t-il.

Il soupira et secoua la tête. Il mourait d'envie de la rejoindre pour la prendre dans ses bras, mais il restait là, immobile, à la regarder.

Aubrey voyait sur le visage de Vic ce qu'il ne lui disait pas. Il se faisait du souci pour elle.

Elle s'approcha et lui prit la couverture des mains.

— Je sais ce qui t'inquiète, dit-elle.

— Ah oui ?

— Oui.

Elle n'allait pas le laisser gâcher cette soirée alors qu'ils avaient tous les deux envie de la même chose.

— Tu essaies de me ménager parce que je suis blessée, dit-elle en sortant sa chemise de son jean. Tu as peur de nuire à mon rétablissement. Mais tu dois me faire confiance, je sais ce qui est bon pour moi.

En disant ces mots, elle déboutonna sa chemise et l'enleva sous le regard brûlant de Vic. Il la prit par la taille et elle mit les mains contre son torse.

— Je me souviens, murmura-t-elle.

— De quoi ?

— De nos promenades à cheval sous le ciel étoilé. De nous explorant l'écurie en chuchotant pour nous assurer qu'il n'y avait personne à l'intérieur, puis grimpant jusqu'ici pour nous installer sur une couverture avec une bouteille de whisky volée à tes parents.

— Notre cachette, dit-il en souriant.

— Comme s'il n'y avait pas eu assez de place dans votre gigantesque maison.

— Tu préférais aller à l'extérieur.

— Je préférais n'importe quel endroit où je pouvais être tranquille avec toi, Vic Grandin.

Elle glissa les doigts sous sa chemise et caressa son ventre musclé. Il avait la peau brûlante.

— Aubrey, avant que tu…

— J'ai confiance en toi. Plus qu'en n'importe qui d'autre. Toi aussi, tu dois me faire confiance. Tu as raison. Je suis forte. Je sais ce que je suis en mesure de faire ou non. Être avec toi, ça ne peut me faire que du bien. Et moi aussi, je peux te faire du bien.

— Tu crois que j'en doute ? demanda-t-il avec un sourire sensuel.

— Alors pourquoi résister ?

Elle lui ôta sa chemise et continua à le caresser, en descendant jusqu'à son jean pour mettre la main sur son érection. Il plaqua alors sa bouche contre celle d'Aubrey et l'embrassa avec passion en prenant ses fesses dans ses mains. Ivre d'excitation, elle mit une jambe autour de lui, puis l'autre, tandis qu'il la soulevait pour la porter jusqu'à une balle de foin. Quand elle fut assise dessus, ils passèrent un long moment à s'embrasser en se caressant mutuellement. Vic savait mettre dans ses baisers tout ce qu'il ne disait pas avec des mots. Quand ils étaient dans les bras l'un de l'autre, plus rien d'autre ne comptait. Ni le monde extérieur, ni les disputes qu'ils avaient pu avoir au sujet de leur avenir commun.

Cette pensée semblait vouloir la mener vers une autre, mais ses souvenirs restaient inaccessibles, bloqués derrière une porte fermée à double tour.

Elle ferma les yeux pour essayer de se concentrer, mais à cet instant, Vic enfouit le visage dans son cou et posa les lèvres juste derrière son oreille, à l'endroit où elle était particulièrement sensible. Alors elle cessa de lutter pour se souvenir et s'abandonna au plaisir. Le temps était la clé de son rétablissement. Le temps, ainsi que les étreintes de son merveilleux petit ami.

Elle déboutonna le jean de Vic, baissa sa fermeture Éclair et toucha son sexe avec délices. Elle n'avait pas fait l'amour avec lui depuis la veille de son accident, ce qui était beaucoup trop loin à son goût.

Visiblement rassuré sur l'état d'Aubrey, Vic se débarrassa de ses bottes et de ses vêtements en un rien de temps. Puis il finit de la déshabiller et l'allongea délicatement sur la couverture étendue au sol. Une fois étendu au-dessus d'elle, il se pencha pour passer la langue sur ses seins et la fit gémir de plaisir en prenant ses mamelons entre ses lèvres. Puis il descendit doucement le long de son ventre, jusqu'au moment où elle sentit sa bouche entre ses cuisses. Il savait si bien s'y prendre pour lui donner du plaisir… Envahie par les sensations les plus exquises, elle se cambra instinctivement en laissant échapper un long soupir. Elle ne pensait plus à rien. Que c'était bon d'être avec lui, en totale confiance, et de le laisser prendre le contrôle !

Il ne mit que quelques instants à lui donner un orgasme si intense qu'elle dut étouffer ses cris avec sa main. Quand il revint auprès d'elle pour l'embrasser, elle ne chercha pas à retenir ni à cacher ses larmes d'émotion.

- 10 -

Lors de la nuit que Vic avait passée avec Aubrey la veille de son accident, le plaisir avait rapidement cédé la place à une certaine distance. À présent, il n'y avait plus la moindre réserve dans le regard et dans l'attitude d'Aubrey. Elle était l'image même de la satisfaction des sens. Les yeux à demi fermés, un sourire béat sur les lèvres, elle était allongée, nue, plus belle que jamais.

À contrecœur, il l'abandonna quelques instants pour se débarrasser du préservatif. Quand il revint, elle était assise sur la couverture et avait enfilé la chemise écossaise de Vic. Couverte du vêtement qu'il avait porté, elle lui parut encore plus sexy que lorsqu'elle n'avait rien sur elle.

Il fut saisi par l'émotion, et un sentiment de culpabilité qu'il chassa aussitôt. Aubrey lui avait bien montré qu'elle savait ce qu'elle voulait. Il n'avait aucune raison de regretter ce qui s'était passé, surtout lorsqu'il la voyait aussi comblée.

Un peu plus tôt, quand il était entré en elle, elle avait fermé les yeux et entrouvert la bouche. Puis elle avait serré ses longues jambes autour de lui et enfoui les doigts dans ses cheveux. Rien n'était plus beau que ce qui se passait entre eux quand ils faisaient l'amour.

Il retourna s'asseoir à côté d'elle et l'attira contre lui en l'embrassant dans le cou.

— Tu avais froid ? demanda-t-il.

— Un peu, mais c'est passé maintenant que tu es revenu. Si nous étions dans ta chambre ou dans mon appartement, je serais restée nue. Est-ce une motivation suffisante pour que tu m'y emmènes ?

Comme si ses cris d'extase ne l'avaient pas assez motivé. Toutefois, sa chambre contenait des souvenirs qui risquaient de réduire à néant son projet de la reconquérir. Jusqu'à présent, la soirée s'était bien passée, mais cela pouvait basculer à tout moment.

Elle se blottit contre lui et respira profondément. Il la connaissait suffisamment pour savoir ce que cela voulait dire.

— Quelque chose te préoccupe ? demanda-t-il.

Elle lui prit la main et joua un moment avec ses doigts, avant de lui répondre finalement par une question :

— Est-ce que tu prévois de te marier ?

Pris au dépourvu, il resta sans voix.

— Nous avons bien dû en parler, reprit-elle après un silence. Explique-moi pourquoi, bien que nous soyons ensemble depuis l'âge de seize ans, nous en sommes toujours à faire l'amour en cachette dans le grenier de l'écurie. Je précise que je ne dis pas ça pour me plaindre, ajouta-t-elle en levant les yeux vers lui.

Il pouvait lui mentir en prétendant qu'ils avaient été trop occupés pour aborder le sujet, ou il pouvait lui dire la vérité, c'est-à-dire qu'ils avaient été fiancés autrefois, mais qu'elle avait changé d'avis. Il avait promis de faire ce qu'il y avait de mieux pour elle compte tenu de la situation, et ce n'était sûrement pas en lui rappelant leur violente dispute d'il y a dix ans qu'il allait l'aider à se remettre. Il opta donc pour une réponse qui se situait entre fiction et vérité.

— Nous avons parlé de mariage, dit-il. Mais comme le fait de nous installer ensemble, ce n'était pas le bon moment.

Ces mots lui parurent étonnamment justes.

Après leur rupture, il avait été en colère. Il n'avait pas compris pourquoi elle avait envoyé promener tout ce qu'ils avaient construit. Il avait eu la certitude qu'elle ne trouverait jamais mieux que lui. Et le fait est que parmi toutes les femmes qu'il avait rencontrées par la suite, aucune n'était arrivée à la cheville d'Aubrey. Elles avaient toutes beaucoup de qualités, mais il n'avait jamais réussi à s'attacher à elles. Il avait fini par comprendre que le lien qui l'unissait à son premier amour était unique, inégalable et irremplaçable.

Voilà pourquoi, lorsqu'il l'avait vue ce fameux soir au Silver Saddle, il n'avait pu s'empêcher de tenter sa chance. Et par miracle, elle avait dit oui. Après une nuit extraordinaire, il était parti, comme promis, bien décidé à tenir parole et à faire comme si cette nuit n'avait jamais existé.

Mais voilà que les cartes étaient rebattues. Aubrey se rappelait parfaitement la nuit en question, seulement elle avait oublié le contexte. Elle avait oublié l'accord qu'ils avaient passé au bar. Pour elle, cette nuit torride faisait partie d'une histoire d'amour ininterrompue. Comme si les choses n'avaient pas changé depuis l'époque du lycée.

Vic s'était souvent dit qu'Aubrey avait changé quand elle était partie à l'université. En réalité, elle n'avait fait qu'affirmer sa personnalité. Elle se souciait des autres, attachait une importance primordiale à l'instruction et se montrait chaleureuse et attentive avec tous les gens qu'elle rencontrait. Tout en l'admirant pour cela, il avait été aveugle.

Il ne s'était intéressé qu'à lui-même, à sa situation et à l'héritage dont il avait la charge. Son père était le roi, le ranch était leur château. Victor père avait considéré Vic comme le prince qui porterait sa couronne une fois qu'il se serait retiré. Vic avait été élevé dans l'idée qu'il savait mieux que tout le monde – mieux que sa mère et sa grand-mère, mieux que ses sœurs et mieux qu'Aubrey – ce qui était bon pour la famille Grandin. Et jamais il n'avait remis cette éducation en question.

Pour lui, si Aubrey avait décidé de faire de longues études, ce n'était pas pour réaliser son rêve mais pour retarder la concrétisation des projets de Vic. Obsédé par les rites de passage qui devaient le mener à son but ultime, à savoir prendre les commandes du ranch, il avait eu l'impression que tout s'écroulait le jour où elle lui avait dit qu'elle n'était pas encore prête à avoir un enfant. Son père ne lui avait jamais demandé son avis sur le ranch ou sur son avenir, il lui avait seulement fait part de ce qu'on attendait de lui. Et Vic, dans sa volonté d'apaiser son père et de se montrer digne de sa confiance, s'en était pris à Aubrey et l'avait perdue.

Il avait voulu la forcer à faire ce qu'il avait décidé et avait échoué. Était-ce surprenant qu'elle ait renoncé à l'épouser ? Si les rôles avaient été inversés, il ne serait jamais resté avec elle. Il n'aurait modifié ses ambitions pour personne.

Heureusement, il n'était plus le jeune homme arrogant et égoïste de vingt et un ans qui avait fait fuir la femme qu'il aimait. Il avait gagné en maturité et en sagesse.

Brusquement, Aubrey se dégagea et se leva pour enfiler son jean.

— Où vas-tu ? demanda-t-il.

— Dis-le, Vic. Tu n'as pas envie de m'épouser. Je n'ai pas besoin de retrouver la mémoire pour le comprendre. Ton silence en dit long.

Elle ôta la chemise de Vic et la jeta sur lui avant de lui tourner le dos pour se rhabiller à la hâte.

— Je ne crois pas que tu fasses attention à moi à cause de mon état de santé, ajouta-t-elle. Tu es comme ça tout le temps, non ?

— Comment, *comme ça* ?

— Distant.

Il se mordit la langue pour ne pas lui raconter à quel point il avait été *distant* ces dix dernières années.

— J'ai toujours voulu t'épouser, Aubrey.

Ce n'était sûrement pas cela non plus qu'il aurait dû lui dire.

Comme elle le fixait avec stupeur, il se leva, remit ses vêtements et lui tendit la main.

— Viens, dit-il.

Elle resta immobile.

— Je ne vais pas te laisser dire des choses qui ne sont pas vraies, insista-t-il. Tu voulais aller dans ma chambre, non ?

Finalement, elle accepta de mettre la main dans la sienne et de le suivre jusqu'à l'entrée qui menait dans sa partie de la maison.

Vic ouvrit la porte et s'effaça pour laisser entrer Aubrey. Elle se trouva dans un petit couloir dont la première porte à gauche donnait sur une cuisine, tandis que sur la droite se trouvait sa chambre. Mais pouvait-on appeler cela une chambre ? C'était une pièce immense, ornée d'un ensemble de meubles en cuir : un grand lit, un canapé et un fauteuil. Il y avait aussi une télévision à écran géant, un bureau et une grande bibliothèque remplie de livres. Il avait en fait son propre appartement à l'intérieur de la maison. La visite se termina par la luxueuse salle de bains qui se trouvait à côté de la cuisine, puis ils retournèrent dans la chambre.

Quand elle se tourna vers Vic, elle vit qu'il la regardait avec attention. Il se tenait debout à côté d'une commode, dont le premier tiroir était ouvert. Comme il lui faisait signe de s'approcher de lui, elle avança tout en ressentant une crainte inexplicable.

Vic sortit du tiroir une petite boîte en velours gris pâle et l'ouvrit en montrant à Aubrey ce qu'elle contenait : une bague de fiançailles faite d'un anneau en platine et d'un gros diamant entouré de diamants plus petits, mais tout aussi étincelants. Aubrey en eut le souffle coupé.

— Cela fait dix ans que je garde cette bague dans mon tiroir, dit Vic. Nous étions en désaccord au sujet de notre avenir. Tu voulais une vie différente de celle que j'avais en tête. Ce n'est pas que je ne voulais pas t'épouser, Aub. Vraiment pas.

La bague était superbe. Aubrey ne connaissait pas bien la joaillerie et aurait été incapable de nommer cette forme de diamant, mais ce n'était pas cela qui l'intéressait. Ce qui importait, c'était ce que ce bijou représentait : un avenir. *Leur* avenir. L'avenir auquel elle tenait plus que tout.

D'une main tremblante, elle prit la bague sur son support en velours.

— Je n'arrive pas à y croire, murmura-t-elle.

— Je ne voyais pas d'autre moyen de te le prouver.

— Tu l'as depuis dix ans ?

— Pas un de moins.

— Tu n'as pas laissé tomber.

— Il faut croire que non.

Il reprit délicatement la bague, la rangea et referma le couvercle. Aubrey eut l'impression de voir son avenir s'effacer sous ses yeux. Elle avait déjà perdu une partie de son passé. Elle refusait de perdre aussi son avenir.

— Tu voulais m'épouser, mais tu ne m'as pas demandée en mariage.

Sans rien dire, il replaça la bague dans le tiroir de la commode.

— Et maintenant ? demanda-t-elle. Tu attends que j'aie retrouvé la mémoire, c'est ça ? Tu as peur de ne pas vouloir passer le reste de ta vie avec moi si je reste dans cet état ?

Elle l'aurait aisément compris. Et si son état empirait ? Si on lui découvrait des séquelles irréversibles ? Comment pouvait-elle attendre de lui qu'il reste à ses côtés pour s'occuper d'elle ?

— Non, répondit-il d'un ton ferme.

Il lui prit les mains et la regarda dans les yeux.

— Écoute-moi, Aubrey Leann Collins. Le fait que je

veuille ou non t'épouser n'a rien à voir avec tes problèmes de mémoire. En revanche…

— Oui ?

— Le fait que *tu* veuilles ou non m'épouser dépend entièrement de tes souvenirs.

Elle secoua la tête. Cette énigme n'avait aucun sens.

— Crois-moi, ma beauté, insista-t-il. Si je pensais que c'était la meilleure chose à faire pour toi, je remuerais ciel et terre pour t'épouser aussi vite que possible. Tu aurais droit à une demande solennelle et un grand mariage. Mais pour l'instant, tu as surtout le droit d'avoir tous les éléments en ta possession avant de prendre une telle décision.

— Qu'est-ce qui pourrait bien me dissuader de t'épouser ? demanda-t-elle en l'enlaçant. Je t'aime. Je t'ai toujours aimé.

Il eut soudain l'air perdu.

— Vic, je…

Il la fit taire avec un baiser. Un baiser long et sensuel, qui la transporta de bonheur et de plaisir.

— Je préfère te prévenir, dit-elle quand il se redressa. Quand tu me demanderas en mariage, je dirai oui. Nous nous installerons dans notre propre maison, que nous remplirons de petits Grandin. Une nouvelle génération arrivera pour hériter du ranch de ta famille. Qu'en dis-tu ?

Le visage de Vic, d'abord incrédule, exprima bientôt un désir brûlant qui reflétait parfaitement celui d'Aubrey.

— C'est l'heure d'essayer ton lit, dit-elle.

— Bonne idée.

Il l'embrassa et s'empressa de la déshabiller.

- 11 -

En regardant le Dr Mitchell qui feuilletait son dossier avec un air concentré, Aubrey avait du mal à contenir sa nervosité. Elle avait passé une journée entière, la semaine dernière, à passer des examens médicaux, et elle allait maintenant savoir si son état s'était quelque peu amélioré.

Le médecin passa un long moment à consulter les résultats qu'elle avait entre les mains avant de prendre enfin la parole.

— Je suis agréablement surprise, dit-elle avec un sourire franc.

Aubrey se mit à rire malgré elle.

— J'avais peur que vous m'annonciez quelque chose que je n'avais pas envie d'entendre, répondit-elle.

— Ce n'est pas exclu. Mais dans l'ensemble, je suis satisfaite de vos progrès.

Aubrey ne l'était pas, elle. Cela faisait un mois qu'elle luttait pour essayer de faire remonter ses souvenirs, qui n'arrivaient qu'au compte-gouttes.

— Certains éléments vous sont revenus en mémoire, poursuivit le Dr Mitchell, et surtout, vous n'avez rien oublié de ce que vous avez vécu ces derniers jours. Selon les dires de Vic, en tout cas. Car vous avez passé beaucoup de temps ensemble.

— Oui.

Aubrey avait rempli le questionnaire, puis l'avait soumis à Vic afin qu'il corrobore ses souvenirs. Comme l'avait dit le médecin en donnant les formulaires à Aubrey, c'était la seule façon de savoir si les nouveaux souvenirs qu'elle créait s'imprimaient bien dans son esprit.

— Cela veut dire que je peux reprendre le travail ? demanda Aubrey.

— Vous êtes en bonne voie, mais c'est encore un peu tôt. J'aimerais que vous vous ménagiez encore un peu.

— Mais j'…

— Vous aimez votre métier, je vous comprends. Mais un bon stress, c'est toujours du stress. Je vous demande aussi, par précaution, de continuer à vous abstenir de conduire.

Aubrey soupira, puis s'exclama soudain :

— Et monter à cheval ? Je peux monter à cheval ?

Elle avait eu envie de monter Titan à la seconde où elle l'avait vu.

— C'est une préoccupation récurrente chez vous, les Texans, dit le médecin en riant. Je viens de Chicago, et après huit ans passés ici, je n'arrive toujours pas à comprendre ces animaux.

Alors qu'Aubrey pensait qu'elle allait essuyer un refus, le Dr Mitchell ajouta :

— Pas de rodéo, mais si vous faites juste une promenade tranquille, je n'y vois pas d'inconvénient. Vous me promettez de ne pas faire de folies, et surtout de ne pas prendre le volant ?

— Je vous le promets.

Elle avait déjà gagné quelque chose.

Elle quitta le bureau du médecin et alla retrouver sa mère en salle d'attente. Sur le chemin du parking, Aubrey lui fit le compte rendu de son rendez-vous.

— Tu voudrais bien me déposer au ranch des Grandin ? demanda-t-elle quand elles furent en voiture. Je vais faire une surprise à Vic.

— Quoi qu'en dise ton médecin, ça ne me plaît pas que tu montes à cheval, dit Mary.

— L'équitation me manque. J'ai l'impression que je n'en ai pas fait depuis une éternité.

— Depuis que Vic et toi…

Mary s'interrompit en secouant la tête.

— Depuis que Vic et moi quoi ?

— Ça fait dix ans que tu n'es pas montée à cheval.

Dix ans ? C'était curieux. Cela coïncidait non seulement avec les souvenirs qu'Aubrey gardait de son couple avec Vic, mais aussi avec le temps que sa bague de fiançailles avait passé dans son tiroir.

— Pourquoi j'ai arrêté alors que j'aimais ça ? demanda-t-elle à sa mère.

— Tu te concentrais sur tes études.

Encore l'excuse des études ? Avait-elle été incapable de conserver une vie privée et des loisirs en parallèle de l'université ? Et une fois qu'elle avait obtenu son diplôme, pourquoi n'avait-elle pas repris ses anciennes activités et construit un avenir avec Vic ?

— Écoute, maman, je n'ai toujours pas le droit de reprendre l'enseignement, et cette permission de monter à cheval est la première bonne nouvelle que je reçois depuis un certain temps. Je te serais reconnaissante de ne pas me gâcher ce plaisir.

Sa mère ne méritait pas qu'elle lui parle sur ce ton, mais c'était plus fort qu'elle. Sa frustration était trop grande.

— Si tu ne me conduis pas chez Vic, ajouta-t-elle, j'appellerai un taxi pour qu'il vienne me chercher chez toi.

— D'accord, d'accord. Dis donc, tu as de l'énergie aujourd'hui ! Je dois reconnaître que cette facette de ta personnalité m'avait manqué. Cet accident aura peut-être eu du bon, en fin de compte.

Aubrey apprécia la remarque de sa mère, d'autant qu'elle se sentait bien en ce moment. Elle n'avait pas conscience de se comporter différemment de d'habitude, mais en tout cas, elle n'avait pas à se plaindre de sa vie actuelle, en dehors de ses problèmes de santé.

En arrivant au ranch, Mary mit en garde Aubrey pour la énième fois avant de la laisser descendre de voiture. Aubrey lui promit d'être prudente, puis bondit presque dehors pour courir à la rencontre de sa liberté retrouvée.

Une déesse aux cheveux roux arrivait de la maison, vêtue d'une robe à fleurs très sexy et d'une paire de santiags. Le sourire aux lèvres, Vic mit ses mains en porte-voix pour appeler Aubrey.

Elle se tourna vers lui et vint dans sa direction, sa chevelure légèrement agitée par le vent. Il aimait la voir avec les cheveux détachés. Et quand elle lui adressa un sourire éblouissant, il sentit la flèche de Cupidon lui transpercer le cœur.

C'était officiel. Aubrey Collins l'avait de nouveau envoûté.

Elle courut jusqu'à lui et se jeta dans ses bras. Il la souleva, la serra contre lui et respira sa peau avec bonheur.

— Le médecin m'autorise à monter à cheval ! annonça-t-elle quand il l'eut reposée. Je propose que nous sellions Titan pour l'emmener faire un tour.

Les yeux brillants, elle regarda l'écurie dont Vic était sorti un instant plus tôt. Puis elle se retourna et fit une grimace en remarquant que les vêtements de Vic étaient couverts de poussière.

— Tu es dégoûtant, dit-elle.

— Merci.

Il ôta quelques brins de foin accrochés à ses manches.

— J'ai aidé les palefreniers à nourrir les chevaux, expliqua-t-il. J'aime bien passer du temps dehors en ce moment. Un bon chef doit savoir ce qui se passe dans son ranch.

— Et cela n'a rien à voir avec ton besoin de prouver

à tes sœurs que tu sais faire autre chose que déléguer ? demanda-t-elle en mettant la main sur la hanche.

— Disons que… C'est secondaire, concéda-t-il. Tu es sûre de vouloir monter Titan maintenant ?

— Oui ! Je me sens comme un diable à ressort resté enfermé trop longtemps dans sa boîte. Je veux que tu montes avec moi, pour me protéger.

C'était impossible de lui dire non, surtout quand elle faisait appel à son instinct protecteur.

— Mais d'abord, ajouta-t-elle, j'ai une confession à te faire.

Vic eut l'impression que son cœur s'arrêtait. Allait-elle lui parler d'un souvenir qui lui était revenu ? Celui de leur dispute ?

— Je t'écoute, répondit-il.

— Je ne me souviens pas de Titan, et je ne sais pas pourquoi.

Eh bien… Vic, lui, savait pourquoi. Il avait acheté Titan cinq ans plus tôt, à une époque où Aubrey était sortie de sa vie depuis longtemps. Mais évidemment, il ne pouvait pas lui donner cette explication.

— Titan est sensible à l'authenticité des personnes qu'il rencontre, dit-il simplement. Et toi, Aubrey, tu es parfaitement authentique.

Ils entrèrent dans l'écurie et préparèrent leur monture pour partir en promenade. Titan était un gentil géant qui n'avait jamais cherché à faire tomber son cavalier. Et s'il se passait quoi que ce soit, Vic n'hésiterait pas à se jeter à terre pour amortir la chute d'Aubrey et l'empêcher de se blesser.

Après avoir aidé Aubrey à se mettre en selle, il s'assit derrière elle et mit son cheval au pas. Titan semblait sentir d'instinct qu'il portait un chargement précieux. Il était plus calme que jamais, et Vic se délectait de sentir les cheveux d'Aubrey lui chatouiller les joues.

Par le passé, ils s'étaient souvent promenés ainsi sur les terres du ranch. Aubrey voulait toujours s'arrêter pour caresser les vaches, ce qui avait contribué à faire changer Vic. Avant de la connaître, il n'avait pas prêté autant d'attention aux animaux. C'était elle qui lui avait appris à les considérer comme des êtres vivants et sensibles, et non comme de simples outils au service des humains. C'était l'un des nombreux domaines dans lesquels elle avait exercé une influence positive sur lui.

Il était conscient de la chance inestimable qu'il avait d'être de nouveau avec elle. Le mois qui venait de s'écouler l'avait rendu follement heureux, et le jour où elle retrouverait la mémoire, il savait déjà ce qu'il ferait.

Il allait se battre pour elle jusqu'à son dernier souffle.

La première fois qu'elle l'avait quitté, il n'avait rien fait pour la retenir. Il ne referait pas la même erreur.

— Je me souviens de ça, dit-elle d'une voix émue en tournant la tête vers lui. Je me souviens des promenades à cheval que nous faisions ensemble. Je suis désolée d'avoir arrêté. J'étais focalisée sur mes études.

Il ne la contredit pas, même s'il connaissait la vraie raison pour laquelle elle avait cessé de monter. C'était parce qu'elle n'était plus revenue au ranch après leur rupture. Après ce qu'ils s'étaient dit, ils n'avaient même pas pu rester amis.

— C'est fou, dit-elle, j'ai l'impression que c'était hier. Notre rapport au temps est parfois étrange, non ?

— Si, très étrange.

Depuis un mois, il avait lui-même parfois l'impression de revivre le passé.

— Si seulement j'arrivais à reconstituer tous mes souvenirs, dit-elle. Le Dr Mitchell m'a dit de ne pas m'inquiéter, mais comment est-ce possible ?

— Tu n'as jamais aimé perdre le contrôle.

— C'est toi qui me dis ça ?

— Nous avons cela en commun. Ce qui explique sans doute pourquoi…

Nous nous disputions autant à propos de notre avenir.

— Pourquoi nous avons eu quelques altercations, acheva-t-il.

— Et voilà pourquoi nous savons si bien nous réconcilier, répondit-elle en riant.

Elle posa la tête dans le creux de son épaule. Quand il pensait à toutes les années qu'ils auraient pu passer à se chamailler et à se réconcilier, il sentait son cœur se serrer.

— Ah bon ? Tu veux te bagarrer contre moi ? Essaie toujours, dit-il en serrant les bras autour d'elle.

Mais elle se libéra en lui donnant un coup de coude dans les côtes.

— Aïe !

— Tu l'as bien mérité.

Il la reconnaissait bien là. Elle savait se montrer douce et tendre, mais aussi taquine et effrontée. Voilà ce qui la rendait aussi sexy. Il n'avait pas toujours été le tyran qui voulait diriger sa vie. Au début, il avait apprécié que sa petite amie ait du répondant. Jusqu'au jour où il avait eu peur que la trajectoire qu'elle prenait nuise à sa propre organisation.

Son grand-père, puis son père, avaient toujours fait la loi. En tant que fils héritier, Vic avait eu le tort de penser qu'il devait les imiter. Dix ans plus tôt, il avait été aussi inexpérimenté en tant que directeur de ranch qu'en matière de relations amoureuses. Le moindre changement par rapport au programme qu'il avait en tête l'avait terrifié.

Quand Aubrey lui avait annoncé qu'elle voulait poursuivre ses études, il n'y avait vu que des inconvénients. Il n'avait pas compris son désir d'indépendance. C'était à lui de prendre soin d'elle. Elle était sa princesse, il avait voulu lui offrir une vie d'insouciance. En découvrant qu'elle avait ses propres ambitions, il en avait conclu qu'il ne lui suffisait plus, ce qui l'avait profondément blessé.

À cause de sa susceptibilité et de son immaturité, ils avaient perdu des années. Cette fois, ce serait différent. Il était prêt à déplacer des montagnes pour donner une deuxième chance à leur amour. Parce qu'il en avait désormais la conviction absolue : ils étaient faits l'un pour l'autre.

- 12 -

— Qu'est-ce que c'est ? demanda Aubrey.

Une petite boule marron remua dans un buisson avant de se figer d'un coup. En observant l'animal avec attention, Aubrey vit qu'il respirait.

— Un veau qui a réussi à s'échapper de son enclos, répondit Vic. Il se cache.

Un meuglement plaintif se fit alors entendre ; il venait de la mère du petit. C'était une vache marron et blanche, qui semblait à la fois mettre en garde Vic et Aubrey et réclamer leur intervention.

— Il est blessé ? demanda Aubrey.

À cet instant, Titan leva la tête et se tendit d'un coup. Vic chuchota un seul mot dans l'oreille d'Aubrey :

— Coyote.

Comme il lui montrait quelque chose du doigt, elle suivit son geste des yeux et distingua l'animal tapi dans les hautes herbes. Manifestement, la présence des humains ne le perturbait pas le moins du monde. Les yeux rivés sur le veau, il ne s'intéressait qu'à sa proie.

— Il n'est sûrement pas seul, chuchota Vic.

— Ce n'est pas très rassurant.

— Non, pas très.

Il descendit de cheval, contourna la cachette du veau, puis se mit à siffler et à taper des mains pour faire fuir le coyote et sa meute invisible. Alors seulement, Aubrey les vit et les entendit tandis qu'ils s'échappaient vers les bois.

La vache meugla de nouveau.

— Je vais te ramener ton bébé, lui dit Vic. Ne t'inquiète pas.

Il prit la corde fixée à sa ceinture et la noua en lasso. Dès sa seconde tentative, il parvint à faire passer la boucle autour du cou du veau, qui s'anima soudain pour se débattre tandis que sa mère meuglait de plus belle. Aubrey fut attendrie par ce spectacle. Si seulement elle avait pu expliquer à ces deux animaux qu'ils n'avaient rien à craindre, que Vic était en train de les aider !

Heureusement, il réussit à remettre le veau du bon côté de la clôture. La vache fêta ses retrouvailles avec son petit en le léchant tendrement.

— C'est une bonne mère, dit Aubrey à Vic.

— Oui.

Il observa un moment la scène avant de lever les yeux vers elle.

— Tu sais, dit-il, c'est toi qui m'as appris ça. Tu tenais toujours à me faire remarquer la beauté de ces bêtes. Je ne l'avais pas remarquée avant de te rencontrer.

Sur ces mots, il remonta en selle et mit les bras autour d'elle. Ils restèrent ainsi quelques minutes, le temps que le duo égaré rejoigne le troupeau qui paissait en haut de la colline. Puis Aubrey mit la main sur celle de Vic et murmura :

— Tu seras un bon père.

En le sentant se crisper, elle comprit que son compliment était tombé à plat. Le sujet des enfants avait-il provoqué des tensions entre eux ?

— C'est ce que j'ai toujours pensé, répondit-il.

— Pas moi ?

— Il était moins question de moi que de toi, dit-il en remettant Titan au pas.

Elle était enseignante. Elle adorait les enfants. Elle avait sûrement eu envie de fonder une famille. Avait-elle donné la priorité à un amour sur un autre ? Plus elle apprenait de choses sur son passé, moins elle avait envie de s'en souvenir.

Ils chevauchèrent en silence pendant quelques minutes avant qu'Aubrey reprenne la parole.

— Merci de m'avoir emmenée en promenade, dit-elle. Si tu es trop occupé pour me reconduire chez moi, je vais appeler un taxi.

— Sinon, tu peux rester avec moi.

— C'est vrai ? demanda-t-elle, surprise.

Oui, bien sûr. Appelle tes parents et dis-leur que je te ramènerai demain matin. Entre-temps, ma douche nous attend.

Elle était soulagée de voir qu'elle n'avait pas gâché l'ambiance en lui rappelant combien elle avait compliqué leur relation.

— Une douche ? Oui, avec plaisir, murmura-t-elle.

— Attends de voir ce que je vais te faire dans cette douche, lui susurra-t-il à l'oreille. Je compte bien m'assurer que tu n'oublies jamais le plaisir que je t'ai donné.

Elle frissonna d'excitation tandis que Titan trottait en direction de la maison, dans la lumière du soleil couchant.

Soit, sa vie d'avant son accident n'avait pas été parfaite. Et elle en avait oublié une partie, pour une raison qu'elle n'arrivait pas à comprendre. Ce qui s'était passé autrefois ne comptait plus, seul importait le bonheur du moment présent.

Quand elle était avec Vic, elle savait tout ce qu'elle avait besoin de savoir. Elle savait qu'elle l'aimait et qu'il l'aimait – il ne le lui avait pas encore dit depuis l'accident, mais il lui avait montré la bague de fiançailles qu'il gardait pour elle. Elle avait essayé de ne pas trop penser à son allusion au fait qu'elle puisse changer d'avis après avoir retrouvé la mémoire. Comment imaginer qu'elle ne veuille plus l'épouser ? Plus elle passait de temps avec lui, plus elle sentait qu'elle pourrait toujours compter sur lui. Qu'il ne l'abandonnerait ni ne la trahirait jamais. Qu'avait-elle de plus à savoir ?

Elle mit son bras en arrière pour le passer autour du cou de Vic. Il l'embrassa sur la joue.

Cela faisait quatorze ans qu'elle était liée à cet homme. Elle avait confiance en son propre jugement. Si elle était restée avec lui, c'était qu'il lui faisait du bien.

Une fois seul avec Aubrey dans sa chambre, Vic se débarrassa de ses bottes et déboutonna son jean tandis qu'elle dansait devant lui en relevant sa robe pour s'amuser à le perturber. Captivé par le spectacle qu'elle lui offrait, il se déshabillait sans prêter la moindre attention à ses propres gestes, si bien que lorsqu'elle ôta sa robe et la jeta sur lui, il faillit se prendre les pieds dans son jean en se précipitant vers elle. Il réussit à la coincer contre la commode pour l'embrasser avec passion.

C'est alors qu'il pensa à la bague rangée dans le tiroir.

Cette bague de fiançailles qu'elle lui avait rendue sans intention de la reprendre un jour, alors qu'aujourd'hui, elle lui assurait qu'il ferait un bon père et l'interrogeait sans cesse à propos de leur avenir. Un avenir qui, encore un mois auparavant, n'avait été qu'une chimère.

— Ça va ? demanda-t-elle dans un souffle.

Elle avait les lèvres rougies par leurs baisers et il voyait, sous le tissu de son soutien-gorge, les pointes de ses seins tendues par l'excitation.

— Oui, murmura-t-il en recommençant à l'embrasser.

Il enleva sa chemise sans abandonner sa bouche.

— Nous devons d'abord nous doucher, dit-il. Je sens la vache.

— Tu sens *toi*, rectifia-t-elle d'une voix chargée de désir.

Elle se mit à jouer avec le bord de ses sous-vêtements

en dentelle de manière délicieusement suggestive. C'était un bonheur de la regarder, de l'avoir de nouveau pour lui.

Il aimait tellement cette femme…

Cette pensée le pétrifia. Il le savait pourtant, et depuis longtemps. S'il ne le lui avait pas encore dit depuis qu'ils se revoyaient, c'était parce qu'il attendait le bon moment. Quand elle se souviendrait de tout, il devrait trouver les mots pour lui faire comprendre que ce qu'ils avaient vécu ensemble depuis son accident n'avait pas été un jeu pour lui mais qu'il était là pour de bon – si elle voulait bien de lui.

Ce qui était loin d'être acquis.

— Tu n'aimes pas mes dessous ? demanda-t-elle en cambrant pour se plaquer contre lui.

— Non, je ne les aime pas du tout, répondit-il en riant. J'aimerais mieux les enlever.

Il s'empressa de la déshabiller et prit ses seins dans ses mains en se rappelant la première fois qu'il les avait vus. Il se sentait aussi fou d'excitation aujourd'hui qu'à l'âge de dix-sept ans, bien qu'il ait fait l'amour avec elle des centaines de fois depuis ce jour.

Comme il la lâchait le temps d'enlever son caleçon, elle en profita pour s'échapper et il dut la poursuivre de la chambre à la salle de bains. Il la rattrapa à l'entrée de la douche et régla la température de l'eau avant de l'attirer sous le jet.

— Ça me manque, susurra-t-elle entre deux baisers, le visage ruisselant.

— Moi aussi.

Il ne savait pas si elle voulait dire qu'elle se rappelait les douches qu'ils avaient prises ensemble par le passé ou si elle ne parlait que du présent, mais pour sa part, il parlait au premier degré. Tout cela lui manquait. *Elle* lui manquait. Leurs étreintes, leurs caresses, tous ces moments de plaisir et de complicité. Il avait perdu des années à cause de son entêtement. Ce soir, il voulait prendre tout son temps.

Il se pencha vers elle et l'embrassa doucement, langoureusement, en allant à la rencontre de sa langue. Encouragé par ses murmures sensuels, il la plaqua contre la paroi carrelée de la douche et lui caressa les seins en jouant avec ses mamelons. De son autre main, il lui toucha le ventre, les hanches et les fesses, jusqu'au moment où il glissa deux doigts à l'intérieur de son sexe.

— Ça te plaît ? demanda-t-il en fixant les yeux sur les siens tandis que la vapeur d'eau les enveloppait.

— Oh ! oui.

— Personne d'autre ne sait te faire ça, Aubrey. Personne ne sait te donner autant de plaisir que moi.

Il ressentait le besoin de prendre possession d'elle, de lui rappeler l'évidence. Ainsi, le jour où elle retrouverait la mémoire, elle saurait qu'il était inutile de lui chercher un remplaçant, car ils étaient faits l'un pour l'autre. Il le savait, il était lui-même passé par là. Comme lui, elle avait sûrement eu des aventures au cours des dix dernières années, mais il voulait lui faire comprendre qu'elle n'aurait plus besoin de chercher quelqu'un d'autre. Parce qu'il serait là. Il serait toujours là.

— Non, personne, murmura-t-elle en fermant les yeux.

À partir de maintenant, aucun autre homme ne la toucherait comme cela.

— Dis-le.

— Personne d'autre, Vic. Il n'y a que toi.

Même s'il ne méritait pas complètement qu'elle s'abandonne ainsi à lui, ses paroles le gonflèrent d'orgueil.

Tout en la maintenant fermement pour l'empêcher de glisser, il continua à la caresser en suivant le rythme de ses gémissements de plaisir. Quand elle atteignit l'extase, il se délecta de l'expression de son visage et se sentit incapable d'attendre une minute de plus avant d'entrer en elle.

— Il nous faut un préservatif, dit-il d'une voix haletante.

— Mais je suis bien ici.

— Tu seras bien là-bas aussi. Compte sur moi.

Il prit le visage d'Aubrey entre ses mains et l'embrassa encore et encore. Quand il trouva la force d'abandonner ses lèvres, il n'avait plus les idées très claires.

— Qu'est-ce que je disais, déjà ?

— Que je pouvais compter sur toi, répondit-elle en fermant le robinet. Et j'ai hâte que tu me le prouves.

Sans perdre la moindre seconde à attraper une serviette, il la prit par la main et l'entraîna vers la chambre.

- 13 -

— Ces draps sont trempés, dit Aubrey en se redressant pour s'asseoir sur le matelas.

Elle avait le dos humide et froid. Allongé nu à côté d'elle, Vic la regardait avec un sourire sexy.

— Tu peux me dire pourquoi nous ne nous sommes pas séchés avant de nous mettre au lit ? ajouta-t-elle en riant.

Il passa le bras autour de sa taille et elle poussa un petit cri quand il la fit tomber à plat ventre sur lui. C'était étrange. Malgré la période difficile qu'elle traversait, elle n'avait aucun mal à éprouver une joie immense.

— Nous avions une affaire plus urgente à régler, répondit-il.

Son sourire rappela à Aubrey la douceur et la tendresse de l'époque où ils étaient tombés amoureux. Au milieu de tous les lycéens, elle n'avait remarqué que lui. Il avait tant de prestance et d'assurance…

— Pas étonnant, avait commenté la mère d'Aubrey en l'entendant parler de lui. Tu sais qui est son père ?

Aubrey avait tout de suite été acceptée par la famille Grandin. Les sœurs de Vic s'étaient prises de sympathie pour elle, quant à ses parents, ils se mêlaient beaucoup moins de la vie amoureuse de leur fils que les parents d'Aubrey le faisaient avec la sienne. Il n'avait jamais parlé de couvre-feu et s'était comporté comme s'il était libre de faire ce qu'il voulait, quand il voulait. À ce propos…

— Il faut que je prévienne mes parents que je ne vais pas rentrer ce soir, dit Aubrey.

Comme elle se penchait pour attraper son téléphone, Vic en profita pour mettre les mains sur ses fesses.

— Tu as les plus belles fesses du monde.

— Tu dis ça comme si tu n'en étais pas encore lassé après toutes ces années, répondit-elle en se redressant.

À son tour, elle donna une petite tape sur la fesse de Vic.

— Moi aussi, j'adore les tiennes, confessa-t-elle. Maintenant, sois sage deux minutes, le temps que je dise à mes parents que je vais dormir ici.

Comme sa mère ne décrochait pas, Aubrey lui envoya un SMS :

> Je passe la nuit chez Vic. Il me ramènera à la maison demain matin. Bonsoir, je vous embrasse.

Elle fit la grimace en reposant son téléphone.

— Qu'y a-t-il ? demanda Vic.

— Pourquoi ai-je l'impression d'enfreindre une règle ?

— Parce que c'est ce que tu as fait pendant des années. Tu mentais en prétendant dormir chez une amie alors que je te faisais entrer en cachette dans ma chambre pour que nous passions la nuit ensemble.

— En cachette ? Alors que tu avais ta propre porte d'entrée et que Bethany et Victor père t'accordaient une liberté totale ? Je me souviens que j'étais jalouse, moi qui étais surveillée de près par mes parents. Et cela recommence depuis que je suis de nouveau installée chez eux.

En toute honnêteté, la cohabitation ne se passait pas si mal que cela. Mais il y avait tout de même quelques inconvénients, comme celui de ne pas avoir toutes ses affaires à sa disposition.

— Tu voudrais bien qu'on passe à mon appartement demain, avant que tu me déposes chez mes parents ?

— Pourquoi ?

— Je voudrais prendre une tenue pour demain soir. J'en ai assez de porter tout le temps les mêmes vêtements depuis un mois. Mes amies du lycée ont proposé qu'on se retrouve pour dîner dans un restaurant Tex-Mex. C'est Primrose qui m'a appelée pour m'en parler.

En décrochant, Aubrey avait été soulagée de se rappeler précisément qui était Primrose. Elle s'était tout aussi bien souvenue d'Elise, Hailee, Brooke et Brandie, les autres collègues qui seraient présentes au dîner.

— Tu prévois d'y aller comment ? demanda Vic. Ta mère va passer la soirée avec vous ?

— Non ! Je n'ai pas besoin d'un chaperon.

— Et d'un chauffeur ? Je peux t'y conduire, si tu veux. Je m'assiérai au bar, je ne vous dérangerai pas.

— En fait, Prim m'a dit que Brandie viendrait accompagnée de son nouveau petit ami, et Brooke de son mari, Kal. Donc tu ne seras pas tout seul. Mais je ne veux pas que tu viennes si c'est juste pour me conduire, il faut que cela te fasse plaisir.

— Comment puis-je te convaincre que tu n'es pas un poids pour moi, Aubrey ? demanda-t-il en lui caressant la jambe.

Il est vrai que depuis son accident, elle avait l'impression d'être un poids pour tout le monde. Elle n'aimait pas être un sujet d'inquiétude pour les autres.

— Tu n'imagines pas combien ton soutien m'est précieux, répondit-elle en lui prenant la main. Les journées me paraîtraient bien longues sans toi. Il y a des moments où je suis presque tentée de m'inscrire sur les réseaux sociaux pour m'occuper, alors que je n'en ai jamais eu envie jusqu'ici.

— Tu sais, tu n'es pas obligée de rester à longueur de temps chez tes parents. Tu es toujours la bienvenue ici.

— Non, je n'ai pas envie de te déranger.

— Remarque bien que cela résoudrait ton problème de garde-robe.

— Comment ça ?

— Tu n'aurais plus besoin de porter quoi que ce soit si tu restais avec moi tout le temps.

Sur ces mots, il l'attira dans ses bras et la dévora de baisers.

Vic n'était jamais allé à Clara's Cantina. Il se demandait bien comment ce restaurant avait pu lui échapper, lui qui adorait la cuisine Tex-Mex. La salle était conçue comme une cabane, avec des chapeaux de cow-boy accrochés aux murs et des guirlandes lumineuses dont les ampoules étaient en forme de piments. L'ambiance était très animée à l'intérieur, mais plus calme sur la terrasse où s'étaient attablées les amies d'Aubrey.

— Je n'en reviens pas que tu viennes ici pour la première fois, dit Aubrey en avançant avec Vic entre les tables garnies de bols de chips et de sauce pimentée.

Si Vic avait proposé à Aubrey de l'accompagner, ce n'était pas par pur altruisme. Il avait redouté la réaction qu'auraient ses amies quand elle leur parlerait de « Vic, son petit ami ». À commencer par Elise Baxter, qui les connaissait depuis le lycée et était au courant de leur histoire. Il préférait donc être là pour s'assurer que tout se passe bien.

Les cinq femmes assises à table se levèrent dès qu'elles virent Aubrey et l'accueillirent chaleureusement. Vic rencontra le regard d'Elise, qui vint aussitôt à lui avec un air sévère. Elle s'était toujours montrée hostile envers lui. À l'époque du lycée, il avait cru que c'était par jalousie, car elle aurait voulu être à la place d'Aubrey. Aujourd'hui, il considérait les choses autrement. Si Elise ne l'aimait pas, c'était parce qu'elle avait eu la lucidité de voir qu'il ne méritait pas Aubrey.

— Qu'est-ce que tu fiches ici ? lui demanda-t-elle sans préambule.

— Moins fort, répliqua-t-il en affichant un sourire de façade.

Heureusement, Aubrey parlait avec les autres et ne s'était aperçue de rien.

— Aub a des problèmes de mémoire, précisa-t-il. Elle croit que nous sommes toujours ensemble.

— Elle *croit* ? Vous avez tout à fait l'air d'être ensemble, à première vue.

— Son médecin considère qu'il vaut mieux attendre qu'elle reconstitue la vérité par elle-même, pour ne pas la brusquer. Ou attendre qu'elle soit au bout de sa convalescence pour tout lui expliquer. Pour l'instant, son état est encore trop fragile.

Elise regarda Aubrey avec compassion.

— Je suis ici parce qu'elle avait envie que je vienne, ajouta Vic. Je ne veux que son bien, et je sais que toi aussi. S'il te plaît, Elise.

Elle croisa les bras et le dévisagea avec autorité.

— D'accord, répondit-elle finalement. Mais je te préviens, Vic. Si tu lui fais encore du mal, tu auras affaire à moi.

— Tu devras attendre ton tour, son père est le premier sur la liste d'attente.

Il en avait assez que tous ces gens aient une si mauvaise opinion de lui ; mais au fond, il les comprenait.

— Pour Aubrey, je te demande de me couvrir si jamais le sujet de notre relation vient dans la conversation.

Elise secoua la tête avec un air désapprobateur.

— Bon, soupira-t-elle, manifestement à contrecœur. Je le ferai pour elle.

— Merci.

Elle lui lança un dernier regard noir avant d'aller embrasser Aubrey avec affection. Vic s'efforça de se détendre et se présenta à Kal, le mari de Brooke, et à Roger, le petit ami de Brandie. Puis il prit place à table à côté d'Aubrey, ce qu'Elise ne sembla pas apprécier.

— Alors, ma chérie, présente-nous un peu ton beau fiancé, dit Primrose avec humour.

C'était une femme blonde, plus âgée qu'Aubrey, dont la bonne humeur était communicative.

— Tu n'as jamais rencontré Vic ? s'étonna Aubrey.

— Mais si ! dit Elise en regardant Primrose avec insistance. Tu te rappelles, à la cérémonie du professeur de l'année ? Vic était là. C'est à cette occasion que tu l'as vu pour la première fois.

— Contrairement à Elise, qui devait déjà subir la présence de ce phénomène au lycée, plaisanta Aubrey.

— Mais c'est toi qui devais le subir comme petit ami, rétorqua Elise avec un sourire crispé. Vic était assis avec le proviseur et son assistant, vous vous rappelez ? ajouta-t-elle à l'intention de ses amies.

— Oh ! oui, bien sûr, dit Brooke qui fut la première à comprendre ce que faisait Elise.

Elle donna un petit coup de coude à Brandie avant d'ajouter :

— Désolée, Vic. Il y avait tellement de monde à cette réception…

— Je vous en prie, répondit-il.

— Alors, comment te sens-tu ? demanda Hailee à Aubrey.

— Un peu mieux chaque jour, répondit Aubrey en prenant une gorgée de margarita. J'ai encore quelques trous de mémoire, mais le médecin est confiant. D'après elle, cela ne devrait pas durer.

— Quelques trous de mémoire, oui, marmonna Elise.

Vic lui lança un regard de mise en garde.

— Je dois dire que je me repose beaucoup sur Vic, ajouta Aubrey.

Elle lui prit la main et entremêla les doigts aux siens en levant vers lui des yeux pleins de confiance. Il en eut le cœur serré.

— Par chance, ajouta-t-elle, il ne s'en plaint pas trop.

— Je ferais n'importe quoi pour toi, répondit-il avec la plus grande sincérité.

Le jour où le passé lui reviendrait en mémoire, il serait là pour elle. Il sécherait ses larmes ou la laisserait s'énerver contre lui. Il accepterait qu'elle lui donne des coups de poing et lui en veuille de lui avoir menti au point de le détester. Il était même prêt à prendre la défense de Mary et Eddie s'il le fallait. Il lui servirait de chauffeur aussi longtemps qu'elle en aurait besoin. Il ferait tout pour lui montrer combien elle était importante à ses yeux.

Il l'avait déjà laissée partir une fois. Il n'était pas question qu'il recommence.

- 14 -

Le lendemain matin, Aubrey était assise sur la terrasse avec sa mère, une tasse de café fumant à la main. Le ciel était bleu, les oiseaux chantaient dans les arbres, c'était le début d'une journée parfaite à Royal…

Ou presque.

Aubrey avait passé une excellente soirée hier, au restaurant. Cela lui avait fait un bien fou de revoir ses amies. Après les questions inévitables sur sa santé, elles avaient parlé de choses et d'autres, notamment du lycée, ce qui était beaucoup plus agréable pour elle que d'être le centre d'attention – même si cela l'avait rendue encore plus impatiente de reprendre les cours.

Vic avait s'était montré à l'aise et assez loquace, tant avec les hommes qu'avec les femmes. Il avait déclenché plusieurs éclats de rire de l'ensemble des convives, y compris d'Elise, qui l'avait pourtant accueilli assez froidement dans un premier temps. Le repas avait été excellent, tout comme les margaritas.

Après le dîner, quand Vic avait ramené Aubrey chez ses parents, ils étaient restés un long moment dans la voiture à s'embrasser, jusqu'au moment où Eddie avait allumé la lumière du perron en signe d'avertissement. Tout en riant de se sentir de nouveau comme des adolescents, ils avaient échangé un dernier baiser, puis Aubrey était descendue du pick-up pour rentrer.

Alors pourquoi, après une soirée idyllique passée à

discuter avec des amis, à rire, à se régaler et à embrasser Vic, s'était-elle réveillée ce matin avec le ventre noué par la peur ? C'était incompréhensible.

Une heure plus tôt, allongée dans son lit, les yeux fixés sur le plafond, elle s'était repassé mentalement le film du dîner de la veille. Elle avait repensé au moment où Primrose avait dit qu'elle voyait Vic pour la première fois, et à celui où Elise avait assuré qu'elles l'avaient toutes rencontré lors de la cérémonie du professeur de l'année. Avec le recul, elle avait l'impression que ses amies avaient parfois ri de façon forcée et échangé des regards lourds de sous-entendus.

Sur le moment, Aubrey avait mis son étonnement sur le compte de son accident et de sa solitude de ces dernières semaines. Elle avait préféré se dire qu'elle avait seulement perdu l'habitude de voir du monde, et que son cerveau n'avait pas encore retrouvé toutes ses capacités. Mais ce matin, elle avait le sentiment étrange que ses amies avaient joué la comédie.

— Vous avez passé une bonne soirée, Vic et toi ? lui demanda sa mère, qui avait toujours du mal à se réveiller le matin.

— J'ai cru un moment que tu t'étais rendormie, plaisanta Aubrey. Comme tu ne disais rien…

— Ma chérie, tu sais bien que je suis incapable de prononcer plus de deux mots tant que je n'ai pas bu au moins la moitié de ma tasse de café. Je me demande bien comment j'ai fait pour être aussi matinale pendant toutes mes années d'enseignement. L'adrénaline, sans doute, conclut-elle en riant.

Mary était une professeure d'anglais à la retraite. Aubrey avait suivi ses traces après avoir passé des soirées à la regarder préparer ses cours et corriger ses copies. Ce métier lui avait toujours paru amusant.

— Nous nous sommes bien amusés, dit Aubrey. Mais je

me sens un peu coupée des autres. Le fait d'entendre mes collègues parler du lycée m'a donné encore plus envie de retourner travailler.

C'était peut-être de là que venait son malaise. Ses élèves lui manquaient terriblement, et le fait de ne pas pouvoir travailler la rendait malheureuse. Enfant, déjà, elle avait assailli sa mère de questions pour connaître tous les détails de sa profession. Adolescente, elle l'avait suivie pendant toute une journée dans le cadre d'un reportage pour le journal de son école. Sa vocation pour l'enseignement avait rapidement été une évidence.

Elle n'avait pas été prête à se marier et à fonder une famille deux ans après sa sortie du lycée, au moment où elle avait tout en main pour construire son avenir professionnel. Ce n'était pas étonnant que Vic l'ait énervée en lui suggérant de devenir mère au foyer au lieu de poursuivre ses études.

— Tu as des années d'enseignement devant toi, dit Mary. Ne t'inquiète pas, tu y retourneras bien assez tôt.

Mais Aubrey l'entendait d'une oreille, sans arriver à se concentrer sur ses propos. Vic lui avait suggéré de devenir mère au foyer ? D'où lui venait donc cette idée ? Elle n'arrivait pas à replacer une telle déclaration dans une conversation, et pourtant, elle avait la conviction intime d'avoir entendu cela.

Ce n'était pas une *idée*. C'était un *souvenir*.

L'angoisse lui serra la gorge.

— Ça va, ma chérie ? demanda sa mère en la regardant avec inquiétude.

— Oui, oui. Euh… Je me demandais juste à quoi j'allais occuper ma journée.

— Ça tombe bien ! J'ai besoin d'aide pour réorganiser la bibliothèque.

— En effet, ça tombe à merveille, répondit Aubrey avec un sourire forcé.

Elle finit sa tasse de café en ayant la sensation d'avoir la tête prise dans un étau, puis suivit sa mère dans son bureau. Une demi-heure plus tard, la grande bibliothèque était vidée et Mary prit le temps d'épousseter soigneusement chaque étagère.

— Ça te va si je prépare des sandwichs pour le déjeuner ?

— Très bien, répondit Aubrey.

— J'y vais. Pendant ce temps, si tu veux bien ranger tout ça pour moi…

D'un geste, elle désigna les piles de livres, les plantes et les quelques bibelots posés à droite et à gauche.

Restée seule, Aubrey commença par replacer les beaux livres de voyages et de photos. Elle reconnut un ouvrage de sciences dont elle s'était servie quinze ans plus tôt pour rédiger un exposé sur le système solaire. Son travail lui avait valu la deuxième place du concours, mais Vic avait dit à qui voulait l'entendre qu'elle aurait gagné si Timothy Leighton, arrivé premier, n'avait pas été le chouchou du prof.

Ce souvenir la fit sourire, et elle continua à feuilleter le livre. C'est là qu'elle tomba sur une planche de photos de Vic et elle, prises dans une cabine de photomaton. C'était une série de clichés sur lesquels ils souriaient, s'embrassaient ou faisaient semblant de dormir. La dernière photo était sa préférée. Pendant qu'elle regardait l'objectif en faisant l'idiote, Vic avait les yeux fixés sur elle. Son expression était belle et sincère, marquée par l'amour qu'il éprouvait pour elle.

Ou qu'il avait éprouvé.

Elle plia la feuille en deux et la mit dans sa poche arrière avant de finir de ranger. Quand elle rejoignit sa mère dans la cuisine, sa migraine avait empiré.

Vic était assis avec Jayden sur la barrière qui clôturait la propriété des Grandin, les pieds posés sur la planche du bas. Après une longue journée de travail, ils regardaient le soleil se coucher.

Jayden était depuis toujours le meilleur ami de Vic. Quand Aubrey l'avait quitté, il avait été là pour lui. Il avait aidé Vic à se changer les idées. Hélas, depuis quelque temps, une nouvelle épreuve les incitait à se serrer les coudes.

— Alexa attend sous peu le rapport du détective privé, dit Jayden.

L'avenir de leurs ranchs respectifs était un sujet constant de préoccupation. Alexa Lattimore, la sœur de Jayden, était avocate et faisait le lien entre sa famille et Jonas Shaw, le détective engagé pour enquêter sur l'affaire.

— Dès qu'elle en saura plus, ajouta Jayden, je te transmettrai les informations. Nous sommes unis dans ce combat.

— Merci, répondit Vic en portant sa cannette de bière à ses lèvres.

— Bon, et maintenant, tu vas me dire à quoi tu joues avec Aubrey Collins, ou tu préfères que nous fassions comme s'il ne se passait rien ?

— Je ne *joue* pas avec elle.

— D'accord. Donc tu ne couches pas avec ton ex-petite amie, qui, à cause d'un choc à la tête, ne sait pas qu'elle est ton *ex*-petite amie ?

— Ne me dis pas que toi aussi, je dois te convaincre que mes intentions envers elle sont tout à fait respectables.

— Elles le sont vraiment ? demanda Jayden en sautant à terre. Quels sont tes projets avec elle ?

Vic descendit à son tour de la barrière.

— J'essaie de la reconquérir, répondit-il.

— Ah oui ? Et quand elle se souviendra qu'elle te déteste, qu'est-ce que tu feras ?

— Elle a changé. J'ai changé. Quand nous avons rompu, nous n'étions que des enfants. Je sais que j'étais un petit imbécile arrogant…

— *Étais* ? plaisanta Jayden. Pardon, j'arrête.

— Oui, c'est ça. Mais toi, honnêtement, tu vas me dire que ça te rend heureux de n'avoir que des aventures sans lendemain ?

— Absolument. Tu es certain d'être prêt à renoncer à ta vie de célibataire pour une femme dont tu es séparé depuis dix ans ? Elle a une vie dont tu ignores tout, Vic. Vous ne vous connaissez plus. Quand elle se souviendra qu'elle t'a jeté ta bague de fiançailles à la figure, elle ne sera sûrement pas ravie que tu lui aies menti pendant tout ce temps.

— Je ne lui mens pas ! se défendit Vic. Pas complètement. C'est juste que… Je ne comble pas ses trous de mémoire. Ce qui revient à appliquer les règles fixées par son médecin, je te signale.

— Je doute sérieusement que son médecin t'ait demandé de mettre Aubrey dans ton lit, ou de faire en sorte qu'elle retombe amoureuse de toi avant de se rappeler pourquoi elle ne voulait plus de toi.

— Bon sang, Jayden…

Vic ne savait pas quoi dire d'autre. Sans doute parce que, malheureusement, ce que disait son ami était on ne peut plus juste.

— Écoute, j'adorerais que tu te réconcilies avec Aubrey. C'est une femme formidable, qui fait de toi un homme meilleur. Vous étiez inséparables tous les deux. Je me rappelle dans quel état misérable tu étais quand elle est partie.

— Merci beaucoup, grommela Vic.

— *Mais*, ajouta Jayden, cela doit se passer en toute honnêteté. Dis-lui la vérité. Elle est forte. Elle pourra le supporter. La question est : est-ce que toi, tu le pourras ?

— Oui, répondit Vic en essayant de se persuader lui-même.

S'il disait la vérité à Aubrey, il risquait à la fois de lui briser le cœur et de la perdre une deuxième fois.

— J'ai tout fait pour lui prouver que nous étions faits l'un pour l'autre, ajouta-t-il. Elle comprendra mes explications.

— Et sinon ?

— Je saurai la convaincre. Je ne la laisserai pas s'en aller de nouveau sans lui avoir dit ce que je ressens pour elle. Nous ne serons pas heureux tant que nous continuerons à chercher quelqu'un d'autre à aimer. Je suis déjà passé par là, et j'imagine qu'elle aussi.

— Sauf qu'elle ne s'en souvient pas, j'imagine. Elle ne doit pas savoir qu'elle a eu d'autres hommes dans sa vie ces dernières années.

— Non, puisqu'elle croit que nous sommes en couple depuis quatorze ans.

Le fait de dire cela tout haut lui fit une impression étrange. C'était comme s'il essayait de manipuler Aubrey pour l'inciter à rester avec lui. Sauf que…

— Elle m'aime, dit Vic. Elle me le dit souvent. Je voudrais l'en empêcher, mais… Ça me fait du bien, avoua-t-il. Ça me fait beaucoup, beaucoup de bien d'entendre de nouveau ces mots-là.

Jayden mit la main sur l'épaule de Vic en le regardant avec un mélange de compassion et de mise en garde. Pour Vic, son ami était comme un frère. Il lui faisait une confiance totale, voilà pourquoi il allait écouter ce qu'il avait à lui dire, même si cela risquait d'être douloureux.

— Ça ne devrait pourtant pas te faire de bien, dit Jayden. Ce que tu vis en ce moment avec Aubrey est voué à s'arrêter. Tu l'aimes, tu veux l'épouser et passer le reste de ta vie avec elle, d'accord. Tu peux compter sur moi pour organiser ton enterrement de vie de garçon. Mais tu dois être honnête avec elle. Elle ne mérite pas d'être la dernière au courant. Si tu l'aimes et la respectes, dis-lui la vérité. Sinon, cette bombe finira par t'exploser à la figure.

Jayden venait de formuler tout ce que Vic savait déjà

au plus profond de lui. Bien sûr, il pouvait se trouver les meilleures excuses du monde. Il était revenu dans la vie d'Aubrey pour prendre soin d'elle. Pour la soutenir pendant sa convalescence. Mais maintenant qu'elle était physiquement remise, elle allait bientôt reprendre le travail et ses autres activités. Il n'allait pas pouvoir la suivre partout pour éviter que quelqu'un lui révèle qu'ils étaient séparés depuis dix ans.

Il fallait donc qu'il le fasse lui-même, et ce sans plus tarder. Il était prêt à en assumer les conséquences et à se battre comme un fou pour elle.

Il allait lui expliquer la véritable raison pour laquelle sa bague de fiançailles se trouvait dans le tiroir de sa commode. Il y a des années, il l'avait demandée en mariage. Elle avait dit oui. Puis elle avait changé d'avis.

- 15 -

Vic n'avait pas été aussi nerveux depuis sa première fois avec Aubrey, le soir du bal de promo. Pour cette occasion, il avait réservé une chambre dans un grand hôtel de Dallas et commandé des fraises et du champagne. Quand il était passé prendre Aubrey chez ses parents, il avait éprouvé une telle angoisse que la sueur avait perlé sur son front.

Au moment d'entrer dans cette chambre avec Aubrey, il avait été envahi par l'émotion, certain qu'il était sur le point de faire l'amour avec la femme de sa vie. Il avait déjà eu en sa possession la bague de fiançailles qu'il allait lui offrir lors de la fête organisée par ses parents pour fêter son diplôme. Puisque leur avenir était écrit, à quoi bon attendre pour se marier ? Leur destin était de rester unis, et il lui avait promis une soirée qu'elle n'oublierait jamais.

Mais voilà qu'elle avait oublié.

Deux ans après cela, il avait voulu faire une nouvelle surprise à sa fiancée. Mais les choses ne s'étaient pas passées comme prévu. Il avait bien mis dans sa poche le ruban rouge auquel était attachée la clé en or qu'il avait voulu lui offrir, mais leur discussion au sujet de leur avenir s'était rapidement transformée en dispute. Leur dernière dispute.

— *J'en ai assez de tes sautes d'humeur, Vic Grandin !*

— *Parle moins fort.*

— *Pourquoi ? Quelle importance, si tes sœurs m'entendent ? Ou tes parents ? Ou tous les habitants du Texas ?*

— *Oui, c'est important pour moi ! Et avec la bague que*

tu portes, ça devrait l'être pour toi aussi. Ma famille sera bientôt la tienne, je te signale.

Le ton avait continué à monter.

— *Depuis que tu es partie à l'université, tu penses que tu es trop bien pour te contenter d'une vie au ranch des Grandin. Je pourrais t'acheter tout ce que tu veux, mais toi, Aubrey, tu ne m'attribues aucun mérite pour ça.*

— *Et il ne t'est pas venu à l'esprit que ça ne m'intéressait pas de me faire entretenir ? J'ai toujours voulu devenir enseignante. Je veux avoir mon travail et mon salaire et non tendre la main pour que tu me donnes de l'argent.*

— *Pour devenir enseignante, tu as seulement besoin du diplôme que tu obtiendras bientôt. Pourquoi poursuivre tes études pendant deux ou trois ans de plus ? La perspective de m'épouser et de fonder une famille avec moi est donc si repoussante que ça ?*

Sa déception l'avait rendu détestable. Il avait été prêt depuis des années à épouser Aubrey. Elle lui avait déjà demandé de se montrer patient, ce qu'il avait fait. Quand elle avait de nouveau voulu repousser le mariage, il l'avait pris contre lui et en avait souffert au point de perdre le contrôle.

— *Figure-toi que ma volonté de poursuivre mes études n'a rien à voir avec toi. Tu ne peux pas accepter que j'aie des choses à construire de mon côté ? Tu n'es pas le seul à avoir des aspirations, monsieur Victor Grandin. Ta réaction me prouve à quel point nous nous sommes éloignés l'un de l'autre.*

— *Tu as rencontré quelqu'un, c'est ça ?*

C'était la seule explication logique.

— *Tu as rencontré un brillant étudiant qui veut devenir professeur, comme toi, et tu penses que des intérêts communs valent plus que la vie que je peux t'offrir ici au ranch. Admets-le.*

Aubrey resta un moment sans voix, comme si elle avait reçu un choc.

— Franchement, Vic, si tu penses que je fréquente un autre homme tout en étant fiancée avec toi, alors me marier avec toi est la plus mauvaise idée du monde.

Sa remarque lui fit l'effet d'un coup de poignard en plein cœur et le rendit incapable de réfléchir à ce qu'il disait.

— Si c'est ce que tu ressens, répliqua-t-il, alors ne m'épouse pas. Tu peux sortir de chez moi et aller retrouver ton petit monde d'intellectuels. Mais je te préviens, si tu pars maintenant, tu me supplieras de revenir.

Elle tressaillit, puis se ressaisit aussitôt. Elle ôta rageusement sa bague de son annulaire gauche et la jeta sur lui.

— Va te faire foutre, Vic !

Elle avait lâché cette phrase comme une bombe. Jamais il ne l'avait entendue proférer une insulte, ni avant, ni après cela. Tandis qu'elle retournait à sa voiture, il l'avait suivie en criant qu'elle reviendrait à lui en rampant. Qu'il ne lui donnait que quelques heures avant de regretter.

Le souvenir de cette scène emplissait encore Vic de honte. Comment Aubrey aurait-elle pu avoir la moindre envie de lui reparler après cela ? C'était un miracle qu'elle ait eu envie de repasser une nuit avec lui, le soir où il lui avait offert un verre au Silver Saddle.

Les mains serrées sur le volant de son pick-up, il s'efforça de se concentrer sur le moment présent. Aubrey était assise à côté de lui et chantait la chanson qui passait à la radio. Comment faisait-elle pour se souvenir des paroles et non des moments les plus marquants de leur histoire ? D'un côté, les choses auraient été plus faciles si elle s'était tout rappelé par elle-même – de préférence lors d'une nuit qu'elle aurait passée chez lui. Il aurait pu la prendre dans ses bras et lui expliquer pourquoi il voyait cela comme leur deuxième chance. Il lui aurait rappelé que c'était elle qui l'avait réclamé en se réveillant à l'hôpital, et que cela voulait sûrement dire quelque chose.

Elle éteignit la radio à la fin du morceau.

— C'est encore loin ? demanda-t-elle.

Elle avait les yeux brillants d'excitation. Il avait envie de l'embrasser depuis qu'elle était montée dans sa voiture, mais il résistait. Il refusait de lui prendre quoi que ce soit de plus tant qu'elle ne saurait pas toute la vérité.

La permission lui avait été donnée par Mary et Eddie, après leur conversation avec le Dr Mitchell. Vic leur avait dit qu'il ne supportait plus de maintenir Aubrey dans l'ignorance. Il l'aimait mais ne pouvait pas le lui dire sans qu'elle soit consciente du contexte.

Le médecin avait donné son accord. Aubrey était prête.

Vic ne l'était pas, mais il n'avait pas le choix.

Pendant le trajet, elle lui avait confié qu'elle se sentait un peu déboussolée depuis quelques jours. Il lui avait promis qu'à la fin de cette journée, tout lui paraîtrait plus clair. Puis il avait annoncé qu'il avait une surprise pour elle.

— C'est juste au bout de cette route, lui répondit-il.

— Tu vas me dire ce que c'est, ou je dois encore attendre ?

Elle aimait les surprises. Elle aimait Vic. Mais l'aimerait-elle toujours après avoir appris la vérité ?

Il posa la main sur la sienne tandis qu'ils traversaient un quartier chic et arboré.

— Ça te rappelle quelque chose ? demanda-t-il en lui montrant les grandes maisons qui bordaient la rue.

— Mais oui ! s'exclama-t-elle. Nous sommes déjà venus ici, non ? Il y a longtemps, je crois.

— Plus de dix ans, acquiesça Vic.

Il se raidit et ralentit. Ils étaient presque arrivés.

— Nous nous amusions à choisir la maison de nos rêves. Tu as trouvé ta préférée, j'ai trouvé la mienne.

— Et c'était la même ! s'écria Aubrey en riant. Je m'en

souviens ! Elle était en brique et en pierre. Si tu savais le bien que cela me fait de me rappeler tout ça…

Il espérait que son excitation allait survivre à ses révélations.

Arrivé à une barrière de sécurité, il présenta sa carte d'identité au vigile et roula doucement jusqu'à la maison qu'Aubrey venait de mentionner.

— Vic ? Qu'est-ce que tu fais ? demanda-t-il quand il se gara dans l'allée.

Il avait fait poser ces pavés deux ans plus tôt.

— J'ai acheté la maison. Je ne te l'ai jamais dit.

Elle le regarda bouche bée.

— Surprise, ajouta-t-il avec un sourire hésitant.

Des larmes coulèrent sur les joues d'Aubrey au moment même où un rire s'échappait de ses lèvres.

— Tu es sérieux, murmura-t-elle.

— Eh oui. Descends et je vais te montrer l'intérieur.

Quand ils furent devant la porte, elle le prit par la taille pendant qu'il insérait la clé dans la serrure. Puis il se tourna vers elle pour l'étreindre, en rêvant de ne plus jamais la laisser s'en aller. Serait-elle toujours aussi heureuse dans quelques minutes ? Il en doutait.

Il ouvrit la porte et fit passer Aubrey devant lui. Il se trouvait dans une grande entrée qui desservait plusieurs pièces. Aucune n'avait été meublée. À leur droite se trouvait un salon orné d'une grande bibliothèque intégrée, idéale pour les nombreux livres d'Aubrey. La salle à manger située à leur gauche était assez vaste pour qu'ils y réunissent leurs deux familles à l'occasion de Noël ou de Thanksgiving.

Vic prit la main d'Aubrey pour la mener jusqu'à l'escalier qui montait au premier étage. Il n'y avait pas un grain de poussière, grâce à la société à laquelle il avait confié l'entretien de la maison. Au cours des semaines qui avaient suivi leur séparation, Vic avait vécu dans la colère, persuadé qu'il s'installerait un jour dans cette maison et qu'Aubrey aurait des regrets en découvrant ce à quoi elle avait renoncé. Puis la colère avait fait place au chagrin, et il avait gardé la maison dans le seul espoir qu'un miracle se produise et qu'elle revienne vers lui. Puis, au fil du temps, faire entretenir cette maison était devenu une habitude, et il n'avait plus trouvé la force de s'en séparer. Il avait bien pensé à s'y installer seul, mais l'idée d'y vivre sans Aubrey lui avait brisé le cœur.

— C'est incroyable, dit-elle. Je n'en reviens pas que tu aies fait ça ! Quand pouvons-nous emménager ?

Si seulement cela avait été aussi simple…

Dès le début de cette comédie, il avait su que c'était une mauvaise idée de mentir à Aubrey. Il avait promis de faire ce qu'il y avait de mieux pour elle, mais finalement, il en était arrivé à servir ses propres intérêts. Il n'avait plus qu'à espérer qu'elle lui pardonne après avoir entendu son récit, et qu'elle trouve des raisons de rester avec lui.

— Combien de chambres ? demanda-t-elle en levant la tête vers le haut des marches.

— Quatre. Avec trois salles de bains et une salle d'eau.

Il s'était dit que s'ils avaient trois enfants, ils pourraient rester ici de longues et belles années.

— Mais… Avant que nous parlions de l'emménagement, commença-t-il, j'ai quelque chose à te dire. Tu voudrais bien t'asseoir ?

La gaieté d'Aubrey s'envola d'un coup et elle le regarda avec inquiétude.

— C'est une mauvaise nouvelle ? demanda-t-elle.

— Euh… Pas exactement.

— Si c'est le cas, je préfère que tu me le dises tout de suite. Inutile de prendre des gants.

Le soir de sa conversation avec Jayden, Vic avait réfléchi à la façon dont il allait parler à Aubrey. Il savait ce qu'il voulait lui dire, mais il ne savait pas dans quel ordre lui présenter les choses.

— Mon Dieu, dit-elle en portant la main à son cœur. Tu vas rompre avec moi, c'est ça ?

— Quoi ? Mais non, Aubrey. C'est la dernière chose que je souhaite. Je… Écoute. Tu veux bien m'écouter sans m'interrompre jusqu'à ce que j'aie fini ? J'ai beaucoup à dire.

Elle acquiesça et monta jusqu'à la troisième marche de l'escalier pour s'y asseoir. Les coudes sur les genoux, elle noua les mains et attendit.

Bon sang. Il n'avait aucune envie de faire ça. Il ne voulait pas regarder la femme qu'il aimait dans les yeux et lui annoncer qu'il lui avait caché quelque chose d'aussi important. Mais il lui devait la vérité.

Quitte à en payer le prix.

- 16 -

Vic fit un moment les cent pas devant Aubrey, puis il s'arrêta et se mit face à elle. Les mains sur les hanches, il la regarda dans les yeux. Là, il lui dit la dernière chose à laquelle elle s'attendait :

— Cela fait dix ans que nous ne sommes plus en couple.

Comme elle ouvrait la bouche pour réagir, il la fit taire d'un geste.

— En fait, ajouta-t-il, nous nous sommes à peine adressé la parole au cours de la dernière décennie.

Il se passa la main dans les cheveux et la fixa avec attention avant de continuer. En l'écoutant, elle fut partagée entre la stupéfaction et la conviction profonde que tout ce qu'il lui disait était vrai. Il lui raconta la demande en mariage qu'il lui avait faite devant Eddie et Mary, lors de la fête organisée pour célébrer la fin de sa scolarité, et elle se revit en train de lui dire oui. Il parla de leur dispute au sujet de ses études et son récit correspondit au vague souvenir qu'elle avait eu en se réveillant, quelques jours plus tôt. Et enfin, il lui expliqua ce qui s'était passé entre eux la veille de son accident.

— Au bar, je t'ai proposé de m'accompagner en mémoire du passé. Je t'ai promis que nous passerions une nuit extraordinaire et qu'après, tu n'entendrais plus parler de moi. Tu as oublié cette partie, mais comme tu te rappelais que nous avions couché ensemble, c'était pour toi la preuve que nous étions toujours ensemble. Mais ce n'était pas le cas, Aubrey, dit-il d'une voix pleine de regret.

— Nous avons partagé des cannolis, dit-elle machinalement, d'une voix qu'elle ne reconnut pas elle-même.

Elle se souvenait de lui ce soir-là, de son sourire et de la queue de cerise qu'il avait nouée avec sa langue. Et, oui, elle se souvenait maintenant qu'il lui avait proposé une nuit, rien qu'une nuit de plaisir.

La colère la fit se lever d'un bond.

— Tu as fait ta chute le lendemain, poursuivit Vic en la priant des deux mains de l'écouter jusqu'au bout. Tes parents ont essayé de me tenir à l'écart, mais je suis resté à l'hôpital, dans la salle d'attente, en jurant que je ne partirais pas tant que je ne t'aurais pas vue. Ton médecin a pensé que c'était une bonne idée que je sois présent pour toi, au moins jusqu'à ce que tu retrouves la mémoire.

— Vous m'avez tous menti, lança-t-elle avec un rire amer.

— Ton médecin craignait de faire empirer ton état en te ramenant à la réalité de façon trop brusque. Nous nous faisions tous beaucoup de souci pour toi.

Il cherchait sûrement à la réconforter en lui parlant de cette voix douce, mais c'était tout le contraire. Il la mettait encore plus hors d'elle.

— Il y a quelques jours, dit-il, pendant que tu faisais des courses avec Elise, je suis passé chez tes parents. Je leur ai dit que je ne supportais plus de te cacher la vérité. Ta mère a appelé le Dr Mitchell pour lui expliquer la situation, et tout le monde a convenu que c'était le bon moment pour te parler.

— Tout le monde sauf moi. Entre parenthèses, je commence à me poser des questions sur les compétences de ce médecin.

— Aubrey, je n'ai jamais voulu te faire de mal. Je voulais t'aider.

— Tu m'as menée en bateau. Tu m'as offert de belles soirées romantiques. Tu as fait l'amour avec moi.

Elle sentait que sa voix tremblait. Avait-elle déjà ressenti autant de colère ? Oui, se souvint-elle brusquement. Le jour où elle avait rendu sa bague de fiançailles à Vic.

— Tu m'as laissée croire à un avenir avec toi alors que tu n'avais aucune intention…

Elle recula pour s'écarter de lui.

— Je ne voulais pas que cela aille aussi loin. J'ai cru…

— Je t'ai dit que je t'aimais, dit-elle en le regardant avec incrédulité. Pendant tout ce temps, tu m'as laissée croire que nous étions amoureux.

— Nous l'étions. Nous le *sommes*.

Comme il allait s'approcher d'elle, elle leva la main pour le lui interdire.

— J'ai dit à tes parents combien je t'aimais, insista-t-il. Je t'aime toujours, Aubrey. Je n'ai jamais cessé de t'aimer. Sans cet accident, nous n'aurions peut-être jamais eu de seconde chance.

— Une seconde chance ?

Les souvenirs lui revenaient maintenant par vagues. Elle se souvenait de tout. De la demande en mariage, du moment où elle avait montré sa bague à sa famille et à ses amies. De sa décision de poursuivre ses études et de la dispute qui avait suivi.

— Tu m'as dit que je reviendrais en rampant.

— Aubrey…

— Était-ce un complot pour te venger ? Tu m'en veux toujours d'avoir porté atteinte à ton orgueil ? C'est pour ça que tu as acheté cette maison, pour m'y emmener et me montrer ce que je pourrais avoir si j'étais avec toi ?

Elle vit qu'il voulait dire quelque chose mais elle continua à parler.

— Tu m'as accusée de te tromper avec un autre étudiant.

— Je ne t'ai pas accusée, je t'ai posé la question.

— C'est pareil.

— Peux-tu te mettre à ma place une seconde ? Tu imagines

à quel point j'étais blessé d'apprendre que tu ne voulais pas te marier avec moi ?

— Ah parce que c'est toi, la victime, maintenant ? Excuse-moi ! J'ai cru que c'était moi qui avais eu un traumatisme crânien et qui avais oublié *la partie la plus importante de ma vie* !

Elle criait maintenant et se tenait la tête pour essayer d'apaiser la douleur qui vibrait dans ses tempes. Elle venait de tout perdre d'un coup.

— Aubrey, je t'en prie.

— Non. Tu n'as plus qu'une chose à faire pour moi : me reconduire chez mes parents. En chemin, je ne veux pas entendre un mot de ce que tu as à dire. Tu me dois au moins ça.

Après un moment de suspens, il accepta d'un signe de tête. Elle sortit en fixant les yeux sur la porte pour éviter de regarder la maison dans laquelle elle ne vivrait jamais. Puis elle traversa le jardin tête baissée, pour ne pas voir la pelouse sur laquelle ses enfants ne joueraient jamais.

Vic venait de lui voler son avenir. Et le pire était de savoir qu'il ne l'avait trahie pas une, mais deux fois.

Elle ne le laisserait pas recommencer.

Il se tut pendant tout le trajet, jusqu'au moment où il se gara devant la maison.

— Je peux…

— Non, dit-elle. Quelle que soit ta question, la réponse est non.

Elle fut triste en voyant son expression sincère, mais c'était trop tard. Il lui avait menti pendant trop longtemps. Ses explications ne l'intéressaient pas.

— Non, je ne veux pas vivre avec toi. Non, je ne veux pas t'épouser. Non, je ne veux plus que tu me touches. Je ne veux même plus te parler. Nous n'avons plus rien à nous dire.

Sur ces mots, elle descendit de voiture et claqua la portière.

— Maman ! Papa ! cria-t-elle en entrant dans la maison.

Ses parents étaient assis dans le salon, avec chacun un livre entre les mains. Son père cligna des yeux comme s'il venait de se réveiller d'une sieste. Il remonta ses lunettes en haut de son nez.

— Comment avez-vous osé me trahir ? demanda-t-elle. Comment avez-vous pu me laisser croire que Vic faisait encore partie de ma vie ?

— Voyons, ma chérie, calme-toi, dit son père en posant son livre.

— Certainement pas. Maman, tu as eu des tas d'occasions de me dire la vérité. J'ai cru que nous devenions plus proches. Et toi, papa, qui voulais toujours me protéger, qu'est-ce qui t'a fait changer tout à coup ?

— Nous n'avons fait que suivre les instructions du…

— Du médecin, je sais. Je compte bien lui rendre une petite visite prochainement, d'ailleurs. Et je prendrai moi-même le volant pour y aller. Elle ne voulait pas que je conduise, mais en revanche, pas de problème pour que je tombe dans les bras de mon ex-petit ami !

— Le Dr Mitchell nous a expliqué ses inquiétudes dans le détail. Le cerveau humain est une toile complexe qui…

— Papa ! Pitié. Arrête.

— Je suis désolé, dit Eddie qui semblait soudain écrasé par le poids de la culpabilité. Nous sommes tous les deux tellement désolés. Nous avons commis une erreur par seule volonté de te protéger. Nous t'aimons tellement.

— Tu aurais dû voir Vic quand il est venu nous voir, dit Mary. C'était vraiment déchirant. Il était au bord des larmes quand il nous a dit qu'il t'aimait et qu'il voulait plus que tout être de nouveau avec toi. Il nous a suppliés de le laisser te dire la vérité. Il en a assumé la responsabilité, mais ce n'est pas sa faute. Nous espérions tous que passer du temps avec lui te donnerait la stabilité nécessaire pour retrouver la mémoire. Tu étais tellement heureuse dès qu'il était auprès de toi.

Aubrey lutta pour ne pas se laisser atteindre par les paroles de sa mère. C'était si émouvant d'imaginer Vic ici, seul avec ses parents, en train d'ouvrir son cœur… L'homme avec qui elle avait passé ces dernières semaines était différent de celui qu'elle avait quitté dix ans plus tôt. Après leur séparation, elle avait versé tant de larmes qu'elle avait cru ne jamais cesser de pleurer.

Mais elle y était arrivée.

Puis elle avait pris cette décision absurde de repasser une nuit avec Vic parce qu'il l'avait séduite un soir dans un bar. Mais elle avait construit sa vie sans lui. Une vie qui lui convenait, une vie sans regrets. Cela aurait pu continuer comme cela s'il ne lui avait pas montré un échantillon de la vie qu'ils auraient pu avoir ensemble, s'il ne lui avait pas fait visiter la maison dont ils avaient rêvé.

Elle ne lui pardonnerait jamais de s'être ainsi servie d'elle et de la confiance qu'elle lui avait accordée.

— Mes histoires avec Vic ne vous regardent pas, dit-elle.

— Ça ne te plaît peut-être pas de l'entendre, répliqua Mary, mais tu étais plus heureuse avant de connaître la vérité.

— L'ignorance est salvatrice, c'est ça ? Sérieusement ? Le bonheur que tu as cru voir n'était qu'une fabrication. Une illusion construite sur le conte de fées auquel vous m'avez fait croire.

— Ma chérie, nous t'aimons.

— Je le sais. J'imagine que Vic croit aussi être sincère quand il me dit la même chose. La question n'est pas là. Mais le fait de connaître la vérité me pousse à prendre des décisions. Je vais commencer par retourner immédiatement m'installer chez moi, et je vous préviendrai quand j'aurai de nouveau envie de vous voir. En attendant, je vous enjoins de me laisser tranquille. Comme je l'ai dit à Vic, vous me devez au moins ça.

Sans leur laisser le temps de répondre, elle tourna les talons, alla dans la chambre d'amis et claqua la porte derrière elle. Une fois enfermée à clé, elle fit ses bagages en pleurant.

Elle pleurait de chagrin d'avoir été trahie par Vic et par ses parents. Elle pleurait de joie d'avoir retrouvé la mémoire. Et elle pleurait de tristesse, parce que la vérité était qu'elle *aimait* Vic.

Elle l'aimait plus que de raison, alors qu'il lui mentait depuis des semaines. Pouvait-elle faire confiance à l'homme avec qui elle venait de passer les moments les plus merveilleux de sa vie ? Ou l'avait-il séduite pour servir ses propres intérêts, comme ce fameux soir au Silver Saddle ?

- 17 -

Après le départ d'Aubrey, Vic était resté dans sa voiture, devant la maison des Collins, à se demander s'il allait descendre à son tour pour sonner à la porte.

Il avait fini par le faire au bout de vingt minutes. Eddie était venu lui ouvrir. Assise à la table de la cuisine, Mary avait les yeux rouges et des mouchoirs froissés dans les mains.

— Bonjour, Vic, avait dit Eddie d'un ton inhabituellement accueillant. Entre.

— Comment va-t-elle ? avait aussitôt demandé Vic.

Il avait été surpris quand Mary s'était levée pour venir l'embrasser.

— Tu n'y es pour rien, lui avait-elle assuré. C'est notre faute. Aubrey est en colère, mais elle s'en remettra.

Elle avait eu l'air d'essayer de s'en convaincre elle-même.

Eddie avait dit à Vic qu'Aubrey était en train de faire son sac et qu'il s'apprêtait à la conduire chez elle.

— Je connais ma fille, avait-il ajouté. Elle a besoin de temps pour faire le point. Nous devrons respecter sa solitude pendant quelque temps.

— Je proposerais bien mon aide, mais…

Impuissant, Vic s'était interrompu en haussant les épaules. Eddie avait hoché la tête avec compréhension.

Cela s'était passé cinq jours plus tôt.

Pendant ces cinq jours, Vic avait dû lutter pour s'empêcher d'aller voir Aubrey. Ses SMS étaient restés sans réponse. Il ne lui avait pas téléphoné, de peur qu'elle bloque son numéro sous l'effet de la colère. Il lui avait envoyé des fleurs de façon anonyme, mais elle avait dû deviner qu'elles venaient de lui. Il n'osait imaginer ce qu'elle en avait fait.

Arrivé devant la porte de son appartement, il se prépara à toutes les réactions imaginables. Des cris, une gifle, il voulait bien tout accepter de la part d'Aubrey. Parce qu'il l'aimait.

Il respira profondément, se redressa et frappa doucement. Il aurait aimé savoir dans quel état d'esprit elle se trouvait. Cela l'aurait aidé de savoir si elle était en train de pleurer ou…

Elle ouvrit la porte et se tint face à lui, l'air sévère, comme si elle le mettait au défi de lui parler. Elle portait une robe à fleurs et des tennis blanches qui lui donnaient une allure à la fois sexy, moderne et fragile. En un mot, elle était irrésistible.

— Oui ? demanda-t-elle sans un sourire.

Il se demandait si elle lui sourirait encore.

— Cinq minutes, réclama-t-il.

Comme elle allait lui fermer la porte au nez, il l'en empêcha en la retenant du plat de la main.

— Deux minutes ?

Sans rien répondre, elle s'effaça finalement pour le laisser entrer.

— Tu les as gardées, dit-il en voyant sur la table de la cuisine un vase rempli de fleurs des champs.

Peut-être qu'elle ne le détestait pas, finalement.

— Cela aurait été du gâchis de les jeter. Même si elles viennent de l'homme à qui je ne veux plus jamais parler.

— Tu es pourtant en train de me parler.

— Qu'est-ce que tu fais là ?

Il passa de la cuisine peinte en jaune au séjour blanc et turquoise. Dans le salon, un futon était couvert de coussins rouges et une bibliothèque débordait de livres. Il pensa à celle de la maison de leurs rêves. La perspective de s'installer avec Aubrey dans cette maison lui paraissait encore plus lointaine que la première fois qu'elle l'avait quitté.

— C'est joli, chez toi, dit-il. Je n'ai pas vraiment pris le temps de regarder, la dernière fois que je suis venu.

— Il te reste une minute.

Une minute pour lui dire tout ce qu'il avait sur le cœur ?

— J'ai commis la plus grosse erreur de toute ma vie le jour où je t'ai laissée partir. Le jour de notre dispute à propos de tes études et de notre mariage. Je me suis horriblement mal comporté et je n'ai aucune excuse, si ce n'est que j'étais un sale gosse de vingt et un ans.

Elle acquiesça d'un hochement de tête.

— Au début, poursuivit-il, j'étais en colère contre toi. Je préférais me dire que je méritais mieux. Que si tu m'avais aimé, tu m'aurais épousé tout de suite, sans te soucier de tes études. Mais je sais maintenant que c'est moi qui t'ai poussée à partir. J'ai mis quelques années à en prendre conscience, et quand c'est arrivé, j'ai voulu essayer de renouer avec toi, mais je ne l'ai pas fait. Un jour, j'ai croisé ton père en ville, et il m'a dit que tu avais quelqu'un dans ta vie. J'étais anéanti. J'ai eu beau me dire que j'allais passer à autre chose, rien à faire. La peine s'est installée en moi.

Il crut voir une lueur de compassion dans son regard, mais elle resta de marbre, pieds serrés et bras croisés. Il avait su que ce ne serait pas facile. Du reste, il ne méritait pas qu'elle lui facilite la tâche. Il avait cru un jour que s'il lui disait de partir, elle aurait envie de revenir. Cela leur avait coûté dix ans de leur vie.

— Quand j'ai entendu ta voix ce fameux soir au Silver Saddle, poursuivit-il, j'étais prêt à tout pour te convaincre de prendre un verre avec moi. J'ai cru à un miracle lorsque tu m'as dit oui.

— C'était un moment de faiblesse.

— Je ne croyais plus à la possibilité d'une seconde chance avec toi. Même après notre nuit fantastique. Je suis sorti de chez toi en croyant qu'il n'y aurait pas de suite, et plus j'y pensais, moins j'arrivais à l'accepter. Puis, après ton accident, tu m'as réclamé et…

— Et ton rêve s'est réalisé ? demanda-t-elle d'un ton ironique.

Il comprenait sa colère. Mais puisqu'elle voulait bien l'écouter, il continua :

— Contrairement à ce que je t'avais promis dans le bar, je n'ai pas trouvé la force de prendre mes distances. Je ne voulais pas te mentir, mais tu étais tellement… *toi*. Et tu me regardais comme autrefois, et j'étais incapable de te dire non. Alors j'ai décidé de te prouver que j'avais changé, de te montrer à quel point tu comptais pour moi. J'ai espéré que, une fois ta mémoire revenue, ton cœur te dirait de me pardonner. Je l'espère toujours. Je te jure, Aubrey, que je ne te mentirai plus jamais.

— Non, ça, c'est certain, dit-elle.

Mais sa voix était plus calme et ses bras semblaient s'être un peu détendus. Lui avait-elle pardonné ? S'il faisait un pas vers elle, lui ouvrirait-elle les bras ?

— Je n'ai jamais cessé de t'aimer, Aubrey. Même dans la colère, la tristesse et l'apathie de ces dix dernières années. Je sais que c'était injuste de te cacher la vérité, mais tu dois me croire quand je te dis que j'avais les meilleures intentions du monde. Je ne cherchais pas du tout à me venger quand je t'ai emmenée dans le grenier de l'écurie ou dans la maison de nos rêves. Je retombais amoureux de toi. Simplement.

Il mit la main dans la poche de son jean et en sortit la petite boîte qui contenait sa bague de fiançailles. Il la posa sur la table.

— Ne dis rien pour l'instant, la pria-t-il en voyant son air interloqué. S'il te plaît. Je veux que tu saches que je t'épouserais immédiatement si tu voulais bien de moi. Sinon… Sinon, j'aimerais que tu gardes quand même la bague. Tout comme mon cœur, c'est à toi qu'elle appartient.

Elle ne se mit ni à pleurer, ni à crier. Elle ne l'accusa pas de se moquer d'elle et ne fit pas non plus un pas vers lui. Elle resta clouée sur place, sans expression. Quand elle ouvrit la bouche, il n'eut pas la moindre idée de ce qu'elle allait dire.

— Ton temps est écoulé.

Non, vraiment, il ne s'était pas attendu à ça !

Comme elle lui ouvrait la porte d'entrée, il sortit sans insister. Ce ne fut qu'une fois dans le couloir qu'il se retourna.

— Tu sais où me trouver, dit-il.

Il eut à peine le temps de finir sa phrase avant qu'elle lui ferme la porte au nez.

Le lendemain, en fin de journée, Vic faisait le box de Titan quand Morgan entra dans l'écurie sur une jument alezane.

— Je ne savais pas que tu étais là, dit-il.

— Par cette belle soirée, je n'ai pas résisté à l'envie de faire un tour à cheval. Que fais-tu encore là à cette heure-ci ? demanda-t-elle en mettant pied à terre.

Il haussa les épaules. La vérité, c'était que le travail manuel lui vidait la tête, ce dont il avait le plus grand besoin en ce moment.

— N'oublie pas que je te connais, Vic. Ton visage triste en dit long.

— Je ne suis pas triste.

C'était faux, bien sûr. Il était tellement triste que n'importe qui aurait sans doute pu s'en rendre compte.

Il saisit la brouette pour montrer qu'il était occupé et essayer d'échapper à la conversation, mais Morgan se mit en travers de son chemin.

— Eh, parle-moi.

Résigné, il lâcha la brouette et ôta ses gants.

— Tu n'as pas de raison de t'inquiéter, répondit-il, mais

je ne t'en dirai pas plus. La dernière fois que j'ai été sincère avec quelqu'un, ça ne m'a pas tellement réussi.

— Tu es allé la voir, c'est ça ?

— J'y suis allé, je lui ai dit la vérité. Je lui ai avoué que je n'avais jamais cessé de l'aimer et je lui ai laissé sa bague de fiançailles. Elle m'a fichu dehors.

— Oh ! Vic.

Morgan mit les bras autour de son cou et le serra contre elle.

— Ça va aller ?

— Mais oui, assura-t-il tout en pensant exactement le contraire.

— C'est dur, tout ce que tu traverses en ce moment. Le ranch, Aubrey… Nous savions qu'elle devrait apprendre la vérité tôt ou tard, mais j'espérais qu'elle comprendrait ta démarche.

— Moi aussi.

— Tu sais que je suis là pour toi. Je t'aime, grand frère.

— Moi aussi, je t'aime.

Il se força à lui sourire et sentit que son sourire devait plutôt ressembler à une grimace.

— Tiens, dit-elle en regardant en direction de la maison, ce n'est pas Alexa ?

En effet, la voiture qui venait d'arriver était celle de la sœur de Jayden. Chelsea et Layla sortirent aussitôt de la maison.

— Tu penses qu'elle a de bonnes nouvelles ? demanda Morgan tandis que les trois femmes venaient vers eux.

— Vu la semaine que je suis en train de passer, j'en doute, marmonna Vic.

— Alors, Morgan ? dit Layla en s'approchant. Je ne t'avais pas menti, cette jument est une crème, non ?

Elle caressa avec affection l'encolure de la jument.

— Toi et tes chevaux, plaisanta Alexa en enlevant ses lunettes de soleil.

Layla et Alexa étaient aussi proches que Jayden et Vic.

— Tu as une mine affreuse, dit Chelsea à Vic.

— Mais non, il est très bien, rétorqua Morgan.

— Alors ? demanda Chelsea à Alexa. Tu as du nouveau ?

— Oui, j'ai du nouveau.

Alexa récapitula ce qu'ils avaient appris sur l'ingénieure que Vic avait surprise sur la propriété. Elle s'appelait Ruby et avait été engagée par Heath – jusque-là, rien de nouveau.

Vic se prépara à entendre la suite en s'attendant au pire.

— Jonas Shaw m'a transmis son rapport, poursuivit-elle. Il a finalement réussi à entrer en contact avec Sylvia.

— Sylvia, l'ancienne secrétaire de ton grand-père, dit Layla.

— Exactement. Il se trouve qu'elle avait beaucoup de choses à dire à notre enquêteur. Tout d'abord, elle a confirmé que votre grand-père et le mien s'entendaient comme larrons en foire, ce qu'aucun de nous n'ignore.

— Ce n'est pas ce que j'appelle « du nouveau », commenta Chelsea.

— Ce que tu ne sais pas, c'est qu'il y avait déjà eu une étude topographique des deux ranchs pour rechercher la présence de pétrole, et ce, un an avant que Victor et Augustus cèdent les droits à Cynthia.

Cynthia était la mère de Heath et Nolan Thurston. Après sa mort et celle de sa fille, Ashley, Heath s'était mis en tête de provoquer le trouble. Vic pouvait comprendre que sa peine ait fait naître en lui un désir de vengeance, mais il allait trop loin. Les conséquences de ses actes pourraient être terribles.

— Nous n'avons jamais vu la moindre preuve écrite de la présence de pétrole sur ces terres, souligna Chelsea.

— Ce qui explique sûrement pourquoi cette ingénieure est venue fouiner chez nous, répondit Alexa. Sylvia est certaine que l'étude topographique a déjà eu lieu. Selon elle, les conclusions étaient sans appel. Il n'y a pas de pétrole sous nos pieds.

— C'est formidable, dit Vic sans cacher son soulagement.

— Pas si vite, tempéra Alexa. Sylvia n'a aucun document à sa disposition pour prouver ses affirmations. Elle est allée jusqu'à laisser entendre que c'est pour faire taire Cynthia que nos grands-pères lui ont fait cadeau des droits d'extraire le pétrole.

— Ils auraient conclu un marché ? demanda Morgan.

— Peut-être pour qu'elle garde le secret de sa grossesse, suggéra Alexa.

— Je commence à croire qu'Ashley Thurston était bel et bien la fille d'oncle Daniel, finalement.

— Les dates correspondent, admit Alexa. Mais sans analyse ADN, nous ne pouvons pas en être sûrs. Le détective privé m'a dit qu'il allait joindre l'ingénieur topographique dont Sylvia lui a parlé, en espérant obtenir les documents d'origine. Nous savons qu'il s'appelle Harry Lawrence et qu'il habite à côté de Houston. S'il est aussi minutieux que le prétend Sylvia, nous aurons bientôt en notre possession tous les éléments nécessaires pour nous défendre contre Heath.

Vic soupira. Il ne serait pas libéré tant que cette affaire ne serait pas réglée.

- 18 -

Aubrey avait tellement fait le ménage chez elle dans l'espoir d'évacuer sa colère que son appartement était plus rutilant que jamais.

Cet après-midi, elle avait rendez-vous avec son médecin. Le Dr Mitchell avait au moins eu le mérite de lui présenter ses excuses pour les désagréments que ses décisions avaient causés à Aubrey. Elle lui avait expliqué son raisonnement, en lui parlant d'une ancienne patiente qui avait souffert d'importants trous de mémoire, et dont l'état avait empiré quand ses proches, pleins de bonnes intentions, lui avaient raconté tout ce qu'elle avait oublié.

Aubrey n'approuvait pas pour autant les choix du médecin, mais elle comprenait pourquoi ses parents avaient essayé de la protéger. Ils avaient eu peur pour elle. Néanmoins, elle leur en voulait toujours d'avoir mêlé Vic à tout cela.

La bonne nouvelle, c'était qu'elle avait complètement recouvré la santé et la mémoire. Elle allait donc reprendre le travail dès la semaine prochaine, et elle put prendre sa propre voiture pour se rendre au restaurant où elle avait prévu de déjeuner avant son rendez-vous à l'hôpital.

Assise en terrasse, elle prenait des notes pour ses cours quand une voix qu'elle connaissait prononça son nom. Elle leva les yeux et vit Chelsea Grandin qui se tenait debout à côté d'elle.

— Bonjour, Chelsea.

— Je peux m'asseoir ? demanda la sœur de Vic en désignant la chaise libre en face d'Aubrey.

— Bien sûr.

Était-ce une pure coïncidence de tomber sur elle ? Aubrey ne tarda pas à avoir la réponse.

— Tu es une femme difficile à trouver, dit Chelsea.

Elle releva ses lunettes de soleil pour les mettre dans ses cheveux et commanda un thé glacé au serveur.

— Il fait tellement chaud aujourd'hui, poursuivit Chelsea. Je pensais que tu serais chez toi ou chez tes parents, mais j'ai sonné en vain à la porte de ton appartement, et quand j'ai appelé tes parents, ils m'ont répondu que tu ne leur parlais plus.

Aubrey eut le cœur serré en imaginant sa mère contrainte de dire cela à Chelsea. Elle s'éclaircit la voix avant de répondre :

— Je ne crois pas que cela te regarde, Chelsea.

— Non, tu as raison. Excuse-moi. J'allais laisser tomber, et c'est là que j'ai aperçu ta chevelure rousse à cette terrasse.

Comme le serveur revenait pour apporter leurs boissons et prendre leur commande, elles choisirent chacune un sandwich toasté.

— Pourquoi me cherchais-tu ? demanda Aubrey quand elles furent de nouveau seules. Tu voulais me féliciter d'avoir décidé de ne plus jamais parler à ton frère ?

Le regard de Chelsea s'adoucit.

— Non, répondit-elle. Le contraire.

Le ton blessé de sa voix rappela à Aubrey le jour où Vic était venu lui dire les plus belles choses qu'elle ait jamais entendues. Des mots qui, malheureusement, étaient arrivés trop tard. Des mots qu'elle avait essayé d'ignorer, comme s'ils ne signifiaient rien.

— Il est différent du garçon que tu as quitté, Aubrey. Ton fiancé d'autrefois et l'homme avec qui tu es sortie ces dernières semaines ne sont pas les mêmes. Je suis bien placée pour le savoir. Pendant des années, il n'a fait que me gâcher la vie. Je le trouvais tellement insupportable que je me demandais bien ce que tu pouvais lui trouver. Tu es une femme forte, qui a ses propres idées et ses propres convictions. De là où je me trouvais, j'avais l'impression qu'il voulait juste te mettre dans le moule qu'il avait prévu pour toi.

Aubrey fut saisie par la justesse de ses propos.

— Mais quand tu es revenue, poursuivit Chelsea avec un sourire, il était différent avec toi. Avec moi. Avec Layla. Avec tout le monde. Tu as ouvert une partie de son cœur que personne n'avait atteinte avant toi, et qui serait restée inaccessible si tu n'avais pas rompu avec lui la première fois. Tu ne vois pas, Aubrey ? Même si tu lui dis non définitivement, il restera un homme meilleur, grâce à toi. Il paraît qu'il t'a donné une bague, ajouta-t-elle après un silence.

— Il l'a posée sur une table.

Après son départ, elle l'avait rangée dans un tiroir.

— J'ai l'intention de la lui rendre. Si tu veux passer chez moi, je te la confierai volontiers.

— Pas question ! s'exclama Chelsea. Je comprends que tu sois en colère contre lui. Tu te sens trahie, c'est normal. Et sans doute bouleversée. Mais si tu réfléchis aux moments que tu as passés avec lui récemment, et aux sentiments que tu éprouves pour lui depuis des années, tu te rendras peut-être compte que tu l'aimes. Si c'est le cas, eh bien, cela pourrait finalement marcher entre vous.

— Il t'a parlé de la maison ? demanda Aubrey pour éviter de répondre à Chelsea.

— Quelle maison ?

Aubrey lui raconta ses promenades avec Vic dans les beaux quartiers et le jour où ils avaient choisi la maison de leurs rêves.

— Il l'a achetée, conclut-elle. Pour nous deux. Il y a dix ans. Et il l'a gardée pendant tout ce temps.

— Tu es sérieuse ? demanda Chelsea avec stupeur. J'ai toujours pensé qu'il avait un appartement en ville, mais en fait, il est installé dans une maison ?

— Non. Elle est vide.

La voix d'Aubrey se cassa sous l'effet de l'émotion. Elle avait évoqué la maison pour prouver à Chelsea que Vic avait essayé d'acheter son pardon, mais comme elle lui décrivait leur visite de la propriété, ce moment lui parut presque… romantique.

— Je comprends ton point de vue, dit Chelsea. Mais pour moi, ce qu'il a fait était tout le contraire d'une trahison. C'était une immense une déclaration d'amour. Il a caché ça pendant dix ans ? Moi qui n'arrêtais pas de lui dire d'aller s'installer ailleurs, chez lui…

— Il m'y a emmenée pour m'annoncer la pire nouvelle de ma vie, dit Aubrey, refusant toujours d'accorder à Vic le bénéfice du doute.

Elle avait le cœur brisé et ses souvenirs récemment revenus la faisaient terriblement souffrir.

— Qui sait à combien d'autres femmes il a montré cette maison ? ajouta-t-elle.

Elle connaissait pourtant la réponse. Aucune. Elle avait bien vu la sincérité dans le regard de Vic.

— S'il t'a emmenée dans la maison de vos rêves pour t'avouer la vérité, dit Chelsea, c'était dans l'espoir d'amortir le choc que tu allais recevoir. Tu n'as peut-être pas envie de voir son geste comme ça, mais je connais mon frère. Je sais qu'il t'aimait plus que tout quand vous étiez au lycée, et je sais qu'il est perdu sans toi. Je ne veux pas que tu aies pitié de lui ou que tu prennes une décision irréfléchie parce que je prends son parti. Je te demande d'évaluer tes sentiments et de leur faire confiance.

— Comment pourrais-je me fier à mes sentiments alors que je suis restée aveugle pendant six semaines ?

C'était toute la question. Aubrey vivait en toute indépendance depuis dix ans, et brusquement, elle n'avait plus rien pu faire par elle-même. Ce qu'elle avait ressenti pour Vic après son accident lui avait paru réel, mais comment savoir ?

— Tu vas devoir apprendre à le faire, répondit Chelsea en posant une main affectueuse sur celle d'Aubrey, comme l'aurait fait une grande sœur. Tu es forte. Tu l'as toujours été. Tu sais ce que tu attends de la vie et tu n'as pas peur de le dire. Je te demande juste d'envisager l'idée que Vic puisse faire partie de ton avenir. Vous pourriez passer à côté d'une seconde chance.

— Tu parles comme lui. Mais j'étais blessée et il a profité de ma faiblesse.

Pourquoi personne ne semblait comprendre à quel point c'était grave ?

— Mais quand tu t'es réveillée après ton accident, c'est mon frère que tu as voulu voir, souligna Chelsea. Et il était là, il avait veillé à l'hôpital pour rester auprès de toi. Quel dernier souvenir gardais-tu de lui à ce moment-là, Aubrey ? Celui du garçon avec qui tu t'étais disputée il y a des années ou celui du fiancé qui savait se mettre en quatre pour te montrer combien il t'aimait ?

La question resta en suspens pendant qu'on leur servait leur repas. Aubrey entama son sandwich et se garda de répondre à Chelsea que son dernier souvenir de Vic quand elle s'était réveillée, c'était la nuit de rêve qu'elle avait passée avec lui la veille de son accident.

— *Si tu me permettais de t'offrir un verre ? Tu pourrais manger tes cannolis sur place. Je serai gentil, promis.*

— *« Gentil » n'est sûrement pas le premier mot qui vient à l'esprit des gens pour décrire Vic Grandin.*

Ce soir-là, il avait réussi à la convaincre de coucher avec lui. Cette idée aurait dû lui paraître grotesque, absolument inenvisageable.

Pourquoi avait-elle accepté ?

Parce qu'elle avait voulu regoûter à ses lèvres, à sa peau, à ses caresses. Elle avait voulu revoir son regard brûlant fixé sur elle, sentir de nouveau sa force et le plaisir d'être dans ses bras.

Seulement, elle avait oublié la partie la plus importante de la soirée. Le pacte qu'ils avaient conclu.

Maintenant, elle s'en souvenait, mais elle se souvenait aussi de la tristesse qu'elle avait ressentie au petit matin, quand il était parti. Cette nuit avait été si parfaite qu'elle avait infiniment regretté que ce soit la dernière.

L'après-midi, quand ils s'étaient revus à la fête du TCC, c'était Vic qui lui avait adressé de loin un sourire et un signe de tête. Il ne s'était pas approché. Il avait simplement ouvert la porte en laissant le choix à Aubrey de la pousser ou non.

Malgré la tentation de courir vers lui, elle avait choisi de se protéger, comme elle le faisait maintenant.

Lors de son réveil à l'hôpital, c'était ce sourire rassurant et cette force délicieuse dont elle s'était souvenue. Son subconscient lui avait menti.

— Aubrey ? Ça va ? demanda Chelsea.

— Il s'est passé tellement de choses depuis le jour où nous nous sommes séparés, Vic et moi. J'ai eu d'autres histoires, lui aussi.

— Il me semble que vous êtes tous les deux célibataires, en ce moment.

— Mais je ne suis plus celle que j'étais à vingt ans, insista Aubrey en se cramponnant à son piteux argument.

— Vic non plus n'est plus le même. Que dirais-tu d'un dessert ? ajouta soudain Chelsea en faisant signe au serveur. Moi, je veux un dessert.

Aubrey acquiesça machinalement, bien que ce dessert soit à cet instant la dernière de ses préoccupations. Ce qui la préoccupait, c'était son cœur, son avenir. Sa vie.

En partant à l'université, elle s'était promis de construire la vie qui lui correspondait en réalisant ses rêves de toujours. Elle avait décidé de ne laisser aucun obstacle l'empêcher d'atteindre ses objectifs.

Mais aujourd'hui, de quoi avait-elle envie ? Quelle était la vie qui lui correspondait ? Elle ne le savait même plus.

- 19 -

En se rendant dans sa classe, Aubrey fut arrêtée pas moins de sept fois par des amis et des collègues qui voulaient lui souhaiter la bienvenue.

— Aubrey ! dit Elise en venant à sa rencontre dans le couloir. Comment vas-tu ?

Aubrey allait ouvrir la porte de sa salle de classe.

— J'espère que je n'ai pas oublié comment faire cours, dit-elle en tournant la clé dans la serrure.

— Tu es *née* pour faire ce métier. Aucun risque que tu aies oublié.

Elise entra avec elle dans la classe. L'air gêné, elle se mordilla la lèvre et baissa les yeux, ce qui ne lui ressemblait pas du tout.

— Je suis désolée de ne pas t'avoir dit la vérité à propos de Vic, dit-elle.

— Tu n'as pas à être désolée.

— Si. En tant qu'amie, j'aurais dû te défendre. Par loyauté envers toi, je haïrai cet homme jusqu'à la fin des temps.

Elise fit une pause et inclina la tête.

— À moins que tu lui aies pardonné ? ajouta-t-elle avec une pointe d'espoir dans la voix.

— Pas vraiment, non.

— Alors je serai fidèle à mon serment.

— J'apprécie ta loyauté, mais je ne crois pas que ce soit aussi simple.

— C'est bien Aubrey que j'ai aperçue ? demanda

Primrose en entrant à son tour dans la salle. Nous sommes au courant pour Vic, ajouta-t-elle après l'avoir embrassée affectueusement. Quelle honte.

— Comment êtes-vous au courant ? s'étonna Aubrey.

Elle n'avait parlé qu'à Chelsea de ce qui s'était passé entre Vic et elle.

— Il est venu ici ! s'exclama Primrose. Il a pris chacune de nous à part pour nous présenter ses excuses.

Brooke, qui venait d'arriver, ajouta :

— Et il nous a dit qu'il t'aimait. Ces deux-là veulent que je le déteste aussi, mais par principe, je ne peux pas détester un homme aussi beau. Même si je t'aime vraiment beaucoup.

— Merci, Brooke, répondit Aubrey en esquissant un sourire forcé. Moi non plus, tu sais, je ne le déteste pas.

— C'est vrai ?

— Oui.

Elle s'assit sur sa chaise, submergée par ses émotions.

— Chelsea, sa sœur, m'a dit qu'il était perdu sans moi. Elle m'assure que tout ce qu'il a fait, c'était par amour pour moi.

— Il aurait dû te déclarer ses sentiments, affirma Elise.

— Oh ! Il l'a fait. Il m'a même redonné mon ancienne bague de fiançailles.

Brooke la dévisagea, bouche bée.

— J'adorerais continuer à discuter avec vous, ajouta Aubrey, mais je dois me préparer à avoir de nouveau face à moi trente élèves de seize ans. Et sachez que je ne vous en veux pas du tout d'avoir joué la comédie. J'aurais sûrement fait la même chose pour vous, à moins de vous considérer en danger. Toi, Elise, tu connais Vic. Je sais que tu me l'aurais dit si tu avais eu l'impression qu'il profitait de moi.

— Sans doute, répondit Elise d'une voix hésitante.

Les premières heures de cours d'Aubrey se passèrent sans encombre. Quand arriva la mi-journée, elle ne put s'empêcher de se réjouir intérieurement. Même si elle n'était pas censée avoir de classe préférée, elle avait une affection particulière pour celle qui allait arriver.

En entrant, certains déposèrent sur son bureau une carte ou un mot de bienvenue.

— Merci beaucoup, leur dit-elle quand ils furent assis. Je suis ravie de vous retrouver.

Ils l'applaudirent de bon cœur.

— Je n'ai pas fait cela pour toutes les classes, leur dit-elle en introduction, mais je sais que vous avez des questions à me poscr. Alors je vous écoute.

— N'importe quelle question ? demanda Brennon d'un ton espiègle.

— N'importe quelle question que vous pourriez poser à votre mère, précisa-t-elle.

Jamaica, l'une des vedettes de la classe, leva la main pour parler.

— Oui, Jamaica ?

— J'ai une question. Est-ce qu'on vous a manqué ?

— Plus que tous mes autres élèves, chuchota Aubrey. Allez, reprit-elle plus fort, je sais que vous vous interrogez au sujet de mon amnésie.

— Alors, c'est vrai ? demanda Anderson. C'est pour ça que vous étiez absente ?

— Eh oui, l'amnésie se produit plus souvent qu'on le croit, même si cela reste assez rare. Pour ma part, je n'avais pas tout oublié, seulement certaines parties de ma vie.

— Est-ce que toute votre mémoire est revenue d'un coup ? demanda Jamaica.

— Au début, les choses me revenaient au compte-gouttes, jusqu'à ce qu'un ami me permette de rassembler toutes les pièces du puzzle. Avec la permission de mon médecin, bien sûr.

— Un ami ? demanda Madison d'un ton qui fit ricaner toute la classe. Ou un petit ami ?

— Un ancien petit ami, répondit spontanément Aubrey.

— Vous êtes de nouveau ensemble ?

Aubrey fut étonnée d'entendre cette question de la bouche de Mia, une élève studieuse et réservée.

— Non, répondit Aubrey. Nous sommes trop différents.

— Pourtant, dit Mia, quand vous nous donnez une rédaction à faire, vous dites toujours que notre récit sera plus fort si…

— Si nous nous mettons à la place de l'autre personne ! compléta toute la classe en chœur.

— Vous utilisez mes propres consignes contre moi ! s'insurgea Aubrey.

— Est-ce que vous vous êtes mise à sa place ? insista Jamaica.

— Ça, dit Aubrey, c'est une autre histoire. Il est temps de nous remettre au travail. Ouvrez vos manuels à la page…

Quand Jayden et Vic eurent réussi à libérer une vache qui s'était coincé le pied dans une clôture, Vic invita son ami à prendre un sandwich chez lui. Ils étaient affamés après leur longue matinée de travail.

— Dis donc, dit Jayden, tu fais beaucoup de travail en extérieur en ce moment.

— C'est bon de mettre les mains dans la terre de temps en temps.

— Alors ? demanda Jayden après un bref silence. Tu as trouvé un autre cadeau à lui faire pour la convaincre que des excuses étaient sincères ? Une voiture ? Un nouveau bijou ?

Vic ne fit pas semblant de ne pas comprendre de qui parlait son ami.

— Je lui ai acheté une maison, confia-t-il en soupirant.

— Une maison ? répéta Jayden, incrédule.

— Oui, toujours la même.

— Celle d'il y a dix ans ? Dis-moi que tu l'as vendue, depuis tout ce temps.

Vic fit non de la tête. Il aurait sans doute dû la vendre.

Jayden émit un long sifflement avant de commenter :

— Toi, tu as besoin d'une thérapie.

— Je ne me voyais pas m'y installer sans elle, justifia Vic. Et je ne pouvais pas non plus me résoudre à la vendre.

— Parce que ?

— La vendre, c'était admettre que je savais qu'elle ne reviendrait jamais.

— Bon sang. Je n'en reviens pas que tu sois aussi fou de cette femme depuis aussi longtemps et que tu ne me l'aies jamais dit.

— J'essayais de tourner la page.

— Apparemment, ça n'a pas marché. Et elle ? ajouta Jayden. Tu penses qu'elle veut encore de toi ?

— J'ai bien peur que non. Sa bague de fiançailles est de nouveau en sa possession. Elle ne me l'a pas encore rendue, mais je n'ose pas espérer.

Il posa son sandwich dans son assiette sans y avoir touché.

— Je l'aime et je veux passer le reste de ma vie avec elle. J'ai essayé de lui prouver que j'avais changé, mais j'ai tout fichu en l'air.

— Ne sois pas aussi dur avec toi-même, petit frère, dit Chelsea en entrant dans la cuisine. Salut, Jayden.

Elle s'approcha du plan de travail pour se préparer un sandwich avec les ingrédients que Vic avait sortis.

— J'ai parlé avec Aubrey l'autre jour, poursuivit-elle. Elle ne m'a pas donné l'impression de te détester.

— Dis-moi que tu n'as pas fait ça.

— Si, nous avons déjeuné ensemble dans ce joli café qui se trouve…

— Chels, ça ne te regarde pas.

— Tout comme mon histoire avec Nolan ne te regardait pas ?

Jayden se mit à rire. Vic lui lança un regard noir.

— Je me fais du souci pour toi, d'accord ? dit Chelsea. Nous nous faisons tous du souci pour toi.

Elle lança un regard appuyé à Jayden.

— Oui, moi aussi, renchérit Jayden.

— Vous serez là au festival d'automne du TCC ? demanda Chelsea.

— Bien sûr, répondit Jayden.

— Pas question, dit Vic en même temps que lui.

— Tu es obligé d'y aller, lui rappela Chelsea.

— C'est vrai, approuva Jayden en finissant son sandwich. Tu ne peux pas me laisser livré à moi-même.

— Tu survivras. Tu n'auras qu'à sculpter des pommes ou des citrouilles, ou participer à je ne sais quelle autre activité organisée cette année.

— Et si qui-tu-sais est là ?

— Raison de plus pour ne pas y aller, répliqua Vic.

Il commença enfin son sandwich, mais en prenant sa première bouchée, il eut autant de mal à l'avaler que s'il avait eu une pierre dans la bouche.

Il mourait d'envie de voir Aubrey. Au moins pour savoir si elle le détestait toujours autant que lorsqu'il était allé la voir. Mais d'un autre côté, il avait trop peur de la réponse pour se sentir prêt à l'affronter.

Pour lui, garder la maison avait été une façon d'espérer un avenir avec Aubrey, et il avait besoin de savoir si elle avait gardé la bague pour la même raison. Tant qu'elle l'avait en sa possession, cela signifiait peut-être qu'elle envisageait encore de l'épouser. Et sinon…

Que pouvait-il faire de plus pour la convaincre qu'il l'aimait et voulait partager le reste de sa vie avec elle ?

— Vas-y et tu verras bien ce qui se passe, lui conseilla Chelsea. Si elle vient, elle sera peut-être heureuse de te voir.

— Tu es bien naïve de penser ça, grande sœur. Cela m'étonne de toi.

— L'amour peut nous transformer, répondit-elle. Il t'a transformé. Je ne te reconnais presque plus.

— Absolument, approuva Jayden. Vic était une brute, maintenant c'est un chiot.

— Je vais finir de déjeuner dans ma chambre, grommela Vic avec mauvaise humeur.

Il en avait assez que tout le monde se mêle de son histoire avec Aubrey.

Une fois seul dans son appartement, il regarda son téléphone pour voir s'il avait de nouveaux messages. Rien. Il en avait envoyé cinq à Aubrey et tous étaient restés sans réponse.

Il décida tout de même d'en écrire un sixième.

- 20 -

Un nouveau message apparut sur le téléphone portable d'Aubrey, à la suite des cinq précédents auxquels elle n'avait pas répondu. Une fois de plus, Vic ne lui posait pas de question, ne lui disait pas qu'elle lui manquait ou qu'il l'aimait, ne renouvelait pas ses excuses. Il lui écrivait un peu comme s'il rédigeait un journal intime :

> Ces tomates sont délicieuses. Je sais que tu ne les aimes pas particulièrement, mais elles sont sucrées et juteuses. Jayden me fatigue. Tu peux me rappeler pourquoi je le considère comme mon meilleur ami ? Chelsea, au contraire, est adorable en ce moment. Bizarre.

Aubrey fut tentée de répondre pour lui dire qu'elle n'aimait aucune tomate, même juteuse et sucrée, que Jayden était son meilleur ami parce qu'il était le seul homme qui comprenait vraiment Vic, et qu'elle l'encourageait à rendre la pareille à Chelsea. Mais elle ne voulait pas avoir l'air de lui donner de faux espoirs. Il ne devait pas croire que tout était pardonné, simplement parce qu'il avait envoyé quelques messages comme si tout allait bien.

Alors que tout allait mal.

Elle se gara devant la maison de ses parents et monta sur le perron. D'ordinaire, elle entrait sans frapper, mais après un moment d'hésitation, elle décida de sonner. Elle se demandait comment elle allait être reçue.

Sa mère vint lui ouvrir. Elle avait l'air fragile et fatiguée, et Aubrey eut le cœur serré en la voyant.

— Bonjour, maman.

— Aubrey. Ça me fait plaisir de te voir. Comment vas-tu ?

— Euh…

Elle aurait pu répondre qu'elle allait bien, mais si elle était venue, c'était pour parler à cœur ouvert. Elle fut aussitôt submergée par l'émotion.

— Maman, dit-elle, les larmes aux yeux. Tu ne peux pas savoir comme je regrette.

— Oh ! ma chérie. Entre vite. Ça ira mieux avec une tasse de café, promit-elle en faisant asseoir Aubrey à la table de la cuisine.

Cinq minutes plus tard, elles étaient assises l'une en face de l'autre avec chacune une tasse posée devant elles.

— Pardon, maman, dit Aubrey. J'ai été dure et excessive.

— C'est un moment difficile pour toi.

— Je vous aime tellement, papa et toi. Je n'aurais jamais dû vous dire tout ça. Et le fait de ne plus vous adresser la parole… S'il vous était arrivé quelque chose, c'est sur ces mots-là que je vous aurais quittés ! Je m'en veux terriblement.

— Il ne nous est rien arrivé. Ton père est au magasin de bricolage. Il va très bien. Je le sais parce qu'il m'a envoyé deux messages pour me demander de mesurer les étagères du garage. Tu sais, ma chérie, nous savions que tu ne pensais pas ce que tu nous as dit. Ton père te connaît. C'est lui qui a dit à Vic de te laisser du temps. Tu avais besoin de solitude, ce que nous avons respecté.

— Vous avez vu Vic ?

— Le jour où il t'a ramenée, il est entré pendant que tu faisais tes bagages.

— Il est aussi venu chez moi, quelques jours plus tard.

— Ah oui ?

— Il dit qu'il m'aime. Qu'il veut une deuxième chance. Si j'acceptais, je pense qu'on pourrait plutôt parler d'une troisième chance. Je n'en ai pas l'intention. Ou plutôt, je n'en *avais* pas l'intention. Jusqu'à ce que mes élèves me rappellent ce que je leur avais enseigné : les meilleurs auteurs sont ceux qui savent regarder la vie d'un point de vue différent du leur. J'ai alors commencé à réfléchir à ce que Vic avait pu ressentir ces dix dernières années, et quand on lui a demandé de faire semblant d'être toujours mon petit ami parce que c'était le dernier souvenir que je gardais.

Les mains serrées autour de sa tasse, Aubrey parla à sa mère avec encore plus de sincérité qu'elle l'avait prévu :

— J'ai passé la nuit avec lui la veille de mon accident.

Sa mère rougit en entendant sa confidence mais ne chercha pas à la faire taire.

— Je suis tombée sur lui au bar le Silver Saddle et je l'ai retrouvé tel que je l'avais connu, mais en plus mûr, poursuivit Aubrey. Il m'a proposé une nuit, rien qu'une nuit. C'était l'occasion de m'offrir une escapade avec l'homme que j'avais aimé et de l'oublier le lendemain pour reprendre le cours de ma vie.

Quelle naïveté d'avoir imaginé qu'elle pourrait effacer cela de sa mémoire… Finalement, le contraire s'était produit. C'était ce souvenir qui était resté gravé dans sa mémoire au moment où tant d'autres avaient disparu.

— Ce fut une nuit très… intense, continua-t-elle. Les émotions merveilleuses que je croyais envolées depuis longtemps se sont aussitôt réveillées, et ce sont les seules que j'avais en tête quand j'ai réclamé Vic à l'hôpital. Je n'avais retenu que le côté positif de notre histoire.

— Il n'y a pas eu beaucoup de négatif, tu sais, souligna Mary. Vous avez passé de très belles années ensemble. Votre relation a pris fin à cause d'un désaccord.

— Un désaccord ? Nous avions des projets de vie complètement différents.

— Tu as pris une décision cohérente, tu voulais te consacrer à tes études et tes diplômes pour être indépendante et c'est ce que tu as fait. Et maintenant que tu es indépendante depuis dix ans, de quoi as-tu envie ? Tu veux retrouver la vie que tu avais avant avec Vic, ou tu veux tourner la page et te servir de ce que tu as vécu avec lui comme d'une expérience pour l'avenir ? Les deux options sont sur la table, à toi d'en choisir une.

— En choisir une. Comme si c'était aussi simple.

— Ce n'est pas simple. Mais ton père et moi, nous te soutiendrons quoi que tu fasses. Sache-le.

— Tu as une mine de déterré, dit Morgan en entrant dans le bureau de Vic.

Elle se laissa tomber sur le canapé et croisa les jambes en tirant légèrement sur la jupe élégante qu'elle portait.

— Mais je t'en prie, entre, dit Vic d'un ton sarcastique.

Il ferma son ordinateur portable et se frotta les yeux. Il était midi et cela faisait déjà six heures qu'il était au travail.

— Je t'ai apporté quelque chose pour te remonter le moral, dit-elle.

Elle se leva, alla dans le couloir en courant et en revint avec un immense sac en papier à la main.

— J'ai déjà déjeuné, railla Vic.

— Ouvre-le au lieu de faire le malin.

Il vida le contenu du sac sur son bureau : une chemise, une veste de costume, un jean foncé, et une ceinture dont la boucle portait le logo du ranch familial.

— Nous sommes en octobre, fit-il remarquer à sa petite sœur. C'est un peu tôt pour les cadeaux de Noël.

— Ce n'est pas pour Noël, répliqua Morgan. C'est ce que tu vas porter au festival d'automne du TCC.

— Je n'irai pas, déclara Vic en remettant les vêtements dans le sac.

— Tu n'as pas le choix. Avec tout ce que je t'ai acheté !

— Premièrement, tu connais un million de gens dans le milieu de la mode qui sont prêts à te donner tout ce que tu demandes. Deuxièmement, je n'en ai pas besoin parce que je n'irai pas. Troisièmement, Chelsea et Jayden ont déjà essayé de me convaincre et je leur ai dit non.

— C'est demain. Tu es obligé d'y aller, insista Morgan. Comme nous tous. Papa y tient.

— Qu'est-ce qu'il me fera si je n'obéis pas ? Il me renverra ?

— Ce n'est pas en travaillant jour et nuit que tu sauras s'il y a du pétrole sous nos pieds. Et ça ne t'aidera pas non plus à guérir ta peine de cœur.

— Si ça ne t'ennuie pas, dit-il en rouvrant son ordinateur, j'ai quelques factures à envoyer.

Morgan referma l'ordinateur avec autorité et le regarda dans les yeux.

— Je me rappelle comment tu étais, la première fois que tu as rompu avec Aubrey.

— J'étais odieux. Je sais.

— C'est ce que tout le monde pensait. Mais je voyais bien que tu avais simplement le cœur brisé. Tu étais triste et tu pleurais sans le dire à personne. Puis tu t'es replié sur toi-même. Puis tu es devenu irritable et coléreux. Quand tu sortais avec Jayden pour draguer des filles, tu étais grossier. Tu faisais comme si tu adorais jouer les séducteurs, mais ce n'était pas toi.

S'il avait su que sa petite sœur l'observait avec autant d'attention, il se serait peut-être mieux comporté.

— Le lendemain de ces sorties, poursuivit Morgan, tu n'avais jamais l'air heureux. À chaque réception du TCC, tu avais une nouvelle femme à ton bras, et ton sourire était toujours faux. Reconnais-le. Tu n'es bien qu'avec Aubrey.

Que la vérité faisait mal à entendre…

— J'ai essayé, d'accord ?

— Et maintenant, insista Morgan, qu'est-ce que tu comptes faire ? Rester assis et attendre encore pendant dix ans ?

— Ce que j'ai à dire ne l'intéresse pas ! répondit-il avec énervement.

Aubrey ne répondait pas à ses messages. Elle ne voulait pas lui parler, et encore moins le voir. C'était fini.

— Alors ça va recommencer. Tu vas redevenir triste et renfermé. Puis irritable et coléreux. Tu vas enchaîner les conquêtes et être malheureux.

— Je ne vais pas enchaîner les conquêtes.

— Donc tu vas être célibataire et malheureux.

— Tu es célibataire et tu n'es pas malheureuse.

— Je ne suis pas amoureuse de mon ex. Va au festival, dit-elle après un silence. Ça te fera du bien. En plus, tu te trompes. J'ai commandé la boucle de ceinture spécialement pour toi et je l'ai payée avec mon propre argent. Elle n'est pas remboursable.

Sur ces mots, Morgan se leva et s'en alla.

Vic soupira et prit le sac qu'elle avait posé sur son bureau pour le mettre par terre. À quoi cela pouvait bien lui servir de se rendre à cette fête ? Il l'ignorait. Peut-être à ne plus avoir ses sœurs et son ami sur le dos.

— Toc, toc, dit Layla en entrant sans attendre sa réponse.

— D'accord, j'irai au festival d'automne, annonça-t-il avant qu'elle entame le même refrain que les autres. Je vais sculpter des citrouilles et participer à je ne sais quel concours organisé cette année. Je remporterai même le premier prix si ça peut vous faire plaisir. Voilà, tu es contente ?

Layla haussa les sourcils.

— Cette année, dit-elle, ce sera un concours de tapisserie au petit point. Avec tes gros doigts, je pense que tu n'arriveras même pas en finale.

Il ne put s'empêcher de sourire.

— Désolé, grommela-t-il. La journée n'a pas très bien commencé.

— Je me moque que tu ailles ou non au festival.

Elle se baissa pour regarder ce qu'il y avait dans le sac.

— C'est beau, dit-elle en dépliant la veste.

— Morgan.

— Je l'ai croisée. Elle est en mission.

— Ce n'est pas la seule. Apparemment, tout le monde s'est donné le mot pour venir en aide au pauvre type qui est en face de toi.

— Tu n'es pas un pauvre type, dit-elle en lui tapotant l'épaule. Tu as un chagrin d'amour et tu es en train de baisser les bras. Ce qui est peut-être une autre façon de dire que tu es un pauvre type. Donc tu as raison.

— Je n'ai pas baissé les bras.

— Ah bon ?

— Tu crois peut-être que je devrais faire écrire le nom d'Aubrey dans le ciel au-dessus de son immeuble, ou lui offrir un cheval que j'attacherais à sa voiture, mais je dois lui accorder la liberté dont elle a été privée à la suite de son accident. Je l'ai déjà perdue une première fois parce que je n'avais pas respecté sa volonté d'indépendance. À cause de mon comportement, j'ai provoqué une cassure irréparable.

— J'en doute, répondit Layla. Ces dernières semaines, vous vous comportiez vraiment comme deux amoureux. Aubrey savait ce qu'elle faisait. Ce n'est pas parce qu'elle avait oublié deux ou trois choses pendant que vous faisiez l'amour dans le grenier de l'écurie…

Vic lui lança un regard de mise en garde qui ne l'empêcha pas de finir sa phrase.

— … que ses sentiments n'étaient pas sincères. Au fond d'elle, elle a toujours su que vous étiez faits l'un pour l'autre.

— J'aimerais y croire, Layla. Vraiment. Mais…

— Alors crois-y. Au lieu de prendre cet air de chien

battu, enfile cette tenue et va au festival la tête haute. Tu es le seul et unique Vic Grandin, et Aubrey aurait de la chance de t'avoir auprès d'elle pour la vie.

Il plissa les yeux et la regarda avec méfiance.

— Tu avais quelque chose à me demander ? rétorqua-t-il. Cela expliquerait toutes ces flatteries.

— D'être heureux, Vic. Voilà ce que je te demande.

Elle lui sourit, lui envoya un baiser et sortit de son bureau.

- 21 -

Le Texas Cattleman's Club était décoré aux couleurs de l'automne et dc la fête de Halloween. En regardant les feuilles mortes, les citrouilles et les épis de blé séchés disposés ici et là, Vic dut reconnaître que le tout rendait le lieu particulièrement romantique et chaleureux.

Depuis le début de la soirée, Morgan surveillait Vic de près. Après l'avoir aidé à se préparer, elle lui avait demandé de la conduire au club, sans doute pour être sûre qu'il ne ferait pas faux bond au dernier moment. Il n'avait pas protesté.

Ce n'était pas si terrible que cela d'être ici, en fin de compte. Après une semaine harassante, cela faisait même du bien de sortir du ranch et de se changer un peu les idées.

Quand le barman lui eut servi son verre de whisky, Vic trinqua avec Jayden.

— Allez, va t'amuser, plaisanta Vic avant de boire une gorgée. Inutile de gâcher ta soirée avec moi.

— C'est vrai, répondit Jayden en riant. Tu es trop déprimant.

Vic vit son ami échanger un sourire avec une belle femme qui se trouvait de l'autre côté de la pièce et l'incita à aller la rejoindre.

Un instant plus tard, il marchait au milieu de la foule en faisant comme s'il ne cherchait personne en particulier. Il fit un premier tour, puis un second. C'est là qu'il la vit.

Aubrey portait une robe longue rouge-orange et des

bijoux fins en or autour du cou et du poignet. De ses cheveux roux à ses sandales dorées, elle était l'automne personnifié. De ses lèvres peintes dans un brun lumineux, elle adressait un sourire aimable à tous ceux qui venaient à elle. Il y avait tant de monde autour d'elle qu'elle risquait d'être bloquée à l'entrée pour toute la soirée.

Les gens qui l'entouraient étaient certainement curieux de connaître les détails de sa récente mésaventure. Visiblement, elle était arrivée seule, et étant nouvelle au TCC, elle ne connaissait pas encore les astuces qui permettent de s'échapper poliment d'un groupe.

Vic retourna au bar et commanda un verre de chardonnay. Quand il l'eut à la main, il se fraya un chemin jusqu'à Aubrey qui prit le verre qu'il lui offrait avec un regard étonné.

— Si vous voulez bien nous excuser, dit Vic tout en lui offrant le bras.

Elle hésita un instant, puis mit la main dans le creux de son coude et le suivit de l'autre côté de la salle.

— J'ai pensé que tu avais besoin de reprendre ton souffle, dit-il quand ils furent à l'écart des autres convives. Ou au moins de boire un verre avant de répondre à des millions de questions médicales et personnelles.

— Merci, répondit-elle. J'étais prise au piège.

Le rire d'Aubrey le rendit heureux. Par chance, elle semblait avoir apprécié son intervention. Il la regarda boire son vin et se remémora avec émotion le soir où ils avaient dansé au jardin botanique et où elle s'était rappelé leur première nuit ensemble.

— Quelles sont les nouvelles du ranch ? demanda-t-elle.

Il lui répéta ce qu'avait dit Alexa lors de sa dernière visite.

— Ce doit être dur pour toi de continuer à travailler comme tu l'as toujours fait, tout en sachant que ton avenir est suspendu à un fil, dit-elle.

Encore une fois, elle pensait avant tout à lui. Comment avait-il pu un jour l'accuser d'être égoïste ?

— Ce n'est pas aussi dur que de te perdre une seconde fois, répondit-il.

Il avait réfléchi et pris une décision avant de venir à cette soirée. Tant qu'il vivrait, il n'aurait de cesse de rappeler à Aubrey combien il tenait à elle. Il ne s'arrêterait que si elle lui disait qu'elle ne l'aimait plus.

Elle pinça les lèvres et il se demanda si c'était par gêne, par tristesse, ou autre chose.

— J'envisage de déménager, dit-il après un silence. Tu as un quartier à me recommander ?

— Oui, répondit-elle. J'en connais un très beau et très agréable. Idéal.

Il baissa les yeux et fut submergé par les souvenirs. Les sourires d'Aubrey et tous les « je t'aime » qu'elle avait prononcés ces dernières semaines, avant qu'il lui dise la vérité. Ses caresses, ses baisers et ses murmures de plaisir.

En se redressant, il vit qu'elle le regardait, sans haine, presque avec douceur. Elle avait pris une décision. Cela ne faisait aucun doute.

Mais laquelle ?

Elle posa son verre sur une table et ouvrit son petit sac à main pour en sortir quelque chose. Un écrin en velours qu'il connaissait bien.

— J'ai apporté la bague, dit-elle.

Il jura intérieurement. Le souffle coupé, il se demanda s'il devait accepter sa décision ou la supplier de réfléchir encore. Mais comment lui faire changer d'avis ? Elle avait eu tout le temps nécessaire. Il était à court d'idées et d'arguments pour la reconquérir.

— Je respecte ta décision, Aubrey.

— Ah oui ?

— Oui, assura-t-il en regardant la bouche qu'il aurait

voulu embrasser chaque jour de sa vie. Tu dois être surprise, mais je ne veux plus essayer de t'imposer ma volonté. J'ai changé. Je respecte ta liberté. Je t'aime toujours, mais puisque tu as fait ton choix, je ne t'ennuierai plus. Promets-moi juste une chose, ajouta-t-il avec un sourire triste. Si je me cogne la tête et si je perds la mémoire, je te demande de me dire tout de suite la vérité sur le fait que nous sommes en couple.

— Tu peux compter sur moi, répondit-elle d'un ton amusé.

Elle lui tendit la petite boîte carrée. En la prenant, il eut l'impression qu'elle pesait une tonne.

— Je t'aime aussi, Vic.

— Je comprends, dit-il machinalement. Je n'aurais jamais dû espérer que…

Il cligna des yeux et regarda Aubrey.

— Qu'est-ce que tu viens de dire ? demanda-t-il, hébété.

— Bien sûr que je dirai à tout le monde que nous sommes en couple, puisque ce sera le cas.

Avait-il bien entendu ?

Elle posa les mains sur les revers de sa veste et le regarda dans les yeux. Elle était plus belle que jamais.

— J'ai réfléchi à tout ce que tu m'as dit, poursuivit-elle. Et à ce que m'a dit Chelsea. Et même à ce que m'a dit ma mère. Nous ne sommes plus les mêmes que lorsque nous avons rompu il y a dix ans. Je ne suis plus cette fille têtue qui voulait tout faire toute seule, et tu n'es plus ce jeune coq dominateur. J'ai appris que la famille était essentielle pour moi et que ma vie était beaucoup, beaucoup mieux avec toi. Quand j'imagine mon avenir, je vois deux choses : mes élèves, qui devront me supporter jusqu'à ce que j'aie les cheveux blancs, et toi, que je retrouve le soir en rentrant dans notre merveilleuse maison.

Il ferma les yeux, redoutant de se réveiller de son

hallucination. C'est alors qu'il sentit les lèvres d'Aubrey sur les siennes.

Hélas, son baiser ne dura qu'une seconde.

— Je t'ai apporté ça, dit-elle en reprenant la boîte en velours, pour te demander si tu voulais la remettre à mon doigt.

Il la dévisagea en plissant les yeux.

— Tu ne t'es pas de nouveau cogné la tête, dis-moi ? demanda-t-il.

— Non, Vic, je me souviens de tout. Des choses merveilleuses que tu m'as dites l'autre jour chez moi, du jour où tu m'as emmenée dans la maison de nos rêves, que tu gardais depuis dix ans dans l'espoir que je revienne. Du grenier, de l'écurie, de la douche, de ton lit…

— D'accord, d'accord. Si tu veux que je reste convenable, dit-il en la prenant par la taille, il vaut mieux ne pas me rappeler ces souvenirs-là maintenant.

Il prit l'écrin qu'elle tenait toujours et l'ouvrit pour en sortir la bague qui l'attendait depuis dix ans.

— Je n'ai rien préparé, murmura-t-il.

Il posa un genou à terre et leva les yeux vers la seule femme qu'il ait jamais aimée. Autour d'eux, le silence se fit, et seuls quelques chuchotements se firent entendre. Vic les ignora.

— Veux-tu être ma femme et venir vivre avec moi dans la maison de nos rêves ? demanda-t-il. Enseigner jusqu'à ce que tu aies les cheveux blancs et me laisser t'aimer encore plus longtemps ?

Elle acquiesça en laissant couler deux larmes sur ses joues. Après avoir fait glisser l'anneau autour de son doigt, il se releva et des applaudissements retentirent dans toute la salle.

— Je t'aime, Aubrey.

— Je t'aime, Vic.

Leur baiser fut accueilli par des acclamations. Cependant, Vic ne pensait ni à la foule, ni aux questions qui allaient suivre. Il ne pensait qu'à son bonheur de tenir enfin dans ses bras, et pour toujours, la femme qu'il aimait plus que tout. Il comptait bien passer le reste de sa vie à lui rappeler ce qu'elle représentait pour lui, afin qu'elle ne l'oublie jamais.

DANI WADE

Le manège du désir

Traduction française de
FRANÇOISE HENRY

PASSIONS

HARLEQUIN

Titre original :
UNBRIDLED BILLIONAIRE

Ce roman a déjà été publié en 2018.

- 1 -

— Si vous me faisiez visiter les jardins ?

Kane Harrington jeta un coup d'œil vers les vastes fenêtres de la maison familiale que le crépuscule assombrissait.

— Il n'y a plus assez de lumière.

L'infernale créature — elle s'appelait Joan si ses souvenirs étaient exacts — se rapprocha imperceptiblement.

— Ça m'est égal.

À moi, ce n'est pas égal.

Ainsi se comportaient les jeunes filles de la bonne société en quête de mari et leurs mères, cherchant à voler quelques minutes de son temps. Après tout, il était le seul Harrington mâle encore célibataire. Et cette réalité le propulsait au centre de l'attention, en cette journée portes ouvertes destinée aux familles en vue de la région. On les avait organisées pour présenter le domaine et les écuries que son frère Mason et lui venaient d'acquérir. Et soudain, les quatre heures qu'il venait de passer en échanges sociaux sans intérêt lui pesèrent sérieusement.

— Désolé, ma chère, répondit-il en essayant d'infuser dans son expression habituellement sévère un regret sincère, je viens de me rappeler un appel professionnel important à passer. J'en ai pour un instant.

Il opéra une preste retraite vers le vaste bureau sur la porte duquel une pancarte indiquait que le lieu n'était pas ouvert aux visiteurs. Il le partageait avec Mason et EvaMarie, sa fiancée, qui vivaient ici alors qu'il habitait une maison en ville.

Heureux de mettre la lourde porte de bois sculpté entre les importuns et lui, il se laissa tomber avec un soupir dans son fauteuil. Sa soudaine lassitude lui rappela toutes les bonnes raisons qu'il avait d'éviter les mondanités. Il se trouvait malheureusement que son allure de beau ténébreux lui attirait l'attention des femmes plus qu'il ne l'aurait souhaité. Et aussitôt que le bruit s'était répandu de l'héritage somptueux que son frère et lui avaient reçu, le nombre de candidates au mariage s'était accru de façon obscène.

Il voulait bien se dévouer pour jouer le rôle du beau parti si cela permettait à leur élevage de chevaux de course de se faire remarquer par les jolies filles et leur riche famille. Leur père ayant solidement assuré leurs arrières, l'argent n'était pas un problème. Ce qu'il fallait à présent, c'était se forger une réputation parmi les personnes influentes du milieu des courses hippiques de l'« État de l'herbe bleue », ainsi qu'on surnommait le Kentucky. Il s'arrangerait pour que leurs noms soient sur toutes les lèvres lors des événements cruciaux de l'année, autour des courses pour la Triple Crown.

Enfin, quand il disposerait de quelques minutes à lui…

Ce qui le surprenait, c'était à quel point il trouvait ennuyeuses les femmes présentes. Il aurait aimé rencontrer un peu de défi, surprendre une remarque spirituelle, n'importe quoi sortant de l'ordinaire, mais il n'avait rien remarqué de tel.

Et devoir faire semblant de s'intéresser… Il frissonna. Ce qu'il devinait à travers les comportements pleins de calculs de ces femmes lui soulevait le cœur.

Il ouvrit distraitement sa boîte mail et jeta un coup d'œil à ses messages. Le mélange habituel de publicités, réponses d'affaires et autres remplit l'écran. C'était agaçant : aussi souvent qu'il consulte son courrier, sa boîte débordait de messages.

Soudain, le nom de Vanessa Gentry lui sauta aux yeux.

Et pendant de longues secondes, il lui sembla que le monde autour de lui avait cessé de tourner.

Il le reconnaissait, bien sûr, même après toutes ces années. *Comment oublier la femme qui avait failli devenir sa belle-mère ?*

L'image de sa fille et elle riant aux éclats, leurs têtes rapprochées, se forma instantanément sous ses yeux. Elles se ressemblaient tellement. Simplement, les cheveux bruns de Vanessa avaient très tôt viré au gris argenté alors que ceux d'Emily conservaient leur teinte d'ébène.

Le cœur lourd, il ouvrit le message et le lut pendant qu'une photographie se téléchargeait.

> Kane, j'ai conscience qu'il n'est sans doute pas approprié de ma part de t'envoyer ceci. Mais après la façon dont les choses se sont terminées… Je voulais juste que tu saches que tout va bien et qu'Emily a réussi à passer à autre chose.

S'armant de courage, il se redressa dans son fauteuil. Malgré tout, en contemplant la photographie qui apparaissait, il eut l'impression de recevoir un coup de poing en plein plexus solaire.

La beauté qu'il avait cru un jour être sienne apparaissait sous ses yeux. Étrange, à l'époque, il n'aurait jamais imaginé cesser de l'aimer. Et pourtant, aujourd'hui, il ne ressentait plus que la familière sensation d'impuissance qui l'avait terrassé durant la maladie de sa mère et après l'accident d'Emily. Celui-ci avait exacerbé un instinct protecteur déjà très développé. Mais elle avait refusé son aide qu'elle interprétait comme de la pitié.

Près d'elle, sur la photographie, figurait un homme d'aspect quelconque, mis à part le smoking, la fleur à la boutonnière… et l'expression heureuse de son regard. Au-dessus de l'épaule d'Emily, on apercevait la poignée de son fauteuil roulant. Ainsi, elle était restée partiellement paralysée. Ce qui ne l'empêchait pas d'être une magnifique future épouse pour un homme apparemment capable de combler ses besoins mieux que lui, en dépit de ses efforts.

Une brusque colère le saisit. Même s'il refusait de l'admettre, Emily avait le droit d'avancer dans la vie. Mais lui, de son côté, avait le droit d'être laissé en dehors de son histoire. Comme s'il était nécessaire de lui rappeler qu'il n'avait pas été à la hauteur.

Il se leva brusquement, ignorant le bruit de son fauteuil heurtant le mur. Il sortit du bureau, foulant les luxueux tapis, et longea le couloir sans accorder la moindre attention aux invités qu'il croisait.

Son expression ne devait pas être franchement amicale. Pour s'en convaincre, il lui suffisait de lire dans le regard des gens. La Bête arrivant au bal n'avait pas dû susciter plus de crainte. Et la constatation exacerba sa colère.

Il savait ce qu'il lui fallait. La paix et la tranquillité qu'il trouvait toujours dans les écuries, l'acceptation des chevaux, l'odeur de terre qui l'ancrait dans le présent. Et cette journée consacrait la réalisation du rêve auquel il n'avait jamais voulu renoncer, même après la terrible chute de cheval de son ex-fiancée.

Les visites étaient terminées. Ils les avaient autorisées parce que les écuries seraient le cœur de leurs activités. Et Mason et lui étaient fiers, à juste titre, des rénovations effectuées ainsi que des bêtes qui commençaient à peupler les box.

Dès qu'il eut franchi la porte, il ralentit le pas. Sa respiration s'apaisa et les battements de son cœur reprirent un rythme normal.

Il marqua une pause, savourant le piétinement des chevaux sur la paille de leurs box et leurs doux appels lorsqu'ils perçurent sa présence. Cette fois, quand il reprit sa marche, ses pas étaient presque silencieux. Il avançait, songeur. C'était la réalisation d'un rêve que son frère et lui berçaient depuis des années : des écuries de première classe et un élevage qui leur permettrait de produire un jour un champion. Il regrettait seulement que son père n'ait pas vécu assez longtemps pour partager leur bonheur.

Soudain, un bruit de voix provenant de l'aile droite de l'allée centrale rompit le silence. Il n'était donc pas aussi seul qu'il ne l'avait cru. Un couple aurait-il jugé l'endroit approprié pour s'isoler ? En temps ordinaire, il l'aurait ignoré, mais cette aile avait été déclarée interdite aux visiteurs lors des visites de l'après-midi.

Pour une bonne raison : elle abritait leur étalon.

Arrivé seulement de la veille, Sun était une toute nouvelle acquisition, et il ne s'agissait pas qu'un afflux de curieux le perturbe. Il fallait du temps au cheval pour s'accoutumer à son nouvel environnement.

Accélérant le pas, il tourna le coin de l'allée et se dirigea vers la source du bruit. Plus il s'approchait, plus il sentait monter son appréhension, car la voix semblait provenir du box de l'étalon. Singulière et douce, ce devait être celle d'une femme. Soit elle adressait ses chuchotements sensuels au cheval, soit à un homme.

Le box se trouvait à mi-chemin de l'allée, mais à mesure qu'il approchait, un détail au-delà attira son attention. La porte de cette aile étant grande ouverte, il apercevait la nuit noire et le reflet des lumières de l'écurie sur le métal d'un… camion, ou d'un van ?

Cette femme serait-elle en train de lui voler son cheval ?

Il se fit automatiquement discret. Ses pieds avancèrent presque silencieusement sur le sol de terre battue, et il resta dans l'ombre de l'allée afin de voir sans être vu. Quand il s'immobilisa, il prit soudain conscience du rythme accéléré de son cœur et de l'intense curiosité qui le dévorait.

Il ne s'ennuyait plus du tout.

Par-dessus le mur surmonté de barreaux, il aperçut le

massif étalon, plus paisible qu'il ne l'avait encore vu, comme subjugué par la voix féminine. Elle ne cessait de parler tout en s'affairant, et, quand elle bougea, il vit qu'elle préparait Sun pour le transport. Le cheval demeurait d'un calme imperturbable sous ses tapes données d'une main ferme qui trahissait familiarité et autorité.

Elle n'était pas vraiment vêtue pour voler un cheval. Par la porte entrouverte, il voyait émerger de la paille des sandales à talons plats, aux lanières incrustées de paillettes. Une robe ample, d'un gris bleu subtil, flottait sur un corps gracieusement musclé au lieu d'épouser ses formes.

Elle lui tournait le dos. De ce qu'il pouvait en voir, elle était mignonne, mais pas d'une beauté tapageuse. En tout cas, elle n'avait pas attiré son attention lors de la réception, si elle y était présente comme sa robe le laissait supposer. En même temps, il avait le sentiment qu'il se serait rappelé cette abondance de cheveux blond doré retenus derrière sa tête en une opulente queue-de-cheval. Il avait très envie de découvrir son visage, mais il fallait tout d'abord savoir ce qu'elle mijotait.

Peu de gens se doutaient que sous son apparence sévère il dissimulait des trésors de patience. Il demeura silencieux pendant encore une bonne dizaine de minutes, analysant les mouvements de la jeune femme et essayant de deviner ses intentions. Elle possédait un incroyable talent pour apaiser l'étalon géant qu'ils surnommaient la Bête, mais le licol rapidement détachable, la couverture et les guêtres de transport ne laissaient planer aucun doute : elle avait bel et bien l'intention d'emmener son cheval.

Comme si le véhicule tout-terrain et le van stationnant devant la porte ne suffisaient pas à le prouver !

Quand elle eut terminé ses préparatifs, il jugea le moment opportun pour se manifester. Sortant de l'ombre, il avança jusqu'à bloquer la porte ouverte du box. La Bête l'aperçut le premier et leva brusquement la tête dans un geste qui trahissait son inquiétude.

La petite voleuse ne détecta pas aussi vite sa présence. Posant une main à plat sur l'encolure du cheval, elle lui parla doucement. Il hennit, semblant acquiescer, encore que Kane ne soit pas certain qu'il ne cherche pas plutôt à alerter la jeune femme. Sans un bruit, il s'appuya à l'encadrement de la porte et prit sa voix la plus sévère pour demander :

— Que croyez-vous faire ?

La voix tonitruante la fit sursauter. Elle était si occupée à préparer Sun qu'elle en avait oublié la menace Harrington. Un regard par-dessus son épaule lui prouva qu'elle avait été surprise par l'un des propriétaires en personne et non par un homme d'écurie.

Se rappelant les papiers dans sa poche, elle releva crânement la tête et lui fit face.

— Je me présente : Presley Macarthur. Vous êtes ?

Elle savait très bien qui il était, naturellement. Après tout, même si son frère faisait plus souvent parler de lui, Kane Harrington avait eu à plusieurs reprises les honneurs des pages mondaines. Quant à Mason, après l'annonce de ses fiançailles avec EvaMarie qui avait eu lieu aujourd'hui, il allait probablement se voir attribuer une pleine page.

Elle pouvait réciter l'histoire des frères Harrington, qui avaient été garçons d'écurie dans cet établissement où leur père était jockey, avant d'être obligés d'en partir après le renvoi de leur père, mais d'y revenir l'an passé à la tête d'un fabuleux héritage.

Ils étaient désormais prêts à jeter un pavé dans la mare du milieu des courses hippiques.

Le géant qui lui bloquait la porte laissa le silence s'éterniser, mais elle refusait de se livrer à une explication sur les motifs de sa présence dans ses écuries. Il se croirait le plus fort, ce qui était faux en l'occurrence.

S'écartant de la porte, il s'approcha.

— Étant donné que vous êtes dans mes écuries, vous préparant à voler mon cheval, j'aurais cru que vous sauriez qui je suis !

Un soudain réveil de la colère, du chagrin et de la honte éprouvés en apprenant le geste de sa belle-mère l'aveugla.

— En réalité, je ne vole rien. Je viens simplement chercher ce qui m'appartient.

— Je ne crois pas, ma chère enfant ! répliqua Kane Harrington avec un rire qui lui porta sur les nerfs. Voyez-vous, poursuivit-il, j'ai des papiers en bonne et due forme prouvant que j'ai acheté ce cheval.

Sentant Sun bouger près d'elle comme s'il devinait le sens de la conversation, elle posa une main sur son garrot.

— En bonne et due forme ? En êtes-vous certain ?

Pour toute réponse, Kane Harrington haussa un sourcil sombre. Bien que le cœur lui manque, elle s'efforça de garder une expression impassible. C'était nouveau pour elle de se sentir intimidée par un homme. Depuis des années, elle avait l'habitude d'entretenir des relations d'affaires avec des hommes et de s'imposer lorsqu'ils changeaient d'attitude en comprenant que le responsable était une femme. Elle ignorait la crainte dans son milieu professionnel. Et pourtant, d'un seul regard, cet homme la faisait frissonner d'appréhension.

Cela ne laissait rien présager de bon.

Elle déglutit péniblement sans parvenir à retrouver son sang-froid.

— Si ces papiers ne précisent pas que le propriétaire de ce cheval est Presley Macarthur, je crains que vous n'ayez acheté ce cheval illégalement.

Aïe. Elle souhaita pouvoir reprendre ses paroles, mais

il était trop tard. Ce n'était pas une approche très habile, et pas du tout la tactique qu'elle comptait employer.

— Ce que je veux dire, reprit-elle, c'est qu'il y a un malentendu quelque part.

— Il semblerait. Parce que j'ai acheté ce cheval dans un élevage dirigé par l'épouse de feu M. Macarthur.

Pendant que j'avais un rendez-vous en ville.

— Je n'en doute pas, monsieur Harrington…

Bon sang ! Ce nom était affreusement difficile à prononcer, la gorge contractée.

— Cependant, il est de notoriété publique que Sun m'appartient, à moi, la fille unique de M. Macarthur, et non à sa veuve.

Elle sourit aussi suavement que possible.

— Étant donné que Marjorie Macarthur et moi codirigeons l'affaire, je crois voir où se situe la méprise.

Sous le regard noir que lui jeta brusquement Kane Harrington, elle craignit de bégayer, mais se ressaisit à temps. De la poche de sa jupe, elle sortit une copie de son certificat de propriété.

— Si vous désirez des preuves, les voici.

Quand il s'approcha, et même si elle savait qu'il n'agissait ainsi que pour consulter ses papiers, son pouls s'accéléra et ses paumes devinrent moites. Impossible d'en accuser uniquement la situation : il se passait quelque chose de plus personnel, réalisa-t-elle avec consternation. Les longs doigts de Kane Harrington frôlèrent les siens quand il s'empara du document, et un flot de chaleur l'envahit.

Pour l'amour du ciel, que lui arrivait-il ?

Par chance, trop occupée à mener son affaire, elle n'était pas du genre à se pâmer devant un homme. Malgré tout, elle devait avouer qu'aucun ne l'avait troublée ainsi. C'était comme si une tornade avait élu domicile dans son corps, propulsant émotions et réactions dans un maelström impossible à contrôler, ou même à comprendre.

Elle profita du moment où il étudiait les papiers pour se ressaisir avant qu'il ne la transperce à nouveau de son regard.

— Eh bien, il semble que nous soyons dans une impasse, mademoiselle Macarthur.

— La situation est au contraire parfaitement claire ! répliqua-t-elle. Je remmène Sun chez moi, où est sa place.

— Que faites-vous du chèque que j'ai remis à Mme Macarthur ?

Elle se retint de grimacer.

— Je m'engage à vous restituer la totalité de la somme.

Quel que soit le tort que ce remboursement causerait à l'entreprise, car elle soupçonnait fort que sa belle-mère s'était arrangée pour dépenser un maximum d'argent avant que Presley ne découvre ce qui s'était passé.

— Que faites-vous de ma réputation ?

Sa main se crispa sur la longe de Sun.

— Je vous demande pardon ?

Il se rapprocha suffisamment pour projeter une ombre sur elle.

— J'ai acheté cet étalon précis pour une bonne raison, mademoiselle Macarthur. Vous êtes évidemment consciente du bond en avant que représenterait la possession d'un étalon de la valeur du vôtre pour notre élevage. Et ce n'est pas facile à trouver, croyez-moi.

— Je saisis, mais je ne vois pas en quoi ça me concerne.

Cependant, un regard de Kane Harrington lui fit comprendre que ce serait bientôt son problème.

— Les gens, eux, le verront.

— Que voulez-vous dire ?

— Nous connaissons tous deux notre métier, répliqua-t-il avec aplomb. Nous savons qu'il repose sur la réputation presque autant que sur les performances de nos chevaux.

Pour ça, elle était au courant, ayant dû batailler avec sa belle-mère pour la tenir en dehors de leurs affaires depuis la disparition de son père, six mois plus tôt. Marjorie ne connaissait pas la signification du mot « tact », pas plus en affaires qu'en privé. Seule, celle du mot « dollar » lui importait, et elle voulait toujours plus d'argent, sans se soucier du tort que son invraisemblable avidité causait autour d'elle.

« Ils ont plus de flair qu'un chien de chasse pour débusquer un maillon faible et plus d'habileté pour le dépouiller qu'un avocat. Ne les laisse jamais déceler chez toi la moindre vulnérabilité. »

Son père lui avait tant de fois répété ces mots qu'elle avait du mal à comprendre pourquoi il avait décidé qu'elle dirigerait conjointement avec sa femme une affaire qu'il avait peiné à mettre sur pied. En matière de maillon faible, difficile de trouver mieux que sa belle-mère, et Presley pressentait que Kane Harrington en avait parfaitement conscience.

Exerçant ouvertement son pouvoir, il se rapprocha et eut l'audace de passer dans son dos, provoquant une brusque montée de sa température en elle. Éprouvant le besoin de s'écarter, elle se glissa sous l'encolure de Sun, espérant ainsi dissiper le trouble étrange que cet homme éveillait en elle. Car elle éprouvait bel et bien une émotion sur laquelle elle refusait d'apposer un nom.

Les épais sourcils bruns de Kane Harrington s'arquèrent, mais il ne commenta pas sa lâcheté.

— De mon point de vue, votre belle-mère a commis un acte illégal. À cela s'ajoute le préjudice de devoir revenir sur l'annonce que Sun a rejoint les écuries Harrington.

Il se pencha par-dessus le dos imposant du cheval, l'épinglant d'un regard aussi dur que l'acier. Il aurait dû la rendre folle de colère, pourtant de drôles de frissons se mirent à courir dans son dos.

— Si ma réputation en prend un coup, la vôtre aussi, assura-t-il.

Quiconque pensait que le client avait toujours raison ne s'était jamais retrouvé dans cette situation précise, avec cet homme précis. Son regard lui disait qu'elle allait devoir faire des concessions, qu'elle le veuille ou non.

- 2 -

Kane sentit le moment où Presley Harrington comprit. Si elle parvenait à garder un visage impassible, ses beaux yeux verts la trahissaient. Elle avait deviné qu'il ne la laisserait pas se tirer d'affaire si aisément.

— Je… Je suis désolée de…

Il n'aurait pas dû accueillir avec plaisir ce bégaiement, ni souhaiter qu'il résulte d'un émoi sensuel plutôt que de la pression qu'il exerçait sur elle. Cela faisait sûrement de lui une mauvaise personne. Mais la constatation n'enlevait rien à sa curiosité et à la satisfaction de la bousculer un peu. Il trouvait le jeu extrêmement amusant.

— Ainsi, vous êtes désolée que votre belle-mère ait commis une erreur. Comment comptez-vous vous faire pardonner ?

En voyant les yeux de Presley s'écarquiller, il comprit ce que sa question pouvait sous-entendre. La vive attirance qu'il éprouvait pour cette femme avait teinté sa voix de sensualité. Curieux. Il n'avait jamais eu cette réaction auprès des jeunes filles qu'on lui offrait en pâture depuis son retour au Kentucky.

À vrai dire, même depuis des années.

Pourquoi cette femme en particulier ? Elle ne possédait pas la beauté renversante des jeunes personnes parées de diamants qui évoluaient dans la salle de réception. Sa robe était plutôt jolie, d'un tissu de bonne qualité, mais sa coupe ample ne la mettait pas en valeur. Encore qu'il aiguise son envie de découvrir ce qui se cachait dessous. Et d'aussi près, il remarquait une autre différence significative. Alors que les femmes croisées ce soir étaient toutes — sans exception — plus ou moins maquillées, le visage de Presley Macarthur ne portait aucune trace de fard, pas même sur ses lèvres aux courbes délicieuses.

Le regard de Presley se rétrécit entre ses paupières tandis qu'elle se redressait.

— Qu'entendez-vous par là exactement ?

La vivacité de sa riposte l'intrigua. Le dernier de ses souhaits était de se confronter à une faible femme. Ce type était son talon d'Achille, comme Emily ne l'avait que trop prouvé. Devant lui se tenait une jeune femme attirante qui, visiblement, connaissait son métier. Si la rumeur disait vrai, Presley faisait aussi de la consultation en gestion d'écuries. Elle était donc intelligente, peu susceptible d'être intimidée. Il allait devoir se montrer inventif pour récupérer sa mise.

Il secoua la tête, ignorant la question tandis qu'il tentait de trouver une solution au puzzle, bien conscient que son silence était intimidant en soi. Que lui arrivait-il ? D'abord, sa colère. Maintenant il réfléchissait… À quoi ?

À exercer un chantage ?

Bien sûr, ça lui laisserait le temps de passer à l'acte et découvrir ce que Presley cachait sous son ample robe.

Non ! L'idée qui jaillit brusquement dans son cerveau était vraiment trop diabolique. Comme si elle lisait dans ses pensées, Presley leva un regard soupçonneux vers lui. S'il suivait volontiers son instinct, il n'était généralement pas prompt à agir. Il aimait réfléchir, peser les conséquences, tirer des plans.

Pas ce soir. L'occasion était trop belle.

— Il faut que vous m'aidiez à rattraper ce gâchis…

— Si vous vous figurez que vous pouvez me forcer à faire quelque chose d'inapproprié, vous rêvez ! coupa-t-elle.

— Voyons, j'en serais incapable…

Il la laissa soupeser sa sincérité tout en se glissant sous l'encolure du cheval, envahissant ainsi son espace.

Elle se raidit. Apparemment, elle n'appréciait pas du tout. À moins que… Au contraire ?

De si près, il voyait une veine battre à la base de son cou délicat et la façon dont elle humectait du bout de la langue ses adorables lèvres roses.

Il surprit aussi son regard qui examinait son pantalon de costume bien coupé et sa chemise à col boutonné avant de revenir à son visage avec une expression coupable.

Ce ne serait tout de même pas si criminel d'utiliser l'intérêt de Presley à son avantage ? Égoïste, au pire.

— Mais je crois que tous les deux nous allons apprendre à très bien nous connaître.

— Comment ?

Le cri suraigu de Presley et la vive rougeur colorant ses joues lui prouvèrent qu'il avait touché un point sensible.

— Macarthur…

Il se rapprocha, l'acculant contre le mur.

— Je connais votre nom, Presley. Vos écuries. Votre famille. Tout le monde les connaît dans l'État et au-delà.

Son sourire ne semblait pas la mettre à l'aise.

— Et ?

Ah ! comme il aimait cette voix légèrement haletante.

— Et si nous étions ensemble, votre réputation rejaillirait sur Harrington Farms.

— Comment ça, ensemble ? demanda-t-elle avec nervosité.

Il posa une main sur la paroi de lattes de bois au-dessus de l'épaule de Presley. En était-elle réduite à ne plus s'exprimer que par des questions ? L'idée le réjouit beaucoup. Sa proximité la déstabilisait, elle se tortillait sous son regard. Et pas de crainte, ce qui était délicieux à savoir.

— Eh bien, il faudrait que les gens soupçonnent qu'il

se passe quelque chose entre nous. Il s'agirait de leur faire croire que nous sommes amoureux, précisa-t-il, comme elle fronçait les sourcils.

Le beau visage de Presley se ferma alors.

— C'est hors de question !

— En êtes-vous sûre ?

— Il existe sûrement un autre moyen de valoriser vos écuries.

Sauf qu'il n'en voulait plus d'autre.

— Sans que vous donniez l'impression d'y être contrainte ?

— J'y arriverais certainement mieux qu'en feignant d'être votre… Euh…

— Maîtresse ?

Visiblement, aborder des sujets personnels mettait Mlle Macarthur mal à l'aise.

— N'y comptez pas !

Il recula, paumes levées dans un geste d'apaisement.

— D'accord. Nous raconterons donc la véritable histoire, c'est-à-dire que votre belle-mère a essayé de m'escroquer une jolie somme d'argent.

— Ce n'est pas vrai !

Elle mit ses poings sur les hanches, ce qui eut pour effet de plaquer sa robe sur son corps, lui donnant un aperçu de ses formes fermes. Aussitôt, des idées intéressantes jaillirent dans son cerveau.

— Elle a juste…, reprit Presley, sans se douter de l'effet produit.

— Ah oui ? Elle s'est trompée en vendant un cheval d'un million de dollars qui ne lui appartenait pas ?

Son expression indécise et, oui, résignée, en disait long sur la jeune femme qui se tenait devant lui. Il connaissait beaucoup d'hommes et de femmes qui auraient déclaré que, la situation n'étant pas de leur fait, ils s'en lavaient par conséquent les mains. Mais pas Presley. Elle aurait pu abandonner sa belle-mère à son triste sort, au lieu de quoi, elle releva le menton.

— Qu'attendez-vous de moi exactement ?

Comme il venait tout juste de pondre ce scénario, il ne savait pas encore très bien.

— Nous en discuterons plus tard.

— Autant battre le fer quand il est chaud !

Imitant sa posture, elle croisa les bras sur une poitrine étonnamment généreuse.

C'était visiblement un être de contradictions. Travailleuse acharnée, habile femme d'affaires, mais timide sur le plan des rapports personnels. Qui était la vraie Presley Macarthur ? L'énigme retenait toute son attention, et c'était la première fois qu'il se détournait de ses objectifs professionnels depuis… il ne voulait même pas y penser.

— J'ai prévu de consacrer du temps aux mondanités au cours de la prochaine saison de courses, expliqua-t-il d'un ton adouci.

Il pouvait se permettre de se détendre maintenant que son instinct lui soufflait qu'il était sur le point de parvenir à ses fins.

— Vous pourriez m'accompagner, reprit-il.

— Comme si nous sortions ensemble ?

Il réprima le sourire qui lui montait aux lèvres. Se montrer suffisant ne servirait à rien.

— Pour quelques dates seulement. Vous m'introduiriez dans le milieu, me présenteriez des gens intéressants.

— Pendant que vous joueriez les don Juan.

— Si vous sous-estimez la valeur des relations sociales, vous ne devez pas être depuis longtemps dans le métier.

Bien qu'elle soit plus jeune que lui — d'une dizaine d'années, estimait-il —, elle connaissait parfaitement les rouages de cette branche d'activité. Les acheteurs potentiels préféraient négocier avec des personnes qui, ayant déjà fait leurs preuves, étaient acceptées dans le milieu.

— Nous assisterions ensemble à certains événements, et si, à la fin de la saison, je suis satisfait, tout sera oublié.

Elle l'épingla de son regard rétréci entre ses paupières.

— Non ! répliqua-t-elle à sa grande stupéfaction. Vous tirerez un gros profit de ce marché sans beaucoup d'efforts.

— Souhaitez-vous que je mette davantage dans la balance ?

— Oui. Dix pour cent de remise sur votre remboursement.

Il attendit, presque amusé de son regain d'énergie.

— Assister à des événements mondains va me coûter beaucoup de temps et d'argent, reprit-elle. Il serait juste que j'obtienne des compensations puisque vous êtes celui à qui bénéficiera la publicité.

Il hocha la tête tout en réfléchissant. À ce stade, il pouvait se permettre d'être généreux.

— Je suppose que les services d'un consultant me coûteraient davantage. Allons-y pour quarante pour cent.

Elle le considéra avec une telle expression d'incrédulité qu'il eut envie de rire. De toute évidence, elle ne s'était pas attendue à une telle générosité de sa part. Mais les faits étaient là : il disposait de plus d'argent qu'il ne pouvait en dépenser, et il désirait passer du temps avec cette femme, quoi qu'il lui en coûte.

— Mais vous devrez faire semblant d'être amoureuse de moi. On est bien d'accord ?

La voyant sur le point de protester, il la coupa.

— Si les gens se doutent que vous avez été payée pour m'offrir votre soutien, il n'aura aucune valeur. Nous nous conduirons donc en amants. C'est à prendre ou à laisser.

— Dans ce cas, j'ai une condition à poser, répliqua-t-elle en levant l'index en manière d'avertissement. Pas question que vous me tripotiez !

— D'accord, sauf si la situation exige que je vous touche.

— Vous voulez dire, sauf quand vous le jugerez nécessaire ?

Son ton dégoûté le renseignait sur ce qu'elle pensait de sa restriction. Mais considérant les circonstances exceptionnelles de leur rencontre, il se demanda combien de temps cette condition serait valide.

Ou plutôt, combien de temps il serait capable de la respecter.

— Mais vous, Presley, considérez-vous libre de me toucher quand bon vous semblera.

— Étant donné que je me montre aussi généreux, dit Kane avant qu'elle ait la moindre chance d'assimiler ce qui s'était passé au cours de la dernière demi-heure, je propose que nous rentrions et commencions tout de suite.

— Comment ?

C'était terrible. Elle était incapable d'aligner deux idées sensées. Or, contrôler la situation comptait beaucoup pour elle.

— Si vous voulez remmener Sun chez vous ce soir, il faut saisir l'instant présent.

Pourquoi son expression suffisante lui donnait-elle envie de le frapper et, en même temps, de caresser l'arc de son sourcil levé ?

— Une fois que nous aurons fait notre apparition, je m'assurerai que votre cheval est proprement chargé.

Il jeta un coup d'œil sur sa tenue. Elle s'était habillée pour passer inaperçue au milieu des invités au cas où elle devrait se joindre à eux. L'ironie de la situation ne lui échappa pas. Comment réagirait Kane, qui croyait avoir trouvé une partenaire capable de lui ouvrir les portes des cercles les plus fermés du milieu des courses, quand il s'apercevrait qu'elle était un vrai ours ?

Les grands rassemblements lui donnaient des boutons. Elle n'assistait aux réceptions que contrainte et forcée et, d'ordinaire, passait son temps dans son coin, quasi invisible.

Elle n'en voulait à personne. Les vêtements habillés lui allaient très mal, et elle ne se sentait pas à l'aise dedans. Quant aux hommes qui l'appelaient régulièrement pour lui demander des conseils et passaient aux écuries pour l'entretenir des indispositions de leurs juments, ils ne la reconnaissaient plus à l'instant où elle enfilait une robe.

Il arrivait tout de même, lors de ces réunions, que des conversations passionnantes à propos de chevaux s'engagent. Mais elles s'interrompaient dès que des jolies femmes apparaissaient, transformant les réceptions en champ de mines à travers lequel Presley n'avait aucune envie de circuler.

Peut-être que Kane ne s'en apercevrait que lorsque Sun serait en sécurité chez elle.

— On y va ? demanda-t-il en agitant la main pour l'inviter à sortir du box.

Cependant, elle avait eu un aperçu de l'implacable volonté qui se dissimulait derrière les bonnes manières de Kane. Ils étaient peut-être parvenus à un accord, mais un coup d'œil à son regard noir lui disait que si elle ne coopérait pas il n'hésiterait pas à divulguer la malversation de sa belle-mère et à la ruiner.

Un loup se dissimulait sous ses apparences de gentleman.

Elle sortit du box en prenant garde de ne pas salir ses sandales. Le cocon qui la protégeait toujours en présence des animaux se dissipa dès qu'elle se retrouva dans l'allée centrale. Comme elle dépassait Kane, elle fut une fois de plus impressionnée par sa taille. Elle lui arrivait à peine à l'épaule.

Le peu qu'elle savait des frères Harrington provenait des bruits qui avaient couru quand ils avaient racheté le domaine, et encore, ils concernaient essentiellement Mason. Kane n'avait emménagé que récemment dans la région, et il habitait sa propre maison dans le quartier historique du centre-ville.

Selon la rumeur, il n'entretenait pas de liaison. Ce n'était pourtant pas faute d'être entouré de jeunes célibataires très désireuses de capter son attention.

Ce qui signifiait que ces prétendantes la considéreraient comme une rivale et ne lui faciliteraient certainement pas la tâche. Elle ralentit le pas en revenant au défaut majeur de son plan : elle n'était pas la mieux placée pour aider Kane à se faire accepter. Et, tout en préférant mourir sous la torture que de l'admettre, l'idée que cet homme si séduisant se rende compte de ses insuffisances lui causait du dépit.

D'un autre côté, elle ne pouvait pas laisser ternir sa réputation à cause de l'avidité et de l'incompétence de sa belle-mère.

En approchant de la porte des écuries, submergée par l'appréhension, elle s'immobilisa. Kane, qui marchait devant elle, s'arrêta à son tour et lui jeta un coup d'œil interrogateur par-dessus son épaule. Comment un regard pouvait-il être aussi expressif ? Le temps passé avec Kane Harrington ne serait sûrement pas dédié aux bavardages inutiles.

Perspective réjouissante après les conversations dénuées d'intérêt de Marjorie.

Bon sang ! Elle avait oublié que, toute la semaine, sa belle-mère avait été surexcitée à l'idée de visiter le domaine Harrington à l'occasion des portes ouvertes. Autrement dit, Marjorie assisterait à sa performance commandée. Elle, qui était toujours à l'affût de possibles bourdes commises par sa belle-fille et qui, de surcroît, ne manquait jamais de les souligner. À vrai dire, pas de façon vindicative. Simplement il n'était jamais venu à l'esprit de son frivole petit moi qu'en agissant ainsi elle mettait Presley au supplice.

Subir une pareille épreuve la détruirait moralement et sans doute aussi physiquement.

— Qu'y a-t-il ?

S'il avait posé la question de façon autoritaire, elle aurait menti, mais son ton amical l'amena à livrer ses inquiétudes.

— Comment pourrais-je faire semblant d'être…

Sous le coup de l'émotion, sa voix trembla.

— … Amoureuse d'un parfait inconnu ?

Sans paraître le moins du monde perturbé par la naïveté de la question, Kane revint vers elle. Et sa proximité déclencha un feu d'artifice de sensations encore jamais éprouvées.

— Vous voulez peut-être répéter avant d'affronter la scène ?

Sa voix profonde fit courir un drôle de frisson le long de son dos.

Oh, oui.

— Non ! J'ai juste besoin de temps…

— Et moi, j'ai besoin que l'attention se porte sur d'autres sujets que la non-apparition d'un étalon de prix dans mes écuries. Et le meilleur moyen de détourner les gens de cette constatation, c'est d'exciter leur curiosité.

— C'est bien ce qui m'inquiète.

Le rire inattendu de Kane fit bondir son cœur. Que lui arrivait-il ? Franchement, ce soir, elle ne se sentait pas dans son état normal.

Soudain, il lui effleura le menton de ses longs doigts. Surprise par la chaleur du contact, elle leva les yeux, mais les ombres projetées sur le visage de Kane dissimulaient ses pensées.

Il se pencha et posa simplement ses lèvres sur les siennes.

Comme si elle n'était pas déjà assez bouleversée, ce baiser lui fit perdre le peu de sang-froid qui lui restait.

Il n'essaya pas de forcer l'intimité de sa bouche. Bien sûr. Kane n'était pas un adolescent tourmenté par ses hormones. Il prolongea son baiser assez longtemps pour que, désireuse de davantage, elle s'ouvre à lui. Encore une fois, il se montra délicat, explorant du bout de la langue le contour de ses lèvres, et son corps se tendit en réaction aux sensations délicieuses qui la parcoururent. Puis, il s'écarta.

Alors seulement, elle prit conscience de s'être abandonnée à un homme qu'elle aurait dû sévèrement repousser, telle une chaste jeune fille des siècles passés au lieu de…

— Comment osez-vous ? demanda-t-elle dans un souffle.

Comme, sans un mot, il baissait les yeux, elle suivit son regard et rougit en découvrant qu'elle s'agrippait aux revers de sa veste. Elle chercha à reprendre son souffle, tel un cheval au terme d'une course. Son cœur battait follement, et le tambourinement de son pouls trouvait un écho gênant dans une partie intime de son corps.

Quant à Kane, il se tenait devant elle, bras le long du corps, apparemment de marbre.

Qu'il demeure maître de lui alors qu'elle était profondément affectée l'humilia, et elle voulut se montrer ferme.

— Je vous avais pourtant demandé de ne pas me toucher !

— Je ne me suis pas servi de mes mains, répliqua-t-il en les agitant à ses côtés. Voyez. Pas de problème.

Il se moquait, mais elle eut malgré tout la satisfaction de constater au timbre un peu rauque de sa voix que leur baiser ne l'avait pas laissé indifférent.

- 3 -

— Monsieur, il y a un van dehors…

Kane se retourna pour découvrir Jim Harvey, le responsable des écuries, qui les dévisageait, l'air confus.

— Je suis désolé d'avoir interrompu…

— Pas de problème, coupa Kane, craignant que ce soit pour Presley la goutte qui ferait déborder le vase. Jim, je vous présente Presley Macarthur.

Jim hocha la tête puis ôta son chapeau.

— C'est un plaisir, madame.

Le regard de son employé ne cessait de naviguer entre Presley et lui. Il était évidemment dévoré par la curiosité, mais assez intelligent pour ne pas se mêler de ce qui ne le regardait pas.

— Donnez-nous une heure si ça ne vous ennuie pas, reprit Kane. Et puis vous monterez Sun dans le van de Mlle Macarthur qui le remmènera chez elle.

Bien que de plus en plus perplexe, Jim s'abstint de poser des questions devant Presley.

— Bien, monsieur, répondit-il simplement. Je serai dans les parages, madame, ajouta-t-il en se tournant vers Presley.

— Merci, Jim, dit Kane.

Ils étaient revenus au ton des échanges professionnels. Ce qui était probablement pour le mieux, même s'il adorait la voix suraiguë de Presley quand il la prenait au dépourvu. Quelles intonations aurait-elle s'il l'embrassait de nouveau ?

S'il la touchait un peu plus intimement ? Rompant le cours de ses pensées, il lui offrit son bras et la guida hors des écuries.

Ils avaient à peine goûté l'air nocturne qu'elle s'arrêtait.

— Je ne comprends pas. Vous allez vous contenter de me le rendre, comme ça ?

Elle agita la main en direction de la maison illuminée.

— Ne voulez-vous pas tester la marchandise avant de prendre une décision ?

Il ne put retenir un sourire narquois.

— C'est déjà fait.

La sentant se raidir, il lui tapota gentiment la main, et ils reprirent leur chemin. Cependant, tout en marchant, il ressentait de façon aiguë la présence de la jeune femme à ses côtés. La tête de Presley lui atteignait à peine l'épaule, ce qui en faisait néanmoins une femme plus grande que la moyenne. Elle serait parfaitement à sa place au creux de son bras. Son léger parfum de chèvrefeuille lui chatouillait les narines, un parfum inhabituel, qui lui rappelait des moments heureux vécus à cheval dans la campagne environnant sa maison natale.

Du chèvrefeuille poussait également à la lisière du jardin où il avait grandi avant le décès de sa mère. Il se souvenait avec acuité des premières tentatives de celle-ci pour lui apprendre à tirer le nectar des fleurs et de la suavité sur sa langue quand il y parvenait.

— De plus, continua-t-il, je ne reviens jamais sur ma parole. Sun sera chez vous ce soir.

Ils avaient atteint la porte d'entrée. La main sur la poignée, il marqua une pause.

— La situation est délicate, mais je suis sûr que, sachant le sort de votre famille et de votre entreprise entre vos mains, vous vous en tirerez très bien.

Évoquer le chantage qu'il exerçait sur elle n'était pas très élégant, mais avant qu'ils entrent en scène, il tenait à lui rappeler l'enjeu de cette petite comédie. Très crispée, elle se contenta d'acquiescer d'un signe de tête.

D'une main sur sa taille, il la fit entrer et elle fut éblouie par les lumières d'un lustre de cristal. En réalité, tout son comportement se modifia dès l'instant où ils passèrent la porte. Si on lui avait dit qu'une personne pouvait se rendre invisible, il ne l'aurait jamais cru, jusqu'à ce qu'il fasse la connaissance de Presley.

Ils avaient à peine fait quelques pas que Mason et EvaMarie jaillissaient du bureau.

— Kane ! appela son frère.

En notant l'expression contrariée de Mason, il se souvint soudain qu'il n'avait pas pris le temps de fermer sa boîte mail avant de sortir. Ils se dévisagèrent dans un silence de plomb. Mason savait exactement l'effet que ce mail de Vanessa Gentry avait produit sur lui. Il était présent quand Emily l'avait quitté et il l'avait vu se désintéresser de tout, sauf du but qu'ils s'étaient fixé.

Parce que vivre était plus facile ainsi.

Espérant échapper aux questions de son frère, il attira son attention sur la jeune femme à son côté.

— Mason, je te présente Presley Macarthur.

Son frère parut revenir à la réalité.

— Macarthur de Macarthur Haven ?

La main de Presley se referma sur son coude. Néanmoins, elle se détendit quand EvaMarie acquiesça de la tête en souriant.

— Bonjour, Presley.

— Mes félicitations, EvaMarie.

La charmante jeune personne qui avait été le premier amour de Mason, et qui avait cruellement souffert de leur séparation quand la famille Harrington avait dû repartir pour le Kentucky, irradiait à présent le bonheur.

Tandis que les jeunes femmes abordaient le sujet des

fiançailles d'EvaMarie, Mason posa sur lui un regard interrogateur.

Il s'écarta légèrement de Presley.

— Il y a eu changement de programme, chuchota-t-il.

— C'est-à-dire ?

— Mme Macarthur n'était pas habilitée à vendre Sun.

Mason poussa un juron.

— Tu parles d'une bourde !

Un euphémisme s'il en était. Mais après tout, lui-même avait bien qualifié la mauvaise action de Marjorie Macarthur d'« erreur ».

— Qu'allons-nous faire maintenant ? demanda Mason d'une voix vibrant de contrariété. Notre plan reposait sur la possession d'un étalon célèbre pour la reproduction.

— Ne t'inquiète pas, répondit-il d'une voix rassurante, comme si souvent au cours des deux dernières années.

Toute leur vie, ils avaient traversé ensemble des hauts et des bas. Il n'allait pas laisser l'adversité les vaincre.

— J'ai un nouveau plan, qui marchera tout aussi bien.

Des yeux, son frère suivit son geste quand il se tourna vers les deux femmes et glissa un bras autour des épaules de Presley. Il la sentit se contracter sous sa main, et son sourire trembla l'espace d'un instant, mais il ne relâcha pas son étreinte. Plus tôt elle s'habituerait au contact, mieux ce serait.

Il fallait absolument que la nouvelle de leur liaison se répande dès ce soir, et que son nom soit lié à celui de Presley aussi longtemps que la situation l'exigerait.

Mason les observait avec surprise. Normal. Il ne l'avait plus vu avec une femme depuis le départ d'Emily. Il avait été si traumatisé qu'il ne voulait plus entendre parler de relation et il n'en revenait pas de découvrir ce soir qu'il désirait vivement en nouer une avec Presley.

Mais soudain, par-dessus l'épaule de Mason, Kane aperçut Marjorie Macarthur. Quand celle-ci nota la présence de sa belle-fille, elle trotta vers eux avec la grâce d'un caniche pomponné, et il n'eut qu'un court instant pour se demander dans quel imbroglio il s'était jeté.

Le charmant accueil que sa belle-mère réserva à Presley ne fit que confirmer son malaise.

— Pour l'amour du ciel, Presley, tu as du foin dans les cheveux !

Dès qu'elle entendit retentir les paroles de sa belle-mère dans le vaste hall de la maison Harrington, Presley souhaita disparaître dans un trou de souris.

Que Marjorie la mette dans l'embarras n'était pas nouveau. Il semblait même que ce soit son passe-temps favori. Cependant, même répétée, l'humiliation ne perdait pas son pouvoir de nuisance, et ses joues s'embrasèrent avec une telle violence qu'elle crut se trouver mal.

Marjorie s'interposa pratiquement entre Kane et elle.

— Regarde-toi, poursuivit-elle de sa voix criarde. Du foin sur ta robe, du fumier sur tes sandales. Que fabriquais-tu dans les écuries, stupide enfant ?

— La réponse risque de se révéler aussi embarrassante que la question.

Avec cette réponse cinglante, Kane attira l'attention de toutes les personnes à portée de voix. Presley pria pour se fondre dans la tapisserie pendant que le regard laser de Kane l'inspectait de la tête aux pieds. Il notait sans aucun doute son manque de style et son talent pour se salir, quels que soient ses efforts. Il ne fit toutefois aucun commentaire. De toute évidence, il prenait très à cœur leur prétendue relation.

Si seulement il avait connaissance de l'erreur qu'il commettait. Bien entendu, il valait mieux pour elle qu'il l'ignore. Plus tôt il comprendrait qu'il n'exhiberait pas une gracieuse princesse à son bras, plus vite elle devrait le rembourser.

— Désolée, mon chou, murmura-t-il à son oreille. Je ne voulais pas gâcher ta robe ni ta coiffure.

Bien qu'il ait parlé doucement, elle fut certaine qu'il s'était arrangé pour que sa voix porte.

Bonté divine ! Au lieu de souhaiter qu'il cesse de la donner en spectacle, elle avait juste envie qu'il continue de lui murmurer de sa voix chaude des paroles réconfortantes, même si elles étaient destinées à leur public.

Il tendit la main pour ôter le brin de foin accroché à sa queue-de-cheval, le seul style de coiffure à sa portée, et l'exhiba en souriant. Dans son regard, il y avait de la malice et quelque chose de plus profond, de plus sombre, qui lui donna envie d'entrer dans son jeu.

Malheureusement, elle n'avait jamais su jouer.

Sa belle-mère en fut décontenancée, spectacle auquel elle n'avait encore jamais assisté. Puis le regard de Marjorie passa de l'un à l'autre tandis que l'incompréhension se lisait sur son visage.

Finalement, Marjorie la dévisagea d'un air maussade.

— Tu aurais pu me dire que tu avais un petit ami. Je t'aurais aidée à trouver une tenue convenable.

Apparemment, elle n'était pas tirée d'affaire, constata Presley, quand, par-dessus l'épaule de Marjorie, elle aperçut le groupe de ses anciennes camarades qui, depuis qu'elles avaient fait leurs débuts dans le monde, lui empoisonnaient la vie, en chuchotant frénétiquement dès qu'elle apparaissait et en ricanant sans vergogne. Une seule se démarquait parmi les rieuses : Joan Everly dont le mécontentement fissurait à présent le masque de politesse.

— La robe de Presley me plaît beaucoup, répliqua Kane d'un ton amusé.

À en juger par les exclamations étouffées provenant du groupe des jeunes femmes, sa voix avait porté. Malgré tout, elle percevait de l'incrédulité dans les réactions des témoins et, à présent, elle était sur la sellette.

C'était plus qu'elle n'en pouvait supporter. Elle se détourna et, saisissant à l'aveuglette la première poignée de porte qui lui tomba sous la main, s'éclipsa. Peu importait où elle allait, l'essentiel était de fuir les regards indiscrets. Cependant, des bruits de pas et le cliquètement de talons derrière elle lui apprirent qu'elle avait de la compagnie. Très bien. Une nouvelle confrontation était exactement ce qui lui fallait en ce moment.

Qu'on lui donne un cheval rebelle, ou un employé arrogant, et elle partait au combat sans hésiter. Mais les démonstrations publiques, surtout d'affection, n'étaient pas son fort. Elle sentit une lassitude familière l'envahir. Cette sensation avait fait son apparition dès que son père avait été enterré et les invités partis. Depuis, sa dépression passagère revenait régulièrement, mais elle réussissait en général à la repousser. Elle n'avait pas le temps d'être fatiguée, d'autant moins avec la nécessité de veiller à ce que sa belle-mère ne nuise pas à l'entreprise que Presley dirigeait.

Ainsi, comme si souvent au cours des six derniers mois, elle chassa les sombres nuages qui s'amoncelaient au-dessus de sa tête et se redressa. Quand elle se retourna, elle découvrit que les frères Harrington, EvaMarie et Marjorie l'avaient suivie.

— Presley, peux-tu m'expliquer ce qui se passe ? demanda sa belle-mère.

Marjorie nageait toujours en pleine incompréhension. Cependant, toutes les années où Presley avait été ridiculisée parce qu'elle n'était pas assez féminine lui ôtait l'envie de raconter ce qui s'était passé dans l'écurie tout à l'heure. Non vraiment, impossible d'expliquer que, si elle avait réussi à capter l'attention d'un homme du calibre de Kane Harrington, c'était uniquement parce que sa belle-mère avait essayé de lui soutirer illégalement une grosse somme d'argent.

Bien sûr, étant donné le résultat, Marjorie considérerait certainement que le jeu en valait la chandelle.

À sa surprise, Kane prit la parole.

— Le fait est que Presley n'assisterait pas à cette réception sans votre manque de jugement criminel, madame Macarthur.

Une onde de choc traversa la pièce. Personne ne s'était jamais opposé à sa belle-mère, pas même son père. Quand il avait introduit Marjorie dans leur vie, il avait espéré qu'elle lui enseignerait à devenir une jeune femme accomplie. Et il lui avait imputé l'incapacité de Marjorie à y parvenir. Tout en l'aimant, son père ne s'était pas privé de faire savoir à Presley qu'elle le décevait.

Quand Kane vint se placer près d'elle et passa un bras autour de ses épaules, l'expression de Mason valut son pesant d'or. Cependant, ignorant son frère, Kane déclara :

— Mais ne vous y trompez pas, je suis très heureux qu'elle soit là.

Marjorie ne parut pas du tout convaincue.

— Si vous espérez me faire croire que ma Presley a piégé le meilleur parti du comté en une demi-heure, et dans cette tenue qui plus est, vous me prenez vraiment pour une idiote !

Presley ne sut pas trop ce qui, du stress de la journée, du chantage de Kane ou de l'incrédulité générale alors même que Kane affirmait qu'ils se plaisaient, réveilla une indignation la plupart du temps en sommeil.

Si c'est aussi difficile de leur faire croire que vous vous intéressez à moi, il vaut peut-être mieux laisser tomber.

Mue par une soudaine impulsion, elle s'approcha de sa belle-mère.

— Tu te moques surtout pas mal des conséquences de tes actes sur moi ou sur quiconque doit supporter tes facéties.

— Je savais que ma chère belle-fille arrangerait tout, minauda Marjorie d'une voix geignarde.

— Pardon ?

Soudain, la tension et les émotions de la soirée la submergèrent, et ce fut à son tour de ne plus contrôler sa voix.

— Tu as vendu un animal qui ne t'appartenait pas en toute connaissance de cause, mais ça n'a pas d'importance parce que je vais te tirer d'affaire ?

Marjorie blêmit.

— Je sais que tu aimes ce cheval, mais l'argent est…

— Quelque chose dont tu n'auras plus la libre disposition. Et si tu t'avises de monter une nouvelle arnaque, je ferai tout ce qui sera en mon pouvoir pour que Grant annule le testament de mon père. C'est bien compris ?

— Il ne peut pas.

— C'est un excellent avocat et il m'est tout dévoué.

Quelque chose dans son expression dut faire peur à sa belle-mère, car, scrutant son visage, elle demeura un long moment silencieuse. Finalement, elle inclina brièvement la tête, cligna les yeux et la frivole mondaine fut de retour.

— Pourquoi ce sérieux, ma chérie ? C'est une soirée divertissante. Particulièrement pour toi si je ne me trompe ?

Sa révolte était bien inutile. Sa colère et sa frustration n'avaient aucune prise sur sa belle-mère et, certains jours, elle avait l'impression qu'elle n'en finirait jamais de tourner en rond face à ce monstre d'égoïsme. Quant aux raisons qu'avait eues son père de la jeter dans cet enfer, elles restaient un mystère.

Et malgré la menace qu'elle venait de proférer, elle avait peu d'espoir que la situation change. Au prochain diamant croisant sa route, Marjorie perdrait à nouveau tout sens des réalités.

Ce qui laissait Presley avec un problème d'un bon mètre

quatre-vingt-dix à résoudre, taille qui dépassait largement ses compétences.

— Vous avez raison, madame Macarthur, disait justement ce problème. Presley et moi avons pris un très bon départ et nous serons amenés à nous voir très souvent à l'avenir.

À ces mots, qui auraient dû ajouter à ses soucis, mais qui, tout au contraire, la firent vibrer d'anticipation, elle comprit que la situation lui échappait, ce dont elle avait horreur.

— L'affaire est donc réglée, conclut sa belle-mère avec un sourire découvrant deux rangées de dents éblouissantes.

Les soucis de Marjorie ne duraient jamais bien longtemps, tandis que les siens grandissaient en proportion. Et elle se sentait complètement dépassée par celui qui se présentait.

- 4 -

— Mlle Presley est sûrement aux écuries. Elle y passe son temps.

La réponse de la domestique qui lui ouvrit la porte de la maison Macarthur ne le surprit pas outre mesure. La Presley rencontrée la veille au soir n'était pas du genre à concourir pour le titre de Miss Kentucky. Mais à vrai dire, il n'avait guère d'expérience en ce qui concernait les riches héritières désireuses de se salir les mains.

Il était habitué aux filles de ses compagnons de travail qui aimaient les animaux et travaillaient tout aussi dur que les hommes.

Quand il referma la porte de l'écurie derrière lui, il eut la surprise d'entendre Presley élever la voix. À l'autre extrémité de l'aile, tête baissée, des employés se concentraient sur leur ouvrage. Seul un homme se tenait dans l'allée dans une attitude rigide, bras croisés, les yeux fixés sur le box ouvert en face de lui, jusqu'à ce que Kane entre dans son champ de vision.

Leurs regards se croisèrent pendant que la voix sévère de Presley continuait de retentir depuis l'intérieur du box.

— Je sais qu'elle n'aime pas qu'on lui cure les pieds ! Mais si vous n'arrivez pas à surmonter cette difficulté, c'est que vous n'êtes pas assez expérimenté pour travailler ici. Ensuite, si vous levez encore une seule fois la main sur l'un de mes chevaux, je vous flanque à la porte. Me suis-je fait comprendre ?

Il y eut un silence, et il vit l'homme qui observait la scène se crisper un peu plus. À l'intérieur du box, l'employé réprimandé acquiesça d'une petite voix.

Alors seulement, le voisin de Kane se détendit.

— Maintenant, dit Presley, sa voix à présent indulgente, comme si elle expliquait un point à un enfant particulièrement récalcitrant, je vais nettoyer un sabot. Ensuite, vous vous occuperez des trois autres pendant que je regarderai.

Aucune objection ne s'élevant, il sourit, imaginant le garçon d'écurie revenu au b.a.-ba du curage de sabot et les plaisanteries des collègues auxquelles il allait être en butte. Il semblait toutefois qu'il ait mérité la réprimande.

L'homme qui se tenait dans l'allée lui tendit la main.

— Bonjour. Je suis Bennett, responsable des écuries Macarthur.

Kane la lui serra en se présentant à son tour. Puis il désigna le box de la tête.

— N'était-ce pas à vous de gérer ça ?

Bennett haussa les épaules.

— D'habitude, oui, mais Mlle Macarthur est une propriétaire très impliquée. Il en va ainsi depuis le jour où son père l'a amenée dans les écuries quand elle marchait à peine. Il y a certaines choses qu'elle tient à régler personnellement. Les mauvais traitements infligés aux chevaux, si bénins soient-ils, en font partie. Elle est inflexible sur le sujet et exige d'en être immédiatement informée. Ici, nous pratiquons la tolérance zéro.

— Elle n'a pourtant pas renvoyé cet employé.

— Tout dépend de la façon dont les choses se passent. Elle est juste, et elle sait que la plupart de ses employés sont chargés de famille ou nouveaux dans le métier. Nous avons rarement des problèmes, mais elle est prompte à réagir.

Ainsi, en plus de ses compétences en gestion des équidés, Presley avait l'expérience du terrain. Pas étonnant qu'elle soit respectée. Avant de venir ce matin, il avait effectué quelques recherches afin de vérifier les informations circulant via le bouche-à-oreille. Mais il ne s'était pas contenté de sonder les compétences professionnelles de Presley. Sa curiosité piquée, il avait questionné EvaMarie, qui la connaissait personnellement.

La réticence de Presley à apparaître aux réceptions était devenue légendaire au fil des ans, provoquant souvent les sarcasmes des autres femmes de leur cercle social. Alors qu'elle jouissait d'une solide réputation professionnelle, il n'en allait pas de même de sa réputation sociale.

Après avoir observé comment Presley se comportait avec Marjorie, il comprenait pourquoi.

Elle n'avait jamais été autorisée à être elle-même face à la pression exercée par les petites filles bien sages de la bonne société. Un soudain désir de l'aider à trouver sa place dans le monde alluma des signaux d'alarme dans son cerveau. Essayer d'aider quelqu'un était bien le dernier de ses souhaits. Il avait déjà donné et il n'avait pas la carrure nécessaire.

Cependant, Presley était différente d'Emily. Elle n'avait pas besoin qu'on prenne soin d'elle, ses compétences professionnelles en attestaient. S'il pouvait l'aider à modifier légèrement son personnage public pendant qu'ils étaient ensemble, elle tirerait un bénéfice supplémentaire de leur association. Malgré tout, il s'intéressait beaucoup plus à ce qui se passerait entre eux loin de la lumière des projecteurs.

Mais la voix de Presley s'élevait de nouveau.

— Vous voyez, il faut juste savoir comment la prendre. Maintenant, allez aider Arden à réparer le réservoir à eau.

Son assurance le fit sourire et le troubla. Presley n'était sûrement pas une princesse attendant paresseusement qu'un homme la comble au lit. Oh ! non ! Elle serait une participante active.

Mais sans doute vaudrait-il mieux éviter de telles pensées pour le moment.

Un homme sortit du box, l'air honteux. D'un signe de tête, Bennett lui indiqua la direction à prendre, puis se tourna vers Kane.

— Ça aurait pu mal finir, avec des discussions sans fin et des affrontements. Mais pas avec Mlle Macarthur. Elle sait remettre ses employés en ligne si nécessaire. Cela dit, je suis toujours prêt à intervenir, au cas où, conclut Bennett avec un clin d'œil.

Sur ces mots, il s'éloigna derrière l'employé.

Le murmure de Presley parlant à la jument l'apaisa. Bon sang, il s'était crispé dès l'instant où il l'avait entendue élever la voix. Malheureusement, la vue de Presley se penchant pour inspecter minutieusement les sabots de la jument produisit sur lui un autre genre d'effet.

La veille, la robe vague de Presley dissimulait ses formes. Aujourd'hui, elle portait un T-shirt glissé dans un jean qui épousait les formes généreuses de ses hanches. Et quand elle se redressa pour tapoter le dos du cheval, son T-shirt se plaqua sur les endroits stratégiques. Visiblement, des ennuis se profilaient à l'horizon, alors pourquoi souriait-il comme un idiot ?

Il força son regard à remonter pour rencontrer celui d'une paire d'yeux furibonds. Curieusement, cela ne doucha pas son excitation.

— Bonjour, Presley.

— Que faites-vous là ?

— Je vous observe en pleine action, répondit-il, tout à fait conscient que cela ne ferait que l'agacer davantage. Je suis impressionné, ajouta-t-il.

À sa surprise, un sourire ironique se dessina sur les lèvres de Presley.

— Ravie que vous appréciiez ce que vous voyez.

Toutefois, son ton bravache ne l'empêcha pas de rougir. Le gentleman en lui se sentit tenu de préciser :

— Il y a une différence entre apprécier une femme et lui manquer de respect. C'est ma mère qui me l'a appris.

— Vous exercez donc un chantage sur moi de manière respectueuse ?

— Considérant les concessions que j'ai faites, ne serait-il pas plus juste de parler d'accord plutôt que de chantage ?

— Un accord auquel je suis forcée de consentir sous peine de voir ma réputation professionnelle ruinée. Je persiste à penser qu'on peut parler de chantage.

Son ton autoritaire n'aurait pas dû être aussi excitant. Et il ne pouvait nier la logique de son raisonnement.

— Peut-être que je souhaite passer du temps avec vous.

Elle eut un rire moqueur.

— Avec une parfaite inconnue ? Vous seriez bien le premier.

Ces quelques mots confirmèrent les confidences d'Eva-Marie. Il demeura silencieux.

Rester sur ses positions ne serait pas très correct, mais d'un autre côté, il ne voulait manquer ce qui suivrait pour rien au monde.

Presley contourna la jument et alla chercher un bloc-notes posé sur une armoire près de la porte.

— La plupart des hommes n'attendent qu'une chose quand ils sont avec moi, reprit-elle. Que je les fasse profiter de mes compétences équines.

Il hocha la tête.

— Ils ne cherchent ni robes à fanfreluches ni échanges de banalités, ajouta-t-elle.

Décidant qu'elle avait proféré assez de sottises, il franchit le seuil du box. Au crédit de Presley, elle ne recula pas, et il approcha suffisamment pour sentir l'odeur de son shampoing.

— Il y a plus sexy que les mondanités.

C'était beaucoup trop tôt. Pourtant, il ne put s'empêcher de tendre la main vers les mèches blondes de sa queue-de-cheval pour en éprouver la texture. Soyeuse, exactement comme il l'avait imaginée.

— Pourquoi me touchez-vous ? demanda-t-elle.

Son ton n'était pas tout à fait aussi oppressé qu'il aurait aimé.

— Je vous prie de m'excuser. J'étais seulement fasciné par la couleur et la texture de vos cheveux.

— Je ne suis pas très douée pour ce genre de jeu.

C'était ce que sa bouche disait, mais quand il chercha son regard, elle se déroba. Ce qui confirma ses soupçons. Il était temps de changer de tactique et d'opter pour l'honnêteté.

— Écoutez, Presley, je conçois que mon attitude vous mette mal à l'aise. J'essaie juste de rendre la situation plus naturelle.

— Je ne pense pas apprécier.

— Mais vous n'en êtes pas sûre ?

Elle se raidit et le dévisagea d'un air dur.

— C'est incroyablement sexiste !

— Ou incroyablement honnête.

Il insista, au mépris de son propre intérêt. L'agacer était un tel plaisir.

— Je vous l'ai dit, nous devons avoir des gestes affectueux l'un envers l'autre. Préférez-vous pratiquer en public ?

— Je préférerais ne pas pratiquer du tout.

— Mais pratiquer nous permettra d'être crédibles. De plus, il se trouve que j'aime beaucoup vous toucher. Mais bien entendu, seulement si vous appréciez aussi. Nous n'avons pas à aller plus loin que ces démonstrations de tendresse.

Elle ouvrit la bouche, la referma et l'étudia durant quelques instants. Mais il lui semblait qu'elle ne le voyait pas vraiment.

— Pourquoi ai-je l'impression que nous avons déjà abordé le sujet ? demanda-t-elle enfin.

Il s'autorisa un sourire discret.

— Il faut pourtant que ça devienne naturel entre nous.

Les lèvres de Presley, si parfaitement dessinées, si appétissantes, frémirent comme si elle se retenait de rire.

— Raison pour laquelle nous devons nous entraîner ?

— Peut-être.

Cette fois, son expression se détendit, et la voir céder à l'amusement était particulièrement sexy. Son sourire était généreux, spontané, et ses yeux brillants cherchaient les siens. Superbe.

Un bruit les interrompit. Se retournant, il vit Bennett sur le seuil de la porte. Le rire de Presley s'éteignit instantanément.

— Sun vous attend, mademoiselle Presley.

Du coin de l'œil, il la vit acquiescer de la tête. Quand Bennett se retira, elle fixait toujours la porte.

— Que désirez-vous ? finit-elle par demander.

S'inquiétait-elle qu'il approche de trop près son étalon ?

— Je voulais parler avec vous. Préciser certains détails.

— Malheureusement, j'ai à faire.

Comme si cela allait l'arrêter !

— Ce sera un plaisir de vous accompagner.

À son expression il devina qu'elle hésitait. Parfait. Il progressait.

En proie au trouble et à la confusion, Presley précéda Kane dans l'allée. Au nom du ciel, pourquoi ne l'avait-elle pas prié de s'en aller ? Sa réaction aurait été parfaitement normale. Après tout, cet homme profitait d'une situation qui lui échappait.

Cependant, elle n'oubliait pas son regard quand elle l'avait aperçu pour la première fois dans l'embrasure de la porte. Jusqu'à présent, elle n'avait jamais été l'objet d'une pure appréciation masculine. Bien sûr, on lui avait déjà dit qu'elle était jolie, encore que le compliment sonne faux. Mais l'expression du regard de Kane, dénuée de concupiscence ou de suffisance, l'avait touchée.

C'était sans doute pour cette raison qu'elle n'avait pas combattu son plan farfelu avec plus de vigueur. Sans doute avait-elle envie de voir où cela la mènerait. Cette constatation n'augurait rien de bon, mais elle tenait à être honnête vis-à-vis d'elle-même.

Quand ils parvinrent au box de Sun, Kane n'essaya pas d'entrer ou de prendre la direction des opérations. Dans les écuries, elle avait croisé bien des hommes persuadés d'en savoir plus qu'une femme… Jusqu'à ce qu'elle leur prouve le contraire. Ce n'était pas forcément très difficile. Elle les laissait simplement faire jusqu'à ce qu'ils soient obligés de reconnaître leur incompétence. Alors, elle intervenait et les remettait tranquillement à leur place.

En revanche, elle n'hésitait pas à élever la voix si nécessaire.

Adressant un signe de tête à Bennett qui se trouvait dans le box, elle posa une main sur le garrot de Sun et lui parla à l'oreille. Soudain, le cheval tourna brusquement la tête vers elle comme s'il s'apprêtait à attaquer. Elle entendit le pas de Kane derrière elle, mais ne broncha pas. Sun et elle jouaient souvent à ce petit jeu. Loin de la mordre ou de la cogner de sa lourde tête, l'étalon s'arrêtait au dernier moment et pressait sa joue contre son épaule.

Elle trébucha en riant et le gratta rudement derrière les oreilles.

— Il aime jouer, on dirait, fit la voix de Kane.

Bennett s'esclaffa.

— Que vous le croyez ou non, c'est un grand gosse ! Et Presley est incroyable avec lui.

La remarque lui fit chaud au cœur. Peu importait le nombre de fois où on la complimentait sur son talent, c'était en effet le lien qu'elle établissait avec les animaux qui comptait le plus pour elle. Avec Sun, en particulier.

Elle l'examina attentivement pour s'assurer que leur petite escapade de la veille n'avait pas eu de conséquences fâcheuses. Puis Bennett et elle discutèrent de son programme d'entraînement pour la semaine suivante. Ensuite, son gros bébé eut droit à un bon pansage et à un morceau de pomme.

Après avoir refermé la porte du box, Bennett les salua et alla s'occuper des autres occupants des lieux.

— Il a raison, vous savez, constata Kane. Je n'ai jamais vu quelqu'un aussi en phase avec un cheval.

Elle baissa la tête, gênée par le compliment et en même temps heureuse de son approbation.

— Ce sont des créatures sensibles, le tout est de les connaître et de répondre à leurs besoins. Bien sûr, Sun et moi nous connaissons depuis longtemps.

Peut-être était-ce pour cette raison que son père le lui avait légué, à elle et à elle seule.

— Papa me l'a offert l'année de la mort de ma mère, ajouta-t-elle.

— Il y a combien de temps ?

— Six ans, répondit-elle tout en regrettant d'avoir abordé le sujet.

— J'avais quinze ans quand ma mère est morte après un long combat contre le cancer, dit Kane.

Elle le regarda, surprise. À cause de tous les ragots récents, elle avait oublié ce drame intervenu au sein de la famille Harrington. L'expression de Kane était solennelle, son regard direct. Sans doute pourrait-elle partager avec lui les sentiments intimes qu'elle enfouissait depuis le décès de son père.

— Votre père a-t-il également tenu à vous donner une nouvelle mère ? demanda-t-elle avec un petit sourire destiné à alléger l'impact de la question.

Il lui rendit son sourire, mais son regard demeura sombre.

— Non. Il n'y a eu que nous, les garçons. Films d'action et matchs de base-ball. Puis, quand nous avons été plus grands, soirées bière, pizzas.

— Ça devait être sympa.

— Qu'est-ce qui devait être sympa ?

La voix bruyante de Marjorie fit irruption dans leur bulle. Que venait-elle faire ici ? Sa belle-mère ne s'était aventurée qu'une fois dans les écuries et n'y avait plus jamais remis les pieds.

Presley se ressaisit quand Marjorie apparut derrière Kane.

— Nous parlions remariage, répondit-il avec un calme imperturbable.

Marjorie hocha la tête d'un air inspiré.

— Je vois, dit-elle.

Elle portait un élégant tailleur-pantalon et des chaussures à talons complètement déplacés dans un tel environnement.

— Je crains que cette jeune fille n'ait jamais apprécié ce que son père et moi avons essayé de faire pour elle, reprit Marjorie. Je suis sûr que, de notre côté, vous vous êtes montré reconnaissant envers votre père…

— Il ne s'est pas remarié, coupa-t-il.

Bref et concis. Presley commençait à apprécier la situation.

Marjorie ouvrit des yeux stupéfaits, mais se reprit vite. Presley réprima un soupir tandis que sa belle-mère se lançait dans une tirade à propos de son propre mariage et de la froideur de Presley à son égard.

Vas-y. Raconte-lui nos sordides petits secrets.

— Que veux-tu, Marjorie ? s'enquit-elle, à bout de patience.

Après quelques secondes de flottement, Marjorie revint à son objectif premier.

— Je vous ai vu arriver, Kane, et je voulais m'assurer qu'il n'y avait pas de contentieux entre nous.

Sa belle-mère ne cherchait même pas à s'excuser d'avoir

escroqué Kane d'une jolie somme. Mais cela correspondait à sa façon de voir les choses.

— Je suis ravie que ma Presley prenne ses responsabilités, et je ne voudrais pas que vous vous mépreniez à ce sujet. Je sais qu'elle fait tourner l'entreprise.

Presley leva un sourcil, surprise que Marjorie s'arrache assez longtemps à ses obligations mondaines pour s'en apercevoir.

— Si seulement je pouvais faire en sorte qu'elle m'écoute un peu plus…

Par pitié. Tais-toi !

Mais non, il fallait que Marjorie s'entête.

— Elle a beaucoup de potentiel, vous savez.

— Et elle le prouve chaque jour, répliqua Kane.

Elles tournèrent toutes les deux leur regard vers Kane. Difficile de dire laquelle était la plus choquée. Dans cette maison, personne ne l'avait jamais défendue contre les remarques stupides mais souvent blessantes de Marjorie. Son père laissait dire, et il était impossible de savoir ce qu'il en pensait. Il lui arrivait même de reprendre à son compte les réflexions de Marjorie.

Il l'avait aimée, Presley n'en doutait pas. Mais il aurait voulu une fille bien élevée et féminine, et non un garçon manqué, même si elle était capable de diriger leur affaire mieux que quiconque. Elle n'avait jamais compris pourquoi.

— Maintenant, si vous voulez bien nous excuser, dit Kane, rompant le cours de ses pensées, nous avons prévu de déjeuner ensemble.

Elle eut un haut-le-corps, mais, d'un regard, Kane la réduisit au silence. Elle acquiesça d'un discret signe de tête. Au fond, tout valait mieux que prolonger cette situation gênante.

— Pas habillée ainsi, j'espère ? demanda Marjorie, qui détaillait ses vêtements poussiéreux.

Elle croisa le regard de Kane.

— Pourquoi pas ? dit-il. Je t'aime en jean, trésor.

Son clin d'œil aurait fait défaillir n'importe quelle femme.

Combien de temps résisterait-elle au charme de Kane Harrington ?

- 5 -

Elle se rendit rapidement compte que Kane ne plaisantait pas. Il hocha la tête quand elle dit qu'elle devait se laver, mais il l'encouragea à ne pas changer de vêtements.

Dans quel genre de restaurant comptait-il donc l'emmener ? L'héritier d'une grosse fortune n'allait tout de même pas l'inviter dans un fast-food. Elle échangea du moins son T-shirt sale contre un maillot propre orné de l'inscription Wonder Woman. À la fois par défi et réel désir que Kane sache qui elle était vraiment. Une fille qui se moquait des potins mondains, mais appréciait les films d'action, monter à cheval et les bandes dessinées.

S'il la trouvait ennuyeuse, il laisserait tomber. Surtout s'il devait exhiber publiquement à son bras celle qu'elle était vraiment.

Plus vite il verrait la vérité en face, plus vite il la libérerait de ce satané contrat.

Quand elle le rejoignit devant la maison, il jeta un coup d'œil à son T-shirt et sourit sans toutefois commenter. Lui prenant le bras, il la guida jusqu'à son luxueux tout-terrain bordeaux et, en vrai gentleman, lui tint sa portière ouverte. En attendant qu'il s'installe au volant, elle prit une grande inspiration. L'intérieur du véhicule sentait le cuir neuf et l'eau de toilette que Kane portait la veille au soir. Quand il ouvrit la portière, elle inspira une nouvelle bouffée d'air.

Bon sang, que ce parfum était agréable ! Et elle qui sentait l'écurie. À présent, elle regrettait de n'avoir pas passé une robe. Mais dans ce cas, elle ne se serait pas sentie à l'aise.

Comme si elle l'était maintenant…

— Détendons-nous, lui conseilla Kane. Il s'agit juste d'apprendre à nous connaître mieux.

Elle esquissa un hochement de tête un peu crispé. Dans l'écurie, son environnement familier la protégeait. Maintenant qu'elle en était privée, la nervosité la gagnait.

Laisse-toi simplement aller.

— Vous devez vous sentir privilégié, lâcha-t-elle comme il démarrait.

— Comment ça ?

Il eut un sourire qui le rajeunit d'une bonne dizaine d'années. Pourquoi donc arborait-il toujours un air si sérieux ?

— Marjorie n'a pas mis les pieds dans les écuries depuis des années. Elle a fait le trajet pour vous voir.

Il prit une expression horrifiée.

— Je ne suis pas sûr qu'on puisse qualifier sa visite de privilège, répliqua-t-il.

Rire avec Kane semblait si bon. Elle ne riait pas souvent depuis la mort de son père, une des rares personnes qui appréciait son sens de l'humour. Ce sentiment d'amusement partagé lui manquait.

Ils traversèrent le cœur de la ville pour gagner le côté ouest, aussi rural que celui de l'est, mais beaucoup moins riche. Dans de petites exploitations, les familles élevaient du bétail ou pratiquaient l'agriculture sur un pied plus modeste que celui des élevages de chevaux de race.

Kane conduisait avec aisance. Ses mains sur le volant étaient de purs joyaux de beauté masculine. Elle imaginait leur prise sur les rênes d'un cheval et le doux glissement du cuir. Il la surprit en lui parlant des projets que son frère et lui entretenaient pour leur propre entreprise.

Quand il se gara, distraite par leur discussion sur les

différentes techniques de complémentation animale, Presley regarda autour d'elle. Ils se trouvaient sur un minuscule parking gravillonné, à l'intersection de deux routes. Seuls quelques véhicules stationnaient en plus du leur. Un petit groupe de gens attendait sous le porche d'un restaurant situé à la pointe du parking.

— Je ne connais pas cet endroit, admit-elle en examinant les lieux, une pointe de scepticisme dans la voix.

Pourtant, au Kentucky, il n'était pas exagéré de dire que la meilleure nourriture se trouvait souvent dans les établissements à l'apparence la plus miteuse. Quand ils voyageaient, son père achetait souvent des plats dans ce genre d'endroits. Mais il les rapportait à l'hôtel, ne voulant pas qu'elle s'attarde dans des quartiers qu'il n'estimait pas sûrs pour elle. Quoi qu'il en soit, ce restaurant lui était inconnu.

Elle était victime malgré elle du snobisme de classe.

— Nous ferions mieux de faire la queue, suggéra Kane. Il nous reste dix minutes avant que l'endroit soit bondé.

Euh, d'accord…

Au bâtiment principal, de taille modeste et doté d'un toit pointu érodé par les intempéries, on avait adjoint une construction pour former un L. Bien que relativement entretenu, l'endroit respirait la vétusté.

— Quel genre de nourriture sert-on ici ? demanda-t-elle tandis qu'ils se dirigeaient vers la porte.

Devant les tenues ordinaires des clients, elle dut admettre que Kane avait raison. Personne ici ne se soucierait de la voir en tenue de travail.

— Ils proposent différents plats, mais leur grand succès, ce sont les grillades au barbecue à la mode du Sud, répondit-il avec enthousiasme. Je fréquente ce restaurant depuis que j'ai dix ans.

Bon. Si ce restaurant existait depuis si longtemps, on pouvait certainement faire confiance à la qualité de ses menus, et rien d'étonnant s'il était imprégné de fumée de barbecue.

Quand les portes s'ouvrirent, ils entrèrent à la suite du petit groupe. Les murs de rondins étaient couverts de messages laissés par les clients. La salle était petite, mais, à en juger par le sourire que l'hôtesse adressa à Kane, ils ne devraient pas avoir trop de mal à trouver une place.

— L'endroit habituel ? demanda la jeune femme, dont le regard curieux allait de Kane à elle.

Il hocha la tête. Elle lui tendit des menus, des couverts enveloppés dans une serviette et fit signe à une serveuse de les installer. Une main au creux de ses reins, Kane guida Presley vers un escalier en colimaçon très raide.

— J'espère ne pas croiser quelqu'un qui descend, plaisanta-t-elle.

— C'est la meilleure méthode pour faire connaissance, répliqua-t-il, pince-sans-rire.

Parfait. Cet homme appréciait son sens de l'humour.

Nichée sous le toit, la rustique petite salle de l'étage ouvrait en surplomb sur la salle du rez-de-chaussée. La serveuse les installa près d'une fenêtre dont la forme triangulaire suivait la pente du toit.

En s'asseyant en face de Kane, Presley surprit son regard sur elle. En bas, le juke-box déversait des flots de musique country.

Elle sourit.

— C'est pittoresque.

Kane hocha la tête.

— J'adore ce lieu. Il a du caractère. Et attendez d'avoir goûté les plats.

Il lui laissa le temps d'étudier le menu.

— Que me conseillez-vous ? demanda-t-elle enfin.

Il haussa les épaules.

— Au fil des ans, j'ai tout essayé, et tout est délicieux.

Mais j'avoue une préférence pour les côtes. Et aussi pour les macaronis au fromage.

Il hocha solennellement la tête, tel un sage qui vient de délivrer une vérité éternelle.

Avec un sourire, elle retourna au menu.

— C'est ici que nous faisions nos exceptionnels dîners de luxe, dit Kane d'un air rêveur. Mon père adorait ce restaurant.

Elle ne put s'empêcher de comparer le décor défraîchi et l'ambiance bon enfant du lieu aux restaurants à l'atmosphère ouatée et sinistre où, enfant et adolescente, elle devait fêter ses anniversaires.

— À présent, cela doit vous sembler différent.

Désormais, Kane pouvait acheter cinquante établissements comme celui-ci si ça lui chantait.

Il posa sur elle un regard dont l'intensité la fit frémir.

— Rien n'a changé, répondit-il.

Avant qu'elle puisse lui demander ce que sa réplique signifiait, la serveuse vint prendre la commande. Désireuse de raviver ses propres souvenirs de grillades au barbecue, elle choisit le plat que Marjorie lui aurait interdit de manger en public : des côtelettes accompagnées d'une sauce, moins épicée toutefois que celle de Kane.

Elle sourit de son coup d'éclat. Elle était adulte et n'avait de permission à demander à personne. La compagnie de Kane lui donnait envie d'explorer de nouvelles facettes de sa propre personnalité. Peut-être parce qu'il avait compris combien elle avait souffert et souffrait encore de la sécheresse de cœur de Marjorie. Ou bien parce qu'elle pouvait plaisanter avec lui, ou encore à cause de son usage décontracté des allusions à caractère sexuel. En tout cas, quelque chose chez Kane lui donnait envie de profiter de la vie au lieu de consacrer son temps au travail.

— Étant donné que vous êtes une femme d'affaires, je

suppose que vous voulez plus de détails sur notre marché, dit Kane.

Elle rougit. Apparemment, elle était la seule à désirer laisser les affaires derrière eux. Quoi de plus normal ? Pourquoi un homme comme Kane désirerait-il un rendez-vous galant avec une femme comme elle ?

— C'est vrai, parvint-elle à articuler.

Perdue dans leur conversation, elle avait oublié qu'elle n'était ici que pour régler des points pratiques. Simplement, Kane préférait mener la transaction dans un petit établissement sympathique plutôt qu'en ville.

Elle s'efforça de repousser ses idées sombres pour se concentrer sur les propos de Kane.

— En y réfléchissant hier soir, commença-t-il, le visage solennel, je me suis dit qu'il existait peut-être un autre moyen de régler votre dette.

Elle demeura paralysée, hésitant entre la crainte d'une proposition outrageuse et celle qu'il lui laisse une porte de sortie. Avait-il passé sa soirée à chercher un moyen d'éviter de passer trop de temps avec elle ?

— Vous voulez dire la dette de ma belle-mère ? répliqua-t-elle, haïssant la fêlure de sa voix.

Il hocha gravement la tête.

— Il y a peut-être une solution pour préserver sa réputation et la mienne.

Elle fixa sur lui un regard soupçonneux. Ce rendez-vous avait pris une tonalité toute différente de ce à quoi elle s'était attendue.

— Je vous écoute.

— Vous pouvez garder l'argent en échange de saillies.

Elle écarquilla yeux, son esprit prenant une direction pour le moins déplacée.

— Pardon ?

— De saillies de Sun.

Bien sûr. Quelle drôle d'idée ! Mais il s'agissait de Kane Harrington et, comme elle avait passé les dernières vingt-quatre heures à envisager ses rapports avec lui dans le cadre d'un arrangement pratique, elle en était venue à espérer quelque chose qu'il apprécierait sûrement moins.

Avant qu'elle ne se conduise stupidement, par exemple en laissant deviner sa déception, la serveuse vint poser deux plats fumants devant eux. Elle regarda la demi-rangée de côtelettes juteuses et se demanda à quoi elle avait bien pu penser en commandant ce plat. Elle allait s'en mettre partout. Un vrai gâchis, comparable à la situation où elle s'était fourrée.

Alors que son anxiété grandissait, comme chaque fois en société, elle prit une profonde inspiration et s'efforça de se calmer pour se concentrer sur leur discussion.

D'affaires. Il s'agissait juste d'une discussion d'affaires. Et ça, elle savait gérer.

Ce n'est que ça, d'accord ?

Elle en oublia le plat de côtelettes.

— Je vous écoute.

L'expression impassible de Kane ne livrait pas grand-chose.

— J'ai les papiers dans la voiture. Vous facturerez les saillies de votre étalon et nous les soustrairons de la somme encore due. Si cet arrangement cesse de vous convenir, vous rembourserez votre dette et nous serons quittes.

— Et vous aurez à nouveau les mains libres pour ruiner ma réputation ? demanda-t-elle, ne croyant pas un instant à sa bonté d'âme.

— Comme vous avez pu le constater, je fais toujours ce qu'il faut. Mais dans le cas présent, je ne crois pas que ce sera nécessaire. Et vous ?

Kane se laissa aller contre le dossier de cuir patiné de la banquette et observa Presley qui attaquait ses côtelettes tout en s'efforçant de manger proprement. Très bien. Il attendait avec amusement le moment où elle serait bien obligée de lâcher sa fourchette.

Il s'était douté que la discussion d'affaires jetterait un froid entre eux, mais le sujet devait être abordé. Il avait toujours été partisan de régler les problèmes désagréables d'abord.

À l'instant où il avait parlé de leur arrangement, la jeune femme à l'aise, sûre d'elle, un peu rebelle, s'était métamorphosée en créature tendue, empruntée, méfiante.

Ce double aspect de la personnalité de Presley le fascinait.

Il lui adressa un petit sourire, bien qu'elle se soit retranchée dans une immobilité de pierre.

— Que diriez-vous de venir jouer au billard chez moi, ce soir ? Vous n'avez pas encore vu ma superbe salle de jeu en sous-sol, n'est-ce pas ?

Tenant maladroitement deux manches de côtelettes du bout des doigts, Presley ne semblait pas ravie de son invitation.

— Et si j'avais d'autres projets ?

— Vraiment ? demanda-t-il, sceptique.

Elle se rembrunit. Évidemment, ce n'était pas crédible.

— Non, mais…

— Alors, c'est d'accord. Soyez chez moi vers 20 heures. Nous serons en petit comité.

Elle n'eut aucune réaction. Ni acquiescement ni refus. De toute façon, il ne lui laisserait pas le choix.

— Et, à ce propos : si le fait que nous passions du temps ensemble devait avoir des effets secondaires…

— Des effets secondaires ?

La question posée sur un ton suraigu lui rappela leur première rencontre, qui avait eu lieu seulement la veille. Non, ils n'avaient pas perdu de temps en vingt-quatre heures.

Il la regarda droit dans les yeux. Il aimait la mettre au

défi, la regarder réfléchir. En réalité, en ce moment, son expression ne trahissait pas grand-chose de ses pensées, mais elle devait se demander comment le gérer.

— Rien ne se passera sans consentement mutuel, précisa-t-il avant d'ajouter : N'allez-vous pas mordre dedans ?

Presley manifesta son incompréhension et il désigna ses doigts. Elle agrippait l'os telle une bouée de sauvetage.

— Comme ceci, dit-il.

Il préleva quelques côtelettes de la rangée, les porta à sa bouche et, sans cérémonie, mordit dedans avec un grognement de satisfaction moqueur.

Elle fut sur le point de rire, mais se contint. Il n'empêchait, cette petite marque de gaieté lui fit chaud au cœur. Il s'était donné pour mission de la faire rire et sourire. C'était une compensation honorable à ses exigences. Mais aussi un réel danger de trop s'investir.

Ce dont il n'était pas question puisqu'il était incapable de s'engager à long terme.

En revanche, il était fait pour savourer ces instants de légèreté et rire au spectacle de Presley finissant par se salir les mains. Quand ils se levèrent pour partir, au lieu de se diriger vers la sortie, il s'approcha d'elle.

— Je suis heureux que vous ayez passé un bon moment.

Durant la dernière demi-heure, Presley avait suffisamment repris confiance en elle pour hausser un sourcil de façon impertinente.

— Qu'est-ce qui vous fait croire que je me suis amusée ?

Il prit une serviette en papier sur la table.

— Vous avez de la sauce sur la figure.

Elle écarquilla les yeux et regarda autour d'elle comme si elle craignait d'être jugée.

— Détendez-vous, voyons ! C'est un établissement qui sert des grillades, après tout.

Il essuya le coin de ses lèvres en se disant qu'il aurait préféré utiliser sa langue.

Il était toutefois un peu tôt pour tenter sa chance. Il l'accompagna à la voiture et, en parfait gentleman, la reconduisit chez elle. Personne ne pourrait l'accuser de s'être montré trop entreprenant, même s'il comptait bien ne pas rester éternellement réservé.

Après s'être arrêté dans l'allée proche des écuries, il descendit du 4x4. Il ne voulait pas faire perdre davantage de temps à Presley, d'autant qu'il la convoquait ce soir, mais d'un autre côté, il n'était pas du genre à déposer une femme et à la planter là. Sans attendre qu'il lui ouvre la portière, elle descendit à son tour et contourna le véhicule d'un air hésitant. Visiblement, elle ignorait quelle conduite adopter.

À vrai dire, lui aussi. Ce qu'il trouva étrange. En réalité, il savait quelle aurait dû être sa réaction, mais elle ne correspondait pas à ses désirs.

Avant qu'ils aient l'occasion d'échanger un mot, un cri étouffé leur parvint des écuries. Ils échangèrent un regard étonné avant de s'élancer en courant.

Une demi-douzaine d'hommes se tenaient près de la porte du box où il avait trouvé Presley le matin précédent. Deux coups violents provinrent de l'intérieur, après quoi Bennett surgit de l'ombre, l'employé du matin suspendu au bout de son bras. Pas pour longtemps, car Bennett le jeta sans cérémonie au sol.

Les mains sur les hanches, le responsable des écuries considéra l'homme d'un air dur.

— C'était vraiment stupide, marmonna-t-il enfin.

— Que s'est-il passé ? demanda Presley, avertissant ainsi le groupe de sa présence.

Kane eut un regard noir quand l'homme à terre grommela ce qui devait être un chapelet d'injures.

— Ce gars a eu la brillante idée de curer les pieds de

la jument, expliqua Bennett. Et ça a été encore pire que la première fois.

— Elle m'a donné un coup de pied, grommela l'employé.

— L'aviez-vous mérité ? demanda Presley. Bennett ?

— Certainement, répondit le responsable d'un ton sévère. Il l'a cravachée parce qu'elle ne se tenait pas tranquille.

Aussitôt, une tension palpable alourdit l'air. Kane éprouva le besoin de donner à cet imbécile une leçon qu'il n'oublierait pas. Mais il se contint. Ce n'étaient pas ses écuries. Ce n'était pas à lui de sévir.

L'employé se releva. À sa façon de se tenir, Kane devina qu'il avait reçu le coup de pied dans la cuisse. Une chance que le genou n'ait pas été atteint.

Puis l'employé eut la malencontreuse idée de s'exprimer.

— Les cravaches sont faites pour remettre les animaux à leur place, déclara-t-il.

Certes, il allait souffrir demain, mais il serait aussi au chômage.

Presley s'avança.

— Ici, nous utilisons les cravaches avec parcimonie, et uniquement pour l'entraînement et la course. En aucun cas pour punir. Et quelqu'un qui n'a pas ma confiance n'a pas sa place à Macarthur Haven. Mes employés vont vous escorter jusqu'à votre camion.

Là-dessus, elle fixa le fautif, le mettant au défi de prononcer un mot de plus.

En son for intérieur, Kane exultait.

— Vous viendrez demain chercher vos affaires et votre salaire, ajouta-t-elle. Bennett vous accompagnera.

Apparemment, l'homme ne comptait pas en rester là, car il avança d'un pas dans la direction de Presley. Sans réfléchir, Kane avança pour lui bloquer le passage et s'arrêta, bras croisés, le regard dur.

Il n'eut pas besoin de parler. Sa vue calma l'employé

sur-le-champ. Sur un signe de tête de Bennett, les autres hommes le poussèrent vers la porte en formation serrée, ce qui coupa court à toute discussion.

En quelques minutes, le calme était revenu. Presley remercia Bennett d'être intervenu avant que la situation ne dégénère.

— J'aurais préféré que ça n'arrive pas du tout, répondit-il en hochant la tête d'un air sombre.

— L'autre matin, j'ai été très claire à propos des mauvais traitements aux animaux. Dommage qu'il n'ait pas compris.

— Je vais m'occuper d'elle, dit Bennett, se dirigeant vers le box de la jument. Il faut la tranquilliser.

Le gros soupir poussé par Presley indiquait à quel point l'altercation l'avait bouleversée. Malgré tout…

— Je suis fier de vous, intervint Kane. Vous n'avez pas reculé.

Elle lui jeta un coup d'œil surpris tout en haussant les épaules.

— Ce n'est pas la première fois et probablement pas la dernière. Il n'empêche que c'est une honte.

— Votre autorité est-elle naturelle ou avez-vous dû la cultiver au cours des années ?

Il trouva le sourire ironique de Presley très séduisant.

— Vous l'ignorez peut-être, mais si vous ne vous imposez pas dans un univers masculin, vos compagnons supposent que vous en êtes incapable. Alors, j'ai fait ce qui était nécessaire.

— Votre père devait être fier de vous.

Le sourire de Presley s'évanouit instantanément.

— Eh bien, Kane, c'est la première fois que vous vous trompez à mon sujet.

- 6 -

Tout en tentant de mettre du rouge à lèvres sans déborder, Presley grimaça devant l'image reflétée dans le rétroviseur. Quand elle se donnait la peine d'en mettre, il lui fallait plusieurs essais. Et elle se demandait bien pourquoi elle s'infligeait cette épreuve aujourd'hui. Depuis des mois, elle ne mettait que du baume à lèvres, mais ce soir, elle voulait paraître à son avantage, même si c'était une banale rencontre. Cependant, repenser à cet après-midi ne l'aidait pas à avoir la main sûre.

Les dernières paroles adressées à Kane étaient allées trop loin. Elles en avaient trop révélé d'elle-même. Elle n'avait raconté à personne qu'elle décevait son père. Il ne lui faisait pas de réflexions en public, se contentant de suggérer en privé qu'elle devrait porter une robe au lieu de son éternelle culotte de cheval ou fréquenter le country club plus régulièrement que l'écurie. Bien qu'indéniablement fier de sa réussite, il regrettait que Marjorie n'ait pas réussi à lui donner une allure plus féminine. Et il ne lui avait jamais permis de prendre des initiatives concernant la direction des écuries alors qu'elle possédait diplômes et expérience.

Mais ce secret, elle l'avait gardé jusqu'à aujourd'hui.

Kane l'avait-il vue comme une petite fille gâtée qui pleurnichait sur son sort ? Il l'avait écoutée, le visage impassible, se contentant de la regarder et de secouer la tête. Puis il était parti. Qu'est-ce que cela signifiait ? Cet homme était difficile à déchiffrer. Il gardait ses réactions pour lui, la laissant en mode devinette. Et quand il manifestait quelque chose, comme ces occasionnelles marques d'intérêt masculin, elle en était réduite à se demander si elle les avait interprétées comme il se devait.

Kane Harrington la soumettait à un chantage ! Elle ferait mieux de s'en souvenir et de cesser d'imaginer une amitié entre eux. Ou pire, la possibilité d'une relation amoureuse.

Une chose était certaine, elle ne serait pas à l'aise avec lui de sitôt. Ce qui convenait sans doute à Kane.

Décidant de cesser de ruminer, elle descendit de sa camionnette et se hâta vers l'entrée de la propriété Harrington. Bien sûr, le bruit de ses pas n'était pas aussi satisfaisant que quand elle portait ses bottes. Saleté de chaussures à talon ! La minute après son coup de sonnette fut une épreuve.

Elle ne savait pas trop à quoi s'attendre, mais le mot « fête » lui donnait envie de fuir. Bon sang, si elle avait un jour la chance de se marier, elle éviterait la cérémonie ! Parce que, s'il y avait pire qu'une réception, c'était une réception dont elle serait le centre.

La porte s'ouvrit sur Kane. Le regard perçant de celui-ci, combiné à ses pensées de mariage, lui fit monter le rouge aux joues. Peut-être que si elle entrait vite il ne remarquerait pas…

— Bienvenue, Presley.

La voix grave de Kane fut contrebalancée par le ton plus doux de celle d'EvaMarie quand Presley parvint dans le hall. La lumière du lustre n'était pas aussi vive qu'elle le craignait et le sourire d'EvaMarie lui réchauffa le cœur.

— Bonsoir, EvaMarie.

La voix de Kane s'éleva derrière elle.

— Et moi, alors ?

Après un instant d'hésitation, elle le regarda par-dessus son épaule.

— Oh ! bonsoir, lança-t-elle avec un petit sourire moqueur.

— Je préfère.

— C'est tout ce que vous désirez ?

Incroyable. Elle était en train de flirter avec son maître chanteur !

Avant qu'elle ait le temps de s'y préparer, Kane passa un bras autour de ses épaules et posa ses lèvres sur les siennes. En entendant son propre couinement, elle fut submergée par l'embarras. Il n'insista pas, mais ne recula pas non plus.

Se rappelant qu'il s'agissait d'une comédie, elle se détendit. Sa première sensation fut celle de picotements sur ses lèvres, puis de chaleur aux endroits où les doigts de Kane entraient en contact avec son corps. Et quand les sensations menacèrent de l'engloutir, Kane la lâcha. Durant une fraction de seconde, elle sentit son souffle sur ses lèvres, et puis… il n'était plus là.

Quand elle se ressaisit, la première chose qu'elle vit fut le regard écarquillé d'EvaMarie. Et elle rougit de nouveau.

Super.

La descente de l'escalier desservant le sous-sol lui permit de se calmer. S'apercevoir qu'elle était la dernière arrivée n'arrangea pas son état, mais elle découvrit que les seuls autres invités étaient les frères Rogers, des amis. Tant qu'elle éviterait de se ridiculiser, tout irait bien. Cela étant, connaître si bien les autres invités la plaçait dans un drôle de dilemme.

— Jake, Steven, voici Presley Macarthur.

— Nous étions ensemble à l'école primaire, expliqua Jake en inclinant la tête en guise de salut.

— Comme la plupart des gens de ce côté-ci de la ville, constata EvaMarie.

Presley salua à son tour, distraite par la magnifique table de billard ancienne. Elle revint toutefois très vite à la conversation.

— Comment va Princesse, Steven ? demanda-t-elle.

— Bien. Grâce à ton truc, je l'ai remise sur les rails. Sa vitesse s'accroît déjà.

— Quel truc ? s'enquit Jake. Tu me caches des choses ?

— Tu paries ? répliqua Steven avec un sourire.

Les deux frères se chamaillèrent amicalement pendant que Mason aidait EvaMarie à installer plats et boissons sur le bar. Kane s'approcha.

— Me feras-tu part de ce truc ? demanda-t-il.

En plus du passage au tutoiement, sa voix donnait à la question un tout autre sens.

En dépit de quelques difficultés, Presley soutint son regard. Mais les belles lèvres de Kane attiraient ses yeux comme un aimant.

— Ça dépend.

— De quoi ?

— Je te confierai mon truc si tu me bats au billard.

Elle n'en revenait pas d'avoir prononcé ces mots. L'espace d'un instant, un vent de panique souffla sur elle, mais pour une fois, elle refusa de s'y abandonner. Si Kane voulait jouer les don Juan, pourquoi lui faciliter la tâche ? Il ne semblait pas décidé à la laisser tranquille et paraissait avoir accepté ce qu'il avait vu d'elle aujourd'hui, non ?

— Tu me lances un défi, si je ne me trompe ?

Il ne parut pas le moins du monde contrarié. Au contraire, la lueur dans ses yeux ressemblait à s'y méprendre à de l'excitation.

Rien ne se passerait donc comme elle le désirait ?

— On attaque ? demanda Kane à la cantonade.

En se retournant, elle constata que les autres les observaient. Jake leva son verre vide en guise de salut.

— Je vais d'abord me resservir. Allez-y, je vous rejoins.

Tandis que Kane rassemblait le matériel, Jake lui adressa un clin d'œil. Steven et lui connaissaient ses talents de joueuse de billard. Elle espérait juste que le trac ne viendrait pas tout gâcher.

— EvaMarie ? demanda-t-elle, pleine d'espoir.

L'intéressée poussa un soupir.

— Toi d'abord. J'avoue sans honte que je suis nulle.

— Et malgré tous mes efforts, elle ne progresse pas, précisa Mason.

Presley éclata de rire en voyant EvaMarie corriger son fiancé à coups de torchon. Puis elle se tourna vers la table, pleine d'appréhension.

Kane lui tendit une queue.

— Les dames d'abord.

Certes, elle était habile à ce jeu, mais elle n'avait pas l'habitude de jouer sous le regard attentif de l'homme le plus séduisant de la terre. Rassemblant son courage, elle examina la table afin de se familiariser avec sa surface.

Laisse tomber le reste.

Après quoi, elle visa sa cible avec un soin délibéré et tira.

Après quatre coups réussis, elle leva les yeux sur son public. Steven et Jake riaient tandis que Mason et EvaMarie échangeaient des regards intrigués. Quant à Kane, il demeurait figé, le regard rivé à la table comme s'il cherchait à comprendre par quelle magie elle parvenait à de telles performances.

Quatre mouvements plus tard, la table était nette. À chaque bruit de boule tombant dans les poches, Presley sentait grandir sa satisfaction. Elle ne laissait pas souvent s'exprimer son véritable moi, et il était encore plus rare qu'elle apprécie l'expérience. C'était donc un régal.

Savourant sa victoire, elle s'appuya sur sa queue et regarda Kane.

— J'ai l'impression que tu n'obtiendras pas mon truc aujourd'hui…

Le sourire ambigu de Kane aurait dû la mettre en garde.

— La soirée n'est pas finie, trésor.

Presley sourit en entendant Mason taquiner EvaMarie à propos de ses talents au billard. Elle avait gagné plusieurs parties, mais les hommes avaient fini par ouvrir des brèches dans sa stratégie. Comme d'habitude, pour le sexe « fort », une joueuse de billard était un ennemi à vaincre à tout prix. Ceux-ci du moins étaient amicaux. Parfois les choses dégénéraient, raison pour laquelle elle choisissait soigneusement les lieux où elle jouait et ses adversaires.

Mais à présent, il était temps de laisser la vedette.

Elle se dirigea vers le bar, récupéra des plats vides avec l'intention d'aller les remplir à la cuisine.

— Ne te donne pas cette peine, intervint Kane. Je m'en charge.

— Ça me fait plaisir d'aider.

Ils se distribuèrent les plats de service et Kane ouvrit le chemin vers la cuisine. Le plan de travail en pierre calcaire était visiblement récent, de même que les appareils ménagers en acier inoxydable. Et le beau parquet de bois sombre s'accordait aux tons rouge, noir et argent du décor.

— Cette cuisine est superbe !

— Merci, dit Kane. À présent, cuisiner n'est pas seulement plus facile, c'est un véritable plaisir.

— Tu cuisines ? demanda-t-elle, surprise.

— Bien sûr.

Elle hocha la tête, ne sachant jusqu'à quel point elle pouvait s'immiscer dans sa vie privée. Ouvrir les récipients et remplir les plats lui permirent de s'occuper les mains, sinon l'esprit.

Heureusement, Kane rompit le silence.

— Mason étant incapable de préparer quoi que ce soit, EvaMarie et moi nous partageons les tâches quand je suis ici. En revanche, chez moi, je prends généralement mes repas dehors. Je ne vois pas l'utilité de cuisiner pour moi seul, surtout après avoir préparé des repas pour la famille et les employés pendant des années.

Elle réfléchit. Puisque Kane avait abordé le sujet, peut-être pouvait-elle creuser dans cette direction ?

— Je comprends. Quand as-tu appris à cuisiner ?

Kane remplit les raviers de sauce salsa maison et disposa avec soin les tortillas sur un plat.

— Je m'y suis mis quand ma mère est tombée malade. Mon père et elle allaient de rendez-vous médical en rendez-vous médical, et Mason n'était pas en âge de se débrouiller.

— Peu d'adolescents accepteraient cette responsabilité.

— Eh bien, j'avoue que nous avons mangé notre juste part de pizzas surgelées avant que je me mette vraiment aux fourneaux. Et puis, petit à petit, ma mère m'a appris les rudiments.

— Mon père voulait que j'apprenne à cuisiner.

— Et tu ne voulais pas ?

— J'ai essayé, mais rien de bon n'en est sorti, avoua-t-elle en riant.

— C'était aussi horrible ?

— J'ai honte de l'avouer à un cordon-bleu tel que toi, mais je ne sais même pas faire cuire des pâtes convenablement.

— Eh bien, fit Kane en hochant la tête.

Cependant, son petit sourire montrait qu'il ne la jugeait pas.

— Tu avais d'autres talents, reprit-il. Je parie que ton père était fier de ta force au billard.

Sa gaieté s'évanouit.

— En réalité, il refusait que j'apprenne à jouer. Il disait que ce n'était pas pour les filles.

Kane haussa un sourcil étonné, mais comme il demeurait silencieux, elle se sentit tenue d'expliquer :

— Peu après la mort de ma mère, il a commencé à m'emmener sur les terrains de courses. Il se montrait très protecteur, attentif à m'éviter les lieux qu'il jugeait malsains pour moi. Enfin, jusqu'à l'apparition de Marjorie. Alors, j'ai été cantonnée à la maison jusqu'à ce que je décide que j'étais assez grande pour participer à des concours hippiques.

Elle plongea une tortilla dans la sauce et la mâchonna tout en repensant à cette époque.

— Un jour, il m'a confiée à un employé pendant qu'il négociait l'achat d'un cheval. Le jeune homme m'a emmenée dans un bar où il a commandé de la nourriture à emporter. C'était l'après-midi et, pendant que nous attendions, j'ai vu des gens jouer au billard. Et le jeu m'a fascinée, à l'immense consternation de mon père quand il l'a appris.

De nouveau, Kane arbora son petit sourire en coin. Mais pourquoi fallait-il que cette expression soit si séduisante ?

— L'employé a-t-il été viré ? demanda-t-il.

— Presque. Ce qui l'a sauvé, je crois, c'est qu'il était jeune et n'avait aucune expérience des enfants. Il a expliqué qu'il n'avait pas voulu me laisser seule pendant qu'il allait acheter à manger.

— Ça paraissait raisonnable.

— S'agissant de moi, mon père était rarement raisonnable. En tout cas, de ce jour, le billard est devenu un sujet tabou.

— Tu te défends pourtant drôlement bien.

Elle sourit tristement.

— J'ai appris à jouer à l'université. J'ai même suivi des cours. Mes camarades m'entraînaient dans les salles de jeux. Mon père m'aurait tuée s'il avait vu certains endroits que j'ai fréquentés.

— J'imagine !

— Mais je me suis bien amusée.

— J'adore te voir jouer. Franchement, il a raté quelque chose.

Elle ne voulait pas y penser. Elle avait aimé son père plus que tout. Pourquoi avait-il refusé de l'accepter telle qu'elle était ?

— Prêt à descendre ces plats ? demanda-t-elle pour changer de sujet.

Kane lui prit les mains.

— Je suis sérieux, Presley. Je m'amuse avec toi.

— La réciproque est vraie.

Une journée loin des écuries, un déjeuner de grillades au barbecue et des parties de billard. Pas du tout ce qu'elle attendait de Kane Harrington. C'était trop beau pour être vrai.

— Un soir, je te préparerai à dîner.

Un frisson sensuel la parcourut. Et des signaux d'alarme s'allumèrent dans sa tête. Cela devenait trop personnel.

— Cette clause fait-elle partie de l'accord ? s'enquit-elle, soucieuse de revenir au domaine des affaires.

— Est-ce nécessaire ?

À la douce lumière de la cuisine, il chercha son regard. Visiblement, il ne songeait pas du tout aux affaires. Mais pouvait-elle lui accorder sa confiance ?

Soudain, la voix de Mason jaillit dans l'escalier.

— On a faim !

Le sursis fut bref. Une heure plus tard, Kane insista pour la raccompagner à sa voiture même si l'allée était tout à fait sûre. Curieusement, l'idée de se retrouver seule dans la nuit avec Kane la rendait nerveuse.

— J'espère que tu as passé une bonne soirée, dit-il quand ils arrivèrent à son fourgon.

Dans l'obscurité, la voix de Kane agit comme une caresse sur sa peau. Mieux valait toutefois se prémunir contre le sentiment d'intimité qu'elle faisait naître. Kane avait apprécié leur soirée. Il ne fallait pas y voir davantage.

— Tu sais, lâcha-t-elle impulsivement, mes sorties ne se passent pas toujours ainsi. J'ai souvent du mal à m'adapter et à me mêler aux gens.

Il se tenait un peu trop près pour son confort, mais elle

ne le repoussa pas. Elle avait envie qu'il connaisse la vérité sur elle.

— Il me semble que nous nous entendrons très bien, déclara Kane.

— Je veux dire…

— Je sais ce que tu veux dire. Ne t'inquiète pas pour ça.

— Je m'inquiète toujours pour ça, murmura-t-elle, perturbée parce qu'elle se rendait compte qu'elle aurait voulu qu'il la touche.

— Je sais…

Cette déclaration ne la rassura pas du tout.

- 7 -

Il installa Presley sur le siège passager de son Escalade, ferma la portière et, tout en contournant le véhicule pour aller se mettre au volant, se permit de sourire.

Pour le déjeuner à la section locale de l'American Horse Racing Society auquel ils devaient assister, elle était venue à sa rencontre le visage dépourvu de maquillage, les cheveux noués comme d'habitude en queue-de-cheval, et elle portait une jupe longue informe avec une blouse ample.

Il n'y avait pas d'autres mots pour qualifier sa tenue que… grise et terne.

Se rendait-elle seulement compte que sa ruse pour passer inaperçue crevait les yeux ? Probablement pas puisque, d'après EvaMarie, elle s'habillait ainsi depuis des années.

Comment réagirait-elle en découvrant la deuxième partie du programme de la journée ?

Il retint un sourire en se glissant derrière le volant. Il s'en soucierait quand elle soulèverait des objections, car elle protesterait, il n'en doutait pas.

Quand ils arrivèrent, Presley bavarda aimablement avec la préposée à l'inscription avant de se diriger vers leur table. Les personnes déjà installées lui adressèrent des sourires et la saluèrent amicalement. Il eut le sentiment qu'une routine s'était installée lors de ces événements, qui réduisait au minimum ses rapports avec les autres et lui permettait, croyait-elle, de dissimuler son inaptitude à entretenir des relations sociales.

Quand elle le présenta, il se glissa sans difficulté dans son rôle de représentant de Harrington Farms. Presley elle-même semblait admirative.

La nourriture était excellente et l'orateur intéressant. Il n'avait jamais assisté à un événement de cette ampleur. Mason et lui adhéraient à plusieurs clubs, mais l'adhésion à l'American Horse Racing Society était soumise à des exigences et un droit d'entrée si élevé qu'elle les avait exclus jusqu'à présent.

Le déjeuner à peine terminé, Presley le pressait de partir.

Du regard, il fit le tour de la pièce. Des invités se rassemblaient par petits groupes pour se livrer aux habituels échanges suivant ce type d'événements.

— Tu ne veux pas rester un peu ?

— Euh… Non.

L'expression de Presley laissait entendre que sa question était absurde.

— Ne devrions-nous pas échanger au moins quelques mots avec madame la présidente ?

— Si, répondit-elle d'un air penaud qui l'enchanta.

Il en disait tant sur le fossé séparant son professionnalisme et sa tendance à éviter tout rapprochement avec ses semblables.

Mme Justine Simone, ainsi que Presley la lui présenta, était une femme du Sud jusqu'au bout des ongles, bien déterminée à limiter l'accès à son empire.

— Monsieur Harrington ! Je savais que ce n'était qu'une question de temps avant que vous ne cherchiez à rejoindre les rangs de l'American Horse Racing Society.

Il la gratifia d'un de ses sourires qui ramenaient bien souvent ses détracteurs à de meilleurs sentiments.

— Je ne « cherche » pas à les rejoindre, madame Simone. Je les rejoins bel et bien.

— Nous verrons ça, monsieur Harrington. Nous verrons

ça, rétorqua-t-elle, l'éclat de son sourire rivalisant avec celui de ses diamants. Car même si je suis sensible au charme des hommes séduisants, je fais passer les intérêts de mon organisation avant tout.

— Je comprends.

Il pouvait se permettre d'être patient vu qu'il ne doutait pas de s'imposer à elle. Qu'on lui laisse un peu de temps, ses talents d'homme d'affaires et son aisance d'homme du monde lui gagneraient les suffrages de tous ces gens. Et Presley était la clé qui lui permettrait de gagner du temps.

Elle légitimait sa présence en un lieu où il n'aurait pas été accepté sans elle, où il fallait appartenir à un milieu favorisé pour entrer. Mais il était confiant. Il s'y taillerait une place au mépris de ces notions démodées de classe sociale.

— Vous serez favorablement impressionnée par M. Harrington, intervint Presley, attirant sur elle l'attention de la présidente. J'ai visité Harrington Farms et constaté la qualité des bêtes qu'ils possèdent déjà. J'ai aussi longuement parlé avec Kane et son frère Mason. Harrington Farms arrivera au premier plan en quelques années, je puis vous l'assurer.

Il demeura ébahi par la recommandation de Presley. Elle n'était pas obligée de le mettre en valeur, cela ne faisait pas partie du marché. Or Mme Simone et lui-même savaient que Presley n'aurait pas chanté ses louanges si elle n'avait pas été sincère.

— Cette jeune personne est compétente, déclara Mme Simone avec un sourire aimable. Je ne suis pas certaine que son père ait su quel trésor il abritait sous son toit. Elle comprend à merveille les animaux, leurs besoins, leur instinct, bref, toutes ces choses qu'on n'apprend pas dans les livres. Et elle n'est pas du genre à se laisser influencer par un bel homme, conclut Mme Simone en passant un bras sous celui de Presley avant d'ajouter : Ce n'est pas pour autant que je la blâmerais.

Il eut le sentiment que Mme Simone lui pincerait volontiers la joue s'il était à sa portée.

— Mais dites-moi, le bruit court que le célèbre Sun apporterait son sang à l'élevage Harrington. Est-ce exact ?

— Il participera à la lignée, oui, répondit Presley d'une voix crispée qui avertit Kane de sa tension grandissante.

Elle aurait pu répondre que non, qu'il y avait un malentendu. Mais voilà qu'elle se faisait championne de sa cause, ce qui n'était pas prévu au programme. C'était si gentil, et encore plus troublant que si elle lui avait offert... Enfin, une chose à laquelle il n'avait pas le droit de penser dans ce cadre.

— Il n'est donc pas vendu ? insista Mme Simone.

— Il s'agit d'un simple problème de communication, répondit-il. Sun vit chez Presley depuis son sevrage. Ce serait comme vendre un membre de sa famille.

Il contempla le regard stupéfait de Presley avec un grand calme. Leur arrangement ne regardait qu'eux. Et il tenait avant tout à la protéger. En cet instant, partageant cette complicité avec elle, il s'avouait la vérité. Il éprouvait pour Presley des sentiments plus profonds que prévu.

— Que faisons-nous ici ?

Il se rembrunit. Il s'était attendu à des objections quand ils entreraient dans la boutique de mode la plus chic de la ville, mais pas à ce que la bataille commence dès le parking. Ils avaient passé un si agréable après-midi.

— Je dois passer prendre mon smoking pour le gala au musée de ce week-end.

Elle croisa les bras d'un air décidé.

— J'attendrai ici.

— Pourquoi ?

— Pourquoi pas ?

Son expression n'avait rien d'encourageant.

— Tu ne veux pas voir ce que je porterai ? Pour t'assurer que nos tenues ne jureront pas ?

— Qui s'en soucie depuis les bals de fin d'année ?

— Écoute, je n'ai pas toute la journée, coupa-t-il. Si tu me disais ce qui ne va pas, que nous puissions avancer.

— Nous pouvons donc avancer ? Sérieusement ?

— Oui.

Elle parut choquée, mais il n'en démordit pas. Ce comportement durait depuis trop longtemps. Si son père n'avait pu la changer, il était certain d'y parvenir.

— J'attends, Presley.

Elle fronça les sourcils.

— Rien ne t'empêche d'aller chercher ton smoking.

— Pas question, répliqua-t-il avec un sérieux impressionnant.

— Je n'aime pas cette boutique.

— Cette boutique en particulier, ou ce type de boutiques ?

— D'accord, je ne suis pas fan des boutiques de mode. Mais celle-ci me déplaît particulièrement.

Il examina la devanture de l'immeuble, copiée sur le modèle des élégantes maisons de maître s'élevant de ce côté de la ville.

— On me l'a recommandée. Elle a, paraît-il, excellente réputation. Et Mme Rose se montre parfaite, chaque fois que je viens.

Reportant son attention sur Presley, il vit que son menton tremblait légèrement.

— Ça m'est égal.

— Pas à moi. Allez, crache le morceau !

Elle leva les yeux au ciel d'un air exaspéré. Mais quand elle les baissa, il vit qu'ils étaient humides.

— Marjorie a tenu à acheter ici les vêtements de son mariage avec papa. J'ai dû l'accompagner avec ses amies.

Ça a été une expérience horrible qui s'est malheureusement répétée.

— Tu refuses d'entrer dans cette boutique parce qu'on t'a obligée à la fréquenter enfant ? Ta réaction me paraît disproportionnée.

— Eh bien…

Il attendit et sa patience fut enfin récompensée.

— La dernière fois qu'elle m'a traînée ici, c'était pour l'essayage de ma robe de demoiselle d'honneur. Une horrible robe à frou-frou avec une jupe pleine de volants. Là-dedans, j'avais l'impression d'être une poupée Barbie. Quand j'ai dit que je ne la porterais pas, nous nous sommes violemment disputées.

— Ça a dû être très embarrassant.

— En désespoir de cause, Marjorie m'a secouée par les épaules, et quand j'ai voulu lui échapper, je suis tombée sur un présentoir à bijoux, si bien que j'ai déchiré la robe.

Il émit un petit sifflement.

— Laisse-moi deviner. Tu n'as pas été obligée de la porter ?

Bien qu'elle se mordille la lèvre inférieure, il vit se dessiner l'ébauche d'un sourire.

— Eh bien non ! En fin de compte, Mme Rose m'a trouvé une robe plus simple.

— Mais tu n'es jamais retournée dans cette boutique ?

— Jamais. Qu'aurais-tu fait à ma place ?

— Voyons, cette histoire remonte à ton enfance ! Tu es adulte, à présent, non ?

Elle lui adressa un regard circonspect. Elle avait raison de se méfier, il était déterminé à ne pas céder.

— Alors, un peu de courage et entrons.

Ils se dirigèrent vers la porte. Il lui laissa le loisir de rebrousser chemin lorsque retentit le délicat carillon et qu'ils pénétrèrent au cœur de l'univers du raffinement et de l'élégance. Mme Rose en personne s'entretenait avec une jeune femme, debout derrière le comptoir. Quand elle l'aperçut, son petit visage ridé s'illumina.

— Monsieur Harrington ! J'attendais avec impatience votre arrivée ainsi que celle de Mlle Macarthur.

Elle vint à leur rencontre d'un pas plus alerte que ses soixante-dix ans passés n'auraient pu laisser prévoir.

— J'ai une magnifique sélection pour elle.

Le cri étouffé qui monta dans son dos attira l'attention de Mme Rose.

— Bonjour, mademoiselle Macarthur, lança la propriétaire avec un éclatant sourire. Ravie de vous revoir !

En regardant derrière lui, Kane faillit s'étrangler sous le regard assassin de Presley. Il s'était peut-être sabordé, mais c'était pour son bien. Tôt ou tard, elle s'en rendrait compte.

Mme Rose ne parut pas remarquer l'échange muet.

— Vraiment, insista-t-elle, c'est un plaisir. Je vois souvent votre mère, mais vous, jamais.

En entendant Marjorie présentée comme sa mère, Presley pinça les lèvres, mais elle ne rectifia pas.

— Et votre smoking est prêt pour l'essayage, monsieur Harrington.

Il entraîna Presley à la suite de Mme Rose dans les méandres de la boutique. La laisser livrée à elle-même dans l'état d'esprit où elle se trouvait ne lui semblait pas une bonne idée.

Mme Rose les conduisit jusqu'à un petit salon où elle les invita à s'asseoir sur un canapé en demi-lune.

— Je vais préparer l'essayage, annonça-t-elle avant de s'éloigner à petits pas pressés.

Presley regarda le canapé et lui tourna le dos avec un frisson.

— Je croyais que nous venions juste chercher ton smoking, gronda-t-elle.

— Et je t'ai demandé si tu voulais que nos tenues soient en accord.

— Non, non ! Je ne veux pas. Je veux…

Elle le dévisagea, chercha ses mots d'un air excédé.

— Je veux que nous soyons le dernier couple à être assorti à cette occasion !

Tant pis. Il allait tenter le tout pour le tout.

— Vas-tu peiner une charmante petite dame en refusant d'essayer ses vêtements ?

Il attendit la réponse, s'efforçant de dissimuler son amusement.

— Oui ! Euh… Non.

— Tu n'es pas facile à suivre.

Le bruit qui émana de la gorge de Presley pouvait s'apparenter à un grognement. Cependant, sur ces entrefaites, Mme Rose reparut et, à sa demande, les fit passer dans un salon privé.

Presley se crispa devant l'étalage de robes et de miroirs. Décidément, elle n'était pas tout à fait prête à passer à l'étape suivante.

- 8 -

S'il s'était agi de serpents, elle n'aurait pas examiné la rangée de robes suspendues à un portant avec plus de méfiance. En réalité, non, elle savait s'y prendre avec les serpents.

Autant voir les choses en face : elle était tombée dans une embuscade.

Elle aurait mieux fait d'y réfléchir à deux fois avant de se persuader que Kane l'acceptait telle qu'elle était. Ils faisaient leur première apparition officielle le lendemain, et il ne supportait pas l'idée de l'exhiber à son bras dans ses tenues dépourvues de classe.

Charmant !

Elle n'avait pas encore regardé une seule robe que déjà la gêne la paralysait. Malheureusement, faire une scène ne marcherait certainement pas aussi bien avec Kane qu'avec sa belle-mère.

Franchement, aujourd'hui, elle avait trop laissé deviner l'enfant en colère qui sommeillait au fond de son cœur. Elle n'aimait pas exposer ses problèmes en laissant entrevoir que son univers avait basculé bien avant la disparition de son père. Les rares fois où ils avaient parlé de sa famille, Kane s'était montré compréhensif. Aujourd'hui, toutefois, il semblait se moquer d'elle, lui donnant l'impression d'être une enfant en train de faire un caprice.

Mais peut-être était-ce exactement le cas…

Elle devait se conduire en adulte, essayer plusieurs robes

et les refuser. Ensuite, ils seraient libres de partir. Elle hocha la tête. C'était la meilleure stratégie à adopter.

— Commençons les essayages, voulez-vous ? suggéra Mme Rose.

La brave dame saisit une brassée impressionnante de robes au vu de sa petite taille et les emporta dans la cabine.

Presley la suivit, un peu penaude, et la regarda suspendre sa sélection sur un portant. À son grand soulagement, il n'y avait pas de fanfreluches, mais pas non plus de ces couleurs neutres qui permettaient de passer inaperçue.

Après que Mme Rose fut sortie en tirant le rideau derrière elle, Presley fixa les robes un long moment. Par où commencer ? Devait-elle seulement commencer ? Pour l'amour du ciel, que faisait-elle ici ?

Au moment où une véritable angoisse la saisissait, elle entendit la voix de Kane derrière le rideau.

— Laisse-moi voir, Presley.

— Non ! répondit-elle d'une voix suraiguë.

Le rideau fut légèrement entrouvert et Kane passa sa tête par l'interstice.

— Qu'est-ce que tu fais ? protesta-t-elle.

— Je veux te voir dans ces robes, répondit-il d'un ton ferme. Sinon, je vais tirer le rideau sans prévenir, histoire que toute la boutique t'entende hurler.

Elle examina désespérément le rideau, cherchant un moyen de protéger son intimité, mais évidemment, il n'en existait pas.

Kane ricana.

— Il n'y a pas de verrou, ma chère !

Il s'amusait à ses dépens, et elle était persuadée qu'il mettrait sa menace à exécution.

— Est-ce que ce ne serait pas plus simple de me laisser entrer ? suggéra-t-il.

Sa bouche s'assécha. Et elle se recroquevilla en imaginant

Kane faire glisser une robe par-dessus sa tête. Ce n'était pas ainsi qu'elle imaginait se montrer nue devant lui la première fois.

Non qu'elle veuille se montrer nue devant lui, de toute façon ! Bon sang ! De qui se moquait-elle ?

— Je ne crois pas, répliqua-t-elle entre ses dents serrées.

— Regarde-moi, lui intima Kane d'une voix grave. Crois-moi, tu seras agréablement surprise.

Par son invasion de son espace privé ?

— Je sors dans une minute, promit-elle, ignorant la chaleur qui lui montait aux joues.

L'entendre rire de l'autre côté du rideau n'améliora pas son humeur. Elle tâtonna parmi les robes et saisit la première venue. Se déshabiller ajoutait à son sentiment de vulnérabilité, mais, en même temps, savoir Kane de l'autre côté du rideau la troublait.

Arrête ça immédiatement !

La situation était déjà assez compliquée sans y ajouter une excitation mal venue. Elle soupira. Elle détestait les essayages et se regarder dans le miroir. Pour elle, s'habiller relevait du fonctionnel, et l'univers de la mode du mystère.

— Presley, j'attends.

Du moins ne semblait-il pas la guetter juste de l'autre côté du rideau. Quand elle tira celui-ci, elle le vit nonchalamment appuyé à un pilier et dut se forcer pour ne pas serrer les bras contre sa poitrine dans un geste protecteur.

— Qu'en penses-tu ? demanda-t-il d'un ton neutre.

Elle s'était à peine regardée dans le miroir, mais ce qu'elle avait entraperçu lui avait déplu.

— Je n'aime pas beaucoup, dit-elle avec une grimace.

— Pourquoi ?

Ses défenses étaient en place, mais le regard de Kane restait inexpressif.

— J'aime le vert, mais le ton me rappelle les bonbons

à la menthe. Et je ne sais que faire de ça, ajouta-t-elle en agitant l'extrémité d'une écharpe.

Il sourit.

— Je suis d'accord. Le vert te va bien, mais pas celui-ci. Passons à la suivante.

Presley demeura surprise. Le peu de gens qui avaient eu le privilège de faire du shopping avec elle se tuait à lui expliquer en quoi tel vêtement la flattait en dépit de ses protestations. L'attitude de Kane était quelque chose de nouveau.

Elle rentra dans la cabine, s'interrogeant encore sur ce qui s'était passé, saisit machinalement une autre robe et entreprit la pénible tâche de la passer.

Au bout de trois essayages, elle atteignait généralement sa limite. Ensuite, elle s'emparait du vêtement le plus ample et se hâtait d'aller payer à la caisse. Cependant, recevoir l'avis de Kane sur ce qu'elle portait commençait à l'intéresser. Elle se mit à examiner de plus près le choix proposé et sélectionna des robes qui pourraient lui plaire au lieu de piocher au hasard.

Et elle la découvrit alors.

Tout d'abord ce fut la couleur qui la séduisit, un bleu profond, mystérieux. Ensuite, le tissu fluide et soyeux qui suivait ses formes comme de l'eau courant sur sa peau. De plus, la coupe était simple, sans chichis ni ajouts. Enfin, elle pouvait deviner ses formes sans avoir l'impression d'être prisonnière d'un carcan.

La robe était superbe.

Cette fois, en sortant de la cabine d'essayage, elle retint son souffle. Elle avait peur de s'être trompée et que Kane n'aime pas… Bref, peur.

Il demeura immobile un long moment, l'étudiant avec l'expression impénétrable qu'il affichait parfois. Puis, la prenant par la main, il l'attira devant un miroir à trois pans installé sur une petite estrade. En examinant son reflet, elle vit que Kane l'avait rejointe et se tenait derrière elle.

Elle sentit qu'il bataillait avec la barrette qui retenait sa queue-de-cheval. Quand il l'ouvrit, la sensation de ses cheveux se répandant sur ses épaules éveilla sa sensualité, et les longs doigts de Kane jouant dans leur masse lui procurèrent un sentiment d'intimité, presque aussi puissant que s'il la déshabillait.

Peu à peu, ses craintes se transformaient en une délicieuse anticipation. Ensuite, les mains de Kane glissèrent sur la courbe de ses hanches révélée par la robe, laissant sur leur passage d'exquis picotements.

— Te sens-tu à l'aise ? demanda-t-il enfin d'une voix légèrement enrouée.

Incapable de traduire en mots ce qu'elle ressentait, elle hocha simplement la tête.

— Des objections ?

— Non, répondit-elle dans un souffle.

En l'admettant, elle avait l'impression de trahir ses précédentes tendances vestimentaires.

Il descendit de la plate-forme et revint quelques minutes plus tard avec une boîte à chaussures. Son sang battait si fort à ses tympans qu'il l'assourdissait.

Par pitié, ne gâche pas tout.

Sa prière s'adressait-elle à elle ou à Kane ? Elle l'ignorait. S'agenouillant devant elle, il sortit une sandale scintillante de la boîte et tendit la main vers son pied. En soulevant sa jupe, elle eut la sensation d'exposer ses secrets au bel homme sombre devant elle. Ses doigts se crispèrent sur le tissu, mais elle leva cependant son pied et le glissa dans la sandale. La chaleur de la main de Kane sur sa cheville accrut l'impression d'intimité.

Après avoir attaché les deux chaussures, il se releva et se replaça derrière elle.

— Te font-elles mal ?

Habituée qu'elle était à ne porter que des chaussures plates ou des bottes, elle trouva les talons bobines un peu étranges, mais confortables. Les lanières étaient souples, n'agaçaient pas sa peau comme celles de la plupart des chaussures habillées.

— Pas du tout. Elles sont très jolies.

Ce qu'elle vit dans le miroir la transporta. Le splendide bleu de la robe et ses cheveux blonds contrastaient avec la beauté sombre de Kane et ses jeans et chemise noirs. Cependant, ce fut l'expression de désir de son regard qui retint son attention. Il exprimait aussi autre chose, un sentiment aussi profond que le bleu de la robe.

De la compréhension, peut-être ?

Il glissa de nouveau ses doigts dans ses cheveux.

— J'ai toujours pensé que s'habiller n'était pas se métamorphoser. C'est créer une version améliorée de qui vous êtes vraiment.

— Tu parles d'expérience ? demanda-t-elle d'une voix feutrée.

Le petit sourire en coin fit sa réapparition sans toutefois atteindre les yeux.

— Mes parents n'étaient pas fortunés. Mes tenues habillées consistaient en un jean neuf une fois par an. J'ai mis un moment à me persuader que tout cela était derrière moi. Mais je suis ce que j'ai voulu être, rien d'autre. Tu peux présenter au monde l'apparence qui te plaît, Presley, ajouta-t-il en posant les mains sur ses épaules. Ne pas y attacher d'importance était une façon de te rebeller. Mais ton père n'est plus là. Il est temps de vivre pour toi-même.

Le lendemain soir, Presley contempla avec stupéfaction son visage dans le miroir de sa chambre.

Après qu'elle eut choisi quelques robes, Mme Rose l'avait présentée à une esthéticienne qui lui avait appris à se maquiller malgré ses protestations puériles.

— Je ne supporte pas le fond de teint sur ma peau, avait-elle objecté.

Ce qui était pure vérité. Et une des raisons, entre autres, pour lesquelles elle refusait de se maquiller. Les chevaux et les employés de la ferme se moquaient bien de son apparence, alors pourquoi se compliquer la vie ?

— Vous n'avez pas besoin d'en mettre, assura l'esthéticienne. Vous avez une belle peau. Je voudrais juste vous montrer quelques moyens de paraître à votre avantage lors de sorties officielles.

Malgré son scepticisme, elle se persuada qu'il n'y avait pas de mal à la laisser faire. Elle se laverait le visage en rentrant, avant de croiser Marjorie, voilà tout.

Mais elle ne s'était pas lavé le visage, et, à présent, elle mettait en pratique les conseils de l'esthéticienne. En suivant pas à pas ses explications, elle avait placé les bonnes couleurs aux endroits gagnant à être mis en valeur et passé du fard sur ses paupières. Une ombre faisait désormais joliment ressortir ses yeux verts. Pour finir, un voile nacré accentuait ses pommettes et un rose foncé soulignait la courbe de ses lèvres.

En se contemplant dans le miroir, elle se redressa et sourit. L'esthéticienne avait parlé d'aspect raffiné, et c'était le mot juste.

Ensuite, elle s'habilla avec une telle surexcitation que ses mains en tremblaient. Elle imaginait la réaction des gens devant sa nouvelle apparence. Alors qu'elle détestait être au centre de l'attention, elle sentait que ce soir ce serait différent.

Kane avait vu juste. Le mépris de son apparence était une forme de rébellion contre son père, Marjorie et leur insistance à la pousser vers plus de féminité. Mais il était temps de grandir.

Elle examina la culotte et le soutien-gorge assorti posés sur le lit. Ayant compris ses goûts, Mme Rose lui avait présenté de jolis sous-vêtements très simples et coupés dans une matière d'une douceur incomparable. Elle avait tout de suite adoré.

À présent, quoique fière de son allure, elle se sentait un peu coupable, car elle avait très envie que Kane voie le résultat…

Malheureusement, même si le désir dans ses yeux était bien réel, cela ne signifiait pas qu'il passerait à l'acte.

Grâce à la compétence de Mme Rose, qui avait su trouver des vêtements selon son goût, et à l'attitude bienveillante de Kane, elle dut s'avouer que le résultat lui plaisait beaucoup. Peu importait la façon dont cette aventure avait commencé, elle avait la nette impression qu'elle finirait par devoir à Kane beaucoup plus que l'argent que sa belle-mère ne lui avait dérobé.

Apercevant dans la nuit tombante les lumières des phares du véhicule de Kane, elle se hâta de sortir de la maison. Le claquement de ses talons bobines ne lui était pas familier, mais il ajoutait à son sentiment de se métamorphoser de Cendrillon en princesse. Pour la première fois, elle se sentait femme de la tête aux pieds. Et le bruissement de ses cheveux sur ses épaules lui rappela le geste de Kane quand il y avait enfoui ses doigts. Répéterait-il ce geste ?

À la pâle lumière du crépuscule, elle vit que Kane la détaillait pendant qu'il avançait vers elle. Pour cette soirée, elle avait choisi une robe de cocktail d'un vert lumineux, à la jupe lui arrivant aux genoux et aux manches fendues. La ceinture élastique dissimulée sous une bande pailletée ajoutait à son aisance. Et bien que le confort ne soit pas le but recherché, c'était la robe la plus agréable qu'elle ait jamais portée.

Kane émit un sifflement admiratif.

Elle aurait sans doute dû s'offusquer de ces manières, mais on ne l'avait jamais sifflée. Et la réaction de Kane lui fit chaud au cœur.

— Bon choix, approuva-t-il.

— Grâce à ton aide. Tu sais bien que je n'aurais choisi aucune de ces robes toute seule, précisa-t-elle, sans réussir à atteindre le détachement désiré.

— Dis plutôt : aucune des robes de cette boutique ! répliqua-t-il en lui baisant la main après l'avoir aidée à s'installer sur le siège du passager.

Cependant, dès qu'il fut au volant, la conversation reprit un tour normal. En insistant sur les bienfaits de sa transformation, il l'aurait embarrassée, et bien sûr, cet homme insupportable l'avait déjà deviné.

Au lieu de se répandre en compliments, il parla donc d'une jument de Harrington Farms qui s'apprêtait à pouliner. Ensuite, ils discutèrent de techniques d'entraînement sur lesquelles elle avait effectué des recherches. Malgré tout, elle surprit à plusieurs reprises le regard admiratif de Kane sur elle.

À vrai dire, elle lui en retourna quelques-uns. Son smoking lui allait à la perfection, soulignant la largeur de ses épaules et la musculature de son dos qui se tendait et détendait pendant qu'il maniait le volant. La conscience qu'elle avait de lui grandit jusqu'à ce qu'elle perçoive le moindre de ses mouvements sans le regarder. Les bouffées de son eau de toilette lui parvenaient par intermittence et le timbre grave de sa voix dans la pénombre de la voiture ne faisait qu'accroître son émoi.

Du moins ces sensations la distrayaient-elles de sa nervosité. L'idée que des gens allaient la remarquer et commenter sa tenue lui donnait des frissons. Mais si elle n'avait aucune envie d'être sous le feu des projecteurs, elle ne supportait plus la perspective de se fondre dans le décor. Les moments passés à la boutique de Mme Rose le lui avaient appris. Malgré tout, pas question que les gens fassent toute une histoire de sa métamorphose, Marjorie en particulier, qui était partie pour la soirée depuis une bonne heure, pressée de boire des cocktails avec ses amies.

Par chance, les premiers visages qu'elle croisa quand ils entrèrent dans la rotonde de marbre du musée furent ceux de Mason et d'EvaMarie, dont les yeux s'écarquillèrent quand elle la reconnut sous sa nouvelle apparence.

— Bonsoir, Presley. Tu es superbe !

— Merci, dit-elle, sentant avec agacement ses joues s'empourprer.

Elle reprit discrètement sa respiration pour tenter de se calmer. Il s'agissait juste d'une robe, pour l'amour du ciel !

Alors qu'EvaMarie posait des questions sur le déjeuner de la veille, les choses reprirent leur cours normal, sauf peut-être pour Mason qui ne cessait de faire passer son poids d'un pied sur l'autre. Avait-il également des raisons d'être nerveux ?

De nouveaux arrivants se joignirent à eux, et elle affronta une nouvelle salve de questions sur sa transformation, avec plus de décontraction cette fois. Cependant, elle perdit tout intérêt pour la conversation quand ses compagnes se mirent à discuter passionnément de mode. Certes, elle était fière de sa tenue, mais elle n'avait aucune envie de disserter pendant des heures sur le sujet. Un regard autour d'elle lui apprit que Kane et Mason avaient abandonné le cercle pour s'entretenir à l'écart.

Elle tendit l'oreille. Naturellement, elle avait honte de sa curiosité, mais une vie à écouter aux portes pour essayer d'apprendre ce qu'on lui cachait était parfois bien utile.

— Pourquoi ne veux-tu pas m'en parler ? demandait Mason.

— De quoi ?

— Ce n'est pas normal d'apprendre par mail que ton ex-fiancée se marie.

Elle se figea. La nouvelle des fiançailles avortées de Kane n'avait certainement pas circulé dans leurs cercles, car Marjorie se serait fait une joie de la propager.

Sa curiosité en fut d'autant plus attisée. Quel genre de femme avait repoussé Kane ? Pourquoi avait-elle refusé de l'épouser ?

— Il est inutile d'en faire toute une histoire, riposta Kane. Elle se marie, et alors ?

Il esquivait visiblement les questions de son frère. Autant dire qu'elle n'avait pas la moindre chance d'en apprendre plus long sur ce qui, de surcroît, ne la regardait pas.

— Il y a de quoi s'émouvoir, insista Mason, sans se laisser décourager par la feinte indifférence de Kane. C'est notre directeur commercial depuis quinze ans. Il s'inquiète pour toi, c'est normal ! Il a appelé pour s'assurer que tu allais bien.

— Pourquoi ne m'a-t-il pas appelé personnellement ?

— Parce qu'il ne tient pas à déclencher un drame.

Bien qu'il parle à voix basse, elle perçut l'irritation de Mason.

Kane ne répondit pas. Elle brûlait de s'éloigner des bavardages futiles et dc se tourner vers eux, mais dès lors, ils se tairaient.

— Sérieusement, reprit Mason, il s'inquiète. Et après l'accident et ses suites, je me fais du souci, moi aussi.

— Je ne vois pas pourquoi, répliqua sèchement Kane.

— Parce que je sais que tu n'es pas de bois. Après ce

drame, tu t'es replié sur toi-même. Mais maintenant… Dis-moi, est-ce que tu vas bien ?

Le silence s'étira, insupportable. Finalement, elle se tourna vers les deux hommes pour voir Kane s'éloigner.

- 9 -

Chercherait-elle à me rendre fou ?

Il ne voyait qu'elle dans la vaste salle de bal. Au lieu de ressembler à une petite souris, elle tranchait sur les autres invités. Pas seulement à cause du vert irrésistible de sa robe, mais en raison de son éclat. Au début, être la cible de toutes les attentions l'avait peut-être rendue nerveuse, mais elle avait rapidement maîtrisé l'épreuve.

Il ne pouvait même pas s'en attribuer le mérite. Une fois vaincues ses réticences, elle avait pris les choses en main. Et comme il s'y attendait, le résultat était stupéfiant.

C'était une évidence : sans même le vouloir, elle l'avait définitivement séduit.

Et c'était beaucoup plus agréable que de penser au spectre d'Emily ressuscité par Mason dans cette réception. Emily n'avait pas sa place ici, plus maintenant. Il n'avait besoin que de Presley, toute proche de lui.

Sans réfléchir, il se dirigea vers elle, lui prit la main et l'entraîna sur la piste de danse. Comme il dansait de façon plutôt élémentaire, il put se concentrer sur la proximité de Presley, le frou-frou de sa robe contre ses jambes, les mouvements de son corps sous sa paume. Les sens en éveil, il brûlait de se perdre en elle. S'il était libre d'agir, il connaîtrait tout de Presley Macarthur avant que la soirée se termine.

Comme si elle partageait son émoi, elle leva ses beaux yeux vers lui, et il y lut le reflet de son propre désir.

— Combien de temps avant que nous puissions partir ? chuchota-t-il.

Un rose adorable monta aux joues de Presley. Il ne se trompait donc pas, même si, à présent, elle tenait les yeux baissés et se mordillait la lèvre d'un air gêné. Instinctivement, il s'immobilisa, la serra contre lui et l'embrassa. C'était si bon de la prendre par la nuque et de glisser les doigts dans ses cheveux. Les lèvres de Presley s'abandonnant sous les siennes disaient avec éloquence que son désir était partagé.

Le moment de se retirer était venu… Malheureusement, il ne vit l'obstacle que quand il fut trop tard.

— Bonté divine ! Presley ! s'écria Marjorie qui surgit devant la sortie. Regardez-moi ça ! J'ai failli ne pas te reconnaître. Tu es très belle.

Il sentit Presley se recroqueviller contre lui.

— Et vous, Kane, poursuivit Marjorie d'une voix si aiguë qu'il en eut mal pour Presley, n'êtes-vous pas heureux qu'elle ait fait un effort pour mériter d'être vue au bras du plus bel homme de la soirée ?

Quel était le problème de cette femme ? Et comment ne voyait-elle pas l'effet désastreux qu'elle produisait sur Presley ? Pas étonnant que celle-ci ait adopté une stratégie lui permettant de tenir cette horrible personne à distance.

— Presley n'a pas besoin de faire d'efforts pour me plaire, répliqua-t-il.

— Sottises ! Je lui ai assez répété qu'elle devait se préoccuper de son apparence, mais elle ne m'a jamais écoutée.

Soudain, une nouvelle voix se fit entendre.

— Pourtant, nous avons tous essayé ! Mais parfois grandir prend du temps.

Le ton chantant de Joan Everly redoubla son irritation. Rêvait-il ou Presley s'était serrée un peu plus contre lui ?

— Je sais qui nous devons remercier pour ce miracle, insista Marjorie en pointant un doigt sur lui. Je ne l'ai pas vue couverte de fumier depuis des jours. Je n'arrive pas à croire que quelqu'un lui ait enfin appris à assumer sa féminité !

La cible du commentaire de Marjorie demeura silencieuse. Mais pas Joan.

— Espérons qu'il ne lui ait pas appris d'autres choses, marmonna-t-elle, assez haut toutefois pour qu'il l'entende. Moi, je n'ai pas eu besoin qu'on me l'apprenne. À être féminine, je veux dire. C'est naturel chez moi.

Kane prit bien garde de ne pas baisser les yeux, parce que, s'il ne se trompait pas, Joan se cambrait pour mettre ses seins en valeur.

— Mais vous savez, reprit la charmante personne, Presley ne jure que par les chevaux. Et je doute qu'il se passe longtemps avant qu'elle ne renfile son jean, conclut-elle en toisant l'objet de ses sarcasmes avec un petit sourire.

À cet instant, la main de Presley échappa à la sienne.

— Pour l'amour du ciel, j'espère bien que non ! s'exclama Marjorie.

Kane reprit la main de Presley et la serra fermement. Elle n'irait nulle part, il tenait à ce qu'elle le sache.

— Personnellement, j'espère qu'elle sera en jean dès demain, déclara-t-il. Ce serait idiot de travailler en robe dans des écuries et, comme sans Presley, Macarthur Haven n'existe plus, vous feriez mieux de changer d'avis à ce sujet, Marjorie.

Sous son regard acerbe, Mme Macarthur devint écarlate.

Qu'elle se rappelle exactement ce qu'elle doit à sa belle-fille !

Presley tourna la tête et leurs regards se croisèrent fugitivement. Mais cet instant avait peut-être suffi à ce qu'elle y voie une vérité qu'il ne pouvait dissimuler plus longtemps.

Il la désirait.

— Presley et moi avons appris à très bien nous connaître, reprit-il, laissant aux deux mégères le choix de leur interprétation. C'est une excellente femme d'affaires et une excellente belle-fille. Je n'ai rien à lui apprendre. Je lui permets simplement d'être elle-même. Une femme ne se réduit pas à son apparence, lâcha-t-il en tournant son regard perçant et mécontent vers Joan. D'autant plus que Presley est sexy quoi qu'elle porte… ou ne porte pas, d'ailleurs.

Sur ces mots, il entraîna Presley d'un pas décidé vers la sortie sans qu'elle proteste. Elle aurait pourtant dû réagir, l'insulter peut-être.

Mais elle demeurait silencieuse, ce qui ne laissa pas de l'inquiéter.

Presley ignora combien de temps elle resta immobile sur le siège du passager, glacée intérieurement tout en essayant de contenir ses tremblements. Quand elle reprit conscience de son environnement, elle se rendit compte que ses sentiments étaient plus mitigés qu'ils ne l'auraient dû.

Joan la tournait en ridicule depuis qu'elle avait découvert le sentiment grisant de toute-puissance que cela lui donnait. Bien sûr, ses piques étaient généralement plus voilées et moins publiques. Et le temps ayant affaibli leur pouvoir de nuisance, Presley ignorait généralement les commentaires de cette peste sur ses choix vestimentaires et son manque d'aptitude à rivaliser avec les autres femmes. Mais pas ce soir. Pour une raison qu'elle ne s'expliquait pas, savoir que Kane n'était pas seulement témoin mais aussi destinataire des remarques de Joan changeait tout. Les premiers mots de celle-ci l'avaient blessée, mais à présent, elle se noyait dans un océan d'embarras. Comme si Marjorie et Joan l'avaient dévêtue, afin de dévoiler tous ses défauts à Kane.

N'étant pas homme à fuir les conflits, il l'avait vaillamment défendue, et elle se rappelait chaque mot de l'échange. Cependant, elle aurait préféré avoir tout oublié.

« Presley et moi avons appris à très bien nous connaître »…

— Pourquoi leur as-tu dit ça ? lâcha-t-elle soudain.

— Dit quoi ?

Tu ne t'en souviens pas parce que ça t'est égal.

— Elles vont penser que nous couchons ensemble, marmonna-t-elle, presque effrayée de prononcer les mots tout haut.

Cependant, une force intérieure — colère ou besoin — ne lui permettait plus de continuer à rester passive.

Quant à Kane, il n'était pas d'un grand secours.

— Et alors ? riposta-t-il.

— La saison commence tout juste et…

Pourquoi poursuivait-elle dans cette voie qui ne pouvait aboutir qu'à un rejet humiliant ?

— Veux-tu vraiment jouer cette comédie pendant des mois ? termina-t-elle.

— Pourquoi parler de comédie ?

L'espace d'un instant, sa respiration se bloqua dans sa poitrine.

— Comment ?

Au lieu de répondre, Kane freina et se rangea. Son cœur battit quand il se tourna vers elle.

— Je ne t'ai pas caché que tu me plaisais, il me semble ?

Elle secoua la tête dans une pitoyable tentative pour nier ce qu'elle savait déjà.

— Mais… Je croyais…

Sa gorge se serra.

À la lumière du tableau de bord, Kane semblait encore plus sombre, plus dangereux, plus déterminé.

— Je n'ai pas besoin de jouer la comédie, précisa-t-il. J'ai toujours été honnête avec toi.

Elle repensa à tout ce qu'il lui avait dit quand ils s'étaient rencontrés.

« Et, à ce propos : si le fait que nous passions du temps

ensemble devait avoir des effets secondaires… Rien ne se passera sans consentement mutuel… »

De nouveau le doute la saisit, obscurcissant ses facultés de raisonnement.

— Est-ce que c'est une ruse pour coucher avec moi ?

— Mais non, voyons ! Je suis sincère. Mais pendant que nous y sommes, est-ce que ça a marché ?

— Quoi ?

— Ma tentative pour coucher avec toi.

— Naturellement.

Avait-elle vraiment proféré ces mots ? Elle aurait dû être embarrassée, faire machine arrière. Mais en réalité, elle se sentait soulagée. Soulagée et brûlant de l'espoir qu'il soit réellement sincère.

— Bien, lâcha-t-il simplement.

Il se pencha vers elle, et, loin de fuir, elle effectua la moitié du chemin.

Le baiser de Kane était doux et pourtant passionné. Le cœur battant, elle sentit qu'il glissait les doigts dans ses cheveux et la maintenait ainsi pour mieux explorer sa bouche.

Ce n'était pas la démarche pleine de zèle et malhabile d'un adolescent, mais l'expression de la volonté d'un homme déterminé. Il conquérait chaque pouce de ce territoire inconnu qui s'ouvrait à lui avec une sensualité qui emportait Presley dans un océan de sensations.

Soudain il s'écarta, le souffle court, et appuya son front contre le sien. La lutte visible qu'il dut mener pour retrouver son sang-froid la fit frissonner de plaisir. Jamais un homme n'avait réagi avec cette intensité en l'embrassant.

Et soudain, Kane éclata d'un rire qui le secoua de la tête aux pieds. Elle se figea, s'attendant à ce qu'il s'exclame : « Je t'ai bien eue ! » Elle se retrouvait dans la peau d'une naïve adolescente qu'un garçon avait embrassée juste pour parader devant ses camarades.

Cependant, Kane désigna le pare-brise.

— Apparemment, mon subconscient sait ce que je veux !

Son regard suivit la direction indiquée, et elle réprima un sourire. Dans la lumière des phares se profilaient les colonnes d'un porche. Kane les avait conduits jusqu'à sa maison de ville.

Le suivre fut un moment pénible. Elle avait conscience de pénétrer sur un terrain qui, à ses yeux, n'avait jamais ressemblé au paradis décrit dans les films d'amour.

— Tu veux boire quelque chose ? demanda Kane après l'avoir débarrassée de son châle.

— Oui. Enfin… Non.

Il sourit.

— Que dois-je comprendre ?

— Eh bien, je ressens le besoin de boire, mais pour de mauvaises raisons. Et comme je craindrais de perdre le contrôle, je… C'est idiot. Je bavarde pour gagner du temps.

La façon dont il l'observait accentua son malaise. Pourquoi fallait-il qu'elle soit si nulle dans le domaine des rapports humains ? Qu'on la mette devant un auditoire désireux de recevoir ses conseils pour entraîner un cheval, elle répondait sans problème. Mais qu'on la mette dans une pièce avec un homme désireux de coucher avec elle, c'était fichu.

Voilà à quoi se résumait son expérience des rapports entre les sexes.

Avec son petit sourire en coin devenu familier, Kane lui prit la main et la guida vers un escalier.

— Pas d'inquiétude, susurra-t-il. Tu n'auras pas besoin d'alcool pour passer de bons moments.

— J'espère que tu ne changeras pas d'avis, marmonna-t-elle.

S'il vous plaît, s'il vous plaît, faites que je ne le déçoive pas !

Quand ils atteignirent la chambre de Kane, son cœur battait la chamade, et elle était à mille lieues de penser à l'acte sexuel. À la lumière provenant du couloir, elle examina la pièce avec son parquet à l'ancienne, la tapisserie représentant une scène de chasse accrochée au-dessus de la cheminée, le cadre de lit et les meubles d'acajou contrastant avec les murs couleur crème.

Grâce au ciel, Kane n'alluma pas de lumière dans la chambre.

Elle se sentait barbouillée, avec une conscience aiguë de la présence de Kane derrière elle. Il lui caressa les cheveux. Si seulement elle avait pu fermer les yeux et se laisser aller à la magie de l'instant.

Mais elle avait peur.

Puis elle sentit les grandes mains de Kane sur ses épaules, sa nuque, et un feu liquide lui courut dans les veines. Le temps qu'il ouvre l'unique agrafe de sa robe, elle était hors d'état de protester.

Elle sentait son frôlement contre son dos. Ses mains chaudes vinrent lui caresser langoureusement les cuisses, s'approchant d'une partie de son anatomie qui semblait fort apprécier.

Comme elle tressaillait, il resserra son étreinte et la plaqua contre lui, insinuant une cuisse entre ses jambes, ce qui provoqua un raz-de-marée de désir. Elle ne savait plus si elle devait bénir ou déplorer la barrière de vêtements qui les séparaient. L'urgence de sentir la peau de Kane contre la sienne grandissait à chaque caresse.

Mais, de toute évidence, il désirait prendre son temps.

Soudain, pourtant, il saisit le bas de sa robe et la lui fit passer par-dessus la tête, la laissant en culotte et soutien-gorge.

Sans lui laisser le temps d'éprouver de la gêne, il la souleva dans ses bras et l'emporta jusqu'au lit où il se laissa tomber avec elle. Sa chaleur et l'odeur épicée de son eau de toilette la submergèrent.

Elle fixait le plafond assombri tandis que les baisers de Kane laissaient sur sa peau nue des traits de feu. Or il avait gardé ses vêtements : à la fois doux et légèrement rigide, le tissu excitait ses terminaisons nerveuses. Savoir qu'elle était allongée sous lui en soutien-gorge et culotte alors qu'il était tout habillé lui donnait une sensation de vulnérabilité, en même temps que cette pensée l'émoustillait.

Fermant les yeux, elle agrippa ses bras sans ménagement afin de l'attirer plus près.

— Oui, grogna-t-il contre sa peau.

À présent, elle voulait se donner entièrement à lui, pas juste attendre son bon vouloir.

Cependant, au lieu de venir à elle, il se mit à se balancer, comme dans une répétition de l'acte vers lequel ils se dirigeaient. Les baisers mouillés que Kane sema de sa gorge à ses seins en firent durcir douloureusement les pointes de désir.

Elle tâtonna vers le col de sa chemise, mais elle était si excitée que ses mains manquaient de dextérité. En un éclair, Kane s'agenouilla et ouvrit sa chemise du haut en bas dans une précipitation qui faisait écho à sa propre impatience. Dans le secret de son cœur, elle soupira de soulagement. Non, il ne se moquait pas d'elle en faisant semblant de la désirer.

Sans prendre la peine de dégrafer son soutien-gorge, il en baissa les bonnets pour exposer ses seins. Et ses gémissements de plaisir résonnèrent dans la pénombre quand il en taquina une pointe, puis l'autre. Alors elle glissa les mains entre leurs corps, à la recherche de la boucle de sa ceinture.

Kane s'immobilisa, l'obligeant à retenir son souffle. Qu'avait-elle fait ? Était-il fâché ? Elle sentait la pression de son sexe dur contre ses doigts.

— Ouvre mon pantalon, ordonna-t-il.

Soudain, sa tension s'envola, et elle s'efforça de venir rapidement à bout de sa tâche. Il écarta sa main pour finir de se libérer, et la vue de ce bel homme se démenant pour arracher son pantalon lui plut énormément.

Tremblant d'impatience, il insinua la main dans sa culotte. La sensation de ces doigts caressant son sexe humide fut absolument divine. Il se pencha et respira à travers la soie. Le cœur battant à tout rompre, elle souleva les hanches sous l'effet du désir.

Et soudain, il tira sur sa culotte pour l'en débarrasser, sans doute trop fort, car elle fut réduite à un lambeau de soie. Prestement, il mit en place un préservatif avant de s'allonger sur elle. Rien n'aurait pu la préparer à la sensation de son pénis durci de désir. Saisissant instinctivement ses hanches, elle l'attira brusquement à elle.

Quand il la pénétra, elle s'arc-bouta, tête renversée en arrière tandis que son corps se contractait autour de lui. Les gémissements qui montaient de la gorge de Kane aiguisaient ses sens. La chaleur de son corps, le parfum épicé de son eau de toilette, la rude texture de sa peau contre l'intérieur de ses cuisses, la pression délicieuse qu'exerçait son pénis l'enivrèrent.

En appui sur les bras, il se mit à bouger en elle. Et son excitation grandit tandis qu'il accélérait le rythme, faisant basculer son univers. Dans l'émerveillement de l'instant, elle eut vaguement conscience du jeu frénétique des hanches de Kane, du tremblement de son grand corps et de son cri avant qu'il ne s'effondre dans ses bras.

Et l'espace d'un instant, tout fut parfait en ce monde.

- 10 -

Il évita son regard dans le miroir de la salle de bains. Une tâche à la fois. Se laver les mains. Boutonner sa chemise. Remonter la fermeture de son pantalon. Ah… La ceinture manquait.

Il ne pouvait toutefois ignorer le léger tremblement de ses doigts.

Il n'avait pas prévu qu'en encourageant Presley à sortir de sa coquille il libérerait une tigresse. Elle faisait divinement l'amour et sa passion l'avait touché en un lieu interdit.

Il me faut un moment… Juste un petit moment.

La petite phrase résonnait inlassablement dans le silence stupéfait de son esprit.

Il ne penserait pas à Emily. Il ne penserait pas que cet acte, avec cette femme, surpassait de loin tout ce qu'il avait connu jusqu'ici en matière de rapports physiques.

Comment était-ce possible ?

Il me faut un moment.

Loin d'être prêt, il regagna la chambre pour se rendre compte qu'il avait dû s'absenter plus longtemps qu'il ne le croyait. Tout habillée, Presley était sagement assise dans le fauteuil, sous le cercle de lumière émanant du lampadaire qui, dans la chambre obscure, semblait l'isoler.

Au premier regard, on aurait dit qu'il ne s'était rien passé, mais un examen plus poussé révélait des cheveux légèrement ébouriffés, une ceinture de robe pas tout à fait d'aplomb, des chaussures attendant d'être enfilées.

— Je dois rentrer, murmura-t-elle.

En ravivant leurs moments de passion, le ton un peu enroué de sa voix le bouleversa. Et il lui fallut quelques instants pour enregistrer ce qu'elle venait de dire.

— N'est-ce pas généralement l'homme qui parle ainsi ? demanda-t-il pour tenter de détendre l'atmosphère.

En la voyant écarquiller les yeux, il s'en voulut de la taquiner.

— Je n'ai pas l'habitude de ce genre de situation, murmura-t-elle.

Bon sang, il était nul ! Mais il cherchait juste à la mettre à l'aise avec leur nouvelle… Nouvelle quoi, au juste ? Il ne s'agissait pas d'affaires, et pas uniquement de plaisir non plus, à en juger par la tension entre eux.

Ses poings se serrèrent.

Il n'avait pas eu l'intention d'aller aussi loin…

Mensonge ! Depuis le début, Presley exerçait sur lui un attrait qu'il ne comprenait pas et contre lequel il se battait. Mais ce soir, les sensations l'avaient emporté tels les flots tumultueux d'un torrent.

Il se rendit compte qu'il la fixait du regard lorsque, d'une main hésitante, elle tentait de se recoiffer. Mais sans élastique, elle ne put refaire sa queue-de-cheval.

Il se rendit à la commode dont il tira un ruban qu'il lui tendit.

— Merci, murmura-t-elle sans poser de question sur la provenance de l'objet.

Il ne fournit pas non plus d'explication.

S'agenouillant devant elle, il la prit par les coudes. Elle croisait les bras pour se protéger, et il percevait sous ses mains un léger tremblement. Il eut envie de sourire tant cette manifestation physique lui rappelait la sienne, quelques minutes plus tôt. Mais elle aurait certainement mal interprété sa réaction.

Il s'efforça de prendre un ton grave.

— Il n'y a pas de règles. Fais comme tu le sens.

Elle hocha la tête, mais il s'écoula quelques secondes avant qu'elle ne réponde.

— Je ne suis pas vraiment du genre à passer la nuit chez un homme.

Pourquoi souhaita-t-il qu'elle soit au contraire ce genre de femme ? Qu'elle passe la nuit dans ses bras et le happe dans ses filets ? Exactement ce qu'il ne fallait pas. Et pourtant, il en avait très envie.

Mais il devait prendre en compte les désirs de Presley. Or elle désirait rentrer chez elle.

Il l'accompagna au rez-de-chaussée et l'enveloppa de son châle. Durant le trajet, il régna un silence pesant entre eux. Cependant, avec les drôles de pensées qui tourbillonnaient dans sa tête, il se sentait incapable de le briser intelligemment.

Tel un adolescent cherchant à se faire le plus discret possible, à l'abord de la maison, il éteignit les lumières de son véhicule et évita tout bruit superflu. Presley était trop vulnérable pour une nouvelle confrontation avec sa belle-mère. Tout ce dont elle avait besoin en ce moment, c'était d'être seule.

Et même s'il désirait l'exact opposé, il comprenait.

Il se gara devant l'entrée latérale, pour qu'elle n'ait pas trop de chemin à faire. Mais comme il ne pouvait pas la laisser aller sans un mot, se doutant qu'elle allait se précipiter dès que possible sur la portière, il se hâta de prononcer son prénom pendant qu'elle ramassait la pochette en lamé à ses pieds.

— Presley…

Elle s'immobilisa, le regard prisonnier de l'intensité du sien. Il ne voulait pas qu'elle se détourne. Elle devait lire son absolue sincérité dans ses yeux.

Il déglutit.

— Presley… Tu étais très belle ce soir. Et tu peux être sûre que je ne parle pas de ta robe.

Kane contempla longtemps ses mains crispées sur le volant, surpris de constater qu'il remettait sa décision en cause.

Habituellement, il ne débarquait pas chez les gens sans prévenir, surtout aussi tôt. Mais il connaissait assez Presley pour savoir qu'elle était debout depuis un moment et sans doute déjà aux écuries.

Ses doutes étaient ridicules.

Il s'était réveillé ce matin, l'esprit occupé de Presley et son corps déplorant son absence.

Alors, pourquoi ne pas venir la voir ? Il n'était plus un adolescent soucieux de ne pas paraître trop empressé. De plus, montrer son intérêt à Presley serait sans doute une bonne chose. Il n'avait pas le sentiment d'avoir commis d'erreur en couchant avec elle, la veille au soir. Et il aimerait recommencer, et souvent, indépendamment des histoires de contrat, d'arrangement ou d'argent.

Dans ce cas, descends de ce véhicule et va la trouver !

Dès qu'il poussa la porte des écuries, des bruits matinaux familiers lui chatouillèrent agréablement les oreilles. Même s'il ne s'agissait pas de ses écuries ni de ses chevaux, ils lui apportaient la sérénité, un sentiment d'appartenance et le plaisir de savoir qu'il exerçait un métier aimé. Non, pas un métier, un art de vivre.

Presley éprouvait-elle ces sentiments en se levant le matin ?

Eh bien, se moqua-t-il intérieurement, le Kane philosophe devenait drôlement sentimental.

La faible lumière régnant dans le bâtiment l'obligea à marquer une pause, le temps que ses yeux s'accoutument. Ensuite, la curiosité en éveil, il se dirigea vers le box qui avait été au centre de tant d'incidents et regarda à l'intérieur.

La jument tourna la tête vers lui, curieuse de ce visiteur inconnu. En guise de salut, il claqua la langue doucement. En retour, elle émit un doux hennissement. Cette conversation muette se poursuivit quelques instants avant qu'elle juge sans risque d'approcher.

— Bonjour, ma jolie, susurra-t-il d'une voix enjôleuse.

Après l'avoir poussé amicalement de la tête, elle posa les lèvres sur sa paume.

— Désolé, ma jolie. Je suis venu les poches vides.

Il n'était pas plus préparé à sa rencontre avec Presley. Il s'était simplement réveillé avec une furieuse envie de la voir. Et maintenant, il était ici.

— Péché capital quand on visite des écuries ! fit la voix de Bennett derrière lui. D'un autre côté, les animaux s'imaginent toujours que c'est pour eux que vous passez par là, et donc que vous leur apportez forcément une friandise !

Bennett sortit un morceau de sucre de sa poche et le tendit à Kane. Ils échangèrent un sourire.

Kane déposa le sucre sur sa paume et tendit la main. La jument le croqua délicatement avant d'en quémander un autre. Kane secoua la tête.

— Désolée, ma fille.

Il se tourna vers Bennett.

— Elle va bien ? s'enquit-il. Pas de séquelles ?

Une lueur d'estime s'alluma dans les yeux de Bennett.

— Il ne semble pas. Son entraîneur est revenu de vacances il y a deux jours, et ça lui a fait un bien fou.

— Tant mieux.

— Vous êtes venu voir Presley ?

— Si elle n'est pas occupée.

— Elle est toujours occupée, mais vous la trouverez dehors. Venez, je vais vous montrer.

Il allait devoir faire preuve de tact. Le départ précipité de Presley, la veille, le contrariait. La connaissant, il imaginait qu'elle avait probablement ressassé les événements depuis, peut-être même toute la nuit, et il voulait la mettre à l'aise.

Il suivit Bennett jusqu'aux doubles portes arrière. La vive lumière du soleil l'aveugla tout d'abord, puis il distingua au loin des paddocks aux barrières peintes en blanc.

— Presley est dans le paddock du fond, dit Bennett. Là où sont dressés les obstacles.

Un grand froid l'envahit.

— Des obstacles ? répéta-t-il.

— Oui. Elle entraîne un jeune cheval pour un client.

Il eut beau se répéter que c'était une activité courante pour tout propriétaire d'écuries, il ne parvenait pas à refouler les images qui surgissaient dans sa tête. Emily abordant l'obstacle avec son cheval. Les yeux d'Emily s'agrandissant sous l'effet de la peur quand elle prenait conscience qu'il y avait un problème. Le corps d'Emily projeté en l'air et retombant au sol dans une position bizarre.

Sa pâleur attira l'attention de Bennett.

— Vous allez bien ?

Du milieu du tourbillon d'émotions qui l'agitait, il parvint à sourire et acquiesça d'un signe de tête.

Bennett sembla le croire.

— Je vous laisse, si ça ne vous dérange pas. J'ai à faire.

— Pas de problème, crut-il dire.

Mais honnêtement, il n'en était pas certain. Toutefois, comme Bennett lui adressait un signe de la main en s'éloignant avec un sourire, il conclut qu'il avait réagi de façon adéquate. Luttant contre la tempête qui se déchaînait en lui, craignant de s'effondrer dès qu'il se détendrait, il demeura immobile, le temps de se raisonner, mais c'était impossible.

Il apercevait le cheval et sa cavalière trottant en cercle dans le paddock, sans doute en phase d'échauffement. Les obstacles n'étaient pas très hauts. Il s'agissait d'un parcours d'entraînement classique pour cheval novice. Des gens pratiquaient le saut d'obstacles en tout lieu et à tout moment. Il avait même assisté à quelques concours depuis l'accident sans éprouver de malaise. Alors pourquoi avait-il l'impression d'être sur le point de restituer son petit déjeuner ?

Presley mit le cheval à l'arrêt. Allait-elle l'apercevoir ? Soudain, les dents d'acier qui le maintenaient paralysé se relâchèrent. Il alla s'asseoir à l'ombre d'un bouquet d'arbres sans pour autant éprouver de soulagement.

Le cheval se remit au pas.

Elle est bien. Tout va bien.

Toutefois, l'incantation magique n'eut aucun effet. L'approche du premier obstacle s'effectua sans faute, mais regarder le saut fut au-dessus de ses forces.

Il ne se souvint pas d'avoir marché jusqu'à son véhicule, ne se rappela même pas le trajet de retour. Il ne se rappelait que la crispation de ses mains sur le volant tandis que le tout-terrain l'emportait le plus loin possible de Presley.

- 11 -

— Comment t'es-tu débrouillée pour le faire fuir ? Quelle idée aussi de se contenter de passer un accord avec un homme aussi séduisant !

Elle dévisagea sa belle-mère, craignant de l'entendre formuler tout haut ses propres inquiétudes.

— Où est le problème ? demanda-t-elle.

— Eh bien, il n'est pas reparu depuis la dernière soirée. Peut-être est-il fatigué de devoir sans cesse te défendre.

Depuis la rebuffade de Kane lors de cette soirée, Marjorie était d'humeur massacrante. Et comme souvent, elle avait choisi de déverser sa bile sur sa belle-fille.

— Tout va bien, assura Presley. Il est juste occupé.

— Il s'agit donc uniquement d'affaires entre vous ?

Presley s'empourpra au souvenir de leur nuit d'amour. Elle fit de son mieux pour repousser les sensations qu'il éveillait. Revivre ces instants de passion sous le regard investigateur de Marjorie était bien le dernier de ses souhaits.

Elle n'avait jamais abordé le sujet de la sexualité avec Marjorie, pas même au moment de la puberté, et elle n'avait aucune intention de commencer maintenant.

— Je dois me rendre aux écuries, se hâta-t-elle de dire.

Elle tournait les talons quand sa belle-mère la rappela à l'ordre.

— Reviens immédiatement et explique-moi ce qui se passe !

Pour que tu ailles partager l'histoire avec tes amies, et

qu'elles ricanent chaque fois que j'entrerai dans une pièce au cours des six prochains mois ? Merci bien !

Elle continua de marcher en direction de sa camionnette.

Trois jours s'étaient écoulés depuis que Kane l'avait déposée ce soir-là. Elle ne s'attendait pas à ce qu'il se précipite dès le lendemain à sa porte, mais peut-être un coup de téléphone, ou un texto, enfin, un signe de reconnaissance de ce qui s'était passé entre eux.

Rien. Pas un mot en trois jours. Et même si ça semblait un peu démodé, la part féminine en elle voulait que ce soit Kane qui fasse le premier pas. Qu'il manifeste au moins qu'il s'intéressait toujours à elle.

Mais apparemment, ses espoirs risquaient fort d'être déçus.

Ils n'en restaient pas moins liés par un contrat, et si gênante que l'entrevue puisse être, il fallait qu'elle sache si le marché tenait toujours ou si elle allait devoir trouver l'argent pour rembourser la dette de Marjorie.

Ce serait purement une conversation d'affaires, bien sûr.

Quand elle se gara sur l'allée circulaire de la maison de ville de Kane, elle se demandait encore comment elle se tirerait de l'entrevue. Puisque la journée touchait à sa fin, il y avait de bonnes chances qu'il ait terminé son travail aux écuries Harrington. La vue de son véhicule dans le garage lui confirma sa présence.

En grimpant les marches du porche, elle prit conscience, au bruit de ses bottes, qu'elle était restée en tenue de travail. Parfait. L'idée du spectacle qu'elle devait offrir avec ses vêtements salis, ses bottes boueuses et ses cheveux pleins de paille renforça sa certitude de ne pas le mériter. Elle aurait mieux fait de réfléchir avant d'agir.

Mais elle était ainsi, c'était à prendre ou à laisser.

Ses lèvres esquissèrent un petit sourire. Après avoir couché avec elle, Kane s'était peut-être rendu compte qu'elle n'avait aucun intérêt, mais ils n'en restaient pas moins partenaires en affaires. Elle avait passé trois jours à se demander s'il dénoncerait le contrat. Il était temps d'en avoir le cœur net.

Il ne parut pas surpris de la découvrir à sa porte. Sans un mot, il se contenta de reculer et lui fit signe d'entrer.

Pas très prometteur…

Elle pénétra dans le hall d'un pas décidé, mais se reprit aussitôt. Marteler le sol comme une enfant de trois ans qui fait un caprice ne donnerait pas une bonne image. Cependant, sous l'effet de la nervosité, sa colère montait.

En se retournant pour lui faire face, elle prit conscience qu'elle serrait les bras contre elle dans un geste défensif. Mais après tout, pourquoi pas ? Elle avait réellement besoin de réconfort.

— Peux-tu m'expliquer ce qui se passe ? attaqua-t-elle.

— Bonjour, Presley !

La réaction de Kane menaça de faire voler en éclats ses défenses. Elle fit toutefois de son mieux pour ne pas l'interpréter tandis qu'il l'invitait à entrer dans la salle de séjour. Elle eut une rapide vision de l'ameublement de cuir mis en valeur par les parquets de bois sombre avant de l'affronter.

— Tu as eu des problèmes ? s'enquit-elle d'une voix sèche. Tu as été malade ?

— Non, répondit-il en secouant la tête. J'aimerais avoir cette excuse, mais nous savons tous les deux qu'elle n'existe pas.

— Je ne sais rien. Peux-tu m'éclairer ?

Il se mit à arpenter la pièce, ses bottes battant la charge sur le parquet. La vue de son dos puissant et de ses fesses dures la troubla. Mais quand il se retourna, elle détourna le regard devant sa mine sombre.

Son cœur battait à tout rompre. À présent, elle devait affronter le fait qu'il s'agissait de relations personnelles. Intimes même.

Elle serra un peu plus étroitement les bras contre sa poitrine.

— Je suis désolée, Kane, lâcha-t-elle quand le silence devint trop pesant. Désolée de t'avoir déçu l'autre soir.

Elle eut la surprise de constater que ces mots firent grand effet sur Kane. Il s'immobilisa avec une expression de stupéfaction et une émotion qu'elle ne réussit pas à analyser.

Il secoua la tête avec vigueur.

— Parlons-nous de la même nuit ? Parce que, de mon point de vue, le problème n'était vraiment pas là.

Elle tressaillit. Pourtant, après la façon dont il s'était conduit…

— Soyons directs, répliqua-t-elle. J'ai l'habitude que les hommes ne m'appellent pas, tu n'as donc pas à te sentir coupable. Seulement, en général, je n'ai pas passé un marché avec eux. C'est pourquoi…

— En général ? répéta Kane d'un air surpris.

D'un seul regard, il l'avait clouée sur place.

— D'accord, jamais. Et c'est pourquoi nous devons décider… de la suite à donner aux événements.

Cette fois, on se rapprochait de la discussion d'affaires.

Les yeux fermés, Kane se massa la nuque sans répondre. Elle attendit, le cœur serré par l'appréhension.

La patience n'étant pas son fort, elle reprit :

— En résumé, je ne voudrais pas que ce qui s'est passé entre nous affecte notre contrat.

— Et pourquoi serait-ce le cas ?

Était-il vraiment aussi stupide ? À moins qu'il ne cherche à lui compliquer les choses. Et soudain, elle explosa.

— Je ne sais pas, moi ! Peut-être parce que tu t'es conduit comme un ignoble salaud !

Elle déglutit péniblement, mais sa colère et son humiliation refusaient de céder. Pressée de fuir avant d'éclater en sanglots, elle courut vers la porte.

Une main ferme l'immobilisa en se posant sur son bras.

Une seconde plus tard, Kane la plaquait contre le mur, et sa rancœur se métamorphosa en passion dévorante.

Il prit ses lèvres en conquérant, sans hésitation ni douceur, et projeta son bassin contre le sien. Si elle avait cru devoir se contenter de quelques moments de passion, le corps de Kane racontait une autre histoire. Elle entendait retentir ses propres gémissements de plaisir. L'urgence de leur désir balayait tout.

Avec une réticence visible, il s'arracha à ses lèvres, mais seulement pour la couvrir de baisers. Le souffle rauque, il titillait, embrassait, mordillait sa peau. Elle se souleva sur la pointe des pieds, impatiente d'en obtenir davantage.

Heureusement, il n'en resta pas là. D'un geste, il arracha sa chemise de son jean et la lui fit passer par-dessus la tête. Et dans l'élan, il la débarrassa de son soutien-gorge.

Quand il pétrit ses seins, des élancements de plaisir parcoururent tout son corps. Leurs pointes durcies furent récompensées de leur attente lorsqu'il en prit une, puis l'autre entre ses lèvres. Cramponnée aux épaules de Kane, elle renversa la tête contre le mur. Dans ces moments-là, elle pouvait oublier ses inhibitions et s'abandonner aux sensations.

Avec un grognement, il chercha le bouton de son jean et elle éprouva un vif soulagement quand il l'ouvrit pour faire glisser le vêtement le long de ses hanches.

Puis il marqua un temps d'arrêt, et elle faillit crier. Sentant l'air froid sur sa peau, elle se rendit compte qu'il avait reculé. Il baissa les yeux, puis releva la tête pour rencontrer son regard.

Elle eut la fierté de constater qu'il avait l'air un peu égaré.

— Ça ne marchera pas, murmura-t-il.

— Comment ?

Il baissa de nouveau les yeux. Suivant son regard, elle vit leurs pieds chaussés de bottes.

Évidemment, ça compliquerait un peu la tâche pour

quitter leurs jeans, mais ce n'était pas si grave. Cependant, il la reprit dans ses bras afin de lui parler à l'oreille.

— Si je n'ai pas été assez clair, sache que je n'ai aucun problème avec toi, ni avec ce qui s'est passé entre nous, d'accord ?

— Dans ce cas, pourquoi ne m'as-tu pas appelée ?

— J'y viendrai. Simplement, ne pense jamais que je ne te désire pas, Presley. Jamais.

Sérieusement ? Elle le repoussa, bien que le geste l'expose plus qu'elle ne l'aurait souhaité.

— Que suis-je censée croire ? Cela fait trois jours ! Trois jours sans un signe.

— Je suis un pauvre type, ça n'a rien à voir avec toi.

Elle secoua la tête.

— Ce n'est pas une explication. Dis-moi pourquoi tu t'es conduit ainsi.

— Bonne question, répondit-il en détournant la tête.

Il ne regarda pas en arrière quand il entendit Presley tâtonner à la recherche de ses vêtements. Après les lui avoir arrachés, le moins qu'il puisse faire était de lui laisser le temps de reprendre une apparence décente.

Son désir n'en était pas moins vif. Il brûlait de retrouver la chaleur de sa peau et ses réactions passionnées à ses caresses. Mais il ne pouvait pas agir ainsi, pas maintenant. La seule pensée de ce qu'il avait à lui confier entamait son désir. Cependant, s'il voulait réparer les blessures infligées à l'amour-propre de Presley, il devait lui expliquer pourquoi il était resté à l'écart. Elle méritait son honnêteté.

Mais c'était dur.

Il détestait évoquer le souvenir d'Emily. Il ne parlait même pas d'elle avec Mason qui avait été témoin des différentes étapes de leur relation. Rencontre, bonheur, tragédie et rejet définitif. Arriverait-il à faire comprendre à Presley les raisons de son attitude sans entrer dans les détails ? Il l'espérait.

N'entendant plus de bruit derrière lui, il supposa que Presley avait fini de s'habiller et se retourna pour affronter l'épreuve.

— En réalité, je suis venu te voir, lâcha-t-il.

Elle pencha la tête, et les mèches échappées de sa sempiternelle queue-de-cheval balayèrent son visage.

— Comment ça ? Quand ?

— Le lendemain matin.

Il la vit réfléchir, se demandant sans doute ce qu'elle avait fait ce matin-là qui avait pu le faire fuir.

— Bennett m'a montré les paddocks où tu travaillais.

Elle parut se souvenir sans pour autant comprendre. D'ailleurs, lui-même ne comprenait pas la violence de sa réaction.

— Tu entraînais un jeune cheval au saut d'obstacles, et je…

Sa gorge se serra, et il se maudit. Pourquoi, au nom du ciel, ne parvenait-il pas à se contenir ?

— Oui, se souvint-elle. Je travaillais Black Jack. Il débute.

De fait, les obstacles étaient peu conséquents, et elle ne courait aucun danger. Il croyait l'entendre penser : « Et alors, où est le problème ? »

— J'ai été fiancé.

L'écho de ces paroles sembla résonner dans la pièce. Les beaux yeux verts de Presley étincelèrent.

— Je sais.

— Que sais-tu ?

— L'autre jour, j'ai entendu Mason mentionner que tu avais eu une fiancée, c'est tout.

— Pas de recherches sur Internet ? Quel genre d'amante es-tu donc ? demanda-t-il d'un ton enjoué, espérant détendre l'atmosphère.

Les joues de Presley se colorèrent d'un rose délicat qui le subjugua.

— Je n'ai pas eu le temps.

Du moins était-elle honnête.

— Je ne te l'aurais pas reproché, tu sais. Quoi qu'il en soit…

Par où commencer ? Devait-il tout raconter ?

— Ça s'est passé il y a quelques années… Emily était une cavalière émérite. Nous partagions la même passion des chevaux et avions de grands projets.

Il regarda Presley, fit quelques pas vers elle, mais elle gardait ses bras croisés.

— Elle participait à un concours hippique quand l'accident s'est produit. Un problème est survenu, je ne sais toujours pas bien lequel. Elle n'a pas eu le temps de modifier sa trajectoire.

— Oh ! Kane…, murmura Presley en secouant la tête. Mais elle s'en est sortie ?

— Paralysée à vie à partir de la taille. Seulement, après ça, se força-t-il à poursuivre, ignorant le tressaillement de Presley, elle n'a plus voulu entendre parler de moi ni de nos projets. Elle a déménagé dans une ville où elle ne risquait pas d'avoir le moindre rapport avec un cheval, obtenu un emploi, s'est mariée. Bref, elle a recommencé sa vie, et je ne l'en blâme pas.

Menteur…

— Si je comprends bien, me voir sauter t'a bouleversé ? demanda Presley d'un ton hésitant.

— Je ne sais pas pourquoi, répondit-il avec un haussement d'épaules. Je vis au milieu des chevaux. J'ai assisté depuis à des compétitions. Ce ne devrait pas être un problème. Et ce n'en sera pas un, affirma-t-il en la regardant bien en face.

Il eut l'impression qu'elle voulait s'exprimer, mais se ravisant, elle changea de sujet.

— Alors, tout va bien ?

Il abandonna avec soulagement des explications pénibles.

— Non, répondit-il, goûtant avec plaisir la sensation d'être le maître du jeu quand elle ouvrit de grands yeux.

— Non ?

— C'est un peu trop tôt pour le dire.

Voyant qu'elle ne comprenait pas, il décida de passer aux actes. Tout d'abord, il la souleva dans ses bras et l'allongea sur le canapé. Le cri de surprise de Presley se mua en un éclat de rire. Mais elle tressaillit quand il chevaucha une de ses jambes, introduisant sa cuisse entre les siennes.

— Non, Kane ! J'arrive tout droit des écuries et je n'ai pas pris de douche, protesta-t-elle.

Il prit appui sur ses mains posées de chaque côté de sa tête. L'envie d'imprimer sa marque sur Presley le consumait.

— Soyons clairs, murmura-t-il en se penchant pour l'embrasser dans le cou. J'ai passé la journée à me salir et à transpirer…

Il sourit en la voyant soupirer de contentement sous ses baisers.

— Tu es merveilleuse, Presley. Et je t'ai déjà dit que ce n'était pas ta robe qui me fascinait. Tu me plais décoiffée et couverte de fumier, tu me plais toute pimpante. Je te veux dans tous les cas.

— Oui, gémit-elle en s'arquant pour presser ses lèvres contre les siennes.

Il l'embrassa, mordilla le lobe de son oreille et chuchota :

— À présent, je n'ai qu'une idée en tête.

— Qui est ?

— Te débarrasser de tes bottes.

- 12 -

— Vas-tu prendre prétexte de ce voyage pour me forcer à passer la nuit avec toi ? demanda Presley en examinant la suite de l'hôtel de luxe de Louisville choisi par Kane.

La question était ironique, mais sa nervosité bien réelle. Ce serait sa première nuit avec Kane. La première fois qu'elle se réveillerait dans ses bras.

Aurait-elle perdu la raison ?

Afin de dissimuler son agitation, elle se dirigea vers la porte-fenêtre qui donnait sur un balcon à la balustrade de fer forgé couverte de lierre.

— Tant que ça marche ! fit une voix derrière elle.

Avec cette aisance qu'elle lui enviait toujours, il l'enlaça et l'embrassa sur la tempe. Il savait se montrer tendre aussi bien que passionné, ce à quoi elle ne s'attendait pas.

— Pour parvenir à leurs fins, les hommes sont capables de toutes les ruses, plaisanta-t-il.

Pour une mystérieuse raison, il tenait à ce qu'elle passe la nuit avec lui. Il le lui avait demandé tous les soirs, mais elle avait systématiquement refusé. Cela ne créait pas de tension entre eux, simplement, la question ne manquait jamais d'être posée.

— Les ruses des hommes profitent rarement aux personnes impliquées, lança-t-elle, malicieuse.

Elle souhaita aussitôt reprendre ces paroles qui en révélaient trop pour sa tranquillité d'esprit.

Son instinct lui soufflait que dormir toute une nuit près de

Kane affaiblirait ses défenses et qu'ensuite elle ne pourrait plus adopter une attitude détachée. Malgré tout, la vue du grand lit la faisait frissonner d'un mélange de crainte et d'anticipation.

Franchement, pouvait-on qualifier son état d'esprit de « détaché » en ce moment ? Certainement pas. Mais d'une certaine façon, elle préférait se bercer d'illusions.

L'étreinte de Kane entama ses bonnes résolutions tout comme son sifflement d'admiration quand elle sortit du dressing un peu plus tard. Elle portait la robe qui lui avait tellement plu quand elle s'était regardée dans le miroir sur pied de la boutique de mode, quelques semaines auparavant. La soie d'un bleu profond et son tombé si fluide lui donnaient la sensation d'être spéciale. Surtout quand Kane la complimenta. Ses murmures flatteurs lui procuraient une envie folle de plonger tête la première dans l'aventure sans songer aux conséquences.

Pourquoi fallait-il toujours qu'elle ait la tête vissée sur les épaules ?

Elle s'efforça de chasser ces pensées pour profiter du luxe de la limousine qui les conduisait au dîner annuel organisé par l'American Horse Racing Society et qui donnait le coup d'envoi des réjouissances aboutissant au Kentucky Derby. En descendant de voiture, elle apprécia de sentir la main de Kane au creux de ses reins, ainsi que l'assurance que lui offrait sa robe.

Alors que la soirée battait son plein, elle essaya de se détendre assez pour considérer qu'il s'agissait d'une soirée magique, même si l'idée choquait son côté pratique, hostile aux mondanités.

À sa grande surprise, la soirée fut réellement magique pendant deux heures. Ils bavardèrent avec ses amis à elle, qu'il avait déjà rencontrés. Elle le présenta à des connaissances du milieu des affaires. Ils furent même voisins de Justine Simone au cours du repas.

Cependant, sa bulle de bonheur éclata brutalement quand, dans les toilettes des dames, elle se retrouva face à Joan occupée à rafraîchir son rouge à lèvres.

— Je ne savais pas que tu étais là, bredouilla-t-elle.

Visiblement, ce n'était pas l'entrée en matière idéale.

— Je m'en doute, répliqua Joan d'un ton exaspéré.

— Pardon ?

— Se pâmer comme une adolescente n'est pas convenable, ni digne d'une dame ! Mais évidemment, la bienséance n'est pas ton fort.

Elle demeura un moment perplexe. Joan ne l'avait pas attaquée aussi frontalement depuis leur adolescence. Et de façon curieuse, au lieu de l'atteindre, ses propos l'intriguèrent. Cela étant, elle décida, pendant qu'elle se lavait les mains, qu'elle avait d'autres sujets plus intéressants en tête.

Ignorant Joan qui l'observait, elle rajusta sa robe, puis sortit de sa pochette un tube de rouge à lèvres tout neuf, en priant pour que quelqu'une entre et la libère de cette tension.

Elle n'eut pas cette chance.

Comme Joan continuait de l'épier, sa colère monta. Joan et ses semblables l'avaient toujours écrasée de leur mépris, parce qu'elles ne la jugeaient pas à la hauteur. Aujourd'hui pourtant, ça ne marchait pas. Son amour-propre avait reçu le message de Kane.

Cependant, le fait qu'elle se mette du rouge à lèvres poussa Joan à rompre le silence.

— Qu'est-ce qui te prend ? Enfin, Presley ! Toi qui ne jurais que par le naturel, voilà que tu te maquilles pour les beaux yeux d'un homme ?

Elle fixa son reflet dans le miroir. On ne pouvait pas vraiment qualifier de maquillage un peu de poudre, du brillant à lèvres et de l'ombre à paupières.

— Et cette robe, poursuivit Joan. Tu penses sérieusement séduire un homme avec ça ?

— À part toi, tout le monde la trouve jolie.

— Les gens sont polis, c'est tout.

Kane l'a choisie pour moi…

Mais Joan n'en avait pas fini avec elle.

— À ta place, je serais rudement embarrassée. Tous ces efforts pour ressembler à une gravure de mode et finir par te ridiculiser en public.

— Me « ridiculiser » ? répéta Presley d'une voix ferme.

Joan secoua la tête d'un air de pitié.

— Kane te paie pour tes compétences, comme tous les autres. Mais comme c'est un homme, il profite de ce que tu lui offres… jusqu'à ce qu'une meilleure occasion se présente.

Elle sentit la moutarde lui monter au nez.

— Et cette occasion, ce serait toi, je suppose ?

— Eh bien, pourquoi pas ? répliqua Joan d'un air outragé.

— Parce que tu t'imagines avoir beaucoup à offrir ? Malheureusement, vois-tu, à part un joli visage et des tenues élégantes, c'est le vide. Il n'y a pas une idée originale dans ta petite tête de linotte.

Joan ne s'attendait visiblement pas à sa riposte.

— Comment oses-tu ?

— Je ne reviendrai pas sur ce que j'ai dit, assura Presley, malgré un léger tremblement intérieur.

— Écoute, je…

— Non ! Toi, écoute.

Elle se redressa, utilisant à son profit ses quelques centimètres supplémentaires. Joan avait les yeux écarquillés.

— J'ai supporté beaucoup de choses depuis des années. J'ai été ignorée, moquée, et oui, il m'est arrivé de pleurer. Mais nous ne sommes plus des enfants, poursuivit-elle. Et je n'ai plus à supporter sans broncher les horreurs que tu déverses sur moi. Alors un conseil : ne m'adresse plus la parole parce que je n'hésiterai pas à te pourrir la vie comme tu as pourri la mienne !

Sans attendre de réponse, elle se dirigea vers la sortie.

— Tu n'as pas gagné ! cria Joan dans son dos.

— C'est déjà fait.

— Il ne restera pas longtemps avec toi !

Cette fois, elle se retourna.

— Ce que tu peux être stupide. Il ne s'agit pas de Kane.

— Si…

— C'est entre toi et moi, Joan. Et ce soir, tu devras encore vivre avec toi-même, tandis que moi, non. Alors, tu vois, j'ai gagné.

Sur cette dernière réplique, elle laissa la porte se refermer derrière elle.

Elle avait eu le dernier mot. Et quand elle surprit le regard de Kane qui l'attendait un peu plus loin, elle répéta :

— Oui, j'ai gagné !

À quelques pas de là, Kane avait souri en entendant la fin de l'échange. Ensuite, Presley vint à lui, calme et triomphante, et prit son bras. Jetant un coup d'œil en arrière, il vit Joan sortir en trombe des toilettes et leur jeter un regard assassin.

Ou plutôt, foudroyer Presley du regard. Qui ne daigna pas se retourner, constata-t-il avec fierté.

— Aurais-tu remis quelqu'un à sa place ? murmura-t-il.

Elle le regarda d'un air étonné. Visiblement, elle avait un peu de mal à reprendre contact avec son environnement.

Il ne put s'empêcher de la taquiner.

— J'ai l'impression qu'elle a encore tous ses cheveux. Tu n'y es pas allée très fort.

La remarque sembla la prendre au dépourvu.

— Je n'avais pas envie de lui crêper le chignon.

Il sourit.

— Pourtant, quelquefois, c'est bien mérité.

— Je préfère l'usage des mots, répliqua-t-elle en lui retournant son sourire.

— Bravo ! Allons-y.

— Déjà ?

— Tu as mérité une récompense, murmura-t-il à son oreille.

Ils durent néanmoins remettre leurs projets à plus tard. Alors qu'ils se dirigeaient vers la porte, un homme avec qui Kane s'était déjà entretenu s'interposa.

— Heureux de vous revoir, jeune dame, dit-il.

— Monsieur Stephens, je ne vous avais pas vu ! s'exclama Presley.

Elle le lâcha pour aller étreindre l'homme aux cheveux grisonnants.

— C'est que je suis arrivé un peu en retard. Un petit problème mécanique, mais nous sommes là.

— Tant mieux. Kane, as-tu été présenté à M. Stephens ? C'était mon entraîneur à l'origine, et aussi un ami de longue date de la famille.

— Bien sûr, répondit le vieil homme en lui serrant la main. Je suis heureux d'avoir fait la connaissance de la nouvelle célébrité de notre petit club.

Kane vit l'homme et Presley échanger un regard. Il existait entre eux une connivence dont il était de toute évidence exclu, et il fut surpris par les soudaines questions qui jaillirent dans son esprit.

— Comment se passe l'entraînement ? demanda M. Stephens à Presley. Le poulain fait-il des progrès ?

Il ressentit un grand froid dans la poitrine. Il savait exactement à quel type d'entraînement Stephens faisait allusion.

— Oui, répondit-elle d'une voix enthousiaste. Quand il aura pris un peu de maturité, ce sera un champion. Votre jockey va être enchanté.

Stephens se tourna vers lui avec un grand sourire.

— C'est une de mes meilleures élèves. Ses coupes ne sont pas des décorations, mais des trophées bien mérités !

Kane se força à sourire malgré son angoisse. Il ne voulait plus penser à Presley sautant des obstacles. Parfois, il réussissait presque à se convaincre qu'elle ne pratiquait pas. Et c'était très bien ainsi. Évidemment, il n'était pas assez fou pour penser que le problème ne surgirait jamais. Il espérait juste que ce serait dans un avenir très lointain.

Ils discutèrent des qualités du poulain et du travail de Presley pour améliorer son abord des obstacles. Kane laissait les mots flotter autour de lui. Mais quand ils changèrent de sujet, sa souffrance se dissipa et il put admirer sans réserve la jeune femme pleine d'assurance qui se tenait près de lui.

Quand ils quittèrent Stephens, Kane était pressé de mettre fin à la soirée. Et Presley ne protesta pas lorsqu'il l'entraîna vers la sortie et appela la limousine. Ils étaient à peine installés sur la banquette arrière que, submergé par un désir irrépressible, il prenait ses lèvres. S'il ignorait combien de temps durerait cette histoire, il tenait à en profiter au maximum.

Les lèvres de Presley étaient douces, mais l'étreinte de ses mains sur ses épaules s'avéra vigoureuse. Elle l'attira à elle avec une impatience qui lui coupa le souffle.

Il enfouit le visage au creux de son cou, inspirant profondément, puis il lécha sa peau. Les soupirs haletants de Presley résonnaient telle une musique à ses oreilles. Il la serra contre lui, s'efforçant de garder son sang-froid et priant pour que leur hôtel ne soit plus très loin.

Quand ils poussèrent la porte de leur chambre, ils découvrirent une pièce éclairée par la lumière tamisée de deux lampes. Le sourire timide de Presley quand il la conduisit au balcon le surprit et lui donna envie de la rassurer.

Des bougies électriques éclairaient une petite table. En

les isolant des balcons voisins et de la ville, le rideau de lierre créait une ambiance intime.

Presley s'approcha de la table.

— Qu'est-ce que c'est ? demanda-t-elle avec surprise.

Il avait commandé du champagne ainsi qu'un gâteau à la noix de coco.

— Tes préférés, répondit-il simplement.

Il n'arrivait pas à distinguer son expression dans la pénombre, mais quand elle parla sa voix était chargée de sensualité.

— Et si j'avais déjà eu du dessert ?

— Tu n'en as pas mangé, répliqua-t-il. Le gâteau au chocolat ne semblait pas à ton goût.

— Tu as remarqué ?

— Je remarque tout ce qui te concerne.

Même ce que je ne veux pas voir parce que ça me contrarie.

Il préleva un morceau de la pâtisserie sur une fourchette et le porta aux lèvres de Presley. Ainsi, bouchée après bouchée, il lui fit consommer une part de gâteau.

— Tu me gâtes, murmura-t-elle entre deux morceaux.

— Il était temps que quelqu'un s'en charge.

Soudain, la nuit parut prendre vie tandis que retentissaient les pétarades d'un feu d'artifice.

Presley se retourna. Après avoir éteint les bougies, il la guida jusqu'à la balustrade. Elle s'y agrippa, le visage levé vers le célèbre feu d'artifice précédant le Kentucky Derby.

À vrai dire, il préférait créer le leur. Quand il écarta les cheveux de Presley, il visualisa leur masse soyeuse répandue sur l'oreiller au petit matin. Il l'embrassa sur la nuque, savourant le léger goût de sel de sa peau. Il se tenait assez près pour percevoir les frissons de volupté que faisaient naître ses caresses.

C'était plus enivrant que le champagne. Bon sang ! Plus enivrant qu'une bonne bouteille de scotch.

Il fit courir ses lèvres jusqu'au creux sensible entre le cou et l'épaule, et elle se cambra contre lui. Les courbes harmonieuses de son corps épousaient parfaitement les angles durs du sien. Il sentit un léger souffle d'air, comme si elle étouffait un rire, et il décida de lui faire oublier sa gaieté.

Collé à elle, il la poussa contre la balustrade. Quand il la prit par les hanches, le souffle de Presley s'accéléra. Lentement, il fit glisser ses mains sur le tissu soyeux de la robe, puis il la souleva afin de contenter son désir de sentir sa peau nue.

— Que fais-tu ? murmura-t-elle en le regardant par-dessus son épaule.

Elle semblait beaucoup moins choquée par la situation qu'il ne s'y attendait. Il ne put s'empêcher de rire.

— Fais-moi confiance, murmura-t-il d'une voix enjôleuse.

Il voulait qu'elle lui fasse confiance ?

Elle n'était pas sûre d'y parvenir, mais les caresses de Kane dissipèrent ses doutes. Tout en sachant qu'on ne pouvait les voir, elle associait automatiquement extérieur avec absence d'intimité. Pour sa part, Kane ne semblait pas s'en soucier. Et très vite, sa bouche et ses mains l'en dissuadèrent également.

Elle eut beau essayer de garder les idées claires, ce fut impossible. Au contact des mains de Kane se promenant sur ses cuisses, elle se liquéfiait. Grâce à ses talons, elle était exactement à la bonne hauteur et, à en juger par la fermeté de son érection, il la désirait.

Et elle le désirait.

Elle ne protesta pas quand elle sentit l'air froid s'insinuer sur ses fesses. Il la prit par les hanches, la positionna, et elle serra les lèvres pour ne pas laisser échapper un gémissement de plaisir.

Tout occupée de son désir, elle percevait à peine le feu d'artifice qui illuminait le ciel. Elle entendit le glissement d'une fermeture Éclair dans son dos, un froissement de tissu, le bruit d'un sachet qu'on déchirait.

Il l'incita doucement à écarter les jambes et glissa une main sous sa culotte de dentelle, faisant encore grimper d'un cran son excitation. Quand les doigts de Kane jouèrent dans les replis de son sexe, elle se pencha en avant, malade de désir, afin de l'inviter. Kane en profita pour la pénétrer et tout se crispa en elle comme pour mieux le retenir.

— Oui, fit-il d'une voix haletante, concentrant ses caresses sur son clitoris.

Cette fois, elle ne put retenir un cri de plaisir qui fut suivi du grognement de Kane. Très lentement, il se retira, puis il revint, lui permettant de percevoir à chaque mouvement la délicieuse fermeté de son pénis. Au lieu d'accélérer le rythme, il joua avec elle, pendant ce qui lui sembla durer une éternité. Quand il se propulsait en avant, il la projetait contre ses doigts. La tension montait en elle, mais il reculait toujours le moment de la délivrance.

Ces mouvements de va-et-vient fouettant son désir, elle cria grâce, mais Kane ne semblait pas désireux de se presser. Sans accélérer, il se mouvait en elle avec toujours plus de force. Le rythme haché de sa respiration la renseignait sur la montée en puissance de son excitation, ce qui ajoutait à son émerveillement.

Puis elle ne pensa plus à rien : le plaisir s'abattit sur elle en vagues puissantes au moment précis où le bouquet final du feu d'artifice explosait sous ses yeux. Son cri de jouissance se perdit dans le vacarme et les acclamations de la foule. Un coup de reins plus tard, Kane s'enfouissait au plus profond d'elle et il l'étreignit avec force tandis qu'il atteignait l'extase.

Les yeux plongés dans la nuit, elle savait que rien ne serait plus jamais pareil désormais. Elle avait changé. Ses barrières protectrices s'étaient effondrées, laissant son cœur à nu.

Kane n'avait plus qu'à le prendre.

Et elle avait la nette impression qu'il lui appartenait pour toujours.

- 13 -

Durant la matinée du Derby Day, Presley ne se sentit pas très en forme, un peu comme si elle faisait une croisière et n'avait pas le pied marin.

Sauf que ce n'était pas une sensation physique. Son corps heureux se déplaçait avec une aisance jamais encore expérimentée et qu'elle attribuait aux attentions enflammées de Kane. Au cas où la nuit dernière n'aurait pas été satisfaisante, il l'avait réveillée ce matin d'une façon qui aurait définitivement rempli sa mission.

Alors que les premières lueurs de l'aube rampaient dans la chambre, elle avait cru rêver en prenant lentement conscience d'une peau chaude glissant contre la sienne. Mais les caresses de Kane avaient vite mué sa somnolence en désir brûlant. Et il lui avait fait l'amour avec une volupté paresseuse.

Non, le problème, ce matin, était bel et bien moral.

Elle avait redouté de passer la nuit avec Kane, et ses craintes étaient justifiées. Tout en sachant qu'il ne s'agissait que d'un contrat entre eux, elle était tombée follement amoureuse de l'homme avec qui elle avait passé un marché, et qui, de toute façon, ne souhaitait pas une relation à long terme.

Il était gentil, attentionné, séduisant, mais tout à fait hermétique quand il s'agissait de ses émotions ou de son histoire personnelle. Il n'avait plus mentionné son ex-fiancée, ni la poursuite de l'entraînement de Black Jack, lui donnant l'impression qu'il ne s'intéressait pas à la femme qu'elle était.

Au fond, les seules émotions qu'ils partageaient étaient d'ordre sexuel.

— *Mint julep*, madame ? proposa un vendeur ambulant.

Bien qu'il ne soit pas encore midi, elle tendit la main vers un verre dans l'espoir que l'alcool apaiserait sa nervosité.

Elle but le cocktail si caractéristique pendant qu'ils attendaient que le déjeuner soit servi dans Millionaires Row. Kane regarda son verre, puis son regard dériva vers la mer de chapeaux et de tenues élégantes qui s'étalait autour d'eux.

— Impressionnant, murmura-t-il.

Impressionnant, il l'était lui aussi en costume blanc, chemise violet pâle et cravate qui rendaient encore plus appétissante son allure de beau ténébreux.

— Tu n'étais jamais venu au Derby Day ? demanda-t-elle.

— Si, mais pas dans ces conditions, répondit-il, survolant de nouveau la salle du regard.

L'annonce que le repas allait être servi déclencha un mouvement de foule vers les portes de la salle à manger.

Kane lui prit le bras.

— Je n'ai assisté en personne qu'une fois à la course, mais nous la regardions chaque année à la télévision avec mon père. Il nous a amenés ici l'année suivant la mort de ma mère. Nous avons mangé un pique-nique acheté dans un fast-food, sauf que, pour l'occasion, nous portions des vêtements neufs. Nous avons dormi en ville, dans un hôtel vétuste, le seul lieu que mon père avait les moyens de nous offrir. Mais ça nous était égal, poursuivit-il avec un sourire qui lui chavira le cœur. Nous assistions au Derby. Je me rappelle chaque instant de ce week-end.

Elle avala la boule d'émotion qui lui serrait la gorge.

— Tu es incroyable, tu sais.

Ils étaient parvenus à leur table. Après lui avoir tiré une chaise, il ôta sa veste et s'assit sur le siège voisin du sien. Puis il se pencha vers elle, au point que leurs têtes se touchèrent presque.

— Comment ça, je suis incroyable ?

— Il faut un sacré caractère pour ne pas en vouloir à la terre entière des malheurs de ta famille.

Il eut un sourire sans gaieté.

— Mason a prouvé que l'esprit de revanche se retournait contre soi.

Elle se remémora les rumeurs autour de l'histoire d'amour de Mason et EvaMarie.

— Sans doute.

Kane contempla son verre d'eau d'un air sombre.

— Il y a des moments où je ne comprends toujours pas pourquoi mon père a agi ainsi. Pourquoi n'a-t-il pas utilisé l'argent de ma mère afin de vivre mieux ?

— T'en a-t-il jamais donné la raison ?

— À part respecter le vœu de ma mère qui souhaitait que cet argent revienne à ses fils ? Cela mis à part, je ne vois que la fierté comme motivation.

Alors que les sièges autour d'eux se remplissaient peu à peu, elle baissa la voix.

— Comment ça ?

— Puisqu'il était retourné dans sa ville natale pour nous élever, il ne voulait pas que les parents de ma mère et les gens en général l'accusent d'être un coureur de dot, comme cela s'était produit quand il l'avait épousée. Il savait que s'il disposait soudain d'argent les langues se délieraient et que ces ragots nous atteindraient un jour ou l'autre, Mason et moi.

Il joua distraitement avec une mèche de ses cheveux qu'elle avait lâchés sur ses épaules, ainsi qu'il aimait. Elle s'était contentée de fixer dans sa chevelure un bibi orné de plumes et de rubans, au lieu du traditionnel chapeau que presque toutes les femmes portaient en cette occasion.

— Je suis sûr qu'il aurait retiré des fonds s'il en avait eu besoin pour nous nourrir, poursuivit Kane. Enfin, quand il a retrouvé du travail, notre situation s'est améliorée et il a laissé dormir l'argent de notre mère durant de longues années.

L'éclair soudain d'un flash aveugla Presley qui grimaça. Kane se tourna vers l'origine de la lumière. Un homme souriant, au visage à moitié dissimulé par un appareil photo, prenait un nouveau cliché. Elle se rapprocha de Kane, saisie d'appréhension.

— Joli couple, constata l'homme en abaissant son appareil. Bernie, de la *Louisville Scene*. Je vous ai tout de suite reconnu, monsieur Harrington, ajouta-t-il en serrant la main de Kane. Je suis de près l'évolution de la situation depuis l'annonce de l'ouverture de vos écuries.

— C'est très flatteur, dit Kane.

— Les informations n'attirent plus les clients, poursuivit Bernie. À l'ère du numérique, mieux vaut se tourner vers des histoires comme la vôtre. Un travailleur qui devient milliardaire du jour au lendemain, voilà qui fait rêver.

Notant que leurs voisins de table s'intéressaient ouvertement aux propos de l'enthousiaste photographe, Presley se sentit rougir.

— Et si nous en apprenions un peu plus long sur vous et votre charmante compagne ? reprit Bernie. Quel est votre nom, ma chère ?

Kane la fixa avec un sourire contraint.

— Presley ?

— Oui ?

Il fallut quelques instants avant que, suivant le regard de Kane, elle découvre la main qu'elle avait crispée sur son bras. Constatant qu'elle enfonçait les ongles dans sa manche, elle le lâcha aussitôt.

— Presley ? répéta la voix de Bernie, résonnant si fort qu'elle attira l'attention des tables voisines. Ce n'est pas un prénom courant, poursuivit le photographe. Je ne connais qu'une femme qui le porte, et, chaque fois que je la croise, je me retiens de lui donner l'adresse d'un salon de beauté. Lamentable, vraiment.

Comme Bernie lui souriait avec l'air d'attendre une réaction de sa part, elle eut envie de ramper sous la table et de disparaître dans un trou de souris.

Kane se leva et lui tendit la main. Et bien que l'idée de voir son visage placardé sur les réseaux sociaux l'horrifie, elle se dit que s'ils en finissaient vite Bernie chercherait une autre proie. Kane l'attira contre lui et rejeta la masse de ses cheveux sur son épaule avant de lui saisir le menton.

— Je veux un joli sourire, murmura-t-il.

Quelques flashs plus tard, Presley fut heureuse de réintégrer son siège, et elle poussa un soupir de soulagement en regardant Bernie s'éloigner.

Enfin libre !

Elle craignit toutefois avoir crié victoire un peu trop tôt quand il fit demi-tour.

— Mademoiselle, il me faudrait votre patronyme pour la légende, lança-t-il avec un sourire destiné à la mettre en confiance, mais qui produisit l'effet inverse.

— Macarthur, répondit Kane.

Stupéfait, Bernie marqua une pause, le stylo suspendu au-dessus du bloc-notes.

— Mais non ! Vous ne pouvez pas être Presley Macarthur.

— Pourquoi pas ? demanda-t-elle en rassemblant tout son courage.

— Vous ne lui ressemblez pas. Enfin, je veux dire… vous avez changé.

Il la jaugea de la tête aux pieds, comme s'il cherchait une vague ressemblance avec la Presley Macarthur qu'il connaissait.

— Écoutez, je l'ai croisée… Enfin, je vous ai croisée

souvent sur les champs de courses. Aujourd'hui, vous êtes belle. Avant, vous étiez…

— Attention à ce que vous allez dire, le prévint Kane d'un ton courroucé.

Bernie posa sur lui un regard effaré.

— D'accord ! Il faut que j'y aille. J'ai d'autres photos à prendre.

Kane fit mine de se rasseoir, mais elle était incapable de bouger.

— Ignore-le, lui chuchota-t-il.

Heureusement, à présent que les tables étaient pleines de convives affamés, le niveau sonore avait grimpé, ce qui lui donnait le sentiment d'être protégée. Malgré tout, elle se surprit à fixer un point par-dessus l'épaule de Kane.

— Tu crois que tout le monde parle de moi de cette façon ?

Elle détesta sa voix d'enfant cherchant à se faire plaindre. Pourtant, n'était-ce pas exactement ce qu'elle était devenue ? Elle n'avait pas songé un instant que sa métamorphose la mettrait à la merci de gens comme Bernie, qui, tout en se sentant tenus d'être polis, vivaient dans un autre monde.

D'un doigt sous son menton, Kane l'obligea à la regarder.

— S'ils ne sont pas capables de voir la belle jeune femme, intelligente, talentueuse que tu as toujours été, ils ne méritent pas ton attention.

Kane avait raison. En revanche, cette attention, elle craignait de l'accorder à Kane encore très, très, longtemps.

Après le tourbillon du week-end du Derby, il avait très envie de se détendre. Il aimait la société de ses semblables, mais trop, c'était trop. Son corps avait besoin de repos, ses yeux de l'apaisement de la verdure, ses oreilles des bruits de la nature.

Il savait que Presley partageait ce sentiment. Se rappeler

son visage lorsque le photographe l'avait questionnée lui faisait mal. À la fin du week-end, elle était impatiente de rentrer chez elle.

Et tant pis pour leur dernière nuit.

Une femme aussi forte ne devrait pas se sentir atteinte par les propos inconsidérés d'un journaliste. Tout en étant heureux de l'avoir aidée à dévoiler sa beauté au monde, il comprenait mieux à présent pourquoi elle n'avait jamais osé franchir le pas.

Il avait été sur le site de la *Louisville Scene*. Bien que leur photo apparaisse et qu'ils y soient facilement identifiables, aucun commentaire désobligeant n'avait été posté.

Cela valait mieux pour Bernie.

Mais à présent, il éprouvait l'inexplicable besoin de passer du temps avec Presley loin des projecteurs. C'était dangereux, tout comme il était périlleux de dormir auprès d'elle toutes les nuits. Sauf qu'il n'arrivait pas à se contrôler.

Pour tout dire, il n'essayait pas vraiment.

Il la regarda venir à lui, et son désir se réveilla à l'idée qu'il savait très exactement ce que dissimulait son jean.

— Que contient ce sac ? demanda-t-il, désireux de se changer les idées.

Elle esquissa un sourire mi-timide, mi-malicieux.

— Ma contribution au pique-nique.

Quand il ouvrit le sachet, un divin arôme de poulet frit lui assaillit les narines.

— Il ne vient pas du fast-food, précisa-t-elle, mais j'espère que tu l'aimeras quand même.

Leurs regards s'attachèrent l'un à l'autre, formant un lien presque tangible entre eux. Ce constat alluma des signaux d'alarme dans son esprit. Il ne devrait pas être aussi proche d'elle, aussi investi. Une telle attitude pouvait le pousser à s'imposer là où elle ne souhaitait pas sa présence. Malheureusement, il ne parvenait pas à regarder ailleurs.

— J'ai entendu dire que c'était ton plat préféré pour un pique-nique, murmura-t-elle.

— Exact, madame ! répondit-il gaiement.

Et devant son entrain, le sourire de Presley s'élargit.

— Alors, je propose que nous y allions avant que tout soit froid, dit-elle.

Il la conduisit dans l'écurie où EvaMarie et Mason sellaient déjà leurs chevaux. Pour cette sortie, il avait décidé de confier à Presley une jument dont elle apprécierait le caractère, c'était certain. Il ne lui fallait pas un animal docile, mais pas non plus un ombrageux qui transformerait leur promenade en séance de travail.

Après tout, le but était de se détendre.

Tous les quatre se retrouvèrent bientôt sur un sentier. Le paysage resplendissait grâce aux jeunes feuilles parant de vert les espaces dénudés par l'hiver. Kane goûtait autant la pureté de l'air que la vue de Presley se balançant sur sa selle devant lui.

En découvrant une petite clairière près d'un ruisseau, elle s'extasia.

— Comme c'est joli !

— Ce ruisseau vient d'une source située plus haut dans la colline, expliqua Mason.

— Si nous avions un endroit pareil sur notre propriété, jamais je ne voudrais en partir, constata-t-elle.

— Nous ne le voulons pas non plus, lança Mason, avec un clin d'œil à EvaMarie.

Même s'il taquinait sa fiancée, Mason disait vrai. Ils n'avaient pas l'intention de quitter les lieux.

La journée était parfaite pour un pique-nique. Le poulet se maria parfaitement avec les plats apportés par EvaMarie. Ils plongèrent leurs pieds nus dans l'eau glacée du ruisseau avant de savourer le dessert. Après quoi, ils s'allongèrent sur des couvertures et contemplèrent les nuages blancs et floconneux qui traversaient le bleu d'azur du ciel printanier. Tout était paisible. Kane ne s'était pas senti aussi heureux depuis longtemps, du moins hors des bras de Presley.

Il n'avait aucune envie de mettre un terme à l'intermède enchanteur pour retourner affronter la réalité. Mais le travail l'attendait. Comme Presley et lui assistaient à un événement ce week-end et le week-end suivant, il devait s'avancer.

— C'est ici que nous avions l'habitude de galoper, raconta Mason alors que la balade touchait à sa fin. Il faut dire que nous étions toujours en retard pour l'heure de ton couvre-feu, tu te souviens, EvaMarie ?

— Si je me souviens ? Bien sûr !

Néanmoins son rire s'éteignit brusquement.

— C'est amusant de s'en souvenir maintenant, mais à l'époque, j'avais peur que mon père me fiche une raclée s'il découvrait que j'étais sortie, surtout avec toi.

Les choses avaient si bien tourné pour son frère qu'il oubliait parfois qu'EvaMarie et Mason sortaient ensemble quand ils étaient adolescents et qu'ils avaient été séparés par une volonté indépendante de la leur. Cette rupture avait été douloureuse, mais leur bonheur actuel, après une longue séparation, faisait presque croire au destin.

Presque.

— C'était la course pour déterminer qui atteindrait le premier la lisière de la forêt, sans jaillir du couvert des arbres, pour qu'aucun habitant du ranch ne nous voie, ni ne nous entende, expliqua Mason à Presley.

— Le plus souvent, c'était moi qui gagnais, se vanta EvaMarie.

— N'importe quoi ! s'insurgea Mason.

— Si, je connais ce chemin et ces bois mieux que quiconque. Même mieux que toi, ajouta-t-elle avec un regard plein de défi à son fiancé.

— Ah, vraiment ?

Kane vit les mains de son frère exercer une légère pression sur les rênes.

— Voyons ça ! s'écria Mason en poussant son cheval au grand galop.

EvaMarie demeura une fraction de seconde interloquée, tandis que Presley éclatait de rire. Puis les deux jeunes femmes s'élancèrent à la poursuite de Mason, et il suivit le mouvement.

L'exaltation s'empara de lui. Il n'existait rien de meilleur que de galoper comme le vent, confondu avec son animal. Presley, cavalière-née, était aussi en accord parfait avec sa jument.

Il avait presque rattrapé ses compagnons quand il se rappela que le chemin se rétrécissait avant de déboucher sur le champ voisin des écuries. Et comme, devant lui, les trois chevaux filaient à toute vitesse, une panique s'empara soudain de lui. L'étroitesse du chemin ne leur permettrait pas de passer de front, or aucun d'eux ne ralentissait.

Tout au contraire, Presley sollicitait sa jument pour qu'elle galope plus vite. Kane fit de même. Il devait absolument l'arrêter, mais craignait de ne pas arriver à temps. Soudain, se rendant compte du danger, EvaMarie ralentit son cheval afin de faire de la place à Presley, malheureusement il était trop tard.

Sans l'ombre d'une hésitation, Presley se mit en position d'obstacle et guida la jument vers le ravin envahi de broussailles qui lui barrait le chemin.

Il ne vit pas la réception du saut : il fermait très fort les yeux.

Quand il les rouvrit, au lieu du corps désarticulé qu'il s'apprêtait à découvrir, il vit Presley et la jument filer sur le chemin, en parfait état.

Il jura entre ses dents et, dépassant Mason et EvaMarie qui avaient ralenti, se lança à la poursuite de la jeune femme.

Le temps qu'il sorte de la forêt, elle revenait au pas, aux abords des écuries.

Adrénaline, peur panique et colère le soulevèrent. Lâchant la bride à son cheval, il dévala le terrain en pente. Ce ne fut qu'en parvenant au niveau de Presley, toujours à cheval, qu'il commença à ralentir l'allure.

— Bon sang, Presley, à quoi pensais-tu ?

Interdite, elle recula, mais pas assez vite pour éviter le choc. Et malgré ses efforts, il ne put empêcher Presley de chuter.

- 14 -

Presley jeta un regard furieux à la silhouette mi-homme, mi-bête qui la dominait. Si elle n'avait craint d'atteindre le cheval, elle aurait tenté de donner un bon coup de pied à Kane.

— Qu'est-ce qui t'a pris ? demanda-t-elle avec colère.

La douleur dans son dos la contrariait, mais elle était tout de même soulagée d'avoir atterri en terrain meuble. Au moins, elle n'avait rien de cassé.

— Ce n'est vraiment pas malin, ajouta-t-elle.

Franchement, Kane fréquentait les chevaux depuis longtemps, il savait bien qu'en précipiter un au grand galop tout en hurlant était le meilleur moyen de causer un accident. Par chance, la jument avait filé vers l'écurie où elle savait trouver la sécurité.

— Je peux te retourner la pareille, riposta-t-il d'une voix posée. Comment peux-tu te conduire avec une telle imprudence ? Sauter un obstacle sans visibilité, en terrain inconnu !

Elle se releva, malgré les protestations de ses muscles endoloris, et épousseta son pantalon tout en essayant de contrôler sa colère.

— Le terrain ne m'était pas inconnu. Je suis déjà passée par là.

Du coin de l'œil, elle vit Jim courir vers les écuries pour récupérer la jument. Il tenait quelque chose dans sa main et ses lèvres bougeaient, mais elle n'entendait pas ce qu'il disait à cause de la distance. Après un moment d'hésitation, la jument se laissa suffisamment approcher pour que Jim s'empare des rênes.

Des garçons d'écurie étaient sortis pour voir ce qui se passait. Parfait. Ils avaient un public.

— Presley, ça va ? demanda EvaMarie alors que Mason et elle arrêtaient leurs chevaux.

— Elle va bien ! aboya Kane. Malgré son comportement stupide.

— Je ne suis pas stupide ! rétorqua-t-elle, les poings sur les hanches, furieuse.

— Je n'ai pas dit que tu l'étais, rétorqua Kane, la mâchoire si contractée que c'était à se demander comment il arrivait à parler. Ce qui est stupide, c'est de s'obstiner à sauter sans une pensée pour ta sécurité ou celle de la jument !

Mason secoua la tête d'un air atterré.

— Tu peux parler ! répliqua-t-elle. En arrivant sur nous comme un fou, tu as percuté la jument et je suis tombée. Tu trouves que c'est respecter les règles de sécurité ?

— Kane, intervint Mason, Presley n'est pas Emily.

Les deux frères se lancèrent un regard noir tandis qu'elle commençait à comprendre, même si cela n'excusait rien. Une peur panique comme celle de Kane n'avait pas sa place auprès d'animaux puissants. Comme les voitures, ces animaux pouvaient devenir dangereux en certaines circonstances. Kane ne devait surtout pas l'oublier.

— Mason a raison, renchérit-elle. Je ne suis pas ton ex. Je n'ai pas besoin que tu prennes soin de moi, que tu m'aides ou me protèges. Je me débrouille très bien toute seule.

Kane finit par mettre pied à terre et lui fit face, bras croisés. Elle fit mine de ne pas être intimidée par la puissance de ses biceps.

— J'en suis conscient, marmonna-t-il d'une voix légèrement radoucie. Il n'empêche que c'était un comportement dangereux.

— Mais non ! C'était un jeu amusant jusqu'à ce que tu viennes tout gâcher. Kane, j'ai pris un risque, je le reconnais, finit-elle par concéder. Mais c'était un risque calculé.

Il ôta son chapeau et en tritura nerveusement le bord.

— J'ai de solides connaissances équestres, reprit-elle. Bien sûr, ça n'exclut pas la possibilité d'un accident, mais je joue la sécurité dans tous les domaines, et celui-ci est le seul où j'ai appris à faire confiance à mon instinct. Je ne vais pas commencer à le remettre en question. Je croyais que tu avais confiance en moi, ajouta-t-elle d'unc petite voix.

En entendant ces mots, Kane frappa son chapeau contre sa cuisse. Et sa mâchoire se contracta au rythme de la tension qu'elle sentait déferler en lui. Elle aurait voulu s'apaiser, accéder à son désir de la protéger, mais agir ainsi signerait sa perte. Quand il la regardait, Kane devait voir la femme capable qu'elle était et non son ex-fiancée.

— Je ne suis pas sûr de supporter ça, lâcha-t-il en secouant la tête.

Sur ces mots, il tourna les talons et s'éloigna, lui laissant au cœur une douleur rivalisant avec celle de son dos.

Kane passerait-il la prendre pour la soirée prévue à Baltimore ce week-end ? C'était toute la question. Ils ne s'étaient pas reparlé depuis l'incident. Et elle avait fini par s'attendre à trouver une annulation de contrat accompagnée d'une facture en ouvrant sa boîte mail.

Et puis, le jour dit, elle avait reçu un coup de téléphone laconique.

— Je viens te chercher à midi.

Une chance, elle avait préparé ses affaires pour le cas où.

Dans un silence contraint, il lui ouvrit la portière et rangea son bagage dans le coffre.

— Je n'étais pas sûr que tu viennes, avoua-t-il quand ils prirent la route de l'aéroport privé.

Tu n'avais qu'à m'appeler et demander.

— Je n'ai pas l'habitude de revenir sur mes engagements.

— C'est seulement ça pour toi ?

En cet instant, c'était exactement ça. Seul un engagement avait pu la faire monter dans cette voiture. Ses émotions étaient encore plus mêlées et contradictoires que la semaine précédente. Kane avait réussi à franchir ses défenses, et elle ne souhaitait qu'une chose : les reconstruire afin de tenir à distance une personne déterminée à lui imposer sa vision de la vie. Une de plus. Mais elle en était incapable.

Autant dire qu'elle n'était peut-être pas venue juste par obligation.

— Je ne sais pas, murmura-t-elle en fixant la fenêtre.

Il se contenta de hocher la tête sans répondre. Ce qui la mit en colère. Alors qu'elle fouillait les méandres de son psychisme pour trouver une réponse, il ne faisait aucun effort pour sa part. C'était inacceptable, elle avait besoin de réponses.

— Et de ton côté ? demanda-t-elle.

Il ne tourna pas la tête, mais elle vit ses mains se crisper sur le volant au point que ses jointures blanchirent.

— Que veux-tu savoir ?

Vaste question. Cependant, elle se cantonna à la plus pertinente du moment.

— S'il s'agit juste d'un marché, pourquoi cela t'importe-t-il que je tombe ?

— Je redoute les chutes de n'importe quelle personne, mais particulièrement les tiennes, Presley.

Qu'est-ce que cela signifiait ? Il ne fournit aucune explication, aussi, de guerre lasse, elle se mura dans le silence.

Où tout cela les mènerait-il ?

Des kilomètres de collines verdoyantes défilèrent. Kane

alluma la radio et des accords de musique instrumentale se déversèrent dans l'habitacle.

Durant leur court vol, Kane s'assit près du pilote, la laissant seule avec ses pensées. Heureusement, elle connaissait bien leurs hôtes et, comme elle avait accepté leur invitation avant sa rencontre avec Kane, elle disposerait d'une chambre séparée. Le dernier de ses souhaits était de se retrouver tout un week-end dans la même chambre que lui, avec le lourd silence qui s'était installé entre eux.

Malheureusement, quand leur hôtesse vint les accueillir sous le porche, tandis qu'on déchargeait leurs bagages de la limousine louée à l'aéroport, elle sentit qu'il y avait un problème.

— Bonjour, ma chérie ! s'exclama LaDonna en l'étreignant. Je suis si heureuse que tu aies pu venir.

Après avoir salué Kane, LaDonna l'attira à l'écart, le sourire crispé.

— Figure-toi que Marjorie a débarqué sans prévenir, il y a quelques heures.

Super. Un week-end entier à entendre sa belle-mère la critiquer à tout propos. Elle se ressaisit avant d'adresser un sourire de sympathie à son hôtesse.

— Je suis vraiment désolée. J'espère que ça ne perturbera pas trop votre organisation.

— C'est-à-dire…

LaDonna jeta un coup d'œil par-dessus son épaule pour s'assurer qu'aucune oreille indiscrète ne traînait.

— Le problème, c'est que la maison est pleine, termina-t-elle.

Elle frémit à l'idée que LaDonna lui demande si…

— Je ferais mieux de rentrer, gémit-elle.

— Pourquoi veux-tu rentrer ? fit la voix de Kane.

Par-dessus l'épaule de LaDonna, elle vit son expression étonnée.

— Nous avons une invitée imprévue, expliqua LaDonna.

— Marjorie, précisa Presley dans un soupir.

Kane demeura impassible.

— Je sais qu'elle peut être pénible, mais est-ce une raison pour tout laisser tomber ?

— Elle a pris la chambre destinée à Presley, annonça LaDonna.

— Ce n'est pas un problème ! s'exclama Kane. Presley et moi partagerons une chambre.

Les yeux de LaDonna s'écarquillèrent, mais elle eut le tact de ne pas poser de questions.

— Dans ce cas, c'est arrangé, conclut-elle avec un sourire soulagé.

Cependant, alors que LaDonna se détournait de Kane, ses lèvres dessinèrent les mots : « oh, mon Dieu ! » Ç'aurait été comique si Presley ne s'était sentie un peu coupable. Elle ne voulait surtout pas mettre LaDonna mal à l'aise. C'était une femme charmante, une amie de sa mère restée en contact avec elle malgré la distance. Et l'investissement de leurs deux familles dans le milieu des courses les rapprochait encore. Pas question, donc, de causer du désagrément à LaDonna ou d'entrer dans les détails de sa relation avec Kane, si l'on pouvait qualifier ainsi ce qui existait entre eux.

Au fond, elle devait s'avouer qu'elle désirait plus que tout entretenir une véritable relation amoureuse avec Kane. Mais pour le moment, elle devait se préparer à l'affronter, ainsi que le grand lit qui les attendait.

- 15 -

Comme Presley posait sur lui un regard circonspect, pour la première fois depuis l'incident, Kane ressentit le besoin de lui sourire. Il ne savait pas très bien pourquoi, car leurs rapports ne s'étaient pas améliorés et, à en juger par son expression, Presley l'avait classé dans la catégorie du grand méchant loup capable de profiter sans remords de la situation.

Bon sang ! Elle avait sûrement raison. Même si elle ne lui avait pas pardonné son comportement, elle serait capable de coucher avec lui, emportée par son attirance. Le problème, c'était qu'ensuite elle s'en voudrait.

Il ne voyait pas de solution pour sortir de cette impasse.

— Presley, te voilà enfin !

Au son de la voix de Marjorie, alors qu'ils se trouvaient à mi-chemin de l'escalier principal, il étouffa un gémissement. Comme si ce week-end ne s'annonçait pas déjà assez compliqué. Enfin, bien que Marjorie ne soit pas la personne qu'il préférait au monde, il s'efforcerait de se montrer poli. Cependant, compte tenu de la tension entre Presley et lui, sa patience risquait d'être réduite au strict minimum.

Presley semblait être dans le même état d'esprit, car elle répliqua sèchement :

— Nous ignorions que tu devais venir.

Le gloussement de Marjorie lui porta sur les nerfs, tout comme le scintillement des paillettes de sa robe.

— Une décision de dernière minute. Ça devrait t'être égal, Presley. Après tout, tu as un endroit où dormir, n'est-ce pas ?

La façon dont Marjorie le regarda le mit mal à l'aise. Soit elle ne voyait pas la mâchoire contractée de Presley, soit elle ne souciait pas de l'état d'esprit de sa belle-fille.

Il penchait pour la dernière solution.

Marjorie passa au sujet suivant, l'un de ses préférés.

— S'il te plaît, dis-moi que tu vas t'habiller pour le dîner. Le pantalon n'est pas très bien vu dans ce genre de milieu.

— Nous nous rendions justement à notre chambre, intervint-il, désignant le domestique qui attendait en haut des marches avec leurs bagages. Nous redescendrons dès que nous serons installés.

Ils grimpèrent les marches restantes. Il s'occupa des bagages pendant qu'elle traversait la chambre pour regarder par la baie vitrée donnant sur de superbes jardins en début de floraison. Puis, en quelques minutes, le soleil se coucha et le crépuscule tomba, ce qui conféra à la chambre une ambiance intime.

Sachant qu'il devait trouver le moyen de rétablir le contact avec Presley, mais ignorant comment procéder, il alla se placer derrière elle. Cette situation lui rappela leur voyage à Louisville. À vrai dire, le seul moyen de l'amadouer et de la faire revenir à de meilleurs sentiments serait d'en passer par leur entente charnelle.

Sauf que le moment n'était pas très bien choisi. Certes, il pouvait la combler physiquement, mais en ce moment, elle avait surtout besoin d'être respectée. Leur conversation dans la voiture le lui avait bien fait comprendre.

Il fit donc la seule chose qui lui était odieuse. Il se mit à parler de ses sentiments.

— J'avais quinze ans quand ma mère est morte, commença-t-il. Et… Non, ça a commencé bien avant. Elle a été malade pendant presque deux ans avant que le cancer l'emporte.

Presley bougea imperceptiblement, mais avec une seule lampe dans un coin de la pièce, la lumière était insuffisante pour qu'il aperçoive son reflet dans le miroir.

— Mon père travaillait à plein temps, s'occupait de ses médicaments, rendez-vous, traitements… avec en plus la charge de Mason et moi. Les journées n'étaient pas assez longues pour tout faire, et il n'avait pas de parents proches qui puissent l'aider. Des voisines apportaient des plats de temps en temps, mais quand une maladie dure, les gens finissent par oublier que vous avez besoin d'aide.

Il se rapprocha doucement de Presley, attiré par sa chaleur.

— Je voulais aider. Alors j'ai supplié ma mère de m'apprendre à cuisiner ce qui lui faisait envie, ou plutôt ce qu'elle pensait réussir à garder : soupes, purées, entremets. Bref, des aliments mous pour commencer. Mais en peu de temps, je me suis mis à préparer des repas pour tout le monde. Chaque soir, j'aidais Mason à faire ses devoirs pour qu'il ne prenne pas de retard. Je sortais la poubelle, m'occupais des lessives. Ça m'est venu naturellement.

Il reprit sa respiration, distrait l'espace d'une seconde par le frôlement de son torse contre le dos de Presley. Le léger parfum de ses cheveux rassemblés en queue-de-cheval l'enivrait.

Il ferait mieux d'arrêter de parler avant de trop en dire. Mais à présent que les vannes étaient ouvertes, le flot de ses paroles semblait intarissable.

— Après la chute d'Emily, je me suis retrouvé dans la même situation. Je me disais qu'en m'y efforçant j'arriverais à tout réparer.

— Parce que tu n'avais pas pu empêcher l'accident.

Elle avait parlé d'une petite voix, pourtant l'impact de ses paroles fut énorme. Son monde bascula, le laissant étourdi.

— Tu as raison. D'un point de vue logique, je savais que je n'aurais pas pu l'éviter, mais le message ne parvenait pas jusqu'à mon cœur. Alors j'ai essayé de me racheter. Le problème, c'est que cette attitude n'a pas été très bien reçue.

Pas bien du tout, même. Au lieu de les rapprocher, sa sollicitude avait fait fuir Emily. Elle avait besoin d'espace, de temps pour guérir… sans lui.

Le souvenir était si pénible que, incapable de rester en place, il se mit à arpenter la vaste pièce. Sur l'épaisse moquette, ses pas étaient étrangement silencieux.

— Je n'aurais pas dû agir comme je l'ai fait, mais adapter ma réaction à ses désirs et à ses attentes. Voilà qui je suis, Presley, résuma-t-il, les mains sur les hanches.

— Non.

Il la dévisagea, interloqué.

— Tu as eu la réaction normale de quelqu'un dopé par le stress. Tu sentais qu'elle t'échappait, alors tu en as rajouté.

Et je me suis rendu ridicule.

— La vérité, c'est qu'Emily n'aurait probablement jamais accepté ton aide.

— Pourquoi ?

Il détesta la note plaintive de sa voix, cependant, c'était aussi un soulagement d'énoncer la question après l'avoir entendue résonner dans sa tête pendant trois ans.

Presley hésita un long moment avant de répondre. Et chaque seconde d'attente s'avéra aussi douloureuse que s'il se trouvait dans un tribunal avant sa sentence.

— Je dois le reconnaître, j'ai étudié les circonstances de la chute d'Emily, répondit-elle enfin. Pure curiosité. Mais certains détails m'ont surprise. Comment une personne aussi investie dans les chevaux a-t-elle pu changer radicalement d'orientation après ce qui était de toute évidence un accident ?

— Elle ne voulait plus rien avoir à faire avec eux, répondit-il d'une voix étranglée. Quand elle est partie, elle a déclaré qu'elle ne voulait plus voir un cheval ni une écurie de sa vie.

— Elle est allée s'installer dans une grande ville, n'est-ce pas ?

Il hocha la tête.

— Tu vois, sa vie aurait pu prendre une tournure différente. Si elle avait voulu, elle aurait pu suivre un programme de rééducation pour parvenir à surmonter ses peurs. Mais elle a refusé. En revanche, elle ne se sentait pas le droit de te demander de renoncer à tes rêves. En te rejetant après l'accident, elle te poussait en réalité vers l'avenir qu'à ses yeux tu méritais et qu'elle ne se sentait plus capable d'assumer.

La vérité l'atteignit avec force. Pendant si longtemps, il s'était figuré qu'Emily voulait tout simplement couper les ponts avec lui et ce qui représentait l'essence même de sa vie. Il avait donc refoulé certains souvenirs jusqu'à ce que la frayeur de voir Presley accélérer l'allure vers l'obstacle libère ses instincts protecteurs, tel un soda faisant sauter le bouchon de sa bouteille.

Tourbillonnant dans son esprit, les implications de la révélation de Presley l'étourdissaient. Par un immense effort de volonté, il parvint à faire le silence. Il aurait tout le loisir d'y réfléchir plus tard, quand il serait seul. Pour le moment, il fallait se focaliser sur le présent.

— Je croyais avoir enterré le passé, admit-il sans dévoiler son tumulte intérieur. Manifestement, je me trompais.

Une pauvre excuse au mieux, mais c'était tout ce qu'il avait trouvé.

— Tu sais, reprit Presley, il y a une différence entre prendre soin des gens et les assister.

Femme avisée.

— Il m'arrive de confondre.

Avec les meilleures intentions du monde, mais tout de même.

— Tu devras donc accepter que je te le rappelle… Quand ce sera justifié, bien sûr.

Les beaux yeux verts de Presley croisèrent son regard. Ils exprimaient un peu de vulnérabilité et beaucoup de force. Et comme sur un claquement de doigts, ses hésitations se dissipèrent.

Il lui prit le visage entre ses mains et l'embrassa. Alors le désir, et un sentiment plus profond, le submergèrent. Il eut vite fait de déshabiller Presley, excité par chacun de ses tressaillements, chacun de ses soupirs. Heureusement, le lit était un endroit moelleux où atterrir.

Pour une femme qui se livrait à un rude labeur, Presley avait une peau très douce, qui attirait mains et lèvres. S'il avait aimé passer du temps à l'habiller, lui ôter ses vêtements représentait un plaisir unique. Son corps était ferme, musclé par l'exercice. Et, nouées à ses hanches, ses longues jambes lui donnaient l'impression d'être au paradis.

Elle s'offrait à lui comme la plus délicieuse des friandises et il brûlait de lui faire l'amour.

Agenouillé entre ses jambes, il régala ses yeux du spectacle qu'elle offrait, puis il la goûta des lèvres. Ensuite, il caressa ses seins dont les délicats boutons roses se gonflèrent.

Quand sa bouche se referma sur l'un d'eux, Presley se cambra. La pénombre de la chambre s'emplit alors de ses gémissements de volupté et du halètement de sa propre respiration.

Il se sentait bizarre. La douceur de Presley dans ses bras, les petits bruits qu'elle émettait atteignaient des régions de son âme jusqu'à présent désertes. Il refusait qu'elle y pénètre, mais impossible de nier. Et impossible de résister à l'attrait qu'elle exerçait sur lui.

Après avoir mis en place un préservatif, il guida les jambes de Presley vers ses hanches, et elle croisa les chevilles au creux de ses reins. Elle était toute mouillée, prête à l'accueillir. Se glisser en elle semblait divin.

Et parfaitement juste.

Éperonné par la pression des jambes de Presley, il plongea en elle, et l'univers s'abolit autour de lui. Tout ce qu'il voulait, c'était que cet instant dure éternellement. Il ne parvenait même pas à imaginer le jour où il n'aurait plus accès à l'essence même de Presley.

Cependant, son corps exigeant satisfaction, ses va-et-vient les menèrent tout droit vers le plaisir ultime. Il se souleva sur les bras afin d'augmenter sa puissance, se perdant dans l'étreinte des mains de Presley et celle, exquise, de son corps. Chaque coup de reins les rapprochait du bord.

Or il ne désirait rien tant que sauter dans le précipice avec Presley.

Encore un instant, et il ressentit la pulsation du corps de Presley autour de lui, en lien direct avec sa propre jouissance. Il se sentit suspendu dans un tourbillon de plaisir et de souffrance avant de lentement revenir à la douceur de la femme sous lui, et à la solide fondation du sol sous ses pieds.

La réalité ne lui avait jamais paru aussi bonne.

Si la résiliation du contrat ne semblait plus d'actualité, Presley s'inquiétait en revanche que ce qui venait de se passer dans le secret de leur chambre se lise sur son visage. Mais, naturellement, même si c'était le cas, personne n'y fit allusion au cours du dîner. Tout au contraire, des cocktails au dessert, les convives devisèrent agréablement, impatients de faire la connaissance du nouveau venu dans le monde des courses.

Comme elle regardait Kane par-dessus le bord de son verre, elle eut le sentiment désagréable qu'il n'avait plus besoin de son aide désormais. Il était bien plus à l'aise qu'elle dans les situations sociales et il se liait facilement avec les gens. Certes, elle l'avait aidé à entrer dans des cercles où il aurait mis du temps à être accepté, mais son nom et sa réputation circulaient rapidement.

Quand il s'agissait juste d'eux, leur lien était presque tangible. Mais leur intermède amoureux de tout à l'heure avait fait voler ses barrières, l'empêchant de contenir encore ses sentiments. Et il lui était pénible de voir Kane évoluer dans une pièce pleine de monde, quand son instinct lui commandait de se cacher. Combien de temps cela prendrait-il avant qu'elle devienne enfin adulte ?

LaDonna la rejoignit dans son coin tranquille.

— Eh bien, Presley, je suis très impressionnée par ton ami, lâcha-t-elle, le regard sur Kane en grande conversation avec un couple de puissants négociants irlandais de chevaux.

— Vous devriez aussi rencontrer son frère.

— J'ai entendu dire qu'ils étaient associés. Mais je t'en prie, ajouta LaDonna avec un clin d'œil malicieux, ne dis pas à mon petit mari que je suis d'ores et déjà conquise. Je suis navrée de ce méli-mélo avec Marjorie, j'ignorais que Kane et toi étiez en couple quand tu m'as demandé de l'inviter. Pourquoi ne m'en as-tu pas parlé ?

— Je… Je ne savais pas trop où j'en étais.

À dire vrai, elle n'en savait pas beaucoup plus.

— Es-tu heureuse ?

D'une certaine façon, très heureuse, mais d'une autre… Trouvant difficile d'entrer dans des explications compliquées avec LaDonna, elle choisit la simplicité.

— Oui, pourquoi ?

— Eh bien, tu sais que je me suis toujours efforcée de ne pas dénigrer Marjorie…

Comme nous tous.

— … Mais en tant que mère, elle a été en dessous de tout.

Le rire perçant de Marjorie en provenance de l'autre extrémité de la pièce vint ponctuer cette affirmation.

— Heureuse de savoir que je ne suis pas la seule à l'avoir remarqué, dit Presley en soupirant.

— Ton père justifiait de mille manières ton inimitié à l'égard de sa nouvelle femme, et Marjorie les a tout de suite faites siennes.

Penchant la tête, Presley examina sa belle-mère dans sa tenue pailletée. Marjorie aimait étinceler quand elle bougeait.

— Vous croyez ?

— Je crains que oui.

D'un geste gracieux, LaDonna désigna le chemisier de soie et la jupe qu'elle portait.

— Et puis, je te découvre très élégante, et je me fais du souci.

Presley baissa les yeux, s'attendant à parler avec réticence de sa nouvelle apparence, mais elle se raccrocha à la certitude que sa tenue était jolie et qu'elle se sentait bien dedans. Pourtant, une pensée l'attrista soudain.

— Pensez-vous que ma mère aurait aimé mes vêtements ?

LaDonna fit ruisseler le flot doré de sa queue-de-cheval sur son épaule.

— Absolument. Mais tu sais, elle t'aimait aussi en jean et T-shirt. La mode, ce n'était pas non plus sa tasse de thé.

— Ah bon ?

Elle essaya de rappeler à elle des souvenirs de cette mère disparue depuis si longtemps.

— Oh ! non ! s'exclama LaDonna avec un sourire plein de nostalgie. Elle préférait de loin le confort de son pantalon de travail. Elle s'habillait quand il le fallait, mais la plupart du temps, elle aimait être à l'aise. Les tenues sophistiquées lui causaient du souci : elle s'inquiétait toujours de boutons perdus, de poches qui bâillaient ou d'une robe qui ne tombait pas bien. Il faut dire que ce genre de problèmes lui arrivait constamment.

— Comme à moi ! s'esclaffa Presley.

— Comme à toi. J'ai toujours pensé que tu devais suivre ton instinct, ainsi que ta mère l'aurait voulu.

Presley regarda le bel homme sombre, de l'autre côté de la pièce. Pouvait-elle s'y fier ? Le devait-elle au risque de passer à côté de la plus belle aventure de sa vie ?

— Tu es belle, ma chérie. Ne l'oublie pas, lui rappela LaDonna en jouant avec ses cheveux. Tu ressembles à ta mère. Mais, plus important, tu te ressembles. Et j'ai l'impression que tu es enfin à l'aise dans ta peau.

La conversation s'acheva. Aux yeux de la plupart des gens, elle aurait paru anodine, pourtant, elle hanta Presley pendant le reste de la soirée. Cependant, ce ne fut que lorsque le sommeil commença à l'emporter, nichée dans les bras de Kane, qu'elle écouta la petite voix qui la poussait à parler.

— Je t'aime, murmura-t-elle, prononçant les mots qui s'étaient pressés sur ses lèvres tout au long de la journée.

Mais quand elle sombra dans le sommeil, ce fut le silence de Kane qui la hanta.

- 16 -

Le lendemain après-midi, il éprouva une baisse de forme qui le contraignit, avec force excuses, à abréger de quelques minutes la visite des écuries de ses hôtes. Éprouvant le pressant besoin de jouir de quelques minutes de solitude dans leur chambre, le temps de retrouver son équilibre et de décider de la suite à donner aux événements, il n'arrivait pas à apprécier à leur juste valeur les superbes animaux qui peuplaient ces stalles.

Les mots prononcés par Presley la veille au soir avaient jeté la confusion dans son esprit et dans son cœur.

Il s'était battu pour empêcher son corps de réagir. Et comme il ne voulait pas qu'elle y voie un rejet de son précieux cadeau, il était resté parfaitement immobile pour lui faire croire qu'il dormait déjà.

Il n'était pas certain que la ruse ait marché. Presley était d'humeur morose, mais ce pouvait être une conséquence de la présence envahissante de Marjorie. Ils tombaient sur elle à chaque instant. Et son rire insupportable semblait jaillir de partout. Il n'avait jamais entendu un son qui lui porte autant sur les nerfs. L'idée que, pour honorer le vœu de son père, Presley doive supporter cette femme, ses dépenses extravagantes, ses critiques continuelles et son rire horripilant le mettait hors de lui.

Quel genre d'homme exigerait un tel sacrifice de sa fille ? se demandait-il, et son estime pour le père de Presley baissait sérieusement. Bien sûr, M. Macarthur savait que

Marjorie sombrerait sans le soutien de Presley, mais était-ce une raison pour gâcher la vie de sa fille ?

Comme si ses pensées avaient matérialisé Marjorie, il entendit ce son aigu provenant de l'autre extrémité du hall, aussi agaçant que le crissement d'une craie sur un tableau. Il éprouva l'irrésistible envie de faire demi-tour et de chercher un escalier de service pour gagner l'étage, mais il risquait de se perdre dans les méandres de l'immense demeure. Marcher tout droit était encore le plus sûr chemin pour retrouver sa chambre.

Le timbre sourd d'une voix masculine lui apprit que Marjorie n'était pas seule. Peut-être pourrait-il se contenter de les saluer au passage ? Sauf que les propos qu'il entendit le clouèrent sur place.

— Sun fait partie des étalons les plus réputés, madame Macarthur, et je m'étonne qu'une file d'acheteurs ne se bouscule pas à votre porte.

— C'est un animal très spécial, voyez-vous. Et comme nous ne voulons pas qu'il atterrisse chez n'importe qui, nous gardons nos transactions secrètes, si vous voyez ce que je veux dire.

Étirant le cou pour jeter un coup d'œil dans la salle, il aperçut l'homme chauve rencontré la veille au dîner. Peter, si ses souvenirs étaient bons. L'imprécision des pronostics de ce dernier en matière de courses et son manque de connaissances pratiques l'avaient conduit à penser que sa femme était le cerveau de l'entreprise.

Voir Marjorie essayer de revendre Sun, sachant les ennuis qu'elle avait causés à Presley la première fois, le confondit. Et le fait qu'elle envisage par-dessus le marché de vendre un animal chéri à un propriétaire d'écurie incompétent dépassait sa compréhension.

— Eh bien, dit Peter, je suis sûr que nous sommes

nombreux à être prêts à mettre un bon prix pour obtenir ce champion.

Quand Marjorie énonça le double de ce qu'il avait payé pour Sun, son sang ne fit qu'un tour. Quelle audace ! Et le fait qu'elle se livre à cette odieuse transaction sous le même toit qu'eux prouvait qu'elle ne se souciait pas des conséquences de son geste.

Peter dut se rendre compte que le prix était largement surestimé, car il secoua la tête.

— J'ai deux personnes très intéressées, ajouta Marjorie pour produire sa petite impression.

— Je ne peux engager une telle somme sans consulter ma femme. Pourrais-je vous donner une réponse ce soir ?

Sans laisser à Marjorie le temps d'ouvrir la bouche, Kane fit irruption dans la salle de réception.

— Excellente idée, lança-t-il d'une voix qui résonna sous le dôme du plafond. En attendant, pouvez-vous me laisser seul avec Mme Macarthur ? Nous avons un point de détail urgent à régler tous les deux.

Peter hocha la tête et se retira en sifflotant discrètement, sans se douter du climat de tension qu'il laissait derrière lui. Marjorie le regarda approcher d'un air méfiant. Normal. Sa colère avait atteint un point où il ne pouvait plus la dissimuler.

— On se relance dans les affaires, Marjorie ?

Il réussit à ne pas crier, signe qu'il avait conservé un semblant de sang-froid.

— Je ne pense pas que ça vous regarde.

— Ah bon ?

— Concernant l'entreprise Macarthur Haven, vous n'avez pas voix au chapitre, que je sache ! s'emporta-t-elle d'une voix de plus en plus aiguë à mesure qu'il approchait.

— Vous vous trompez, me semble-t-il. Vous essayez de vendre pour la deuxième fois un cheval qui ne vous appartient pas.

— Vous vous êtes mépris sur le sens de notre conversation, répliqua-t-elle en relevant le menton.

— Vraiment ? « À ce prix, c'est un cadeau », énonça-t-il en imitant la voix de Marjorie. « Il vaut bien plus. » Avez-vous perdu l'esprit ? reprit-il en secouant la tête d'un air navré. C'est deux fois le prix que vous m'avez vendu Sun. À mon avis, vous devenez un peu trop cupide.

— Presley m'a demandé de me charger de la transaction. Elle n'en avait pas le cœur.

— Et maintenant, voilà que vous me prenez pour un idiot.

Il s'approcha assez pour voir trembler la lèvre inférieure de Marjorie, ce qui n'éveilla aucune sympathie chez lui.

— Presley adore ce cheval, poursuivit-il. Jamais elle ne le vendrait. C'est ce qui nous différencie, voyez-vous. Je vois le cœur de Presley et pas juste des dollars.

Marjorie plissa les paupières.

— Vous vous flattez de mieux connaître Presley au bout de deux mois que quelqu'un qui la pratique depuis presque toujours ?

— Oui. Sans doute parce que je sais la regarder.

— Vraiment ? fit Marjorie, les mains sur des hanches replètes. Quel type génial vous faites, même si nous savons que vous ne sortez avec elle qu'à cause d'un marché !

— Marché passé parce que vous m'avez illégalement vendu son cheval.

— Vous êtes le bienvenu.

— Je vous demande pardon ? demanda-t-il d'un ton dépourvu d'amabilité.

Le regard de Marjorie exprima une certaine crainte sans qu'elle cède pour autant un pouce de terrain.

— Vous retirez pas mal de bénéfices de cet arrangement, il me semble ?

— Que comptez-vous faire ? Continuer de la forcer à rattraper vos « erreurs » pour vous éviter la prison ?

Marjorie eut un haut-le-corps.

— Presley ne permettrait jamais que je passe en jugement !

— Entièrement d'accord avec vous. Et comme elle ne mettra pas fin à vos malversations, je vais faire en sorte, moi, que vous cessiez de nuire.

Marjorie leva les yeux au plafond.

— Peut-on savoir comment ?

— En l'épousant.

Les yeux de Marjorie s'écarquillèrent, mais alors qu'elle fixait un point par-dessus son épaule, son regard prit une expression rusée. Persuadé qu'il avait remporté la bataille, il ne se méfia pas.

— C'est presque pire que de la forcer à rendre l'argent, déclara Marjorie. L'obliger à vous servir de prétexte pour pénétrer dans les milieux fermés de notre ville, changer son apparence pour qu'elle vous fasse honneur et utiliser les services de notre étalon…, tout cela avec en plus le bonus du sexe !

— Marjorie !

Au son de la voix de LaDonna, il se retourna, le cœur serré par l'appréhension. Un groupe d'une dizaine de personnes les observaient depuis le seuil de la salle. Et au milieu se tenait une Presley pâle comme un linge.

— Que voulez-vous ? demanda LaDonna à travers la porte.

Elles se trouvaient toutes deux dans la chambre que Presley occupait avec Kane. Sachant que sa belle-mère ne viendrait pas s'excuser, Presley n'avait pas de mal à deviner qui se tenait derrière la porte. Marjorie avait tant de toupet qu'elle continuerait probablement à profiter de son week-end et de la course du lendemain, indifférente aux regards et aux chuchotements qui s'élèveraient sur son passage.

Non, la personne qui frappait était forcément Kane, trop noble pour fuir ses responsabilités.

Quoi qu'il ait répondu, ce devait être assez convaincant parce que LaDonna lui jeta un coup d'œil interrogateur par-dessus son épaule. Elle acquiesça d'un bref signe de tête.

Son amie ouvrit la porte.

— Vous avez dix minutes ! prévint-elle avant de se glisser à l'extérieur.

Presley ne tourna pas la tête pour regarder Kane entrer. Cela lui rappellerait trop la veille et ses longues enjambées quand il s'était approché. Se sentant incapable d'affronter le souvenir, elle continua à faire sa valise.

— Tu pars ? s'enquit-il.

— À quoi servirait-il que je reste ? Après la révélation de Marjorie, je ne peux plus t'être d'aucune utilité. À présent, tout le monde sait que nous ne sommes liés que par un marché.

— Tout le monde ?

— Le milieu des courses est petit et les infos circulent vite, répliqua-t-elle en jetant un jean dans sa valise avec trop de vigueur. L'histoire a déjà fait le tour de la maison et elle aura atteint toutes les oreilles dès la course de demain.

Il lui saisit les mains afin d'interrompre ses mouvements saccadés.

— Je suis tellement désolé que tu aies assisté à cette scène.

— Pas aussi désolé que moi qui ai été humiliée devant tous ces gens.

— Ce n'était pas mon intention. Quand j'ai eu vent de ce que mijotait Marjorie…

— Tu sais le pire ?

Baissant les yeux, elle s'aperçut qu'elle triturait la chemise de nuit de soie qu'elle avait apportée, comptant bien en faire profiter Kane. L'ancienne Presley n'aurait jamais rêvé de porter ce genre de tenue. Et pourtant, deux jours plus tôt, l'idée l'excitait.

Elle laissa tomber la chemise de nuit comme si elle lui brûlait les doigts.

— Le pire, c'est que, pour beaucoup, ce marché expliquera pourquoi tu as choisi de sortir avec une femme aussi inintéressante et mal fagotée que moi.

— Presley ! Tu sais très bien que c'est faux.

Elle croisa son regard. C'était douloureux de voir de si près les yeux de Kane qui l'avaient convoitée avec désir et gaieté, à présent sombres et méfiants.

— C'est vrai, insista-t-elle. Ils me connaissent en tant que femme d'affaires, pas en tant que femme tout court. Je ne feindrai pas plus longtemps être une personne digne de ton amour.

— Tu n'entends pas ce que je te dis ? Tout ceci sera oublié. Je veux t'épouser, Presley.

Elle s'écarta, incapable d'être si proche de lui pendant qu'il prononçait ces paroles. Elle avait tant rêvé de les entendre. Sauf qu'elles n'avaient pas la même signification pour lui que pour elle.

— Bien sûr que si, j'entends. Et il n'y a pas vingt-quatre heures, tu affirmais qu'entre nous il s'agissait juste d'un contrat.

— Ce n'est pas moi qui l'ai dit, mon cœur, mais toi.

— Je crois t'avoir dit que je ne savais pas de quoi il s'agissait, mais maintenant, si, Kane.

— Moi aussi.

Il n'eut aucune pitié. Envolé, l'homme qui allait à sa rencontre avec des mots gentils et qui cherchait à lui donner confiance. Elle avait devant elle un homme déterminé à faire voler ses barrières protectrices dans le feu de la passion.

Il avança vers elle, la coinçant contre le mur. À vrai dire, elle n'avait aucune envie de fuir. Elle craignait juste qu'en la touchant il allume son désir.

Elle avait raison d'avoir peur.

Alors que Kane se pressait contre elle, ses sens s'éveillèrent et elle sut qu'elle allait perdre la tête tant était grand son désir de recevoir ses merveilleuses caresses. Il la saisit par les bras, sans qu'elle proteste quand il enfouit la bouche dans son cou.

Comment survivrait-elle sans la brûlante passion que Kane avait introduite dans sa vie ? Il l'écrasait contre le mur, sa bouche fourrageant dans son cou, à la recherche de sa peau nue, pendant que son pénis dur s'incrustait au creux de ses cuisses. À cet instant, elle ne voulait rien d'autre que se perdre dans une extase que seul cet homme savait lui procurer.

Pendant un long moment, elle laissa libre cours à son désir, ses ongles s'enfonçant dans son dos, ses cuisses serrées sur la jambe qu'il avait introduite entre les siennes. Quand la bouche de Kane captura la sienne, elle s'ouvrit à lui sans hésitation. Dans ce domaine, du moins, elle était certaine qu'il ne faisait pas semblant.

Cependant, alors qu'il l'embrassait avec fièvre, les doutes que la vie s'était chargée de raviver jour après jour revinrent l'envahir — la peur de n'être pas aimée, pas assez jolie, pas acceptée pour ce qu'elle était… Si elle ne partait pas maintenant, d'autres doutes viendraient l'assaillir et elle ne voulait plus vivre ainsi. Elle en avait assez de se demander si c'était une relation uniquement dictée par la raison, avec un à-côté sexuel. Non, elle voulait l'amour.

Elle ne sut pas comment elle trouva la force de s'arracher aux bras de Kane et de se diriger vers le lit.

D'un geste brusque, elle referma sa valise. Si elle oubliait des affaires, LaDonna les lui expédierait. L'important était de quitter ce lieu où elle avait subi l'humiliation de sa vie et de laisser couler les flots de larmes qui menaçaient sous une apparence de contrôle.

Tirant la valise du lit, elle la fit rouler vers la porte. À mi-chemin, toutefois, elle se retourna.

— Le plus douloureux, c'est que tu aies pu croire que j'accepterais un mariage au rabais. Je mérite mieux, il me semble.

— Et que mérites-tu ? demanda-t-il d'un ton âpre.

— Un homme qui me respecte assez pour savoir que je suis capable de régler mes problèmes toute seule, qui se tienne près de moi quand j'en aurai besoin et qui prenne les décisions avec moi, et non pas pour moi.

La main sur la poignée de la porte, elle s'arrêta une seconde fois.

— Je te ferai parvenir lundi la totalité de ce que je te dois encore.

- 17 -

Le mercredi suivant, la dernière personne que Presley s'attendait à trouver à sa porte était bien un avocat. S'il ne possédait pas de chevaux, James Covey était apprécié dans le milieu des courses pour son honnêteté et son esprit de justice. Et parce qu'elle avait vu son nom sur des enveloppes, dans le bureau de Kane, elle savait que c'était aussi l'avocat de la famille Harrington.

— Qui est-ce ? cria Marjorie.

Elles étaient en train de dîner quand la sonnette avait retenti.

— Personne ! répondit-elle.

— Mademoiselle Macarthur ? demanda l'avocat avec un grand sourire.

— Monsieur Covey ?

— J'ai une enveloppe à vous remettre de la part de M. Kane Harrington.

Elle secoua la tête avant qu'il ait fini sa phrase.

— Je lui ai envoyé un chèque lundi du montant de ma dette, répliqua-t-elle, le cœur battant bien qu'elle soit certaine d'avoir tout remboursé. M. Harrington n'a donc plus de raisons de prendre contact avec moi, encore moins par des voies légales.

À moins qu'il ne tienne à continuer à utiliser les services d'étalon de Sun. Dommage. Elle avait opéré une saignée importante dans les finances de l'entreprise pour rembourser intégralement Kane parce qu'elle ne voulait plus aucun lien entre eux ; autant dire que Sun n'honorerait plus les juments de Harrington Farms.

Elle détestait revenir sur un accord, mais en ce moment, sa santé mentale comptait plus que son compte en banque. Après tout, il ne s'agissait que d'une perte temporaire. Les finances de la ferme s'en remettraient.

Cela étant, rédiger ce chèque lui avait fait mal.

— J'ignore pourquoi M. Harrington a choisi ce moyen pour entrer en contact avec vous, madame, insista l'avocat.

De nouveau, elle se demanda pourquoi il paraissait si décontracté. Soit il était très fort pour dissimuler ses pensées, soit le contenu de l'enveloppe n'avait rien de menaçant.

— Il m'a simplement demandé de vous remettre ce document en main propre, poursuivit Covey.

Elle enregistra à peine ses salutations tandis qu'elle examinait l'enveloppe d'un blanc crémeux, portant le logo de l'avocat dans un coin et son nom tracé de l'écriture de Kane en dessous. La seule vue des jambages énergiques raviva une image de lui, occupé à écrire. Son écriture n'était pas négligée, comme celle de beaucoup d'hommes, mais révélatrice d'une personnalité audacieuse et raffinée.

Peu importaient ses origines sociales, il avait le sens de l'honneur et une morale irréprochable. Elle en avait encore eu la preuve quand Marjorie lui avait raconté que, questionné à un cocktail à propos du contrat passé entre eux, il avait sèchement répliqué que cela ne concernait que les intéressés.

Au moins Kane la protégeait-il. On ne pouvait en dire autant de sa belle-mère. Point positif, la menace de Presley de parler à leur avocat semblait avoir calmé son avidité. Pour un temps, en tout cas.

— Qu'est-ce qui t'a retenue si longtemps ? demanda Marjorie, surgissant près d'elle.

Elle tressaillit, surprise.

— Ce n'est rien. Juste de la paperasse.

Marjorie fixa l'enveloppe. Elle n'en découvrirait pas la provenance puisque le nom de Harrington ne figurait pas dessus. Comme si ce document n'avait aucune importance, Presley le posa sur une table avant de retourner prendre place à la salle à manger. Impossible pourtant de cesser d'y songer. Contenant son impatience, elle attendit que Marjorie ait terminé son repas et se soit retirée dans sa chambre. Elle déjeunait avec un prétendant le lendemain et il lui fallait toute la soirée pour se préparer.

Les mains de Presley tremblaient quand, réfugiée dans son bureau, elle ouvrit l'enveloppe. Pourquoi donc ? Ayant rempli ses obligations auprès de Kane et remboursé intégralement sa dette, elle n'aurait dû avoir aucun sujet d'inquiétude. Cependant, qu'il prenne maintenant contact avec elle la surprenait.

Allons, il s'agissait d'affaires et uniquement d'affaires, se rappela-t-elle. Elle devait réprimer ses émotions afin de gérer au mieux ce qui allait se présenter.

La première chose qu'elle remarqua en laissant tomber le contenu de l'enveloppe sur son bureau, ce fut le chèque qu'elle avait fait parvenir à Kane, le lundi précédent. Seulement désormais, il était barré et portait la mention :

« ANNULÉ ».

Son cœur se mit à battre follement. Si Kane refusait le remboursement, c'était qu'il avait d'autres exigences. Mais lesquelles ? Difficile à imaginer. Elle lui avait rendu sa liberté, il aurait dû lui en être reconnaissant.

Elle commença à lire. L'impersonnel « Mme MACARTHUR » sous l'en-tête de Harrington Farms ne laissait rien présager de bon.

Recevoir ton chèque de banque m'a surpris, même si tu m'avais averti de son envoi. Pour tout dire, l'argent ne m'intéresse pas. Je te le retourne donc, annulé.

Pourquoi ? Pourquoi Kane ne serait-il pas intéressé par l'argent ? À moins qu'il ne songe à un autre moyen de réparer le dommage causé à son entreprise par les révélations du week-end.

Pour faciliter l'ouverture de nouvelles négociations, j'ai demandé à mon avocat de te proposer un nouveau document à examiner. Ce n'est pas à proprement parler un contrat, plutôt une proposition d'accord.

C'est le seul accord que j'envisage, avec naturellement des ajustements possibles laissés à ta discrétion. Je n'accepterai ce document que retourné par toi en personne.

Sincèrement,

Kane Harrington.

Quel genre de salaud était-il pour s'imaginer qu'il pouvait lui dicter ses conditions après l'avoir humiliée en public ? Elle passa à la page suivante avec une telle précipitation qu'elle la déchira en partie.

M. Kane Harrington désire entretenir une relation sentimentale avec Mlle Presley Macarthur, ce qui inclut, mais n'est pas exhaustif, vivre dans la même maison, discuter ensemble affaires et intérêts personnels, être vus en public au bras l'un de l'autre et, d'une manière générale, autoriser toutes les activités intimes envisagées par deux personnes souhaitant passer leur vie ensemble. Cet accord peut ou non inclure le mariage, à Mlle Macarthur de le décider. M. Harrington se permet seulement de préciser qu'il préférerait un engagement permanent afin que son dévouement et son amour pour elle soient rendus publics.

En relation avec de précédents comportements, M. Harrington promet de ne pas attirer l'attention du public sur Mlle Macarthur, sauf lors de la cérémonie du mariage si les deux parties venaient à tomber d'accord. S'il était fait allusion à leur précédent contrat, M. Harrington s'engage à expliquer en termes très clairs que leur arrangement servait les intérêts du couple et qu'il ne regardait personne d'autre.

Il est de la responsabilité de M. Harrington de soutenir et d'encourager Mlle Macarthur, mais en aucun cas de décider à sa place. Il prend l'engagement de ne la défendre que lorsqu'elle-même en serait incapable et de discuter des problèmes susceptibles de surgir de manière calme et civilisée plutôt qu'autoritaire.

M. Harrington sait que, en plus d'être très jolie, Mlle Macarthur est une femme intelligente et sage, avec des années d'expérience professionnelle. Il lui fera donc confiance pour user de ses compétences comme elle l'entend et n'interviendra en aucune manière à sa place.

Le vœu le plus cher de M. Harrington est de passer le reste de sa vie avec Mlle Macarthur, de l'aimer et de veiller du mieux possible sur elle, en espérant qu'elle l'aidera à devenir un homme capable de combler ses besoins et ses désirs pour l'éternité. Il sollicite son soutien dans les décisions qu'il aura à prendre à l'avenir et ses conseils pour faire de Harrington Farms l'aboutissement de leurs rêves, à son frère et lui.

Les précédents accords entre M. Harrington et Mlle Macarthur sont déclarés nuls et non avenus.

Le document devint flou à cause de ses yeux embués de larmes, mais ce furent les quelques mots, tracés à la main au bas de la page, qui la bouleversèrent le plus.

Presley, j'avoue que je suis fou de toi, de ta force, de ton bon sens, de tes qualités professionnelles et par-dessus tout, de la façon dont tu te donnes tout entière à moi. Je veux être courageux, laisser le passé derrière moi et me projeter dans l'avenir le plus fabuleux que je puisse imaginer. Notre avenir. Sois courageuse avec moi. J'ai besoin de toi. Kane.

Il fallut à Presley toute une journée pour répondre à son courrier, et Kane ressentit cruellement chaque minute qui s'écoula du lever au coucher du soleil.

Mais quand, regardant par la fenêtre de son bureau de Harrington Farms, il vit sa camionnette dans l'allée, il crut que son cœur s'arrêtait de battre. Il était partagé entre l'envie de connaître la réponse de Presley et celle de ne jamais la savoir, au cas où elle serait négative. Mieux valait rester éternellement dans l'incertitude que subir un rejet.

Quand EvaMarie introduisit Presley dans le bureau, l'expression de celle-ci ne lui offrit pas la moindre lueur d'encouragement. Le visage impassible, elle tenait à la main l'enveloppe qu'il avait chargé James Covey de lui remettre. Bien qu'ayant hérité d'une fortune colossale, il était réaliste. Sa vie avait été émaillée de tragédies, et il avait le sentiment qu'il n'échapperait pas davantage au drame aujourd'hui.

En affaires, il arrivait toujours à faire le forcing et à contourner les difficultés. Mais il savait que dans la vie ça ne se passait pas ainsi.

— J'ai reçu ton courrier, commença-t-elle.

— Avant tout, se hâta-t-il de l'interrompre, je te prie d'accepter mes excuses.

Il avait dû perturber le scénario que Presley avait échafaudé dans sa tête parce qu'elle demeura quelques instants interdite.

— Comment ?

— Avant que nous allions plus loin, j'aimerais que tu acceptes mes excuses.

La répétition eut le même effet.

— Je ne voulais pas te mettre dans l'embarras ni te blesser, reprit-il en désespoir de cause. Je me rends compte que mon instinct protecteur peut déclencher des catastrophes, et j'en suis vraiment navré. Quoi qu'il se passe entre nous aujourd'hui, je veux que tu le saches.

— Je sais que tu voulais seulement me protéger, reprit-elle d'un ton impersonnel. Et je t'en remercie.

— Je n'aurais jamais parlé comme je l'ai fait l'autre jour si j'avais su que nous avions un public.

Une légère rougeur colora les joues pâles de Presley, qui hocha la tête. Devant ce premier signe d'émotion, il reprit courage.

Elle agita l'enveloppe.

— Ce document m'a expliqué beaucoup de choses, mais il soulève aussi quelques questions.

— Lesquelles ?

— Kane…

Elle détourna le regard.

— Je voudrais croire que mes peurs sont infondées, mais je n'arrive pas à m'en débarrasser totalement.

Il agrippa le bord de son bureau pour se retenir d'aller à elle, de la prendre dans ses bras et de lui prouver que, ni ses peurs, ni le passé ne comptaient. Mais elle n'en avait pas besoin et, pour une fois, il ne se laisserait pas emporter par ses émotions.

— Comment puis-je t'aider ?

— Kane, j'ai besoin d'être sûre que je n'étais pas qu'un bonus venu agrémenter un contrat important. Une poupée qu'on habille pour qu'elle fasse bon effet à votre bras. Une femme qu'on défend sans réellement la connaître.

Bon sang ! À présent que son masque était tombé, il voyait l'étendue de la blessure de Presley.

— Je ne me suis pas étendu sur ces points dans ma lettre parce que, au fond de toi, tu connais la réponse. Il s'agissait bien d'un marché au début, mais il s'est transformé en tout autre chose à la vitesse d'un feu de forêt. Avant que j'en prenne conscience, j'étais tombé amoureux d'un garçon manqué qui connaissait les chevaux mieux que personne, d'une fille qui s'efforçait d'honorer les derniers vœux de son père et d'une femme aussi belle intérieurement qu'à l'extérieur.

Cette fois, il s'autorisa à se lever et à contourner le bureau pour s'asseoir sur le siège voisin du sien. Les yeux pleins de larmes, Presley se pencha vers lui.

— Je ne peux pas changer, Kane.

— Je sais.

— Et je ne peux pas passer ma vie avec quelqu'un qui ne m'accepte pas telle que je suis. Mon père m'a offert des tas d'occasions de pratiquer des activités qui me plaisaient — camps équestres, mouvements de jeunesse et j'en passe —, mais il exerçait toujours une pression discrète sur moi pour que je ressemble aux filles de mon âge. Des remarques distillées ici ou là me prouvaient qu'il aurait préféré me voir assister au bal des débutantes et m'inscrire aux majorettes.

— Tu n'as plus à vivre avec cette pression, dit-il.

Il essuya l'unique larme qui tremblait sur sa joue, repoussa ses beaux cheveux blonds tombés sur son visage.

— Chez Mme Rose, j'ai senti que tu me voyais telle que je suis, murmura-t-elle. Tu m'as aidée à trouver les vêtements qui me convenaient au lieu de choisir des tenues qui flatteraient ton image. J'étais juste… J'avais peur d'y croire alors que tant de gens disaient que c'était impossible.

Il posa une main sur la joue de Presley.

— Écoute, je ne peux pas passer ma vie à te répéter que tu es la femme qui me convient. Ma présence, ma fidélité, mon amour sont toutes les preuves dont tu as besoin. Il faut juste que tu me fasses confiance.

Il lui donna un baiser, mi-promesse, mi-plaisir.

— Tout comme tu ne peux pas passer ta vie à me rassurer quant à la sagesse de tes décisions, reprit-il. Je dois faire confiance à tes connaissances et à tes compétences pour que tu me reviennes entière.

— Je ne veux pas que tu vives dans la peur, murmura-t-elle contre ses lèvres.

— J'ai assez baigné dedans. Je suis prêt à changer.

— Je te comprends, tu sais.

Il la repoussa doucement et plongea son regard dans le sien.

— Que comprends-tu ?

— Pourquoi tu t'es comporté comme tu l'as fait l'autre jour en me voyant m'apprêter à sauter. Tu n'aurais pas été si bouleversé à l'idée que je prenais un risque si tu ne tenais pas à moi. Tu ne m'aurais pas défendue si âprement l'autre jour, au point que tu n'as pas pris garde qu'on pouvait vous entendre si tu n'avais eu des sentiments pour moi.

— En es-tu sûre ? demanda-t-il avec un petit sourire.

— J'en suis sûre parce que je ressens la même chose.

Il ne put résister. Il prit ses lèvres avec l'envie de donner autant que de recevoir. La tendre reddition de Presley le transportait et il s'ingéniait de toutes les manières possibles à lui faire plaisir, à lui montrer l'amour dont son cœur débordait et qu'il n'aurait jamais cru expérimenter un jour, après une vie de chagrins.

Quand il reprit sa respiration, il eut la surprise d'entendre Presley murmurer :

— Il me semble que notre accord nécessite l'ajout d'une clause.

— À savoir ?

— Que, quelles que soient les peurs qui s'abattent sur nous, nous devons immédiatement en faire part à l'autre.

— Excellente idée !

— Et nous devrons trouver le meilleur moyen de les calmer, avant qu'elles ne nous dirigent.

S'il ne se trompait pas, à en juger par le rose de ses joues et l'arc si sexy de ses sourcils, la petite négociatrice qui se tenait devant lui avait des idées joliment intéressantes sur la suite à donner à ces décisions. Il aimait de plus en plus ce qui se passait.

— Je vais demander à James de rédiger tout ça par écrit.

Il se leva, désireux d'être plus près d'elle, de sentir son corps contre le sien.

— As-tu d'autres exigences ?

Elle se leva à son tour.

— Une seule.

— Que veux-tu ? demanda-t-il d'une voix grave.

— Aller dans un endroit plus tranquille…

Rougissante, elle balaya son bureau du regard et esquissa un sourire timide.

— Pour y passer quelques heures à explorer ce que notre fusion nous promet encore. Car tous les horizons doivent être explorés.

Il en sera fait selon vos désirs, madame.

— Excellente idée. J'ai déjà quelques points à revoir.

Épilogue

Un an plus tard

— Pousse, ma fille. Pousse !

Les énergiques exhortations de Mason accroissaient la nervosité de Presley. Heureusement, elles étaient accompagnées des encouragements doux et apaisants offerts par Kane.

— Vas-y, ma belle. Tu peux le faire.

Les deux frères se tenaient côte à côte, prodiguant des conseils, transpirant et, d'une manière générale, se rendant impossibles. N'importe quelle femme leur aurait expliqué que ça ne servait à rien de se mettre dans des états pareils.

— À mon avis, elle sait ce qu'elle fait, grommela-t-elle entre ses dents.

Assister d'aussi près à une naissance quand son propre ventre était arrondi par l'attente de son premier enfant la troublait.

Mason lui adressa un regard narquois par-dessus son épaule sans se rendre compte qu'elle était prête à le frapper.

— L'intuition féminine et tout ça ?

Elle n'apprécia guère la réflexion.

— Tu parles comme dans une salle de travail et tu te retrouves à quatre pattes à embrasser le sol, assura-t-elle.

— Tu ne me ferais pas ça, n'est-ce pas, chérie ? demanda Mason à EvaMarie qui massait son ventre, également distendu par la grossesse.

— Il faut voir…

Derrière son tendre sourire se dissimulait l'ombre d'une menace que Mason ne parut pas percevoir.

— Tu te souviens de ces films qu'on nous fait regarder au cours de préparation à l'accouchement ? demanda EvaMarie.

Mason grimaça.

— Ne m'en parle pas.

— Il y a des passages que tu ferais mieux de te rappeler, répliqua sa femme.

Presley eut le sentiment que Mason devrait faire appel à ses connaissances plus tôt qu'il ne le pensait. Si elle ne se trompait pas, EvaMarie avait des contractions depuis au moins deux heures. Mais son époux était trop occupé par la mise bas de la jument pour s'en apercevoir.

Kane regarda son ventre avec une expression circonspecte.

— Il est trop tard pour changer d'avis, je suppose ?

— Bien vu ! répliqua-t-elle.

La jument hennit, leur rappelant les raisons de leur présence dans l'écurie depuis les premières lueurs de l'aube.

Mason bâilla.

— Un café ne serait pas de refus, dit-il.

Presley échangea un regard avec EvaMarie.

— Je pense qu'il va vraiment souffrir dans la salle d'accouchement, constata-t-elle.

EvaMarie lui sourit d'un air entendu.

— Le poulain arrive ! s'exclama Kane.

Ils se précipitèrent à la porte du box pour voir la jument pousser une dernière fois afin de mettre son petit au monde. Le vétérinaire l'assistait, secondé de Jim.

Pas question de prendre le moindre risque avec cette jument et son poulain. Elle était spéciale.

C'était aussi une bonne mère qui se hâta de délivrer le petit de sa poche et de s'assurer qu'il allait bien. Tous les quatre observèrent pendant de longues minutes les efforts du poulain pour se relever. Quand enfin il y parvint, les yeux de Presley s'emplirent de larmes.

— Regardez-moi ça, lâcha-t-elle dans un souffle.

C'était le vivant portrait de son géniteur. Kane massa son dos douloureux.

— Le premier poulain de Sun fait son entrée à Harrington Farms !

Se penchant avec quelque difficulté à cause de son embonpoint, EvaMarie sortit des verres et deux bouteilles d'une glacière.

— Il faut fêter ça !

Mason remplit deux verres de champagne tandis que Kane versait une version non alcoolisée aux deux jeunes femmes. Tous quatre arboraient de grands sourires en entendant les bruits produits par la mère et son petit qui faisaient connaissance.

— Au début d'une nouvelle ère ! proclama Mason en levant son verre pour porter un toast.

— Et à un avenir sans crainte, renchérit Kane qui posa une main sur le ventre de Presley.

Après avoir entrechoqué leurs verres, ils burent, sachant qu'ils feraient tout leur possible pour que ces promesses se réalisent.

Ils n'avaient pas terminé leurs verres qu'EvaMarie poussait un petit cri.

— Ça va, chérie ? demanda Mason.

Les deux femmes échangèrent un regard et Presley se mit à rire. Voir Mason traverser cette épreuve promettait d'être drôle.

— Qu'est-ce qu'il y a de si amusant ? s'enquit Kane.

Presley regarda son beau-frère avec jubilation.

— Je crois que le moment est venu pour quelqu'un que je connais de mettre en pratique ses connaissances en matière d'accouchement !

— J'ai perdu les eaux, annonça EvaMarie.

Mason ouvrit de grands yeux.

— Tu es sérieuse ?

— Ne t'inquiète pas, frérot, ironisa Kane en lui donnant une tape sur l'épaule. Le vétérinaire est là.

— Oh ! bon sang ! Non !

Mason saisit la main d'EvaMarie et l'entraîna vers la porte aussi vite que possible, avec une femme à terme.

Cependant, quand Presley prit ce soir-là sa nièce dans ses bras, un bras de Kane passé autour de ses épaules, l'amusement avait cédé la place à l'émotion. Mason gisait au côté de sa femme sur le lit d'hôpital. Ils essayaient de prendre un peu de repos avant l'arrivée des visites.

— Elle est belle, murmura Presley, glissant son index dans la main du bébé.

Le nourrisson referma ses doigts dessus, ce qui émut profondément Presley.

— Ce petit ange doit être fatigué, murmura-t-elle avec un sourire à son époux, le père de son enfant à naître. Les débuts sont toujours difficiles.

Kane l'embrassa tendrement.

— Certainement, mais ils en valent la peine.

Retrouvez prochainement,
dans votre collection

PASSIONS

Irrépressible désir, de Joss Wood - N°1049

Éprise de liberté, Jamie sait exactement ce qu'elle veut, à commencer par une liaison avec l'irrésistible Rowan Cowper... Mais son monde vacille quand elle se découvre enceinte ! Si le play-boy qui partage ses nuits souhaite à présent une relation sérieuse, Jamie est rétive à tout engagement. Saura-t-elle résister à Rowan, dont la détermination n'a d'égale que la séduction ?

L'élue de son cœur, de Stella Bagwell

Lydia est troublée de voir Zack Dalton débarquer au journal où elle travaille. L'ombrageux rancher, à la recherche de son âme sœur, veut publier une petite annonce ! Si Lydia ne correspond en rien aux critères de Zack, elle ressent pour lui une attraction si forte qu'elle se prend soudain à rêver d'une idylle avec lui...

Seconde chance pour Felicity, de Janice Maynard - N°1050

Felicity n'en revient pas : Wynn, son amant d'autrefois, lui demande de s'installer chez lui pour s'occuper du bébé dont il est subitement devenu le tuteur ! Émue par le désarroi de Wynn comme par le sort de l'enfant, elle accepte de rendre ce service, tout en redoutant de cohabiter avec l'homme qu'elle n'a jamais su oublier...

Le retour de Jude, de Nancy Robards Thompson

Le cœur de Juliette manque un battement quand elle se retrouve face à Jude, son premier amour. Après dix ans d'absence, le voilà de retour à Celebration ! Le temps a passé et pourtant, la passion ressurgit entre eux, exquise comme le baiser qui les transporte bientôt au paradis. Bouleversée par les émotions qui l'assaillent, Juliette tente pourtant de garder son sang-froid, car elle ignore encore si Jude restera cette fois...

Une bouleversante idylle, de Katherine Garbera - N°1051

SÉRIE : UN MARIAGE À NANTUCKET 3/3

Le sénateur Dare Bisset détient ce que la lobbyiste Melody Corner recherche : des renseignements. Elle s'infiltre donc au mariage d'un membre de sa famille à Nantucket pour l'interroger. Hélas, la situation lui échappe vite. Très attirée par Dare, Melody s'abandonne entre ses bras à une nuit délicieuse mais interdite. Si leur liaison venait à s'ébruiter, en effet, leurs carrières respectives seraient en danger…

Danse avec une inconnue, de LaQuette

Parée de ses plus beaux atours, Zanai se rend au bal masqué où se presse tout Royal. Ainsi transformée, plus libre que jamais, elle ose embrasser Jayden, le célibataire le plus convoité de la ville… avant de fuir la fête. Dès le lendemain, le play-boy cherche à retrouver l'inconnue avec laquelle il a dansé. Or Zanai hésite à se dévoiler. Jayden, qui attire toutes les femmes, ne risque-t-il pas d'être déçu quand il découvrira l'identité de sa conquête d'un soir ?

Un cavalier presque parfait, de Karen Booth - N°1052

SÉRIE : SCANDALEUSES RÉVÉLATIONS 3/3

Parce qu'elle a besoin d'un cavalier pour se rendre au mariage d'une amie, Alexandra se résout à demander à Ryder Carson de tenir ce rôle. Après tout, il serait le candidat idéal s'il n'était pas le meilleur ami de son frère… et si tous deux n'avaient pas eu une torride aventure cinq mois plus tôt ! Alors que pendant la réception, Alexandra se rapproche dangereusement de Ryder, le malveillant compte « Petit Carnet Noir » s'en prend à eux, compromettant aussitôt leur fragile idylle…

Une famille pour Ivy, de Zuri Day

Embauchée comme nourrice par Desmond Eddington, un riche célibataire, Ivy reste sur ses gardes. Si elle tombe immédiatement sous le charme de la petite fille dont elle a la charge, elle se méfie de son père, trop orgueilleux et séduisant à son goût. Alors qu'elle voudrait tenir Desmond à distance, Ivy est incapable de contrôler son désir pour lui. Et bientôt, elle remet en cause tous ses principes, en s'abandonnant à la passion entre les bras de son patron…

L'enfant de Donovan Murphy, d'Yvonne Lindsay

N°1053

Kayla se tient face à lui, plus belle que jamais, et Van sent une rage gronder en lui. Comment Kayla ose-t-elle venir le trouver aujourd'hui pour lui réclamer de l'argent, après lui avoir brisé le cœur cinq ans plus tôt ? Croit-elle parvenir à l'émouvoir en prétendant que la petite Sienna est sa fille ? Plus jamais il ne se laissera manipuler par cette intrigante, Van s'en est fait la promesse. Même si Kayla éveille toujours en lui un désir puissant...

Le passé entre nous, d'Andrea Laurence

En voyant Deacon entrer dans la salle de réunion, Cecelia manque défaillir. Deacon, son amour de jeunesse, n'est autre que le propriétaire du nouveau complexe de luxe dont elle doit assurer la décoration. Il rallume aussitôt en elle un feu qu'elle pensait éteint à jamais. Pourtant, Cecelia le sait, elle doit faire taire ces sentiments : elle n'a pas le droit d'abandonner la vie parfaite qu'elle s'est construite auprès de son mari...

Une surprise irrésistible, de Lauren Canan - N°1054

Sophie ne se fait pas d'illusion sur sa relation avec Clay Everett, son séduisant patron au ranch de Royal. Pour lui, elle n'est qu'une aventure, comme il se plaît à le lui rappeler. Et même si elle sent, quant à elle, son amour pour Clay grandir de jour en jour, elle sait qu'elle ne doit rien espérer. Mais, quand Sophie découvre qu'elle est enceinte, elle comprend que tout va changer... pour le meilleur, ou pour le pire.

Le goût de la vengeance, de Joanne Rock

Ian McNeill s'est inscrit sur le site de rencontres qu'elle a créé ! Lydia sent une colère irrépressible la gagner le jour où elle tombe sur le profil de l'homme qui l'a lâchement abandonnée un an plus tôt, alors qu'elle portait son enfant. Un enfant qu'elle a perdu et qu'elle pleure aujourd'hui encore. Aussitôt, une idée folle germe dans son esprit : ne tient-elle pas là l'occasion idéale de se venger de Ian et de lui briser le cœur à son tour ?